BASTEI
LÜBBE
TASCHENBUCH

Weitere Titel der Autorin:

Der Ruf der Rache

B. C. DORNBUSCH

DAS SCHWERT DES LEBENS

Das zweite Buch der Trilogie
Die Sieben Monde

ROMAN

Aus dem Englischen von
Arno Hoven

BASTEI
LÜBBE
TASCHENBUCH

BASTEI LÜBBE TASCHENBUCH
Band 20857

MIX
Papier aus verantwortungsvollen Quellen
FSC® C083411

Dieser Titel ist auch als E-Book erschienen

Vollständige Taschenbuchausgabe

Deutsche Erstausgabe

Titel der amerikanischen Originalausgabe:
»Emissary. Book Two of the Seven Eyes«
Originalverlag: Night Shade Books, New York

Textredaktion: Dr. Frank Weinreich, Bochum
Kartenillustration: Markus Weber, Guter Punkt GmbH & Co. KG, München
Titelillustration: © Thinkstock/SergeyKlopotov
Umschlaggestaltung: Guter Punkt, München
Satz: two-up, Düsseldorf
Gesetzt aus der Caslon
Druck und Verarbeitung: CPI books GmbH, Leck – Germany
Printed in Germany
ISBN 978-3-404-20857-9

1 3 5 7 6 4 2

Sie finden uns im Internet unter www.luebbe.de
Bitte beachten Sie auch: www.lesejury.de

Für Grace

Es ist ehrenhaft, im Hellen zu töten –
nicht aus dem Dunkeln heraus.

Akrasianisches Sprichwort

KAPITEL EINS

In der brînianischen Stadtfestung brach der Morgen früh und gewaltsam an. Niemand, weder Sklave noch Edelmann, konnte beim Klirren von Schwertern schlafen – ganz zu schweigen von dem Lärm der bei Fackellicht erschallenden Rufe. Der Khel Szi höchstpersönlich hielt ein Schwert in der Hand. Ein ausländischer Soldat hatte ihn im Innenhof seines eigenen Palastes zu einem brutalen Totentanz herausgefordert.

Während die Muskeln schrien, dass er nachgeben solle, hob Fürst Draken sein Schwert und fing den auf seine obere Körperpartie zielenden Schlag ab; dabei ließ er zu, dass die gegnerische Klinge gegen sein Heft klirrte. Er schnitt eine Grimasse angesichts seiner lausigen Verteidigung. Die Klinge seines Kontrahenten rutschte ab und glitt über die Armschiene und den Oberarmschutz seines Panzerharnischs. Er war froh, dass er sich in der kalten Dunkelheit vor der Morgendämmerung einen Moment Zeit genommen hatte, die Rüstungsteile anzuschnallen. Dennoch trieb ihn der erhaltene Stoß einen Schritt zurück, und Draken fluchte. Sollte diese Klinge seine nackte Brust treffen, würde er mindestens eine stark blutende Verletzung davontragen.

»Nein, Drae, schützt Euren Oberkörper. Noch mal!« Hauptmann Tyrolean griff wie zuvor an: in der gleichen Form, mit der gleichen Balance und dem gleichen Schlag.

Es gab keine Höflichkeitsformen auf dem Übungskampfplatz, keine Anreden wie »Nacht-Lord«, »Khel Szi« oder »Eure Hoheit«. Hier waren Draken und Tyrolean nicht Fürst und Ehrenvasall, sondern Schüler und Lehrer.

Draken biss gegen die schmerzenden Muskeln die Zähne zusammen und hob erneut sein Schwert. Jeden Tag standen die beiden auf, lange bevor das letzte der Sieben Augen jenseits des Horizonts untergegangen war; und an keinem dieser Tage gestattete es Tyrolean, dass Draken auch nur einen Augenblick innehielt, bevor das Tageslicht die Kuppel von Brîns Zitadelle vollständig erklommen hatte.

Als Tyroleans Schwert nach oben fuhr, fing es auf seiner mattierten Klinge das blendende Licht der Sonne ein. Das blitzende Leuchten fiel auf die muskelbepackten Schultern des Kriegers und verwandelte ihn in einen harten, bleichen Kriegsgott. Nur die akkuraten Linien von vernarbten Schnitten beeinträchtigten die Vollkommenheit seiner muskulösen Brust. Schwacher Dampf stieg vom Scheitelpunkt seines dunklen Kopfes auf.

Einzig und allein Tyroleans zusammengekniffene Augen ließen seine Absichten erkennen, doch Draken erfasste sie nicht schnell genug. Tyroleans Klinge blitzte auf und glitt über Drakens Brust. Das Blut brannte, als es aus der Schnittwunde quoll.

Tyrolean schüttelte den Kopf. »Lasst niemals Eure Deckung unten.«

»Das war Betrug. Ihr wurdet zu Stein, Ty.«

Tyrolean senkte schließlich seine Klinge, und um seine schwarz umrandeten Augen bildeten sich Fältchen, als er sein seltenes Lächeln zeigte. »Wieder einmal Ammenmärchen, Eure Hoheit?«

»Gewiss, ich muss sie doch lernen, oder? Kinder lieben solche Geschichten.« Draken wischte sich den Schweiß von seinen Augen. Es war heiß trotz der kühlen Meereswinde, die durch die Pforten des geschützten Palasthofes schlüpften.

»Euer royaler Nachkomme ist immer noch im Bauch der Königin, und auch nach der Geburt werden viele Mondumdrehungen lang trockene Windeln alles sein, was er sich wünscht«, entgegnete Tyrolean.

»Gewiss, und Ihr seid der Fachmann dafür, nicht wahr? Auch wenn Ihr keine eigenen Kinder habt.« Draken zog sich zurück und ging zum Tisch. An der Schnittverletzung spürte er bereits dieses Prickeln, das ihm mitteilte, dass sie sich zu schließen begann. *Verdammt, verdammt.*

»Ja, so viel weiß selbst ich«, kam die Antwort.

Das war einer der seltenen Witze des Hauptmanns, und daher zwang sich Draken zu einem Kichern. Er wandte Ty den Rücken zu, streifte seine Armschienen ab und machte eine Schau daraus, ein Tuch auf die Wunde zu drücken. »Ein Hemd!«, befahl er Kai, seinem Leibsklaven. Der Bursche flitzte los, um eines zu holen.

»Ich hoffe, es ist nicht zu schlimm. Muss die Wunde genäht werden?«

»Nein. Es ist bloß eine Schramme.« Kai kehrte zurück, und Draken zog das Hemd an, bevor er sich Tyrolean zuwandte. »Sie hat bereits zu bluten aufgehört.« Und brannte wie Nesseln, während sie sich schloss. Er verspannte sich, als ein leichtes Zittern seine nackten Füße kitzelte. Er schaute nach unten. *Wie merkwürdig …*

Tyrolean schien es nicht zu bemerken, als er zu einem in der Nähe stehenden Tisch ging, um den sich eine Sklavin kümmerte. Mit höflichem Dank nahm er die zwei Pokale entgegen, die sie ihm darbot. Er trank einen kleinen Schluck aus beiden Kelchen, auch wenn sie aus ein und demselben Krug gefüllt worden waren. Die Innenseite nur eines der Pokale könnte mit Gift bestrichen sein. Draken hatte es aufgegeben, Tyrolean und Szi Nêre das Vorkosten für ihn auszureden. Der süße Morgenwein war kalt und gut.

»Gerüchte besagen, dass Lord Ilumat kürzlich Königin Elena Geschenke geschickt hat«, berichtete Tyrolean.

Die Königin hatte viele Verehrer, bevor Draken an den akrasianischen Hof gekommen war. Obwohl diese Männer zweifellos viel größeres Potenzial zum Ehemann hatten als Draken, versuchte er, sich keine Sorgen zu machen. Immerhin verbrachte Elena die Zeit ihrer Schwangerschaft in Brîn, um nahe bei ihm zu sein.

Er rieb sich den schweißnassen Nacken. Wenn er heute die akrasianischen Lords treffen sollte, würde er sich zuvor gut abschrubben müssen. »Gerüchte, die Ihr bestätigt habt, wie ich annehme.«

»Durch Euren Geist«, antwortete Tyrolean.

Drakens Augenbrauen gingen in die Höhe, er schaute sich um, bevor er eine Antwort gab. Seine Schwester Aarinnaie, Szirin von Brîn, war niemand, über den sie sich oft unterhielten. »Ihr habt mit ihr gesprochen?«

Tyrolean schüttelte den Kopf. »Ich sah nur eine Nachricht: ein mit Kreide geschriebener Text auf dem Fußboden des Tempels, neben der Matte, auf der ich niederknie.«

Das klang nach ihr. »Es wäre vorteilhaft, wenn sie manchmal in der Öffentlichkeit aufträte. Auch wenn er es nicht direkt zu mir gesagt hat: Rodkhim Vannis will mich um ihre Hand bitten.« Er wandte den Kopf ab, als er Tyroleans Gesichtsausdruck sah. »Was denn? Kein schlechter Mann, dieser Rodkhim.«

»Rodkhim kann nicht mit ihr fertigwerden.«

»Es ist ja auch nicht so, als ob sie auf mich hören würde.« Dabei wäre es eine recht gute Partie. Rodkhims Vater war der Stadt-Comhanar von Brîn und entstammte einer alten, angesehenen Familie – so nahe am Hochadel, wie Brînianer es nur sein konnten. »Vielleicht würde die Ehe besser zu ihr passen, als herumzulaufen und Selbstjustiz zu verüben.« *Oder als seine geheime fürstliche Attentäterin zu sein*, fügte Draken in Gedanken hinzu.

»Brîn von der Korruption Eures Vaters zu reinigen ist ein edles Unterfangen.«

Draken knurrte. »Ein gefährliches, meint Ihr.«

Tyrolean presste die Lippen aufeinander. Draken war die bei seinem Vasall kürzlich aufgetretene ausgeprägte Nervosität rund um das Thema Aarinnaie nicht entgangen. Es bereitete ihm irgendwie Sorge, dass Tyrolean, der stets ein enger Vertrauter der Königin gewesen war, etwas wusste, das ihm selbst unbekannt war. Doch Tyrolean wechselte das Gesprächsthema, bevor Draken ihn befragen konnte.

»Ihr behandelt Euer Schwert immer noch wie etwas, das Ihr bloß haltet. Dabei muss es zu einem Teil von Euch werden.«

Zur Bestätigung hob Draken das Übungsschwert hoch und übergab es einem der Sklaven aus der Waffenkammer. Das Muskelgedächtnis, das sich durch jahrelange Übung mit dem Bogen entwickelt hatte, ließ ihn mit dem Gefühl zurück, dass er hier die falsche Waffe trug. »Ich habe nicht viel von Bruche gelernt.«

»Seine Aufgabe war es nicht, Euch zu lehren. Er ist da gewesen, um Euch zu beschützen.«

Der Schwerthand-Geist von Draken hatte nun seine wohlverdiente Ruhe, ganz gleich, wie sehr Draken seinen Rat auch vermissen mochte. Für den Augenblick war er nur froh, dass er hatte verbergen können, wie rasch seine Schnittverletzungen verheilten.

»Ich denke, Ihr solltet Eure Übungskämpfe mit Meergeboren

durchführen«, fügte Tyrolean hinzu. »Auf diese Weise wird es für Euch schneller gehen. Meergeboren ist die Klinge, mit der Ihr kämpft.«

Draken öffnete den Mund, um einzuwenden, dass er nicht bereit war, den größten Schatz des brînianischen Fürstentums zum Übungskampfplatz mitzubringen; aber da begannen die Glocken des Stadttors in der frühmorgendlichen Stille zu läuten. Beide Männer verstummten und lauschten. Vier Szi Nêre, die an den Toren der Stadtfestung postiert waren, zogen ihre Schwerter, die Bogenschützen auf der Mauer legten Pfeile an. Draken allerdings glaubte nicht, dass die Glocken bedeuteten, dass seine Aufmerksamkeit benötigt wurde. Weil die Tage beim Übergang von der Neujahreszeit in die Passatsaison jetzt länger wurden und die Mondverläufe ihre größte Ausdehnung hatten, konnte es sich um eine Verwechslung bei den Schichtwechseln handeln.

Die Glocken-Echos, die von den dicht gedrängt stehenden Gebäuden erzeugt wurden, und ihr schwacher Nachhall von den Bergen Eidolas, welche die Stadt Brîn überragten, hielten Draken davon ab, die Schläge genau zu zählen. Er blickte Tyrolean mit gerunzelter Stirn an, da er nicht sagen konnte, ob es die Warnung vor einem Angriff oder irgendeine andere Mitteilung war.

Tyrolean kniff die Augen zusammen. »Ich hoffe, es ist nicht eine weitere Schlägerei zwischen den Servii und den Torwachen.«

Da war etwas dran. Den akrasianischen Servii, die beim nahe gelegenen Seebergfried stationiert waren, gefiel es, in Brîn zu trinken, zu kämpfen und zu huren; und für alle drei Betätigungsarten gab es dort unzählige Gelegenheiten. Aber die Servii waren nicht so glücklich, wenn sie bei Tagesanbruch aus der Stadt geworfen wurden, und brînianische Soldaten tolerierten ihre Anwesenheit bestenfalls widerwillig.

Die gewaltigen geschnitzten Türen zum Palast öffneten sich und rahmten im nächsten Moment Drakens Kammerherrn Thom ein. Eine unbewegliche, mondgeschmiedete Maske verdeckte eine Hälfte seines Gesichts vom Wangenknochen bis zum Haaransatz; das gemalte haselnussbraune Auge auf dem Metall stellte ein akkurates Ebenbild seines realen Gegenstücks dar. Die Haut seines

Gesichts war im Unterschied zum silberfarbenen, mondgeschmiedeten Bereich angespannt und gerötet, wahrscheinlich weil ihm der Oberseneschall dichtauf folgte, dessen Hände einige Schriftrollen fest umklammert hielten. *Ihr Götter, der heutige Tag war für die Regelung von Verwaltungsangelegenheiten vorgesehen. Doch freilich, wann war es das nicht für einen Fürsten?*

»Warum läuten die Glocken, Khel Szi? Es ist noch zu früh für den Wachwechsel, oder?«, fragte Thom in gebrochenem Brînianisch. Er schob sich seine vielen dünnen, geflochtenen Zöpfe aus dem Gesicht, sein echtes Auge heftete sich auf Draken.

»Wir haben uns gerade das Gleiche gefragt.«

Der Seneschall Hina Shaim, der seinen Zunamen nach dem Schutzgott des Friedens und der Wahrheit erhalten hatte, räusperte sich. »Khel Szi, mehrere Angelegenheiten erfordern Eure Aufmerksamkeit. Heute Morgen versammelt sich der Rat der Lords im Seebergfried. Lord Va Khlar möchte vorher mit Euch sprechen. Außerdem bitten die Vertreter der Stadtmaurerzunft seit nunmehr zwei Sieben-Nächten um eine Audienz. Ich habe sie hingehalten, doch sie sind äußerst hartnäckig, und …«

Draken warf ihm einen zornigen Blick zu, weil er sein Gespräch mit Thom unterbrochen hatte. Doch der Tadel, den er aussprechen wollte, wurde durch das Klappern von Hufen auf dem Kopfsteinpflaster am Tor abgewendet. Sie drehten sich alle um. Die Szi Nêre schwenkten die Tore zurück, als ein königlicher Kurier in akrasianischer grüner Uniform direkt auf sie zugaloppierte. Er verlangsamte das Tempo seines Pferdes erst, als er Draken erblickte. Der Mann führte die scharfen Gerüche von Blut, Furcht und dem Meer mit sich. Das Pferd schnaubte, sein Bauch hob sich, während es keuchte.

Halmar, der Comhanar der Szi Nêre, schob sich an Hina Shaim und Thom vorbei, um sich an Drakens Seite zu stellen. Sein breiter Knochenbau war von einer starken Muskulatur umgeben, und erst kürzlich waren ihm weitere Kriegs- und Ehrensiegel eintätowiert worden. Schmuck in Form von Ohr- und Fingerringen sowie Armbändern blitzte vor dem Hintergrund seiner dunklen Haut auf.

Knapp einen Schritt von Draken entfernt sprang der Reiter in waghalsiger Manier zu Boden und fiel auf die Knie. »Eure Hoheit, der Seebergfried wird angegriffen!«

Elena. Am Abend zuvor war sie zum Seebergfried geritten, um sich auf die Ratsversammlung des Hohen Hauses vorzubereiten. Außer der Königin hielten sich dort derzeit vier der höchsten Adligen des Landes auf. Der Bergfried, eine ramponierte Festung aus Stein mit einem hohen Turm, stand auf einer höher gelegenen Landfläche, und zwar an der Stelle, wo der Fluss Erros in die See mündete. Zudem lag das Bauwerk gegenüber den Stadttoren Brîns, voneinander getrennt durch ein flach verlaufendes, windumtostes Feld; ein ordentlicher Botenritt mit dem Pferd, eine schöne Wanderung zu Fuß.

Draken musste schwer schlucken, bevor er das Wort ergreifen konnte. Seine Stimme klang kehlig und rau, als er die Frage hervorstieß: *»Von wem?«*

»Monoeaner, Eure Hoheit, drei Schiffe, die ihr Banner tragen.«

Kälte ergriff Draken trotz der wärmenden Sonne. Seine alten Landsleute kamen angerückt. Wenn Monoea zu irgendeiner Demonstration der Macht hier auftrat, dann würde dieses Kontingent in einem Tag den Seebergfried zerstören und danach seine Aufmerksamkeit der Stadt Brîn zuwenden. Die Sieben mochten sie alle verdammen – was hatte das zu bedeuten?

»Sind sie schon vor Anker gegangen?«, erkundigte er sich.

»Nein. Sie sind wieder aus der Blutbucht herausgesegelt. Während der Nacht sind sie per Ruderboot hereingekommen, glauben wir. Es ist eine ziemlich große Truppe, die den Seebergfried umstellt.«

»Oder sie kamen von einem anderen Schiff. Eines, das die Soldaten weiter unten an der Küste an Land gesetzt hat«, mutmaßte Tyrolean. »Es gibt bei Rhial einen kleinen Hafen, der vom Bergbaugeschäft aufgegeben worden ist.«

»Verdammt, verdammt, verdammt! Dann könnte es noch weitere Monoeaner geben, die irgendwo anders angreifen.« Wenn Draken etwas über monoeanische Taktiken wusste – bei der Entwicklung von manchen hatte er selbst mitgeholfen, als er Offizier in der monoeanischen Schwarzen Garde gewesen war –, dann gab es ganz bestimmt noch mehr Angreifer. »Läutet erneut die Alarmglocken! Alarmiert alle Soldaten, sowohl die im aktiven Dienst wie jene, die sich im Ruhestand befinden. Jeder, der dazu in der Lage ist, muss hierhergeschafft werden. Wir müssen die Angreifer am Seebergfried aufhalten.«

Er befahl, Pferde zu bringen, und schritt ins Innere, um den Rest seiner Rüstung anzuziehen und das Schwert Meergeboren zu holen. Der junge Kai half ihm stumm, allerdings zitterten ihm die Hände, und er ließ vor Aufregung ein paar Rüstungsteile fallen. Das Kettenhemd, seine ledernen Brust- und Rückenplatten, die aufklappbaren Armschienen, die Beinschienen, der Oberschenkelschutz in Form eines locker sitzenden Schurzes aus Metallstreifen und zusätzliche Messer legten sich schwer auf Drakens Körper. Er blieb stumm, während Kai ihn rüstete, und ließ seine Gedanken wandern.

Hatte sein königlicher Cousin herausgefunden, dass er jetzt Khel Szi war? Würden die Brînianer durch seine früheren Landsleute von seinem biologischen Erbe als Gemischter erfahren? Es war eine falsche Anklage gewesen, die ihn überhaupt erst auf diesen Weg gebracht hatte. Man hatte ihn beschuldigt, seine Frau ermordet zu haben, und seine darauf folgende Verbannung und Flucht hatte ihn letztlich unwissentlich in einen Krieg gegen die Götter hineingezogen; ein Krieg, an dessen Ende er einen Fürstenthron errungen hatte, den er gar nicht wollte. Außer blutbefleckten Händen war im Zuge all dessen nur wenig seiner selbst übriggeblieben.

Das einzige und völlig unerwartete Gute, das sich aus der Verbannung nach Akrasia ergeben hatte, war Elena. Er hatte bereits den Verlust seiner Frau durchlitten: eine Wunde, die so tief war, dass auch das größte Glück nicht mehr erreichen konnte, als sie vernarben zu helfen. Und so wollte er verdammt sein, wenn er zuließ, dass Monoeaner, die Götter oder irgendjemand anders ihm auch noch Elena fortnahmen.

Kai ließ die Hände sinken, als er fertig war, und beugte den von geflochtenen Zöpfen bedeckten Kopf. Draken legte eine Hand auf die Schulter des Jungen, bevor er den Korridor hinunterschritt.

Während er ging, zog er Meergeboren aus der verschrammten Scheide, doch die Götter hatten heute in den weißen Tiefen des Schwertes keine Botschaft für ihn hinterlassen.

Erneut läuteten die Stadtglocken in einem schnellen Rhythmus. Als Draken seinen Bogen von einem wartenden Waffenmeister an sich riss und den Innenhof betrat, war Tyrolean bereits aufgesessen; auf seine Stirn hatte er sich Asche aus dem Tempel der Stadtfestung geschmiert. Ein Stallknecht hielt das gesattelte Pferd von Draken und dessen in schwarze Felder aufgeteilten Schild, auf den die gleiche blutrote Schlange aufgemalt war, die Draken sich auch rund um seinen Bizeps hatte eintätowieren lassen. Sein Helm hing vom Sattel herab. Er ging um das Pferd herum, da er den Bogen auf der anderen Seite festschnallen wollte; dabei benutzte er einen Zugknoten, den er als monoeanischer Bogenschütze an Bord eines Schiffes erlernt hatte.

Der Priester der Stadtfestung, der eine Schüssel mit Blut fest umklammert hielt, kam humpelnd näher und beugte das ergraute Haupt. Draken wollte ihn mit einem Winken der Hand fortschicken, doch unter Tyroleans strengem Blick fügte er sich und ließ zu, dass der Priester ihm den Segen gab und seine Stirn mit Khellians Hörnern weihte. Die Fingerspitzen des Priesters waren glatt wie die flache Seite einer feingeschliffenen Klinge, als sie seine Stirn streichelten. Ein Kribbeln wie von Glanzmagie durchströmte ihn.

Draken starrte den Priester streng an, der den Kopf beugte und Gebete murmelte, mit denen er um Khellians Hilfe bat. *Nein. Das muss eine Einbildung sein.*

Hatte der alte Priester jemals einen Gottesdienst für Khellian an einem Schlachtfeldaltar abgehalten? Wahrscheinlich nicht. Draken konnte sich nicht vorstellen, dass sein verstorbener Vater einen Priester mitgeschleppt und Zeit für Gebete vertan hatte, bevor er jemanden tötete. *In dieser Hinsicht könnten wir uns ähnlich sein, Vater und ich.* Seinem Bauch gefiel der Gedanke gar nicht – und auch nicht die Verzögerung. Er riss sich von dem Priester los, bevor die Worte zu Ende gesprochen waren, und nickte seinen Szi Nêre zu. Sie geleiteten ihn im Schnellschritt durch die Stadt und bahnten ihm einen Weg durch die Menge der neugierigen Passanten, die auf den Markt zusteuerten, um ihren Geschäften nachzugehen. Trotz des Glockenläutens und des Erscheinens ihres Khel Szi in den Straßen behielten die Brînianer weiterhin hartnäckig ihre aktuellen Geschäfte im Auge.

Die Stadttore waren verschlossen. Doch er musste sowieso auf einen weiteren Kundschafterbericht warten. Er ließ sein Pferd im Kreis laufen, das beim Quietschen der Rollen, auf denen die sich öffnenden Tore bewegt wurden, davonzujagen versuchte. Der Hengst war jung und musste erst noch in einer Schlacht an Blut gewöhnt werden; er war jedoch angeblich das am besten ausgebildete Pferd in ganz Brîn. »Nur mit der Ruhe, Sturmwind.«

Obgleich sämtliche Instinkte Draken drängten, über die unbefestigte Straße dahinzujagen, die sich über die mehrere Tausend Schritte lange Distanz zum Seebergfried erstreckte, warf er seine Zügel einem wartenden Stallmädchen zu und kletterte die Stufen an der Mauer hoch.

Im aufgehenden Morgenlicht rückten die starren Formationen der grau gepanzerten monoeanischen Angreifer langsam ins Blickfeld. Er rief nach seinem Fernglas und fluchte, als er es sich vors Auge hielt. Reihen von Monoeanern, die durch drei Abwehrlinien von Schildmännern geschützt wurden, bildeten eine starre Barrikade zwischen seinen eigenen Soldaten und dem Seebergfried. Er betrachtete ihre Formation und versuchte, die Truppenstärke zu berechnen. Vier Septinarien … nein, fünf. Ein klares taktisches Kennzeichen von Kommandant Zyann – einem im Unterschied zu Draken legitimen Cousin des Königs –, und es erlaubte eine recht genaue Schätzung, wie viele Soldaten sich hinter diesen Reihen gegenüberstanden. Doch sonderbarerweise erkannte Draken ihre Wappenröcke nicht wieder: Es handelte sich um irgendein rotes Symbol, das er durch das Fernglas nicht richtig erkennen konnte.

»Ich würde ihre Anzahl auf an die dreihundert Soldaten schätzen«, sagte er grimmig. »Der Seebergfried wird sich nicht lange gegen einen solchen Gegner halten können.«

»Der Seebergfried ist aber auch nicht wehrlos, Eure Hoheit«, entgegnete Tyrolean. »Die Hohen Häuser haben jeweils ihre eigenen Servii-Kompanien und die besten Leibwachen mitgebracht.«

Draken reichte ihm das Fernglas. Im Augenblick bereiteten sich die Monoeaner darauf vor, die Tore des Seebergfrieds niederzubrennen, indem sie Beutel mit Brandöl gegen den Eingang schleuderten. Sie zerplatzten zu Feuerbällen, sobald sie aufprallten. Harnische, Helme und erhobene Schilde lenkten indes die meisten Pfeile ab, die von den Festungsmauern auf die monoeanischen Angreifer herabregneten. Monoeanische Bogenschützen standen hinter den Reihen von Fußsoldaten, die durch Panzer und Schilde geschützt waren, und antworteten auf den Beschuss mit brennenden Pfeilen, die über die Bergfriedmauern hinweg ins Innere flogen.

Tyroleans gesamter Körper spannte sich an, als er durch das Fernglas spähte.

Einhundert kampfbereite Brînianer und fünfundzwanzig akrasianische Servii, die von einem Pferde-Marschall befehligt wurden und in der Stadt stationiert waren, warteten direkt außerhalb von Brîns Stadtmauern auf Drakens Befehle. Ein paar weitere Brînianer rannten als Nachzügler herbei. Trotz ihrer ruhigen, geordneten Aufstellung schüttelte Draken den Kopf und biss die Zähne aufeinander. Das reichte nicht aus. Selbst mit den Servii im Innern des Seebergfrieds würde es womöglich nicht ausreichen.

Ihn juckte es in den Fingern, nach seinem Bogen zu greifen, doch seine Pfeilspitzen vermochten monoeanische Panzerungen nicht zu durchdringen. Vor ein paar Mondumläufen hatte er brînianische Schmiede damit beauftragt, eine härtere Metalllegierung und einen stabileren Holzwerkstoff für seine Pfeile zu entwickeln, doch er hatte zu wenig Druck auf sie ausgeübt. Akrasianische Langbögen waren knapp, ebenso wie Servii, die darin ausgebildet waren, damit zu schießen; und in den Minen waren die Erze, aus denen sich waffenfähige Metalle herstellen ließen, beinahe aufgebraucht. Der eigentliche Grund für seine Versäumnisse aber war, dass er keinen Angriff von den Monoeanern oder irgendwelchen anderen Handelspartnern erwartet hatte. Bis heute.

Verdammt, fuhr es ihm durch den Kopf. *Wir sind zahlenmäßig unterlegen, und wir haben noch nicht einmal geeignete Pfeile.*

»Dort! Ein Reiter naht von den Klippen, Khel Szi!«

Bögen knarzten.

Draken spähte durch das Fernglas. »Wartet! Es ist einer der unseren.«

Er war schon unten, als der brînianische Reiter näher kam: Seine nackte, tätowierte Brust glänzte vor Schweiß; sein schnaubendes Pferd war voller Schaumflecken von der Anstrengung, schneller als die feindlichen Pfeile zu rennen. Dem Mann steckte ein befiederter Schaft hinten im Arm, und Blut strömte an seiner Seite herab. Mit einem ungeduldigen Wink seiner panzerbewehrten Hand befahl Draken ihm zu sprechen.

Das dunkle Gesicht des Reiters war vor Schmerz verkniffen. Er fiel mehr aus dem Sattel, als dass er heruntersprang, und kniete nieder. »Der Feind greift die seewärtige Mauer mit Schleuderkugeln an. Drei Schiffe werfen Anker in der Bucht.«

Draken starrte ihn an – ungläubig, dass die Gerüchte sich als wahr erweisen sollten. »Dummköpfe! Verteidigt sich niemand?«

Der Melder zuckte zusammen, doch sein starrer Blick blieb auf Draken gerichtet. »Nicht von Schiffen aus, Khel Szi. Ich habe gehört, dass der Seebergfried von der Klippe aus auf sie feuert; allerdings habe ich das nicht selbst gesehen.«

Elena musste Draken gerade rundheraus verfluchen. Der Verzug bei der Umsetzung von Verteidigungsmaßnahmen war sein Fehler. Er hatte die brînianische Kriegsflotte unter seine strenge Kontrolle gebracht in dem Bestreben, die wuchernde Korruption gänzlich auszurotten: Die Kriegsflotte war praktisch zu einem Seehandelsunternehmen geworden, das sich auf Piraterie und Erpressung spezialisiert hatte – ganz zu schweigen von ihrer himmelschreienden Missachtung der akrasianischen Krone. Jeder Flotten-Comhanar und Schiffskapitän hatte die Dienstanweisung, ohne einen direkten Befehl von der brînianischen Zitadelle nicht in Aktion zu treten. Draken hatte nicht die Zeit gehabt, jeden Einzelnen von ihnen kennenzulernen und gründlich zu prüfen. Jetzt wünschte er sich, er hätte eine Politik entsprechend dem Grundsatz »unschuldig bis zum Beweis des Gegenteils« verfolgt, obwohl es so verdammt schwierig war, wo so viele dieser Leute korrupt waren. Und wie sollte er wissen, dass sie dem Regelwerk ihres neuen Khel Szi unter Zwang tatsächlich folgen würden?

Draken hörte beinahe Bruches trockenes Kichern und konnte sich gut vorstellen, was er jetzt sagen würde: *Ein Fürst weiß solche Dinge.* »Haben sie die Bootshöhlen benutzt, um hierherzukommen?«, fragte er den Boten.

»Nein, Khel Szi. Die Höhlen sind sicher. Kein Monoeaner ist dort durchgekommen. Ich war die ganze Nacht da drinnen.«

Ihr Götter, er ist wahrscheinlich ein Netzfischer oder Salzsieder. Draken war gerade erst zu der Erkenntnis gekommen, dass bei seinem adoptierten Volk die eintätowierten Siegel und der Schmuck die jeweilige Gesellschaftsklasse und Position anzeigten; und er hatte bislang keine Ahnung, was die Zeichen bedeuteten.

»Du hast meine Dankbarkeit. Kümmert Euch um ihn.« Er gestikulierte in Richtung zweier Heiler, die innen vor den Stadttoren warteten, um dem blutenden Kurier zu helfen. Dann schob er den Gedanken an ihre makabre Anwesenheit beiseite und wandte sich Tyrolean zu.

Der Gardehauptmann erwiderte seinen Blick und drehte anschließend den Kopf, um zur weiter südlich gelegenen Küste hinabzuschauen. Die Klippen und die Vorsprünge von ein paar Brücken, die den Fluss Erros überspannten, waren allerdings alles, was in Sicht lag. Ständiger Dunst und Nebel – insbesondere an einem heißen, feuchten Morgen wie diesem – verbargen das meiste, was sich auf der anderen Seite des Flusses befand.

Draken stieg in den Sattel Sturmwinds und dachte scharf nach. Entsprechend den Landkarten war der weiter südlich gelegene Bereich der brînianischen Küste besser für das Anlegen von Schiffen geeignet als die gut geschützte Blutbucht. Dort gab es reichlich kleine Buchten und seichte Stellen, um Beiboote zu Wasser zu lassen und mit ihnen an die Küste zu rudern. Ein Vorteil für den Handel … und fürs Schmuggeln. »Die nächste Bucht ist einen harten Tagesritt entfernt. Drei Tage vielleicht, wenn man marschiert.«

Tyrolean zuckte die kräftigen, mit Fischschuppen gepanzerten Schultern. »Die Sache ist also schon seit einiger Zeit in der Mache.«

Ganz gewiss, und zwar wenigstens seit einer Sieben-Nacht. Und der Angriff mochte umfassender sein, als Draken zunächst gedacht hatte. Wenn die Monoeaner fünf Septinarien, also dreihundertfünfzig Soldaten, zum Seebergfried gebracht hatten – wie viele anderen Septinarien mochten dann auf dem Land umherziehen? Zahllose Dörfer und Landgüter waren in Gefahr.

Er schlug mit der Faust gegen seinen Sattel. Sturmwind stob abermals voran, sodass Draken gezwungen war, an den Zügeln zu zerren. Das Streitross mahlte mit den Kiefern und schnaubte. Wie in Khellians Namen hatte Monoea so viele Soldaten durch das alte brînianische Ackerland und Bergwerksgebiet marschieren lassen können, ohne dass ihm eine Warnung zugekommen war? Und warum? Was hatte diesen Angriff ausgelöst? Dass er gerade jetzt geschah, wo Elena und die Hohen Häuser im Seebergfried wohnten, erhöhte seinen Zorn und Argwohn. Hatte ein Verräter sie hintergangen? Oder wurden die Monoeaner mittels irgendwelcher Magie informiert? Sicherlich nicht …

»Wir wären ihnen zahlenmäßig überlegen, wenn wir genug Zeit hätten, Truppen auszuheben«, sagte Tyrolean, der sich weiterhin in Drakens Nähe aufhielt.

»Dafür haben wir aber keine Zeit.« Nicht gegen diese bewegliche, brutale monoeanische Armee. Draken beobachtete, wie drei weitere Soldaten von ihnen die Tore zu erklimmen versuchten. Es brauchte einen Hagelsturm von Pfeilen, die vom Torturm herabgeschossen wurden, um nur einen von ihnen abzuschießen. Die anderen zwei Monoeaner setzten beharrlich ihren Aufstieg fort, wobei sie ihre breitkrempigen Helme benutzten, um ihre Rücken zu schützen.

Eine Schar monoeanischer Pfeile stieg in die Höhe, um den beiden Deckung zu geben. Die akrasianischen Gardesoldaten im Innern des Seebergfrieds trotzten den Pfeilen und ließen Schleuderkugeln die Tore hinabrollen. Das erfüllte seinen Zweck. Draken fragte sich, ob der Wind tatsächlich die Schreie der herabstürzenden Männer zu seinen Ohren trug oder ob diese Laute seinem Gedächtnis durch zahllose Schlachten eingeprägt worden waren.

Er begann, laut nachzudenken, und gab seinen Leuten einen Kurzlehrgang in monoeanischer Schlachttaktik. Pferde drängten sich um ihn herum, während er sprach. »Sie werden auch weiterhin das Tor angreifen. Es ist ihre einzige Möglichkeit hineinzukommen, da sie nicht über starke Artillerie verfügen. Wenn wir angreifen, werden sie mit Schilden und Speeren eine Phalanx bilden. Und wir sind stark genug, um da durchzubrechen.« Das hoffte er zumindest.

»Speere sind Mondling-Waffen«, merkte der akrasianische Pferde-Marschall an und spuckte auf den Erdboden.

Draken musste sich dazu zwingen, nicht die Geduld zu verlieren. »Für gewöhnlich werfen sie sie nicht. Sie stecken die Schäfte in die Erde und bilden mit den Speerspitzen einen Schutzwall.«

Tyroleans Augenbrauen zogen sich nach unten. »Ihr scheint ein Studium monoeanischer Taktiken absolviert zu haben, Eure Hoheit.«

Ein Studium – in der Tat. Draken achtete auf seinen Gesichtsausdruck, um nichts zu verraten.

Der Stadt-Comhanar von Brîn namens Vannis drängte sein Pferd näher heran. Eine Kette, die um seinen Oberkörper geschlungen war und diagonal von einer Schulter herabführte, kennzeichnete seinen Rang. Seine wollartigen Locken enthielten einen Schuss Grau, und in seine dunkle Haut waren Kampfnarben geätzt. »Schilde und Speere bilden einen verdammt stacheligen Schutzwall; daran erinnere ich mich aus dem Zehnjährigen Krieg.«

Draken nickte. »Ganz recht, Comhanar. Hinter der Phalanx werden sie Saxen und Stulpenhandschuhe mit Metallbesatz für den Nahkampf bereithalten, falls wir … *wenn* wir die Verteidigungslinie durchbrechen. Nur wenige werden Langschwerter haben, falls überhaupt irgendjemand. Wenn Ihr jemanden mit einer solchen Waffe seht, ist es ein Kommandant oder ein Adliger.«

»Saxmesser …« Tyroleans dunkle Brauen senkten sich und warfen Schatten auf seine umrandeten Augen. »Also stechen sie ihre Gegner nieder?«

»Gewiss, Hauptmann«, antwortete Comhanar Vannis. »Monoeaner blocken Angriffe mit ihren Armschienen ab und schlagen damit auch zu. Um zu töten, stechen sie mit ihren langen Messern auf ihre Feinde ein.«

Draken, der ein beklemmendes Gefühl in der Brust hatte, atmete erleichtert aus, als Vannis unwissentlich half, seine geheime Vergangenheit zu schützen. »Ihre ganze Strategie besteht darin, einen schmutzigen Nahkampf herbeizuführen. Das reduziert den Vorteil, eine längere Waffe zu schwingen.« Er legte eine kleine Pause ein. »So verstehe ich ihre Taktik zumindest.«

»Also, was schlagt Ihr vor, Khel Szi?«, fragte Vannis. »Wir haben lediglich Bögen und unsere Langschwerter.«

»Sie profitieren außerdem von der Lage des Gebiets«, sagte Tyrolean. Das Land zwischen den Stadttoren und dem Seebergfried war eine von Felsgestein übersäte, baumlose Fläche, die keinen Schutz vor Pfeilen bot; und der Feind konnte sie herankommen sehen.

»Das Beste, was wir tun können, ist, sie einzuschließen und ihre Aufmerksamkeit vom Seebergfried abzulenken«, antwortete Draken.

Er wünschte sich vergeblich die Magie der Mantiker herbei. Die Pfeile von König Osias landeten immer exakt dort, wo er sie haben wollte, und seine Magie war zudem in der Lage, Geschosse zu blockieren. Was den bevorstehenden Kampf betraf, so würde er auch den SCHWEBEZUSTAND nicht ablehnen, den die Mondlinge hervorzurufen wussten – eine wertvolle Magie, mit der sie die Zeit anhielten. Aber in dieser Situation war er auf sich allein gestellt, es gab nur eine Möglichkeit, die monoeanischen Angreifer niederzuwerfen. Es würde ihn ziemlich viele Männer, Pferde und Waffen kosten, doch er hatte keine Wahl – nicht, solange Elena und die Hohen Häuser im Innern des Seebergfrieds waren. Er skizzierte dem unsicheren akrasianischen Pferde-Marschall, seinem brînianischen Comhanar in Kriegsbemalung und Tyrolean seinen Plan.

»Wir werden Pferde verlieren«, betonte der Pferde-Marschall.

»Wir werden mehr als nur Pferde verlieren, aber wir haben keine Zeit für ein anderes Vorgehen.« Draken hob die Stimme, um über das Gerede der Soldaten hinweg gehört zu werden. »Comhanar, gebt den Männern entsprechende Befehle. Schilde hoch, sobald wir in Reichweite der Bögen sind.«

»Jawohl, Khel Szi.« Der Comhanar senkte das Kinn und setzte seinen Helm auf, der Khellians Hörner verdeckte, die auf seine

Stirn gemalt waren. Anschließend schwenkte er sein Pferd herum und rief den Männern Befehle zu.

Tyrolean kam näher heran, um ein persönliches Gespräch zu führen. »Ihr könnt nicht kämpfen, Draken. Ihr seid der Fürst.«

Zumindest fragte Tyrolean ihn nicht, woher er so viel über monoeanische Schlachtstrategien wusste. »Wir brauchen jeden Mann.« Drakens Aufmerksamkeit wurde weiterhin von dem Tor gefesselt. Er straffte sich, als Pfeile wie ein Schwarm Flusskäfer auf den Eingang der Seebergfeste zuflogen. Flammen züngelten über das ölgetränkte Holz wie kleine fuchsrote Wellen auf einem schwarzen Teich.

»Ihr seid nicht bloß irgendein Mann, Hoheit.«

»Nein. Das bin ich nicht. Elena ist im Seebergfried, und ich bin durch Eid verpflichtet, sie zu beschützen.« Er fasste an die Kette, die um seinen Hals lag. Elenas Anhänger band ihn an seine Position als Nacht-Lord und an seinen Schwur, sie zu beschützen – durch die Ehre, wenn nicht durch irgendeine Magie, auf die er noch nicht gestoßen war.

»Nicht unter Einsatz Eures eigenen Lebens. Nicht bei dieser Sache. Wenn wir Euch und Elena am selben Tag verlieren, was wird dann mit Akrasia geschehen? Das ist Wahnsinn.«

Wahnsinn? Tyrolean hatte keine Ahnung von solchen Dingen. »Merkwürdig – ich habe gedacht, ein Fürst zu sein würde mich vor fruchtlosem Wortgeplänkel bewahren.«

Ein Muskel zuckte in Tyroleans Wange. »Bitte um Verzeihung, Eure Hoheit.«

Draken seufzte. »Es ist die einzige Möglichkeit, um durch das Tor zu gelangen und Elena zu beschützen. Seht dorthin! Es steht bereits in Flammen. Sie werden binnen Kurzem durchgebrochen sein, wenn sie es nicht schon sind.«

»Das Holz des Tores ist immer noch ziemlich grün«, entgegnete Tyrolean. »Es wird nicht so schnell brennen.«

»Es wird der Hitze von monoeanischem Öl nicht lange standhalten.« Er hatte gesehen, wie in fast einer Sieben-Nacht das Öl auf ruhigen Meeren Schiffe zu Trümmerhaufen niederbrannte. »Kommt. Die Chancen schwinden.«

Er allein wusste, wie man gegen Monoeaner kämpfte; und er musste mit gutem Beispiel vorangehen, ohne in seinem Entschluss zu wanken, oder seine Strategie würde fehlschlagen. Wenn die Götter es für angebracht hielten, ihn an diesem Tag sterben zu lassen, dann sollte es so sein. Es mochte ja ihr Schwert sein, das er in seiner Hand hielt, doch es waren seine Königin und sein Kind, die im Seebergfried in Gefahr waren.

Sie hatten nur ein Drittel der Soldaten, über die die Monoeaner verfügten. Draken nahm sich einen Moment Zeit, um einige ihrer Gesichter genau zu betrachten, und sein Herz krampfte sich zusammen. Viele von ihnen würden wahrscheinlich den offenen Sturmangriff nicht überstehen. Aber es war nicht das erste Mal, dass er Männer in den Tod führte, es würde auch nicht das letzte Mal sein. Er spornte sein Pferd an, und seine Szi Nêre schlossen sich ihm an und flankierten ihn. Ohne weiteren Protest ließ Tyrolean ihn reiten, obgleich Draken fühlen konnte, wie ihm der missbilligende, stechende Blick des Hauptmanns ein Loch durch den Rückenteil seiner Rüstung bohrte. Hinter fünfundzwanzig berittenen akrasianischen Gardesoldaten breiteten sich fünf Gruppen je zwanzig Mann von zum Wehrdienst einberufenen Brînianern in drei Reihen aus.

Absonderliches, wellenartig an- und abschwellendes Schlachtgeschrei trieb vom Feind her über das Feld zu ihnen. Draken hatte so was niemals zuvor gehört: Es klang ein bisschen nach den trauernden Klagelauten der Art, wie sie von professionellen Totenklägern vor den Beerdigungsprozessionen für Könige gesungen wurden. *Lesle … ich habe niemals den Trauergesang zu deinem Ableben gehört.* Gab es überhaupt einen Altar für sie, der …

Sturmwind zerrte heftig an den Zügeln und versuchte, in einen Galopp zu verfallen. Draken blinzelte. Um ihn herum fielen Pferde zurück oder sprangen voraus; ihre Reiter dachten nicht mehr an die Formation. *Verdammt noch mal, Männer! Konzentriert euch!* Mit einem heiseren Schrei riss er Akhen Khel – der brînianische Name für Meergeboren – aus seiner Scheide. Das Sonnenlicht blitzte entlang der Klinge.

Ein Atemzug, dann noch einer. Sein Herz dröhnte in seiner

Kehle. Überall um ihn herum erhob sich Kampfgeschrei. Die Männer zügelten ihre Pferde oder spornten sie an, sodass sie zu einer donnernden Formation zurückkehrten.

Pfeile stiegen zum Himmel auf und zwangen Draken, sein Schwert in die Scheide zu stecken und den Schild hochzureißen. Männer brüllten und übertönten das monoeanische Kriegsgeschrei. Der säuerliche strenge Geruch des brennenden Öls reizte sie, während er Sturmwind für den Angriff zu einem kontrollierten, leichten Galopp anhielt. Als sie in Reichweite der Bögen kamen, hämmerten Pfeile gegen seinen Schild. Draken ritt nach Gefühl, anstatt sich nach dem zu richten, was er sah; und er war gezwungen, sich nach vorn zu werfen, als sein Pferd über ein brüllendes Reittier sprang, das sich in Todesqualen umherwälzte, getroffen von einem Pfeil, der in seiner Brust steckte. Der Reiter lag mit fassungslosem Gesicht im aufgewühlten Dreck.

Draken wollte seinen Bogen benutzen, um das Feuer zu erwidern. Doch die akrasianischen Servii hinter ihm waren mit ihren Bögen schon allein ziemlich todbringend für das breite Ziel der sich an den Toren drängelnden Monoeaner. Drakens Hände waren außerdem mit den Zügeln und seinem Schild beschäftigt. Die Pfeile der Akrasianer durchzogen den Himmel und stürzten in den Rauch, der die Luft vor dem Seebergfried schwängerte. Drakens Magen verkrampfte sich noch stärker. Hatten die Monoeaner das Tor schon durchbrochen? Waren sie mit Klinge und Bogen hindurch, um das Blut seiner Landsleute zu vergießen? Hatten sie Elena gefunden?

Männer riefen. Hufe trommelten. Drakens Blut brauste. Die Welt richtete sich vor ihm auf und sprang dann wieder ins rechte Lot zurück, als Sturmwind über einen gefallenen Brînianer stolperte und sein Gleichgewicht erst wiederfinden musste. Das Tier lahmte, doch Draken trieb es mit Fußtritten weiter. Sturmwind war so gut wie tot. Er brauchte Draken nur noch zur Schlacht zu tragen.

Zu Elena.

KAPITEL ZWEI

Öliger Rauch verstopfte seine Lungen und stach ihm in die Augen. Es war ein merkwürdig fremdartiges Gefühl, das er wiedererkannte, jedoch nicht zu benennen vermochte. Für einen kurzen Moment wurde alles stumm, als ob sich ein Ozean über seinem Kopf geschlossen hätte. Schneidende Hitze versengte ihm den Rücken und strahlte von seinem Schwertgurt aus; das Verlangen, die Klinge zu ziehen, prickelte kalt in seinen Händen.

Bruche?

Schweigen.

Ein Phantomgefühl, wie bei einem verlorenen Glied. Draken biss die Zähne zusammen und zog sein Schwert. Meergeboren leuchtete weiß und schnitt eine Schneise durch den Rauch. Vorn ertönte laut das hohle Klingeln von Hufen, die gegen stählerne Schilde schlugen. Stimmen verstopften seine Ohren von allen Seiten. Schrilles Gekreische und donnernde Rufe. Körper und strampelnde oder fuchtelnde Gliedmaßen. Blut auf seiner Zunge. Rauch behinderte jeden Atemzug. Er schwang blindlings die Klinge gegen eine mattgraue Gestalt, die aus dem Rauch zum Vorschein kam. Sein Schwert sprang mit einem Klirren von ihr ab, das ihn die Zähne zusammenbeißen ließ.

Sein Pferd bewegte sich weiter. Es schnaubte und kreischte, hatte die Ohren angelegt, seine Gangart war taumelnd. Mit jedem Schritt war die Gefahr gegeben, dass Draken mit einem Ruck aus dem Sattel befördert wurde. Er bohrte die Fersen in Sturmwinds Flanken hinein. Dann sprangen Pferd und Reiter plötzlich und kletterten hoch; Hufe hämmerten über Pferde und schreiende Männer, über um sich schlagende Körper und den zusammenbrechenden Wall monoeanischer Schilde. Steinmauern und schmale Wachtürme schwirrten an Draken vorbei, als er durch Asche und Kleinholz hindurchschoss, die Überreste der neuen Tore vom Seebergfried. Er verspürte ein fernes Gefühl von Schrecken. Oder die

Empfindung, dass er in Schrecken versetzt sein sollte. Er war sich nicht sicher, welches der beiden es war.

Die Welt kippte plötzlich zur Seite. Die Pflastersteine des Innenhofs vom Seebergfried griffen nach ihm, und er flog ihnen entgegen. Helm und Schwert flogen klappernd davon. Er lag regungslos da – verblüfft, als sich der scharfe Geschmack von Blut mit dem Gestank des Rauchs vermischte. Irgendjemand gab einen Todesschrei von sich: ein Unterton zu dem Klirren von Stahl und den ächzenden Lauten der Soldaten. In seiner Rüstung fühlte Draken sich wie im Sauggriff von See-Klebkraut, das sich ihm um die Brust schloss.

Seine Lungen zogen einen scharfen, stechenden Atemzug ein und sperrten sich gegen die dicke Luft. Sie entwich in einem heulenden Ton wieder. *Verflucht seien die Sieben – das hier ist, als würde man immer wieder von Neuem ersticken.* Wer auch immer gerade hinter ihm starb, fuhr mit dem Schreien fort.

Er wandte den Kopf, bevor sein Körper sich weigern konnte, eine Bewegung zu machen, und stieß mit den Händen kraftlos gegen den Boden. Ein heftiger Schmerz in seinem Nacken ließ ihn zusammenzucken. Er wackelte mit den Zehen in den Stiefeln, um sich zu vergewissern, dass er es noch konnte. Meergeboren lag glanzlos und mit sauberer Schneide ein gutes Stück außerhalb seiner Reichweite. Sein Pferd warf sich in dem Versuch, wieder auf die Beine zu kommen, hin und her, das Maul vor Anstrengung weit aufgerissen. Draken begann, sich nach oben zu drücken, doch ein Stiefel traf ihn im Rücken, genau in der Mitte. Die Rüstung war immerhin für etwas gut, denn der Tritt tat kaum weh. Am Rande seines Sichtfeldes bekam Draken mit, wie das Sonnenlicht von einem Schwert funkelnd reflektiert wurde; es blendete ihn wie das Leuchten der Götter selbst. Er versuchte, sich zur Seite zu drehen, um dem Hieb irgendwie zu begegnen. Stahl klingelte auf den Gehwegplatten neben seinem Kopf. Wer auch immer eine Waffe gegen ihn schwang, knurrte wütend, dann verschwand plötzlich das Gewicht von seinem Rücken …

Draken drückte sich auf Hände und Knie hoch, krabbelte voran und versuchte, seine Klinge zu erhaschen. Ein Stiefel trat sie jedoch weiter fort. Etwas prügelte auf seinen Rücken ein und schlug ihn erneut zu Boden; seine Knie allerdings blieben unter dem Oberkörper, und es gelang ihm, eine Hockstellung einzunehmen. Im unteren Rücken bekam er einen Krampf, sein schlimmes Knie wurde zu stark gebeugt. Er ächzte; Verzweiflung kämpfte mit Schmerz. *Elena …*

Ein toter Man erzeugt keine Echos, wenn er fällt. Drei solcher dumpfen Aufschläge umgaben ihn. Er stieß sich abermals nach oben und traf auf keinen Widerstand. An seiner Seite stand Tyrolean; seine beiden schmalen Klingen waren bis zum Heft blutrot. Direkt hinter Draken keuchte Halmar; die geronnenen Blutspritzer reichten von dessen Schulter bis zur Spitze des Langschwerts. Hinter den dreien und überall um sie herum kämpften Soldaten oder liefen fort.

Das Kreischen kam von Sturmwind, an beiden Vorderbeinen ragten Knochen aus dem Fell. Anstatt Draken hochzuhelfen, machte Tyrolean ein paar Schritte, um dem Streitross den Gnadentod zu geben. Seine Klinge durchschnitt den Lebensfaden des Tieres mitten im Schrei. Der Geruch von frischem Blut und beißendem Pferdeurin konkurrierte mit dem von menschlichen Körperausscheidungen, die von jenen ausgestoßen wurden, welche um die drei herum gestorben waren. Draken musste hart schlucken, um die aufsteigende Galle in den Griff zu bekommen.

Ein Muskel in Drakens Rücken protestierte bei jeder Drehung seines Körpers, sein Knie fühlte sich an, als ob jemand mit einem Fischmesser im Innern des Gelenks die Haut abgezogen hätte. Draken nickte, als Halmar anbot, ihm mit einer Hand hochzuhelfen, und dann humpelte er los, um sein Schwert zu bergen. Sein Schatten zu seinen Füßen war kurz. Es war merkwürdig, zu erkennen, dass die warme Sonne auf sie niederbrannte, während die Toten ringsumher solch eine stille, kalte Atmosphäre schufen. Überall im Innenhof schlugen Brînianer, akrasianische Gardesoldaten und Servii die Monoeaner zurück; sie begrenzten das Kämpfen auf die Bereiche an den Mauern und die Ecken. Seine Soldaten waren mit Landschwertern bewaffnet, und gegen diese konnten sich die monoeanischen Saxmesser nicht behaupten.

Als Draken sich bückte, um Meergeboren aufzunehmen, verkrampfte sich sein Rücken. »T-turm?« Seine Stimme brach bei diesem Wort, als der Schmerz ihn einholte. Halmar warf ihm einen besorgten Blick zu, den er ignorierte, während er sich mit zusammengebissenen Zähnen aufrichtete und der Schmerz abklang.

»Der Feind hat es ins Innere geschafft. Ich war auf dem Weg dorthin, als ich Euch fallen sah.« Tyrolean schritt zur Turmtreppe voran – inmitten der verstreut umherliegenden Toten und Verletzten. Niemand bedrohte sie; jeder war zu sehr in seinen eigenen Nahkampf verwickelt.

Ein Gardesoldat lag ausgestreckt vor dem Turmeingang: gestorben an einer ekelerregenden, klaffenden Schnittwunde, die seinen Kopf in einem völlig falschen Winkel von seinen Schultern herabbaumeln ließ. Ein anderer stöhnte und blickte wild drein, während er den Stumpf seines Schwertarms umklammert hielt; die grüne Uniform blutrot befleckt. Draken schluckte und schaute weg. Er würde wahrscheinlich verbluten, bevor ein Heiler ihn in diesem Gedränge erreichen konnte. Die bogenförmige Holztür hing von ihren dicken Angeln herab, herausgerissen aus ihren Verriegelungen durch eine Brechstange.

Wut und Furcht versetzten Draken in Aufruhr. Wenn Elena irgendetwas passieren sollte, würde er jeden einzelnen Mann zur Strecke bringen, der verantwortlich war, und …

Halmar trat vom Turmeingang zur Seite – blutbespritzt, übelriechend und gelassen.

»Lasst niemanden passieren, Halmar.«

»Jawohl, Khel Szi.«

Draken duckte sich unter den abgesackten Türsturz hindurch und schritt die steilen, sich windenden Treppenstufen hoch. Türen waren gewaltsam aufgebrochen worden: weitere Zeugnisse rascher Arbeit mit der Brechstange. Ein paar Räume enthielten Ansammlungen von toten Akrasianern – blutig von tiefen Schnittwunden, entsetzlich anzusehen in ihren schönen Kleidungen.

»Die Monoeaner hier drinnen haben Schwerter«, stellte Draken in schroffem Ton fest. Es mussten also Offiziere sein – geschätzte, hochqualifizierte Krieger, Landadlige und untergeordnete Lords, herangezogen zum Kampf.

Seine Oberschenkel brannten von dem steilen Aufstieg, doch dumpfe Schläge und Rufe, die in der spiralförmigen Treppe nach unten widerhallten, drängten ihn dazu, weiter hochzusteigen. Er musste das Schritttempo verringern, um über eine weitere Leiche zu steigen: Jemand hatte eine Gardesoldatin getötet und sie mit dem Kopf voran die Treppe hinuntergestoßen. Sie hatte eine blutige Schmierspur auf den Stufen hinterlassen und war in einer scharfen Kurve mit einem Treppenabsatz unterhalb einer Schießscharte zusammengesackt liegen geblieben. Der Gestank nach Salz und dem Inhalt von Eingeweiden ließ die Steinwände näher heranrücken, während er an der Toten vorbeikletterte. Seine Finger umklammerten den Schwertgriff fester. Die Frau war eine von Elenas Lieblingsgardistinnen gewesen – und sie dürfte sich nahe der Königin aufgehalten haben oder zu deren Hilfe herbeigeeilt sein.

Er unterdrückte das Verlangen, Elenas Namen zu rufen. Es würde bloß ihre Angreifer warnen: Sie steckte hier irgendwo, und er war im Begriff, zu ihr zu kommen. Zwei weitere Drehungen auf der Wendeltreppe, dann hätte er ihre Unterkunft erreicht. Er verlangsamte seine Schritte so weit, dass die Stiefel keine Geräusche machten, obwohl sein tosendes Blut und ein gedämpfter Schrei ihn drängten, in den Raum hineinzustürmen. Vier grau gepanzerte Männer verstopften die engen Stufen vor ihm; sie sprachen mit kräftigen, aufgeregten Stimmen. Das Krachen von Holz auf Stein hallte in seinen Ohren wider. Es dauerte keinen Herzschlag, bis sich zwei der Männer durch einen Eingang drückten. Irgendjemand dahinter kreischte auf.

Draken fletschte die Zähne. Seine Beine pumpten, er erledigte schnell den am nächsten stehenden Monoeaner, indem er ihm seine Klinge unter der Rückenplatte in die Niere stach. Mit einem Grunzen drehte sich der Soldat herum und riss dabei fast das Schwert aus Drakens Hand, doch diese Bewegung führte größtenteils dazu, dass der Mann sich selbst eine unverzeihliche Verletzung zufügte. Draken packte ihn am Schulterpanzer und stieß ihn aus dem Weg. Tyrolean fluchte und drückte sich gegen die gebogene Steinmauer, um zu verhindern, dass er mit dem Mann nach unten gerissen wurde. Die Rüstung schepperte, als der Schwerverwundete die Stufen hinabstürzte.

Der nächste Soldat drehte sich herum – mit hoch erhobenem Sax in der einen Hand und einer Axt in der anderen. Er schwang die Axt gegen Draken und zwang ihn, sich weit zurückzubeugen und sein Gewicht auf das hintere Bein eine Stufe tiefer zu stützen. Draken schwenkte seine Waffe, doch die kleine Parierstange des Sax blieb an Drakens Schwert hängen. Der Soldat drückte, um ihn noch weiter nach hinten zu stoßen, Draken kämpfte um sein Gleichgewicht. Meergeboren war nach oben abgewinkelt und nicht richtig einzusetzen, jedenfalls nicht so, dass er den Gegner hätte verletzen können. Doch die Spitze des Sax war jetzt fast auf seiner Brust aufgesetzt – ein guter Stoß des Monoeaners, und die kleinere Klinge würde seinen Lederharnisch durchbohren. Draken musste brachiale Gewalt aufwenden, um den Soldaten nach oben hin fortzustoßen. Was für ein Mist – es gefiel ihm ganz und gar nicht, treppabwärts von seinem Gegner zu stehen. Aber es gab nichts, was er dagegen tun konnte; er hatte keinen Platz, um an ihm vorbeizuschlüpfen und die höhere Position einzunehmen. Er schwang das Schwert mit der doppelten Schneide, doch der Monoeaner benutzte seine stählerne Armschiene, um den Schlag abzublocken. Draken hatte in der Enge des Treppenaufgangs nicht genug Platz, so weit auszuholen, dass er dem Scheißkerl mehr als nur blaue Flecken hätte zufügen können. Er grummelte einen Fluch, als seine Klinge über die Armschiene sprang. Der Monoeaner stach indes mit seinem Sax nach Drakens Gesicht und zwang ihn, mit dem Kopf nach hinten auszuweichen und eine weitere Stufe nach unten zu gehen, doch die Klinge erwischte ihn noch an der Stirn. Aus der Wunde strömte Blut in sein Auge, und es stach wie der Biss einer Viper. Draken verlor das Gleichgewicht und geriet in eine gefährliche Schräglage.

Tyrolean fing den Sturz seines Lehnsherrn ab: Fäuste in Panzerhandschuhen schlugen dumpf gegen die Rückseite seiner Rüstung und stießen ihn wieder in eine aufrechte Position. Dann krachte die Axt des Monoeaners gegen Drakens von einem Kettenpanzer geschützten Arm. Der Hieb zerbrach Kettenglieder und riss durch sein Muskelfleisch. *Die Götter mögen mich bewahren!* Der Winkel wenigstens war so ungünstig, dass der Knochen nicht brach. Dennoch durchdrang entsetzlicher Schmerz seine Kampfeswut.

Draken fletschte frustriert die Zähne. Der Monoeaner hob abermals seine Axt; Draken streckte mit einer ungelenken Drehung seiner Klinge den Arm vor. Mit der Spitze von Meergeboren erwischte er das Metall, das an der Armschiene aufgeschnallt war und prellte seinem Gegner die Axt aus der Hand, die mit einem Klirren zu Boden fiel. Draken, der die Mauer nutzte, um sich mit seinem blutenden Arm daran abzustützen, schlug mit dem Schwert gegen die weniger geschützte Sax-Hand und traf das Gelenk von unten. Er ächzte vor Anstrengung, doch der Monoeaner schrie auf, kehlig und schwer. Der Sax sprang gegen die Mauer, flog scheppernd weg – und mit ihm die Hand.

Der Turm schien hin und her zu schaukeln, als Draken versuchte, Luft zu holen.

Im Raum jenseits der zerbrochenen Tür schrie jemand erneut – flehend, entsetzt. Draken packte den Soldaten am Halskragen seines Harnischs und wirbelte ihn herum; er stieß den Mann nach hinten auf Tyrolean zu, damit der mit seinen beiden Schwertern die Arbeit beendete. Seine schmerzenden Beine wuchteten ihn die letzten paar Stufen hoch, er brach durch die zersplitterte Zimmertür.

Einer der Monoeaner hatte Elenas Dienstmagd in die Enge getrieben. Sie gab keuchende Schreie von sich; ihre schwarz umrandeten Augen waren vor Entsetzen weit aufgerissen. Sie warf einen Becher nach ihrem Angreifer, der mit einem Knurren seinen Sax erhob. Tyrolean stieß einen Ruf aus, als er hereinstürmte, und lenkte so die Aufmerksamkeit des Mannes auf sich.

Ein anderer Monoeaner hatte Elena in einen Kampf verwickelt. Das Nachtgewand wirbelte um ihre Füße herum, als sie ein Schwert hob, um einen beidhändigen Schlag auszuführen. Der Monoeaner stürzte blitzschnell auf sie zu, um sie niederzustechen. Drakens Herzschlag setzte aus; doch während Elena ihre Waffe schwang, drehte sie ihren Körper mit einem Ruck gerade noch rechtzeitig nach hinten, sodass die Klinge ihren Bauch verfehlte, der die Schwangerschaft längst nicht mehr verhehlen konnte. Der Monoeaner blockte ihren ungeschickten Schlag mit seiner von Metallbändern verstärkten Armschiene und gab ein knurrendes Lachen von sich.

Draken eilte auf Elena zu, das Schwert erhoben, dessen Griff er voller Angst um Frau und Kind mit ganzer Kraft umklammerte. Er schmetterte die Schneide hinab auf die Schulterplatte der grauen Rüstung. Als die Waffe auftraf, stieg der Schmerz wegen der viel zu steifen Haltung seinen Arm hoch und verschärfte sich noch, als er in seine Schulter schoss. Doch Draken hielt Meergeboren weiterhin fest in seinem Griff.

Der Monoeaner geriet ins Taumeln und drehte sich seinem Angreifer zu. Elena ergriff die Gelegenheit für einen Versuch, in die offenkundige Schwachstelle der Rüstung hineinzustechen, doch das lange Schwert verfehlte die Lücke. Die Aktion brachte sie erneut in eine gefährliche Nähe zum Monoeaner. Dieser streckte seine freie Hand aus, ergriff die Vorderseite ihres Nachtgewandes und fing sie so ein, dass sie in Reichweite seiner Stichwaffe geriet.

In diesem Moment verschwanden sämtlicher Lärm und Gestank und alle Furcht. Drakens Arm schwang nach oben, als ob Meergeboren ihn führen würde. Die Klinge erwischte den Monoeaner unter dem Arm. Blut spritzte hervor, ein rauer Aufschrei durchschnitt Drakens Bewusstsein. Er zog das Schwert zurück und stach in die Lücke zwischen Rückenplatte und gebogenem Schulterschutz, richtete die Waffe so aus, dass er das Herz treffen würde. Die Spitze der Klinge blieb im Körper stecken, festgehalten von der monoeanischen Rüstung.

Der Monoeaner taumelte in Elena hinein, und sie schrie auf, als er mit seinem Gewicht gegen sie fiel und sie beide umkippten. Sie stürzten über- und ineinander verwickelt zu Boden; Elena wand sich unter einer Masse aus schweren grauen Rüstungsteilen. Draken sprang nach vorn, packte den Arm des Monoeaners und zerrte ihn fort. Der Mann stöhnte und schwang kraftlos seinen Sax. Die Klinge fiel scheppernd auf den Boden. Draken trat mit seinem Stiefel hart gegen das Verbindungsstück zwischen Kopf- und Nackenschutz: ein gut vernehmbares Knacken, und der Soldat bewegte sich nicht noch einmal.

Tyrolean gab seinem Gegner gerade den Gnadenstoß. Die Dienstmagd sackte an der Wand zusammen; Blut bedeckte ihr Nachtgewand. *Verdammt.* Draken ließ sich nach unten fallen und hockte sich neben Elena; er zuckte zusammen, als sein Knie protestierte. Ihr Schwert lag seitlich neben ihr. Ihre Finger glitten langsam auf das Heft zu und erstarrten dann in der Bewegung, als ihre Augen und die von Draken sich begegneten.

Er legte seine Klinge zur Seite, streckte die Hände nach ihr aus und nahm sie in die Arme. Er wusste, dass es für sie nicht bequem sein konnte, wenn sie an seinem Harnisch ruhte, doch er konnte dem Verlangen nicht widerstehen, sie fest an sich zu drücken und zu halten. »Bist du in Ordnung? Elena?«

Sie stöhnte leise auf und presste ihr Gesicht an seine Brust.

»Elena? Sprich mit mir.«

Sie klammerte sich nur noch fester an ihn; ihre Finger schlossen sich um seine Arme, einer von ihnen bohrte sich in die abheilende Wunde seines Bizepses. Ihr ganzer Körper zitterte, ihr Atem ging stoßweise. Er küsste ihr Haar und streichelte ihren Rücken. »Nur mit der Ruhe, mein Liebling. Ich habe dich.«

Ausgehend von den Stiefeln durchlief ihn plötzlich ein merkwürdiges Beben. Elena schreckte in seinen Armen auf. Blinzelnd sah er auf den Boden hinab. Ein Spinnennetz aus Rissen breitete sich im Holz unter ihm aus. Ein Erdbeben? Oder manifestierte sich hier irgendein ätherisches Grauen? Krisen schienen immer in Gruppen einzutreten.

Tyroleans große Gestalt sprang ihm ins Auge. Der Gardehauptmann hatte den Helm abgenommen und hielt ihn unter seinem Arm; den Kopf hatte er zur Seite geneigt, um zur Tür hinauszulauschen. »Ich glaube, wir sind für den Augenblick sicher. Ich höre niemanden die Stufen hochkommen. Halmar muss den Eingang gut bewacht haben, wie Ihr ihm befahlt. Ich werde es überprüfen und gleich wieder zurück sein.«

Draken wandte seine Aufmerksamkeit wieder Elena zu. »Ich

werde dich hier herausbringen.« Er machte Anstalten, sie hochzuheben, doch sie schob ihn zurück und legte den Arm um ihren angewachsenen Bauch.

»Nein! Das tut weh.«

Er beugte sich zu ihrem Haar. Sie roch nach blumigem Badewasser, ihr Haar war noch feucht. »Wir können nicht hierbleiben.«

»Ich darf mich nicht bewegen. Ich brauche einen Heiler ...« Tränen flossen aus ihren schwarz umrandeten Augen. »Bitte, Draken.«

»Nur bis Tyrolean zurückkommt.« Er ließ sich auf seine beiden Knie nieder, ohne auf die Schmerzen zu achten, und hielt Elena fest in den Armen. Sie lehnte sich an ihn und versuchte dabei, sich zu entspannen, doch ihr Rücken versteifte sich, und sie stöhnte leise. *Das Baby?* Draken konnte sich nicht überwinden, sie danach zu fragen. Er hielt sie einfach nur fest, ihm wurde ganz eng in der Kehle.

»Es ist alles klar«, ertönte wieder Tyroleans Stimme. »Sämtliche Feinde sind tot oder gefangen genommen.«

»Ich werde dich tragen«, sagte Draken. Er ließ Elena los und wischte sich über das Auge, mit dem er nur verschwommen sah. Als er seine Hand herunternahm, war sie rot verschmiert, der stechende Schmerz jedoch war verschwunden. Er ignorierte die Wunde und wischte sein Schwert an dem nächstbesten Tuch ab, das er finden konnte – eine Decke von ihrem Bett. Dann steckte er die Waffe in ihre Scheide. Anschließend kniete er sich abermals nieder und hob Elena hoch, so sanft er nur konnte.

Sie blickte zu seinem Gesicht hoch. »Du blutest.«

Wie sollte er ihr all seine auf unnatürliche Weise heilenden Schnittverletzungen erklären? »Bloß ein Kratzer. Es geht mir gut.«

Während er sie hinaustrug, drehte sie den Kopf, um in das Zimmer zurückzublicken. Ihr stockte der Atem. »Melie ...«

Ihre Dienstmagd lag ausgestreckt in der Ecke, das Nachtgewand voller Blutflecken. Der Monoeaner, der sie angegriffen hatte, lag in der Nähe. Seinen Kopf hatte Tyrolean beinahe ganz abgetrennt, leider zu spät. Man würde eimerweise Salzwasser benötigen, um die Fußböden sauber zu schrubben.

Tyrolean stand im Türeingang und schwang immer noch seine

zwei blutverschmierten Schwerter. »Ich werde mich darum kümmern, dass mit Eurer Dienstmagd sorgfältig umgegangen wird, Eure Majestät. Habt Ihr Befehle, was die Gefangenen anbelangt?«

Elena schloss die Augen und lehnte ihre Wange an Drakens Schulter. »Tötet sie.« Ihre Worte waren leise, klangen gedämpft an seiner Brust. »Tötet sie alle.«

KAPITEL DREI

Draken beugte sich über die Steinmauer des Turms vom Seebergfried und drückte sein Auge an das Sichtglas. Elenas Kutsche und eine große Menge an Gardesoldaten zogen über das Feld auf Brîn und seine Heiler zu. Sie waren schon fast bei den Stadttoren. Er sehnte sich danach, bei ihr zu sein, doch es gab Angelegenheiten, um die er sich hier kümmern musste. Mit einem Seufzer drehte er sich herum, um abermals die Blutbucht zu beobachten. Die vielen Handelsschiffe hatten den monoeanischen Seefahrzeugen genügend Platz gegeben, um auf der entgegengesetzten Seite der Bucht anzulegen oder aus ihr hinauszusegeln, sodass sie jenseits der Meeresbrandung Anker werfen konnten.

Seine Rüstung fühlte sich zu eng auf seiner verschwitzten Haut an, und getrocknetes Blut klebte in den Falten seiner Finger. Eine Seite seines Gesichts war ebenfalls steif vor Blut, das größtenteils sein eigenes war. Er hatte die Heiler fortgewunken, um die drei monoeanischen Kriegsschiffe in der Blutbucht genauer zu betrachten. Ohne Zweifel war seine Haut unter den verkrusteten Blutflecken längst verheilt.

Tyrolean, Halmar und ein weiterer Szi Nêre namens Konnon, der den Morgen überlebt hatte, scharten sich hinter ihn. Alle waren voller geronnener Blutspritzer und wärmten sich an dem großen lodernden Feuer, das die Turmspitze beleuchtete. Den zwei barfüßigen Jungen, die das flammende Feuer des Seebergfrieds Tag und Nacht in Gang hielten, war nicht viel Platz geblieben. Die beiden waren so leise wie Katzen. Unten auf der Ufermauer arbeiteten Brînianer und akrasianische Gardesoldaten Seite an Seite: Sie nahmen den toten Monoeanern die wertvollen Waffen ab und versenkten die Leichen kurzerhand im Meer.

Drei verdammte Schiffe – genau so, wie es gemeldet worden war. Ein Nebel wälzte sich mit Nieselregen heran, bereit, über dem Land dichtzumachen. Kalter Wind ging dem Nebel voraus und durchdrang die von der noch scheinenden Sonne erwärmte Luft. Die monoeanischen Schiffe waren tödliche Schatten, deren Segel zu Dunst verblassten, während sie sich zurückzogen. Sie hatten die teilweise errichteten Zwillingstürme, die den Eingang zur Blutbucht bewachten, fast erreicht.

Draken fluchte. Ein Rückzug – doch er würde seinen Thron darauf verwetten, dass der nicht von Dauer war. Das hier war die monoeanische Kriegsflotte, die auf den Ruf der Pflicht hin gekommen war: die mächtigste Streitkraft zu Wasser in der ganzen Welt. In ihrem Schlepptau zog sie immer den Tod mit sich. Rückzug – für sie gab es so etwas schlichtweg nicht! Außerdem hatten sie Gefangene hier zurückgelassen, unter ihnen sogar Offiziere. Auch für so etwas waren sie gänzlich unbekannt.

Draken senkte das Fernglas nach unten, starrte aber immer noch aufs Meer hinaus. Handelsschiffe hatte man zum Schutz gegen Piraten bewaffnet, und sehr viele ausländische Kriegsgaleonen waren für den Transport von Waren umgerüstet worden. Die schwere Bewaffnung all der Schiffe in der Bucht würde also nicht mehr als einen oberflächlichen Blick auf sich gezogen haben. Und das, obwohl das Hier und Jetzt eine Friedenszeit sein sollte. Und dennoch. Auf den monoeanischen Schiffen flatterten Kriegsbanner, die ein jeder Matrose, der bei der brînianischen Flotte Dienst tat, wiedererkennen sollte.

Tyrolean ergriff das Wort. »Sie sind von der südlichen Küste gekommen, so wie wir gedacht haben. Die Buchtwache hat sie für Handelsschiffe gehalten. Aus Felspirn oder von noch weiter weg.«

Draken schüttelte den Kopf. Die Weiße Stadt ließ Schiffe auslaufen, die ihren legendären Geistersteinmauern gleichkamen, mit Segeln von der Farbe frischen Schnees. Er erinnerte sich an ihre Eleganz, die im Gegensatz zu den zweckmäßigen grauen monoeanischen Schlachtschiffen in der Schwesterbucht auf Monoea stand. »Händler aus Felspirn würden nicht an den Raureif-Meerengen vorbeikommen – nicht bei den Eidola-Inseln, um die man navigieren muss. Und die Patrouillen unserer Buchtwache sollten es gemeldet haben, wenn sie die Blutbucht durchfahren hätten. Warum haben sie es nicht getan?«

Die Verteidigungsmaßnahmen für die brînianische Küste waren vor langer Zeit einmal gut eingerichtet worden, und die Eidola-Inseln stellten in jedem Fall eine Herausforderung für die Navigation dar, der ein Angreifer sich erst einmal gewachsen zeigen musste. Doch Drakens Vater hatte während seiner Regentschaft die Ausrüstung von Flotte und Buchtwache schmählich veralten lassen. Zweifellos hatte er gedacht, dass die Notwendigkeit für eine ordentlich instandgehaltene Kriegsflotte und einen Küstenschutz nicht mehr gegeben war, als er sich in ein Bündnis mit dem Mantiker-König gestürzt und einen Krieg gegen die Götter in Gang gesetzt hatte. Bei all dem, was Draken lernen und tun musste, während er das Zepter der Stadt Brîn und des brînianischen Fürstentums übernahm, hatte die Verbesserung der Verteidigungsmaßnahmen für die Blutbucht und die Küste eine von vielen Aufgaben dargestellt, die auf der Strecke geblieben waren.

Darüber hinaus war er vor einem Sohalia noch ein Mitglied des monoeanischen Königshofes gewesen, und damals hatte es nicht das leiseste Gerücht über Invasionspläne gegeben. Er hätte davon gewusst … Nein, als am Hofe ansässiger Akrasia-Experte wäre er sogar aufs Engste darin verwickelt gewesen. Was hatte sich seitdem verändert? Und weshalb jetzt?

Schade, dass *jetzt* wenig Zeit blieb, die Frage zu untersuchen und etwas bezüglich der möglichen Antworten zu unternehmen.

»Ich habe Nachricht geschickt, dass zwei Schiffe klargemacht werden sollen, um sie bereitzustellen«, informierte ihn Halmar.

Die wechselnden Winde zogen Drakens Locken nach vorn. Er schob sie zurück. »Nur zwei?«

»Der Großteil der Flotte befindet sich auf Handelspatrouille auf See.« Zu den von Monoea diktierten Kapitulationsbedingungen nach dem Zehnjährigen Krieg hatte auch gehört, dass Brîn zustimmte, die Handelsrouten zum Schutz vor Piraterie zu überwachen. Genauer gesagt: Die akrasianische Krone hatte den Monoeanern brînianische Patrouillen versprochen. »Die *Freigebigkeit* und die *Reavan* sind noch im Trockendock.«

»Dann lasst die *Fluch* auslaufen, um das Verhandlungsersuchen zu überbringen.«

»Darf ich frei sprechen, Eure Hoheit?« Tyroleans Stimme klang schneidend.

Mit einem Wink seiner Hand gab Draken ein Zeichen der Zustimmung, ohne sich zu seinem Gefolgsmann umzudrehen.

»Die Köpfe dreier Hoher Häuser sind tot. Va Khlar zieht sich bereits nach Reschan zurück, um dort seine Verteidigung zu verstärken. Die Königin ist beinahe getötet worden. Von unserer Seite aus gibt es nur geringe Chancen auf eine Verhandlung.«

Wie verabscheute Draken sein Geburtsrecht, das ihn seinen Freunden voranstellte. Dabei hörten die anderen ihm zu. Aber das jetzt war Kriegszeit, und er konnte es sich kaum leisten, dass seine Anweisungen infrage gestellt wurden. Abgesehen von der Behinderung seiner Führungsqualitäten konnten einige Diskussionsthemen auch zu unangenehmen Fragen über seine Vergangenheit führen.

»Danke für Euren Ratschlag, doch wir müssen es versuchen. Monoea ist ein zu wertvoller Verbündeter und ein zu gefährlicher Feind. Sendet die Galeone aus; sie soll dem ersten Schiff folgen. Wir müssen irgendeine Demonstration unserer Macht zeigen.« Idealerweise wären sie den Monoeanern Schiff für Schiff ebenbürtig gewesen, doch er hatte ein ziemlich großes Vertrauen in die *Überfahrt*, eine schwere Schlachtgaleone. »Und lasst frische Kundschafter die Küste hinunterreiten. Ich habe das ungute Gefühl, dass dies nicht ihr einziger Angriff gewesen sein könnte.«

»Was ist mit den Gefangenen?«

Die im Kampf überwältigten Monoeaner befanden sich immer noch zusammengedrängt, entwaffnet und gefesselt im Innenhof.

Tötet sie. Tötet sie alle. Die letzten Worte von Elena hallten nach wie vor in ihm nach.

Eine solche Tat würde einen offenen Krieg noch viel wahrscheinlicher werden lassen, sogar in einem noch stärkeren Maße, als der monoeanische Angriff es schon getan hatte. Und sie konnten keinen Krieg gewinnen, den zu führen Monoea sich entschlossen hatte. Er hatte das sichere Gefühl, dass dies hier nur eine Warnung hatte darstellen sollen, insbesondere jetzt angesichts des Rückzugs der Monoeaner. Aber er hatte keine Idee, wie er dies Elena übermitteln sollte, ohne seine detaillierten Kenntnisse über die monoeanischen Streitkräfte preiszugeben. Er begann, die Turmstufen hinunterzusteigen. Als die sich krümmenden Steinmauern sie vom Wind abgeschnitten und in Dunkelheit gehüllt hatten, die nur von Schießscharten unterbrochen wurde, gab er die Antwort.

»Lasst die Gefangenen erst einmal in Ketten. Bringt sie in den großen Saal, damit sie außer Sicht sind.« Elena würde sie von der Stadtburg aus nicht sehen, doch akrasianische Gardesoldaten übermittelten ihr unter Umständen, dass die Gefangenen immer noch am Leben waren. »Ich will ausschließlich brînianische Wachleute für sie. Ich werde mich später um sie kümmern.«

»Eure Hoheit, ich dachte, die Köni…«

»Hauptmann.« Draken stützte sich gegen die Mauer und hielt auf den Stufen inne.

»Ja, Eure Hoheit?«

»Habt Ihr als Kind niemals unangenehme Aufgaben hinausgeschoben? Euch Früchte von Marktständen geschnappt? Euch für einen Ritt einfach ein Pferd genommen? Oder seid Ihr niemals von zu Hause weggerannt, habt niemals Küsse gestohlen oder den Tempelbesuch geschwänzt?«

Tyrolean kniff die Augen zusammen. »Mein Vater hätte mich mit der Peitsche geschlagen.«

Draken seufzte. »Meiner auch. Zum Glück sind sie tot. Tut, wie ich es Euch geboten habe. Es ist meine Sache, mich der Königin gegenüber zu verantworten, nicht Eure.«

»Jawohl, Eure Hoheit.« Tyrolean schritt an ihm vorbei und trabte mit der ganzen behänden Energie eines Mannes davon, der frisch ausgeruht und halb so alt wie Draken war.

Draken schnaubte und blieb ans Mauerwerk gelehnt stehen, um durch eine Schießscharte zu spähen. Er konnte sich zwar nicht sicher sein, doch er glaubte zu erkennen, dass die monoeanischen Schiffe jenseits der die Blutbucht schützenden Meeresbrandung Anker geworfen hatten. Dann beobachtete er die eigenen Schiffe, die sich auf halbem Wege quer durch die Bucht befanden, bevor er aufseufzte und weiter nach unten ging. Dabei vermied er es, in den Raum zurückzuschauen, wo sich die Königin selbst verteidigt hatte. Er und seine Szi Nêre mussten um die Dienstmägde und Soldaten herumschreiten, die Leichen forttrugen und Blutflecken wegputzten.

Auf der untersten Treppenstufe begegnete ihm Thom. Dessen Stirn war oberhalb der Maske von Falten zerfurcht. Draken unterdrückte einen Fluch. »Was ist jetzt schon wieder?«

»Khel Szi, Mondlinge erwarten Euch in der Stadtfestung zu einer Audienz.«

Mondlinge? Ein paar Atemzüge lang starrte er Thom an, bevor er sich dieser Sache wieder entsann. Lady Oklai sollte in dieser Sieben-Nacht hier ankommen, das hatte er gewusst. Aber sie hatte es anscheinend für angebracht gehalten, schneller zu reisen, als er erwartet hatte. Vielleicht ermöglichte der SCHWEBEZUSTAND ihr eine größere Geschwindigkeit als herkömmlichere Formen des Reisens. »Von all den verdammten Tagen ausgerechnet der heutige … Schickt ihr eine Nachricht, dass ich kommen werde. Stellt in der Zwischenzeit sicher, dass sie gut empfangen wird und dass man sich um sie kümmert. Sorgt persönlich dafür, Thom.«

»Darf ich eine andere Sache erwähnen?«

Draken widerstand dem Drang, auf seinen Fußballen zu hüpfen. Er hatte schlechte Laune, wie er selbst wusste; und wenn Thom den Mumm besaß, ihn aufzuhalten, obwohl er dies auch erkennen konnte, dann musste es sich um etwas Wichtiges handeln. »Ja, was gibt es?«

»Es ist merkwürdig, und ich bin mir nicht sicher, ob es wichtig ist …«

»Thom. Ich stehe unter Zeitdruck.« Er richtete die zusammengekniffenen Augen auf den Gadye.

Thom räusperte sich. »Richtig, Khel Szi. Es ist bloß … die Monoeaner. Sie sind wirr im Kopf.«

Wirr im Kopf? Unmöglich. »Was versucht Ihr mir zu sagen?«

»Sie haben keine Angst vor uns. Keine Angst vor unseren Drohungen. Sie setzen sich nicht zur Wehr und zeigen nicht die geringsten Anzeichen von Furcht. Einer von ihnen sagte sogar, er würde sich darauf freuen, zu sterben, und er hoffe, er könne durch Eure Hand sterben.«

»Durch meine?« Draken würde sich eindeutig selbst darum kümmern müssen. »Das macht nichts. Sie sind immer noch verurteilt auf Befehl der Königin. Haltet die Mondlinge für mich bei Laune, bis ich zurückkomme.«

Bevor der Gadye darauf etwas antworten konnte, drehte Draken sich zu Comhanar Vannis um, der auf ihn zuschritt. Vannis war ebenso mit Blut beschmiert wie Draken und hatte auf seinen Armen und der Brust ein paar oberflächliche Schnittwunden davongetragen, die er jedoch nicht beachtete. Keiner der Brînianer schien etwas dagegen zu haben, dass Draken eine Panzerung nach Art der Akrasianer trug; aber er fragte sich, über welche Form von Segnungen die Brînianer verfügten, dass sie ohne einen solchen Schutz zu kämpfen wagten.

Draken hob das Kinn zum Gruß. »Welche Neuigkeiten gibt es, Comhanar?«

Vannis' Finger waren um den Griff seines Schwertes gewunden, als ob er jeden Moment die Waffe zu ziehen gedachte. Die Wachleute auf den Wehrgängen und auf dem Boden hielten Pfeile auf ihren Bogensehnen. Der Angriff hatte dazu geführt, dass jeder besonders wachsam war. Nun, genau so sollte es sein.

»Ziemlich stürmische, Khel Szi. Offensichtlich haben die Monoeaner weiter unten an der Küste noch eine andere Galeone eingesetzt und ihre Leute in große Guerilla-Banden unterteilt. Am heutigen Morgen sind während der Schlacht einige Melder von entlegenen Dörfern bei uns eingetroffen.«

»Bei den sieben verdammten Göttern! Töten sie die Menschen, oder vertreiben sie sie aus ihren Heimen und rauben sie aus?«

Vannis blickte sich um, bevor er eine Antwort gab, und senkte dabei die Stimme. »Sie töten sie, Khel Szi.«

Der Comhanar stand höflich vor ihm – sein runzliges Gesicht wirkte wie eine Maske der Abwesenheit –, während Draken noch mehr fluchte. Er hielt stammelnd inne, als ihm bewusst wurde, dass der Mann auf Befehle wartete. Sie benötigten Hilfe. Mehr Soldaten. Servii: Drakens Servii in Khein. Aber die waren mehrere Tagesmärsche entfernt, er hatte nur fünfzig von ihnen hier in der Stadt, um die ungefähr dreihundert Gardesoldaten zu verstärken, die Elena begleiteten. Und die Hälfte von ihnen war in der heutigen Schlacht gestorben. Der Angriff war zu frisch in seinem Gedächtnis, als dass er bereit gewesen wäre, die Königin ihrer akrasianischen Gardisten zu berauben. Sie kam zuerst.

»Wie viele Soldaten könnt Ihr erübrigen, um sie aus der Stadt Brîn zu entsenden?«

Comhanar Vannis blinzelte. »Nicht mehr als die beurlaubten. Einhundert, vielleicht auch weniger. Und selbst das ist ein Risiko.«

Ja, sogar ein sehr hohes. »Bei Khellians Eiern, es bleibt nichts anderes übrig. Ruft sie zum Dienst. Und, Comhanar? Sie sollen den Monoeanern nachstellen. Und zwar heimlich. Zersplittert sie in Gruppen, von denen keine einzige aus mehr als einem Dutzend Soldaten besteht.«

»Ein Melder berichtete von Gruppierungen, die dreißig Mann stark sind, vielleicht sogar fünfzig.«

»Wie ich gesagt habe. Sie sollen ihnen nachstellen. Dies sind Kampfhandlungen nach der Devise ›schnell zuschlagen und schnell zurückziehen‹. So die Götter es wollen, wird sich das alles nicht zu einem offenen Krieg entwickeln.«

Wie er sich wünschte, dass er eine dieser Gruppen selbst anführen könnte – und dass er Vannis alles erzählen könnte, was er über monoeanische Taktiken wusste. Draken fragte sich, wie viele Menschen unbeabsichtigterweise sterben würden, nur damit seine Vergangenheit geheim blieb. »Sie sollten … Nein. Keine weiteren Befehle, die nur zu sehr ins Detail gehen. Ich weiß: Wenn fünfzig oder einhundert brînianische Soldaten losmarschieren und umherstreifen, dann werden die Monoeaner eine Möglichkeit finden, sie zu massakrieren. Sollte der heutige Vormittag irgendwelche Rückschlüsse zulassen, dann den, dass die Monoeaner frontal geführte Schlachten hervorragend zu schlagen verstehen. Unsere Männer müssen unbedingt beweglich und leise genug sein, um rasch anzugreifen und ebenso rasch wieder zu fliehen. Sie werden die Details ihres Vorgehens auf dem Marsch selbst ausarbeiten müssen.«

Die brînianische Stadtfestung unterschied sich kaum mehr von Elenas spartanischer, das Licht aussperrender Bastion in Auwaer oder dem ausladenden grauen Palast, der die Siebenfel-Klippen über der Schwesterbucht in Monoea überspannte. Draken fragte sich, ob er sich jemals daran gewöhnen würde, direkt von dem strahlend hell bepflanzten Innenhof in den kreisförmigen Palast schreiten zu können. Der brînianische Thron befand sich an einem Ende des Saals auf einem Podium und wirkte sogar inmitten der aufsehenerregenden hellen Fliesen und der mit Blattgold überzogenen Säulen farbenprächtig. Künstler waren gerade damit beschäftigt, Nachbesserungen an den Wandmalereien im Innern des Kuppelgewölbes vorzunehmen, doch offensichtlich hatte man sie im Augenblick wegen der hochgeschätzten Gäste des Khel Szi hinausgeschickt. Zurückgeblieben waren folgende Leute: einige Mitarbeiter des Seneschalls, Szi Nêre, die an den drei Türen aufgestellt waren, und eine Handvoll Sklaven, die sich um die Tische mit den Erfrischungen kümmerten. Und sie alle warfen den Mondlingen, die darauf warteten, ihn zu sehen, argwöhnische Blicke zu.

Draken war so schnell er konnte zur Stadtfestung zurückgeritten, aber keiner aus der Kriegsgesellschaft der Mondlinge – es war ihm unmöglich, auf irgendeine andere Weise von ihnen zu denken – zeigte ein Lächeln, als er mit großen Schritten in den Palast hineinging. Einen Atemzug lang zog er in Erwägung, sich auf seinen Thron zu setzen; aber er war schmutzig, und ein tiefes Stirnrunzeln hatte bereits Lady Oklais geflecktes Gesicht verzogen. Stattdessen kam er näher und kniete sich aus Höflichkeit nieder, um auf einer Höhe mit ihr zu sein. Seine Szi Nêre bezogen Position zu beiden Seiten des Podiums.

»Meine Dame. Es ist mir eine große Ehre, Euch begrüßen zu dürfen.«

Einen langen Augenblick wartete sie mit der Antwort, und als sie sie gab, war ihr Tonfall bitter. »In der Tat ist die Ehre ganz die meine, dass Ihr Euch die Zeit nehmt.«

Ein Herzschlag. »Es ist ein ziemlich geschäftiger Morgen gewesen.«

»Zu geschäftig, um nach der Schlacht zu baden, wie ich sehe.« Ihre breiten Nasenflügel wölbten sich, und ihre Lippe kräuselte sich.

Waren die Mondlinge dermaßen penibel, dass sie die Gegenwart von Schlachtendreck nicht ertragen konnten? In Wahrheit wusste er wenig über sie. Oklai war sauber, die bleichen Lederstreifen, aus denen ihr langer Rock bestand, waren bis zu ihren Fersen fleckenlos. Die Bänder an ihrem Speer waren allerdings steif von altem Blut. Die Klinge an der Spitze sah aus, als hätte sie eine scharfe Schneide.

Er unterdrückte ein verärgertes Seufzen, erhob sich und warf sich irgendwie in seinen Thron, wobei er einen Arm über die Lehne hängen ließ. Zum Kuckuck mit der Schweinerei, und zum Kuckuck mit Oklais Beleidigung. »Ich bin bereits zu spät zur Audienz gekommen, meine Dame«, sagte er betont gereizt. »Wie kann ich Euch helfen?«

Ihr Trupp, eine Gruppe von einem Dutzend kleiner Krieger, die besser zu den Norvern Wildnissen von Monoea passten als zur betriebsamen Stadt Brîn, nahmen Aufstellung. Die bebänderten Schaftenden ihrer Speere erzeugten ein scharfes Klacken auf dem Fußboden. Jedes Band wies wie das ihrer Anführerin dunkle Flecken auf und war steif vor Blut.

Draken blinzelte; für einen ironischen Blick hob er jedoch die Augenbrauen einen Herzschlag zu spät an.

»Einst hat mein Volk Euch einen Gefallen getan.« Der Pelz, den Oklai auf ihrer Schulter trug, kräuselte sich wie ein lebendiges Wesen, als sie auf lautlosen, in geflochtene Sandalen gekleideten Füßen behutsam näher kam.

Er senkte das Kinn in dem Versuch, zu verbergen, dass er tief und still Luft holte. »So wie ich einst den Euren einen Gefallen getan habe.«

»Ihr habt eine aus meinem Volk vor der Sklaverei bewahrt.«

Oder vor einem schlimmeren Einsatzzweck – dem Mantiker nach zu urteilen, der sie gefangen nahm. Draken ließ seine freie Hand die Armstütze des Thrones entlanggleiten und begutachtete das glatte Holz, das von den Berührungen seiner Vorfahren geschwärzt war.

Die gewaltigen Säle der großen Nationen schienen die Gewohnheit quälend langsamer Konversation weiterzugeben.

»Ich hatte die Schulden zwischen uns als beglichen erachtet«, erwiderte er, weil sie gewiss hier war, um etwas zu erbitten. »Vielleicht denkt Ihr anders darüber?«

»Schulden? Nein. Nicht zwischen uns. Zwischen Euch und den Göttern.«

Draken konnte ein Schnauben nicht zurückhalten, doch es gelang ihm, zu verhindern, dass er etwas sehr Unhöfliches sagte.

Oklai glitt nächer heran. »Eure Handlungen stellen ein Omen dar.«

Er verengte die Augen und trachtete danach, so forsch wie einst sein Vater aufzutreten. Doch seine Kehle war zu trocken. »Handlungen.«

»Einem Mondling ein Leben in der Sklaverei zu ersparen.«

Er ließ dies in sein Bewusstsein sinken und erhaschte einen Schimmer von dem, was sie beabsichtigte. Sein Tonfall war anschließend vorsichtig und unverbindlich, obgleich das Thema ihn gewaltig wurmte. Er hatte während der vorherigen paar Mondeumläufe seine rhetorischen Fähigkeiten deutlich verbessern können, als er in Verhandlungen mit mächtigen Kaufleuten gestanden hatte, die sich Zollbefreiungen erhofften. »Ich habe kein Geheimnis daraus gemacht, dass ich die Sklaverei verabscheue.«

»Und trotzdem haltet Ihr welche.« Oklais Blick folgte einer hübschen Haussklavin, die einen weiteren Krug Wein für die Gäste brachte.

»Ich habe die Aufgaben eines jeden Sklaven in der Stadtfestung reduziert. Jedem einzelnen werden angemessene Mahlzeiten und eine ausreichende Schlafenszeit gewährt.« Die Sklavin war eine Gemischte, hatte Kurven an allen richtigen Stellen, war unterwürfig wie ein verschlafenes Kätzlein und eine Favoritin der Szi Nêre. »Auch haben sie Schutz vor jenen, die außerhalb der Stadtfestung sind, ebenso wie vor denen, die hier im Innern leben.« Die Nêre und das freie Hauspersonal waren nicht gerade erfreut über seine Neuerungen gewesen, und ihm war klar, dass er nicht gegen die Neigungen einer ganzen Kultur ankämpfen konnte. Doch innerhalb *seines* Hauses gab sich niemand irgendjemandem hin, wenn dies nicht freiwillig angeboten wurde.

»Aber Ihr nennt sie immer noch Sklaven. Haben einige von ihnen Mondling-Blut?«

»Ausschließlich Gemischte.« Verdammt, dies war ein akrasianisches Vorurteil gegenüber Mischlingen und nicht seines. Er war kein Scheinheiliger, zumal er selbst ein Gemischter war.

Oklai presste die Lippen zusammen, der Speer bewegte sich in ihrer Hand, als sie ihren Griff korrigierte. Die Szi Nêre zu seinen beiden Seiten spannten sich an.

Es war ein kümmerlicher Sieg. Sie hasste Gemischte möglicherweise mehr, als es die meisten Akrasianer taten, dennoch erwartete sie immer noch … Ach, was auch immer es war, was sie verdammt noch mal erwartete. Totaler Schwachsinn. Er hatte keine Zeit für so etwas.

Er nahm den Arm von der Rückenlehne des Throns herunter und beugte sich nach vorn; die Unterarme ließ er auf den Knien ruhen. Seine müden Muskeln drückten gegen die Rüstung, und er musste das Verlangen unterdrücken, sich von den erstickenden Kettengeflechten, Platten und Riemen zu befreien. »Wie Ihr seht, habe ich vielen Verpflichtungen nachzukommen. Wie kann ich Euch zu Diensten sein, Lady Oklai?«

Die Mondling-Frau straffte sich. »Mein Blut entstammt einer direkten Abstammungslinie von Königinnen, wie das Eure einer von Königen.«

Drakens Augen verengten sich. »Es gibt nur eine Person in Akrasia, die ich Königin nenne.«

»Wir sind in Brîn, oder nicht?«

»Was ein Fürstentum von Akrasia ist. Dies wisst Ihr.«

»Und Elena ist hier ein Neuankömmling – im Vergleich zu meinem Volk.«

»Ich habe weder die Zeit noch die Lust, eine Debatte zu führen ü…«

»Dies ist keine Debatte. Ich benenne eine simple Tatsache. Elena ist nicht die einzige Königin in Akrasia und auch nicht die rechtmäßige.«

Er seufzte. Müdigkeit kribbelte im Innern seiner Augenlider. Es war schon jetzt ein langer Tag, und die Sonne hatte gerade erst ihren Höhepunkt überschritten. »Lady Oklai, dies ist ein verräterisches Gespräch. Zwingt mich nicht, Euch gefangen zu nehmen. Wir sind Freunde, oder zumindest glaubte ich, dass wir das wären. Ich bi…«

»Sind wir das? Freunde? Und dennoch versklavt Eure Königin mein Volk. Ihr haltet Sklaven genau hier in diesem Haus.«

»Die Sklaverei wurde eingeführt, lange bevor ich auf dem Thron von Brîn Platz genommen habe.«

»Aber Ihr sitzt nunmehr auf diesem Thron. Mit Euren Handlungen billigt Ihr stillschweigend die Sklaverei, Khel Szi.«

Seine Kiefermuskeln spannten sich an. Eine schwere Stille hing im Raum – die schließlich von seiner leisen Stimme gebrochen wurde. »Ihr wisst, dass ich das nicht tue.«

»Und trotzdem habt Ihr nichts unternommen, um die Sklaven zu befreien, seit Ihr hier angekommen seid.«

Angekommen? Meinte sie damit seine Ankunft in Brîn oder auf dem Kontinent Akrasia? Sie hatte zu verstehen gegeben, dass sie etwas von seiner Lebensgeschichte wusste, als sie beide sich das erste Mal getroffen hatten. Draken durfte nicht das Risiko eingehen, dass seine Wachsoldaten oder andere zufällig etwas mithörten, wenn Oklai Wert darauf legte, dieses Wissen gegen ihn zu benutzen. Er stand auf und trat vom Podium herunter. Jetzt täuschte er nicht vor, seinen Größenvorteil zu verbergen, und straffte sich. »Habt Ihr die Gärten gesehen, meine Dame?«

Sie runzelte die Stirn, begleitete ihn jedoch zum Innenhof hinaus und zu den Außenanlagen innerhalb der von Mauern umgebenen Stadtfestung. Die Geräusche der Stadt, die gefiltert durch die Tore hereindrangen, wurden leiser, als sie beide zwischen den Bäumen spazieren gingen. Diese waren kräftig und hochgewachsen, denn die Zitadelle schützte sie vor dem Meer. Die Äste waren mit großen Bändern aus Moos behängt, und die stets gegenwärtigen Brisen brachten die Blätter zum Rascheln. Der Himmel hoch oben war immer noch größtenteils blau, am Rande jedoch grau: Aus Richtung des Ozeans trieben dichte Nebelschwaden herein.

Sie verbargen wahrscheinlich inzwischen auch die monoeanischen Schiffe vollständig. Draken versuchte zuzulassen, dass die frischen Düfte und die kühlende Brise ihn beruhigten. Das war allerdings schwierig, solange das verkrustete Blut seiner alten Landsleute ihm noch anhaftete.

»Ihr wart einst ein Sklave in Monoea«, sagte Oklai schließlich. »Ihr wisst, was Ihr tun müsst.«

Mehrere Momente lang spazierte er stumm weiter, bis er sich sicher sein konnte, dass die Angst, die in seinen Adern sang, seine Stimme nicht erreichen würde. »Hier – hier bin ich ein Sklave der Politik und der Wirtschaft. Ich habe Verpflichtungen, die über das Wohl Eures Volkes hinausgehen.«

»Ihr habt eine Verpflichtung gegenüber dem Willen der Götter.«

Immer und immer wieder stellte ihm jemand ein Bein mit den Göttern. »Jene Götter, die mir dieses Schwert gaben und mir sagten, dass ich damit meine Königin töten soll. Wer seid Ihr, dass Ihr den Anspruch erhebt, ihren Willen zu kennen?«

»Ihr habt eine Königin getötet und einen Krieg abgewendet.«

»Ich habe die Frau getötet, die mich liebt – die jetzt mein Kind unter ihrem Herzen trägt. Die Götter wollten, dass ich sie tot zurückließ, aber das konnte ich nicht. Seit dieser Zeit höre ich nichts als verdammtes Schweigen von ihnen. Also kommt mir nicht immer wieder mit den Göttern. Sie haben bereits unter Beweis gestellt, dass sie mich zwingen werden, wenn sie meine Dienste wollen. Bis dahin aber entscheide allein *ich*.« Eidola mochte ruhig seine Seele beanspruchen, doch er würde auf jeden Fall selbst entscheiden.

»Ich sehe, Ihr braucht mehr gutes Zureden.« Das Letzte war mehr ein Zischen als ein Wort.

Er schluckte eine Entgegnung hinunter und weigerte sich, ihr in die Falle zu gehen. »Ich will helfen. Ich würde gerne alle Sklaven befreit sehen. Aber ich kann nicht. Nicht jetzt, in diesem Augenblick.«

»Wann dann, Khel Szi? Die Zeit schreitet fort, und Fürsten haben immer dringende Pflichten. Wann also werdet Ihr die Befreiung der Mondlinge zu Eurer vordringlichen Pflicht machen?«

Er blieb mit geballten Fäusten stehen, seine Schultern spannten sich schmerzlich unter der Rüstung an. Abermals hatte er das Gefühl, als könne er kaum atmen, als würde ihm die Kehle eingeschnürt. »Vollkommener Blödsinn! Seht Ihr denn nicht, dass ich immer noch voller Blut von der Schlacht bin und mich gerade darauf vorbereite, meine Toten im Meer zu bestatten? Königin Elena ist soeben noch mit dem Leben davongekommen – ganz zu schweigen von dem Leben unseres Kindes. Im Augenblick stehen mehr Leben auf dem Spiel als die weniger Sklaven. Ich bemühe mich hier, einen Krieg abzuwenden, den wir nicht gewinnen können.«

»Ich befürchte, dafür ist es viel zu spät, Draken.« Oklais Worte verpufften vor den lebendigen Geräuschen, die überall um sie herum erklangen, sie drehte sich von ihm weg.

Eine lange Zeit stand er nur da und beobachtete ihren kleinen Körper, während sie zu der großen, gewölbten Zitadelle zurückspazierte, dem Palast seines Volkes, bis der Wind das Flüstern der Blätter in bedrohlichen Spott verwandelte und überall um ihn herum feucher, stickiger Nebel näherrückte.

KAPITEL VIER

Elena war immer noch mit den Heilern in ihren Kammern. Die Dienstmägde in der äußeren Wohnkammer beäugten Draken mit offener Empörung und Bestürzung angesichts seiner schmutzigen Erscheinung.

Eine von ihnen nahm ihren ganzen Mut zusammen und sagte: »Ihr werdet Ihre Majestät doch nicht aufregen wollen, Khel Szi?«

Sie war blasser als manche anderen Sklavinnen im Haushalt und hatte zarte Gesichtszüge. Dutzende von winzigen Flechten verliefen über ihren Kopf und hingen bis zu den Schultern hinunter. Sie musste aus Septonshir sein, der Sieben-Seen-Region nördlich des Graslands. Sie war eine geborene Gemischt-Sklavin, ihre Mutter hatte man wahrscheinlich zu Tode gesteinigt für das Verbrechen, unterschiedliches Blut miteinander vermischt zu haben. Draken hatte gehört, dass 'Meres in fanatischer Weise intolerant gegenüber Gemischten waren. Die Sklavin senkte den Blick, als seine Aufmerksamkeit auf ihr ruhte.

»Teilt meiner Königin und den Heilern mit, dass ich zurückkommen werde, wenn ich präsentabler bin.«

»Jawohl, Khel Szi.«

Das Licht, das durch die hauchfeinen Gardinen in seine Kammern schien, warf gezackte, schwertähnliche Schatten vom Balkongeländer auf die gefliesten Böden. Weihrauch brannte und füllte die Zimmer mit vertrautem sinnlichen Duft. Draken hatte das Gefühl, als ob er den sauberen Raum besudelte, während er die blutverkrustete Rüstung und Kleidung ablegte. Kai steckte sie in einen Wäschekorb.

Draken runzelte die Stirn. Irgendjemand hatte heute Morgen die Locken des Jungen abgeschnitten. Seit Kai ihm geholfen hatte, sich für die Schlacht zu rüsten.

»Was ist passiert, Kai?«

Der Junge hielt den Kopf gesenkt, als er sich niederkniete, um

Drakens Beinschutz zu entfernen und die Riemen der Sandalen loszubinden. »Hina Shain hat mich mit Lunae erwischt, Khel Szi.«

Eine weitere Sklavin. Doch es war seltsam, dass er deswegen Ärger bekam, insbesondere seitens des Seneschalls. Brînianer gingen recht freizügig mit Sex und Liebe um, sowohl in der Ehe wie außerhalb. Sklaven war zwar nicht gestattet, sich zu vermählen, doch sie wurden dazu ermuntert, sich zu paaren, um ihren Bestand aufrechtzuerhalten. »Wenn sie dir gefällt und du ihr gefällst, dann macht nur weiter.«

Kais Blick schnellte überrascht zu Drakens Gesicht hoch, dann zog er erneut den Kopf ein. »Meister Hina hat sie an einen Blut-Lord von einer Insel verkauft. Ablieferung nächste Sieben-Nacht.«

»Hmm. Soll ich sie zurückkaufen?«

Ein Schweigen. Dann kam die Antwort – leise: »Der Blut-Lord ist scharf auf sie, Khel Szi.«

»Ist sie scharf auf dich?«

Kai schaute abermals hoch, anschließend legte er das Rüstungsteil vorsichtig zur Seite. Geronnenes Blut bröselte davon ab. Es folgte ein bloßes Wispern: »Ja.«

»Übermittle dem Blut-Lord die Nachricht, dass er seinen Erwerb erneut überdenken sollte.«

Kai starrte ihn an. »Der Blut…«

»Ist mir gegenüber Rechenschaft schuldig, oder nicht?«

Der junge Mann blinzelte rasch. »Ja, Khel Szi.«

»Thom?«

Der Gadye schaute auf.

»Kümmert Euch um diese Sache, verstanden?«

»Jawohl, Khel Szi.« Seine Maske ließ ihn stoisch wirken. Gadye glaubten felsenfest daran, dass Gemischte ein Schandfleck und die Sklaverei noch zu gut für sie war. Draken beschloss, sich nicht darum zu scheren, ob Thom ihm zustimmte oder nicht.

Draken hatte Elena die schönsten seiner Privaträume gegeben. Die Zimmer hatten seinem Vater gehört und boten größere Sicherheit, da sie sich tief im Innern der Stadtfestung befanden. Draken bevorzugte die kleineren Kammern mit Balkonen und Aussicht auf den Innenhof, obwohl es immer noch seltsam war, die meisten Nächte allein zu schlafen. Das war eben die Art von Herrschern und ihren Familien, doch es gefiel ihm nicht besonders.

»Sie ruht sich jetzt aus, aber es gab eine geringe Blutung.« Die Heilerin, die im dämmrigen Vorzimmer von Elenas Räumen stand, schaute grimmig. Dunkle Ringe unterstrichen ihre umrandeten Augen. »Ich fürchte, die Schlacht hat sich als zu viel für das Kind erwiesen.«

Draken starrte sie bestürzt an. »Dann ist es also verloren?«

»Nein, Khel Szi. Noch nicht. Doch sie muss still und ruhig liegen bleiben.«

»Die Schwangerschaft ist sehr weit fortgeschritten. Mindestens sieben Mondeumläufe. Das Baby könnte überleben.«

»Mir gefällt das Risiko aber nicht. Das Baby wird nach zwei weiteren Mondeumläufen besser zur Welt kommen.« Ein leichtes, erschöpftes Lächeln. »Wenn jemand sie dazu bringen kann, ruhig zu bleiben, dann dürftet das Ihr sein.«

Also gut. Er atmete tief ein, um das beklemmende Gefühl in der Brust zu lindern, und legte seine Hand an die Tür, bevor er sie nach innen drückte. Elena lag auf der Seite im Bett. Ein großes Kopfbrett, in das ein Mosaik aus irisierenden Muschelschalen eingelegt war, warf einen Schatten auf sie, ein hauchdünner Behang bewegte sich in der leichten Brise. Sie lächelte, als sie ihn erblickte. Es wirkte steif. Sein Lächeln fühlte sich genauso an.

»Du siehst recht gut aus.« Er setzte sich auf die Bettseite und legte seine Hand auf ihren groß gewordenen Bauch. Ihr dunkles Haar war neu geflochten und noch feucht.

Sie zog ihn an sich, um ihn zu küssen. Einen langen Moment verweilten seine Lippen auf ihren. Man hatte sie gebadet. Sie duftete nach Nachtgesang und Süßmilch. Er wollte sie fühlen, sie überall auf ihrer Haut berühren, um sich zu vergewissen, dass es ihr gut ging. Doch er gab sich damit zufrieden, mit den Fingern über ihren langen schwarzen Zopf zu gleiten und ihn sanft über ihre Schulter zu legen.

»Vor einer kleinen Weile habe ich gespürt, dass das Baby sich bewegt hat.«

»Das ist gut«, sagte er, »sehr gut.«

Sie nahm seine Hand und untersuchte seine breiten Finger, seine Innenhand, die Brandmale, die seine Knöchel verunstalteten. Die Sklavinnen hatten recht gehabt. Er war froh, dass er das Blut abgeschrubbt hatte.

Sie hob ihre Finger an seine Stirn. »Ich glaube, mich zu erinnern, dass an deiner Stirn eine Schnittwunde war. Ich sah das Blut.«

»Es muss von irgendjemand anderem gewesen sein. Von der Schlacht.« Die Lügen kamen ihm jeden Tag leichter über die Lippen. Gewiss würden die Götter ihn eines Tages mit der Wahrheit büßen lassen.

Sie nickte und wechselte ihre Position, um sich aufzusetzen und an die Kissen zu lehnen. Er arrangierte die Decken auf ihrem Schoß neu, während sie die Hand nach der Nachttischkerze ausstreckte und sie mit einem Fingerschnipsen anzündete. Restmagie, die davon herrührte, dass er das Leben eines Mantiker-Königs gegen ihres ausgetauscht hatte. »Du hast mir das Leben gerettet. Ein weiteres Mal.«

»Ich bin dein Nacht-Lord.«

Sie schenkte ihm ein zaghaftes Lächeln und betastete ihren Anhänger, der an seinem Hals hing. »Ich habe nicht erwartet, dass ich deine unmittelbare Hilfe ganz so oft benötigen würde.«

»Ich wünschte mir auch, dem wäre nicht so gewesen. Doch ich bezweifle, dass die Monoeaner damit gerechnet haben, dass sie meine edle Königin mit einem Schwert in der Hand antreffen würden. Du hast sie recht gut auf Distanz gehalten.«

»Nicht gut genug. Melie …« Ihre Finger klammerten sich um seine, dann lockerte sie den Griff.

»Du bist in Sicherheit, Elena. Das ist alles, was jetzt zählt.«

Sie schüttelte den Kopf. »Ihr Verlust ist dir völlig gleichgültig?«

Er streichelte über ihren Arm und heftete den Blick auf ihr Gesicht. Zu blass, sogar ihre Lippen. Die Schattierungen unter den schwarz umrandeten Augen verrieten ihre Erschöpfung. Aus dieser Nähe vermochte er jede tief getönte Facette ihrer dunklen Iriden zu sehen. »Es ist nicht meine Absicht, kalt zu klingen; aber du bedeutest alles für mich und Akrasia. Das heißt aber nicht, dass ich nicht verstehe, was der Angriff dich gekostet hat.«

»Ich wollte tapfer sein, wollte wie eine Königin handeln. Wenn ich nicht gekämpft hätte, wäre ich von ihnen möglicherweise einfach als Geisel genommen worden, doch ich konnte nicht glauben …« Ihr erstickten die Worte. »Ich war entsetzt.«

Seine Kehle schnürte sich zu. Er zog sie in die Arme. »Du warst in höchstem Maße tapfer, Elena. Du hast dich selbst und unser Kind verteidigt, und das ist das Gleiche, als ob du Akrasia verteidigt hättest.«

Sie blieb still und ruhte an ihn gelehnt. Schließlich sagte sie: »Manchmal wünsche ich mir, ich müsste dem Land nicht vor dir Vorrang geben.« Sie gab einen leisen, amüsierten Laut von sich. »Nein, wenn ich ehrlich bin, wünsche ich mir, *du* müsstest dem Land nicht vor mir Vorrang geben.«

»Ist das der Grund, weshalb du mich gewollt hast? Weil du wusstest, dass ich Fürst sein würde, und du wusstest, wir würden dies gemeinsam haben?« Er scherzte bloß. Größtenteils.

»Nein. Ich habe dich gewollt, weil du stattlich und stark und ehrenhaft bist. Jemand, der anders und dennoch gleich ist.« Ihre Stimme war leise.

»Gleich wie?«

»So wie ich. Im Mittelpunkt der Geschehnisse stehend und trotzdem auch allein.«

»Du bist nicht allein. Und du wirst nie wieder allein sein, das schwöre ich.« Er würde wirklich jeden Monoeaner von ihren Küsten vertreiben, wenn es darauf hinausliefe. Er veränderte seine Position, um sie küssen zu können. Ihre Arme glitten um seinen Hals herum, und er spürte, wie sich seine Muskeln entspannten, während die vertrauten Rhythmen begannen: Elena zu halten, ihre Atmung an seinem Hals, ihre Hände auf seinem Rücken. Verlangen stieg in ihm auf, aber dafür war jetzt nicht die rechte Zeit. Eine Zeitlang blieben sie so, dann half er ihr behutsam, von den Kissen gestützt, aufrecht zu sitzen.

»Wie viele haben wir verloren?«, fragte sie.

»Zweiundfünfzig Brînianer sind tot, wir wissen noch nicht, wie viele akrasianische Gardesoldaten gefallen sind. Ich rechne nicht mit weniger Toten, da wir eine monoeanische Phalanx eingenommen haben.«

»Ihr habt sie vernichtet.«

»Ja, unter großen Verlusten. Einen Großteil der Pferde haben wir verloren.«

»Und wie viele Monoeaner sind gestorben?«

»Wir schätzen dreihundert. Etwa zwanzig sind in Ketten im Seebergfried.«

»Und ihre Schiffe?«

»Haben sich zurückgezogen und halten sich jetzt direkt außerhalb der Bucht auf. Ich habe ihnen ein Verhandlungsangebot geschickt.«

»*Verhandlungen?* Ich dachte, ich hätte dir gesagt, dass du sie alle töten sollst? Töte die Gefangenen, und versenke diese Schiffe.«

Ihr schneidender Tonfall riet ihm schlussendlich davon ab, mit etwas herauszuplatzen, ohne zuvor nachzudenken. Er holte tief Luft: Er hätte es vorgezogen, über das Baby zu sprechen, über Elenas Gesundheit, über Möglichkeiten, für ihre Ruhe zu sorgen – über alles, nur nicht über die möglichen Auswirkungen dieses Angriffs.

»Erstens: Der Großteil unserer Schiffe ist in Reparatur, auf Patrouille oder Handelsfahrt. Zweitens: Die gesamte Armee von Monoea ist der unseren zahlenmäßig überlegen – und zwar in einem Verhältnis von gut zehn zu eins. Ihre Kriegsflotte übertrifft die Zahl unserer Schiffe in einem Verhältnis von drei zu eins. Wenn wir in die Offensive gehen und jene Schiffe zerstören, schickt König Aissyth beim nächsten Mal möglicherweise eine Flotte von zehn Schiffen. Oder von dreißig.«

»Du hast über diese Sache gründlich nachgedacht – über den Krieg mit ihnen.«

Er war leicht irritiert. Gehörte es nicht zu seinen Pflichten als Fürst, die Risiken für sein Land zu überdenken? Und als Nacht-Lord die Risiken für Elena? »Wir können keinen offenen Krieg gegen Monoea führen und ihn gewinnen, Elena.«

»Solches Gerede ist Hochverrat.«

Er nahm seine Hand von ihrer herunter. »Die Wahrheit ist kein Hochverrat, meine Königin. Dich anzulügen, das wäre Hochverrat.«

Ihre dunklen Augen saugten das Licht in sich ein und ließen es in ihren Tiefen verschwinden. In diesen unerwarteten Momenten, da sie mehr Königin als Frau war, begleitete die Gefahr sie wie ein Schatten. Draken verspürte ein scharfes Stechen unterhalb seines Brustbeins. Wo war die Mutter seines Kindes hingegangen? Die Elena, die er liebte? Er sehnte sich danach, ihr Haar zu berühren, zu versuchen, sie zu beschwichtigen; und doch wagte er es nicht, diesen Panzer zu durchbrechen.

Verdammte Monoeaner! Sie stahlen sie, wo sie doch so wenig Zeit zusammen hatten. Der gesunde Menschenverstand sagte Draken, dass König Aissyth keine offenkundig schändlichen Absichten hatte. Er kannte seinen königlichen Cousin. Irgendetwas – ein sinnvoller Grund – hatte ihn dazu getrieben, den Seebergfried anzugreifen. Andererseits trug Draken das Schwert der Götter, und harte Lektionen hatten ihn gelehrt, die Logik zugunsten des Instinkts außer Acht zu lassen.

»Wie du sagst.«

Ja sicher, ihren Panzer hat sie sich jetzt fest umgeschnallt. Er fragte sich manchmal, ob er es jemals schaffen würde, diese Hülle wirklich und dauerhaft zu durchdringen.

»Warum sollte der monoeanische König uns angreifen?«, fragte sie.

Er stand auf und ging zu einem Tisch hinüber, um ihnen beiden Wein einzuschenken. Dabei wollte er eigentlich gar nichts trinken, doch er musste Zeit gewinnen, um seine innere Einstellung so zu ändern, dass er wie ein Fürst und nicht wie ein Liebender dachte.

König Aissyth war weit davon entfernt, schwach zu sein. Aber trotzdem … »Dieser Angriff passt nicht im Geringsten zu König Aissyths politischem Gebaren. Es gibt nichts in den Schriftrollen meines Vaters, nichts in der jüngsten Geschichte, was diese Feindseligkeit erklären könnte. In dieser und in der letzten Jahreszeit ist der Handel so wie immer vonstattengegangen.« *Da hast du's – das muss doch ziemlich emotionsfrei geklungen haben.*

»Dann glaubst du, dass seine Lords die Drahtzieher des Angriffs gewesen sind?«

»Ich weiß es nicht. Das würde schließlich auf eine ausgemachte Rebellion hindeuten. Der Landadel in Monoea ist nicht so eigenständig, wie es deine akrasianischen Hohen Häuser mitsamt ihren eigenen Soldaten sind. Der König von Monoea kontrolliert alles.«

»Ein Beispiel, dem ich vielleicht folgen sollte.«

Draken gab ihr keine Antwort. Dies war ihr Recht, wenn sie es denn wollte. Er würde ihr mit Freuden das Kommando über seine akrasianischen Soldaten in Khein abtreten. Andere aus dem Adelsstand vielleicht nicht – insbesondere jetzt nicht, wo die meisten aus ihrem Rat tot waren und eine Ansammlung von jungen, unerprobten Erben hinterlassen hatten.

Sie strich mit ihrer schmalen Hand die Bettdecke glatt und nahm den Becher Wein, den er ihr anbot. »Und was würdest du unternehmen, um diese Bedrohung aus der Welt zu schaffen – wenn wir keinen Sieg im Krieg gegen die Monoeaner erringen können?«

»Wie ich schon sagte: Konditionen anbieten. Herausfinden, worum es dem König geht, bevor wir überstürzt in eine neue Schlacht hineingeraten.« Er fragte sich, ob sie ihn für feige hielt, während sie ihn musterte. Sie könnte seinen Schiffen den Befehl zum Angriff geben, und es würde nichts geben, was er dagegen tun könnte.

»Schön. Dann begrüße ihre Schiffe. Triff dich mit ihnen und führe Gespräche«, sagte sie. »Aber verpflichte dich zu nichts. Kümmere dich persönlich darum.«

Er blinzelte, sein Mund wurde trocken. *»Ich?«*

»Du bist mein Nacht-Lord. In meiner Abwesenheit bist du meine Stimme. Sie müssen dich als solchen kennenlernen. Sie werden sich an dich halten. Doch höre jetzt auf mich: Wenn sie keine Einigung treffen wollen oder wenn sie gar erneut angreifen, dann müssen wir mit ganzer Macht zurückschlagen. Ich würde lieber wollen, dass unsere Leute frei sterben, als ein Leben als Sklaven zu führen.«

Er schluckte die Erwähnung hinunter, dass es bereits Hunderte von Sklaven in Akrasia und Brîn gab, obschon er sich sicher war, dass Oklai darauf hingewiesen hätte. »Und die Gefangenen? Sie würden eine hübsche Offerte für Konditionen abgeben.«

»Nein. Töte sie, und biete ihre Leichen Khellian auf einem Scheiterhaufen an. Wir benötigen das Wohlwollen der Götter weitaus mehr als das von Monoea.«

Er hatte davon gehört – alte Magie mit barbarischen, abergläubischen Opferungen heraufzubeschwören. Doch er schätzte, dass so etwas mehr das Volk als die Götter beschwichtigte. Die Neuigkeiten, dass er an diesem Morgen Guerilla-Angriffe gegen die an Land gegangenen Monoeaner befohlen hatte und dass ihre eigenen Schiffe in der Blutbucht zahlenmäßig unterlegen waren, schluckte er hinunter. Er beugte einfach den Kopf und schritt fort; frustriert und in dem Wissen, dass sie recht hatte.

Dieser Angriff verlangte eine scharfe Erwiderung, aber es war ihm trotzdem zuwider, die Gefangenen geradewegs zu töten. Er könnte einiges darüber in Erfahrung bringen, weshalb sie angegriffen hatten, wenn es einen Anführer unter ihnen gab. Seine Füße trugen ihn zum Innenhof. Der Tag zog sich weiter in die Länge und näherte sich dem Abend, obwohl es noch warm war. All dieses Kämpfen und Reden und Baden … Er sollte sich nach einer Mahlzeit und Schlaf sehnen, aber was er noch mehr ersehnte, das war zu fliehen.

Nachdem er einem Sklaven befohlen hatte, Pferde bereitzumachen, hielt er nach Tyrolean Ausschau und fand ihn im Tempel. Der Hauptmann kniete vor Zozias Altar, die Kapuze einer reinweißen Kutte verbarg seine Gesichtszüge. Als Draken ein paar Atemzüge lang dagestanden und der Hauptmann ihn nicht zur Kenntnis genommen hatte, trat er näher heran – ganz leise mit nackten Füßen – und tauchte seine Finger in Khellians Blutschüssel. Anschließend küsste er die Finger: Es schmeckte metallisch-salzig, als ob er seine Schwertklinge abgeleckt hätte. Dann zeichnete er in groben Zügen ein Auge auf der nackten Haut über seinem Herzen. Es konnte nicht schaden.

Tyrolean schob die weiße Kapuze nach hinten und kam wieder auf die Beine. »Eure Hoheit.«

»Ich will die Gefangenen befragen. Möchtet Ihr mitkommen?«

»Ich dachte, Ihr sollt sie töten.«

Draken seufzte. »Wir hatten dieses Gespräch zuvor schon, Hauptmann.«

»Gewiss. Das hatten wir.«

Draken schaute sich im Tempel um und vermied so Tyroleans Blick. Es war friedlich in dem Gebäude, das aus dem reinsten weißen Stein errichtet worden war, den man in Felspirn abbaute. Wasser lief über Ma'Vannis Ikone, deren helle Farbe dadurch gedämpft wurde, und rieselte über Steine und Muscheln zu ihren Füßen. Tyrolean verbrachte viel Zeit hier drinnen. Meistens allein. Es gab auch einen Priester, doch der war alt und faltig, hatte zarte Hände und eine erschöpfte Stimme.

»Sie hat nicht gesagt, wann sie sterben sollen«, erwiderte Draken. »Auf jeden Fall hat sie nicht angeordnet, dass es unverzüglich zu geschehen habe. Kommt.«

Er drehte sich um und führte Tyrolean zu den Pferden zurück. Sein Szi Nêre erwartete sie mit ihren eigenen Rössern. »Seid Ihr ein verdammter Gedankenleser?«, fragte Draken Halmar.

»Der Stallbursche hat Seneschall Thom darüber informiert, dass Ihr Pferde angefordert habt.«

Draken bestieg Himmelswolke, die schnaubte und ihre Zügel hochwarf. »Es gibt Dutzende von Informationswegen in der Stadtfestung, von denen ich nichts weiß, nicht wahr, Halmar?«

Ein leichtes Lächeln zog an den gepiercten Lippen des Szi Nêre Comhanar. »Hunderte, Khel Szi.«

Die Tür zum großen Saal des Seebergfrieds war wie die des Turms aufgebrochen worden und hing nun, ähnlich einem abgebrochenen Zahn, aus ihren großen schwarzen Angeln. Drinnen saßen die Monoeaner aneinander gekettet. Draken hatte sich bei seiner Zählung geirrt. Zwei Dutzend Gesichter wandten sich ihm zu, als er im Türeingang stehen blieb, damit sein Blick sich den Lichtverhältnissen anpassen konnte. Prellungen marmorierten ihre Haut. Blut und Dreck verschmutzten ihre graue Polsterung, über der sie sonst Harnische trugen. Die Rüstungen, die an den Stellen ein wenig funkelten, wo die triste graue Farbe abgekratzt und blankes, glänzendes Metall offengelegt worden war, bildeten einen unordentlichen Haufen in der Ecke. Die Saxe und anderen Waffen waren sorgsamer aufgestapelt worden. Draken kniff die Augen zusammen. Er hatte befohlen, dass Brînianer sie bewachten, und fragte sich, was mit seiner Anordnung geschehen war. *Elena?*

Ein akrasianischer Gardesoldat prüfte das Gewicht eines Sax, indem er es durch die Luft schwang. Ein anderer feixte, während er zuschaute. »Ich würde das meinem Mädchen nicht für einen Sohalia-Anhänger geben«, sagte er.

Draken räusperte sich. »Sie könnte es schlimmer treffen. Viele meiner Soldaten sind heute durch diese Waffen gestorben.«

Die Gardisten nahmen mit der Faust an der Brust Haltung an. »Nacht-Lord!«

Tyrolean neben ihm holte Luft, als ob er gleich das Wort ergreifen wollte. Draken hielt eine Hand hoch, um ihn davon abzuhalten, die Gardesoldaten zu ermahnen, ihn »Hoheit« zu nennen. Es gefiel Draken, wenn sie ihn »Lord« nannten. Es gab ihm das Gefühl, näher am Geschehen zu sein.

»Vierundsechzig, um genau zu sein«, sagte einer der Monoeaner. Sein helles Haar war grau vom Staub und straff anliegend zusammengebunden, so wie auch Draken es früher zu tragen pflegte. Eine insgesamt praktische Sitte, die jedoch die meisten Akrasianer und Brînianer scheuten. Draken jetzt ebenfalls, obgleich er seine Locken immer noch nach hinten gebunden trug, damit sie ihm nicht ins Gesicht hingen.

Die genaue Zahl überraschte Draken. Selbstverständlich hatte er sie gekannt, schließlich erstattete er der Königin Bericht. Entweder hatte jemand vor den Gefangenen gesprochen, oder dieser Monoeaner hatte sich der Gefangennahme lange genug entzogen, um seine eigene Zählung durchzuführen. Das Letztere schien der Fall zu sein, so wie er aussah: älter als die anderen und mit einer scharfen Beoabachtungsgabe. Er hatte einen dicken schwarzen Schmutzfleck auf der Stirn. Wie alle Gefangenen.

Draken nahm den Mann mit einem leichten Senken des Kinns zur Kenntnis. Die Gardesoldaten machten große Augen. Aber dreißig Jahre monoeanischer Verhaltensregeln beim Militär bildeten hartnäckige Gewohnheiten aus, die man nicht leicht brach, und Höflichkeit kostete wenig, wenn sie auf einen toten Mann verwendet wurde.

»Euer Name, Comhanar?«

Der Monoeaner sperrte sich nicht gegen die brînianische Sprache. »Laran Kupsyr, Eure Hoheit. Denn das seid Ihr doch, oder? Der magische brînianische Fürst?« Nicht eine Spur von Geringschätzung färbte den Ton seiner Stimme. Bei den Göttern, seine Frage war ernst gemeint.

Und Draken kannte ihn – oder, genauer gesagt, den Namen. Der Offizier war Angehöriger einer Familie aus dem Landadel und zählte nicht zu den untergeordneten Lords. Doch der Sohn eines wichtigen Landadligen sollte seinem König bei Hofe aufwarten und sich am politischen Rummel beteiligen, nicht Akrasianer und Brînianer an einem Morgen während der Passatsaison töten. Eine schmerzhafte Anspannung hatte sich tief in Drakens Knochen eingenistet. Der Mann gehörte dem Militär an: Sein knapper, klarer Tonfall und die kräftigen, von Schwielen bedeckten Hände belegten dies. Was in Zozias Namen hatte den Mann dazu getrieben, das Schwert zu ergreifen? Gewiss nichts Gutes. Doch wie sollte Draken das herausfinden, ohne zu verraten, was er alles wusste und wie er an dieses Wissen gekommen war? Er konnte nur an eine Methode denken, aber das hinterließ einen widerlichen Geschmack auf seiner Zunge.

»Darf ich es sehen? Das Schwert der Götter?«, fragte Kupsyr.

Einige dröhnende Herzschläge lang bekam Draken keine Luft.

»Schätze, es ist das Letzte, was du sehen wirst«, sagte der großmäulige Gardist.

Draken räusperte sich erneut und ärgerte sich über das schüttere Geräusch seiner Kehle. »Halmar. Kettet Kommandant Kupsyr los und bringt ihn her.«

Seine Szi Nêre setzten sich in Bewegung, obwohl der Befehl außerhalb ihrer Pflichten lag. Tyrolean setzte dazu an, ihnen zu folgen.

Draken senkte die Stimme. »Nein, Ty. Sucht nach einem geeigneten Ort, um sie hinzurichten – irgendwo außerhalb und abgeschieden. Es bringt nichts, hier noch mehr Schweinerei anzurichten. Die Sklaven sind überfordert, wie es aussieht. Ich werde in Kürze zurück sein.«

Er ließ Kupsyr die vielen Stufen zur Mauer hochklettern, von der man die See überblickte. Der Monoeaner stolperte einmal; Ketten hielten immer noch die Arme hinter seinem Rücken. Halmar zerrte ihn wieder auf die Beine, wobei er seine Arme gegen die Gelenke verdrehte. Der Mann keuchte vor Schmerz. Oben angekommen, ließen die Szi Nêre ihn los und traten zurück.

Die zwei Männer standen zusammen an der Seemauer und waren praktisch allein. Trotz seiner Rüstung und des Umhangs fror Draken im Nebel. Kupsyr musste die feuchte Kälte durch die verschwitzte, wattierte Harnischpolsterung hindurch bis auf die Haut gehen. Lange Zeit verging, bis die beiden zu sprechen begannen.

»Sind die da Eure Sklaven?« Kupsyr zeigte nach hinten.

»Meine Leibwachen. Szi Nêre. Landlose Krieger; Vollblut-Brînianer. Durch Eid gebunden, nicht versklavt.« Dies sagte er mit nicht geringem Stolz. Seine Leibwachen waren wohl die besten Soldaten in Brîn und Akrasia.

Kupsyr grummelte. »Ihr werdet uns töten.«

»So sind meine Befehle.«

»In Ordnung. Ma'Vanni weiß, dass die Könige uns lange genug vom Willen der Götter getrennt gehalten haben. Möge Ma'Vanni uns behüten.«

Seine kleine Rede klang genau so, wie Thom es gesagt hatte. »Ihr seid nicht einverstanden mit dem Erlass des Königs.« Es war nicht der Erlass von König Aissyth, sondern der von Aissyths Vater. Allerdings war es Aissyth gewesen, der die Sklaverei beseitigt hatte.

»Jenes Gesetz nennt Magie Häresie«, sagte Kupsyr. »Und dennoch steht Ihr hier mit einem magischen Schwert und dem Befehl, Eure Gefangenen hinzurichten.«

Draken zog die Augenbrauen hoch. »Also seid Ihr ein Rebell?«

»Mit etwas nicht einverstanden zu sein macht noch keine Rebellion aus.«

Doch es war der erste Schritt auf dieser verdammten Straße. Draken schaute ihn nur an.

Kupsyr schüttelte den Kopf, er war ungeduldig. »Dass es Magie geben soll, ist der Wille der Götter, das ist offenkundig. Ihr seid der Beweis dafür. Ihr und dieses Schwert.«

Drakens Hand wanderte zum Heft, seine Finger spielten mit dem losen Stück des umwickelten Leders. »Wie habt Ihr von Meergeboren gehört?« *Wollen wir mal sehen, wie viel du weißt.*

Kupsyr enttäuschte ihn nicht. »In ganz Siebenfel ist davon zu hören: der neue Fürst mit dem magischen Schwert Ahken Khel. Der Fürst, der den Bürgerkrieg zwischen Brîn und Akrasia beendet und das Herz der Königin gewonnen hat.«

Draken drehte sich um, stützte sich auf die Seemauer und starrte in den Nebel hinaus. »Warum habt Ihr uns heute Morgen angegriffen?«

Kupsyr blieb stumm, doch ein tiefes Stirnrunzeln legte sein Gesicht in Falten. Hier draußen im Licht bildeten der Dreck und die Blutspritzer ein grobes Relief auf seiner blassen Haut.

Draken seufzte und entschied, die brînianische Sprache aufzugeben und zur monoeanischen zu wechseln. Mit gesenkter Stimme fragte er: »Ihr seid der Kommandant dieser Truppen, Sir?«

»Was von ihnen übriggeblieben ist«, antwortete Kupsyr und verzog gequält die Lippen, bevor sein Gesichtsausdruck wieder neutral wurde. Draken nahm an, dass er ein Training für den Fall einer Gefangennahme erhalten hatte.

»Ich habe gehört, der monoeanischen Aristokratie werden Zugeständnisse gemacht, wenn sie mit Befehlen nicht übereinstimmt, deren Begründung sie als fragwürdig ansieht.« Aber galt dies auch, wenn man Befehle von einem aufrührerischen Lord annahm? Und welcher Landadlige wagte es, sich dem König zu widersetzen?

»Ich habe niemals gesagt, dass ich mit dem Angriffsbefehl – oder auch mit seiner Begründung – nicht übereinstimme«, erwiderte Kupsyr.

Ein Gefühl des Unbehagens schwoll in Drakens Bauch an, wie beim Essen von in Wein getränktem Körnerbrot. »Wer ist Euer Lehnsherr? König Aissyth ist es eindeutig nicht.«

Ein finsterer Blick und ein Zusammenpressen der Lippen waren Kupsyrs einzige Antwort.

»Ich weiß einiges über Eure Kultur, so wie Euch offenkundig die meine nicht unbekannt ist. Ihr tragt nichts an Euch, das zeigt, dass Ihr jemand von Bedeutung seid.« *Und dennoch weiß ich aufgrund deines Namens, dass du es bist.* »Wenn Ihr kooperiert, bin ich möglicherweise in der Lage, eine Vereinbarung zu treffen.«

»Im Austausch für was?« Es klang rüde, grimmig.

»Die Art und Weise Eures Todes. Ich denke, wir können etwas Besseres tun, als ein paar unbedeutende Adern durchzuschneiden und Euch an dieser Klippenmauer so aufzuhängen, dass Euer Blut auf die Steine hinabtropft und es eine halbe Sieben-Nacht bis zu Eurem Tod dauert, nicht wahr?« Er war so verärgert und ungeduldig, dass er bis zum Äußersten gehen würde. Diesen Mann zu befragen war ein Glücksspiel, und Draken war gerade im Begriff, es zu verlieren.

»Sprecht mit Kapitänin Yramantha. Sie besitzt mehr Informationen und hat mehr von Eurer Kooperation zu gewinnen als ich.«

Yramantha. Die Frau, die Draken in der Bucht von Khein ins Wasser verfrachtet hatte, um sein Verbannungsurteil zu vollstrecken.

»Was hat *meine* Kooperation damit zu tun?«, fragte Draken nach.

»Wichtige Leute wünschen, Euch zu treffen, um in Erfahrung zu bringen, wie Ihr zu diesem Schwert und dieser Magie gekommen seid. Und wie Ihr ein gottloses Land in ein rechtschaffenes verwandelt habt.«

Rechtschaffen? Brîn? Sein Blick huschte zu Halmars teilnahmsloser Gestalt, die vom Schatten eingehüllt wurde. »Mich treffen? Ihr könnt die weise Zozia mit Euren Handlungen täuschen, und Ihr habt mich sicherlich zum Narren gehalten. Es schien mir, dass Eure Soldaten in höchstem Maße die Absicht hatten, mich zu töten.«

»Und dennoch seid Ihr trotz unserer Bemühungen nicht gestorben.«

Draken schnaubte. »Und wie werden sie die Information benutzen, diese wichtigen Leute?«

»Um den König zu stürzen und heiliges Recht wiedereinzusetzen.«

Der König – sein Cousin. Auch wenn er mit ihm nichts zu tun haben wollte, waren sie immer noch eine Familie. Draken verachtete die Götter nicht so sehr, dass er ihrem Zorn Hohn sprach, indem er gegen sein eigenes Fleisch und Blut vorging. Dies war alles viel, viel schlimmer, als er gedacht hatte. Und er verstand immer noch nicht ganz, was für eine Rolle er und Brîn darin spielten. Aber Kupsyr hatte ihm zumindest einen kleinen Einblick verschafft, womit er es zu tun hatte.

»Also, ist das alles, was Ihr zu sagen habt?«

Kupsyr nickte angespannt.

»Ich billige nicht viele Handlungen der Götter, aber ich wage es nicht, ihren Zorn zu reizen, indem ich mein Wort nicht halte, das ich bei einer Unterredung gegeben habe. Wir haben eine Vereinbarung getroffen. Ich werde sie einhalten. Wie wollt Ihr sterben?«

Ein kurzes Zögern, dann hob der Mann sein Kinn. »Durch die Schneide Eures Schwertes.«

»Benötigt Ihr noch Zeit, um zu beten?«

»Meine Handlungen sind meine Gebete. Ich habe getan, weswegen ich hierherkam.«

»Was darin bestand, meine Leute umzubringen? Einen Krieg zu beginnen?«

»Um Euch zurück nach Monoea zu bringen. Denn wohin Ihr geht, Eure Hoheit, dahin folgen Euch mit Sicherheit die Götter.«

… *zurück* nach Monoea. Das war es. Kupsyr kannte Drakens Vergangenheit, er wusste, wer er war. Draken musste dem ein Ende machen, bevor es auch nur einen Atemzug weiterging. Aber bevor er sein Schwert ziehen konnte, erschien ein atemloser brînianischer Melder auf der Treppe und ließ sich auf ein Knie fallen.

Ihr Götter, was war jetzt passiert? Was war so dringend, dass es nicht warten konnte, bis er die Hinrichtung dieses Mannes beendet hatte? »Sprich!«

»Besuch in der Stadtfestung, Khel Szi. Die Botschaft lautet: ›Gespenst‹.«

Dringend – in der Tat. Mit einem Wink schickte Draken den Boten fort, und als dessen Schritte verklangen, nickte er Halmar zu, der daraufhin zu ihm kam und Kupsyr auf die Knie drückte.

Draken stellte fest, dass den Monoeaner ein Zittern durchlief, während das flüsternde Zischen erklang, das Meergeboren von sich gab, als das Schwert aus seiner Scheide gezogen wurde. Das schwache Leuchten des Lichts der Götter schien in den Tiefen der Klinge. Oder war es eine Reflexion des Sonnenlichts, das durch die nebligen Wolken spähte? Draken blickte nicht nach oben, um dies zu überprüfen.

»Möge der Wille der Sieben der Wille von allen werden«, sagte Kupsyr.

Halmar hielt mit seinen großen Händen Kupsyr aufrecht, als Draken die Klinge in einem tödlichen Winkel in die Schulter des Monoeaners hineinstieß: Unmittelbar hinter Kupsyrs Schlüsselbein drang Meergeboren in den Körper ein, durchbohrte Muskelfleisch, Knochen und das Herz. Kupsyr riss die Augen weit auf, sein Kopf fiel schlaff nach hinten. Blutiger Speichel quoll über seine Lippen. Er keuchte auf und stieß mit seinem letzten Atem einen feinen Nebel aus. Der zusammensackende Körper zog mit seinem ganzen Gewicht an dem Schwert, sodass Drakens Arm auf unangenehme Weise verdreht wurde. Was für eine Dummheit, er hätte die Klinge auf der Stelle wieder herausziehen sollen …

Doch er hatte es nicht getan, nun kam die Klinge nicht so leicht frei, wie sie in den Mann hineingeglitten war. Draken musste sie durch Drehen und Zerren aus dem zusammengesackten, schlaffen Körper herausreißen. Ein glitschiger Belag aus karmesinrotem Herzblut verbarg das Licht der Götter in der Klinge, und eine glänzende Lache breitete sich über den Steinplatten auf der Festungsmauer aus.

»Hängt ihn an der Mauer auf, sodass die Monoeaner einen Blick auf ihn werfen können.« Drakens Stimme war rau. Er räusperte sich. »Danach machen wir mit den Übrigen weiter.«

KAPITEL FÜNF

Draken schritt in seine Privatunterkunft, streifte den blutbefleckten Umhang vom nackten Rücken und warf Kai das Kleidungsstück zu. »Geh.«

Der junge Sklave entfernte sich unter Verbeugungen. Draken wartete darauf, dass die äußeren Türen geschlossen wurden. Alles blieb still. Eine sanfte, vom Geruch des Meeres gefärbte Brise wehte durch die Balkontüren hinein, und der Ort duftete frisch nach Blumen, obwohl dies nicht ausreichte, um den an ihm haftenden Gestank des Todes zu überdecken. Er durfte nicht vergessen, dass er ein paar Blumen zu Elenas Zimmer schicken lassen musste.

»Wir sind allein«, sagte er zu dem leeren Raum. Seine Stimme hallte von den hellen, gefliesten Oberflächen wider. »Zeig dich, Gespenst.«

Ein ganz leises Geraschel war zu hören, dann tauchte Aarinnaie, Szirin von Brîn, fürstliche Attentäterin und Drakens Halbschwester, aus den dicken, wachsartigen Blättern eines Ocscher-Baums auf, der draußen vor den offenen Fensterläden stand, die zu Drakens Wohnzimmerbalkon führten. Sie streifte die Kapuze ihrer langärmeligen Tunika zurück, strich die im Übermaß vorhandene Baumrinde von ihren Handtellern und schenkte ihm ein kleines Lächeln, bevor sie einen langsamen, perfekten Knicks ausführte, der an jedem hohen königlichen Hof der Welt angemessen wäre.

Ihre abgenutzten Lederstiefel waren schlammverkrustet, und ihre dunkle Kleidung wies Schmutzstreifen von grauer Baumrinde und weißem Flussuferstaub auf. Ihre Nägel waren brüchig und schwarz vor Dreck. Eine Gadye musste ihre langen schwarzen Locken in hundert dünne Zöpfe geflochten haben – was wirklich eine merkwürdige Manieriertheit bedeutete –, doch rund um ihr Gesicht waren mehrere geringelte Strähnen ausgebrochen. Sie stank nach Schweiß und Pferd.

Draken schenkte ihr Wein ein. Er riss ein paar Duftkräuter von einem hell bemalten Vorratstopf auf der Anrichte und ließ sie in ihre Schnabelkanne fallen. Dann gab er ihr das Trinkgefäß. »Was ist jetzt wieder schiefgegangen?«

Sie nahm das Getränk und erwiderte mit leiser Erheiterung: »Die Politik passt zu dir. Du bist so schroff und zynisch wie jeder andere Lord, den ich bisher kennengelernt habe.«

»Es passiert nicht jeden Abend, dass du eine Schmutzspur auf meinem Läufer hinterlässt, Aarinnaie.« Er wartete mit verschränkten Armen, während sie den Becher vollständig leerte.

Sie ließ ihn sinken und gab den Blick frei auf ihren Mund, der einige grimmige Linie bildete. In monotonem Tonfall erzählte sie: »Schlimme Gerüchte machen die Runde in der Stadt. Es gibt auf der anderen Seite des Erros landeinwärts ein Viehtreiber-Dorf. Es heißt Parne. Ich habe gehört, dass das Dorf massakriert worden ist. Alle tot – bis auf das letzte kleine Kind.«

Einen langen Moment stand er nur stumm und starr da. »Wo hast du das gehört?«

»In so vielen Tavernen, dass ich die Nachricht für wert hielt, dir zu überbringen.« Sie setzte die Schnabelkanne mit einem vorsichtigen Klirren auf dem nächsten Tisch nieder, dessen Platte aus Stein war.

»Denken die Leute, dass es Monoeaner sind, die das getan haben?«

»Niemand weiß es. Noch nicht. Doch es ist die naheliegende Schlussfolgerung, oder? Schon wegen der monoeanischen Kriegsschiffe, die immer noch an der Blutbucht ankern.«

Er fluchte leise. Seine Hand wanderte nach unten, um mit den losen Streifen an Meergeboren herumzuspielen.

Sie fügte hinzu: »Darf ich fragen, warum sie nach dem Angriff am heutigen Morgen noch hier sind – augenscheinlich nicht gesunken und unbelästigt.«

»Wir hoffen, eine Einigung zu treffen.« Er beobachtete ihr Gesicht. Obgleich dessen kämpferische Neutralität und die starre Linie ihrer Schultern wenig enthüllten, mussten schmutzige Flüche einen säuerlichen Geschmack in ihrem Mund hinterlassen haben. Sie kannte Drakens Vergangenheit – die gesamte. Dass sich in ihm unterschiedliche Blutlinien mischten. Seine Verbannung. Die Wahrheit und die Lügen hinter dem Mord an seiner Frau.

»Ich hatte genug Tote für einen Tag«, erklärte er.

»Ich nicht.«

»Wärest du hier in der Stadtfestung gewesen, hättest du kämpfen können.«

Ihre Lippen zuckten. »Ich diene dir besser, wenn ich in den Straßen unterwegs bin. War das deine Idee – eine Einigung zu treffen?«

»Ja. Meine Absicht war es, dass der Erste Marschall dies handhabt. Oder vielleicht Tyrolean. Aber Elena beharrt darauf, dass ich persönlich daran teilnehme«, antwortete er und fuhr fort, bevor sie ihn unterbrechen konnte: »Ehe du darüber schimpfst und herumwetterst, dass wir am Frieden sterben, sollst du eines wissen: Sie will, dass ich sie alle töte. Nur um Haaresbreite habe ich sie davon überzeugt, dass es eine Torheit wäre, das Vergeltungspotenzial der Monoeaner zu unterschätzen.«

Sie holte zischend Luft. »Man wird dich wiedererkennen.«

Er schüttelte den Kopf. »Das glaube ich nicht. Ich habe die Gefangenen heute Morgen gesehen. Keiner war mir bekannt.«

Es hatte keinen Sinn, sie zu beunruhigen, aber trotzdem machte er sich Gedanken. Kupsyr hatte ihn wiedererkannt und mit einem Glücksspielergesicht sein Spiel mit ihm getrieben ... Völliger Blödsinn, der Mann war tot. Niemand auf akrasianischem Boden wusste bislang irgendetwas. Draken zwang seine Gedanken, sich dem naheliegenden Problem zuzuwenden. Ein ganzes Dorf abgeschlachtet! Das schien unmöglich. Aber angesichts der Tatsachen, dass Monoeaner auf dem Land umherstreiften, hätte er es erwarten sollen. Und er allein würde ein monoeanisches Blutbad erkennen, wenn er es sah. Er war recht gut vertraut mit der chaotischen Grausamkeit der Wunden, die ihre Saxmesser hinterließen. Er musste es persönlich sehen, um sich ein Urteil bilden zu können. Und die Wahrheit war, dass er wissen wollte, wozu die Monoeaner fähig waren. Er hatte gedacht, er wüsste es; aber dies klang, als würde es die Grenzen seiner Vorstellung sprengen. Welchem Zweck diente es, eine ganze Ortschaft zu massakrieren?

»Wie weit ist das Dorf weg?«

»Du könntest bei Anbruch der Morgendämmerung wieder zurück sein.« Sie besaß die unheimliche Fähigkeit, allein schon aufgrund der schwächsten Anhaltspunkte seine Gedanken zu kennen. Ein Wesenszug der Gadye.

Sein Blick huschte erneut zu ihren geflochtenen Zöpfen hoch, getroffen von einer plötzlichen Neugier bezüglich ihres Erbes. Ihre Haut war dunkler als seine, obgleich sie beide die blauen Augen ihres Vaters hatten. Ihr Vater hatte gewiss keinerlei Angstrengungen unternommen, seinen Samen irgendwelchen bereitwilligen – und vielleicht auch unwilligen – Frauen vorzuenthalten; aber allen Berichten nach war seine Fürstenbraut eine reinblütige Brînianerin gewesen. Konnte Aarinnaie teilweise eine Gadye sein? Vonseiten ihres gemeinsamen Vaters? Das würde bedeuten, dass sie beide Gadye-Blut in sich trugen. Möglicherweise war Draken in noch stärkerem Maße ein Mischling, als er dachte.

»Was?«, fragte sie.

»Warte hier. Ich muss Elena benachrichtigen und Tyrolean sowie Halmar holen.« Er rieb sanft über ihre Schulter. »Bleib locker. Nimm noch etwas zu trinken und auch etwas zu essen. Ich nehme an, du könntest eine Mahlzeit recht gut vertragen.«

Er trat hinaus und stellte fest, dass Halmar an seiner Tür Wache hielt, zusammen mit einer Sklavin, die bereitstand, um ihn zu bedienen. Ihre Wickelhose und Tunika waren in einem guten Zustand, und sie wirkte sauber. Gut. Seine Anweisungen wurden also ausgeführt. Er mochte zwar um der Wirtschaft willen Sklaven halten müssen, aber er würde sie wie Menschen behandeln und nicht wie die Schachfiguren von Flüchen.

»Aarinnaie Szirin ist drinnen und wünscht eine Mahlzeit sowie Wein«, sagte Draken zu ihr. »Halmar, geh mit mir.« Er erzählte ihm vom Dorf Parne, während sie den Korridor hinuntergingen.

Halmar runzelte die Stirn. »Es ist unschicklich für jemanden von Eurer Bedeutung, den Ort eines Angriffs zu besuchen, und außerdem gefährlich. Der Feind könnte in dem Gebiet geblieben sein. Ich schlage vor, dass Ihr Hauptmann Tyrolean oder ein Kontingent von Gardesoldaten der Königin schickt, um der Sache nachzugehen.«

Riskiere lieber akrasianische Gardisten anstatt Brînianer – natürlich. »Entsinnt Ihr Euch, dass ich heute Morgen auch schon am Ort eines Angriffs gewesen bin? Selbst wenn es unschicklich und gefährlich ist, so ist dieses Dorf doch etwas, das ich mir selbst ansehen muss. Wenn wir gegen Monoea in den Krieg ziehen, würde ich gerne alle Beweise für ihre Missetaten haben.«

Angesichts Drakens entschlossenem Tonfall presste Halmar die gepiercten Lippen zusammen und sagte nichts mehr.

Draken schickte einen Diener nach Tyrolean und einen weiteren, damit vier Szi Nêre sich bereit machten und Pferde für sie gesattelt wurden. Um seine Nerven zu beruhigen, kümmerte er sich selbst um Himmelswolke. Er wünschte, er hätte die Zeit, sich mit Elena auszutauschen, doch für ein solches Gespräch war es besser, Fakten in der Hand zu haben – sobald sie wussten, womit sie es zu tun hatten. Stattdessen schickte er ihr eine Nachricht, dass es einen »verdächtigen Vorfall« gegeben habe und er der Meinung sei, er müsse den Ort des Geschehens persönlich untersuchen. Das würde Elena alarmieren, sodass sie in der Stadtfestung blieb, und Spione damit beschäftigen, in seiner Abwesenheit zu grübeln.

Als sie landeinwärts nach Parne ritten – die Reichweite des feuchten Passatwind-Nebels hinter sich lassend, der für die Blutbucht üblich war –, stiegen die großen Mondgottheiten Ma'Vanni sowie Khellian und auch die kleine Zozia auf und erleuchteten die Nacht. Hackvögel umkreisten das Dorf in gespenstischer Stille – ein Schwarm gezackter Schatten vor dem dunklen Himmel. Es war ein schlichter Ort: drei Reihen zweckdienlich errichteter, zweigeschossiger Holzgebäude innerhalb der Ansiedlung selbst und ein paar Cottages, die sich auf Bauernhöfe außerhalb verteilten. Es gab einen Marktplatz, der nicht mehr als fünfzehn Ständen Platz bieten würde, was aber auch genug war für das Dorf und die Bauern in seiner Umgebung.

Die erfahrenen Streitrösser der kleinen Reisegruppe scheuten vor dem metallischen Geruch des Blutes, noch bevor sie die Tore durchbrachen. Im Innern lagen zusammengesackte Leichen kreuz und quer herum, einige in Gruppen übereinander, andere vereinzelt. Ungeziefer stob auseinander, als die Gruppe näher kam. Blutkäfer schwärmten in brummenden Wolken über den Toten.

Draken zog sein Schwert aus der Scheide, sodass es die aufgegangenen Monde reflektierte und reines weißes Götterlicht auf die Szenerie warf. Er blinzelte und realisierte, dass er bedeutend besser sehen konnte, als es nachts üblich war. Ein Effekt der Sieben Augen? Er konnte später einen Priester fragen. Jetzt wurde sein Magen ganz sauer angesichts der dunklen Flecken, die um jeden Leichnam verteilt waren. Er schluckte und achtete auf seinen Gesichtsausdruck, da er nicht bereit war, selbst gegenüber seinen engsten Leibwächtern und Beratern Schwäche zu zeigen.

Niemand sah ihn zögern. Sie waren zu sehr damit beschäftigt, selbst auf den Tod zu starren, der sich vor ihnen erstreckte.

»Korde hatte hier einen arbeitsreichen Tag.« Drakens Stimme klang in seinen eigenen Ohren schwach, und er vollführte eine Geste des Respekts über seiner flachen Brust, um den Begleiter der Toten in Ma'Vannis Wasserreich zu ehren. Keiner gab ihm eine Antwort, als er sich in die Mitte des Gemetzels begab, sie folgten ihm in loser Anordnung.

Jede Leiche wies eine Stichverletzung an der Halsschlagader auf. Blut breitete sich aus wie purpurne Sohalia-Fächer. Sie lagen alle dort, wo sie gestorben waren, einschließlich der Kinder, von denen einige noch Spielzeug in zarten Händen hielten. Es sah aus, als wäre der Überfall inmitten des Treibens eines gewöhnlichen Morgens geschehen. Bündel und Lebensmittel lagen verstreut auf den Straßen.

»Irgendwas an dieser Sache stimmt nicht«, sagte Aarinnaie.

»Abgesehen davon, dass sie alle tot sind?«, fragte Tyrolean.

Aarinnaie machte ein ungehaltenes Geräusch. »Nein. Es ist einfach ... seltsam. Verkehrt. Da ist etwas abwegig. Ich weiß nicht genau, was, aber es gefällt mir nicht.«

In der Nähe glitzerte die typische brînianische Ansammlung von Schmuck im Licht von Drakens Klinge. Die meisten der Toten waren jünger als er – und stark. Das hier war ein Dorf voll pulsierenden Lebens gewesen. Und dies hier waren seine Leute. Wut stieg in ihm hoch, sie löschte die Einsicht und das Nachdenken aus. *Nein. Dafür ist später Zeit.*

Aarinnaie hatte recht. Etwas war merkwürdig an diesem ganzen Schauplatz. Draken hatte dieses Dorf nie zuvor gesehen, doch er hatte das Gefühl, dass alles irgendwie falsch war … falsch, selbst über das Gemetzel hinaus.

Er kniete sich neben der Leiche einer Mutter nieder. Sein Arm ruhte dabei auf dem erhobenen Knie, seine Rüstung lag an Brust und Bauch eng an. Es gab keinerlei Anzeichen von Vergewaltigung oder Misshandlung – nur die brutale Stichwunde in ihrem Hals. Ihre Röcke waren immer noch um ihre Beine gewickelt, als ob sie einfach tot dort umgefallen wäre, wo sie gerade stand. Ihre zwei Kinder lagen ein paar Schritte entfernt. Die Jungen hatten das gleiche rötlich-braune Haar wie ihre Mutter. Es glänzte hell vor dem Hintergrund ihrer dunklen Haut.

»Gemischte«, sagte er. Vielleicht war das der Grund, weshalb man sie getötet hatte.

»Nein«, widersprach Aarinnaie in schneidendem Tonfall. »Es ist ein Färbemittel. Eine hiesige Gepflogenheit, um Zozias helles Auge zu ehren.«

Draken nickte und blickte hoch. Zozia leuchtete besonders hell während der Passatsaison, erschien sogar manchmal am Rande des Tageslichts. Er hatte ein komisches, kribbelndes Gefühl im Nacken, das sich an der Wirbelsäule entlang nach unten ausbreitete. Die Götter beobachteten sie.

»Sie sind noch starr, Khel Szi«, sagte Halmar, der von einer anderen zusammengesackten Leiche auf ihn zuschritt. »Die Mörder haben vor nicht allzu langer Zeit hier zugeschlagen.«

Und Aarinnaie fügte leise hinzu: »Es müssen viele Monoeaner dabei gewesen sein, um so schnell und grausam anzugreifen. Die Leute hier scheinen nicht einmal die Zeit besessen zu haben, um sich zu wehren.«

»Sie scheinen nicht einmal die Zeit besessen zu haben, um zu schreien«, sagte Tyrolean in nüchternem Tonfall.

Draken, der immer noch sein Schwert hochhielt, streckte seine andere Hand aus und fingerte an der perlenbesetzten Kette herum, die wie ein Gürtel um die Taille der Frau geschlungen war. Ein unbenutzter Dolch hing daran. Er schloss die Augen zum Schutz vor der in der Sonne getrockneten Schicht aus Blut, die das Vorderteil ihres Gewandes befleckte; ein ätherisches Frösteln stieg von ihrem leblosen Körper empor. Die Wut brachte sein Blut erneut in Wallung. »Was für ein Irrsinn! Was für eine graumsame, sinnlose Verschwendung! Sie haben die Leichen noch nicht einmal ausgeraubt, haben einfach nur diese Leute umgebracht …«

Seine Stimme stockte, als er die Bedeutung von dem begriff, was er da sagte. Eine Bande von Monoeanern durchstreifte die Lande eines Feindes – keine geringeren als die der Brînianer – und sie plünderten nicht? Das war unmöglich. Während des Zehnjährigen Krieges hatten sich Brînianer mordend und plündernd ihren Weg durch das tiefer gelegene Monoea gebahnt. Rachedurstige Monoeaner würden sich eine Gelegenheit wie diese nicht entgehen lassen.

»Khel Szi. Wollt Ihr bitte mitkommen?«

Draken drehte sich zu Halmar, der ihn anschließend über den Markt führte. Es roch nach Verwesung und Blut, verbunden mit einem Übelkeit erregenden Hauch süßlichen Obsts. Er sehnte sich danach, in Ma'Vannis reinigende Seewinde hineinzusegeln. Stattdessen folgte er seinem Szi Nêre.

Die Locken eines jungen Mädchens bewegten sich auf ihrem reglosen Gesicht. Das Licht von Drakens Schwert leuchtete auf den filigranen, blutverschmierten Ketten, die um ihren Hals lagen. Er wandte den Blick ab und nahm sein Schwert fort, da er nicht wünschte, noch mehr zu sehen. Halmars beruhigend voluminöse Muskeln vor ihm bewegten sich unter der Haut wie Schlangen, die sich in Wüstensand eingegraben hatten. Er führte Draken durch weitere Blutlachen und an wahllos umherliegenden Leichen vorbei zu einem langgestreckten, niedrigen Haus. Der Eindruck, dass hier etwas gänzlich falsch war, verstärkte sich noch. Draken vermochte nur nicht genau zu sagen, um was es sich handelte. Die Szenerie machte nicht den Eindruck von monoeanischen Schlachtfeldern, und er hatte davon so viele gesehen, dass er es beurteilen konnte.

»Das Gemeindehaus, Khel Szi. Ein Kerker mit einem Gefangenen.«

Es gab keine Toten im Innern des flachen Gebäudes, wie Draken erkannte, als er mit seinem Schwert die Ecken ausleuchtete. Alle waren leer – bis auf eine. Holzlatten versperrten einen Käfig. Darin stand ein Mann, dessen Finger die Stangen seines Gefängnisses umklammerten. Seine Augen wurden groß, als sich Draken näherte, und er ließ sich steif auf ein Knie nieder; den Kopf beugte er tief zwischen die dünnen Schultern.

»Khel Szi«, sagte er. Seine Stimme klang rau; entweder hatte er sie lange nicht benutzt oder er war krank.

»Erhebe dich!«, befahl Draken.

Der Mann kam wieder auf die Füße, wobei er sich bewegte, als hätte er Schmerzen. Seinen Blick hielt er gesenkt.

»Bist du ein Sklave oder ein Freier?«, fragte Draken. Der Mann trug weder ein Brandmal noch ein Band um den Hals, aber so etwas hatten Drakens Haussklaven auch nicht.

»Ein Freier, Khel Szi.«

»Wie heißt du?«

»Carock, Khel Szi.«

»Carock, warum bist du in dem Käfig? Haben die Angreifer dich eingesperrt?«

»Angreifer? Nein … Khel … Szi.« Immer noch sprach er mit rauer Stimme. Sie brach bei jedem Wort.

»Bringt die Fackel her.« Halmar hob sie nach oben, und Draken musterte die Augen des Mannes. Das Weiße darin war blutunterlaufen und voller geplatzter Äderchen.

Draken schaute zu Aarinnaie, um von ihr einen Ratschlag oder eine Erklärung zu erhalten, doch sie bot ihm nichts dergleichen an. Mit aufgesetzter Kapuze hielt sie sich im Schatten auf, ein gutes Stück hinter Tyrolean, Halmar und den anderen drei Szi Nêre. Stets war sie das Gespenst. Niemand außer Tyrolean schenkte ihr viel Aufmerksamkeit, was dem brînianischen Umgang mit Frauen entsprach, selbst mit solchen von Kompetenz und hohem Rang.

»Welches Verbrechen hast du begangen?«, wollte Draken wissen.

»Blasphemie. Ich war …« Seine Stimme ließ ihn im Stich, er hustete.

Draken vollführte eine Geste, und Halmar holte dem Mann eine Schöpfkelle voll Wasser.

Carock trank und nickte zum Zeichen des Dankes. »Ich war draußen, angekettet auf dem Marktplatz, und wartete darauf, dass man mich für immer zum Verstummen bringen würde. Ich blinzelte mit den Augen, wie es schien, und dann war ich hier.«

Ein Augenzeuge, der verrückt oder nicht klug genug war, um zu wissen, was er gesehen hatte. Vielleicht litt er auch immer noch unter dem Schock des Angriffs. Draken schritt nach vorn, streckte den Arm durch die Stangen und ergriff Carocks Hand, um sie sich anzuschauen. Schwielen säumten den Handteller unterhalb jedes Fingers: nichts dergleichen jedoch zwischen dem Daumen und Zeigefinger oder dem Handballen wie bei einem Schwertkämpfer. Es gab auch keine tiefen Linien in den Fingern, wie es für einen Bogenschützen kennzeichnend war. Als Nächstes untersuchte Draken das Gesicht des Mannes. Keine Blutergüsse. Kein Fleck außer seinen blutunterlaufenen Augen.

Mit den Händen an den Schwertheften rückten seine Szi Nêre näher heran. Der Mann zitterte unter seinem Griff. Draken ließ ihn mit einem leisen, spöttischen Schnauben los. Er hatte sich selbst vergessen. Als Khel Szi – von den Göttern auserwählt durch das Schwert auf seinem Rücken – war er für alle unantastbar, mit Ausnahme jener, die ihm am allernächsten standen, sowie seiner Leibsklaven. Draken ignorierte dies für gewöhnlich; er hatte genug Probleme, die Fürstenkrone ordentlich auf seinem Kopf zu behalten, ohne sich um jede kulturelle Kleinigkeit zu bekümmern. Er schritt davon und sagte dabei zu Thom: »Heute ist sein Glückstag. Befreit ihn und schickt ihn fort.«

Aarinnaie beeilte sich, um Draken zu folgen. Sie sprach ihn in einem leisen Tonfall an; ihre Worte waren nur für seine Ohren bestimmt. »Du lässt ihn gehen? Sein Verbrechen muss wirklich schlimm gewesen sein, wenn man die Absicht hatte, ihm die Zunge herauszuschneiden. Er muss etwas gegen dich, den Khel Szi, oder die Götter gesagt haben. Oder gegen Elena.«

»Was stimmt nicht mit seinen Augen?«

Sie schürzte die Lippen. »Abendzeit. Ein Zaubertrank, der Leute dazu bringt, dass sie sich für nichts interessieren. Man sagt, sobald du es ein paar Mal zu dir genommen hast, kannst du ohne den Trank nicht mehr leben. Bei dem Mann ist es sicherlich schon so weit gekommen. Es ist die Zunge, die als Nächstes schwarz wird, dann die Nase, die ...« Sie zuckte leicht mit der Schulter. »Andere Stellen.«

Was alles zusammengenommen Carock zu einem nutzlosen Zeugen machte.

Tyrolean, der den Daumen in seinem Schwertgürtel eingehakt hatte, näherte sich Draken. »Mein ehrwürdiger Fürst, was sollen wir mit den Toten machen?«

Draken drehte sich um und schaute auf das Massaker zurück; er prägte sich das Bild ein und versuchte, wachen Sinnes für wichtige Einzelheiten zu bleiben. Das Grauen wühlte in seinen Eingeweiden, Müdigkeit zog ihm die Schultern nach unten. Dies hier bedeutete mit Sicherheit Krieg. Wie konnte Draken einen offenen Konflikt aufhalten, wenn es keinerlei Beweise dafür gab, dass die Monoeaner diese Untat nicht begangen hatten? »Die Stadtfestung wird die Leichenhändler bezahlen, damit sie die Toten zum Meer befördern.«

Die Toten hatten ihnen alles gesagt, was sie ihnen mitteilen konnten.

Er saß auf und starrte hinaus – den Weg zurück, den sie gekommen waren, und zum Meer hin. Jenseits davon – weiter als fünfzig Pferde hintereinander rennen konnten – traf das Meer auf den Himmel und formte die Wolkenbrücke, die Ma'Vanni jede Nacht benutzte, um am Firmament aufzusteigen. Jenseits der Weißen Stadt von Felspirn auf dem Kontinent Lahplon und sogar jenseits ihrer Inselmeere.

Heilige Große Mutter, was ist hier geschehen? Seine Finger umfassten das Heft seines Schwertes noch fester. Die Klinge behielt dauerhaft ihr geisterhaftes weißes Glänzen bei. Von oben kamen keine Antworten. Aber das wusste er mit Sicherheit: Dies Gemetzel hier in Parne war kein typisch monoeanisches Werk.

KAPITEL SECHS

Von der Blutbucht traf die Nachricht ein, dass die Monoeaner die Absicht geäußert hatten, sich mit Draken zu treffen, wenn nicht sogar Vereinbarungen auszuhandeln – oder wenigstens miteinander zu sprechen. Ghotze, der Akhanar der *Fluch*, kam persönlich, um Draken zu informieren; den monoeanischen Boten schleppte er gleich mit sich. Der unbekannte, bleiche Bursche, der spindeldürr unter seiner minimalen Panzerung war, starrte Draken scharf an. Unterhalb eines Helmes, der zu groß für den Kerl aussah, zeigte sich auf seiner Stirn ein schwarzer Aschefleck von der Größe eines Daumenabdrucks.

»Ihr habt mit ihnen gesprochen, Akhanar.«

»Allein, wie Ihr es mir befahlt, Khel Szi.« Ghotze hatte die Anweisung nicht infrage gestellt. »Doch sie haben mir diesen Burschen mitgeschickt, um ihre Absicht zu bekräftigen.«

Nach der Art und Weise zu urteilen, wie der junge Bote Draken anschaute, musste der sich fühlen, als ob ihm ein Fluch im Nacken säße. »Wie begierig sind deine Vorgesetzten auf Verhandlungen?«

»Mit Euch? Sehr begierig, Fürst.« Unter seinem dünnen Umhang rannen Schweißtropfen hinab.

Draken blickte zu Ghotze. »Und was ist Eure Ansicht über ihre Begierde, Akhanar?«

Ghotze schnaubte und legte die Stirn in Falten. Er hatte sein Leben auf dem Meer verbracht und dort seine Profession gefunden: zuerst als Händler und Kaufmann, danach hatte er einen Platz in der akrasianischen Kriegsflotte eingenommen, die allerdings kein anständiger Brînianer anders nannte als »brînianische Flotte«; auf jeden Fall, sobald er sich außerhalb der Hörweite der Königin befand. Den Schwertkrieg von Elenas Vater hätte man eigentlich einen Feldzug zur Erbeutung von Brîns Marine nennen sollen. Akrasia hatte Brîn nicht nur angegriffen, um Meergeboren zu gewinnen, sondern auch, um der Flotte habhaft zu werden und die Kontrolle über die Blutbucht zu erlangen – für die eigene Sicherheit wie für den Handel. Genau dieselbe Kriegsflotte war ausgesandt worden, um die Monoeaner anzugreifen, und es hatte viele Sohalias gedauert, um auch nur einen Schatten ihrer ehemaligen Pracht wiederherzustellen.

Ghotze hatte am Zehnjährigen Krieg teilgenommen. Er hasste die Akrasianer, doch er hasste Monoeaner noch mehr. Draken rechnete damit, eine ganze Reihe von Beleidigungen durchstehen zu müssen. Stattdessen aber sagte Ghotze: »Es gab für mich keine Möglichkeit, dies zu beurteilen, Khel Szi.«

Draken winkte mit der Hand. »Kommt. Ihr müsst irgendeine Vorstellung haben. Sprecht frei heraus.«

»Sie lassen sich nur schwer durchschauen, Khel Szi.«

Draken widerstand der Versuchung, mit den Augen zu rollen. Ghotze war offensichtlich von starrköpfigem Charakter. Draken konnte allerdings Vorsicht in Gegenwart eines Feindes respektieren und gab es auf, den Mann weiter zu bedrängen. Er teilte dem monoeanischen Boten mit, er würde am morgigen Tag kommen, und wies ihn mit einem Wink der Hand an, zu seinem Ruderboot zurückzukehren.

»So wie ich es verstanden habe, ist Euch als Nacht-Lord befohlen worden, diese Leute zu treffen«, sagte Tyrolean, als Draken am nächsten Morgen in traditioneller brînianischer Kleidung in den Hafenanlagen auftauchte: eine weite schwarze Hose, die von seinem Schwertgürtel festgehalten wurde, während sein Oberkörper nackt war; und weiße Kriegssiegel bedeckten in wirbelnden Mustern seine braune Haut an den Schultern, der Kehle und dem Gesicht. Dazu trug er Elenas Anhänger über der Brust und den mondgeschmiedeten Szi-Reif auf der Stirn.

»Der Khel Szi steht rangmäßig über dem Nacht-Lord, und wir befinden uns in brînianischen Gewässern«, entgegnete Draken. »Möglicherweise wissen sie, wie eng Elena und ich verbunden sind. Zwei Länder sind besser als eines, oder?«

Als Erwiderung zeigte Tyrolean ein ausdrucksloses Nicken.

Draken grummelte und fragte sich, was Tyrolean wirklich von ihm in seinem einheimischen Aufzug dachte. Was sprach der Akrasianer nicht aus, nur weil er dafür zu höflich war? Ziemlich viel vermutlich. Doch Farbe war die einzige Form von Verkleidung, die ihm einfiel, um den Ausdruck seiner dichten Locken, Ohrringe und Tätowierungen zu verstärken.

Die *Fluch* war das kleinere von zwei neuen Schiffen, ein schnittiger Dreimastschoner, der entworfen worden war, um ein sehr wendiges Geschwader anzuführen. Er besaß drei Harpaxe, die für das Entern feindlicher Schiffe genutzt wurden, sowie Ballisten; und die Mitglieder seiner kleinen Crew dienten auch als geschickte Langbogenschützen. Gewandet in dunkle Segel und mit einem indigofarbenen Anstrich verschmolz der Schoner bei dem richtigen Licht mit Himmel und Meer, bis er innerhalb seiner Schussweite war. An diesem Morgen jedoch segelte er nicht im Geheimen. Zwei seiner Toppsegel zeigten die Banner von Akrasia: die königlichen Sieben-Monde auf grünem Feld und Brîns blutrote Seeschlange auf schwarzem Untergrund. Der Schoner war eigentlich Drakens Schiff – das offizielle brînianische Fürstenschiff – und sollte deshalb nach ihm benannt sein. Doch Draken hatte darauf bestanden, ihn *Fluch* zu nennen. Immerhin hatte der Angriff eines Fluchs ihn zu Elena und seinem neuen Leben in Brîn geführt. Es war eine Mahnung, was alles im Leben schiefgehen konnte, und ebenfalls dafür, wie es richtig gehen konnte.

Es fühlte sich beruhigend an, wieder die schlingernde See unter den Füßen zu haben, doch als sie sich den vor Anker liegenden monoeanischen Schiffen näherten, zog sich ihm der Magen zusammen.

»Khel Szi, was wisst Ihr über die monoeanische Kriegsflotte?«, fragte Akhanar Ghotze.

Weitaus mehr, als Draken eingestehen durfte, da er den Großteil seines militärischen Berufsweges bei ihr gedient hatte. »Ich habe bei den Strategen meines Vaters studiert.«

Er hatte ermüdende Vorträge über sich ergehen lassen. Sollte es jemals zu einem Krieg zwischen seinem alten und neuen Land kommen, musste er wissen, mit welchen Fehlinformationen und Vorurteilen er konfrontiert wurde, wenn er Akrasia gegen seine ehemalige Heimat in den Kampf führte.

»Gewiss, Khel Szi. Also, das ist gut.« Ghotze klang allerdings nicht so, als ob er sich dessen allzu sicher war. Den meisten Seeleute galten Lebenserfahrungen als wertvoller.

Was für ein Glück, dass ich beides habe. Wenn er sich häufig genug selbst sagte, dass er Glück hatte, konnte das möglicherweise eines Tages das Doppelspiel überwinden helfen, das ihn momentan beherrschte. Nichtsdestotrotz gelang es ihm, den trockenen Tonfall abzulegen.

»Bewahrt einen steten Kurs, und haltet Euch als Vorsichtsmaßnahme an ihrer Breitseite.« Während der Passatsaison kam der Wind von der Blutbucht meistens aus der Richtung hinter den monoeanischen Schiffen, was ein Vorteil war, wenn ein Angriff aus deren Position erfolgte. Draken blickte zu Thom hoch, der regungslos in der Takelage hing und Ausschau hielt, ob es bei den feindlichen Schiffen irgendwelche Anzeichen für ein Ankerlichten oder einen Angriff gab. Kapitän Ghotze hatte widerwillig eingeräumt, dass nur eine Gadye-Maske aus dieser Entfernung etwas sehen konnte.

Draken ergriff die Reling und sprang die Stufen vom Achter- zum Hauptdeck hinunter, wo ein paar Mannschaftsmitglieder eine Feineinstellung ihrer Geschwindigkeit vornahmen: Dies taten sie gemäß den Befehlen, die Ghotze ihnen zurief. Der Kapitän verstand sein Handwerk gut genug, um sich an die Breitseite monoeanischer Kriegsschiffe zu halten, und war höflich genug, dies seinem Khel Szi nicht zu sagen.

Draken konzentrierte sich auf die schaumgekrönten Wellen jenseits der Brandung anstatt auf die sich nähernden feindlichen Schiffe, und er kämpfte gegen die Furcht an, man werde herausfinden, dass er ein Gemischter und ein Hochstapler war. Zwar konnten in Brîn uneheliche Nachkommen erben, doch uneheliche Kinder von gemischter Abstammung durften dies sicherlich nicht.

»Eilige Nachricht, Khel Szi! Verhandlungsflagge!«, rief Thom nach unten.

Draken kniff die Augen zusammen. Ein Wimpel war die Takelage des nächsten monoeanischen Schiffes emporgestiegen. »Also, das ist gut.«

»Jawohl, Khel Szi«, sagte Ghotze. »Und sie feuern nicht auf uns, obwohl wir in Reichweite sind.«

»Vielleicht hat sich ihr Kapitän seit der Schlacht und den Hinrichtungen darauf verlegt, vorsichtig zu sein.«

Ghotze schüttelte den Kopf. »Ich glaube, es ist etwas anderes, das ihre Pfeile stoppt, Khel Szi.«

»Magie.« Oder die Bedrohung durch Magie. Draken seufzte und blickte zurück auf die weißen Berggipfel von Eidola, die aus dem sie umgebenden unaufhörlichen Nebel emporstießen; abermals wünschte er sich den Rat des Mantiker-Königs herbei. Doch dringende Aufgaben hielten Osias seit vielen Sieben-Nächten in seiner Bergfestung zurück.

Die vage Idee verstrich, dass Osias für den Moment mittels Magie den Frieden herbeiführen könnte. Nein. Töricht …

Das ist nicht so töricht.

Draken wurde ruhig. *Bruche?*

Keine Antwort. Natürlich nicht. Ihr Götter, dies war der Beweis, dass Wünsche eine Tollheit waren …

Akhanar Ghotze schnaubte, und es dauerte einen Atemzug lang, bis Draken begriff, dass der Kapitän damit eine Erwiderung auf seine Bemerkung »Magie« gab. Ghotze war zu pragmatisch, um etwas von solch einem Unsinn wie Magie zu halten – oder gar von einem magischen Schwert als Kriegswaffe. Sie beide hatten diese Unterredung schon früher geführt. Andererseits hatte der Seemann nicht alles gesehen, was Draken gesehen hatte.

»Lasst sie Eure Magie fürchten, Khel Szi«, sagte Ghotze, »wenn es Brîn verschont.«

»Und Akrasia.«

»Gewiss, Khel Szi.«

Draken schritt zum Vorschiff; mit einem gedankenverlorenen Kopfnicken erwiderte er die achtungsvollen Grüße der Matrosen. Vier Bogenschützen an der Reling hielten Pfeile an ihren Bogensehnen. Er spähte über ihre Schultern hinweg.

Sie waren auf dem Meer weit genug vorangekommen, sodass man für den Blick auf die monoeanischen Schiffe das Fernglas nicht mehr benötigte. Er konnte das Leitschiff problemlos identifizieren. Die *Königstorheit*: frisch angestrichen, die Segel instandgesetzt, und die Mannschaft verrichtete ihre Arbeit mit höchster Präzision. Yramantha hatte ihre Aufgaben augenscheinlich gut erledigt. Sie war eine Frau, deren Haut zu viel salzhaltige Luft und rauen Wind gefühlt hatte, eine Frau, die das Meer kannte und ein strenges Kommando hielt. Sie hatte zuletzt Patrouillenfahrten durchgeführt und Verbannte abgesetzt – in dem kleinen Schoner, der Draken nach Akrasia gebracht hatte -; aber das tat sie nun nicht mehr. Die *Königstorheit* war ein ordentliches Kriegsschiff, wenn es auch etwas in die Jahre gekommen war.

Draken warf einen mürrischen Blick zum mondlosen Morgenhimmel. *Verflucht seien die verdammten Götter!* Er hoffte, dass sie während ihrer gesamten Ruhezeit am helllichten Tag von Albträumen heimgesucht wurden. Falls Götter überhaupt Albträume bekamen …

Er blieb mit fester Haltung stehen, als monoeanische Bogenschützen ihre Pfeile auf ihn richteten. Jeder von ihnen hatte diesen merkwürdigen Aschefleck auf seiner Stirn. »Wozu sind diese Markierungen?«

Ghotze zuckte mit den Schultern. »Eine neue Sekte? Wer weiß …«

Das monoeanische Kriegsschiff war dem ihren überlegen, was die Zahl der Männer anbelangte. Aber die brînianische Galeone *Reavan* war hinter ihnen auf Kurs und darauf eingestellt, innerhalb von wenigen Windstößen näher zu kommen; und ihr Vorder- und Achterdeck starrte von Bogenschützen. Feuer, um die Pfeile anzuzünden, brannten hinter den Soldaten in länglichen Metallbehältnissen.

Wellen schleuderten die Schiffsrümpfe hin und her. Böen fuhren in die Segel. Flaggen knallten. Drakens Herz pochte heftig in seiner Brust. Er räusperte sich und rief auf Brînianisch: »Ich bin der Fürst von Brîn und der Nacht-Lord Ihrer Majestät, Königin Elena. Wer unter Euch ist befugt, Vereinbarungen zu treffen?«

Ein Murmeln erhob sich auf dem anderen Schiff, und dann gab die Schiffsglocke einen einzelnen, klaren Signalton von sich. Jeder um Draken herum erstarrte.

»Wartet!«, schrie er, bevor sich ein Pfeil lösen konnte. Jede Bogensehne auf der *Fluch* lockerte sich mit einem Knarren um eine Fingerlänge.

Auf der *Königstorheit* öffnete sich die Luke zum Achterdeck, und die Kapitänin kam mit langen Schritten in Sicht. Sie war in einem sicheren Versteck untergebracht worden, bis man die brînianischen Absichten ermittelt hatte – bis Draken sich selbst zu erkennen gegeben und den Schussbefehl zurückgehalten hatte. Er entspannte sich ein wenig mehr und gab den Befehl, die Segel zu reffen und die Schiffe aneinander festzuzurren. Natürlich durften sich die Decks der Schiffe nicht berühren, doch zu diesem Zweck wurden von Reling zu Reling Stangen eingesetzt. Im leichten Wellengang der Bucht sollte diese Maßnahme vollkommen genügen.

Yramantha ging zur Reling und ergriff sie mit beiden Händen. Sie sah aus wie früher – rötliches, grau mattiertes Haar, schmale Taille und breite Schultern –, mit Ausnahme des großen schwarzen Aschefleсks auf ihrer Stirn. Stickereien, die ineinander verschlungene Mondsicheln darstellten, schmückten die Schulterteile ihrer Uniform. Draken hob sein Kinn an und gewährte ihr einen guten Blick auf seine Tattoos – die Kriegsfarbe auf seinem Gesicht und seiner Brust – sowie seinen Schmuck; seine Hand ruhte auf dem schlichten Heft von Meergeboren und der abgenutzten Scheide.

Er sagte sich selbst, dass sie genau das sehen würde, was sie glaubte, dass sie zu sehen bekam: einen brînianischen Fürsten, einen Fremden.

Trotzdem. Sie kannten einander. Sie hatten miteinander gesellschaftlich verkehrt und gesprochen; das letzte Mal unmittelbar vor seinem Sprung ins Meer, als sie ihn mit vorgehaltener Klinge bedroht hatte. Es war schwieriger, seine Stimme zu verstellen. Er gab sein Bestes, damit der von ihm so sorgsam kultivierte brînianische Akzent sie verdeckte.

»Ich komme, um Nachforschungen anzustellen wegen eines

brînianischen Angriffs auf Quunin in meinem Land«, sagte Yramantha in einem passablen Akrasianisch.

Draken hatte eine Hand zur Faust geballt. Er kannte Quunin. Seine Mutter wohnte dort, nachdem sie in Schande vom Hof gejagt worden war, weil sie das Kind eines brînianischen Sklaven geboren hatte. War sie bei diesem Angriff gestorben? Er hatte ein beklemmendes Gefühl in der Brust und zwang sich, tief durchzuatmen. Oder war sie schon vor Langem gestorben und ruhte seitdem unter ihrem Schrein? Wenigstens zwei Sohalias waren verstrichen, seit er eine Nachricht von ihr erhalten hatte – lange vor dem Tod seiner Frau und der Verbannung nach Akrasia.

Er wechselte zur akrasianischen Sprache und senkte seine Stimme zu einem hässlichen Brummen, als er fragte: »Und das hat irgendetwas mit uns zu tun?«

»Die angreifenden Schiffe führten blutrote Schlangen-Banner«, entgegnete sie hochmütig. »*Brînianische* Banner, Eure Hoheit.«

Die eingetrocknete Farbe zerrte an seiner Haut, als er seine Augenbrauen senkte. Wer hatte Schiffen, die mit der brînianischen Standarte gekennzeichnet waren, einen Angriff befohlen? Und weshalb hatte Kupsyr dies nicht erwähnt zwischen all seinem Gerede von Magie? Draken murmelte einen Fluch. Dank Elenas Befehl war Kupsyr jetzt zu tot, um ihn befragen zu können.

Und dann verfluchte er sich selbst sieben Mal als Narren. Brînianische Söldner würden für genügend akrasianische Rare oder gar monoeanisches Gold alles tun. Vielleicht war Kupsyr in den Angriff nicht eingeweiht gewesen. Vielleicht war Yramantha kein Mitglied der rebellischen Fraktion. Vielleicht wurde sie von denen nur benutzt. Oder die rebellische Fraktion hatte Kupsyr bloß benutzt. Vielleicht war auch irgendein anderes Unheil im Gange.

Er musste sich davon abhalten, die Schläfen zu reiben, als die ersten Schmerzensstränge sich durch seinen Schädel wanden.

Yramantha beugte sich ein bisschen weiter über die Reling hinaus. »Eigenartigerweise trafen genau einen Tag nach dem Angriff auf mein Land brînianische Handelsschiffe in der Schwesterbucht ein.«

»Wie ich es erwarten würde, da der akrasianische Handelsminister ihre Route genehmigt hat.« Draken wusste dies allerdings nicht mit absoluter Sicherheit.

Yramantha blickte zu Tyrolean, der so nahe neben ihm stand, dass Draken seinen Atem hören konnte. »Bedenkt, Eure Hoheit, wie dies alles von unserer Seite aus erscheint.«

»Ziemlich merkwürdig«, räumte Draken ein.

»Wir haben die Kapitäne der eintreffenden Handelsschiffe eingehend befragt, doch sie hatten keine Nachricht vom Angriff erhalten«, sagte sie.

Er wusste recht gut, was solche »eingehenden« Befragungen beinhalteten. Er blickte finster drein bei dem Gedanken an brînianische Handelsschiffskapitäne, die auf Gryms Folterbänken lagen. »Ich weiß nichts davon, doch ich werde die Wahrheit in alldem ausfindig machen. Meine Königin hat nicht den Wunsch, mit Eurem Land Krieg zu führen.«

»Ich finde, dass dies schwer zu glauben ist. Euer Volk ist einst in mein Land eingefallen.«

»Das war während der Regierungszeit eines anderen Königs, eines anderen Khel Szi. Das war nicht die heutige Königin. Und nicht ich.«

Yramanthas Tonfall wurde schärfer. »Quunin wurde bis auf die Grundmauern niedergebrannt, einschließlich der Wasserfahrzeuge des Ortes. Die Fischerei wurde zerstört, Hunderte verloren ihr Leben.«

Er hatte bereits die Bestrafung für ein Verbrechen ertragen müssen, das er nicht begangen hatte. Er wollte verdammt sein, wenn er so etwas erneut erduldete. »Wie ich schon sagte, werde ich persönlich nachforsch…«

»Vergebt meine Unverblümtheit, Eure Hoheit. Die neuen Herrscher auf dem akrasianischen Kontinent haben sich noch nicht bewährt. König Aissyth hat keinen Grund, Euch zu vertrauen.«

Tyrolean neben ihm stand regungslos da wie ein Stein. Ein Bogen knarrte. Wind blies sanft über locker herabhängende Segel. Takelage klapperte gegen einen Baum. Draken füllte seine Lungen mit sauberer salziger Luft und zwang sich zur Geduld.

»Wir haben in der Tat«, fuhr sie fort, »erstaunlich wenig von

Eurer Königin gehört, seit sie vor zwei Sohalias den Thron bestiegen hat. Mein König ist sich nicht sicher, ob sie unhöflich oder verängstigt ist – oder beides.«

Draken mochte ein neuer Fürst sein, doch er war nicht irgendein junger Schnösel, der die Klinge zog und wegen einer Beleidigung oder Anspielung einen Kampf vom Zaun brach. Er fuhr einfach damit fort, sie anzuschauen und zu schweigen.

Yramantha erhob ihre Stimme. »Wollt Ihr an Bord der *Königstorheit* kommen und mit mir unter vier Augen verhandeln? Ich schwöre, Ihr seid vor jeglichem Schaden sicher und beizeiten zurück.«

Hinter ihm knarrten Planken. Das waren zweifellos seine Szi Nêre. Er seufzte, doch er musste in Erfahrung bringen, was sie ihm zu sagen hatte und ob dies mit Kupsyrs Gerede zusammenpasste.

Der Streit um die Frage, wer wo stand – der einsetzte, sobald sie auf dem anderen Schiff angekommen waren –, war geeignet, Draken verrückt werden zu lassen: gelinde Richtigstellungen von Angeberei, Überzeugungsarbeit bei Yramanthas Erstem Offizier, der sich zu fragen schien, ob Draken versuchte, die Kapitänin von den anderen wegzubekommen, um ihr die Kehle aufzuschlitzen oder sie sich auf gewaltsame Weise zu Willen zu machen. Außerdem wollten die Monoeaner, dass er sein Schwert abgab, und debattierten allein diesen Punkt voller Inbrunst.

»Was für ein völliger Irrsinn! Sie hat mich doch verdammt noch mal aufgefordert, dass ich herkommen soll, oder?«

Zu guter Letzt überreichte er Tyrolean sein Schwert. »Schneidet Euch nicht daran.«

»Dies ist eine schlechte Idee – dass Ihr allein auf ihr Schiff geht.«

»Alles, was ich tue, ist eine schlechte Idee. Ich komme schon klar.« Beim Lügen war er langsam schon so gut wie ein Pelzhändler aus Reschan geworden, der dünne Hirschfelle als gutes Pferdeleder verkaufte.

In der Kapitänskajüte der *Königstorheit* saßen sie an einem Tisch, der so kunstvoll geschnitzt war, dass er mehr zu einem städtischen Anwesen in Wyndam passte als zu einem Kriegsschiff. Karten und

Schlachtpläne lagen verstreut auf der Tischplatte. Gemäß dem, was Draken von seiner Warte aus erkennen konnte, handelte es sich bei einer dieser Unterlagen um den Plan für den Angriff auf den Seebergfried. Er tippte das Papier an. »Ihr könnt das hier in den Müll schmeißen.«

Yramantha lehnte sich auf ihrem Stuhl zurück; die Arme verschränkte sie unter ihren Brüsten. Jetzt, wo er ihr so nahe war, bemerkte er, dass ihre Blutstein-Uniform mit einem Muster aus drei ineinander verschlungenen Mondsicheln bestickt war: ein Siegel, das nichts mit dem Königshaus von Monoea zu schaffen hatte.

»Ich nehme an, Ihr habt die Gefangenen nicht verschont.«

Draken schluckte die abwehrende Galle hinunter, die hinter seiner Kehle nach oben stieg. »Wir haben sie so menschenwürdig wie möglich hingerichtet. Ihre Leichen brennen noch in der Turmschüssel. Eine Gabe für Khellian und eine Ehrung für sie. Ma'Vanni wird sie als ehrenvolle Krieger empfangen.«

»Das ist enttäuschend. Es ist jedoch der Herzenswunsch meines Königs, dass diese Angelegenheit diplomatisch gelöst wird und dass unsere Länder ihr freundschaftliches Verhältnis aufrechterhalten.« Yramantha sprach auf eine mechanische Weise, als ob sie die Worte einstudiert hätte.

Eine merkwürdige Art, einen solchen Wunsch zu zeigen – indem man das befreundete Land angreift. Aber Diplomatie handelte mehr von dem, was nicht ausgesprochen und nicht getan wurde. »Das ist ebenfalls mein Wunsch. Ich sehe keine Notwendigkeit für weiteres Blutvergießen.«

»Und dennoch müssen wir die Zerstörung von Quunin bedenken.«

So viel zur Diplomatie. »Und den Überfall auf den Seebergfried. Drei unserer Hohen Häuser sind tot. Ich denke, wir haben unsere Schuld beglichen – für etwas, woran wir wahrscheinlich gar keine Schuld tragen.«

Einen ausgedehnten Atemzug lang sah sie ihn prüfend an.

Er hob sein Kinn. »Was müsste ich gemäß König Aissyth als Wiedergutmachung tun, falls wir herausfinden sollten, dass dies keine List von irgendwelchen Außenstehenden oder Rebellen ist, um mein Volk in die Sache zu verwickeln und einen Krieg auszulösen?«

Sie wartete ein paar Atemzüge, bevor sie zu sprechen begann – lange genug, dass Draken sich fragte, ob er hier auf etwas gestoßen war. Ihre Antwort brachte ihn allerdings dazu, diesen Gedanken aufzugeben. »Vielleicht sind diese Rebellen ja Eure. Gerüchte über eine große Schlacht zwischen Akrasia und seinem Fürstentum Brîn verbreiten sich mit den Passatwinden, Eure Hoheit.«

»Das ist also der Grund, weshalb Ihr uns angegriffen habt – weil Ihr uns aufgrund eines Bürgerkriegs für geschwächt haltet?«

»Also darf ich davon ausgehen, dass diese Gerüchte grundlos sind?«

Seine Lippen pressten sich aufeinander, und er konnte es nicht verhindern, dass sich seine Reaktion auf ihre Frage in Form eines finsteren Gesichtsausdruck offen zeigte. »Diese Unruhen sind aufgelöst worden.«

Im Gefühl des Triumphes stiegen ihre Mundwinkel in die Höhe. »Da diese Gerüchte also nun bestätigt wurden, gilt dies auch vielleicht für jene über die Wiederbelebung bestimmter magischer Phänomene, die Euch mit den Göttern verbinden.«

Hin- und hergerissen zwischen Neugier und Vorsicht gab Draken eine verhaltene Antwort. »Diese Vorstellung wirft wahrscheinlich viele Fragen auf.«

»Ich glaube eher, dass es bloß die eine gibt: *Weshalb Ihr?*«

Er fühlte sich immer noch wund von den Schlägen, die er während der Schlacht eingesteckt hatte: von den Kämpfen, dem harten Ritt, der Anspannung. Bei Yramanthas Worten krümmten sich seine schmerzenden Muskeln noch stärker zusammen. »Monoeaner bezeichnen Magie als Häresie. In einigen Vierteln von Siebenfel kommt es vor, dass man geschlagen wird, nur weil man dieses Wort ausgesprochen hat.«

»In einigen Vierteln von Siebenfel werden Leute wegen Mordes für gewöhnlich aufgehängt.« Sie hielt seinem Blick stand. »Inzwischen *verbannen* wir sie.«

Schön. Sie wusste also, wer er war. »Erklärt Euch selbst rundheraus, Yramantha.«

»Ihr erinnert Euch an meinen Namen?«

»Letzten Sohalia haben wir auf dem Himmelfahrtstag-Ball gemeinsam getanzt. Lesle war ein wenig eifersüchtig. Ich bin ein vielbeschäftigter Mann, Kapitänin. Was wollt Ihr von mir?«

»Ich habe es nicht geglaubt, als ich davon hörte«, sagte sie und lehnte sich zurück.

»Dass ich Khel Szi bin? Das bin ich aufgrund meines Blutes.«

»Die monoeanische Königsfamilie ist ebenfalls Euer Blut.«

»Sie hat keinen Anspruch auf mich erhoben.«

»Eure Mutter würde es, wenn sie die Gelegenheit hätte.«

Er war verstummt.

»Ich dachte, Ihr würdet es gerne wissen. Sie lebt. Sie würde Euretwegen den König um Gnade anflehen.«

»Die monoeanischen Könige überlassen das Gesetz dem Willen der Götter und haben dies seit zwei Generationen so gehalten. Aissyth wird nicht gegen die Tradition aufbegehren, die verlangt, meine Mutter zu meiden, auch nicht wegen ihres Bastard-Sohns.«

»Die Könige haben uns von den Göttern getrennt«, zischte sie. »Ihr, Fürst, seid ein Verbindungsmann zu ihnen.«

Er lehnte sich zurück angesichts ihrer Heftigkeit und starrte sie an, während er das, was sie sagte, mit dem, was Kupsyr erzählt hatte, wie Puzzleteile zusammenzufügen versuchte. Ein kalter Schauer jagte ihm über den Rücken, als die Wahrheit ihm aufging. »Ihr habt den Seebergfried *wegen* mir angegriffen.«

»Und es hat funktioniert, nicht? Hier seid Ihr.«

Das Blutvergießen … Er vermochte kaum zusammenhängende Gedanken zu sammeln, um seinen Standpunkt vorzubringen. »Ein diplomatischer Besuch … eine Audienz. Ihr brauchtet nur zu fragen …«

Yramantha brach in ein sarkastisches Gelächter aus. »Wer in Akrasia weiß, wer Ihr seid, Draken vae Khellian? Wenn ich in der Stadtfestung so zu Euch spräche, wärt Ihr noch vor Einbruch der Nacht tot.«

Sein Unterkiefer schob sich vor. »Mein Name ist *Khel Szi*.«

»In der Tat.« Sie ließ ihren Blick über sein Gesicht huschen, hoch zu dem Reif auf seiner Stirn. »So wie Eure vielen Namen sich vereinigen, um Euch in Eurer Gesamtheit zu bilden, so vermischt sich auch in Euren Adern das Blut von Feinden. Ihr solltet Euren Platz nicht einnehmen dürfen. Ihr seid kein zivilisierter Mensch. Ein Gemischter, nicht wahr? Und dennoch beschenken die Götter Euch mit ihrer eigenen Magie. Vielleicht tun sie das aber nicht trotz Eures Erbes, sondern wegen Eures Erbes.«

»Ich habe eine Verpflichtung gegenüber Brîn. Gegenüber meiner Königin.«

»Nein, Ihr habt eine Verpflichtung gegenüber den Göttern. Wir können nicht zulassen, dass Ihr durch die Hand von vorurteilsbehafteten, unzivilisierten Barbaren sterbt. Ihr müsst nach Monoea kommen. Ihr müsst Euren rechtmäßigen Platz einnehmen.«

Rechtmäßiger Platz? Er war bereits hier, hatte ihn inne. »Euer König hat geschworen, mich zu töten, wenn ich Eure Küsten aufsuche. Meine Königin wird mich niemals gehen lassen, und Ihr solltet mich nicht in Monoea haben wollen. Ich bin nicht der Mann, der durch Eid mit den Göttern verbunden ist, wie Ihr von mir glaubt.«

Sie schüttelte den Kopf. »Das sind die Könige auch nicht.«

Sein Herz setzte einen Schlag aus und beruhigte sich dann wieder. »Monoea wird stürzen, wenn Ihr die königliche Familie anrührt.«

»Wir haben einen Glauben, und gemäß dem können wir ihren Platz einnehmen.«

»Was für ein *Glaube*?«

Sie senkte ihren Blick. »Eurer Königin könnte es sehr schlecht ergehen. Aber sie braucht nicht zu wissen, wer Ihr seid. Sie braucht überhaupt nichts zu wissen, bis alles zu Hause bereinigt ist. Sie kann ihr Kind in Frieden austragen.«

»Unser Kind. *Mein* Kind.«

»Es wird kein Kind geben, wenn Ihr nicht tut, was wir sagen.«

»Ihr solltet vorsichtiger auftreten.« Seine Stimme bebte vor Zorn. »Jene, die meine Königin bedrohen, haben die Neigung zu sterben.«

»Ihr hattet zuerst einen König.«

»Der mich des Landes verwiesen hat!« Draken vermochte nicht

schlau aus all dem zu werden, was sie sagte – wie bei einem Spiel mit ausgeschnittenen Teilen, bei dem ein Schaubild fehlte, um sie zusammenzufügen. Eine Rebellion? Glaube – als ob sie nicht alle zu denselben Göttern beteten, oder? Und wie kam er hier ins Spiel? Er war kein Monoeaner mehr. Er verstand einzig und allein, weshalb sie darauf bestanden hatten, dass er unbewaffnet hier hereinkommen sollte. Wenn er Meergeboren bei sich hätte, wäre sie schon tot.

Er schnaubte – ein Ausbruch von gekünsteltem Wagemut. »Elena wird Euch nicht zuhören, gleichgültig, was Ihr sagt, gleichgültig, was Ihr androht. Und ich werde niemals nach Monoea kommen. Selbst wenn ich es könnte, würde ich Euch niemals bei einer Rebellion gegen meinen königlichen Cousin unterstützen.«

Yramantha erhob sich von der Bank und öffnete eine Klappbox, die auf einem Regal mit Randabschluss stand, das an der gebogenen Wand entlangführte; daraus holte sie eine bebänderte schwarze Haarlocke hervor. Sie war länger als sein Arm und glitt über die Landkarten zwischen ihnen wie eine dünne Schlange. Unmittelbar neben die Locke legte Yramantha eine feingliedrige, mondgeschmiedete Halskette mit einem kleinen blauen Juwel: der Schmuck eines Kindes. Draken kannte dies Kleinod zur Genüge. Bei dem Anhänger handelte es sich um ein Geschenk von ihrer Mutter – die starb, als Elena noch klein gewesen war.

Draken konnte seinen Blick nicht von dieser Haarlocke reißen. Eine weitere Lüge: Es musste eine sein. Jeder konnte sich eine schwarze Haarlocke besorgen und sie als die Elenas ausgeben … wenn da nicht der kleine Kringel direkt neben den glatten Bereichen gewesen wäre.

Er streckte den Arm aus und schloss seine Faust um beides. An der Innenseite seiner Hand fühlte sich die Haarlocke seidenweich und auf eine Übelkeit erregende Weise vertraut an.

»Möge der Wille der Sieben Augen der Wille von allen werden.«

Mit einem Ruck wandte Draken seinen Blick ihrem Gesicht zu.

»Kommt nach Hause, Draken. Wo Ihr und Eure Magie hingehören.«

KAPITEL SIEBEN

Draken saß in der Kapitänskajüte seines Schiffes, während sie zurücksegelten, und beobachtete, wie Tyrolean nachdachte. Das vertraute Gefühl, wie das Schiff über die Kämme der sanften Wellen glitt, vermochte wenig, um ihn zu beruhigen. Er erzählte Tyrolean vom Angriff auf Quunin und dass Yramantha ihn aufgefordert hatte, nach Monoea zu kommen.

»Sie schien übermäßig an meiner Magie interessiert zu sein.« Seine Finger spielten mit dem lockeren Teil der Umhüllung des Hefts von Meergeboren. »Sie rebellieren gegen Aissyth. Sie denken, dass die Könige dem Volk die Magie der Götter vorenthalten haben.«

Tyrolean warf ihm einen stechenden Blick zu; seine schwarz umrandeten Augen verengten sich. »Im Augenblick beschäftige ich mich mehr mit diesem brînianischen Angriff auf Quunin.«

Draken winkte mit der Hand ab und hoffte, dass er ungeduldig und eben nicht besorgt erschien. »Kommt schon, Ty, da gibt es nicht so viel zum Nachdenken. Es war offensichtlich eine verbrecherische Seeräuber-Crew, die von irgendeinem monoeanischen Rebellenlord bezahlt wurde, um Quunin zu überfallen. Um die Sache anzustacheln, um eine Rebellion in Gang zu setzen.«

»Eure Hoheit, es gibt nichts Einfaches an einem ›Rebellenlord‹. Der letzte hat einen Krieg gegen die Götter begonnen.«

»Truls war ein König und ein Mantiker. Und ein verrotteter Dummkopf.« Draken stand auf und begann, erregt in den engen Kajüte umherzuschreiten. Er wollte nicht über Truls nachdenken, doch an Tyroleans Worten war etwas dran. Der Mantiker-König hatte große Anstrengungen unternommen, um sich die Kontrolle über Drakens Magie zu sichern und diese gegen die Götter zu wenden. Wie weit würden die Monoeaner gehen? Oder waren sie sogar hinter derselben Sache her? Es war frustrierend, das nicht zu wissen.

Er hatte seine eigene Unterkunft unter dem Achterdeck, aber diese Kajüte war näher zum Hauptdeck. Hier war es einfacher, die Dinge im Auge zu behalten. Er glaubte, dass die Monoeaner sie nicht bedrängen würden, nachdem sie Bedingungen für eine Vereinbarung angeboten hatten. Augenscheinlich hielten sie ihn für jemanden von einiger Bedeutung … Und er war, verflixt noch mal, den Göttern durch Schwur verbunden, egal, wie sehr er dagegen protestieren mochte. Doch er hatte ihren Bedingungen nicht direkt zugestimmt; also war er gewiss nicht bereit, den Monoeanern seinen Rücken gänzlich zuzukehren. Er kannte seine ehemaligen Landsleute allzu gut.

Draken fror an seinem nackten Rücken, da der salzhaltige Wind in den Raum hineinblies. Er sperrte die Fensterläden zu. »König Aissyth unterhält ein Beratungsgremium: alte Familien, mächtige Landadlige. Wie unsere Hohen Häuser. Doch die Hohen Häuser würden es niemals wagen, die Königin zu verfolgen.«

Tyrolean grummelte. »Seid da nicht so sicher. Üblicherweise geht es Rebellen um die Macht.«

Gewisse Zusammenhänge schnappten ineinander ein. »Und Religion ist höchst nützlich, um politische Macht abzusichern.«

»Sie ist ein recht wertvolles Werkzeug für Euch gewesen, Eure Hoheit.«

Vielleicht war das ja ein Scherz? Oder hatte Tyrolean seine vorhergehenden Worte als Beleidigung aufgefasst? Draken rieb sich mit der Hand den steifen Nacken. Bevor er eine Wiedergutmachung andienen konnte, fuhr Tyrolean fort: »Versteht Ihr die Bedeutung ihres Einsatzes eines brînianischen Schiffs für den Überfall?« *Nein. Also kein Scherz.* »Die gesamte brînianische Flotte – die Handelsschiffe und alle anderen – legt dem Khel Szi und dem Nacht-Lord gegenüber Rechenschaft ab. Euch gegenüber. Wer auch immer das getan hat, verfolgt die Absicht, Euch in die Sache hineinzuziehen.«

»Aber ich habe es nicht befohlen!«

»Die Unschuld zu beweisen ist stets ein anstrengenderer Weg gewesen als der Beweis der Schuld. Ich nehme an, in Monoea ist es genauso.«

Tyrolean hatte ein Händchen dafür, die Schichten von Vorwänden aufzulösen, um zur Wahrheit vorzudringen. Was eine gefährliche Gewohnheit war. Draken hörte auf, mit dem losen Leder zu spielen, und zog sein Schwert. Er seufzte angesichts des trüben, schwankenden Spiegelbilds auf der flachen Seite der Klinge. Kein ätherisches Licht vertrieb die bedrückende Kälte in der Kajüte.

Den Göttern durch Schwur verbunden – in der Tat. Vielleicht beabsichtigten die Sieben Augen, dass er heute Morgen sterben sollte, und würden noch einen Anlauf dazu nehmen. In Zeiten wie diesen vermisste er Bruches Mitgefühl, wenn er solche Gedanken hegte. »Kein Fürst ist ohne Feinde, und es ist nicht viel vonnöten, um ein Feuer unter mir anzuzünden.«

»Ihr redet von einem Feind hier zu Hause?«

»Gewiss.« Ein Anflug von Widerwillen lag in seiner Stimme, denn eigentlich dachte er an etwas anderes.

»Niemand bestreitet Euren Anspruch auf den Thron. Ihr seid der rechtmäßige Erbe, seid der Sohn Eures Vaters. So viel hat er eingestanden vor Dutzenden von Zeugen auf jenem Schiff.«

Das Schiff, wo man ihn durch Folter dazu gebracht hatte, die Magie von den Göttern zu akzeptieren. Es ruhte jetzt auf dem Grund der Blutbucht – gesunken während Truls' Schlacht und des heiligen Sturms, der sich daraus ergeben hatte. Vielleicht fuhren sie gerade in diesem Augenblick über dieses Schiff hinweg.

Mit einem Achselzucken schüttelte Draken ein Frösteln ab. »Gewiss. Vielleicht ist das ja das Problem. Mein Vater war kein guter Mensch.«

Tyrolean sprach nun in einem sanfteren Tonfall. »Ihr habt Eure Magie stets als einen Fluch betrachtet, Draken, doch es ist eine Gabe. Ich wünsche mir, Ihr könntet dies erkennen. Ohne Zweifel sehen die Götter dies so.«

»Und dies könnte eine Möglichkeit für die Götter sein, um zu prüfen, wie verdienstvoll ich bin. Ist es das, was Ihr sagt?«

»Genau.«

Draken ächzte. »Gewiss, das ist auch, wovor ich mich fürchte.«

Der Tag ging in den Abend über, als die Mannschaft die *Fluch* zu ihrem Anlegeplatz zurückruderte; der erste der Monde glitzerte auf den Wellen und am sich verdunkelnden Himmel. Die kleine Zozia erhellte den fernen Horizont und flackerte an ihrer Position über dem Meer, als Khellian sich an ihr vorbeischob. Während die Dunkelheit hereinbrach, beförderte ein kleines Fährboot Tyrolean, Draken und seine Szi Nêre von der vor Anker liegenden *Fluch* an die Küste; zwei muskelbepackte Matrosen ruderten das Gefährt unter Mühen gegen die Flussströmung an, die in die Bucht hineinstrudelte.

Die Vereinigung von Fluss und Meer strömte durch Unterwasserschleusen zum Tor hinaus, die den Fluss in zwei Richtungen teilten, bevor das Wasser die Mündung erreichte. Die gewaltige, verrostete Vorrichtung ermöglichte es, sich auf bequeme Weise zu entscheiden: der Kapitän eines Frachtkahns vielleicht dazu, ohne Umwege in die Blutbucht einzulaufen, während der Führer eines kleineren Floßes sich die Höhlen aussuchen konnte, ohne gegen den mächtigen Widerstand der Strömungen an der Flussmündung ankämpfen zu müssen.

Um den Fluss zu vermeiden, nahmen die Matrosen jetzt ein kleines Tor und einen engen Tunnel, der in die an der Buchtseite gelegene Klippe geschlagen worden war, um so die Bootshöhlen zu erreichen. Eine Zeitlang waren sie von Stille eingeschlossen. Abgesehen von den Geräuschen des Kondenswassers, das von den Tunnelwänden herabtröpfelte, und den Rudern, die durch das Wasser glitten, war nichts zu hören, und niemand verlor ein Wort. Dann öffnete sich vor ihnen die schattenhafte, von Fackeln beleuchtete Bootshöhle. Wasser, das vom Flusstor herbeiströmte, schlug unentwegt gegen die uralten, versteinerten Kaimauern. Diese waren schwarz von den Zeitaltern, in denen sie dem schmutzigen Wasser ausgesetzt waren. Sechs Passagierkähne glitten dicht hintereinander durch die Tore, als Draken aus seinem Boot kletterte. Er hörte eine Reihe von überraschten akrasianischen Sätzen, die seinen Titel beinhalteten, aber niemand versuchte, seine Aufmerksamkeit zu erregen oder ihm Respekt zu zollen.

Draken nickte barfüßigen Docksklaven zu, die schwere, nasse

Seile warfen und sich um Fahrgäste sowie etwaige Bootsreparaturen kümmerten. Er spürte geradezu Halmars missbilligenden finsteren Blick von hinten; doch er würde eines Tages die Sklaven befreien, und in der Zwischenzeit war das Mindeste, was er tun konnte, sie als Menschen zu behandeln und nicht als Waren.

Halmar schritt an ihm vorbei, um nach oben durch den feuchten Schacht mit der Wendeltreppe voranzugehen, der von der Bootshöhle zur Felskuppe der Klippe führte. Das Treppenloch führte außerhalb des Seebergfrieds zu einer großen, flachen, steinernen Plattform, die für Empfangsfeierlichkeiten gedacht war. Sie war von Säulen umgeben, die eine über ihnen errichtete Laube trugen. Brînianische Banner flatterten und schlenkerten in der Brise. Die Plattform bot eine beeindruckende Aussicht auf die Blutbucht und die Wasser des Flusses Erros, die sich zu Füßen der Klippe in die See ergossen. Es war allerdings inzwischen vollkommen dunkel geworden, sodass Draken die Kähne und Flöße, die sich auf dem Fluss häuften, mehr hören als sehen konnte. Normalerweise schwach zu vernehmende Rufe wurden von der steil abfallenden Kaverne, die den Erros absicherte, verstärkt und nach oben befördert. Der Seebergfried sah so nüchtern und fest wie immer aus; der schwarze Schlund seiner zerbrochenen Tore war das einzige Anzeichen dafür, dass dort Soldaten gekämpft hatten und gestorben waren. Draken schenkte der Bucht nur einen flüchtigen Blick und bemerkte dabei, dass die monoeanischen Schiffe weit draußen immer noch vor Anker lagen. Hinter ihm klirrten leise die Waffen und Rüstungen Halmars und der drei Szi Nêre, seiner ständigen Schatten.

Himmelswolke wartete auf ihn mit raschelndem Schwanz. Das Tier wieherte leise, als er den Hals tätschelte und aufstieg. Er verspürte einen Anfall von Bedauern, dass er Sturmwind in der Schlacht verloren hatte. Der Fürstliche Zuchtwart hatte bereits die Reise zum Grasland angetreten, um einen Ersatz für den Hengst ausfindig zu machen.

Im leichten Galopp überquerte Draken das ausgedehnte Feld, angetrieben von der Ungeduld, endlich zurückzukommen. Fünfundzwanzig Soldaten aus Elenas Königlicher Garde holten

Draken an den Stadttoren von Brîn ab; sie standen dort in zwei Reihen, angeordnet entsprechend ihren Dienstgraden. Ihr Pferde-Marschall – eine Frau, deren Name ihm entfallen war – senkte ihm gegenüber das Kinn. »Eure Hoheit, die Stadt ist … unsicher. Ihre Majestät hielt es für das Beste, dass wir Euch geleiten.«

Er blies den Atem laut zwischen seinen Lippen aus – brachte zischend seine Abneigung gegen diese Notwendigkeit zum Ausdruck. Doch er konnte das durchdringende Schreien einer gewaltigen Menschenmenge hören, das von entferntem Singsang übertroffen wurde. »Die Königin ist in der Stadtfestung geblieben?«

»Jawohl, Eure Hoheit; sie wartet auf Neuigkeiten.«

Seine Nachricht hatte ihr also genug Angst eingejagt, um weiterhin Zuflucht in seinem Palast zu nehmen; ganz wie er gehofft hatte. Trocken fügte er hinzu: »Ich nehme an, die Neuigkeiten von Parne haben die Ohren von Brîn vollgestopft.«

Sie neigte den Kopf. »Ganz recht, Eure Hoheit. Und Euer Botengang heute Abend.«

Bei Khellians Eiern! Kein Wunder, dass sich die Leute in den Straßen drängten. Sie mussten zu Tode erschrocken sein. Es war unerlässlich, dass er auf der Stelle mit Elena sprach. »Dann geht vor! Aber keine Klingen. Heute Abend will ich kein Blutvergießen haben.«

Seine Szi Nêre drängten sich um ihn, und die akrasianischen Gardesoldaten kreisten sie alle ein. Die Schwerter wurden locker in den Scheiden stecken gelassen, Rücken spannten sich an, und dunkle Gesichter versteinerten.

Strenge, wachsame Stadtwachen öffneten ihnen die Tore; sie beugten ihre Köpfe vor Draken, als er an ihnen vorbeikam. Bogenschützen säumten die Mauer, und eine neue Schicht ausgeruhter Wachleute wartete bereits im Wachhaus, wo sie ihre Waffen schärften, Rüstungen pflegten und eine Mahlzeit zubereiteten. Comhanar Vannis hatte sich um die Sicherheit gekümmert. Innerhalb der Stadtmauern tauchten geschichtenumwobene Gebäude vor ihnen auf, und alle gefühlvollen, verblassenden Farben wurden von der Meeresluft und dem Mondlicht gedämpft. Im Kontrast dazu warfen Geländer gezackte Mondschatten rund um die Balkone und Dachterassen. Die Gebäude erinnerten ihn an bejahrte Männer und Frauen, die von einem der Arbeit gewidmeten Leben erschöpft waren. Ihr Äußeres mochte an den Rändern abgerissen sein, trotzdem machten sie sich bereit, beim nächsten Sonnenaufgang aufzustehen und ihr Tagwerk wie jedes Mal zu verrichten.

Oder vielleicht entsprach dieser Eindruck auch nur genau dem, wie er sich fühlte. Es war ein langer Tag gewesen, und alles, was er sich wünschte, waren seine Königin und sein Bett.

Die kleine innere Mauer hielt die Menschenmenge zurück, die laut, aber friedlich war und sich in den Straßen drängte wie bei der Festnacht zum Ende einer Jahreszeit. Als sie das dritte Mal für die Dauer mehrerer Atemzüge mit rasendem Herzen stecken blieben und die schreiende Menge von allen Seiten gegen sie drückte, warf Tyrolean ihm einen eindringlichen Blick zu.

»Entweder gebt Ihr den Befehl, die Schwerter zu ziehen, oder ich muss es tun, Eure Hoheit.« Dann rief er laut, um über den Lärm hinweg gehört zu werden: »Wir müssen hier durchkommen, selbst wenn es bedeutet, dass wir uns durchkämpfen müssen.«

Die Gardesoldaten drängten voran und schrien in gebrochenem Brînianisch auf die Leute ein, sie sollten für den Fürsten zur Seite treten. Sie bewegten sich ein paar Schritte weiter. Himmelswolke schnaubte, warf ihre Mähne hin und her und rollte mit den Augen. Sie stieß mit ihren Hüften gegen Tyroleans rotbraunen Wallach, der seine schwarz gefleckten Ohren spitzte. Die Menschenmenge schwoll an und drückte gegen die Gruppe, worauf sie abermals stecken blieben.

Einer der Gardisten blickte zu Draken und rief: »Wir sollten zurückreiten!«

Draken drehte sich im Sattel herum. Sie waren nicht weit von den Toren entfernt, doch der Weg dorthin war jetzt von einer riesigen Menge Brînianer verstopft. Was in Khellians Namen wollten diese Leute?

Der gallige Geruch von Terror stieg von dem Menschengedränge auf, und zwei Männer wurden gegen einen der Gardesoldaten gedrückt. Er knurrte sie an und trat sie fort. Halmar, der sich auf der anderen Seite von Draken befand, zog seine Klinge eine Handspanne heraus und blickte ihn mit nach oben gereckten Augenbrauen an.

Ein Sprechgesang erklang, der dumpf einsetzte, dessen Tonlage jedoch schnell höher wurde: *»Khel Szi. Khel Szi. Khel Szi!«* Bis er vom Kreischen einer Frau unterbrochen wurde. Das Meer aus Köpfen senkte sich und ruckte wieder hoch, als in der Nähe eine Schlägerei ausbrach. Männer stürzten sich in den Kampf, wühlten in der Masse umher und boxten um sich. Die Leute versuchten zurückzuweichen, vermochten es jedoch nicht.

Bevor Draken bewusst darüber nachdachte, zog er sein Schwert und reckte es in die Luft. Es fing das Licht der aufgegangenen Monde ein: Zozia, das mondgeschmiedete Juwel, schimmerte vor dem Hintergrund des weiten schwarzen Himmels, und der finster blickende Khellian stieg rasch empor wie ein wütendes Knurren. Ihr Licht funkelte Drakens Klinge entlang, und Akhen Khel reflektierte es zu den Göttern zurück. Die Götter sprachen zu der Klinge – und zu Draken –, und selbst wenn dies nicht mit so vielen Worten geschah, so wanderte die Nachricht doch durch seinen Arm in sein sich zusammenkrampfendes Herz hinein. Und er verstand sie, verdammt noch mal. Er verstand …

Die Brînianer befanden sich erneut im Krieg.

Die Menschenmenge verstummte angesichts des heiligen Lichts. Jedes Gesicht neigte sich nach oben, und einige der Frömmeren sanken auf ihre Knie. Die Gardesoldaten und seine Szi Nêre verstummten. Nur Tyrolean schien sich entspannt zu fühlen, und er richtete seine Augen mit ruhigem Blick auf Draken.

»Volk von Brîn. Wir sind zweimal angegriffen worden – dies wisst ihr.«

Die Menge antwortete mit einem zornigen Gebrüll. Das grimmige Licht erhitzte sich, bis es durch die um das Heft gewickelten Lederstreifen die Innenseite von Drakens Hand versengte. Er hielt den Griff noch fester umklammert und straffte seine Schultern. Er ertrug den Schmerz. Einst hatten die Götter das Schlimmste an ihm erprobt, und er hatte es überlebt. Sie sollten verflucht sein, er würde auch dies überleben. Draken drehte seinen Arm, um das Licht der Götter auf die Leute um ihn herum zu reflektieren. Es spiegelte sich auf Gesichtern und in Augen. Köpfe beugten sich, und Körper zuckten zusammen.

»Parne! Parne ist tot. Zerstört!«, schrie jemand. Einige wenige versuchten, mit dem Singsang »Tötet die Monoeaner!« zu beginnen. Der Chor konnte allerdings nicht viel Kraft hinter sich vereinen. Jemand rief irgendwas über ermordete akrasianische Hochadlige. Draken wartete ab und biss die Zähne zusammen, um das brennende Schwert in seinen Händen zu ertragen. Als die Leute verstummten, setzte er zu einer Rede an. Er hatte das Gefühl, als müsste er seine Worte an dem Drang vorbeizwängen, etwas ganz anderes zu sagen – so als hätte ein starkes Getränk seinen Verstand verwirrt.

»Die Monoeaner haben angegriffen, gewiss. Doch nunmehr haben sie zugestimmt, in Zukunft alles auf diplomatischem Wege zu regeln. Sie haben ihren eigenen Angriff durchlitten …« Die Symmetrie der Angriffe kam ihm plötzlich in den Sinn. Seine Stimme geriet ins Stocken. Was, wenn die Götter diesen Konflikt angetrieben hatten? Und das war sein letzter eigener Gedanke. Es war seine Kehle, die schluckte und sich räusperte. Worte strömten von seiner Zunge. Er war dagegen hilflos und vermochte sie nicht aufzuhalten. Ein Kältegefühl durchdrang ihn, das bis auf die Knochen schmerzte – schlimmer, als Bruche dies jemals bewirkt hatte. *»Seht ihr Akhen Khel? Die Götter haben uns mit ihrem Licht und ihrer Führung gesegnet. Mit ihrer Unterstützung werde ich diese Auseinandersetzung lösen. Brîn und Akrasia werden wieder Sicherheit finden.«*

Himmelswolke schnaubte und versuchte, nach vorn zu drängen, da sie frei war von Drakens Hand, mit der er ansonsten die Zügel hielt. Die heftige Bewegung führte dazu, dass Draken an die Spitze seiner Gedankenwelt zurückkehrte. Er strengte sich an, die Kontrolle zurückzuerlangen – Schweiß rann seinen Rücken hinab –, griff nach den Zügeln und beruhigte die Stute.

»Geht nach Hause. Versorgt Eure Familien. Treibt Handel mit Euren Waren. Haltet Eure Kinder nahe bei Euch. Ich …« Er biss die Zähne zusammen, doch es war nutzlos. Er war nicht mehr imstande, Herr über seine Zunge werden. Andere Worte brachen aus seinem Mund hervor. *»Ich werde diese Schwierigkeiten für Euch* *ertragen. Ich bin Euer Khel Szi und habe geschworen, Euch zu beschützen. Diese Nacht binde ich mich durch einen Schwur erneut an Euch.«*

Er beugte den Kopf und drückte die flache Seite seiner Klinge gegen die Stirn: die Geste des loyalen Waffendienstes. Er zitterte, und ihm war innerlich übel von dem Versuch, sich zur Wehr zu setzen. Die ätherische Kälte rückte ganz dicht, ganz nah, sie schloss sein Herz in Eis ein. Es drückte. Vor Schmerz rang er nach Luft, aber niemand hörte es. Niemand bemerkte es. Beifallsrufe hallten von den Gebäuden wider. Für mehrere Atemzüge schien es, als würde sich die Menge niemals teilen. Er starrte geradeaus nach vorn, hielt aber immer noch das Schwert fest gepackt, sein Körper war wie festgehalten vom Licht der Götter.

Ihr habt euch offenbart, dachte er voller Grimm. *Ihr besitzt mich. Also eröffnet eurem Sklaven einen Weg, gewährt mir ein bisschen Unterstützung; sonst seid verdammt …*

Die frostige Umklammerung zersprang, als ob ein Holzhammer auf einen Eisblock geschlagen hätte; Scherben aus Kälte schwemmten von ihm fort, reinigten seine Muskeln und Adern, flossen wieder zurück in die Hitze des Glühens seiner Klinge. Das Licht der Götter, das von Meergeboren ausging, veränderte sich: Es verengte sich zu einer heißen weißen Linie, die durch die Menschenmenge schnitt. Jene, die davon berührt wurden, schreckten zurück und schufen so einen schmalen Durchgang, der jedoch für ein Pferd breit genug war. Als Draken nach vorn drängte, folgten seine Leibwachen dicht hinter ihm. Es schien, als würden tausend Hände ihn anfassen, über seine Oberschenkel und Füße gleiten und am weiten Stoff seiner Hose zupfen – sich emporrecken, um die farbigen Muster auf seinen Armen zu berühren und um über seine metallenen Armbänder und -ketten zu reiben. Doch anstatt seine Kräfte auszulaugen, schien ihn dies zu stärken. Als sie schließlich die Hauptstraße erreichten, die zur Stadtfestung führte, hatten seine Schmerzen und das Zittern nachgelassen. Er war nun in der Lage, sein Schwert in die Scheide zu stecken. Und seine Szi Nêre schafften es wieder, ihre Position an seiner Seite einzunehmen. Die Leute folgten ihnen nicht.

»Sie handeln, wie Ihr ihnen gesagt habt. Sie gehen nach Hause«, stellte Konnan fest und drehte sich in seinem Sattel, um nach hinten zu schauen.

»Wer wären sie auch, dass sie sich dem Befehl der Götter widersetzen?«, entgegnete Draken.

Konnan starrte ihn bloß an, dann blinzelte er und schaute zur Seite.

»Der Befehl der Götter, was? Dann also zum Tempel, mein Fürst?«, fragte ihn Tyrolean in einem leisen Ton, als sie im Innenhof der Stadtfestung absaßen und ihre Pferde den Stallknechten übergaben.

»Ihr habt gesehen, was sie taten, Ty?«

Tyrolean nickte. »Und ich habe gesehen, dass Ihr gegen ihr Wohlwollen angekämpft habt.«

Bevor Draken sich eine harmlose Erwiderung ausdenken konnte, traf Thom ihn am Eingang zum großen Saal. Zwei neue Szi Nêre warteten hinter ihm – und auch Kai, für den Fall, dass Draken den Wunsch hatte, irgendwelche Kleidungsstücke abzulegen. Er behielt seinen Umhang an, entledigte sich jedoch seiner Stiefel, wie es Brauch war. Im Saal war es zugig aufgrund der Brisen, die durch die offenen Dachtraufen der Kuppel hineinbliesen. »Ich muss auf der Stelle die Königin sehen.«

»Sie ist mit Besuchern zusammen, Khel Szi, und zwar in ihrem Gesellschaftsraum«, antwortete Hina.

Er runzelte die Stirn. »Was für Besucher?«

»Mondlinge. Die Lady Oklai und … Khel Szi? Ist alles in Ordnung?«

Doch Draken schritt bereits fort in Richtung der Unterkunft von Elena.

KAPITEL ACHT

Draken hörte, wie Hina hinter ihm herrief, aber er musste sich sehr zusammenreißen, um nicht einfach loszurennen. So weit ihm bekannt war, hatte Elena Lady Oklai noch nie getroffen. Was geisterte da in ihrem Kopf herum, die Anführerin der Mondlinge ausgerechnet jetzt zu empfangen? Eine Sklavin machte sich daran, ihn vor Elenas Tür abzufangen; denn es war üblich, sich die Füße zu waschen, bevor man eine private Unterkunft betrat. Doch er drängte sich vorbei und stieß die Jalousietür auf.

Der Raum war geschwängert mit einem Rauch, der nach Blumen duftete. Klein gewachsene Gestalten, die lässig auf Kissen ruhten, umgaben einen niedrigen Esstisch. Ein paar Mondling-Leibwächter standen in der Nähe, die allgegenwärtigen Speere in den Händen. An der gegenüberliegenden Seite des Tisches warteten vier königliche Gardesoldaten hinter ihrer Königin; die Hände auf Schwertgriffen ruhend. Elena saß in brînianischer Manier: die Beine überkreuzt unter der Wölbung ihres Bauches, in der Hand hielt sie einen Becher mit etwas Heißem. Dampf stieg daraus empor in die kalte Zimmerluft, der Dunstschleier ließ ihre Gesichtszüge ein wenig verschwimmen. Der Becher verharrte plötzlich auf seinem Weg zu ihren Lippen, und ihre Augenbrauen zogen sich nach oben. Ein Lächeln durchbrach ihre Maske der Diplomatie.

»Eure Hoheit«, sagte sie.

»Ich bin gekommen, gleich als ich hörte, dass wir Gäste haben.« Er schritt ins Zimmer hinein und ließ seinen großen Körper auf diesen Raum wirken, der bis jetzt von kleineren Leuten beherrscht wurde. Halmar folgte ihm. Draken hielt ihn nicht auf. »Es tut mir leid. Ich bin notgedrungen abgehalten worden.«

Elena nahm einen kleinen Schluck und setzte die Tasse ab. »Wir haben uns gerade über Eure Mission unterhalten.«

»Ich verstehe. Es macht auch alles einen sehr entspannten Eindruck.«

»Ihr seid unter Freunden. Was haben die Monoeaner gesagt?«, erkundigte sich Lady Oklai.

Draken zwang sich dazu, sich Zeit zu nehmen. Er ging hinüber zur Schüssel, wusch sich die Hände und ließ sie sich von einer Sklavin abtrocknen. Neben Elena gab es noch ein Kissen. Er ließ sich darauf nieder und seine Hand über ihren Rücken gleiten. Oklai beobachtete diese Geste, und ein Lächeln umspielte ihre Lippen. Es konnte von jemandem, der es nicht besser wusste, als wohlwollend gedeutet werden. Das Laternenlicht hob jeden Fleck auf Oklais Stirn und Wangen hervor. Er wollte jetzt nicht lügen und würde die ganzen Einzelheiten Elena später erklären müssen.

»Sie wollen, dass ich nach Monoea komme. Eine diplomatische Mission.«

»Auf keinen Fall«, konstatierte Elena. »Wir schicken jemand anderen.«

»Fürst Draken besitzt Charme und kann sehr überzeugend sein«, erwiderte Oklai. »Falls ich nicht die Grenzen des Erlaubten überschreite, wenn ich das so sage.«

Draken griff nach seinem Wein. Es war besser, etwas zu trinken, als sie zu korrigieren. Er zog »Khel Szi« vor; der Titel und Name waren eine wirksame Ablenkung von seiner Vergangenheit. Er hatte den deutlichen Eindruck, dass Oklai seinen Vornamen benutzte, um ihn an besagte Vergangenheit zu erinnern – und daran, dass sie ihr bekannt war.

»Überzeugend, gewiss«, stimmte Elena zu. »Doch er hat seine Verpflichtungen hier. Und unser Kind wird bald kommen.«

»Ich habe gehört, dass die Monoeaner ziemlich starrköpfig sind, sobald sie sich auf eine Vorstellung versteift haben«, gab Oklai zu bedenken.

Draken wünschte sich ein herbes Bier anstatt des Weins; es wäre die bessere Ergänzung zu diesem Gespräch. »Mir war nicht bewusst, dass irgendjemand in Akrasia viel über sie weiß.«

Oklai neigte den Kopf. »Es ist ein wohlbekannter Charakterzug. Einer, den ich selbst schon erlebt habe.«

Draken ballte die Faust unter dem Tisch. »Nach allem, was man hört, sind Monoeaner intelligent und wohlerzogen.«

»Und grausam«, fügte Elena hinzu. »Auf der ganzen Welt weiß man, dass die Klippen von Siebenfel voll der Schädel von Menschen unseres Volkes sind.«

Größtenteils brînianische Schädel. »Das war vor langer Zeit, meine Königin.«

»Ihr klingt, als ob Ihr sie verteidigt«, hielt Elena ihm vor.

Da. Erneut Oklais Grinsen.

»Ich bin ein Mann des Militärs. Ich habe einen gesunden Respekt vor ihrem Leistungsvermögen. Das ist alles.«

»Fürst Draken denkt, wir könnten Monoea in einem Krieg nicht entgegentreten und gewinnen«, sagte Elena. »Ich bin neugierig auf Eure Gedanken, Lady Oklai.«

Oklais rindenfarbene Augen hefteten sich auf Draken. »Ich denke, dass er damit recht hat. Ein Krieg gegen solch einen beeindruckenden Feind würde Akrasia gewiss völlig zerstören. Wir sollten alles tun, was wir können, um ihn zu verhindern. Und wie Ihr sagt, Eure Majestät, hat er noch wichtige Angelegenheiten zu Hause.«

»Was für einen Grund könnten sie für eine Invasion haben? Sie benötigen nichts von uns, das sie nicht schon durch die Handelsverträge erhalten haben«, warf Elena ein. Es war keine Frage, die so klang, als ob sie darauf eine Antwort wollte.

»Es gibt etwas, das wir haben, sie aber nicht.« Draken hielt Oklais Blick stand.

»Und das wäre?«, fragte Elena. Sie blickte zum Obst, streckte den Arm aus und wählte eine Frucht, sodass ihr entging, wie sich die Mundpartie von Oklai straffte und ihr Rücken sich dezent versteifte.

»Sklaven?«, mutmaßte Oklai, deren Augen sich verengten. Drakens Unterkiefer spannte sich unwillkürlich an.

»Das ergibt keinen Sinn«, entgegnete Elena ungeduldig. »Weshalb sollten sie unsere Sklaven wollen?«

»Die wollen sie nicht. Ich spreche von Magie.« Draken beugte sich nach vorn und legte den Unterarm auf den Tisch; das Vortäuschen völliger Entspanntheit. *Sie soll verdammt sein; dieses Spiel kann ich auch spielen.* In Zeiten wie diesen vermisste er Bruche. Der hätte eine Idee gehabt, wie man die Mondling-Frau übers Ohr hauen konnte. »Ich frage mich, wie viel sie tatsächlich über unsere Magie wissen. Es könnte faszinierend sein, das herauszufinden.«

»Eure Feinde können viel von den Fragen lernen, die Ihr stellt«, sagte Elena. »Etwas, das mein Vater häufig wiederholt hat.«

»Genauso wie wir von den Vorschlägen lernen, die von unseren Feinden vorgebracht werden«, fügte Draken hinzu.

»Die Menschenarten bleiben allzu sehr für sich«, meinte Elena. »Ich habe kaum Zweifel daran, dass sie alle über Magie verfügen, die gut eingesetzt werden könnte, um Akrasia Nutzen zu bringen.«

»Oder um dem eigenen Nutzen zu dienen«, meinte Draken. »Was allem Anschein nach auch die Art und Weise ist, wie damit umgegangen wird.«

Oklai erhob sich. »Mondlinge verfügen nur über eine simple, elementare Energie. Ich weiß nicht viel über die Magie anderer Völker und auch nicht über die Gründe der Monoeaner, sie haben zu wollen. Ich werde es Fürst Draken überlassen, solche Dinge zu entdecken. Eure Majestät, ich danke Euch, dass Ihr mich empfangen habt.«

Draken schaute zu, während sie sich veranschiedeten, und dachte, dass der SCHWEBEZUSTAND alles andere als simpel war. Als Oklai und ihre Wachleute gegangen waren, griff er nach seinem Becher. Der Wein schmeckte sauer auf der Zunge. Hatte er da gerade frischere Blutflecken auf ihren Speeren gesehen? Schwierig, so etwas im Laternenlicht zu erkennen.

»Merkwürdige kleine Kreaturen, nicht wahr?«, meinte Elena.

»Nicht so sehr merkwürdig als vielmehr gefährlich«, murmelte Draken.

»Draken, sie denkt nur an ihr Volk. Wir dürfen nicht den Verdacht hegen, dass jeder irgendwelche weiteren Absichten verfolgt als diese – nicht ohne einen Beweis.«

»›Jede Absicht trägt eine Maske der Höflichkeit.‹ Das ist von einem monoeanischen König.«

Sie sah ihn mit hochgezogenen Augenbrauen an, lächelte aber. Sein Herz – strapaziert von dem eisigen Griff der Götter und der

Beklemmung infolge Oklais Anwesenheit – stand still. Er senkte seine Stimme, damit die Sklaven und Wachen am äußeren Rand des Zimmers seine Worte nicht mithören konnten. »Ich glaube, ich habe dich vorhin beleidigt. Es tut mir leid, Elena. Ich möchte, dass die Dinge zwischen uns einfach sind.«

Weiße Zähne kamen zum Vorschein, die ihre Unterlippe streiften. »Meine Frustration ist nicht dein Fehler.«

Er hob ihre Hand an und küsste sie.

Sie fuhr mit ihrem Daumen über seine Knöchel und ließ ihre Hand, die weiterhin in seiner lag, in den Schoß sinken. »Das Verhältnis zwischen dir und Lady Oklai scheint angespannt.«

»Ja, das ist es. Oklai kam zu mir und bat um Hilfe, ihr Volk von der Sklaverei zu befreien. Ich hätte dies besser handhaben können.«

»Was hast du ihr gesagt?«

»Ich sagte, dass Va Khlar aus ökonomischen Gründen davon abgeraten hatte. Dass es zu früh wäre. Und dass ich mit dir sprechen würde, wenn der rechte Zeitpunkt da wäre.«

»Was nun der Fall ist?«

»Der Zeitpunkt ist rundum schlecht gewesen. Ich kam gerade frisch von der Schlacht, als sie um eine Audienz bat. Und … du hast mich gefragt.«

»Ich war nur neugierig.«

»Ich sehe ein, dass ich wenig mehr als eine Ahnung habe, um fortzufahren; aber bitte, Elena. Vertrau nicht den Mondlingen. Gestatte ihnen nicht, in deiner Nähe zu weilen. Und bleib innerhalb der verschlossenen Tore der Stadtfestung.«

Mehrere Atemzüge lang hielt sie ihren Blick gesenkt. »Oklai bot mir Schutz in Himmelsoase an für den Fall, dass die Monoeaner Akrasia angreifen sollten.«

Er hasste es, ihr Angst einzujagen. Er hasste es, sie in schlimmerer Verfassung zu verlassen. »Wir brauchen das nicht. Ich habe ein paar Ideen zu deinem Schutz.« Er erzählte von seinem Treffen mit Yramantha, über den Angriff auf Monoea, der von irgendwelchen Leuten in brînianischer Verkleidung verübt worden war, und von dem Ersuchen an ihn, persönlich an diplomatischen Gesprächen mit dem König teilzunehmen. Bevor er zu den heiklen Themen ansetzen konnte – der Faszination der Monoeaner an seiner Magie und seinen Verdachtsmomenten, dass es eine Rebellion in diesem Land gab –, schnitt Elena ihm das Wort ab.

»Nein, Draken, du kannst nicht gehen. Wir schicken jemand anderen.«

»Der Zeitpunkt ist schlecht, das gestehe ich. Das scheint überhaupt das Problem in der letzten Zeit zu sein.«

Elena fuhr mit der Hand über ihren Bauch. Draken fragte sich, ob sich das Baby bewegte. »Nein. Hier geht es nicht bloß um einen schlechten Zeitpunkt, wenngleich es verdächtig ist. Sie haben uns angegriffen, ohne dazu herausgefordert worden zu sein. Wir dürfen nicht zulassen, dass die Monoeaner weitere Bedingungen diktieren.«

»Wir sprechen hier über das Königreich von Monoea, nicht über irgendeinen Piraten von den Dracheninseln. Sie sind unsere Verbündeten, wir schätzen den Handel mit ihnen, und sie …«

»Sind uns zahlenmäßig in einem Verhältnis von zehn zu eins überlegen.« Sie seufzte. »Ich möchte dich daran erinnern, dass wir die Schlacht gewonnen haben und die Chancen eher bei zwei zu eins standen.«

Hervorragend. Jetzt zweifelte sie an seinem Wort, und Draken hatte keine Möglichkeit, ihr zu erklären, wie er so exakt über die militärischen Daten der Monoeaner informiert sein konnte, ohne seine Vergangenheit zu verraten. »Elena. Das war nicht der Hauptteil ihrer Armee – noch nicht einmal ansatzweise. Wir haben teure Lords und Soldaten verloren. Und du …« Seine Kehle fühlte sich trocken an. »Wenn ich dich einen Atemzug später erreicht hätte, wäre die Sache sehr schlecht ausgegangen.«

»Und trotzdem habe ich ihn mit dem Schwert zurückgehalten, oder?«

»Gewiss, mein Herz. Das hast du gut gemacht. Aber es gibt Dinge, die du nicht weißt.«

»Und was bitte?«

Gute Frage. Welchen Weg konnte er einschlagen, der nicht zur ganzen Wahrheit führen würde?

»Über Parne.« Das war ziemlich sicherer Grund, wenn auch ein grauenhafter. Vielleicht würde sie dies davon überzeugen, dass die Monoeaner nicht auf die leichte Schulter genommen werden durften, auch wenn er instinktiv wusste, dass der Überfall nicht ihr Werk war. Er erzählte Elena von dem Massaker und einige Einzelheiten, die man an den Toten entdeckt hatte. Sie starrte auf die Reste des Abendessens, die auf dem Tisch verteilt waren.

Er griff nach ihrer Hand. »Ich weiß, es ist schwer, das zu begreifen …«

Sie schüttelte ihn ab. »Hast du irgendwelche Monoeaner gefunden? Ihre Spuren? Überhaupt irgendetwas?«

Er reagierte gereizt auf ihren anklagenden Ton. »Nein. Wir haben Berichte über umherziehende Banden erhalten, und die Verletzungen sahen so aus, als könnten sie von ihren Saxen stammen. Bis auf …«

»Bis auf?«

Verdammt. »Keines der Opfer hat sich gewehrt.«

»Woher weißt du das?«

»Sie sahen aus, als wären sie dort, wo sie standen, tot umgefallen. Keine Wunden an den Armen oder sonstwo – außer den sauberen Stichverletzungen am Hals.« Er hielt inne und fragte sich, ob er einen vagen Verdacht aussprechen sollte. Er hatte keinen Beweis, keinerlei Beleg für eine Verwicklung von Mondlingen. Doch er konnte die Tatsache nicht ignorieren, wie gut ihre Speere im SCHWEBEZUSTAND funktionierten – in einem Zustand, wo andere Waffen keine Wirkung zeigten. Und dann war da noch Oklais schadenfrohe Einstellung.

Elena drückte sich vom Tisch hoch, wobei sie sich trotz des Gewichts des in ihr heranwachsenden Kindes anmutig bewegte. Dann trug sie ihren Wein zum Fenster. Die Nacht warf stille Schatten auf ihren weicher gewordenen Körper. Ein alles in allem reizvoller Anblick. Sie schien die meiste Zeit gut mit der Schwangerschaft und seiner Rolle als Vater sowie ihrem höchsten Lord klarzukommen. Doch wenn er ihr in ihrer Position als Königin widersprach, versteifte sie sich wie ein Segel im Sturm.

Weder streckte sie hilfesuchend die Hand nach ihm aus, noch

zeigte sie ihm an, dass er sich zu ihr gesellen sollte. Also biss er die Zähne zusammen und rührte sich nicht. »Wenn es die Monoeaner waren, frage ich mich, ob sie Hilfe hatten. Magische Hilfe. Etwas, das die Opfer davon abgehalten hat, sich zu wehren.«

Sie runzelte die Stirn. »Was meinst du damit? Wie ein Gadye-Zaubertrank im Brunnenwasser?«

Wenn es bloß so einfach wäre. Er sprach langsam, als er antwortete: »Vielleicht. Der einzige Zeuge, der lebendig zurückgelassen wurde, stand unter dem Einfluss einer Droge, die als Abendzeit bekannt ist. Aarinnaie wies mich darauf hin. Das hat natürlich dazu geführt, dass er nicht wirklich als Augenzeuge dient. Doch er brachte mich zum Nachdenken.« Was nicht ganz stimmte, aber das wollte er lieber nicht ausführen.

»Abendzeit? Das ist nicht sehr wirkungsvoll. Ein ganzes Dorf soll durch einen Zaubertrank daran gehindert worden sein, sich zu verteidigen? Ich habe noch nie von einem Gebräu gehört, das dazu in der Lage wäre.« Sie schüttelte verächtlich den Kopf. »Parne ist ein Bauerndorf, nicht wahr? Da gibt es nichts von Wert.«

»Nichts von Wert, richtig – außer, dass es sich um unsere Leute handelt, um deine und meine.«

»Du verstehst mich falsch.« Ihre Stimme war wie eine Peitsche, die den letzten Rest seines Selbstvertrauens durchschnitt. »Ich meine bloß, dass Parne auf dem Weg der Monoeaner lag, und deshalb haben sie sie massakriert. Aus Boshaftigkeit oder Hass – oder was auch immer sie zu diesen Angriffen antreibt. Es ging ihnen nicht darum, Parne zu plündern. Es war kein Beutezug, weil es dort nämlich nichts mitzunehmen gibt.«

Er stand auf. Seine Stimme wurde nun härter, als er es beabsichtigte, doch es war der Frust, der aus ihm sprach; und es war egal, dass sie hier von zwei verschiedene Sachen redeten. »Die Monoeaner haben uns attackiert, weil sie glauben, wir hätten sie zuerst angegriffen.«

»Sie haben gehandelt, ohne Beweise dafür zu haben.«

»Sie glaubten, dafür Beweise zu haben. Elena! Eine ganze Stadt wurde von Schiffen zerstört, die unter brînianischer Flagge segelten. Natürlich glaubten sie, sie müssten Rache nehmen. Genauso wie du zornig wegen der Überfälle auf Parne und den Seebergfried bist, sind sie es wegen Quunin.«

Sie starrte ihn an; ihre Lippen und Wangen waren blass im Kontrast zu den Schatten, die sie umgaben. »Du verteidigst sie!«

Bei der Erwiderung lief es ihm kalt über den Rücken. Tat er das wirklich? »Nein. Aber ich verstehe sie. Wenn ich als Abgesandter gehen so…«

»Du gehst nirgendwo hin.«

»Ich muss zunächst einen klaren Kopf behalten und mir der Positionen beider Seiten bewusst sein. Ansonsten wird Monoea den Krieg zu uns bringen. Und sie werden ihn gewinnen.«

»Verfolgungswahn ziemt sich nicht für dich, Eure Hoheit. Du bist der Fürst von Brîn, ein Kriegsherr – und nicht irgendein feiger Diplomat.« Sie spie das Letzte als Beleidigung aus.

»War es also auch Paranoia, als ich Reavan verdächtigte, schändliche Absichten zu haben?«

»Wie kannst du es wagen?« Ein scharfes, warnendes Knurren. Eines, das er beherzigen sollte. Doch ihm kam die Galle hoch.

»Du hast mir damals nicht geglaubt, und sieh nur, wie das ausgegangen ist. Reavan ermordet. Zahllose weitere Tote. Truls, der uns in einen Krieg gegen die verdammten Götter hineinzog. Er hatte dich schon beinahe dazu überredet, mich hinzurichten.«

»Vielleicht hätte ich das ja tun sollen!«

»Vielleicht«, knurrte er, »wenn auch nur, um mich mit Selbsttäuschungen zu verschonen, die uns alle umbringen werden.«

Ihr Becher flog aus ihren Fingern wie ein Stein von einer Schleuder. Rotwein spritzte auf seine Füße und ergoss sich über die Fliesen. Er trat zur Seite, die Hände zu Fäusten geballt. Der Ausdruck ihrer dunklen Augen war unergründlich wild, ihre Lippen zu einem Zähnefletschen verzogen. Die Gefahr schärfte all seine Sinne, fokussierte seine Konzentration auf sie.

»Entschuldige dich auf der Stelle!« Ihre Stimme zitterte vor Wut.

Eine kleine innere Stimme sagte zu seinem Zorn, dass sie seine Königin sei. Er hatte ihr Treue und Gefolgschaft geschworen. Er *liebte* sie. Doch er zermalmte all das. »Ich lehne es ab, mich dafür zu entschuldigen, dass ich versucht habe, dich zur Vernunft zu bringen.«

Mit langen Schritten ging er zur Jalousietür, riss sie auf und stürmte hinaus. Die Szi Nêre im Vorzimmer sprangen in Habachtstellung, blickten ihm jedoch nicht in die Augen. Er wünschte sich Stiefel herbei. Diese Brînianer und ihre Bräuche sollten verdammt sein. Nackte Füße verursachten nicht das gleiche befriedigende Dröhnen auf dem Fußboden, auch nicht, wenn zwei Szi Nêre hinter ihm her stolzierten.

Tyrolean lauerte ihm im Korridor auf. Sein Ton war von perfekter Höflichkeit, als er sich Drakens Schritt anpasste und sagte: »Eure Hoheit, ein Kundschafter der Grenzwächter wartet, um mit Euch zu sprechen. Ich habe das Gefühl, es ist dringend.«

»Ihr Götter, was jetzt schon wieder?«

Tyrolean schüttelte nur verhalten den Kopf. »Er wünscht, mit Euch allein zu reden.«

Brînianische und akrasianische Berater trieben sich um voneinander getrennte Tische herum, die in der Nähe einer Innentür aufgestellt worden waren, durch die man in die privateren Bereiche des Palastes kam. Weiter drüben warfen Kerzen und Laternen ihr flackerndes Licht auf die hellen Mosaike und Malereien entlang der gebogenen Wände des Saals. Augen hoben sich angesichts Drakens Ankunft. Sein Gesicht musste stürmisch aussehen, denn jedes Gespräch verstummte.

Der Kundschafter wartete inmitten der Berater und hatte den Sitzplatz nicht angenommen, der ihm höchstwahrscheinlich angeboten worden war. Stattdessen ging er auf und ab – er war staubig von der Straße und steckte immer noch in seinem Harnisch. Er salutierte vor Draken, als dieser vor ihn trat. »Mein ehrwürdiger Fürst. Ich bin Gardesoldat Loir Poregar.«

Poregar … Er kannte diesen Namen. Aber woher? Noch seltsamer war – weshalb diente ein Gardist bei den Grenzwächtern?

»Sprecht offen, Poregar.« Draken griff nach dem Becher, den ein Sklave ihm reichte, und gab das Trinkgefäß dem Kundschafter. Danach wies er den Sklaven mit einem Nicken an, ein weiteres einzuschenken.

Poregar nahm einen kleinen Schluck und ließ seinen Blick über die anderen Anwesenden gleiten. »Habt Dank. Vielleicht darf ich mehr Privatsphäre vorschlagen, wenn es Eurer Hoheit genehm ist?«

Draken nickte. Er führte Poregar ein paar Stufen nach unten zur Halle hinaus und in einen Raum, den er für sich beansprucht hatte: die Schriftrollenkammer seines Vaters. Sie eignete sich zur Genüge für private Gespräche. Die Szi Nêre stellten sich außerhalb des Raums auf, da sie wussten, dass er sie nur nach einer ausdrücklichen Aufforderung in seine Bibliothek hineinließ.

»Nehmt Platz, Grenzwächter. Trinkt doch etwas! Ihr seht erschöpft aus. Kennen wir uns?« Ein indirekter Weg, um herauszufinden, warum Poregar an Grenzen umherstreifte, anstatt einen der Paläste oder eine der Festungen zu bewachen.

Poregar folgte der Aufforderung, obgleich es gegen das Protokoll verstieß, dass er saß, während Draken auf den Beinen blieb. Draken aber konnte nicht still sitzen und auch nicht still stehen; er war noch zu aufgewühlt von seinem Streit mit Elena. Poregars Kleidungsstücke waren feucht vom Schweiß und Nebel, und als er die Position seiner Beine veränderte, fielen Pferdehaare auf Stuhl und Boden: beides sichere Anzeichen für einen langen, harten Ritt. »Wir haben uns noch nicht kennengelernt, mein Fürst; allerdings stand ich bei der Schlacht an Sohalia in den Reihen Eurer Truppen aus Khein.«

Draken hob seine Augenbrauen. »Ihr seid zu den Grenzwachen gewechselt?«

Poregar senkte sein Kinn. »Nur kurzzeitig ausgeliehen, Eure Hoheit. Mein Bruder ist Kommandant der Wachen.«

Ah, dort hatte er den Namen gehört. »Ich nehme an, Ihr habt ihnen einige Fachkenntnisse zu bieten?«

»Gewiss. Es gibt eine sich entwickelnde Situation entlang der Grenze.«

Eine Situation. Draken stakste durch den Raum und beäugte verschiedene Gegenstände in den Regalen. Letztere säumten jede Wand bis zur Decke und waren voller Schriftrollen, die gemäß irgendeinem Ordnungssystem abgelegt waren, das er erst noch ergründen musste. Unter ihnen waren Schätze verborgen: eingetragene Schenkungen des Staates, Erinnerungsstücke früherer Generationen, lose Kleinode – dergleichen hatte er niemals gesehen –, sogar anscheinend wertlose Kinkerlitzchen wie Muschelschalen waren auf den Regalbrettern zu finden. Er hatte alles an Ort und Stelle gelassen; halb glaubend, halb hoffend, dass er etwas Weisheit von den Fürsten, Prinzen und Königen erbte, die vor ihm gekommen waren. Er fragte sich, ob irgendeiner von ihnen mit sturköpfigen Königinnen hatte verkehren müssen.

Poregar machte ein leises Geräusch, und Draken wurde sich bewusst, dass der Kundschafter darauf wartete, wieder die Aufmerksamkeit seines Fürsten geschenkt zu bekommen. »Verzeihung. Es ist ein ziemlich langer Tag gewesen. Welche Grenze?«

»Die alte Grenze zwischen Brîn und Akrasia.« Poregar brauchte einen Moment, bis er fortfuhr, und schluckte mehr Wein hinunter. »Angriffe, Eure Hoheit. Wer auch immer das macht, kommt einfach daher und tötet alle Tiere.«

Das hatte seine volle Aufmerksamkeit. »Alle Tiere … Ihr meint, wie auf den Bauernhöfen?«

Poregar schluckte und blinzelte zu Draken hoch, dann erhob er sich, wobei er entschuldigend sein Kinn senkte. Seine Finger, die um den Becher lagen, waren weiß. »Ich meine: Ob es sich um einen alten Mann auf einer Farm mit einer Ziege handelt oder um die Gehege eines Händlers von lebendem Federvieh oder um einen Pferdezüchter – jedes Tier stirbt. Nur vier Fälle bislang, doch die Täter bewegen sich von der Brînianischen Küste aus entlang der Grenze aufs Hochland zu. Bei diesem Tempo werden sie innerhalb einer Sieben-Nacht oder zwei ins Grasland gelangen.«

Poregar hielt inne. Atmete geräuschvoll. Schluckte ein wenig Wein hinunter.

Draken legte einen losen, ungeschliffenen Edelstein auf das Regal zurück und drehte sich um, sodass er Poregar direkt ins Gesicht sah. »Was erzählt Ihr mir nicht?«

»Manchmal geschieht es bei Tag. Ein Bauer ging ins Haus, um ein Mittagsmahl zu essen, und als er wieder herauskam, bluteten die Tiere in der Koppel aus. Dies war sogar der schlimmste Verlust:

fast vierhundert Ziegen und dazu der jüngste Wurf an Neugeborenen.«

Das würde jetzt nicht einfach werden. Draken ließ langsam den Atem entweichen. »Lasst mich raten. Der Tod erfolgte durch Stichwunden im Hals.«

Poregar blinzelte. »Jedes einzelne Tier, Eure Hoheit. Habt Ihr denn schon einen Bericht erhalten? Wenn ich es so sagen darf – wir haben versucht, diese Sache geheim zu halten. Es darf doch nicht sein, dass Brînianer die Akrasianer beschuldigen, und umgekehrt. Zumal an der alten Grenze, so wie die Dinge gerade stehen.«

»Nein, das war nur eine unglückselige Vermutung. Waren die Bauern Brînianer oder Akrasianer?«

»Nun, sowohl als auch. Und ein kleines Gadye-Grundstück, auf dem Pfeifenkraut angebaut wird, das in Reschan so beliebt ist.«

Und bei einem gewissen Mantiker-König. »Wisst Ihr, dass die Monoeaner den Seebergfried angegriffen haben?«

Poregar nickte unsicher. »Ich habe davon gehört.«

»Gingen die Überfälle auf die Tiere dem zeitlich voran?«

Poregar dachte mit geschürzten Lippen nach und schüttelte den Kopf. »Sie begannen am Tag danach, schätze ich.«

Draken war beeindruckt. »Wie seid Ihr so schnell hergekommen?«

»Ich war auf meinem regulären Patrouillengang, wie mein Bruder wusste, als er mich zu sich rufen ließ. Meine Route endet einen halben Tag von der Grenze entfernt. Also kam ich sehr schnell dorthin, Eure Hoheit: einen Tag nach den ersten beiden Überfällen. Danach bin ich so schnell ich konnte zur Stadtfestung gejagt.«

Draken nickte. »Was Ihr möglicherweise nicht gehört habt – es gab vor zwei Tagen einen Überfall auf ein Dorf landeinwärts. Die Dörfler wurden alle getötet … alle, bis auf einen. Und alle starben durch Stichverletzungen im Hals.«

»Dieser eine, der nicht gestorben ist – ein Augenzeuge?«

Draken schüttelte den Kopf. »Nein. Verbrannt durch den Zaubertrank Abendzeit. Aber …« Er hatte keine Ahnung, weshalb er drauf und dran war, seinen Verdacht diesem Fremden gegenüber zu enthüllen, außer dass Poregar kompetent zu sein schien und die Übereinstimmung der Vorfälle ihm auf die Nerven ging. »Ich bin nicht überzeugt, dass es Monoeaner gewesen sind, die das getan haben, insbesondere nach dem, was Ihr mir gerade erzählt habt.«

Poregar grummelte und schüttelte den Kopf. »Es können nicht dieselben wie an der Grenze gewesen sein. Es gibt keine Möglichkeit, dass sie so weit und schnell gereist sind. Was bedeutet, dass es mehr als eine Bande von Angreifern geben muss, die sich dort draußen herumtreibt.«

»Vierhundert Ziegen? Das muss sich schon eher um eine kleine Armee handeln«, meinte Draken. »Wenn es Monoeaner sind, müssen sie an der Zoziaküste angelegt haben.«

»Bei allem Respekt, Eure Hoheit, da sind überall felsige, seichte Stellen entlang der Zoziaküste. Niemand kann dort ein Seefahrzeug steuern; selbst die Fischer tun das nicht. Und an der Agriaküste gibt es auf jener Seite überall Klippen; und abgesehen davon, müssten sie auch noch das Gebirge überqueren. Sie würden in der Bucht von Khein anlegen, ja das müssten sie.«

»Die nicht bewacht war, als ich …« Draken verfluchte im Stillen seinen Beinahe-Versprecher. Wenige Leute wussten, dass er jemals in der Nähe von Khein gewesen war, und noch viel weniger, dass er dort von Yramantha ins Wasser verfrachtet worden war, um sein Leben in der Verbannung zu beginnen. »Nun ja, jüngst hörte ich dies.«

Poregars Rücken versteifte sich. »Nicht mehr, Fürst. Es hat ein paar Probleme mit Piraten gegeben, die vom Raureif-Meer kamen; daher führen wir jetzt regelmäßige Patrouillenfahrten in der Bucht durch. Wenn sie bei Khein an Land gekommen wären, würde man das wissen. Inzwischen würde Euch ein Bote von dort unterrichtet haben.«

»Ja, richtig. Habt Dank für Euer Kommen.« Draken gebot ihm, sich auszuruhen, bevor er wieder zurückreiten würde.

Als der Mann fort war, nahm Draken eine kleine Figur von Khellian auf und drückte seine Fingerspitzen gegen die Hörner, die sich scharf wie Nadeln in seine Haut bohrten. Die Einstichstellen bluteten ein bisschen, und er schaute zu, wie sich seine Haut über den klitzekleinen Wunden wieder schloss. Das Gesicht des Kriegergottes wirkte in Miniaturform nicht weniger streng.

Die Sohlen seiner nackten Füße juckten, als ob etwas sie gestreift hätte. »Ein Kriegergott lechzt nach Krieg. Ohne ihn hast du keine Aufgabe, was, alter Mann?«

Er stellte die Statuette ab und sank auf seinen abgewetzten Polsterstuhl, um sich die steifen Füße zu reiben; und die Schriftrollen vor ihm wurden ganz verschwommen. Vierhundert Tiere tot – von einem Augenblick zum anderen. Das Gleiche war den Bewohnern eines Dorfes passiert. Nichts war aufgeklärt; es gab nur weitere Fragen, nichts als weitere verworrene Probleme. Die Angriffe hingen miteinander zusammen, mussten es einfach.

Waren die Monoeaner so begierig auf Blut? Nicht diejenigen, die er kannte. Nicht der König, dem er einst gefolgt war und den er geliebt hatte. Die Lage mochte sich geändert haben, aber so weit, dass man vagabundierende Banden ausschickte, die mordend durch Akrasia zogen? Wenn dem so war, musste die Rebellion in Monoea ziemlich groß und gut abgesichert sein. Er grübelte darüber nach, was Yramantha und Kupsyr ihm erzählt hatten. *»Möge der Wille der Sieben der Wille von allen werden.«* Ein Segens- oder Gebetsspruch, den er nie zuvor gehört hatte. Und sie hatten Magie erwähnt – alle beide. Ihm wurde kalt. Es war also geschehen. Die monoeanische Rebellion hatte sich bis zu ihren Küsten ausgebreitet, außerhalb der Reichweite des Königs – und sie war auf der Suche nach einer bereitwilligen Waffe …

Draken und sein verdammtes, den Göttern angeschworenes, magisches Schwert.

Obwohl er sich todmüde fühlte, stemmte er sich auf die Beine und schritt durch den Gang zu seiner Privatunterkunft, ohne mit irgendjemandem zu reden. Tief in Gedanken versunken beugte er sich über eine große Schüssel mit parfümiertem Wasser, um den Staub von seinem Gesicht und den Händen zu entfernen. Dann rieb er sich Brust und Arme sauber.

Ein leises Klopfen unterbrach seine Körperreinigung. Er trocknete seine Haut mit einem weichen Handtuch ab und warf es zur Seite. »Herein.«

Die Jalousietür öffnete sich in lautlosen Angeln, als er sie leicht anstieß. Geschnitzte Laternen und flackernde Kerzen warfen ein schimmerndes Restlicht ins Innere. In der Tür stand Tyrolean und entspannte sich beim Anblick seines Fürsten. Er sah komisch aus mit seiner eng anliegenden Hose, die an den Knöcheln endete, und den nackten Füßen, die unten herausstachen.

»Was für ein Unsinn! Ihr könnt Eure Stiefel tragen, Ty.«

Tyrolean zuckte mit den Schultern. »Bist du in Brîn, dann pass dich den Sitten an, Eure Hoheit.«

»Was?«

»Das ist ein akrasianisches Sprichwort.«

»Kein sehr nettes, wie ich vermute.«

»Nicht besonders, nein.« Tyrolean ging zu einem niedrigen Tisch, schenkte Wein in Becher ein und bot einen davon Draken an.

Mit einem Seufzer nahm Draken das Trinkgefäß. »Ich bin nutzlos in meiner Rolle als Fürst.«

»Ich meine mich zu erinnern, dass Ihr Euch vor zwei Jahreszeiten gefesselt wie ein gehäuteter Hirsch wiederfandet, der auf dem Weg zum Bratspieß war, mit einer Klinge am Hals wegen Eurer Verbrechen gegen Akrasia. Und dennoch habt Ihr es geschafft, uns alle zu retten.«

Alle? Schwerlich. So viel Blut hatte die Felder in Brîn getränkt, dass es nachher den Akrasianern schwergefallen war, einen unbesudelten Untergrund zu finden, um ihre Zelte aufzuschlagen. »Ich hatte ziemlich viel Hilfe.«

»Hilfe, die nicht gekommen wäre, wenn Ihr und die Götter sie nicht zusammengeschart hätten.«

Der Oscher-Wein brannte sich einen Weg hinab in Drakens Magen und erblühte zur Wärme. Die Anspannung in seinen Schultern lockerte sich.

»Werdet Ihr mir mitteilen, was der Kundschafter berichtet hat?«, fragte Tyrolean.

»Mehrere Bauernhöfe haben Angriffe erleiden müssen, die dem auf Parne verwandt sind.« *Milde ausgedrückt.*

»Ihr habt mit der Königin über Parne und Eure Theorien gesprochen?«

Draken ging zum Tisch und schenkte ein stärkeres Quantum ein. »Ihr habt unseren Krach gehört, was?«

»Die Königin hat missliche Nachrichten noch nie gut aufgenommen.«

»Sie warf einen Becher nach mir.«

Tyrolean zuckte mit den Achseln. »Wenigstens war es kein Messer.«

»Ich stehe ein wenig unter zeitlichem Zwang. Ich muss nach Monoea reisen, aber wenn ich dort bin, kann ich nicht herausfinden, wer die Überfälle hier verübt hat.« *Nun ja, vom Kerker des monoeanischen Königs aus kann ich das nicht tun, um es präziser auszudrücken.*

»Wie ich höre, hat sie Euer Ersuchen abgeschlagen, dorthin zu reisen.« Er zuckte entschuldigend mit den Schultern, als Draken ihm einen säuerlichen Blick zuwarf. »Ihre Majestät hat mich kommen lassen, und wir haben kurz miteinander gesprochen.«

»Ich muss gehen, Ty. Sie verlangen nach mir.«

Tyrolean schüttelte den Kopf. »Weshalb? Gewiss gibt es jemand anderen, der diesen Dienst übernehmen kann.«

»Nein. Ich muss es selbst sein. Ich habe es Euch gesagt. Sie wollen nur mich.« Er diskutierte, dann ging er zu einem Kästchen mit eingelegten Muscheln, öffnete es und nahm die Wertsachen heraus: die Haarlocke und die Halskette. »Doch es gibt noch etwas, das ich Euch nicht gesagt habe. Sie haben gedroht, Elena etwas anzutun.«

Tyrolean starrte ihn an und streckte die Hand aus.

Draken legte ihm die Gegenstände auf den Handteller. »Und nein, sie weiß es nicht.«

Tyrolean hob seine Augenbrauen.

Draken rieb sich den Nacken. »Sie hat das Kind kürzlich beinahe verloren. Ich darf sie nicht so ängstigen.«

»Es ist wahrscheinlicher, dass Ihr sie verärgert.«

Draken zuckte mit den Schultern. »Nahe Verwandte: Ärger und Angst. Beides bringt Menschen dazu, dumme Sachen zu machen. Wie zum Beispiel einen Krieg zu beginnen, den wir unmöglich gewinnen können.«

Hinter ihm ertönte ein leises Schnauben. »Du weichst dem Krieg mehr aus als irgendein anderer Soldat, den ich kenne.«

Draken wirbelte zum Balkon herum. Aarinnaie saß im perfekten Gleichgewicht auf dem Geländer: die Beine durch die Metallstangen gewunden, die Arme verschränkt, still wie ein Schatten.

»Wie lange schon belauschst du dieses private Gespräch?«, fragte Draken.

»Lange genug.« Sie stieß sich von ihrer Sitzstange ab und schritt auf die beiden Männer zu; dabei streckte sie ihre Hand nach Tyroleans Wein aus. Er überreichte ihr den Becher, ohne zu zögern.

»Du hast im Übrigen recht. Überall wird über das Massaker gesprochen. Die Leichenverbrenner sind wieder aus Parne zurück. Einige Saxe haben bereits als Andenken ihren Weg in die Hintergassen gefunden. Wird nicht lange dauern, bis sie begreifen, dass diese Waffen keine Verletzungen der Art verursachen, die die Leute getötet hat.« Ohne auch nur zu zucken, kippte sie das brennende Zeug in sich hinein. »Die meisten Leute beschuldigen im Augenblick die Gadye. Die dreisteren konzentrieren sich auf die Mantiker.«

»Ich habe nicht die Zeit und auch nicht die Mittel, Gerüchte niederzuschlagen, Aarin.«

Sie zuckte mit den Schultern. »Du bist derjenige, der einen Krieg vermeiden will. Ich bin ganz dafür. Wir haben das Schwert von den Akrasianern zurückbekommen. Jetzt ist es an der Zeit, dass wir unsere Krone zurückbekommen, und zwar die echte, nicht diesen dünnen Reif, den du trägst.«

»Das reicht. Es ist deine Aufgabe, mit der Königin diplomatisch zu sein und den Krieg von uns fernzuhalten, während ich fort bin; also schlage ich vor, dass …«

»Was soll das heißen?« Ihr Tonfall wurde schneidender. »Fort – wohin?«

»Nach Monoea«, antwortete Tyrolean.

»Es ist eine diplomatische Mission. Der König hat um mein Erscheinen ersucht.« Dies vereinfachte eine komplizierte Geschichte allzu sehr, doch er war nicht bereit, im Moment auf alle Einzelheiten einzugehen.

Ihr Gesichtsausdruck zog sich in sich selbst zurück. »Wann?«

»Innerhalb einer Sieben-Nacht.« Er musste von diesem Thema ablenken. »Weshalb bist du eigentlich hier? Sicherlich nicht, um Parne wieder aufzuwärmen.«

»Nein. Ich wollte dir erzählen, dass ich einen Blut-Lord von einer Insel verfolge, der eine Hetzkampagne gegen dich aufzieht. Und speise mich nicht wieder mit diesem Spruch ab, dass alle Fürsten Feinde haben. Ich mag es nicht, wenn dein Name in Verbindung mit solch einem Mann zur Sprache kommt.«

Er brummte. »Dann mach damit weiter. Und komm zurück, bevor ich weg bin, ja? Brîn braucht dich.«

»Jawohl, ich werde dich sehen, bevor du gehst. Aber wirst du mich auch sehen?« Ein Lächeln huschte über ihr Gesicht, bevor sie wieder mit den Schatten verschmolz. So sehr er auch starren mochte, er konnte immer noch nicht herausfinden, wie sie es schaffte, sich so lautlos zu bewegen.

Tyrolean starrte ebenfalls hinter ihr her. »Ich hoffe nur, dass sie Ärger vermeiden kann.«

Draken schnaubte. »Ärger – das scheint in der verdammten Familie zu liegen.«

»Eure Schwester ist eine einfallsreiche Person, Eure Hoheit.«

So einfallsreich, dass sie einst ihre Augen schwarz umrandet und sich als Gemischt-Sklavin ausgegeben hatte, die im Feldlager arbeitete, nur um zu kontrollieren, was die akrasianische Armee über ihren Bruder dachte, den neuen Nacht-Lord dieser Soldaten. Wer wusste schon, was sie in den Gassen und Tavernen von Brîn anstellen mochte?

Draken rieb sich mit der Hand über das Gesicht. »Alles stürzt auf einmal über uns herein: die Mondlinge, diese Angelegenheit mit den Monoeanern. Außerdem hat die Königin eine Wut auf mich – eine viel zu große Wut, um mir zuzuhören, wenn ich ihr all die Gefahren aufzähle, die sie bedrohen, selbst wenn sie nicht in Gefahr wäre, das Baby zu verlieren. Schließlich kann ich nicht einmal meine eigene kleine Schwester im Zaum halten.«

»Ich wünschte, ich wäre eine größere Hilfe, Eure Hoheit. Augenscheinlich benötigt Ihr mehr, als ich zu geben vermag.«

Draken starrte hinaus in die Schatten des Innenhofs und ließ seinen Blick nach oben zum Himmel wandern. Das Licht der aufsteigenden Monde glitzerte im Nebel des Eidola-Gebirges. Tyrolean hatte recht. Er brauchte mehr Hilfe. Und er glaubte zu wissen, wie er sie erhalten konnte.

KAPITEL NEUN

Die zerklüfteten Höhen von Eidola waren stets in Nebel und Schatten gehüllt, gleichgültig, wie hart die Sonne auch auf die Rücken der schuftenden Brînianer in den Flachlandgebieten herunterhämmerte. Bis zum Fuß des Gebirges war es ein halber Tagesritt von den hinteren Stadttoren Brîns, obgleich die Gipfel wirkten, als ob sie viel näher lägen, da ein sanft abfallendes, von nur ein paar Bauern und Hirten bewohntes Tal die Stadt von dem Gebirge trennte.

Der nächste Tag verdarb Draken ziemlich die Lust, weiterzureiten, denn mit den Passatwinden kam auch der Regen. Der Erdboden war schlammig von kürzlich aufgetretenen Gewittern und so beschaffen, dass man nur langsam vorankam. Der Nachmittag war schon weit fortgeschritten, als er mit dem Aufstieg begann. Die Bergflanke war merkwürdigerweise trocken – trotz des Nebels auf Gipfelhöhe und des Schlamms am Fuß des Gebirges.

Seine Szi Nêre davon zu überzeugen, dass sie nicht mitkommen sollten, war die leichteste Tat an diesem ganzen Tag gewesen. Sie wussten von seiner Freundschaft mit dem Mantiker-König, und niemand, der bei klarem Verstand war, nahm ohne einen guten Grund den Pfad hinauf nach Eidola in Angriff; die Leute gingen nicht gerne auch nur in die Nähe von Flüchen. Obendrein handelte es sich um einen tückischen Aufstieg. Draken war einmal das Opfer eines der bösen Geister geworden, und das reichte vollkommen. Aber andererseits befand er sich in großer Not, und König Osias konnte er vertrauen.

So sehr, wie nur irgendjemand einem mysteriösen, von Geistern erfüllten Nekromanten trauen konnte.

Der Wanderweg zum Torhaus hoch oben auf der Bergflanke wurde rasch steiler, während Draken aufstieg. Viel zu bald musste er vorspringende Felsen und versteinerte Baumstümpfe als Haltegriffe benutzen; und auf der Suche nach einem festen Halt scharrten seine Stiefel immer wieder über Flechten und loses Geröll. Es schien, dass jeder Handgriff kleine Stücke vom Berg herabregnen ließ. Seine Muskeln gewöhnten sich bald daran, ständig zu protestieren. Sein verletztes Knie steigerte sich in einen dumpfen Schmerzensschrei hinein, während seine Schrammen heilten, kaum dass er sie sich zugezogen hatte, wie er an einem winzigen Stechen spürte, sobald sein verletztes Fleisch zusammenwuchs. Abermals fragte er sich, warum der verdammte Magier ausschließlich seine neuen und nicht seine alten Wunden geheilt hatte. Immerhin war er froh darüber, dass er allein gekommen war; andernfalls würde er in dieser Situation Tyroleans jüngeren, fitteren Körper verfluchen.

Schon von Weitem erblickte Draken sein Ziel: Sorcorie Aerie, wie die Brînianer das Torhaus in Eidola nannten, klammerte sich an einen grasbewachsenen Felsvorsprung. Es handelte sich dabei um ein schmales, dreistöckiges, steinernes Bauwerk: mit versteinerten Baumwurzeln für die Balkongeländer, einem kleinen Turm aus grauem Gestein mit Schießscharten sowie einem rostigen Steildach. Die ganze Konstruktion neigte sich in gefährlicher Weise über den Wanderweg. Silbrig-grüne Ranken schienen das Gebäude an der zerklüfteten Bergflanke zu verankern. Hoch darüber erhob sich eine von Magie durchtränkte Sturmwolkenwand, welche die unruhigen Toten einpferchte, die in Ma'Vannis Meerestiefen nicht willkommen gewesen waren. Draken hätte die Wolkenwand als Märchen bezeichnet, doch er hatte die durch Mantik errichtete PALISADE um Auwaer gesehen: eine Mauer, die selbst jene, die es besser wussten, davon überzeugte, dass sie eine Leere aus schwarzem Nichts war.

Draken, der noch ein gutes Stück vom Torhaus entfernt war, blieb stehen, um sich auszuruhen. Als Vorwand gegenüber sich selbst diente die Beobachtung eines flauschigen Rundits, das abseits des Weges das Terrain erkundete und mit seiner langen Nase zwischen dem Unterholz und den kümmerlichen Gräsern umherschnupperte. Plötzlich schreckte eine Stimme Draken auf. Er rutschte ein paar Handspannen nach unten und schrammte sich dabei die Innenseiten seiner Hände auf.

»Der Wanderweg und das Torhaus existieren weitaus länger, als es hier Mantiker gibt. Der Legende nach wurde es von Korde persönlich für dessen ersten Diener erbaut, bevor die Berge abgesperrt wurden. Er war ein Zauberer von einigem Ansehen, abgesehen von den Mantikern. Er ist es gewesen, der den Weg fand, um sich die Flüche für seine persönlichen Zwecke nutzbar zu machen.«

Der Berg schien leicht zu beben, als ob er ihn abschütteln wollte. Zwischen der Kletterei, dem Schmerz und dem Nebel platzte Draken nun wirklich der Kragen. Doch er kannte diese Stimme. Er zwang sich zu einem Lächeln. Dies fiel ihm allerdings leichter, als hinter einem von Nebel umhüllten Felsblock ein Gesicht mit gefleckter Haut und dunklen, von silbernen Strähnen durchzogenen Locken auftauchte.

»Geschah dies, bevor die Flüche die Menschenrassen angriffen und miteinander vermischten, oder danach?«, fragte er.

Setia, Osias' Gefährtin, lächelte zurück. »Danach. Um die Aufmerksamkeit von seinen anderen Verbrechen abzulenken.«

»Welche wären?«

»Die materiellen Formen der Götter an die Monde zu binden.«

Draken hob seine Augenbrauen. »Das ist wahrlich kein geringes Verbrechen.«

»Ich würde eine Geldbörse voller Rare hinterlegen, dass du nicht wegen einer Geschichtsstunde den ganzen Weg hierherauf gestiegen bist.«

Draken seufzte. »Nein. Ich vermute, Osias hat dich wissen lassen, dass ich unterwegs bin.«

Setia nickte. »Eines seiner Geist-Augen tat dies.«

Draken unterdrückte ein Zurückschrecken, als er zu ihr hochkletterte, denn er spürte die Aufmerksamkeit des Toten in Form eines Kribbelns entlang seiner Wirbelsäule. Auch dieser Geist war an Osias' Willen gebunden. Draken vermutete, dass Meergeboren einen Fluch zu töten vermochte; allerdings wollte er seine Hypothese lieber nicht auf der Flanke dieses steilen Berges testen.

»Es ist schön, dich zu sehen, Setia.«

»Es ist schon zu lange her, Khel Szi. König Osias ist höchst begierig auf deine Gesellschaft.« Sie drehte sich um, wodurch ihr sein höfliches Nicken entging, und krabbelte den felsigen Pfad hoch wie ein Klammerkäfer. Er machte sich auf, ihr zu folgen, versuchte aber nicht einmal, sich ihrem Tempo anzupassen.

Je höher sie kletterten, desto dichter wurde der Nebel, bis er wie ein eisiger Atem über seine Brust strömte. Draken zitterte und konzentrierte sich auf die körperliche Leistung; dabei versuchte er, die Kälteempfindung auszulöschen und seine Gliedmaßen aufzuwärmen. Es erinnerte ihn an elende Patrouillen entlang der monoeanischen Küste, bei denen die Berghänge vor lauter Schnee geglänzt hatten und die Seeleute von der Gischt des Ozeans bis auf die Knochen durchnässt worden waren. Die unausweichliche Kälte pflegte sich, immer bis ins Mark hinein festzusetzen, und konnte anscheinend nur von der Hitze der Neusaison aufgetaut werden.

In der Nähe des Torhauses begann der Kletterpfad, sich in einen Serpentinenweg zu verwandeln, was das Vorwärtskommen einfacher, wenn auch langwieriger machte. Bei jeder Biegung stand ein großer Felsblock, und jemand hatte den Pfad mit Schotter bedeckt, was erst vor Kurzem passiert sein musste, da der Belag noch nicht von den Winden abgetragen worden war. Setia hockte oben auf einem Felsblock und wartete auf Draken.

Als er bei ihr ankam, blieb er einen Moment lang stehen und schaute sich um. »Wieso verändert sich der Pfad? Erst geht er geradlinig den verdammten Berg hoch, nur um sich hier oben dann hin und her zu winden.«

»Für die Bogenschützen. Diese Felsblöcke sind Frontstellungen für Wachleute. Der Serpentinenweg ist nicht dazu gedacht, das Hochklettern zu erleichtern; er ist dazu gedacht, dass man leicht nach unten gelangt, um in Reichweite der Ziele zu kommen.« Setia wies auf den Bereich des Pfads, den sie gerade hochgestiegen waren. Und tatsächlich: Zwei Mantiker mit Bögen versteckten sich an der Stelle, auf die sie zeigte. Sie nickten ihm zu; keine Spur von Überlegenheit in ihren Mienen. Draken wurde sich bewusst, was für ein leichtes Ziel er abgegeben hatte. Zum Glück waren Brîn und Eidola Verbündete.

Zu guter Letzt erreichten sie den großen Felsvorsprung und das Torhaus. Niemand tauchte auf, um sie zu begrüßen. Trotz des heruntergekommenen Zustands des Bauwerks sah die Tür ausreichend stabil aus; sie war mit Eisen eingefasst, das von dicken schwarzen Bolzen durchsetzt war. Setia griff nach dem Riegel und tat etwas, das aus Drakens Sicht nicht richtig zu erkennen war, dann schwang die Tür auf. Diese war so dick wie Drakens Hand breit war und bewegte sich in leisen, geölten Angeln.

Direkt im Innern stand ein ihm unbekannter Mantiker; er leuchtete schwach, so wie es Leute seiner Art manchmal bei dämmrigen Licht taten. Sein silberfarbenes Haar hing in geflochtenen Zöpfen herab, die Augen blickten ruhig, und seine mit Silber geränderten weißen Gewänder waren makellos. Jedes Charakteristikum seines Gesichts war angenehm, abgesehen von der schwarzen Mondsichel, die er wie eine schwarze Wunde auf seiner Stirn trug. Im Vergleich zu ihm fühlte sich Draken verstaubt und unkultiviert, weniger wie ein Fürst und mehr wie ein Grobian, der sich wie ein gemeiner Söldner Schwert und Bogen auf den Rücken geworfen hatte.

»Khel Szi.« Mantiker machten es sich zur Regel, in den Sprachen anderer Völker zu reden, und diesmal war es Brînianisch. Draken hatte nur einige wenige Male die wahre Mantiker-Sprache gehört, die benutzt wurde, um Tote herabzurufen, was höchst unangenehm gewesen war. Der Mantiker verbeugte sich tief bei der Begrüßung; er war die Förmlichkeit in Person und zeigte keinerlei Überraschung. »Ihr werdet erwartet.«

»Natürlich werde ich erwartet. Ich danke Euch, ehrwürdiger Mantiker.«

Entweder ignorierte der Mantiker Drakens trockenen Tonfall, oder er bemerkte ihn nicht. »Und Ihr seid höchst willkommen. Bitte tretet ein.«

Auf seine Geste hin gingen Setia und Draken in das Torhaus hinein und wischten an einer geflochtenen Hartwurzelmatte den Sand und Staub von ihren Stiefeln ab.

Es erschien Draken seltsam, dass er sich nicht bücken musste, um sein Schuhwerk auszuziehen: So rasch hatte er sich an den brînianischen Brauch gewöhnt, ohne Fußbekleidung zu gehen. »Ist König Osias da? Ich muss mit ihm sprechen. Es ist ziemlich dringend.«

»Seine Majestät weiß von Eurer Ankunft und wird bald kommen, Khel Szi. Bitte setzt Euch und macht es Euch bequem. Ich werde Euch Erfrischungen bringen.«

Zweckmäßige Bänke umgaben ein paar Holztische, die von den zahllosen Jahren ihres Gebrauchs glattpoliert waren. Graffiti verunstalteten ein paar Ecken; sie waren jedoch in keinem der Alphabete geschrieben, die Draken kannte. Eine Treppe in einer Zimmerecke verschwand ins erste Stockwerk. Draken vermutete, dass sie in gleichermaßen asketisch eingerichtete Räume mit Schlafpritschen führte.

Der Adlerhorst erinnerte ihn an den Brauch unter weiblichen Adligen in Monoea, sich in ein Kloster zurückzuziehen. Elnas Devotionalien waren besonders beliebt bei Frauen, die versuchten, schwanger zu werden; und den Mönchen gefielen wiederum die beträchtlichen Spenden, die ihnen die Edelleute zuzuschießen pflegten. Es war eine ziemlich erfolgreiche Praxis, sodass Draken immer vermutet hatte, dort würde zwischen den Mönchen und ihren Besucherinnen mehr vor sich gehen als nur Beten und Fasten. Unnötig zu erwähnen, dass er niemals zugestimmt hatte, Lesle dorthin gehen zu lassen.

»Draken. Weshalb bist du gekommen? Sind es schlechte Neuigkeiten?«, fragte Setia, als der Mantiker weggegangen war.

Mit einem resignierten Lächeln drehte er sich zu ihr um. »Es sind selten gute.«

Die durch die offenen Fensterläden scheinende Sonne brachte die Farbsprenkel auf ihrer Haut – der Beweis ihres Mondling-Erbes – deutlicher zum Vorschein als üblich. Er umarmte sie kurz. Sie fühlte sich immer anders in seinen Armen an als alle anderen Wesen, die er kannte: fest in der Art eines Waldtieres, stark trotz ihrer kleinen Statur, ein Hauch von Sprunghaftigkeit, als könnte sie jeden Moment davonstürzen. Ihr kleiner Körper war warm wie Sonnenlicht an seiner Brust.

»Ich sehe, du hast von deinen Wanderungen einen alten Freund mit nach Hause gebracht, Setia.«

»Alt?«, fragte Draken, der sich entspannte, als er die vertraute Stimme des Mantiker-Königs vernahm. Mit einem Grinsen wandte er sich zu ihm um. »Unsere Freundschaft ist nicht so alt, also muss ich selbst es sein, auf den du dieses Wort beziehst.«

Osias erwiderte das Lächeln, als er in den Raum hineinschritt; seine lange Tunika und Leggings waren so sauber wie schaumgekrönte Ozeanwellen. Er streckte die Hände aus und umschloss Drakens Unterarm in freundschaftlichem Gruß. »Du bist nicht so alt – jetzt, wo Bruche nicht mehr mit dir zusammen ist. Was gibt es Neues?«

»Recht viel und wenig Gutes«, antwortete Draken. Er senkte das Kinn gegenüber seinem Freund. »Ich komme, um deinen Rat zu erbitten.«

Osias führte ihn zu einem der rustikalen Tische und schenkte dem anderen Mantiker, als der die Erfrischungen brachte, ein unaufmerksames Lächeln. »Die Königin ist wohlauf, wie ich hoffe?«

»Ziemlich wohlauf. Wir haben kürzlich einen Schrecken bekommen, und die Heiler wünschen, dass sie im Bett bleibt. Doch du kennst Elena. Sie ist entschlossen, alles zu tun.« Er seufzte und musste daran denken, wie sie sich den Monoeaner mit dem Langschwert vom Leib hielt.

»Ja, wie es so ihre Art ist.«

Draken trank einen Schluck Wein, der fruchtig und süß schmeckte. Osias gab mit einem Winken der Hand zu verstehen, dass er keinen Wein nahm, und der andere Mantiker zog sich zurück. »Erzähle mir deine Besorgnisse, mein Freund.«

»Zunächst bin ich in Kürze weg nach Monoea«, verkündete Draken, und obgleich sich die silberfarbenen Brauen des Mantikers hoben, fuhr er sogleich fort: »Söldnerschiffe, die unter brînianischen Flaggen segeln, haben die monoeanische Küste angegriffen. Diese Kerle sind offensichtlich darauf versessen, Krieg zu führen – oder derjenige, der sie angeheuert hat.« Er berichtete über den Vergeltungsangriff auf den Seebergfried. »Als ich bestritt, den Überfall befohlen zu haben, sind ihre Kapitänin und ich … zu einem Vergleich gekommen.«

Der Mantiker-König holte seine doppelköpfige Pfeife hervor, stopfte sie aus zwei verschiedenen Beuteln und zündete sie mit seinen Fingerspitzen an. Die vertrauten, miteinander verflochtenen Düfte füllten Drakens Lungen. Osias inhalierte den Rauch und blickte Draken an, wobei er eine seiner fein gezogenen Brauen wölbte.

»Nein, natürlich ist das noch nicht alles an dieser Sache. Es ist Teil einer Rebellenverschwörung gegen den König. Sie wissen, wer ich bin, Osias. Sie wissen, dass ich zur Königsfamilie gehöre, und sie wissen, dass ich über Magie verfüge. Ich glaube, sie wollen mich benutzen, um diese Magie gegen den König einzusetzen.« Sein Unterkiefer ruckte nach vorn. »Sie haben gedroht, Elena zu töten, wenn ich nicht komme, und sie haben mir gezeigt, dass sie in der Lage sind, zu ihr vorzudringen.«

Rauch verschleierte die Gesichtszüge des Mantikers. Seine Miene war starr, undurchdringlich. »Das klingt, als ob der König nicht weiß, wer du bist. Was wird er tun, wenn du zurückkommst?«

»Mich höchstwahrscheinlich auf der Stelle töten.« Draken trank mehr und gestikulierte mit seinem Becher. Der bloße Gedanke, in den Thronsaal seines Cousins zu treten, ließ den Wein in seinem Bauch sauer werden.

»Hmm. Das ist ein ziemliches Dilemma«, sagte Osias nachdenklich. »Der monoeanische König muss wissen, dass Elena gegen jeden, der dich angreift, Krieg führen würde. Und wenn ihm das nicht klar ist, muss ihm das auf der Stelle gesagt werden.«

Draken brummte. »Sie könnte Truppen schicken. Sie könnte mich aber auch aufgeben, sollte sie herausfinden, dass ich ein Gemischter bin.«

Osias zeigte sein rätselhaftes Lächeln. »Du denkst, dass deine Leute mehr den Vorurteilen als deiner Person vertrauen? Das glaube ich nicht. Du hast ihr Vertrauen. Du hast es dir verdient.«

Gewiss. Das ja. Was auch der Grund sein konnte, warum Elena solchen Zorn gegen ihn hegte. Doch für den Moment ließ er es dabei bewenden. »Ich weiß die Schwerter zu schätzen, die hinter mir stehen, aber wir haben auch noch drängende einheimische Probleme.« Er erzählte Osias und Setia vom Dorf Parne und über den Besuch von Gardist Poregar bei ihm. »Es macht einfach nicht den Eindruck, dass es sich um monoeanische Überfälle handelt. Irgendwelche Ideen?«

Osias schnüffelte an seiner Pfeife und starrte an Draken vorbei, während er nachdachte. »Ich habe niemals auch nur von etwas Ähnlichem gehört.«

»Ich auch nicht.« Draken schüttelte den Kopf. Alles, was er in Parne gesehen hatte, legte er jetzt mit heiserer Stimme dar.

»Ist es dir in den Sinn gekommen, dass die Taten möglicherweise im SCHWEBEZUSTAND verübt wurden?«

Draken schüttelte den Kopf. »Natürlich. Aber …«

»Aber was?«

»Oklai und ihr Kriegstrupp sind zu mir gekommen, um mich aufzufordern, die versklavten Mondlinge zu befreien.«

»Sie alle?« Setia blinzelte.

Er nickte. »Aber das ergibt keinen Sinn. Ich denke, Oklai hätte mit einem Angriff gedroht, ja bestimmt, wenn ich nicht kooperieren würde. Und sie hätte hinterher sichergestellt, dass mir auch klar ist, dass sie das waren. Anonyme Drohungen und Taten helfen ihrem Anliegen nicht. Aber sie hat lediglich gedroht, meine Vergangenheit und wahre Identität zu enthüllen.«

Setia schüttelte den Kopf. »Ich weiß nicht; doch ich kann mir keine andere Möglichkeit vorstellen, wie das Töten auf diese Weise hätte geschehen können. Ich habe niemals von Mondlingen in der Offensive gehört, sie sind allerdings zu Grausamkeit fähig, wenn die Situation es erfordert.«

»Vielleicht hat jemand von einer anderen Menschenart einen Mondling versklavt, um den SCHWEBEZUSTAND zu bewerkstelligen«, mutmaßte Osias.

»Oder einen Mondling bestochen«, fügte Setia hinzu.

Draken spielte mit einem Tischmesser; das Essen rührte er nicht an. Daran hatte er noch gar nicht gedacht. »Ausreichend viele von ihnen sind Sklaven. Man käme einfach an Mondlinge ran.«

»Gewiss. Freiheit und die Rückgabe des Speers wären ein probates Angebot«, pflichtete Osias bei.

»Ein Speer … Du willst damit sagen, dass ihre Magie von *dort* kommt?«

Osias kicherte. »Du klingst überrascht – obwohl Akhen Khel auf deinem Rücken festgebunden ist.«

Draken machte ein finsteres Gesicht. »Die Götter haben mich mit diesem Schwert versklavt.«

Ein Schatten schien über Osias' Haut zu kriechen, und in seinen Augen wirbelte ein gefährliches Sturmgrau. Er starrte an ihnen allen vorbei – auf irgendwelche Wunder und Schrecken, die nur ein Mantiker sehen konnte. »Du hast immer noch das Wohlwollen der Götter. Sieh zu, dass du es behältst.«

Draken überkam am ganzen Körper ein Frösteln, er unterdrückte ein Zittern. »Ich gestehe, ich habe auf praktischere Ratschläge gehofft. Ich habe keine Ahnung, was ich wegen der Mondlinge unternehmen soll – und auch nicht in Bezug auf das Morden. Elena ist überzeugt, dass die Mondlinge warten können und die Untaten von den Monoeanern verübt wurden. Und in einer Hinsicht hat sie recht: Monoea stellt die größere Bedrohung dar. Ich sehe nicht, wie ich es vermeiden kann, dorthin zu gehen.«

»Und dort zu sterben?«

»Vielleicht wird das Wohlwollen der Götter mir folgen.«

»Vielleicht. Ich aber bestimmt.«

Draken schüttelte den Kopf. »Ist deine Anwesenheit nicht hier in Eidola erforderlich? Und die Seelen in deinem Innern … Du hast mir erzählt, ich könnte mit Bruche nicht den Ozean überqueren – gilt denn für dich nicht das Gleiche?«

»Ein Problem, das leicht gelöst ist.« Osias rollte seinen Ärmel hoch und legte die trübe, dicke Fessel um seinen Unterarm frei. »Akhen Khel zerbrach einst eine Fessel. Es kann dies abermals tun.«

Setias Nasenlöcher weiteten sich, als sie die Luft scharf einsog.

Draken schüttelte den Kopf. »Osias, nein. Ich kann nicht wiederholen, was Truls getan hat. Ich werde das nicht tun.« Der alte Mantiker-König hatte seine Fessel zerbrochen und einen Krieg gegen die Götter begonnen, der Brîn beinahe zerstört hätte.

»Ich bin nicht er.«

»Nein, du bist viele Personen. Wer weiß schon, ob einer dieser Geister in deinem Innern nicht bestimmte Ideen über die Vorzüge hat, die es mit sich bringt, wenn man ungefesselt ist.«

Osias wölbte eine Augenbraue. »Das würde ich wissen.«

Draken seufzte. Dagegen konnte er nicht argumentieren. Als seine Seele mit der von Bruche verbunden gewesen war, hatte es nur wenige Geheimnisse zwischen ihnen gegeben.

Osias legte den Arm auf den Tisch. »Du brauchst mich, und die Lage hier ist unter Kontrolle. Setia wird ebenfalls mehr von meiner Magie benötigen, um zu tun, was sie muss. Und ich kann ihr nicht mehr geben, ohne dass ich frei von meiner Fessel bin.«

»Du meinst, du willst, dass sie den SCHWEBEZUSTAND bewerkstelligt.«

»Er hat dir einst geholfen«, sagte Setia.

»In einem Krieg, den ein ungefesselter Mantiker begann«, erwiderte Draken.

»Vertraust du mir?«, fragte Osias.

»Komisch, auf dem Weg nach oben habe ich mir diese Frage selbst gestellt.«

»Vertraust du mir?«

Draken füllte seine Lungen mit Luft. Er versuchte, die Frage zu verneinen, doch die entsprechenden Worte wollten nicht kommen. Er setzte dazu an, den Kopf zu schütteln, aber die Bewegung geriet zu einem Nicken.

Die Wahrheit lautete, dass er die Hilfe seines Freundes dringend benötigte. Er streckte die Hand nach hinten, um das Schwert zu ziehen. Es schien schwach im kalten Licht. »Verdammt noch mal, was werden deine Brüder tun?«

»Sie werden mir nichts zuleide tun, wenn es das ist, wonach du fragst. Ich bin immer noch Mantiker. Ich bin immer noch einer von ihnen. Du zerbrichst mein Band zu diesem Land und die Bindung meines Willens an den von Korde. Das ist alles.«

Die Herrschaft des Totengottes über Osias zerbrechen. Das war alles – zusammen mit jeder Androhung von Vergeltung, die ihm auflauerte. Andererseits hatte sich Draken niemals zuvor von dieser Art von Bedrohung aufhalten lassen. Würde es die Götter erzürnen? *Dann lass es so sein.* Draken könnte genauso gut auch nicht der Einzige sein, der erzürnt war.

Die Fessel sah tot aus; sie war blass im Vergleich zum silbernen

Farbton von Osias' Haut. Setia stand von ihrer Bank auf und wich zurück.

Draken hob Meergeboren über seinen Kopf und blickte in Osias' stürmische Augen. »Du bist dir sicher, was das hier anbelangt?«

»Mach schon.«

Draken biss die Zähne zusammen, stieß mit einem schmerzhaften Stechen den Atem aus und legte sein ganzes Gewicht hinter den Schlag. Die Fessel war von einem Gott angelegt worden, und auch wenn Meergeboren ein bemerkenswertes Schwert war, bezweifelte Draken, dass der Schlag sie durchtrennen würde.

Das Schwert traf: Es klingelte hart mit einem unheiligen, ohrenbetäubenden Klirren durch Drakens Arme und Brust. Ein bebender, entsetzlicher Schmerz bewegte sich in Wellen durch seine Arme bis hoch zu den Schultern und ließ Draken auf die Knie fallen. Selbst dann, selbst als er vor Schmerz nach Luft rang, war sein Blick auf die Fessel geheftet.

Einen Augenblick lang passierte nichts. Der Schwerthieb hatte ihn mit einem Schlag taub werden lassen. Die Luft schloss sich wie feuchter Sand um ihn herum.

Und dann zersprang die Fessel in einem eiskalten Sprühregen – von der Art, die bis ins Mark eindringt und tagelang Schmerzen bereitet.

KAPITEL ZEHN

Osias fiel nach hinten. Er bebte am ganzen Körper und war schlagartig blass geworden. Mit einem leisen, tierhaften Schrei eilte Setia an seine Seite.

Der Mantiker, der sie bedient hatte, schritt herein; seine zusammengekniffenen Augen waren aufgewühlt. »Eure Majestät …«

Draken trat einen Schritt zurück, seine Hände zitterten.

»Nicht mehr«, sagte Osias. Seine Stimme zitterte. »Versammelt unsere Brüder und wählt einen anderen.«

Der Mantiker starrte erstaunt, dann hob er seinen stürmischen Blick zu Draken. Seine Augen und die ganze Haut glänzten dunkel, was seine gutaussehenden Gesichtszüge undeutlich werden ließ und ihn in etwas Wildes, Hässliches verwandelte – etwas Fremdgeborenes.

Draken, dessen Atem sich immer noch schwer in seiner Brust anfühlte, richtete seine Aufmerksamkeit nun auf das Schwert. Es hatte keine einzige Kerbe davongetragen. Was sonst noch konnte das verdammte Ding tun? Er hatte das ungute Gefühl, dass er dies noch herausfinden würde. »Ihr dürft ihm nichts zuleide tun. Er steht unter meinem Schutz.«

»Ihm droht keine Gefahr von seinesgleichen, Khel Szi. Aber Korde ist womöglich nicht so nachsichtig.« Draken sah mit zusammengekniffenen Augen den Mantiker an. Sie sahen sich alle sehr ähnlich, diese Mantiker. Und dennoch – etwas in der Art und Weise, wie sich dieser hier bewegte … »Wie heißt Ihr? Sind wir uns schon einmal begegnet?«

»Jaim, Khel Szi.« Er neigte nicht den Kopf. »Wir sind uns in der Nacht, als Ihr in Akrasia angekommen seid, im Mondlingwald begegnet.«

Draken blickte erstaunt. »Ihr wart mit Reavan … mit Truls zusammen. Ihr wart derjenige, mit dem ich kämpfte.« In der ersten Nacht seiner Verbannung hatte Draken Truls gefangen genommen, der sich damals als Lord-Marschall Reavan getarnt hatte. Der Offizier, der bei ihm gewesen war, hatte Draken angegriffen und war in dem Kampf gestorben. Die Leiche war wenig später verschwunden, und nicht lange danach hatte Draken erfahren, dass Mantiker nicht wirklich sterben konnten. Tödliche Verletzungen brachten sie einfach in Windeseile zurück nach Eidola.

Ein krachendes Donnergrollen unterbrach seine Gedankengänge. Sie schauten alle hoch, mit Ausnahme von Setia, die zurückschreckte. Der Donner klang wie ein großer Hammer, der auf den Berg einschlug und das steinerne Haus zum Beben brachte. Das Dröhnen setzte sich lange Zeit fort – so lange, bis Draken schließlich sicher war, dass es überhaupt kein Donner war. Als wieder Stille eintrat, schien niemand allzu begierig, sie zu brechen. Draken fragte nicht, ob Brîn und Eidola unter der neuen Führung Verbündete bleiben würden. Er war sich nicht sicher, ob er es wissen wollte. Im Moment gab es genug Dinge, um die er sich kümmern musste.

Sturmwolken ballten sich an den Rändern des Himmels und verdunkelten den Horizont. Als sie schließlich den Abstieg von Eidola beendeten, hatte der Wind die Richtung geändert und hielt eine regenreiche Kälte bereit. Drakens Szi Nêre, die gemäß seiner Anweisung am Fuß des Berges warteten, waren zu gut ausgebildet, um sich verwundert zu zeigen, dass der Mantiker-König sich entschieden hatte, ihren Fürsten zu begleiten. Sie neigten die Köpfe vor ihm und murmelten Worte des Respekts, da sie nicht bemerkten, dass sein Ärmel nichts als nackte Haut verbarg.

Abgesehen von Halmar kannte Draken seine Männer nicht so gut. Aufmerksam beobachtete er ihre Reaktion auf den Mantiker, aber zumindest schreckte niemand vor Osias zurück, als wäre er von abstoßender Hässlichkeit. Zuverlässige Männer also, ohne bedrohliche Düsternis in ihren Seelen. Er nickte zufrieden und drehte sich zu Setia um. »Möchtest du mit mir reiten?«

Sie zeigte ihm ein gequältes Lächeln. Halmar half ihr auf Drakens Stute, dann räumte er Osias ein, hinter ihm zu reiten. Setia schlang ihre Arme um Drakens Taille und drückte ihre Wange an seinen Rücken. An seiner steifen Wirbelsäule spürte er ihre Wärme.

Er sagte wenig mehr auf dem Rückweg, obgleich er die Sorge nicht abzuschütteln vermochte, dass Korde, der von allen Göttern der gierigste und am wenigsten versöhnliche war, einen Tribut in Blut verlangen würde, weil Draken die Fessel entfernt hatte. Trotz Osias' Versicherungen konnte er sich nicht des Gefühls erwehren, dass er Korde einen loyalen Diener gestohlen hatte. Gewitterwolken wirbelten über dem Meer und knisterten vor lauter Blitzen. Setias Arme drückten sich fester um seine Taille.

»Es ist bloß ein Sturm, Setia. Es ist Monsun, ja?« Tatsächlich war es ein bisschen früh dafür.

»Gewiss, Khel Szi.« Sie klang nicht gerade überzeugt.

Er senkte seine Stimme, als er fragte: »Du glaubst, es hat etwas mit der Fessel zu tun?«

»Du hast Osias von Korde gestohlen. Das ist ein Vergehen, das er wahrscheinlich nicht vergisst.«

Er blickte zum aufgewühlten Himmel hoch. »Was wird er tun?«

»Versuchen, dich zu töten. Eines Tages, so denke ich, wird Korde versuchen, dich zu töten.«

Der Abend war schon vollständig hereingebrochen, als sie in die Stadt hineinritten und die ersten kalten Regentropfen ihnen ins Gesicht schlugen. Nur wenige Leute blieben stehen, um vor ihrem Khel Szi den Kopf zu senken. Die Zeit war knapp geworden, und die meisten beeilten sich, um es vor dem Sturm nach Hause zu schaffen.

In der Stadtfestung trafen sie auf den akrasianischen Lord Ilumat. Er schob sich vor Thom, der Draken offensichtlich etwas Dringendes anzuvertrauen hatte, falls das Klopfen einer Schriftrolle gegen die Innenseite seiner freien Hand etwas bedeutete.

Ilumat war ein hoher Lord, der dem Land- und Militäradel angehörte, und ein entfernter Cousin von Elena; seine Volljährigkeit hatte er allerdings erst vor Kurzem erreicht.

Draken streckte Ilumat seine Hand entgegen, die der Adlige ergriff.

»Eure Hoheit. Ich bin gekommen, sobald ich von den Schwierigkeiten gehört habe.«

»Schwierigkeiten?«

»Die Schlacht am Seebergfried.«

Ilumats Ländereien waren in die fruchtbaren Ausläufer des Agriagebirges eingebettet. »Ihr müsst geritten sein, als spürtet Ihr Khellians Hörner in Eurem Hintern.«

Ilumats Lippen kräuselte sich. »In der Tat. Die Nachricht verbreitete sich rasch.«

Draken seufzte. »Ich habe ein paar schlimme Tage hinter mir, und weitere werden hinzukommen; also lasst uns auf falsche Höflichkeit verzichten. Weshalb seid Ihr hier, Ilumat?«

»Ich kümmere mich um die Verteidigungsmaßnahmen von Akrasia.«

Er schaute Tyrolean an, der ungerührt wie eine leere Wand dastand. Direkt neben ihm war Thom, dessen Klopfen mit der Schriftrolle schneller wurde. »Lord-Marschall Oroli reicht nicht aus?«

»Ich habe ein berechtigtes persönliches Interesse, dafür zu sorgen, dass die Monoeaner zu Fall gebracht werden. Sie ermordeten meinen Vater und unsere Männer.«

Draken unterdrückte ein Aufseufzen. »Das waren Exekutionen in Kriegszeiten.«

»Der Krieg war da längst zu Ende. Es war Mord. Sie haben Jagd auf ihn gemacht wie auf einen Hund.«

Draken blinzelte. Die Schwarze Garde. War er derjenige gewesen …? Er erinnerte sich an ein paar Akrasianer unter den Brînianern, die er nach dem Zehnjährigen Krieg gejagt hatte. »Das war vor langer Zeit.«

»Männer, die ihre Kümmernisse vergessen, haben die Neigung, an ihnen zu sterben.«

»Etwas, das Euer Vater zu sagen pflegte?« Die Wahrheit war, dass es wie etwas klang, das Drakens Vater gesagt haben könnte.

»Mein *toter* Vater.« Ilumat blickte zu Osias, und seine Lippen kräuselten sich erneut.

Draken wäre das entgangen, wenn er nicht genau beobachtet hätte, wie Leute auf den Mantiker reagierten. Setia blickte ihm in die Augen; sie hatte es ebenfalls gesehen. Das hatte ihm zusätzlich zu allem anderen gerade noch gefehlt: ein unerprobter Soldaten-Lord mit einem Groll.

»Nur mit der Ruhe, mein Herr«, sagte Draken. »Ihr werdet Eure Chance gegen die Monoeaner noch bekommen. Thom, Ihr habt die ganze Zeit gewartet, um etwas mitzuteilen.«

»Die Königin möchte Euch sehen, Khel Szi. Sie wartet in Euren Räumen.«

Draken versuchte, die plötzliche Aufwallung nervenaufreibender Gefühle in den Griff zu bekommen. »Thom, sorgt dafür, dass unsere Gäste ihre Unterkünfte erhalten, damit sie sich den Schmutz der Straße abwaschen können. Lord Ilumat, wir werden Euch empfangen, sobald es uns möglich ist.«

Der junge Lord salutierte knackig mit hochmütiger Miene. Thom schaute daraufhin Osias und insbesondere Setia mit einem lässigen Schmunzeln an und führte anschließend alle drei zu ihren Räumlichkeiten.

Draken wandte sich in Richtung seiner Privatunterkunft und beachtete Ilumats herrisch-finsteren Blick nicht weiter. Wenig später setzte er sich auf die Bank in einem Alkoven, um seine Stiefel auszuziehen. Ein Sklave wusch ihm die Füße, während Kai die Gurte seiner Scheide und seines Köchers öffnete, um die Waffen zu reinigen und beiseitezulegen. Draken blieb einen Moment lang auf der Bank sitzen, nachdem die beiden Sklaven sich zurückgezogen hatten. Seine Hände zitterten ein wenig. Sie sollten eigentlich voller Kratzer von der Kletterei sein. Er ballte sie zu Fäusten, holte Luft und öffnete die Lamellentüren zu seinen Kammern.

Elena wartete im Stehen auf ihn, und sie war allein. Er registrierte, dass ihre Hände leer waren. Ihr dunkler Blick schnellte über ihn hinweg, er war nicht zu deuten. Möglicherweise missbilligend.

»Eure Majestät.« Er senkte sein Kinn.

»Was bedeutet diese Sache mit Osias? Ist er bloß zu Besuch hier?«

Ihr entging selten etwas. Sie hatte entweder Diener, die ihr in der Stadtfestung stets Bericht erstatteten, oder irgendeine Zauberei, die er nicht kannte. Er sollte nicht sitzen, während sie stand; doch die Wahrheit war, dass der Schmerz in seinem versehrten Knie in den Oberschenkel hochstrahlte und die Muskeln bis nach oben in seiner Hüfte zusammenzog. Er sank auf eine geschnitzte, hell lackierte Bank mit gemusterten Kissen.

»Er beharrt darauf, mit mir nach Monoea zu kommen«, antwortete Draken.

»Hast du ihm erzählt, dass ich dieses Ersuchen abgeschlagen hatte?«

Im Moment war Draken zu müde für diese Auseinandersetzung. »Er beharrte jedenfalls darauf, dass ich seine Fessel durchtrenne.« Sie war relativ lange still, sodass er hinzufügte: »Ich bat ihn nicht darum, wenn es das ist, wonach du fragst. Ich ging bloß zu ihm, um mir Rat zu holen.«

»Weshalb solltest du zustimmen, so etwas zu tun?«

In Wahrheit war er sich inzwischen nicht ganz sicher, dass es erledigt war. »Er sagte, ohne ihn zu befreien, könne er mich nicht begleiten. Ich glaube nicht, dass ich in einer Position bin, seine Hilfe auszuschlagen.« Er schaute hoch. »Er denkt, mir Hilfe zu leisten, ist wichtig genug, um seine Herrschaft aufzugeben.«

Sie drehte sich von ihm weg, um sich etwas zu trinken zuzubereiten. Ihre Finger zerrissen die wohlriechenden Blätter. »Es ist eine einfache diplomatische Mission. Jede beliebige Person kann dorthin reisen.«

»Sie wollen mich, Elena.«

Sie drehte sich um – in der Hand einen Becher.

Beinahe hätte er sich geduckt.

Doch statt zu werfen, trug sie den Becher zu ihm. Er schaute auf seine rauen Finger, die sich um das glatte Metall wanden, und dann zu ihr hoch.

»Draken. Mach dir nicht allzu viele Sorgen. Wir werden irgendjemanden auswählen, der geeignet ist, König Aissyths erregtes Gemüt zu besänftigen.«

Es waren die vielen anderen erregten monoeanischen Gemüter, die ihn besorgten. »Wurdest du über die Angriffe an der Grenze informiert?«

Sie nahm seine Hand. Ihre Finger fühlten sich kühl und glatt an. »Gewiss. Ein weiterer Grund, weshalb du hier gebraucht wirst. Zweifellos sollst du das alles in Ordnung bringen.«

Rechtzeitig irgendwas gegen eine dieser verfluchten Angelegenheiten unternehmen? Das bezweifelte er. Die eigene Ohnmacht lastete schwer auf seinem Gemüt, und die Wahrheit schwankte auf seinen Lippen. »Ich hasse den Gedanken, dich gerade jetzt zu verlassen, wirklich.« So viel konnte er ihr zugestehen, bevor er klarstellte, dass er gehen musste.

Er traute sich, eine Hand auf die Wölbung ihres Bauches zu legen. Wenn er nach Monoea ginge, würde er das Kind im Innern wahrscheinlich niemals sehen. Wenn er bliebe, würde keiner von ihnen es je sehen. Die Kehle schnürte sich ihm zu, und seine Worte kamen gepresst und erstickt aus seinem Mund heraus. »Es ist schwer. Ich will dich doch umsorgen.« Zu einer anderen Zeit und bei einem anderen Gespräch könnte er womöglich einen Witz darüber machen, dass er sich für sie verantwortlich fühlte.

»Die Götter werden mir beistehen.«

Er schüttelte langsam den Kopf. Die Götter kümmerten sich um nichts.

Sie lächelte nachsichtig. Sie akzeptierte seine ruppige Feindseligkeit gegenüber den Göttern nicht immer so gut, doch sie schien in einer sanften Stimmung zu sein. Das war merkwürdig nach ihrem vorherigen Wutanfall. »Die Götter brachten dich zu mir, nicht wahr?«

Und nahmen dich einen Atemzug später von mir. Nur weil er sich ihrem Willen verweigert hatte, besaß er Elena immer noch. War das der Grund, weshalb sie so viele Schmerzen verspürte? Weshalb ihr Kind in Gefahr war? Die Götter sollten verdammt sein, wenn sie nun seine Familie dafür bestraften, dass er Elena ins Leben zurückgebracht hatte; dann könnten sie sich ihr verfluchtes magisches Schwert in ihre Ärsche schieben! Ihm war bereits eine Frau in einem Krieg mit ihnen gestorben. Nun musste er Elena gegen ihren Willen verlassen und nach Monoea zurückkehren, um auf die untauglichste Weise, die es nur gab, sein Volk zu verteidigen und für diese Bemühungen wahrscheinlich in den Tod zu gehen. Konnte das überhaupt genug sein? *Wie viel mehr werdet ihr von mir verlangen? Mein verdammtes Leben nach dem Tode?*

»Draken.« Elena klang dringlich. Sie zog ihre Hand aus seinem Griff; die seine hatte ihre Finger schmerzhaft zusammengedrückt. Wieder nahm er sanft ihre Hand und hielt deren Innenseite an seine Lippen. Sie lächelte und strich mit ihren weichen Fingern über sein Kinn, das ganz rau von einem Zweitagebart war.

»Es ist nicht bloß das Kind«, sagte er. »Seit wir uns kennenlernten, haben wir mehr Zeit getrennt voneinander verbracht als zusammen. Ich hatte gehofft, ein wenig in Frieden mit dir zu leben.«

Sie setzte sich neben ihn, zog ihn nahe zu sich heran und schenkte ihm einen ausgiebigen Kuss. »In deiner Gegenwart lebe ich immer in Frieden, mein Fürst.«

Die Verspannung in seinen Schultern löste sich auf. Er zog sie noch näher und hielt sie fest, streichelte mit der Hand über ihren Rücken, küsste sie, redete sanft und brachte sie schließlich ins Bett. Doch er lag wach, während sie in seinen Armen schlief, und dachte nach: über die Angelegenheit mit den Monoeanern, die zerstörten Ortschaften in beiden Ländern, die involvierte Magie, die gestorbenen und ausgebluteten Tiere und ihr ungeborenes Kind, das an der Kluft zwischen Leben und Tod schwankte, gerade als Draken aufgrund der anderen Hälfte seiner Abstammung der eigenen Sterblichkeit entgegensah.

Die Sklavinnen taten gut daran, ihn in dieser Nacht mit seiner Königin allein zu lassen, während er schlecht gelaunt ihren Schlummer bewachte. Elena schlief unruhig, was jedoch durch seine Berühung allem Anschein nach gemildert wurde. Zum Schluss traf das Frühstück ein, und ihre Leibsklavinnen warteten an der Tür, um sie anzukleiden. Er beobachtete sie mit schweren Augen durch den Bettvorhang hindurch, in den leuchtende Perlen eingeflochten waren. Dabei fragte er sich, ob sie wohl bei ihm bleiben würden, falls er es für angebracht hielt, sie freizulassen. Er seufzte. Das spielte keine Rolle. Er würde nicht lange genug leben, um sie freizulassen.

Elena rührte sich und drehte sich herum; ihre Wangen waren vom Schlaf gerötet.

»Du siehst erschöpft aus«, bemerkte sie und zuckte zusammen, als sie sich streckte. Sie wandte ihren Blick von seinen Augen ab und legte die Hand auf ihren Bauch.

»Und du siehst aus, als hättest du Schmerzen. Soll ich die Heilerin holen?« Er schwang seine Beine über die Bettkante, rieb sich mit den Innenseiten seiner Hände das Gesicht und drehte sich dann, um sie anzuschauen.

»Nein, das ist normal.« Sie schob sich vorsichtig in eine sitzende Position hoch und lehnte sich an das in hellen Farben lackierte Kopfbrett. »Das sagt jedenfalls die Heilerin.«

Er fragte sich, welche Chancen die Heilerin ihr gab, von einem gesunden Kind entbunden zu werden. »Da ist das Frühstück. Soll ich dir was bringen?«

»Das ist sehr lieb von dir, aber ich werde zum Tisch gehen. Ich hatte eigentlich gehofft, dass Osias sich heute Morgen mit uns beraten würde. Und Ilumat ist hier.«

»Ja, wir haben ihn getroffen, als wir von Eidola zurückgekehrt sind.«

Sie beachtete seinen trockenen Tonfall nicht weiter.

Draken gab den Sklaven ein Zeichen, dass sie kommen sollten. Zwei trugen Schüsseln mit Wasser und frische Handtücher, andere kamen mit Kleidungsstücken. Er stand geduldig da, während einer sein Gesicht, seine Arme und seine Brust wusch, und Kai half ihm, mit einer Schärpe die weite Hose um die Taille festzubinden. Dann legte er sich Elenas Nacht-Lord-Anhänger um und positionierte ihn auf seiner Brust. Eine weitere Sklavin bot ihm Gesichtsfarbe an; er winkte sie fort.

Er küsste Elena auf die Stirn und setzte sie auf ein Kissen am niedrigen Tisch, bevor er die Tür öffnete und ein junges Sklavenmädchen ansprach, das dort als Botengängerin zurückgelassen war. »Hol den ehrwürdigen Mantiker Osias und seine Gefährtin, ja?«

Sie neigte den Kopf vor ihm und eilte hüpfend davon. Bevor er die Tür schließen konnte, schritt ein Lakai auf ihn zu. »Khel Szi, Lord Ilumat bittet um eine Audienz mit Euch und Ihrer Majestät am heutigen Morgen.« Seine Zunge schlingerte unbeholfen über das Akrasianische. In der brînianischen Sprache gab es keine Entsprechung für »Ihre Majestät«.

Ilumat möge nach Eidola verdammt werden! Draken hatte gehofft, den offiziellen Besuch des jungen Lords hinausschieben zu können, womöglich bis zu einem Zeitpunkt, da er selbst bereits fortgegangen war. »Wir werden ihn hier empfangen.« Die private Umgebung würde sowohl das Ego des Lords besänftigen als auch Draken den Vorteil des eigenen Domizils erhalten. »Und sag ihm, dass er unbewaffnet kommen soll. Ich bin misstrauisch gegenüber bewaffneten Leuten in Gegenwart meiner Königin.«

Der Lakai verbeugte sich tief. »Wie Ihr wünscht, Khel Szi.«

Elena stocherte in ihrer Obstschüssel herum. »Ich kenne Ilumat mein ganzes Leben lang, Draken. Wir wurden zusammen unterrichtet, sind Cousin und Cousine. Es ist nicht nötig, ihn zu beleidigen.«

»Hätte Reavan das Gleiche getan, meine Königin – so kurz nach einer Schlacht?«

Sie zuckte zusammen und starrte ihn an; ihre Lippen verzogen sich, die umrandeten Augenbrauen hatte sie zusammengekniffen. Die Tür öffnete sich, und das Kind tat sein Bestes, um den Mantiker-König – den *ehemaligen* Mantiker-König, wie Draken sich selbst in Erinnerung rufen musste – mit Glanz und Gloria hereinzulassen, wie es ihm gebührte. Selbst Elena lächelte nachsichtig über die schüchterne Ausdrucksweise des Mädchens. Draken erhob sich und erlaubte Osias, ihn auf beiden Wangen zu küssen; der Mantiker verbeugte sich vor der Königin.

»Eure Majestät, Ihr seht gut aus heute Morgen.«

Sie lachte. »Ich fühle mich großenteils fürchterlich, solltet Ihr wissen. Bitte nehmt Platz.«

Er glitt mit all der Anmut, die seinesgleichen zu eigen war, auf ein Kissen. Setia senkte sowohl vor der Königin als auch vor Draken ein Knie und setzte sich stumm an Osias' Seite.

»Ich kann mich des Gedankens nicht erwehren, dass du trotzdem in Eidola sein solltest«, sagte Draken.

Osias nickte, hob den Pokal mit dem süßen, mit Wasser verdünnten Wein, während seine silberfarbenen Augen Drakens Blick standhielten. »Verbannung ist mir nicht fremd, Khel Szi.«

Draken sagte nichts, während die Sklaven sie bedienten und die Kelchgläser mit Wein sowie die blau glasierten Becher mit honigsüßem Tee wieder auffüllten. Sein Blick folgte ihnen abermals, während sie ihren stillen Aufgaben nachgingen. Er dachte zurück an sein früheres Leben, das von sklavischer Schufterei geprägt gewesen war, die von gelegentlichen Schlägen unterbrochen wurde. Den Sklaven hier schien es größtenteils gut zu gehen.

»Ich hatte gehofft, Aarinnaie Szirin zu sehen«, sagte Osias.

»Würden wir das nicht alle hoffen?«, erwiderte Draken trocken.

Elena schüttelte den Kopf. »Sie ist solch ein wildes Ding, diese Aarinnaie.«

Draken erinnerte sich an die Szene, als er seine Schwester bei dem Versuch, Elena zu ermorden, gefangen genommen hatte. Sie diente ihm gut als fürstliche Attentäterin und Spionin. »Sie braucht eine lange Leine und kommt erst zu mir, wenn es ihr passt. Sie ist es gewesen, die von dem Massaker in Parne hörte und mich dorthin gebracht hat.«

»Du wirst sie bald einsperren müssen, Draken«, meinte Elena. »Du solltest dir Gedanken darüber machen, wer dir als ihr Ehemann am dienlichsten wäre.«

Sie mit jemandem verkuppeln? Die Wahrheit war, dass er darüber nachgedacht hatte, aber er wusste nicht, wem er es zutrauen konnte, mit ausreichend leichter Hand mit ihr fertigzuwerden. Draken hatte jedoch keine Möglichkeit, eine Erwiderung zu geben, weil die Holztüren aufschwangen, um Lord Ilumat hereinzulassen. Er verbeugte sich tief, als der Diener ihn ankündigte; sein Haar hing in einem dicken, glatten Zopf den Rücken hinab, und der glänzende Schnurrbart war perfekt gestutzt.

»Meine teure Königin, Eure Hoheit, seid bedankt, dass Ihr mich eingeladen habt.«

Es machte ja nichts, dass er sich selbst eingeladen hatte. Zumindest war seine Schwertscheide wie befohlen leer.

»Ihr seid höchst willkommen, mein Herr«, begrüßte ihn Elena. »Ich war bestürzt, als ich von Eurem Verlust letzten Sohalia hörte.«

Ilumat verzog sein Gesicht so sehr, dass Draken beinahe zu glauben vermochte, der junge Mann würde tatsächlich um seine reizlose, kleine Frau trauern, durch deren Adern viel aristokratisches Blut der Hohen Häuser geflossen war. »Meine geliebte Braut, Eure Majestät. Und auch noch unser Töchterchen. Doch ich muss den Schmerz meines verwundeten Herzens durch die Pflicht gegenüber meiner Königin lindern.«

Elena klopfte auffordernd auf das Kissen auf ihrer anderen Seite. »Sehr gut. Kommt und setzt Euch. Ihr seid unter Freunden.«

»Und es ist eine echte Erleichterung, meine Königin.« Er setzte sich zu ihr, nahm ihre Hand und beugte den Kopf, um mit der Stirn ihre Finger zu berühren.

»Bitte, mein Herr, erzählt mir, was für Neuigkeiten es aus den Gebieten gibt, die im Schatten des Agriagebirges liegen. Und aus Auwaer. Habt Ihr die Stadt besucht?«

Ilumats Züge verhärteten sich. »Ich habe es nicht in die königliche Stadt geschafft. Es gab ein Gemetzel auf meinen Ländereien, Eure Majestät. Eine ganze Herde junger Tiere – massakriert. Die Kadaver waren zerstört, die Felle so aufgeschlitzt und blutbefleckt, dass ich weder Wolle noch Leder retten konnte. Wir mussten alles auf einem Haufen verbrennen, und ich habe meine ganze Zeit damit zugebracht, meine Diener zu beruhigen, bevor ich hierhergeeilt bin. Ihre Sorgen sind nicht unbegründet. Es wird mir wohl nur gerade so gelingen, sie den Winter hindurch zu versorgen.«

»Habt Ihr die Täter erwischt?« Draken, der sich der Antwort sicher war, verspürte ein Kribbeln auf seiner Haut.

»Nein. Sie haben keinerlei Zeichen von sich hinterlassen. Meine Viehhirten wurden zusammen mit den Tieren getötet.«

»Wie viel Zeit verging zwischen den Tötungen und der Entdeckung der Tat?«, fragte Osias.

Ilumat schüttelte den Kopf. »Einige Nächte, ehrwürdiger Mantiker. Vielleicht eine Sieben-Nacht.«

»Das scheint mir eine lange Zeitspanne zu sein«, merkte Draken an.

»Sie wurden erst nach weiteren zwei Sieben-Nächten zurückerwartet. Um die Tiere noch fetter zu machen und die Wolle wachsen zu lassen. Der Markt findet erst nach dem fünften vollständigen Mondeanstieg statt.« Das Letzte fügte er mit einem herablassenden Blick auf Draken hinzu, als wäre es unmöglich, dass der Fürst wusste, wann Markttag war, oder verstand, wie die Bewirtschaftung von Ländereien vor sich ging.

Was selbstverständlich nicht der Fall war. Draken schluckte das Knurren hinunter, das hinten in seiner Kehle kratzte, und sagte so neutral wie möglich: »Vielleicht kann Lord Va Khlar helfen, Eure finanziellen Probleme zu lösen. Er kennt sich bei Fragen, die Finanzen und Märkte betreffen, besser aus als wir alle.«

»In der Tat.« Ilumat hielt die sorgsame Kontrolle über seinen Gesichtsausdruck aufrecht, doch er nährte sicherlich die Verachtung der Reinblütigen gegenüber nichtadligen Gemischten, die sich über ihre soziale Stellung erhoben. »Erzählt mir vom Angriff auf den Seebergfried. Mitglieder der Hohen Häuser sind tot, wie mein Bediensteter mir heute Morgen gesagt hat.«

Draken bezweifelte diese Worte. Bei seiner gestrigen Ankunft war Ilumat allem Anschein nach bereits gut informiert gewesen. Doch Draken schilderte in aller Kürze, was geschehen war, und dass die Monoeaner um einen diplomatischen Besuch nachgefragt hatten.

»Wer soll gehen?«, fragte Ilumat.

Als ob Draken den Wunsch hätte, dass dieser arrogante Emporkömmling die Beziehungen zwischen Monoea und Akrasia dauerhaft beschädigte. »Sie haben, genau genommen, mich verlangt.«

Die perfekt geformten Augenbrauen Ilumats hoben sich. Draken überlegte, ob sie mit einer Klinge auf diese Weise ausrasiert worden waren. »Der brînianische Khel Szi, der die politischen Beziehungen für Akrasia handhabt«, sagte er. »Auf den Gedanken wäre ich nicht gekommen.«

»Ich bin ebenfalls Nacht-Lord«, entgegnete Draken.

»Natürlich. Es ist nur …« Sein Blick huschte über Draken hinweg, und die nach oben gewandte Lippe straffte sich. »Ich habe eigentlich angenommen, wir hätten bereits einen geeigneten Botschafter in Monoea.«

»Nicht seit dem Zehnjährigen Krieg«, antwortete Draken, bevor Elena es konnte.

Sie schüttelte den Kopf und stach in eine Frucht. »Das spielt keine Rolle. Draken wird hier benötigt.«

»Gewiss; es scheint, dass wir alle hier gebraucht werden. Schade, dass die Älteren der Hohen Häuser ermordet wurden. Sie hätten sowohl die Muße als auch die Mittel, um solch eine Reise zu unternehmen.« Ilumat zuckte mit den Schultern. »Ich würde mich freiwillig melden, doch es ist eine besonders schlimme Zeit für mich.«

Drakens Lippen zuckten bei Ilumats Dreistigkeit. Die Älteren waren geschätzte Angehörige des Adelstandes in Akrasia gewesen und kein Viehbestand, der an den Folgen einer Krankheit röchelnd verstorben war. Draken öffnete den Mund, um zu einer Erwiderung anzusetzen; Osias jedoch schüttelte ganz leicht den Kopf.

Er überlegte nochmals und sprach anschließend langsam, so als ob bei Ilumat die Arroganz die Geschwindigkeit des Denkens hemmte; was er in der Tat auch vermutete. »Sehr edelmütig von Euch, dies anzubieten, doch wir müssen jemanden von hohem Stand schicken. Etwas anderes zu tun würde bedeuten, den König zu beleidigen sowie das Risiko einzugehen, diesen Gesandten durch Hinrichtung zu verlieren. Nachdem wir gerade Gefangene getötet haben, um zu beweisen, dass wir im Recht sind, würde ich es ungern sehen, dass das Gleiche einem von unseren unerfahreneren, niederrangigen Adligen passiert.« Er fixierte Ilumat mit einem sanften Blick. »Außerdem braucht solch eine wichtige diplomatische Mission schon einige Umsicht.«

Ilumats Lippen wurden weiß. Er benötigte einen Schluck Wein, damit sie wieder ihre normale Farbe zurückerhielten. »Ich würde ja Va Khlar vorschlagen, doch ich bin mir sicher, dass er Reschan nur mit Widerwillen verlässt. Während der Passatsaison gehen die Schutzgelder hoch. Ich wage zu behaupten, dass er seinen Lebensunterhalt von den Geldstücken bestreitet, die er in diesen wenigen Sieben-Nächten verdient.«

Draken reckte das Kinn vor, um sich davon abzuhalten, die Beleidigung anzufechten. Va Khlar war in der Lage, sich selbst zu verteidigen. Inzwischen war er Baron von Reschan, auch wenn man ihn hinter seinem Rücken den Erpresserbaron nannten. »Ihr habt recht. Es gibt niemand anderen. Aus diesem Grund denke ich, dass wir ihr Ersuchen annehmen sollten, mich als ihren Gast zu empfangen.«

»Draken«, sagte Elena. »Das haben wir doch schon alles besprochen.«

»Nur haben wir das nicht richtig getan«, erwiderte Draken. »Wir haben es wohl kaum besprochen.« Schlagartig kam er zu einem Entschluss. Er würde fortgehen, unabhängig davon, ob sie ihm hierfür die Erlaubnis gab. Es gab keine andere Möglichkeit. So die Götter es wollten, würde Elena es vielleicht eines Tages verstehen.

»Wenn ich sprechen darf, meine Königin«, sagte Ilumat.

Draken stieß zischend den Atem aus. Wenn Ilumat seine Zunge nicht im Zaum hielt, konnte er gleich für nichts verantwortlich gemacht werden …

»Ich stimme mit dem Fürsten überein«, fuhr Ilumat fort.

Draken zuckte zusammen. »Wie bitte?«

»Ich stimme mit Euch überein. Es ist ein außergewöhnlich schlechter Zeitpunkt, aber Monoea ist ein wertvoller Verbündeter und ein gefährlicher Feind. Wenn sie Fürst Draken ersucht haben, an Gesprächen teilzunehmen, dann haben wir, so denke ich, keine andere Wahl, als dem zuzustimmen, Eure Majestät – gleich, welche persönlichen Bedenken wir auch hegen mögen.«

Mit einem leisen Klopfen von Metall auf Holz legte Elena ihr Tischmesser nieder. Mehrere Atemzüge lang war sie still – oder es wären mehrere Atemzüge gewesen, wenn Draken nicht vergessen hätte, Luft in seine Lungen einzusaugen.

»Wenn er jetzt abreist«, fügte Ilumat hinzu, »kann er zurück sein, lange bevor das Baby kommt.«

Ein Seufzer. Sie wandte den Kopf, um Draken anzuschauen. Er entschied sich dafür, nichts zu sagen. Er wollte gehen – mit ihrem

Segen oder ohne ihn –, und er würde wahrscheinlich sterben. Jäh fragte er sich, ob es nicht besser wäre, dass sie ihm ihre Erlaubnis verweigerte – wenn auch nur, um spätere Schuldgefühle zu lindern. Womöglich war es besser, dass sie ihn hasste, als sich für seinen Tod verantwortlich zu fühlen. Er wusste, was es bedeutete, mit dem Blut eines anderen Menschen an den Händen zu leben.

»Ich sehe es jetzt ein. Obwohl ich es hasse, dich gehen zu lassen«, erklärte sie leise.

Er wünschte, sie wären allein. »Ilumat sagt die Wahrheit. Wenn ich innerhalb der nächsten paar Tage abreise, kann ich zurück sein, ehe das Kind kommt.«

Sie biss sich auf die Lippe, blinzelte und blickte ihm in die Augen. Unter dem Tisch schloss er seine Hand um die ihre.

»Ihr müsst Euch keine Sorgen machen, Eure Hoheit.« Ilumats freie Hand bewegte sich nach unten, um über seine leere Scheide zu streichen. »Königin Elena ist meine teuerste Freundin. Ich schwöre, dass ich in ihrer Nähe bleibe.«

Tyrolean wurde an Bord der *Fluch* geschickt, um die Monoeaner über Drakens bevorstehende diplomatische Reise in Kenntnis zu setzen. Draken befahl ihm insgeheim, sie zugleich darum zu bitten, seine Leute und deren Tiere nicht weiter zu töten. Er fragte sich, was sie dazu sagen würden oder ob die Monoeaner auf den Schiffen überhaupt die Mittel besaßen, irgendwelche Marodeure aufzuhalten. Aber da er nicht wusste, wer genau schuld an diesen Dingen war, und auch das eigentümliche Siegel nicht kannte, das anscheinend von verschiedenen Gruppierungen getragen wurde, hatte er das Gefühl, dass er in dieser Situation alle Möglichkeiten ausprobieren musste.

Während des ganzen langen Tages – an dem er Schneider erduldet hatte, die für die Anfertigung einer Diplomatengarderobe Maß nahmen, an dem er Instruktionen für Thom hinterließ, an dem er sich diplomatischer Ratschläge erwehrte, von denen einige wohlmeinend und einige dies nicht so sehr waren, an dem er ein erschöpfendes offizielles Abendessen mit einheimischen Lords und Familien ertragen musste – war Elena niemals weit von seinen Gedanken. Abgesehen davon, dass sie zu lange von ihrer Hauptstadt fort gewesen war, würde sie sicherer sein, wenn sie sich innerhalb des doppelten Schutzes der magischen PALISADE und ihrer königlichen Bastion aufhielt, umgeben von Hunderten Gardesoldaten. Draken sagte ihr dies, sobald sie allein waren.

Ihr Rücken versteifte sich, und sie tat einen Schritt von ihm fort. »Ich verstehe, dass du glaubst, es wäre deine Pflicht …«

»Wahrhaftig, es ist ganz und gar meine *Pflicht*, dich stets in Sicherheit wissen zu wollen.« Sarkasmus folgte der Höflichkeit direkt auf dem Fuße. Er erkannte seinen Fehler zu spät. »Verzeiht, meine Königin, ich bin zu vertraut.« Obwohl er als ihr Geliebter ihr schwerlich noch vertrauter werden konnte.

Er wandte seinen Blick von ihrem bezaubernden Gesicht ab, das vor Zorn ganz angespannt war, und hielt den Rücken gerade, als wolle er Habachtstellung einnehmen. »Wirst du zumindest Tyrolean in deiner Nähe behalten?«

»Ich habe Marschall Oroli und Lord Ilumat.«

»Ilumat.« Er sprach das Wort in einem messerscharfen Ton aus.

»Du bist doch nicht etwa eifersüchtig?« Sie schüttelte den Kopf. »Ich habe dir gesagt, er ist ein teurer Freund und Cousin …«

»Und er ist auf dem Heiratsmarkt und sucht eine neue Frau, da er seine letzte verloren hat.«

Ihr Tonfall verschärfte sich, als sie erwiderte: »Das war sehr unfreundlich.«

Aber wahr. Und Ilumat besaß die notwendige gesellschaftliche Stellung, um Elena zu heiraten, wohingegen Draken dies nicht konnte. Er biss die Zähne zusammen. Sie würde es sowieso nicht verstehen. Sie wollte es nicht verstehen. Ilumats Schmeichelei erinnerte sie wahrscheinlich an ihre Fehler im Hinblick auf Reavan.

»Du musst Tyrolean mitnehmen«, sagte sie. »Seine Loyalität gehört jetzt dir.«

Starrköpfiger Unmut überwältigte den gesunden Menschenverstand. »Nur weil meine Loyalität *dir* gilt. Ich bin dein Nacht-Lord und habe vor allem anderen geschworen, dich zu beschützen. Ich muss fortgehen, also ist es das Wenigste, was ich tun kann, einen geeigneten Nachfolger zu finden, der dich beschützt. Mit Tyrolean wirst du am sichersten sein.«

»Ich habe mich recht effektiv um meine eigene Sicherheit gekümmert, bevor ich dich kennenlernte.«

Auch wenn sein Temperament hochkochte, wagte er es nicht, Reavan erneut zur Sprache zu bringen. »Weißt du, was ›Szi‹ bedeutet?«

Ihre Unterlippe zuckte. »Dienen.«

»Richtig. Und das ist alles, was ich zu tun versuche. Brîn dienen. Akrasia dienen. Aber ich kann ihnen nicht dienen, ohne zuerst dir zu dienen. Es ist meine Pflicht, dich zu beschützen.«

Sie presste die Kiefer zusammen, es bildeten sich harte Linien um ihren Mund herum. Sie streckte die Hand aus und umfasste den Anhänger, der ihr Abbild trug, mit den Fingern. Ihre Knöchel wurden weiß. Einen Moment lang fragte sich Draken, ob sie es zurücknehmen und die Bande lösen würde, die sie verbanden. Stattdessen zog sie nur einmal schmerzhaft an der Kette, bevor sie sich abwandte und mit einem Rascheln ihrer Röcke davonrauschte.

Er folgte ihr ein paar Schritte, aber Elena blaffte ein paar Worte zu den Szi Nêre und ihren eigenen Leibwachen draußen im Gang und schritt weiter. Ihre Wachen starrten ihr verblüfft hinterher.

Tyrolean füllte den Türdurchgang aus. Er erwiderte Drakens Blick mit der ganzen Freundlichkeit einer Steinmauer. »Eure Hoheit.«

»Ich brauche etwas zu trinken.«

»Eure Hoheit …«

»Hinaus!« Draken spie die Wörter aus. Der Gedanke an die See, die ein Schiff unter seinen Füßen schlingern ließ, war verlockend. »Fort von hier.«

Dann zog er sich zurück, um einfache Kleidungsstücke anzuziehen, und warf sich das Schwert im Stil eines brînianischen Blut-Lords auf den Rücken. Er war froh über den sich aufwickelnden Ledergriff der Waffe, die ramponierte Scheide und das mattierte Heft. Trotz seiner magischen Eigenschaften und scharfen Schneide würden nur wenige das Schwert als das erkennen, was es war.

Ein strenger, starrer Blick hielt seine Szi Nêre davon ab, sich ihm zu sehr zu nähern, doch sie folgten ihm mit Bögen von den Dächern aus und mit Klingen durch die Straßen. Es gab eine Menge Tavernen abseits des Marktes, aber er machte sich Sorgen darüber, dass man ihn dort wiedererkannte. Also führte Draken seine Szi Nêre vom Marktplatz weg zu einer ungepflegt aussehenden Gaststätte – mit schmutzigem Heu auf einem Boden aus Erde und Kunden, die sich gegenseitig nicht zu genau beobachteten.

An einem klebrigen Tisch beugte sich Tyrolean über eine Schnabelkanne mit Bier. Die beiden sich krümmenden, spitz zulaufenden Schwertgriffe ragten über seinen Schultern nach oben wie halb hohe Hörner von Khellian. Er sprach über die laute Geräuschkulisse hinweg: lärmende Stimmen, die von schlecht laufenden Geschäften redeten, der schmachtende Singsang von Huren, die ihrem Gewerbe nachgingen, und ein betrunkener Geschichtenerzähler in der Ecke. »Möchtet Ihr Euch darüber unterhalten?«

»Nein. Was haben die Monoeaner gesagt?«

Tyrolean schürzte seine Lippen, bevor er abermals trank. »Die Kapitänin klang nicht überrascht.«

»Und das Morden und Töten? Parne? Habt Ihr es erwähnt?«

»Jawohl, wie befohlen.« Tyrolean blieb ungerührt von seiner gedrängten Ausdrucksweise. »Sie hat es natürlich abgestritten.«

»Natürlich.« Draken fragte sich, ob Yramantha auf ihn warten, ob sie mit ihren Leuten die *Fluch* nach Monoea begleiten würde. Er hoffte verdammt noch mal sehr, dass dies nicht der Fall war.

Die Schankmagd erschien, die hier den Gästen aufwartete. Sie musterte Draken einen Augenblick lang, bevor sie etwas Geld vom Tisch aufraffte und einschenkte. Einen Moment befürchtete er schon, sie würde ihn wiedererkennen und etwas sagen. Aber Drakens Gesicht war auf keiner Münze; und ohne seine Szi Nêre und die feine Kleidung war es recht einfach für ihn, als der Blut-Lord seiner Lügengeschichte durchzugehen. Selbst Tyrolean zog wenig mehr als einen flüchtigen Blick auf sich: Brîn war während der Passatsaison voller Akrasianer und anderer Menschenarten. Überall in der Stadt gab es Zusammenkünfte von Händlern. Das Dienstmädchen trippelte davon, und Drakens Schultern entspannten sich ein wenig, während er sich in der überfüllten Taverne umschaute und die Gäste betrachtete.

Eine schwungvolle Gesellschaft in der Ecke fiel ihm ins Auge: Ein paar muskelbepackte Blut-Lords von der Art, die als Beschützer wohlhabender Kaufleute Beschäftigung fanden, flirteten ungeniert mit einer schlanken Gadye-Frau. Sie trug eine Vielzahl langer, geflochtener Zöpfe, gebogen wie Salz-Binsenstängel, und wandte den Kopf, um mit einem von ihnen zu sprechen. Draken saugte heftig den Atem ein.

»Khellian soll mich verdammen – das ist Aarin.«

Tyrolean drehte sich um, dann wandte er sich wieder Draken zu. Seine Oberlippe zuckte, seine Nasenlöcher weiteten sich. »Soll ich sie holen?«

Ihre Begleiter schienen irgendein Spiel zu spielen: eines, das beinhaltete, ein Messer so schnellen zu lassen, dass es mit der Spitze nach unten in der Mitte des Tisches landete. Aarinnaie machte einen ungeschickten Versuch, und die Männer brachen in ein lautes, raues Gelächter aus, wobei sie sich gegenseitig anstießen. Einer von ihnen lachte allerdings nicht so heftig wie die anderen, ein Mann mit tief liegenden Augen, die von dichten Brauen und einer faltigen Stirn beschattet wurden. Vielleicht lag es ja nur an seinem Aussehen – doch seine Aufmerksamkeit schien von etwas angezogen zu werden, das sich außerhalb der kleinen Gruppe befand.

Draken kniff die Augen zusammen. Aarinnaie saß mit dem Rücken zum Raum. Das war merkwürdig. »Nein. Ich will sehen, was sie im Schilde führt. Was meint Ihr: Wer sind diese Leute, mit denen sie da zusammen ist?«

»Keine Ahnung. Aber wir könnten ja mal fragen.« Tyrolean nickte, leerte seine Schnabelkanne und hob sie in Richtung des Dienstmädchens. Sie hetzte zu ihnen herüber und nahm eine Münze von dem Geldstapel, während sie gleichzeitig einschenkte. »Jene Männer an der Hintertür: Sind das Stammgäste? Nein, schau nicht gerade jetzt zu ihnen hin.« Der »Schattenaugen«-Mann blickte an seinen Gefährten vorbei und ließ den Raum nicht aus den Augen.

Sie brach ihren Blick über die Schulter ab und nickte. Trotzdem drehte der »Schattenaugen«-Mann sein Gesicht in ihre Richtung. »Die meisten Nächte. Es sei denn, sie arbeiten, werter Lord.«

Draken war nicht wie ein Lord gekleidet, doch ihr Blick war nach unten gehuscht. Die Kette von Elenas Anhänger musste unter seinem Kragen hervorschauen. »Was für eine Arbeit?«

»Geschäftsschutz.«

Draken hatte keine Ahnung, was das war. Er schickte sie mit einem Wink seiner Hand fort. »Danke, Mädchen.«

»Profitmacherei«, sagte Tyrolean, als sie außer Hörweite war. »Sie gewähren ›Schutz‹ und nehmen dafür Schmiergelder. Von Schiffen, Tavernen, Kaufleuten. Wen auch immer sie einschüchtern können.«

Draken zuckte mit den Schultern. Solche Tätigkeiten bedeuteten nicht unbedingt, dass sie wirklich gefährlich waren – obwohl sie möglicherweise für jemanden arbeiteten, auf den das zutraf. Doch seine Neugier war geweckt: Warum hatte Aarinnaie diese Männer ausgewählt? Vielleicht hatte es etwas mit ihrem letzten Bericht zu tun. »Sind solche Tätigkeiten legal?«

»Euer Vater hat so was nicht verfolgt, wenn es das ist, was Ihr meint.«

»Und Elenas Vater? Hat er das getan?«

Tyrolean trank und betrachtete den Schaum, der dem Inneren des Bechers aus grobem Ton eine glitschige Oberfläche verlieh. »Der König musste sich um mehr Dinge Sorgen machen als um Verbrechen zur Zeit der Passatsaison in Brîn.«

Eine weiteres Aufwallen höhnischen Gelächters. Zwei von ihnen warfen Münzen in Richtung von Aarinnaie, die sie auffing, während sie umhersprangen und -rollten.

»Sie tut gut daran, ihre Fähigkeiten zu verbergen«, meinte Tyrolean.

»Jedenfalls wird keiner glauben, dass sie kämpfen kann«, sagte Draken. »Sie ist so schmächtig.« Diesem Irrtum war er selbst erlegen.

Eine ganze Weile saßen sie da, tranken eine weitere Runde und unterhielten sich. Draken konnte das Geschehen nicht so aufmerksam beobachten, wie er es sich gewünscht hätte, doch er kam zu der Schlussfolgerung, dass die Männer Aarinnaie als eine der ihren behandelten. Sie hatte keine Hosen mit breit geschnittenen Beinen an, wie sie von so vielen Männern und Frauen in Brîn bevorzugt wurden. Vielmehr trug Aarinnaie eine lange Tunika, die locker über eine eng sitzende Hose herabhing, und Stiefel: Floßführer-Bekleidung für kälteres Wetter. Die Ärmel hatte sie aufgerollt, sodass die Klingen an ihren Handgelenken bloßgelegt waren. Mit ihren vielen Zöpfen wurde sie von den Männern vielleicht als Gemischte angesehen, halb Gadye, halb Brînianerin. Nur Reinblütige wie Thom besaßen mondgeschmiedete Masken, die in eine Gesichtshälfte eingebettet waren und einen Gadye zu seinen heilerischen Kräften sowie der magischen Gabe des Sehens befähigten.

Zu guter Letzt stand die ganze Gruppe auf und marschierte hinaus; Aarinnaie ging mit ihnen. Draken kippte sein Getränk hinunter und begann, sich zu erheben.

Tyrolean streckte die Hand zu ihm herüber und ergriff seinen Unterarm. »Noch nicht.«

»Wir sollten ihr hinterhergehen«, sagte Draken.

»Sie kann allein damit fertig werden. Wenn sie diese Männer ausspioniert, wird unsere Anwesenheit nicht hilfreich sein.«

Sie sahen ziemlich gemein aus. Auf einer bestimmten Ebene wusste Draken, dass Aarinnaie es schaffte, die ganze Zeit über mit Männern wie diesen umzugehen. Auf der anderen Seite … »Sie ist meine Schwester.«

»Sie ist ebenfalls Eure Attentäterin«, erwiderte Tyrolean.

Der »Schattenaugen«-Mann verweilte nahe der Tür: sicherlichlich nicht, um noch etwas zu trinken zu bekommen, denn der Brauch gebot es, dass nur diejenigen bedient wurden, die mit griffbereiten Münzen auf ihrem Platz saßen. Nach mehreren Atemzügen erkannte Draken, dass der Mann sich nicht rühren würde. Ein paar weitere Augenblicke, und Aarin war zu weit weg, um ihr noch folgen zu können.

»Das gefällt mir nicht. Weshalb ist er geblieben – wenn nicht, um jemanden davon abzuhalten, ihnen zu folgen? Und weshalb sollte er Leute davon abhalten wollen, ihnen zu folgen, wenn ihre

Angelegenheiten legal sind?« Draken drückte sich vom Tisch hoch. »Am besten ist, wenn wir es hinter uns bringen.«

Tyrolean stieß einen für ihn unüblichen geräuschvollen Seufzer aus und erhob sich.

Der »Schattenaugen«-Mann schob sich ganz planmäßig zwischen sie und die Tür. Er bewegte sich wie ein Kämpfer: kontrolliert, kraftvoll, ruhig. Er trug eine typisch brînianische weite Hose mit von der See ausgeblichenem Muster; die rauen Füße waren so nackt wie seine Brust, dazu spiralförmige Tattoos, die auf gepiercte Brustwarzen zentriert waren. Jedes der beiden Ohrläppchen und seine Nasenscheidewand waren von Ringen aus mattem Metall durchstochen. So nahe vor ihm konnte Draken sehen, warum die Augen des Mannes so dunkel waren; kleine Hautblutungen verfärbten das Weiße darin zu einem brackigen Grau. Abendzeit – ein langjähriger Drogensüchtiger.

Draken hielt inne und richtete sich auf, wobei er der Zerrung eines verspannten Muskels in seinem Kreuz keine Beachtung schenkte. »Gibt's ein Problem?«

»Ihr schenkt der Lady ein wenig zu viel Aufmerksamkeit. Sie ist vergeben.«

»Oh? An wen?«, fragte Draken sanft.

»An mich.«

Draken machten eine Show daraus, sich in der Schänke umzuschauen. »Im Augenblick ist sie aber nicht an Eurer Seite.«

»Also bestreitet Ihr Euer Interesse an ihr nicht?«

Draken hielt einfach seinem Blick stand.

»Blaue Augen«, zischte der Mann. »Wie die ihren. Ein Gemischter. Wer seid Ihr?«

Seine blauen Augen hatte er von seinem Vater bekommen. War *er* ein Gemischter gewesen? Vielleicht hatte Draken mehr von einem Mischling, als ihm selbst bewusst war.

Er streckte die Hand aus, ergriff den Arm seines Gegenübers und hob ihn zum Licht hoch. Brandmale stachen unter ledernen Armschienen hervor. »Blut-Lord.«

»Ein Inselbewohner, gewiss. Wie Ihr selbst.«

Draken war sich ziemlich sicher, dass er den trockenen Tonfall des Mannes nicht missverstand. Er blickte dem Mann fest in die Augen. Sie waren gleich groß und besaßen eine ähnlich breite Statur.

»Die Leute beobachten uns.« Tyrolean.

Draken schürzte die Lippen. Schön. Dann würde er ihnen etwas zum Anschauen geben. Er schlug den Mann und stieß ihn hinaus in den kleinen ummauerten Innenhof, der an schöneren Tagen voller Gäste war. Der Mann griff nach seinem Schwert. Aber Draken drückte ihn nach hinten gegen die schulterhohe Mauer, sodass die auf dem Rücken befestigte Klinge zwischen ihm und den Steinen eingeklemmt war. Der Mann ächzte; Draken jedoch war in der Lage, so viel Druck ausüben, dass es ausreichte, ihn festzuhalten.

»Ihr werdet mich zu ihr bringen«, sagte Draken.

Der Mann spuckte ihm ins Gesicht, wodurch er vorübergehend blind wurde. Draken blinzelte, und sein Gegenüber gab ihm einen Stoß, sodass er einen Schritt zurückweichen musste. Der Mann griff nach einem Dolch an seinem Gürtel und stach mit der Klinge nach Draken. Sie schnitt durch sein Hemd und in die Haut unterhalb seiner Rippen, was Draken zwang, erneut zurückzugehen. Die Schnittwunde ließ ihn zusammenzucken, seine Hand fuhr zum Heft seines Schwertes; doch durch diese Bewegung war er offen für einen Angriff. Der Mann knurrte und schwang den Dolch erneut, doch eine von Tyroleans schmalen Schwertklingen ritzte ihn unter dem Kinn. Blut quoll aus der schmalen Wunde in der empfindlichen Hautpartie und tropfte am Hals hinab. Der Mann erstarrte; er war gezwungen, sein Kinn hochzuheben, damit Tyroleans Klinge ihn nicht abermals schnitt. Achselzuckend verließ Draken seine Position zwischen den beiden.

»Ihr wagt es, Euch Eurem Khel Szi zu widersetzen?«, murmelte Tyrolean.

Der Mann blinzelte mit seinen getrübten Augen, sein Blick huschte zu Drakens Gesicht. »Nein. Das ist unmöglich.«

Draken neigte den Kopf. »Die Dame ist meine Schwester. Aarinnaie Szirin. Es ist offensichtlich, dass ich höchst interessiert bin, wohin sie geht.«

Der Mann starrte ihn an und schluckte. »Sie werden mich töten, wenn ich Euch dorthin bringe.«

Oder ihm seine Drogen vorenthalten, was wahrscheinlicher war. Was er zuvor auch gesagt haben mochte oder was immer seine Brandmale bedeuten mochten – dieser Mann war demjenigen verpflichtet, über den Aarinnaie Nachforschungen anstellte.

Tyrolean ließ ihn frei, hielt jedoch die schwankende Schwertspitze in seiner Nähe. »Bringt uns dorthin, oder es wird mir eine Freude sein, Euer verrottetes Herz aus Eurem wertlosen Körper herauszuschneiden. Gebt uns Eure Waffen.«

Sein Blick huschte wieder zwischen ihnen hin und her. Seine Lippen bildeten eine dünne Linie, als er langsam sein Schwert zog und es Draken aushändigte, dann übergab er auch seinen Dolch. Tyrolean nahm ihm das Schwert ab und durchsuchte den Mann, was zwei weitere Dolche zutage förderte. Er gestikulierte mit einem von ihnen. »Nach Euch.«

»Hier entlang«, sagte der Mann und schritt an ihnen vorbei.

Drakens Nerven waren zum Zerreißen gespannt. Die Leute in den Straßen wichen zurück: Blut-Lords, die mit großer Zielstrebigkeit einherschritten, ging man am besten aus dem Weg.

Der Mann stiefelte voran, ohne zu sprechen; rasch verließ er die Straße und trat in eine nahe gelegene Gasse, die an den Rückseiten von Gebäuden entlangführte. Hohe, schartige Mauern rückten von beiden Seiten aus eng zusammen. Insekten, die inmitten von Abfallgerüchen und Müllhaufen gefangen waren, tauchten in Schwärmen auf. Draken wischte sie weg, doch sie peinigten seine Augen und Ohren. Er fluchte und duckte den Kopf, fuchtelte abermals mit dem Arm. Sie marschierten Häuserblöcke entlang, flitzten zwischen Pferden und Wagen über eine Straße und gingen in eine andere Gasse hinein.

Vor ihnen rückten die Schatten zusammen; die Gebäude waren so errichtet, dass der Weg zu einer Sackgasse wurde, zudem war sie teilweise von einem verlassenen Karren versperrt. Den schob der »Schattenaugen«-Mann zur Seite. Dahinter stand inmitten von Abfall eine dicht zusammengedrängte kleine Gruppe und in ihrer Mitte: Aarinnaie.

Ihre Hände waren zu Fäusten geballt. Keiner hatte ein Messer gezogen. Noch nicht.

Einer der Männer hatte eine dermaßen schwarze Kleidung und Haut, dass es Draken in dem trüben Licht schwer fiel, irgendwelche Einzelheiten, etwa Waffen, an ihm zu erkennen. Ein weiterer Mann, ein Glatzkopf, hatte sich ein Langschwert auf den Rücken geschnallt und schien groß genug, um es mühelos zu schwingen. Der dritte wirkte jünger und machte einen lebhafteren Eindruck, wie er ständig auf seinen Fußballen wippte. Er trug rudimentäre Rüstungsstücke aus dünnem, billigem Leder und hatte keine Waffen zur Hand; offenbar dachte er, dass er sie gegen diese junge Kindfrau nicht brauchen würde.

Aarinnaies Blick huschte von den drei Männern, die sie umstellt hatten, zu den Neuankömmlingen. Sie kniff die Augen zusammen. Draken schob sich am »Schattenaugen«-Mann vorbei nach vorn. Tyrolean knurrte und schritt näher heran. Zu spät machte sich Draken bewusst, dass dies genauso gut eine Falle für ihn sein konnte. Die Götter mochten ihn verfluchen: Er war so eifrig darauf bedacht gewesen, zu Aarinnaie zu gelangen, dass er das Denken vergessen hatte.

Er holte tief Luft, damit er lässig und überlegen klang. »Den Mund zu voll genommen, was?«

Die Männer drehten sich zu ihm um; ihre Augen verengten sich, während sie ihn rasch einschätzten. Draken wusste, was sie sahen. Wie viel Gewicht er auch immer im monoeanischen Kerker und infolge der durch den Mantiker-König erlittenen Misshandlungen letzten Sohalia verloren hatte – er hatte es mehr als nur wiedergewonnen durch das harte Training mit Tyrolean und die reichhaltige Kost, die ein Fürst genießen durfte.

Aarinnaie fletschte die Zähne, und ihr Körper straffte sich. »Mir geht's gut, Nêrel Baak.« *Kriegerbruder*.

Er unterdrückte seine Verärgerung und mäßigte seinen Tonfall, als er antwortete: »Ich habe zu *ihnen* gesprochen, Sishah.«

Sie schaute finster drein, als er die liebevolle Ausdrucksform von »Schwester« benutzte.

»Sisk?« *Schwester*. Der großgewachsene Kerl runzelte die Stirn, und an seinen Zähnen blitzte etwas Silbernes auf. Seine Augen waren blutunterlaufen, allerdings nicht verletzt wie die des »Schattenaugen«-Manns.

Draken konnte keine Gedanken lesen, wie es die Mantiker vermochten – und auch nicht so, wie es die Gadye anscheinend taten. Vielleicht weil Aarinnaie ihm vertraut war und auch sie ihn so gut kannte, erriet er in diesem Moment doch ihre zwiegespaltenen Gedanken und ihr Dilemma: Sollte sie ihre Fähigkeiten oder ihre Position schützen? Er konnte dieses Dilemma für sie lösen, wenn auch nicht auf eine besonders hübsche Art und Weise. Doch er hatte Tyrolean, der ihm den Rücken freihielt. Sie dagegen war allein und stand eingeschlossen an der Mauer; drei ungeschlachte Blut-Lords zwischen ihr und Draken.

Er wünschte sich, er hätte einen Reflexbogen dabei. Er wünschte sich Anonymität. Aber er trug jetzt immer nur das Schwert. *Dir steht es frei, dich ruhig zu verhalten*, sagte er in Gedanken zu seiner Waffe. Doch als er Meergeboren zog, leuchtete es in dem dämmrigen Licht, das zwischen den Kleidungsstücken hindurchschimmerte, die über ihren Köpfen zum Trocknen aufgehängt worden waren, und von den abgenutzten Steinen der Gebäude zurückgeworfen wurde.

»Ahken Khel«, hauchte der dunkelste der drei Männer. Die Augen wirkten sehr weiß in seinem Gesicht, seine Zähne gelb zwischen den Lippen.

Draken hielt seinem Blick stand. »Ja, richtig. Also legt eure Waffen nieder, und niemand hat etwas zu bef…«

Der Dunkle stürzte auf Aarinnaie zu; Flüche kamen ihm zischend über die Lippen, als Klingen zischend aus ihren Scheiden fuhren. Aarinnaie bewegte sich lautlos, um ihm zu begegnen; Messer blitzten in ihren Händen auf. Draken räumte ihr keine guten Siegchancen ein, denn der Mann war ungeheuer groß im direkten Vergleich. Draken wollte zu ihr laufen, aber da zwang ihn der hochgewachsene Schwertkämpfer, sich mit ihm zu beschäftigen. Er griff Draken nicht geradeheraus an, sondern stellte sich ihm eher in perfekter Kampfhaltung in den Weg, um ihn mit geschickten Schlägen des Langschwerts in Schach zu halten. Draken hörte hinter sich die Geräusche eines Handgemenges und ächzende Laute; Tyrolean musste den »Schattenaugen«-Mann attackiert haben. Der dritte, jüngere Mann näherte sich Aarinnaie von der anderen Seite, um dem Dunklen bei seinem Angriff zu helfen.

Mit einem Knurren schwang Draken Meergeboren und stieß die längere Klinge des Schwertkämpfers aus dem Weg. Die Wucht des Schlages fuhr seinen Arm hoch, der immer noch schmerzte von den Kämpfen am Tag zuvor. Doch das verschaffte ihm die Gelegenheit, an dem Kerl vorbeizuschlüpfen. Aarinnaie sauste auf den riesigen dunklen Kämpfer zu und nutzte ihre zierliche Körpergröße zum eigenen Vorteil. Draken hatte sich immer gefragt, wie sie es schaffte, Krieger zu töten, die das Doppelte ihres Gewichtes besaßen: Jetzt sah er, dass sie den Chauvinismus ihres Gegners gegen ihn selbst einsetzte. Schnell und wendig, wie sie war, huschte sie ins Innere der Deckung ihres Kontrahenten. Dann stieß sie ihre Klinge nach oben in sein Kinn und schob ihn schon wieder fort, knapp bevor das Blut aus der Wunde hervorsprudelte – glänzendes Karmesinrot auf schwarzer Kleidung.

Das Rot blitzte in Drakens Augenwinkel auf, der allzu sehr damit beschäftigt war, Meergeboren auf den Rücken seines Gegners zu schlagen. Die kampfbereite Klinge durchschnitt den dünnen Lederharnisch, als ob sie durch heißes Öl glitt. Der dunkle Mann stürzte mit einem abgerissenen Schrei. Seine Hände scharrten über den schmutzigen Steinboden der Gasse, während er versuchte, sich auf den Bauch zu drehen, doch von der Taille abwärts bewegte er sich nicht mehr. Die Augen glühten in seinem dunklen Gesicht. Draken trat das Schwert des Mannes fort und gab ihm den Gnadenstoß mit einem unschönen Hieb gegen die Kehle. Weiteres dickflüssiges Blut verunreinigte den Kampfplatz.

Dann vernahm Draken Fußschritte, ein hartes, knallendes Geräusch und ein heftiges Stöhnen in seinem Rücken. Er wirbelte herum. Der kahlköpfige Mann lag tot zu Tyroleans Füßen; Blut floss aus zwei sauberen Stichwunden, jeweils im Auge und in der Halsschlagader. Der »Schattenaugen«-Mann war verschwunden. Tyrolean hatte sich an die Mauer gelehnt, seine Brust hob und senkte sich. An seinen Seiten hingen die beiden Schwerter locker herab, ein Arm blutete: ein dicker Strom floss seine Hand hinab. Ein scheußlicher Schlitz zog sich durch seine Tunika. Er fluchte nicht, doch im blutbefleckten Glühen Meergeborens hatte seine alabasterfarbene Haut eine graue Färbung angenommen.

»Tyrolean!« Aarinnaie sprang über den großen Mann, den sie getötet hatte, und schob sich an Draken vorbei. Sanft löste sie die Waffen aus Tyroleans Händen, legte sie vorsichtig auf den Boden und untersuchte die Wunde, aus der das Blut strömte. Anschließend streckte sie die Hand aus, um seine Tunika hochzuheben.

»Ich bin in Ordnung, Prinzessin.« Tyrolean wich zurück.

Sie brummte böse und zog die Klinge, die sie am anderen Handgelenk trug. Damit schnitt sie den Saum ihrer langen Tunika ab, um die Wunde zu verbinden. »Diese Verletzung ist ziemlich tief, Hauptmann.«

»Und die in Eurer Körpermitte?«, erkundigte sich Draken.

»Oberflächlich. Die Rippen haben die Klinge aufgehalten. Wir sollten zurückkehren.«

Tyrolean hatte recht. Sie mussten von hier fort. Der »Schattenaugen«-Mann konnte schon bald mit Freunden zurückkehren. Draken kniete sich hin und wischte seine Klinge am Oberschenkel des toten Schwertkämpfers sauber. Er hatte seine Aufgabe mit Meergeboren bewältigt, doch die Effizienz und Gewandtheit eines erfahrenen Fechters hatte sich dabei nicht einstellen wollen. Zweifellos würde seine heutige Leistung ein Gesprächsthema bei der nächsten Trainingseinheit mit Tyrolean sein.

»Wer sind die?«, fragte Tyrolean.

Aarinnaie blickte mürrisch auf seinen Arm, während sie ihn fest einwickelte. »Eure Angreifer in Monoea – oder sie stehen zumindest in einer Verbindung zu ihnen. Ihr beide habt meine Tarnung ruiniert.«

»Großartige Tarnung – in Anbetracht der Tatsache, dass sie ihre Messer auf dich gerichtet hielten«, entgegnete Draken.

»Es war bloß ein Kampf, um zu prüfen, was ich wert bin. Eine Art Einweihungsritual.« In ihrer Verärgerung stieß sie jedes Wort abgehackt hervor.

Draken schüttelte den Kopf. »Aarin, ich weiß, du stellst dich selbst als meine Spionin vor …«

»Wen hast du denn sonst noch?«

Er ging über diese Bemerkung hinweg. »Dies sind bloß ein paar verdammte Söldner.«

»Nein.« Das Wort klang wie ein Pfeil, der auf einen Stein traf. Sie holte tief Luft und straffte die Schultern. »Der hier« – sie stupste den riesigen dunklen Mann mit der Stiefelspitze an – »ist der Sohn der mächtigsten Familie von den Inseln. Unser Vater hat sie einst beschämt. Khisson ist ein schlimmer Feind, und das Oberhaupt dieser Familie will Rache an unserem Haus nehmen. Er hegt außerdem einen gewaltigen Groll gegen die Akrasianer, denn er denkt, wir sollten jeden versklaven, der kein Brînianer ist. Dass du dich mit der Königin angefreundet hast und der Erzeuger eines unehelichen Gemischten bist, der für den Mondgeschmiedeten Thron berufen ist, verstärkt seinen Zorn nur.«

Er hockte sich neben den toten Mann. Auf seinen Händen befanden sich Brandmale in Form dreier ineinander verschlungener Mondsicheln. Draken kniff die Augen zusammen: Es war dasselbe Emblem, das er auf Yramanthas Uniform gestickt gesehen hatte. »Also glaubst du, dass sie den Auftrag entgegengenommen haben, Monoea anzugreifen?«

»Ich glaube es nicht. Ich weiß es.«

»Dies sollte am besten besprochen werden, wenn wir wieder in der Stadtfestung sind«, sagte Tyrolean mit fester Stimme.

»Ihr wisst alle, was ich jetzt tue.« Aarinnaie blickte Tyrolean an. »Ich muss auf dem Laufenden bleiben, und das kann ich nicht, wenn ich in der Stadtfestung weggesperrt bin. Der andere Khisson ist davongekommen, um die Geschichte aus seiner Sicht zu erzählen. Ich muss verhindern, dass er redet.«

Draken runzelte die Stirn. Khisson war ein angestammter brînianischer Name, alt und ehrbar. Er wusste, dass er ihn irgendwo früher gehört hatte. »Aarinnaie …«

Sie verengte die Augen. »Du wirst jetzt nicht versuchen, mich nach Hause zu befehlen, oder?«

»Er *ist* Euer Fürst«, sagte Tyrolean in sanftem Ton.

Sie sah unmöglich jung aus – viel zu jung, um so mit Blut besudelt zu sein. Einst waren sie zerstritten gewesen. Draken hatte seitdem große Anstrengungen unternommen, um zu verhindern, dass dies abermals passierte, und ihr alle Freiheit gewährt, die sie sich ersehnte. Sie errichtete zu viele Mauern um sich herum, doch er wagte es nicht, sie einzureißen. Möglicherweise benötigte sie diese Mauern ja. Sie würde sie brauchen, wenn er nicht mehr länger hier war, um sie zu beschützen. »Nein. Ich befehle es dir nicht. Ich bin in Wirklichkeit froh, dass ich dich noch einmal gesehen habe. Ich breche morgen Vormittag nach Monoea auf.«

Sie blickte ihn erstaunt an. »Du meinst, du reist wirklich ab? Ich dachte, Elena würde dich daran hindern. Bei allen Sieben, ich glaube, du willst sterben.«

Er starrte sie an, bestrebt, sie dazu zu bringen, dass sie nicht mehr weiterredete. Tyrolean hörte und schaute aufmerksam zu ihnen. Als sie daraufhin tatsächlich schwieg, sprach Draken betont langsam, sodass sie ihn auf jeden Fall verstand. »Königin Elena hat es mir befohlen.«

»Wieso? Zuvor wollte sie dich nicht gehen lassen. Was ist geschehen?«

Ilumat war geschehen. »Ich brauche dich hier. Zu Hause, meine ich. Elena braucht deine Hilfe, wenn es um Brîn geht.«

Aarinnaie runzelte die Stirn, öffnete den Mund – und schloss ihn wieder. »Ich kann nicht. Ich bin bloß …« Sie schluckte. »Bitte. Du musst das verstehen.« Sie stürzte an ihnen vorbei, eilte flink und lautlos in die Dunkelheit und die Gassen hinein, welche die Schattenseite von Brîn durchzogen.

Draken ließ den Atem aus seinem Brustkorb strömen; er war zu erschöpft, um sie jetzt noch einmal aufzuspüren. Was für ein Unsinn: Sie würde nur erneut wegrennen, nachdem er gegangen war. »Elena hat mir nahegelegt, dass ich sie mit jemandem verheiraten soll. Keine schlechte Idee. Sie wäre dann jemand anderes Problem. Doch das ginge wohl nur, wenn ich es schaffe, sie lange genug für eine Hochzeitszeremonie an einer Stelle festzubinden.«

Tyrolean starrte hinter ihr her. »Sucht Ihr nach Rat oder nach Mitleid?«

»Nach beidem.« Draken stöhnte. »Weder noch.«

Er betrachtete noch einmal die toten Männer und versuchte, sich ihr Äußeres einzuprägen. Es musste schnell gehen. So gelassen Tyrolean sich auch gab – sein Atem ging schwerfällig, und frisches Blut war längst durch den provisorischen Verband gedrungen.

Die Toten wurden schon kalt. Er schob das Gefühl der Übelkeit in seine Eingeweide hinunter, als er sich aufrichtete. Er hatte nichts erfahren außer den Brandmalen an ihren Händen. Später würde er diese Markierungen mit Eintragungen in den Geschlechter-Schriftrollen vergleichen. Vielleicht gab es darin irgendeine Geschichte zu erfahren. Er hatte kaum Zweifel, dass sie wirklich zum Haus Khisson passten, wie Aarinnaie gesagt hatte; doch die ganze Konstruktion und die Indizien legten nahe, dass hier sonderbare Verbindungen und politische Winkelzüge am Werk waren. »Kommt. Ich muss jemanden schicken, um diese Schweinerei aufzuräumen, die wir gemacht haben.«

Er hatte ein ungutes Gefühl, dass die Stadt nicht so einfach von Rebellion gesäubert werden konnte wie von Blut, was ihn an die vorhergehenden Überfälle erinnerte. Während sie zur Stadtfestung zurückgingen, erzählte er Tyrolean vom Gardesoldaten Poregar, der gekommen war, um mit ihm über das Gemetzel an Tieren zu sprechen, und über die ähnlichen Probleme, die Ilumat von dessen Ländereien berichtet hatte. »Und Osias hat angedeutet, dass die Mondlinge daran schuld sind.«

Blut befleckte die Vorderseite von Tyroleans Tunika, als er den verletzten Arm an seine Brust hob. »Die Mondlinge? Warum sollten sie Überfälle dieser Art unternehmen?«

»Oklai hat mich aufgefordert, die Sklaven zu befreien. Sie betrachtet sich selbst als Königin im Kreis ihres Volkes.«

»Es gibt nur eine einzige Königin. Sie weiß das.«

Draken starrte ihn an. Akrasianische Sonderrechte waren wie Befestigungen im Innern von Tyroleans Bewusstsein. Draken beschloss, nicht zu versuchen, sie zur Sprache zu bringen. »Ich habe mich gegen die Sklaverei ausgesprochen. Sie hat mich als einen Verbündeten betrachtet, doch der Zeitpunkt war schlecht. Natürlich sieht sie es nicht auf diese Weise.«

»Also stimmt Ihr mit Osias überein? Es sind die Mondlinge, die diese Verbrechen verübt haben?«

Er beugte den Kopf, in Gedanken vertieft. »Nein«, antwortete er schlussendlich. »Ich stimme nicht mit ihm überein. Ich glaube, Oklai hätte mir mit weiteren Anschlägen gedroht, wenn sie dazu in der Lage gewesen wäre. Ich denke, es sind die Monoeaner. Aber vielleicht ist auch etwas anderes da am Werk.«

»Flüche? Sie könnten sie allesamt in Besitz nehmen und es ermöglichen, dass sie sich umbringen lassen.«

»So gehen sie aber nicht vor, außer wenn jemand selbstmordgefährdet ist.« So wie er es gewesen war … Ihr Götter, das hatte ihm gerade noch gefehlt! Ein weiterer Zustrom von Flüchen. Aber Osias und den anderen Mantikern wäre das nicht entgangen.

Draken dachte daran, wie seine Stiefel im frisch vergossenen Blut der Dorfbewohner ausgerutscht waren. An Mondling-Sklaven. An Ilumats Beschwerden. An die Neigungen zur Rebellion in Brîn; Neigungen, die von einem Insel-Geschlecht ausgingen, das praktischerweise für Söldner-Aktionen zur Verfügung stand, genau in dem Moment, als die Monoeaner anscheinend ebenfalls rastlos auf Krieg aus waren. An das gemeinsame Siegel.

»Etwas, das Ihr mir irgendwann einmal gesagt habt: Es ist ehrenhaft, im Hellen zu töten …«

»Nicht aus dem Dunkeln heraus. Ich erinnere mich. Ein altes akrasianisches Sprichwort.« Er hielt inne. »Die Mondlinge kommen mir als ein Schatten-Volk vor.«

Draken blickte nach oben. Wolken zogen sich gerade vor dem kleinen Stück Himmel zusammen, das er sehen konnte. »Gewiss … Nun ja, die Mondlinge sind nicht die Einzigen mit Klingen in der Dunkelheit.«

KAPITEL ELF

Die Abschiedsgesellschaft war eine kleine, armselige, tropfnasse Gruppe, die sich unter einem triefenden Zelt auf einer am Flussufer gelegenen Plattform zusammendrängte: Draken, Tyrolean, Osias und Setia sowie Akhanar Ghotze als Kapitän und Kommandant der *Fluch*; und auf der anderen Seite standen die Königin, Lord-Marschall Oroli und Lord Ilumat. Im ständigen Regen hingen die Banner schlaff herab, aber wenigstens die Plattform war aus Stein und bewahrte sie davor, im feuchten Dreck zu stehen. Die Felder zwischen der Stadt Brîn und dem Seebergfried hatten sich in ein aufgewühltes, schlammiges Chaos verwandelt. Draken kam der Gedanke, dass er sich darum kümmern sollte, dort anständige steinerne Straßen anlegen zu lassen, wenn er erst wieder zurück war … bis ihm einfiel, dass er ja gar nicht zurückkommen würde.

Sein Rücken wurde starr, während er Ilumat zuhörte, dann wünschte Elena ihnen viel Glück auf ihrer Reise. Es war alles sehr geziemend und kalt, und Draken ertappte sich dabei, dass er sich wünschte, sie könnten einfach an Bord des verdammten Schiffs gehen, auch wenn die Reise ihn geradewegs in den Tod führte.

Er wagte einen Blick auf Elena, als sie im Begriff waren, zu ihrem Ruderboot in den Bootshöhlen wegzugehen. Sie stand in einem Grüppchen mit Ilumat und ihren Leibwachen – alle waren eng aneinandergerückt –, und ihr Gesicht zeigte keine Reaktion, als er ihr für ihre Segenswünsche dankte. Die Worte klangen leer in seinen Ohren, unzureichend und alltäglich.

Seine Kehle schnürte sich zu, und sein Herz verknotete sich. Sie war also immer noch verärgert. Stets ganz die Königin. Er wandte sich zum Gehen, trat in den Regen hinaus, um auf den Gang nach unten zuzusteuern, und schritt fort.

Leise, rutschende Fußschritte über nasses Gestein. »Draken.«

Er drehte sich um.

Elena hatte sich von den anderen gelöst. Die Tropfen des Platzregens perlten von ihrer schwarzen Kapuze ab und rannen ihre Wangen hinunter. Sie blinzelte zu ihm hoch. Ihren dunklen Augen und ihrem bleichen Gesicht konnte er nichts entnehmen.

»Meine Königin?«

Sie trat näher heran und warf ihre Arme um ihn herum; ihr Gesicht drückte sich gegen seinen Hals.

Ein langer Seufzer entströmte seiner Kehle, und er legte seine Arme um sie herum, zog sie nahe zu sich, obwohl durch ihren Bauch die Umarmung ein wenig unbeholfen wirkte. *»Elena.«*

Ein Schauder durchfuhr sie, und ihre Arme legten sich fester um ihn. »Bleib nicht lange fort.«

Es gab keine weiteren Worte. Er küsste ihre Wange und dann ihren Mund. Schließlich schob er sie zurück und schritt aufs Schiff, solange er es noch konnte.

Hätte Draken das Wetter als ein schlechtes Vorzeichen betrachtet, dann hätte er Ghotze dazu gebracht, das Schiff zu wenden, bevor sie die Blutbucht verließen. Der Regen peitschte bis spät in die Nacht und in den nächsten Morgen hinein auf das Wasser; und so ging es drei Tage lang weiter. Der Niederschlag geißelte die Segel und tropfte von den Spieren herab; er durchnässte Seile, Kleidung und alles andere, was nicht unter einer Abdeckung war. Die monoeanischen Schiffe waren nicht in Sicht, also mussten sie vorausgefahren sein.

In einer Kajüte zu reisen war eine neuartige Erfahrung – und langweilig. Draken war daran gewöhnt, an den unzähligen Aufgaben an Bord mitzuarbeiten und im Schiffsrumpf mit anderen Mitgliedern der Crew zu schlafen, die gerade dienstfrei hatten. Wann immer die Schiffglocke läutete, musste er dem Drang widerstehen, an Deck zu gehen und Meldung zu machen. Nach langanhaltenden Tagen und Nächten auf einer schier endlos in Aufruhr versetzten See, in denen er nichts zu tun hatte, schien ihm das stundenlange Zerren an Leinen in der stechenden Gischt wünschenswerter, als in seiner Kajüte und dem feuchten Gestank herumzuhängen, der den Raum mit den fest verschlossenen Fensterläden durchdrang. Einmal am Tag zog er seinen schweren, eingeölten Umhang über, zurrte die Knebelknöpfe an der Brust fest und kletterte zum Deck hoch, um Brimlud, dem Steuermann, Gesellschaft zu leisten. Während der Sturm sich beharrlich hielt, wurde die Mannschaft zunehmend gereizter.

Am vierten Morgen musste sich Draken an der Reling und an Tauen festhalten, da der Ozean unter dem Schiff anschwoll und raue Seitenwinde über ihren Köpfen die Segel quälten. Das Weiterkommen verzögerte sich angesichts der hochgehenden Dünung: Das Schiff fuhr die mit weißen Schaumkronen besetzten Wellen hinauf, dann schob sich sein Magen nach oben, wenn es auf der anderen Seite wieder hinunterging und sie mit dem wechselnden Wind erneut nach vorn schossen. Es war eine vertraute Empfindung und eigentlich gar nicht so unangenehm, doch er war dadurch gezwungen, sich die ganze Zeit über gut festzuhalten. Das Land Brîn und seine Inseln waren schon vor langer Zeit aus seinem Blick verschwunden. Er zweifelte, dass er es jemals wiedersehen würde.

Der Steuermann neigte das Kinn, als Draken die Stufen zum Achterdeck hochstieg, obgleich seine dunklen, schielenden Augen niemals das Meer vor ihm aus dem Blick ließen. Seine von Grau durchsetzten Haare hatten sich mit Wasser vollgesogen und hingen jetzt schlaff und schütter herab. Das braune Gesicht war von tiefen Furchen gezeichnet.

»Ihr haltet Kurs unter diesen Bedingungen?«, fragte Draken. Er musste die Stimme erheben, um gegen das Heulen des Windes, das Knallen der Segel und das Klatschen der Wellen gegen den Schiffsrumpf anzukommen.

»Das Kurshalten geht recht gut, Khel Szi. Wir werden nur langsamer, verlieren einen Tag, vielleicht zwei, dadurch, dass wir diesem Sturm ausgesetzt sind. Wenn er sich nicht verschlimmert.«

»Und – wird er das?« Nach seiner Erfahrung konnte niemand das Wetter so gut vorhersagen wie ein alter Steuermann mit zerfurchtem Gesicht.

Brimlud hob ein Auge zum stahlgrauen Himmel und blinzelte. »Aye, schätze schon. Eine Insel mit 'ner Bucht liegt zwei Nächte voraus – falls wir ernsthaften Schwierigkeiten entgegensehen.«

»Das dürfte Newfar sein, aye?«

Die Verblüffung verlieh der Haut um Brimluds Augen herum noch tiefere Falten. »Euer Vater war niemand, der's mit Landkarten so hatte, mit Verlaub gesagt, Khel Szi.«

»Die Entschuldigung ist nicht nötig, Steuermann. Er war ja wirklich nicht daran interessiert.« *Und ich bin nur wenig wie er – den Göttern sei für kleine Gefälligkeiten gedankt.*

»Mir gefällt's nicht sehr, so lange Zeit außer Sicht der Sieben Augen zu sein«, meinte Brimlud. »Doch ich schätze, mit Euch an Bord, Khel Szi, sind wir ausreichend geschützt.«

Draken schnaubte. Er wäre wenig überrascht, wenn die Götter ihn ins Meer zerrten und in kleine Stücke rissen. Ohne dem Steuermann zu antworten, arbeitete er sich zur Reling vor, indem er von Haltegriff zu Haltegriff schlurfte, während das Schiff krängte und knarrte. Regen glitt unter seinen Umhang und weichte seine Schultern ein. Die Matrosen beachteten ihn nicht; sie waren zu sehr damit beschäftigt, gegen den Wind und den peitschenden Regen zu kämpfen, um höflich zu sein. Er erhaschte jedoch ein paar schiefe Blicke. Nur ein verdammter Idiot würde sich in diesem Wetter draußen aufhalten. Oder ein verzweifelter. Wenigstes würde sein Erscheinen in Monoea König Aissyth andere Denkanstöße geben, als Krieg gegen Brîn und Akrasia zu führen.

Er blieb draußen, bis der Regen unter seinem Umhang in Rinnsalen den Rücken und die Brust herablief. Nichts lag voraus als eine vorschwommene Ansicht der grauen See und des grauen Himmels sowie ein silberner, stechender Regen, der eine Brücke zwischen den beiden bildete. Zum Schluss trieb dies sogar Draken zurück in den Schutz des Schiffsinneren. Tyrolean schärfte gerade längst feingeschliffene Waffen, und Osias saß eingehüllt in seinen Umhang und starrte ins Nichts.

Draken erinnerte sich daran, dass der Mantiker einst die Strömungen im Erros manipuliert hatte. »Kannst du etwas gegen den Sturm unternehmen?«

Osias schüttelte den Kopf. »Das ist kein normaler Sturm. Es ist Korde, der seinem Zorn Ausdruck verleiht.«

Draken schüttelte im Gehen das Wasser von seinem Umhang und hing ihn an der Tür auf. »Hervorragend. Ich vermute, dies bedeutet, dass er uns die ganze Strecke bis nach Monoea verfolgen wird.«

Osias schenkte ihm sein seltenes Lächeln. »Du hast nur getan, worum ich dich bat.«

Draken durchschritt die Kajüte der Breite nach, um durch einen Spalt im Fensterladen zu spähen, danach ließ er sich davor auf den Boden sinken. Ein schwacher Nebel aus Sprühwasser drang durch die Fensterläden und befeuchtete seinen Hinterkopf; das Schiff ritt auf einer weiteren großen Woge. Er fragte sich, ob er es sich nur einbildete, dass er die Stimmen der rufenden Besatzung im heulenden Wind hörte. Er hatte sich nicht mehr so gefangen gefühlt, seitdem er in den Verliesen von Siebenfel gesteckt hatte.

Tyrolean reinigte seine Klingen, ohne dass eine einzige Handbewegung fehl am Platze war. »Wir können nichts tun, als es durchzustehen. Insbesondere, wenn dieses Wetter der Wille der Götter ist.«

Draken brummte unverbindlich. Er war nicht in der Stimmung, um über Philosophie oder Religion zu reden – nicht, während er unabänderlich seinem Schicksal entgegengeschleppt wurde. Die Götter hatten sein Leben mit ihren großen Händen auseinandergerissen und ließen jetzt die Stücke in die Welt zurückfallen – eines nach dem anderen. Dabei schauten sie zu, wie die sich ausbreitenden Wellen der Zerstörung in einem Kräuseln versiegten.

In dem Versuch, durch Dehnen die Verspannung in seinem Nacken aufzulösen, ließ Draken den Kopf fallen. Wenn er doch nur einen halbwegs schönen Tag an der frischen Seeluft erleben könnte! Es würde diese letzte Reise vielleicht erträglich machen.

»Der Sturm kann nicht alles sein, womit Ihr Euch gedanklich beschäftigt«, sagte Tyrolean.

»Nein«, räumte Draken ein. Er mied Osias' Blick. »In Wahrheit frage ich mich, ob wir in eine Falle hineinsegeln.«

»Mir gefällt das hier noch weniger als Euch«, erklärte Tyrolean. »Aber dafür kann ich mir nichts kaufen.«

Draken schüttelte langsam den Kopf und spielte mit den großen Ringen, die an seinen Ohren hingen. »König Aissyth kann … unberechenbar sein. So habe ich es jedenfalls gehört.«

Unberechenbar genug, um seinen Bastard-Cousin vom Sklaven zu seinem eigenen, vertrauenswürdigsten Leibwächter zu erheben, und dann jenen Lügen Glauben zu schenken, die Draken den Mord an seiner Frau nachsagen. Er dachte an seine eigene elende Lebensgeschichte aus jüngster Zeit – und wie er dem Vater, den er hasste, auf einen Thron gefolgt war, den er nie wollte. Unberechenbarkeit musste etwas sein, das in seiner von den Göttern verdammten Familie lag.

»Ich brauche Bier«, sagte er.

Osias nickte und erhob sich. »Ich hole es. Ich habe mit dem Kombüsenjungen Freundschaft geschlossen.«

Draken schaute zu, wie der Mantiker ging. »Die Sache ist die, dass ich mir weder sicher bin, warum er unberechenbar ist, noch, wie ich dem begegnen soll.«

»Es kommt wahrscheinlich daher, dass man den Launen von zu vielen anderen entspricht«, meinte Tyrolean; der Riemen sauste an seiner Klinge entlang, dann hielt er sie hoch, um die Schneide zu prüfen. »Daher, dass man versucht, jedem zu gefallen. Ich habe gesehen, was das mit Kommandanten gemacht hat. Das sind diejenigen, die dazu neigen, Schlachten zu verlieren.« Als Draken darauf nichts antwortete, schaute er auf. »Was denn? Habt Ihr diesmal keinen Rat aus den Schriftrollen Eures Vaters?«

Der Regen peitschte heftig gegen die Fensterläden und rüttelte sie durch. Die ganze Welt roch nach nasser Wolle, Salz und verschwitzten, auf engstem Raum lebenden Männern. Zu eng. Es gab keine Möglichkeit, Tyrolean die Wahrheit noch viel länger zu verheimlichen. Er würde herausfinden, was Draken gewesen war. Es war am besten, jetzt alles loszuwerden, sodass er anschließend wusste, wo Tyrolean stand – und um sicherzustellen, dass der Hauptmann nachher der Königin beistand.

»Ty, es gibt Dinge, die Ihr wissen solltet.«

»Wie zum Beispiel?«

»Legt die verdammten Schwerter hin, und ich werde es Euch

erzählen.« Er wartete, während Tyrolean seine Waffen zur Seite legte, und atmete tief ein. »Ihr wisst, dass ich nicht in Brîn geboren wurde.«

»Ich erinnere mich.« Tyrolean wurde auf einmal sehr still. So viel hatte er erfahren, als Osias das Ritual durchgeführt hatte, um Bruche an Draken zu binden.

Draken atmete tief ein und hielt die Luft für kurze Zeit in sich. Hastig drangen die Wörter aus dem Mund heraus. »Ich bin ein halber Monoeaner.«

Die umrandeten Augen des Hauptmanns weiteten sich. »Ihr seid ein Gemischter?«

Draken schluckte seine Verärgerung über die Beleidigung hinunter. »Aber von beiden Seiten von königlichem Blut. Mein Vater floh nach Monoea, als sich der Schwertkrieg zu Ungunsten von Brîn entwickelte. Ich vermute, dass er dachte, der König würde ihn empfangen und ihm Asyl gewähren. Die Umstände kenne ich nicht, doch er wurde stattdessen versklavt. Vielleicht hatte man ihn einfach verwechselt. Vielleicht war es bloß eine Art Strafe dafür, sein eigenes verdammtes Selbst zu sein. Wie dem auch sei, meine Mutter war jedenfalls die Cousine des Königs.«

Tyrolean saß sehr gerade und steif da. Einen langen Moment war er still. »Er hat behauptet, er hätte sich auf den Drachenstern-Inseln versteckt. Wo Ihr aufgezogen wurdet, wie Ihr sagtet.«

»Osias hat mich ermuntert, diese Geschichte über mich zu erzählen, damit sie mit der meines Vaters zusammenpasst.« Galle drückte hinten in seiner Kehle. »Als König Aissyth die Sklaven befreite, arbeitete mein Vater seine Überfahrt nach Hause ab und verließ mich. Aissyth hat mich bei der Marine als Bogenschütze ausbilden lassen. Ich bin ein paar Sohalias gesegelt, bin Patrouille gefahren und habe während des Zehnjährigen Krieges gekämpft. Nach dem Krieg beförderte er mich zur Schwarzen Garde, um bei einigen Säuberungen zu helfen.«

»Ihr seid mit dem König verwandt?«

»Entfernt. Doch ich war an seinem Hof, ja. Bis meine Frau ermordet wurde.« Er hielt inne. »König Aissyth verurteilte mich für ihren Tod und verbannte mich nach Akrasia.«

»Weiß König Aissyth, dass Ihr der neue Khel Szi seid?«

Draken schüttelte den Kopf. »Die Wahrheit? Ich weiß es nicht. Und bevor Ihr fragt: Nein, Elena weiß nichts davon.« Tyrolean kniff den Mund zusammen, Draken jedoch fuhr rasch fort: »Ich habe geschwiegen um der Stabilität willen. Brîn wäre in eine fürchterliche Verfassung geraten, hätte ich nicht den brînianischen Thron bestiegen. Das wisst Ihr. Die Wahrheit zu sagen hätte alles untergraben, wofür wir in der Schlacht gegen Truls gekämpft haben.«

Tyrolean starrte ihn an. »Ich sollte Euch töten, dort, wo Ihr steht – schon allein dafür, dass Ihr unsere Königin belügt.«

»Ihr würdet mich dafür hinrichten, dass ich sie belüge, aber nicht dafür, dass ich sie tötete?« Es war schwierig zu sagen, was bei Draken die schlimmeren Empfindungen auslöste. Elena umzubringen und sie danach mit der Magie von Meergeboren ins Leben zurückzubringen hatte entsetzliche, herzzerreißende Schuldgefühle und die Qualen anschließender Albträume zur Folge gehabt.

Tyroleans Hände hingen locker zwischen seinen Knien. Er ballte sie zu Fäusten und bog sie wieder auseinander.

»Ich weiß, dass Ihr der Königin treu ergeben seid«, sagte Draken. Seine Stimme war angespannt, und in seinen Händen juckte es, nach Meergeboren zu greifen. »Ihr haltet mich für etwas Abscheuliches. Nicht besser als einen Sklaven.«

Tyrolean warf ihm einen Blick zu. Undeutbar. Verletzt – möglicherweise.

Draken lachte rau. »Bei Khellians Eiern, ich *war* ein Sklave: zuerst für Aissyth, dann für meinen Vater und nun im Dienste meines Thrones. Also haben die Priester vielleicht am Ende doch recht. Wenn Ihr mich töten müsst, dann tut es jetzt.«

Tyrolean stand auf. Das Schaukeln des Schiffes schien ihn nicht zu stören. Innerhalb eines Moments konnte er nach seinem Schwert greifen. Drakens Finger zuckten. Tyroleans Schwerter lagen immer noch auf der Bank, jedoch so, dass sie schnell erreichbar waren.

»Menschen haben für Euch gekämpft, sind Euretwegen gestorben«, warf Tyrolean ein.

Draken hatte Dutzende von Brînianern nur wegen des Umstands getötet, dass Akrasia sie während des Zehnjährigen Krieges aufgegeben hatte – und Dutzende mehr waren später seinetwegen gestorben. Die meisten Frauen, die ihm etwas bedeuteten, hatten wegen ihm den Tod gefunden oder gelitten. Er vermutete, dass sogar Aarinnaie einen Todeswunsch hegte, und wenn die Götter ihr den gewährten, würde sie in seinem Dienst sterben.

»Ich bin ein Gemischter, das ist wahr. Häresie fließt in meinen Adern.« Er bemühte sich, seine Stimme unter Kontrolle zu halten, doch der Zorn führte dazu, dass sie sich hob. »Doch Ihr braucht Euch nicht selbst die Mühe machen, mich zu töten. Ich bin aus Monoea verbannt worden. Man wird mich hinrichten, sobald ich dort eintreffe.«

Tyrolean starrte ihn an, da klopfte jemand und unterband so die Antwort, die er sich womöglich zurechtgelegt hatte.

Draken räusperte sich und stand auf. »Herein.«

Ein Kombüsenjunge, das Gesicht von verfilzten Haaren beschattet, hielt einen Krug Bier in beiden Händen. Als das Schiff krängte, ging er breitbeinig, um sein Gleichgewicht zu halten, und stellte den Krug auf dem mit einem Geländer versehenen Tisch ab. Es gab dort ein in das Holz geschnitztes Loch, das verhinderte, dass Gegenstände umherrutschten. Der Junge ging anschließend rückwärts hinaus, den Kopf immer noch gebeugt. Gerade als er den Türriegel erwischte, fiel der Blick seiner dunklen Augen auf Draken. Das ganze Gesicht verzerrte sich, als ob der Junge sich zutiefst fürchtete, und er flitzte zur Tür hinaus. Sie schepperte, als er sie hinter sich zuknallte.

Die Kälte setzte sich tief in Drakens Knochen fest. »Er hat uns gehört.«

»Er ist bloß ein Junge«, beschwichtigte ihn Tyrolean. »Er redet gern, und die Männer werden glauben, dass er Märchen erzählt.«

Tyrolean schenkte Bier in die Becher, und sie tranken; die einzigen Geräusche bestanden aus dem Krachen der gegen das Schiff schlagenden Wellen und dem Knarren der Masten. Draken dachte darüber nach, was passieren würde, wenn der Junge weitererzählte, was er mitgehört hatte. Aber er war bloß das: ein Junge. Tyrolean hatte recht. Niemand würde ihm glauben.

Er warf Tyrolean einen vorsichtigen Blick zu. Der Hauptmann – das war eine ganz andere Sache.

»Ich würde gern mehr über Euren Cousin wissen«, sagte Tyrolean. »Von dem König ist nicht viel bekannt. Die meisten Akrasianer, die mit ihm in Kontakt kommen, haben die hässliche Angewohnheit, zu sterben.«

Drakens Herz stand kurz still. Er war verantwortlich für einige dieser Todesfälle. Dann aber zwang er seinen Verstand, sich mit Tyroleans Frage zu beschäftigen. Es stimmte, dass sein königlicher Cousin sich Außenstehenden selten zeigte. Vielleicht war das ja der Grund, weshalb dieses ganze diplomatische Ersuchen irgendwie falsch klang. Er fragte sich, ob der König überhaupt von seinem Kommen wusste, ob er überhaupt noch am Leben war, ob Monoea unter einer echten Rebellion litt.

»Die Höflinge, die dem Landadel angehören, sind Gift für sein Wohlbefinden«, räumte er ein. Eine Verspannung gerann in seinen Nackenmuskeln. Tyrolean beobachtete ihn aufmerksam. Vielleicht wollte er es wirklich wissen. »Es gibt viele interne Machtkämpfe. Elenas Hohe Lords sind da vergleichsweise zahm. König Aissyth jedoch handhabt Dutzende von Lords aus dem Landadel sowie Hunderte an untergeordneten Adligen ohne Grundbesitz. Diese Hierarchie ist völlig starr, eingeschlossen in alten Traditionen. Aber die untergeordneten Lords reiben sich an den Einschränkungen ihrer gesellschaftlichen Stellung; sie haben dies immer schon getan.«

»Wie kommen sie dann weiter nach oben? Oder bleiben sie, wo sie sind?«

»Nun, sie treten dem Militär bei. Die Kommandanten einer Einheit machen an dem Tag, an dem die Rangordnung neu festgelegt wird, mehr Geld als ein sauberes Hurenhaus in der Sohalia-Nacht.«

»Habt Ihr auf diese Weise Euren Rang erreicht?«

Er hatte das Empfinden, als ob Tyrolean prüfen wollte, welchen Wert er besaß, doch er versuchte es mit einem müden Witz, anstatt ernsthaft darauf einzugehen. »Ich mag es, mich selbst zu belügen, und glaube, dass ich einfach so gut war.«

»Ihr müsst in einiger Hinsicht den König besser kennen als seine Höflinge«, sagte Tyrolean langsam. »Ganz besonders, wenn Ihr nicht versucht habt, irgendwas von ihm zu bekommen.«

»Von ihm? Ihr Götter, nein. Selbst als er mich in die Reihen seiner Schwarzen Garde beförderte, habe ich nicht eine seiner Gefälligkeiten als selbstverständlich angesehen.«

»Und Eure Frau? Hatte er etwas mit Eurer Vermählung zu tun?«

Seine Kehle schnürte sich zusammen; er nickte und senkte seinen Blick. Er fragte sich, wo ihr Grab lag, ob irgendjemand einen Altar für sie errichtet hatte und sich um ihn kümmerte. Ihre Mutter vielleicht. »Hätte Osias sich nicht meiner angenommen, wüsste Elena noch nicht einmal, dass es mich gibt.«

»Hmm. Ich mache mir da so meine Gedanken. Es mag ja sein, dass Elena Euch nie gefunden hätte; doch es ist schwierig, dem Blick der Sieben Augen zu entkommen. Ihr habt so eine spezielle Art und Weise, immer auf Eure Füße zu fallen, Eure Hoheit.«

»Was werdet Ihr tun?«

Tyrolean schnaubte leise. »Wer bin ich, dass ich zerstören darf, was die Götter geschmiedet haben?« Er sank nieder und griff nach seinem Schwert und dem Gurt. »Als monoeanischer Sklave geboren, erhoben zu einem brînianischen Fürsten. Eure Geschichte wird das Ammenmärchen schlechthin sein, wenn das alles herauskommt.«

Draken schüttelte den Kopf und trank inbrünstig von seinem Bier; dabei versuchte er seine Erleichterung zu verbergen, dass Tyrolean seine schäbige Vergangenheit akzeptierte. »Das wäre tröstlicher, wenn Ammenmärchen nicht so oft von Toten handelten.«

KAPITEL ZWÖLF

Am Abend hatte der Trunk Drakens Gedanken träge und die spitzen Kanten seiner Sorgen stumpf werden lassen. Tyroleans Schwerter, die in einem Gestell an der gegenüberliegenden Wand gelagert waren, glänzten von dem frisch aufgetragenen Öl. Der Hauptmann selbst lag dösend auf seiner Koje, die sich über der von Draken befand, und war so in sich versunken wie immer. Wahrscheinlich betete er, wenn er nicht schon eingeschlafen war.

Draken seufzte und beugte sich über sein Bier. Kalte, feuchte Luft fauchte durch die Fensterläden. Das Holz unterhalb des Fensters war von getrocknetem Salzwasser wie von Tränenflecken durchzogen. Er schmeckte es auf dem Rand seines irdenen Bechers und roch es mit jedem Atemzug. Es durchdrang ihn mit einem Gefühl von Heimat und erzeugte ein unerklärliches Verlangen nach Bruche, seiner Scharfsinnigkeit und rauen Lebensweisheit. Er hatte sein Bewusstsein für einen geräuschvollen Ort gehalten, als er Bruche in seinem Innern getragen hatte, doch die Schwerthand hatte ihren Zweck erfüllt, ihn mit ihrer spöttischen Art von seinen Sorgen und Ängsten zu befreien.

Den ganzen Abend hatte der Kombüsenjunge ihm mehr Bier gebracht. Er hatte dem jungen Burschen keine weitere Furcht oder Betroffenheit anmerken können, aber er zog langsam in Betracht, dass dies auch an seinen abgestumpften Sinnen liegen mochte. Er streckte die Hand aus und schenkte sich noch mehr ein, wobei er ein wenig Flüssigkeit auf dem Tisch verspritzte, als das Schiff über eine Welle schlingerte. Er konnte nur um Schlaf beten. Die Götter wussten, dass man damit die Zeit herumkriegte – außerdem half es ihm auch nicht dabei, auszuruhen, wenn er sich die ganze Nacht schlaflos in seiner Koje herumwälzte.

Das Schiff schob sich über eine weitere, größere Welle, was ihn dazu zwang, den Tisch zu ergreifen, um sein Gleichgewicht zu bewahren. Draken hörte einen leisen Fluch, und etwas scharrte draußen vor seiner Tür. Er drehte gerade den Kopf, um zu schauen, als sie aufgestoßen wurde.

Akhanar Ghotze hielt ein Kurzschwert in der Hand, als er eintrat. Drei kräftige Matrosen drängten sich im Gang hinter ihm. Einer von ihnen drängte sich hinter Ghotze herein. Im Nu verwandelte sich die Atmosphäre in der Kajüte von stickig zu klaustrophobisch.

Tyrolean rollte sich aus seiner Koje, landete auf den Füßen und trat auf seine frisch geölten Schwerter auf dem Gestell zu. Doch Ghotzes Klinge, die durch die Luft zwischen Tyrolean und seinen Schwertern schnitt, hielt ihn davon ab, sie zu ergreifen. »Lasst das, Hauptmann.«

Zwei der Matrosen packten Draken und zerrten ihn von seinem Sitzplatz hoch. Seine schläfrigen, betrunkenen Muskeln hielten kaum dagegen, als die Seemänner ihn vor Ghotze auf die Knie zwangen. Die Kajüte drehte sich um ihn herum, und sein Magen vollführte einen trägen Salto. Er schluckte schwer, als Tyrolean zu wissen verlangte: »Was meint Ihr damit, Ghotze?«

»Wir haben die Geschichte gehört, dass der Khel Szi nicht der Mann ist, für den wir ihn gehalten haben«, antwortete Ghotze in einem strengen Tonfall. »Dass Ihr überhaupt nicht der Khel Szi seid.«

»Der Kombüsenjunge. Ihr habt ihn geschickt, um mich betrunken zu machen«, sagte Draken. Seine undeutliche Stimme hatte einen Ton von Endgültigkeit an sich, sogar für seine eigenen Ohren. Vielleicht würden seine Lügen ihn töten, bevor König Aissyth die Gelegenheit dazu bekam.

»Ihr seid im Begriff, einem Jungen mehr Glauben zu schenken als dem Wort Eures Fürsten?« Tyrolean blickte zu seinen Schwertern und dann wieder zum Kapitän. Ghotzes Schwert bewegte sich näher zu seiner Brust.

Draken holte tief Luft in dem Bemühen, seinen benebelten Kopf wieder klar zu bekommen. Tyrolean versuchte, ihn zu beschützen, und Draken musste ihn aufhalten, bevor er verletzt wurde.

»Dieser Junge ist mein Enkel«, erwiderte Ghotze. »Und wenn

der Verrat, von dem er gehört hat, der Wahrheit entspricht, dann ist mein Fürst, wie Ihr ihn nennt, überhaupt kein Fürst.«

Draken hatte Mühe, sich zu konzentrieren. Eins nach dem anderen. Das versehrte Knie auf dem Holzboden tat sehr weh, und die Matrosen behielten den schmerzhaften Griff bei, mit dem sie seine Arme umklammert hielten. Sein Verstand protestierte dagegen, irgendwelche in sich schlüssigen Gefühle und Meinungen zusammenzusetzen, wollte sich auf nicht mehr einlassen als eine vage Neugier bezüglich der Frage, weshalb er geglaubt hatte, es wäre eine gute Idee, sich fast bis zur Besinnungslosigkeit zu betrinken.

Wo waren seine Leibwachen? Halmar? Ihr Götter, wenn sie tot waren … »Meine Szi Nêre?«

Ghotze streckte seinen Rücken gerade. »Unten eingesperrt, bis wir die Wahrheit herausfinden.«

Draken blinzelte ihn aus trüben Augen an. Die aus geschnittenem Blech gefertigte Laterne, die hinter Ghotzes Kopf hing, geriet ins Schaukeln, als das Schiff eine weitere Woge erklomm, und die Flamme flackerte in Drakens Augen, sodass sie ihn einen Moment lang blendete.

»Sie sind kooperationsbereit«, fügte Ghotze hinzu. »So wie Ihr es sein solltet. Wir können das hier schnell zu Ende bringen.«

Abhängig davon, was Ghotze unter »zu Ende bringen« verstand, war sich Draken nicht sehr sicher, ob Kooperation die beste Idee war.

»Und wenn er es nicht tut?«, fragte Tyrolean.

»Dann werfen wir ihn über Bord und überlassen es den Göttern, die Angelegenheit in Ordnung bringen.«

»Was für ein Irrsinn, Mann!« Tyrolean, der sich in einem seiner seltenen Wutanfälle verfangen hatte, trat einen Schritt nach vorn. »Versucht Ihr etwa, einen Krieg zwischen Monoea und Akrasia auszulösen? Die Monoeaner erwarten ihn. Sie haben gedroht …«

»Zurück, Grünkittel!« Ghotzes Klinge schnellte über Tyroleans nackte Brust hinweg, und aus der bleichen Haut quoll Blut. Bloß eine Fleischwunde, doch Ghotze wusste, was er da machte, verdammt noch mal. Tyrolean stürzte sich auf seine Schwerter. Einer der Matrosen, die Draken festhielten, ließ seinen Arm los, um den

Hauptmann anzugreifen; er warf sich auf ihn und schleuderte ihn gegen eine Holzbank. Tyrolean ächzte, als er hart auf den Boden fiel. Draken nutzte die Gelegenheit, um sich von dem anderen Seemann loszureißen, der ihn festhielt. Jemand rief, und das Schiff krängte so weit, dass aus seinen Anstrengungen, Meergeboren zu packen, ein schwerfälliges Krabbeln in Richtung des Schwerts wurde, das an Drakens Gürtel am Ende seiner Koje befestigt war. Die Scheide schwang auf ihn zu. Seine Finger streiften ihr Ende, als er eine kalte Klinge spürte, die unter sein Kinn gepresst wurde.

Tyrolean fletschte die Zähne und versuchte ohne viel Erfolg, sich an dem kräftigen Matrosen vorbeizudrängen.

»Hauptmann. Genug!«, spie Draken aus.

Tyrolean, der von dem Seemann auf der Bank festgehalten wurde, strengte sich immer noch an freizukommen; seine Nasenlöcher hatten sich geweitet, und die umrandeten Augen waren weiß vor Wut. »Seid kein Narr. Draken ist von königlichem Blut und den Göttern angeschworen. Leute, die ihn misshandeln, haben die Neigung, dass sie ein schlimmes Ende nehmen.«

»Genug«, wiederholte Draken atemlos, der den Kopf zurückgezogen hatte, um sich auf den Druck des Schwerts an seiner Kehle einzustellen. »Lasst mich aufstehen, Akhanar Ghotze. Ich werde kooperieren. Hauptmann Tyrolean ebenfalls.«

Das Schwert wich von seiner Kehle. Draken ließ sich auf seine Koje herabsinken. Tyrolean aber hielten sie weiterhin auf der Bank fest.

»Rorq, binde den ›Khel Szi‹ am Pfosten der Koje fest.« Ghotze wandte seinen harten, stechenden Blick Tyrolean zu. »Der Grünkittel kann den anderen im Frachtraum Gesellschaft leisten.«

Den anderen? Hatten sie auch Osias und Setia gefangen genommen? Der Mantiker verfügte über seine Zauber-Tarnung: Draken betete, dass er sie rechtzeitig eingesetzt hatte.

Rorq schloss kaltes Metall um seine Handgelenke, die immer noch narbenbedeckt waren von den Fesseln, die man ihm nach dem Tod seiner Frau angelegt hatte, und kettete ihn an den Pfosten am Ende seiner Koje. Ghotze wies mit einer wedelnden Handbewegung auf die schmutzigen Becher und den Krug. Rorq brachte sie fort. Bevor er die Tür hinter sich schloss, erblickte Draken einen weiteren Wächter, der mit gezogenem Schwert draußen im Gang wartete. Sie waren also doch nicht so allein.

Tyroleans Nasenlöcher weiteten sich. Draken hielte seinem Blick stand. »Ich werde das hier in Ordnung bringen.«

»Gewiss, Eure Hoheit.« Tyrolean nickte ihm steif zu und wehrte sich nicht gegen die Männer, als sie ihn aus der Kajüte hinausschoben.

Draken legte seine Hände um die kalten Ketten und wartete ab.

»Ihr seid kein Khel Szi«, sagte Ghotze, als er sein Schwert in die verzierte Scheide an seiner Hüfte steckte.

»Khel Szi war mein Vater und vor ihm mein Großvater und davor dessen Vater. Ich mag zwar ein unehelicher Sohn sein, aber ich habe niemals irgendetwas anderes vorgetäuscht.«

»Doch Ihr habt die andere Hälfte Eurer Abstammung vorgetäuscht, ja? Niemand weiß, dass Ihr ein Gemischter seid.« Ghotze streckte die Hand aus, um Meergeboren zu berühren, das auf dem Tisch lag.

Drakens Finger, die seine Ketten umfasst hielten, wurden weiß. Das grobe Metall schürfte seine Haut auf, und ein Zittern durchlief ihn, als die kleinen Wunden heilten. Meergeboren hatte den Hang, andere Leute zu verbrennen. Das könnte Ghotze auf den Gedanken bringen, es handelte sich um irgendeine von Draken ausgehende Form von Magie – obgleich das Schwert seinen eigenen Willen hatte.

Ghotze zog die Klinge aus der Scheide. Sie blieb matt und tot.

Draken seufzte erleichtert auf. »Es gibt kein Gesetz gegen einen Gemischten, der Brîn dient.«

»Nur das der Götter höchstselbst.«

»Die Götter haben mich auf diesen verdammten Thron gesetzt«, blaffte Draken. Ghotze drehte sich zu ihm um und schaute ihn mit zusammengekniffenen Augen an. Draken mäßigte seinen Ton. »Akhen Khel würde mich nicht akzeptieren, trüge ich nicht Khellians Blut in mir.«

»Aber Ihr seid ein Monoeaner. Mein Enkel hörte Euch sagen, Ihr würdet sterben, wenn Ihr zu den Küsten Monoeas zurückkehrt. Dass man Euch verbannt hat.«

Der Junge hatte beim Zuhören gut aufgepasst.

Kein weiteres Argument wollte aus seinem Nebel der Trunkenheit auftauchen, und er war der Lügen so überdrüssig. »Die Wahrheit würde Brîn nur verletzen.«

»Brîn. Pah! Es ist dein Hals, um dessen Schonung du dich kümmerst, Bastard. Deine eigene von den Göttern verlassene Ehre, was auch immer davon übrig war.«

Von den Göttern verlassen – in der Tat. Wie oft in den ersten Tagen nach Lesles Tod hatte er die Götter angefleht, ebenfalls sterben zu dürfen?

Draken starrte auf die Spitze von Ghotzes Schwert, während es sich seiner Brust näherte. Er machte sich keine Illusionen, dass seine Fähigkeit, sich selbst zu heilen, Herz und Knochen einschließen würde. Er konnte sich nicht dazu zwingen, den Gedanken zu hassen. Doch die gebogene Klinge hakte sich unter Elenas Anhänger und hob ihn an.

»Dies ist ein Anfang. Ich frage mich, was du sonst noch wert bist«, sagte Ghotze.

Draken schüttelte den Kopf. Es war schwer, sich zu behaupten. »Die Götter haben mich ausgewählt«, murmelte er. »Aber ich bin nicht so viel wert.«

»Dann können die Götter dich, verdammt noch mal, zurückhaben. Rorq!«

Der große Seemann stieß die Tür so hart auf, dass sie gegen das Ende von Drakens Koje knallte, was ihn erschütterte und seine Ketten zum Rasseln brachte. Zwei weitere Matrosen folgten dicht hinter ihm.

»Bringt den Gemischten zur Reling.«

Drakens Herz verschlang Blut und spuckte es abgekühlt wieder aus.

Ghotze drehte sich fort, ohne einen Blick nach hinten zu werfen, und hatte immer noch Akhen Khel fest in seinem Griff, als er sich an den Matrosen vorbeischob.

Rorqs Gesicht war hart und grimmig. »Also vorwärts.« Er streckte die Hände nach Drakens Ketten aus.

Draken trat mit seinem nackten Fuß um sich und hakte ihn in Rorqs Kniekehle ein; mit einem Ruck brachte er den Mann aus dem Gleichgewicht. Mit einem Schrei krachte der Matrose gegen ihn. Draken hämmerte die mit der Kette umwickelte Faust gegen Rorqs Nase und schmeckte süß-bitteres Blut, als es ihm ins Gesicht spritzte. Rorq stieß einen erstickten, feuchten Schrei aus. Draken brummte böse und stieß ihn von sich fort. Doch der Seemann – das Blut floss ihm über Mund und Kinn – fiel erneut über ihn her und seine Kameraden folgten ihm auf dem Fuße. Eine Faust fand Drakens Schläfe. Die Welt wirbelte um ihn herum, und direkt danach überwältigte ihn der Schmerz. Die Koje hinter ihm rutschte weg, aber vielleicht war es auch das Schiff, das über eine Welle schlingerte. Schlagartig riss Draken den Mund auf, um Luft zu bekommen, und seine Lungen bekamen einen Krampfanfall. Ein starker Arm zog sich um seine Kehle zusammen.

»Die See mit dir zu füttern – das ist alles, wozu du gut bist, Scheißkerl von einem Gemischten!« Jemand nahm die Ketten weg. Draken trat erneut um sich, kämpfte. Der Arm drückte noch fester gegen seine Kehle. Schwärze schlich sich von allen Seiten in seine Welt hinein. Das Klirren der Ketten reichte nicht aus, um sich die Dunkelheit vom Leib zu halten.

Du hast Dinge zu erledigen, Draken. Wach werden!

Er zuckte zunächst nur bei dem barschen, widerhallenden Ruf, doch der Platzregen auf seinem Gesicht und der nackten Brust weckten ihn langsam auf. *Bruche?*

Keine Antwort. Draken sackte an der Reling zusammen. Sein vom Bier durchtränkter Geist spielte ihm wieder Streiche. Sein Kopf, der ebenso wie der Rücken vom Regen nass war, schmerzte über alle Maßen. Jemand kniete neben ihm und befestigte eine Kette an seinem Fußknöchel. Er trat ungeschickt aus, gehemmt vom Trinken und der nachklingenden Benommenheit. Etwas

Schweres hielt sein Bein auf den Planken des Decks fest. Der Matrose auf seinem Knie krabbelte gerade noch rechtzeitig zurück, sein Werk getan. Mit dickem Kopf blinzelte Draken hinab auf ein von Salz angefressenes Gewicht, das der Mann an seinem Knöchel befestigt hatte. Etwas an der ganzen Sache erschien ihm als gänzlich falsch, falsch noch über Ghotzes Plan hinaus, ihn ins Meer zu werfen.

Draken schwenkte den Kopf von einer Seite zur anderen. Er hätte beim ersten Mal, als man ihn mit vorgehaltener Klinge ins Meer gezwungen hatte, zulassen sollen, dass er hinabsank – damals in der warmen Bucht von Khein. Es wäre eine angenehme Art zu sterben gewesen im Vergleich zum Tod in diesen vom Sturm aufgewühlten Wellen.

»Du könntest dir deinen Weg aus dieser Geschichte heraus erkaufen«, sagte Ghotze.

»Tu's«, nuschelte Draken. »Töte mich.«

»Ist das die Wahrheit? Es gibt also keinen Grund, dich zu verschonen?«

Draken schleppte seinen trüben Blick zum Gesicht des Akhanars hoch. »Du tust mir damit einen verdammten Gefallen.«

»Ich frage mich, ob die Königin auch so denken wird.«

Das versetzte ihm einen Stich. Seine Stimme wurde schneidender, als er erwiderte: »Tut mir einen Gefallen und helft mir über die Reling. Ein schlimmes Knie. Ich werd's nicht aus eigener Kraft schaffen mit dem Gewicht.«

Ghotze brummte böse; seine Augenbrauen senkten sich zu einem mürrischen Gesichtsausdruck. Er sah auf eine komische Weise verwirrt aus. Ein humorloses Lächeln zog an Drakens Mundwinkeln, bis zwei Matrosen nach vorn schritten. Hände zerrten Draken hoch, schoben ihn und spannten die Seile an.

Nein, Draken! Du … Die Stimme in seinem Kopf brach. Draken musste sich anstrengen, um sie zu hören, was schwierig war beim eigenen schmerzerfüllte Ächzen und den Stimmen der Seeleute. *Du wirst niemals … Elena, erinnere dich an Elena …*

Draken blinzelte rasch und äußerte einen stummen Protest gegenüber der Stimme. *Bruche?*

Er würde sich dort mit dem Schwerthand-Geist vereinen. Er wollte gehen. Sollte die See ihn ruhig schlucken. Es wäre eine Erleichterung. Aber die eine Hand packte die Reling, die andere holte aus und erwischte einen der Matrosen seitlich am Kopf, wo sie eine schäbige Locke fand. Seine Finger klammerten sich so fest darum wie der Rachen eines Errings um seine Beute. Der Seemann schrie. Ein weiteres kehliges, sprachloses Knurren löste sich von Drakens Lippen. Wenn sie ihn ins Meer stießen, dann würde er, verdammt noch mal, einen von ihnen mit sich hineinzerren.

Der Matrose fletschte die Zähne und versuchte, sich mit einem Ruck loszureißen. Draken hängte sich im Gegenzug noch fester an ihn, gerade als der andere Seemann ihn härter stieß. Der Matrose taumelte an Draken vorbei und ging über die Reling. Während eines langen Atemzugs hing Draken über dem Meer hinab, während der Matrose mit einem durchdringenden Schrei ins Freie kippte. Das Gewicht des Mannes riss an Drakens Hand, die den Schopf fest umklammert hielt. Die Haare glitten durch seine Faust und befreiten sich mit einem Ruck aus dem Griff.

Der Matrose fuchtelte mit den Händen durch die Luft und verschwand kreischend im Dunst der See. Er prallte dumpf gegen die Schiffsseite, bevor die fauchenden Wellen ihn verschlangen. Die Bewegung hatte Draken nach unten gezogen, dessen Oberkörper weit über die wackelnde Reling gebeugt war. Sein Kopf schlug gegen die Kante, wo Deck und Schiffsrumpf zusammentrafen. Hinter seinen Augen explodierte der Schmerz, doch die eiskalte Gischt bewahrte ihn davor, ohnmächtig zu werden. Er war von der Taille abwärts über die Seilreling gebeugt, aber von dem Gewicht an seinem Knöchel wurde er an Ort und Stelle festgehalten. Ein entsetzlicher Schmerz stach durch sein versehrtes Knie, als Muskeln rissen und sich genauso schnell wieder zusammenfügten. Eine gewaltige Woge erzeugte einen Druck, der durch das ganze Schiff bebte.

Knack! Das Seil sackte schlagartig durch, sodass er tiefer fiel.

Draken schluckte einen Mund voll Sprühnebel und salziger Gischt hinunter. Eine Hand – wundgerieben und schmerzhaft stechend, während sie heilte – klammerte sich immer noch an die

Seilreling. Er verrenkte Bauch und Rücken, um zu verhindern, dass er weiterfiel. Sein Schädel protestierte gegen den starken Andrang von Blut, der entstand, weil er mit dem Kopf nach unten hing, mit monumentalen Schmerzen, die das Denken hemmten. *Lass los*, dachte er. *Beende das hier.*

Rufe drangen durch den Regen, seine unerträglichen Qualen und seinen benebelten Verstand. Metall klirrte. Eine tiefe Stimme schrie auf. Regen und salzige Gischt strömten in seine Nase und den offenen Mund, sodass er husten musste. Eine schneidende, hohe Stimme, die er in Lärm und Gischt nicht wiederzuerkennen vermochte, rief: »Ty, holt ihn nach oben, verdammt noch mal!«

Grobe Hände zerrten Draken hoch und wieder über die Reling zurück. Sie luden ihn auf dem harten Holzdeck ab, das aalglatt war aufgrund des Regens und eines vertrauten, ekelhaft süßlichen Gestanks, der bei jedem keuchenden Atemzug in seinen Lungen gerann. Der Regen prasselte in Form durchsichtiger Tropfen nach unten und spritzte blutrot wieder hoch. Schmale, zierliche, nackte Füße blieben in der Nähe seines Gesichts stehen. Klein ... Der Junge? Seine Füße waren nackt gewesen. Nein. Das stimmte nicht. Wie war noch mal sein Name ...?

»Nehmt das Schiff in Besitz!«

»Jawohl, Szirin.«

Draken blinzelte und strengte sich an, etwas zu sehen; doch für seine Mühen erhielt er bloß Regenwasser, das seine Augen füllte. Zum Schutz gegen den stechenden Schmerz drückte er seine Augen fest zu. »Aari...« Ein Hustenanfall schnitt ihm das Wort ab.

»Hoch mit dir, Khel Szi. Du hast ein Schiff zu befehligen.« Starke, schlanke Hände zerrten an seinem nackten Arm, bohrten sich in seine Muskeln hinein. Ihre Finger fühlten sich wie Dolchspitzen an.

Abermals stöhnte er und schob sich in eine sitzende Position hoch; er war nicht dazu fähig, sich aus ihrem eisernen Griff zu befreien. Bei Khellians Eiern, sie war wirklich stark – dafür, dass sie so ein schmächtiges Ding war. »Aarinnaie. Du zerrst an mir.«

»Und du bist betrunken«, erwiderte Aarinnaie.

Doch sie ließ ihn los.

»Verflucht noch mal, Aarin.«

»Sie wird dich nicht so einfach gehen lassen«, sagte Osias. »Das wird keiner von uns.«

Draken rieb sich mit der Hand über die Augen und wischte den Regen weg. Tyrolean tauchte auf. Der Regen klebte ihm das Hemd auf die Brust; in jeder Hand hielt er ein blutverschmiertes Schwert. Drakens Szi Nêre folgten ihm. Halmars Gesichtszüge hatten sich zu einem mürrischen Ausdruck vertieft. Er musterte Draken, und sein Blick strich über die Leichen auf dem Deck.

»Werft die Verräter über Bord, Halmar«, wies Aarinnaie ihn an.

Halmar schaute zu Draken, der die Augen halb zukniff, um sie vom Regen zu befreien, und nickte.

»Jawohl, Szirin.« Halmar gab seinen Männern ein Zeichen. Sie hievten die zwei toten Matrosen hoch und warfen sie über die Reling. Genau in dem Moment erkannte Draken, dass Ghotze noch lebte. Aber nur gerade noch so: Er würgte an dem Blut, das aus klaffenden Brustverletzungen quoll. Das sah nach Tyroleans Werk aus.

Konnan sah zu Draken. »Khel Szi? Was soll mit dem Akhanar geschehen?«

Draken griff nach der Reling, doch er musste es zweimal versuchen, um hochzukommen. Sein Knie, das durch das Gewicht an seinem Fußknöchel auf verkehrte Weise umgebogen worden war, brachte ihn dazu, dass er vor Schmerzen ein Zischen ausstieß. Das Seil drohte unter seinem Gewicht nachzugeben. Stattdessen griff er nach einem Pfosten und zog sich selbst auf die Füße hoch. Sein Knie knickte allerdings wieder ein. Er stützte sein Gewicht auf das andere Bein. Ghotze riss den Mund auf und verdrehte seine Augen, während sie Drakens Bewegungen folgten. Seine braune Haut hatte einen gräulichen Schimmer angenommen und spannte sich straff über die Wangenknochen; sein Mund blieb aufgerissen und bewegte sich ständig. Er gab knurrende und stöhnende Laute von sich.

»Werft ihn in die See«, brummte Draken böse. »Und entfernt dieses verdammte Gewicht von meinem Bein.«

KAPITEL DREIZEHN

Ghotze trieb einen Moment lang dahin; er fuchtelte dabei verzweifelt und unbeholfen mit den Armen. Im Wasser in seiner Nähe tauchte eine Rückenflosse auf, dann eine weitere. Schaum spritzte über eine Woge, die Ghotze hinunterzog. In dem fürchterlichen Regen konnte sich Draken nicht sicher sein; doch er glaubte, einen dunklen Fleck zu sehen, der aus der Tiefe hochstieg.

Korde, der das Blutopfer begierig in sich aufnahm, bevor Ma'Vanni den Tod in ihrem Reich witterte? Der Gott des Todes war schon immer ein hungriger Schatten gewesen. Beinahe wäre es Draken gewesen, der den Ozean mit Blut befleckt hatte. Bei dem Gedanken wurde sein ganzer Körper schwächer. *Dann halte jetzt den verfluchten Regen an. Du hattest dein Festmahl.*

Er ließ sich auf das Deck nieder, da er nicht in der Lage war, sich mit dem Gewicht an seinem Bein weiterzubewegen. Zitternd unter einem Öl-Umhang musste er eine Ewigkeit lang in der Nässe sitzen, während Halmar die Schelle an seinem Knöchel durchsägte. Augenscheinlich war der Schlüssel mit Ghotze über Bord gegangen.

Aarinnaie posierte die anderen Szi Nêre an den Ankern und sperrte den Steuermann in seiner Kajüte sowie die restlichen Seemänner unter Deck ein. Die Säge schnitt durch Drakens Haut. Er gab vor lauter Schmerz zischende Laute von sich und blutete auf das eh schon blutbefleckte Deck. Dies und das Beben des Schiffes, als es eine Welle erklomm, verbargen glücklicherweise die magisch beschleunigte Heilung. Ohne ein Wort zu sagen, setzte Tyrolean seine Schulter unter Drakens und half ihm, zu seiner Kajüte zurückzuhumpeln. Sobald sie hineingegangen waren, schob Draken ihn von sich weg und verband seine bereits verheilte Schnittwunde, um sie zu verbergen. Sein Knie schmerzte, als ob in der Muskulatur eingeschlossene Stahlbänder ein stechendes Messer festhielten, das dort drinnen eingebettet war.

»Das gehört Euch, glaube ich.« Tyrolean hielt ihm Elenas Siegel entgegen.

Draken warf es sich um den Hals, als er aufstand. Selbst eine trockene Hose, warme Unter- und Übertuniken sowie ein wollener Umhang waren nicht in der Lage, sein Zittern zu beenden.

Tyrolean warf ihm eine Decke zu. »Das lief ganz schön schnell schief.«

»Wo sind Os-sias und S-setia?«

»Kümmern sich um die Crew.«

Draken ließ sich behutsam auf das Bett sinken, auf dem er anschließend mit dem Rücken an der Wand saß. Der Kojenpfosten, an den er vor wenigen Minuten noch angekettet gewesen war, war von seinen Fesseln in Mitleidenschaft gezogen worden. »Brauche Ocscher-Wein von den Gadye.« Dieses Zeug würde ihn bis ins Mark hinein wärmen.

»Ich werde danach schicken lassen.« Tyrolean streifte seine nassen Kleidungsstücke ab und ergänzte mit einem Zucken die rautenförmigen Markierungen auf seiner muskelbepackten Brust. Die Zahl seiner Tötungen. Als sie Draken erstmals vor Augen gekommen waren, hatte er sie für Einkerbungen gehalten, die nur der Prahlerei dienten. Jetzt wusste er, dass sie als Buße gedacht waren. Der Hauptmann drückte ein Tuch auf die kleinen Wunden, bis sie zu bluten aufhörten. Danach zog er trockene Kleidung an, wischte seine Schwerter sauber und steckte sie wieder in die Scheiden auf seinem Rücken.

Draken beobachtete ihn. »Wir gehen also kein Risiko ein?«

»Die Mannschaft ist wahrscheinlich loyal gegenüber Ghotze. Und Ihr werdet entscheiden müssen, was mit dem Jungen geschehen soll.«

Draken schaute auf Tyrolean und fragte sich, ob der sich an einen anderen Jungen erinnerte: einen, den sie beide nicht hatten retten können, dessen Tod jedoch zu dem wertvollen Bündnis und der Freundschaft mit Va Khlar geführt hatte. »Ghotze ist tot. Tote Akhanars bezahlen ihre Mannschaft nicht. Das sollte die Loyalität deutlich beeinträchtigen. Wo ist der Bursche?«

»Zusammen mit den Männern im Frachtraum.«

Die Tür wurde aufgerissen, und Aarinnaie schritt herein. Ihre Augen waren düster wie Sturmwolken, und die zahlreichen Zöpfe glänzten feucht. Kleine Lockenringel sprossen an ihrem Haaransatz. Ihre triefende Tunika und Hose hafteten fest an ihrem schmalen, muskulösen Körper. »Was im Namen der Heiligen Sieben war *das* eigentlich?«

»Ich glaube, das war ein versuchter Mord«, antwortete Draken. »Und was machst du so hier?«

Sie ignorierte seinen trockenen Tonfall. »Deinen jämmerlichen Arsch retten.« Sie schenkte sich selbst Bier ein, schluckte es hinunter und beäugte ihn über den Becherrand.

»Mir schenkst du keinen Becher ein?«

»Das Bier hat deinen Verstand bereits genug benebelt, und davon hast du zu wenig, um etwas entbehren zu können.«

Tyrolean öffnete den Mund, um etwas zu sagen. Draken hob müde eine Hand, damit die Erwiderung unterblieb. »Ich habe keinerlei Zweifel, dass du viele Ansichten über meine glanzlose Intelligenz hast, Aarin. Heb sie dir für später auf, wenn du reichlich Zeit hast, um mich durch deine Kritik zu vernichten. Im Augenblick bin ich mehr am Zustand des Schiffs interessiert.«

»Ich habe die Szi Nêre an die Anker gestellt und den Steuermann in der Achterkajüte eingesperrt. Die Matrosen sind im Frachtraum, verängstigt bis auf den letzten Mann. Halmar steht draußen vor deiner Tür. Er wird dich nicht allein lassen. Wir haben kaum Zeit, dies in Ordnung zu bringen, bevor wir morgen wieder Segel setzen müssen.« Sie schluckte noch mehr Bier und knallte den Becher auf den Tisch. »Draken, verdammt noch mal, was hast du dir eigentlich gedacht?«

Gedacht? Man hatte seine wahre Identität herausgefunden, ihn angegriffen, gewürgt und beinahe über die Reling ins Meer geworfen. Sogar Bruche war in Erscheinung getreten … falls er sich das in seiner Trunkenheit nicht eingebildet hatte. Da war überhaupt keine Zeit gewesen, um zu *denken*. »Ich …«

»Habe nicht gedacht. Offenkundig.«

»Aari…«

»Totaler Schwachsinn! Hast du dich nicht über Ghotze und

seine Mannschaft kundig gemacht? Er liebt Geld mehr, als ein Schiffskapitän soll…«

»Akhanar«, fiel Tyrolean ihr ins Wort. »Er war ein *Geschwader*-Akhanar, Prinzessin.«

Aarinnaie warf dem akrasianischen Hauptmann einen stechenden Blick zu und zögerte kaum, bevor sie Draken weiter schalt. »Und er hat mehr Piraten in seiner Besatzung als eine Bierschenke auf einer Insel während der Passatsaison. *Und* er ist von unserem Vater auf diesen Posten gestellt worden. Sträuben sich dir da nicht wenigstens ein bisschen die Nackenhaare? Ich weiß, dass du es weißt: Ich habe die verdammte Schriftrolle korrigiert, die du gelesen hast. Ich hab dir die Wahrheit reingeschrieben anstelle dieser schöngefärbten Möwenscheiße, die die Blut-Lords dir zusammengestellt haben. Oder bist du dir jetzt auch zu schade dafür, die für dich bestimmten Berichte zu lesen, Khel Szi?«

Draken starrte sie an; allmählich wurde ihm bewusst, dass er seinen Mund weit aufgesperrt hatte, und schloss ihn. Er stellte seinen Becher mit einem leisen Aufschlag beiseite. Es war das einzige Geräusch im Verlauf mehrerer langer Atemzüge, während deren er versuchte, die Bedeutung all dessen zu ordnen, womit sie ihn gerade überschüttet hatte – ganz zu schweigen von ihrem Temperament. Er begann mit dem unbedeutendsten Streitpunkt. »Ich vermute, ich würde in eine ziemliche Verlegenheit geraten, wenn ich für meine Mannschaft einen Seemann finden wollte, der sich noch nicht auf dem Gebiet der Piraterie versucht hatte. Sie sind immerhin Brînianer.«

»Das ist dein monoeanisches Blut, das da aus dir spricht. Du bist Khel Szi. Du könntest jeden Seemann in Brîn haben.« Sie schüttelte den Kopf und wischte über das Regenwasser, das von ihrem Haar über ihr Gesicht herabtropfte; anscheinend nahm sie gar nicht wahr, dass sie seine Herkunft in Gegenwart von Tyrolean laut erwähnt hatte. »Das ergibt keinen Sinn. Wie ist Ghotze zu dem Punkt gelangt, dich tatsächlich über Bord werfen zu wollen?«

Draken starrte sie verblüfft an. »Was meinst du damit: Wie ist er dazu gelangt? Er war glasklar in seiner Missbilligung meiner Lügen und meines gemischten Blutes, so wie es jeder in unserem von den Göttern verlassenen, unzivilisierten Hinterland ist.«

»Es schien von Anfang an darauf hinauszulaufen«, merkte Tyrolean an. »Er entledigte sich sogleich aller Leute, die dem Khel Szi hätten helfen können, und sie waren äußerst schnell damit, ihn zu überwältigen und zur Reling zu schleppen.«

Draken warf Tyrolean einen verdrießlichen Blick zu. Typisch für ihn, dass er Drakens Unfähigkeit genau dann herausstellte, wenn Aarinnaie dabei war, eine Schimpfkanonade über exakt dieses Thema loszulassen. »So schnell ist das alles nun auch wieder nicht passiert.«

Tyrolean beugte den Kopf zu ihm und erwiderte vollkommen ernst: »Ghotzes Männer überwältigten *mich* sehr schnell, Eure Hoheit. Und dann hattet Ihr keine Hilfe mehr.«

Ein langer, leidender Seufzer entrang sich Aarinnaies Brust, und sie ließ sich auf die Bank fallen. »Bleibt bei dem verdammten Gesprächsthema. Erinnert Ihr beide Euch an den Part über Ghotzes Geldliebe?«

Draken zuckte mit den Schultern. »Piraten im Ruhestand sind schon billig zu haben, und ein Geschwader-Akhanar wird gut bezahlt. Na und?«

»Auch das noch. Hast du bemerkt, wie alt dieses Gewicht war, das an deinem Bein hing? Rostig war es. Wie praktisch, dass es ihnen mitsamt einem Fußknöchelreif zur Verfügung stand.«

Draken schüttelte den Kopf; ihm entging da etwas. »Was ist damit, dass es alt war?«

»Dieses Schiff ist neu. Und noch eine andere Sache: Ghotze hat dafür gesorgt, dass wir in diesem Sturm stecken blieben. Als du dann schlussendlich rastlos geworden bist, hat der Küchenjunge den ganzen Abend unaufgefordert Bier zu dir geschleppt. Hat dich ordentlich weichgemacht, würd' ich sagen.«

»So begriffsstutzig bin ich nun auch wieder nicht. Ich habe daran gedacht.« Zu spät zwar, aber dieser Gedanke war ihm wirklich gekommen.

Tyrolean kniff seine umrandeten Augen zusammen. »Man kann einen Sturm nicht planen.«

»Ich würde es hassen, Korde zu beleidigen, da du geglaubt hast, der Sturm sei sein Fehler.« Ein humorloses, selbstgefälliges Lächeln zerrte an Aarinnaies Lippen. »Wenn dem so sein sollte, dann kennt der Hungrige Gott sein Geschäft nicht allzu gut. Vor zwei Nächten sind wir beinahe aus dem Sturm herausgekommen. Seitdem hat Ghotze das Schiff vor Anker treiben lassen und dafür gesorgt, dass das Unwetter uns stets einholte.«

Draken starrte sie an. »Wie in Khellians Namen hast du all das herausgefunden, während du unten versteckt gewesen bist?«

Sie zuckte mit den Achseln.

Was für eine Torheit: Er hätte es besser wissen müssen, als jemandem zu vertrauen, auf den sein Vater gebaut hatte. Das bedeutete, sich nochmals alle Untergebenen genau anzusehen und sie gegebenenfalls zu ersetzen. Etwas, das er tun musste, wenn er zurückkam. *Falls ich zurückkomme*, brachte er sich selbst in Erinnerung. Es war gefährlich, an die Zukunft zu denken. Zwischen hier und da musste er einen ganzen Berg besteigen.

»Wenn er es also nicht von Vater bekommen hat, wie hat er dann sein Geld verdient?«

Sie zuckte mit den Schultern. »Bestechung und Schmuggel. Jeder Kaufmann, der Vater einen Gefallen schuldete, benutzte Ghotze und seine Flotte. Nachdem Akrasia begann, mehr darauf Acht zu geben, wie viele Fahrten sein Schiff machte, erhob Vater ihn zum Geschwader-Akhanar. Kein schlechter Plan zunächst. So blieben unsere Leute geschützt. Doch zwischen den Bestechungsgeldern, Entladungsgebühren und Verkaufsabgaben in Brîn zerstörte Ghotze beinahe den Wollhandel zwischen Akrasia und Brîn. Das war, als ich noch ein Mädchen war.«

»Du hast schon damals Gespräche belauscht, die nicht für dich bestimmt gewesen sind, was? Ist wohl mein Glück, dass sich diese Angewohnheit schon früh bei dir ausgebildet hat.« Was sie erzählte, begann in sein Bewusstsein einzudringen. »Das muss der Grund gewesen sein, weshalb Monoea anfing, eigene Herden zu züchten und eigene Webstühle zu entwickeln. Ich entsinne mich, dass in jener Zeit einige wenige untergeordnete Lords ohne eigenen Grundbesitz aufgestiegen sind.«

»Ja, Ghotze hat den Wollhandel ausbluten lassen und wandte sich dann anderen Märkten zu.«

»Den Drachenstern-Inseln?«, fragte Tyrolean.

Sie zuckte mit den Schultern. Ihre Augen huschten zwischen ihnen beiden hin und her; dann blieben sie auf Draken geheftet, als ob er der Sichere von den zweien wäre. »Ja, genau. Das bringt mich auf den Gedanken, dass er dort herausgefunden haben könnte, dass du gar nicht auf den Inseln aufgezogen wurdest. Zumindest würde ihn das neugierig gemacht haben, was deine Person betrifft, sodass er zusah, ob er in deiner Vergangenheit irgendein Druckmittel gegen dich finden könnte. Er kennt Blut-Lords von den Inseln. Blut-Lords wie diesen Haufen, den ihr in jener Nacht in der Gasse getötet habt.«

»Aber Draken hat Ghotze niemals etwas angetan«, hob Tyrolean hervor.

»Aber er hat auch niemals etwas *für* ihn getan. Das Letzte, was Ghotze sich wünschte, war ein ehrlicher Khel Szi.«

Die Wahrheit dämmerte Draken. »Denn dabei springt kein Profit raus.«

Aarinnaie lehnte den Kopf zurück an den Fensterladen hinter ihr, als ob er plötzlich zu schwer für sie wäre. »Aber man kann guten Profit aus einem Fürsten schlagen, der nicht derjenige ist, der er zu sein behauptet.«

Eine kalte Last ließ sich zwischen Drakens Schulterblättern nieder. Allerdings wäre keine Münze an ihm zu verdienen, wenn er tot war. »Ich sollte also um mein Leben betteln und einen Tauschhandel mit ihm machen.«

»Jawohl, Bruder.« Diesmal lagen in ihrer Stimme Erschöpfung und Zuneigung. »Ich hätte früher handeln sollen, doch das waren alles nur Vermutungen. Die Wahrheit ist: Die ganze Sache hat sich in meinen Gedanken erst in dem Moment zusammengesetzt, als ich dich über der Reling hängen sah. Ghotze hat nicht damit gerechnet, dass du lebensmüde sein könntest.«

Draken beugte sich über seine Knie und rieb sich das Gesicht. Sie saßen schweigend da, bis Tyrolean die Stille brach. »Dann lassen wir die Crew eine Weile im Frachtraum schmoren?«

Draken kaute dies in Gedanken durch und schüttelte den Kopf. »Nein. Ich denke, ich sollte geradewegs zu ihnen sprechen.«

Tyrolean beugte sich nach vorn, mit den Armen auf den Knien, und nun war er es, der den Kopf schüttelte. »Etwas an dieser Geschichte ist völlig daneben. Ich habe einen Teil von dem gesehen, was Ghotze getan hat. Es sah für mich nicht wie eine Verhandlung aus. Es sah wie ein Mord aus, der nur darauf wartete, dass er geschieht.« Er blickte zu Aarinnaie. Ihr Kopf ruhte immer noch am Fensterladen; die Augen waren geschlossen, der Rücken gerade. »Was ist, wenn Eure Hoheit sich irrt? Was, wenn Ghotzes Auftrag lautete, Euch, Fürst Draken, umzubringen? Was würde dann geschehen?«

Drakens Stirn legte sich in Falten. »Ich weiß es nicht. Ich gebe zu, dass ich nach meinem Sturz nicht viel nachgedacht habe.«

Aarinnaie öffnete die Augen. »Die Verhandlungen zwischen Monoea und Akrasia wären ruiniert.«

»Insbesondere, wenn diese Leute dort wirklich eine Rebellion veranstalten und eine Verwendung für Draken haben.«

»Aarinnaie könnte die Verhandlungen geführt haben«, meinte Draken. »König Aissyth würde das akzeptieren, selbst wenn es die Brînianer nicht tun.«

»Aber Ghotze wusste das nicht. Er wusste nicht, dass ich an Bord bin«, warf sie ein.

Tyrolean nickte. »Also, über die Möglichkeit hinaus, mittels Eures Geheimnisses Geld zu machen, eine Möglichkeit, die bestenfalls ein risikoreiches Unterfangen darstellte – was spränge für Ghotze heraus, wenn Ihr gestorben wäret?«

»Vielleicht hat er für jemanden gearbeitet«, mutmaßte Draken.

Tyrolean wölbte eine Augenbraue. »Jemand, der gut bezahlt hat, um zu sehen, dass Quunin vom Meer aus angegriffen wird?«

»König Aissyth sagte einmal, die ehrlichste Münze sei aus Krieg geprägt.« Die schlimmsten Begleiterscheinungen seiner Trunkenheit hatten nachgelassen; zurückgeblieben waren rasende Kopfschmerzen. »Ich sollte jetzt besser gehen, um zur Besatzung zu sprechen.«

Aarinnaie erhob sich. »Was willst du ihnen erzählen?«

Draken dachte darüber nach, was er erwarten würde, in dieser Lebenslage zu hören. Er schüttelte den Kopf und hievte sich hoch. Sein Knie kreischte auf, als es das Gewicht trug. Er zuckte zusammen und verschob behutsam sein Körpergewicht ganz auf das andere Bein. Zumindest hatte er herausgefunden, was er nicht sagen sollte. »Die Wahrheit, vermute ich. Oder ein Teil davon.«

Die Leiter nach unten hinabzukommen brauchte seine Zeit. Halmar und Tyrolean beharrten darauf, als Wachen zuerst zu gehen. Sie stellten sich mit gezogen Schwertern auf und blickten ausdruckslos die Seeleute um sie herum an. Es waren zehn insgesamt, dazu der Junge. Sechs Mann und der Kapitän waren tot.

Drakens Einstieg war mühevoll und langsam; sein Knie meldete sich mit wildem Schmerz bei der Drehbewegung auf den Leitersprossen. Aarinnaie folgte ihm und schloss die Luke hinter sich zum Schutz gegen den peitschenden Regen. Sie hielt sich vom Boden des Schiffrumpfes fern und blieb auf der Leiter stehen. Sie trug ein Kurzschwert, das an ihre Hüfte geschnallt war, und ihre Arme und Beine starrten nur so von Messern, die in Scheiden steckten.

Die Matrosen wälzten sich aus ihren engen Kojen, kamen auf die Beine und starrten Draken an. Es fiel ihm schwer, den Ausdruck ihrer Mienen inmitten der Reihen der aus geschnittenem Blech gefertigten Laternen zu deuten, deren Lichtstrahlen über ihre Gesichter schwangen. Davon ausgenommen war der Kombüsenjunge, der schluchzte und sich mit seinen Fäusten die Augen rieb: Sein Gesicht war von ungezügelter Feindseligkeit erfüllt. Niemand kniete nieder oder beugte seinen Kopf oder murmelte Drakens Titel.

»Ich kümmere mich nicht um die Vergangenheit. Ich kümmere mich nicht um jene, die jetzt tot sind. Und gebt euch keiner Täuschung hin: Euer Akhanar und seine engsten Gefolgsleute sind sehr tot – ebenso wie ihre Absicht, mich zu töten.« Er musterte die Männer. »Und ich kümmere mich am allerwenigsten um Piraten.«

Er legte eine Pause ein, aber niemand bestritt seine Worte.

»Von diesem Moment an seid ihr Söldner, die mir unterstehen. Wenn ich euch befehle, an den Seilen zu arbeiten, das Deck zu schrubben oder jemanden zu töten, dann erhaltet ihr stets die gleiche Bezahlung: drei Rare für jeden Tag, die ihr ausgezahlt bekommt, sobald meine Schwester und ich sicher zurück in Brîn angelandet sind.«

Augen blinzelten, ein paar Münder klappten nach unten; weitere Männer traten von einem Fuß auf den anderen, tauschten Blicke miteinander. Er hörte, wie Aarinnaie scharf die Luft einzog. Das war eine exorbitante Summe.

»Aber der König wird Euch töten«, sagte Ghotzes Enkel mit einer verschnupften, schwachen Stimme. »Ich habe es Euch sagen gehört.«

»Dann habt ihr jetzt umso mehr Grund, ihn davon abzuhalten«, entgegnete Draken. »Auf diesem Schiff befördert ihr das Fürstenhaus von Brîn. Unser Leben liegt in euren sehr gut bezahlten Händen.«

Er stieg die Leiter wieder hoch und verbarg dabei jedes Mal ein Zucken, wenn sein schlimmes Bein das Körpergewicht tragen musste. Als Nächstes humpelte er zur Kajüte des Akhanar. Halmar folgte dicht hinter ihm. »Seid Ihr auf meiner Seite, Halmar?«

»Das Schwert hat Euch erwählt, Khel Szi«, erwiderte Halmar; seine Stimme war ausdruckslos, sein Blick felsenfest. Der Mann hatte niemals offenbart, ob er Draken respektierte oder ihn gar mochte. Er hatte geschworen, dem Haus von Khel zu dienen, und das musste genug sein.

Brimlud kam auf die Beine, als Draken die Tür öffnete; die dunklen Augen lagen im Schatten der zerfurchten Stirn. »Ihr seid am Leben, Khel Szi.«

»Ich brauche Euch am Steuerruder, wenn wir bei Morgengrauen den Anker einholen.«

»Wer wird das Schiff als Kapitän befehligen, wenn ich fragen darf?«

Gute Frage. »Wer sollte es denn Eurer Meinung nach sein?«

»Ihr kennt Euch mit Schiffen aus. Weit mehr, als ein Nêre oder Szi müsste.«

Draken war nicht durch ehrenvolle Beförderung zu diesem Wissen gekommen, und jeder an Bord dieses Schiffes wusste inzwischen von seinem Geheimnis. Er schüttelte den Kopf. Kapitän konnte er nicht sein. »Ich habe niemals zuvor ein Schiff befehligt.«

Brimlud seufzte; die Müdigkeit des alten Mannes war nicht zu übersehen. Draken bezweifelte sehr, dass dies die erste Meuterei war, die er miterlebt hatte; doch so die Götter es wollten, würde es seine letzte gewesen sein. »Ich werde darüber nachdenken.«

Seine Wahl, wie sich herausstellte, fiel auf Joran, einen bärenstarken jungen Mann von nicht mehr als fünfundzwanzig Sohalias, mit Zöpfen, die seinen Rücken hinunterhingen, und Muskeln so dick wie Takelage-Knoten. Er war auf eine ruhige Weise ehrerbietig gegenüber Draken, den es wenig scherte, ob dies Ausdruck wirklichen Respekts oder wegen des Geldes so war. Noch vor Anbruch der Morgendämmerung studierte Joran die Karten, zog den Anker ein und brachte die Mannschaft dazu, Segel zu setzen. Als Draken schließlich seinen »bierkranken« Magen mit dem Frühstück füllte, ließen sie den Sturm hinter sich.

Die Stille war bedrückend nach den Tagen, an denen peitschender Wind und prasselnder Regen geherrscht hatten. Sie wurde nur unterbrochen durch das Klatschen kleiner Wellen, das Knarren von Tauen und Holz, dem von den Spieren herabtropfenden Regen und durch Jorans ruhige Stimme, während er über das Deck schritt, um zu sehen, ob seine Befehle ausgeführt wurden.

Das Meer und der Himmel vor ihnen hellten sich auf. Hinter ihnen lag das tiefdunkle, elende Grau des Sturms. Als Draken das Unwetter aus dieser Entfernung sah, setzte sich in seinem Bewusstsein der Gedanke fest, dass Kordes Unmut sich ganz offensichtlich darin ausdrückte, gleichgültig, was Aarinnaie darüber auch sagen mochte. Er stand auf dem Achterdeck an der Reling – die Tröpfchen des Nieselregens sprühten vor seinen Augen, während sie von der eingeölten Kapuze seines Umhangs herabtropften – und starrte in dieses unheimliche, Furcht einflößende Grau. Vor seinem inneren Auge zogen die Leichen jener Leute vorbei, die versucht hatten, ihn zu töten, und die nun in den Bäuchen großer Meeresfische gelandet waren oder noch im Wasser dahintrieben. Und danach sah er in Gedanken Elena, an die er fast einen ganzen Tag lang nicht gedacht hatte. Ging es ihr gut? Kümmerte man sich um sie? Wurde sie beschützt?

Aarinnaie gesellte sich zu ihm. »Joran bringt uns mit einer Wende wieder auf Kurs. Offensichtlich hat Ghotze den verlassen, damit wir im Sturm bleiben.«

»Ich bin immer noch neugierig, wer hinter all dem steckt.«

»Osias sagt, er wird in Ruhe die Mannschaft befragen, um mehr Informationen zu bekommen. Du weißt ja, wie die Mantiker sind, holen Antworten aus dir heraus, bevor du bemerkst, dass sie eine Frage gestellt haben.«

Er nickte. »Du bist auch schon davon betroffen gewesen.«

Aarinnaie lachte. Der am nächsten stehende Matrose blickte zu ihr zurück. Draken konnte seinen Gesichtsausdruck nicht deuten. Irgendwo zwischen Furcht und Bewunderung. »Du ebenfalls, Bruder. Eine Sieben-Nacht nach der anderen, und du hast es nicht einmal gewusst.«

Er brummte. »Ich hatte noch nicht einmal von Mantikern gehört, bevor ich nach Akrasia kam.«

»Richtig. Vater hat erwähnt, dass Monoeaner Vorurteile gegenüber der Magie hegen.« Sie warf ihm einen Blick zu. »Einige Tausend Mal hat er das gesagt.«

Er weigerte sich, diesen Köder zu schlucken. »Monoea ist ein kultiviertes Land – und ein gläubiges. Wir hegen keine Vor…«

»*Wir*, Khel Szi?«

Ihr Götter, es war, als ob er versehentlich sein Schicksal akzeptiert hatte. *Niedrig geboren werden, niedrig sterben*, dachte er. »Ich bin ein halber Monoeaner der Abstammung nach – und weit mehr als das, wenn ich nach meinem Herzen gehe.«

»Und was ist mit Brîn?«

Er gab keine Antwort. Brîn war … Pflicht. Er stammte aus Brîn, vielleicht mehr als aus irgendeinem anderen Ort. Doch er *fühlte* nicht in der Weise, wie er es sollte. Ausgenommen, wenn es um Elena ging, und Elena war Akrasia. Er hatte keine Ahnung, wo ihn das jetzt stehen ließ.

»Wird dein königliches monoeanisches Blut dich vor dem Schwert des Königs retten?«

»Nein.« Hoch oben drehte sich ein Segel, als der Regen nachließ. Der Himmel hellte sich zu einem trüben Weiß auf, wie mattes Mondgeschmiedetes. Endlich. Er schob die Kapuze seines Umhangs nach hinten. »Der König ist das Gesetz.«

»Was bedeutet, dass sein Volk in Abhängigkeit von seinen Launen lebt.«

»In Wahrheit werde ich wahrscheinlich in seinen Kerker geworfen und dort eine Sieben-Nacht oder mehr verbringen, während er mit seinen Lords über mein Schicksal berät. Sie werden ihn drängen, mich zu töten.« Sie hatten ihn nie gemocht, den versklavten Bastard-Cousin des Königs. Als er Lesle ermordet aufgefunden hatte, war ihm der Gedanke gekommen, dass die Tat von irgendeinem besorgten Landadligen begangen worden war, schließlich hatte der Dienst in der Schwarzen Garde Draken Einblick in viele Geheimnisse der monoeanischen Aristokratie gewährt. »Ich glaube – ich bete darum –, dass er es sich diesmal gut überlegt.«

»Dieses Mal?«

»Es ist immer ein Spiel, sich anzusehen, wer den König am besten überreden kann. Diesmal glaube ich, dass sie alle miteinander übereinstimmen werden. Das könnte uns Zeit verschaffen; wahrscheinlicher aber ist, dass es uns Zeit kostet.«

»Du hättest Elena sagen sollen, wer du bist«, meinte Aarinnaie.

»Ich wäre tot, hätte ich dies gesagt, und wo wäre Brîn dann jetzt, was denkst du?«

»Das weißt du doch gar nicht.«

Er schnaubte. »Ich denke, ich weiß es schon. Elenas Lords hassen mich ebenso wie die von König Aissyth.« Draken dachte an den schmeichlerischen Ilumat, der über seine Königin und sein zukünftiges Kind »wachte«, und in seinem Magen wurde das Frühstück durchgerührt. Es würde für Elena nicht schwierig sein, sein Kind beiseitezuschieben für eines, das sie in einer Ehe bekam. Oder sein Kind für den leeren brînianischen Thron vorzuhalten.

Aarinnaie neigte den Kopf und dachte nach. Eine Brise verfing sich in ihren schmalen Zöpfen und hob einige von ihnen an. Sie steckte sie hinters Ohr. In diesem Augenblick konnte Draken sich beinahe vorstellen, wie sie als kleines Mädchen gewesen sein musste. Bevor man ihr das Töten beigebracht hatte. Als sie noch ein argloses Kind gewesen war.

Du bist dumm, schalt er sich selbst. Aarinnaie war vieles, doch er würde gutes Geld darauf wetten, dass sie noch nie arglos gewesen war.

»Ich hatte den Wunsch, dass du bleibst und Elena als meine Regentin hilfst«, sagte er.

»Eine Szirin kann keine Regentin von Brîn sein.«

»Warum nicht? Brîn muss entsprechend *meiner* Laune leben, nicht wahr?« Mit einem Mal hellte sich seine Stimmung ein wenig auf. Er beschloss, sich nicht zu fragen, warum.

Ein Lächeln zupfte an ihren Mundwinkeln. »Hast du gerade etwas im Scherz gesagt, Khel Szi? Läute nach einem Schreiber, damit wir das Ereignis schriftlich festhalten können.«

Sein Lächeln passte zu ihrem: schwach, aber echt. Sie streckte den Arm aus und legte ihre Finger um sein Handgelenk. Dann ließ sie ihre schmale Hand in die seine hineingleiten. Abermals war er davon beeindruckt, wie schmächtig sie war. So jung. Und dennoch stark. Kraftvoll. Diese kleinen Finger waren schon viele Male von Blut verschmiert gewesen.

»Erzähl mir von deiner Mutter«, forderte er sie auf. »Ähnelst du ihr?«

Sie nickte. »Ich denke schon, den Gemälden nach zu urteilen. Ich erinnere mich jedoch nicht an sie. Sie starb bei einer Geburt, als ich drei war. Unser kleiner Bruder lebte kaum eine Sieben-Nacht. Hätte er überlebt, wäre er nun Szi, nicht du. Augenscheinlich haben die Götter getan, was sie mussten, um dich in Brîn gekrönt zu sehen.«

In der Tat, er traute es den Göttern glattweg zu, eine Mutter und ihr Kind zu töten. Sie hatten Lesle sterben lassen. Er hätte es als Aberglaube bezeichnet, wären da nicht zu viele zueinanderpassende »Zufallsbegebenheiten« gewesen, um sie außer Acht zu lassen.

»Und was ist mit deiner Mutter, Draken?« Ihr Ton wurde sanft. »Lebt sie noch?«

»Das war jedenfalls das Letzte, was ich hörte. Ich habe sie niemals kennengelernt.« Er schüttelte den Kopf und starrte hinaus auf das Meer, suchte nach der Linie, wo das Wasser sich mit dem Himmel traf. Der Übergang war nahezu bruchlos, mit Ausnahme einer kleinen, schattenhaften Unebenheit. Er runzelte die Stirn. »Ist das Land oder ein anderes Schiff?«

»Sieht wie Rauch aus«, sagte Osias, der zur Reling kam.

Aarinnaie nickte. »Ich habe die Karten studiert. Bis Monoea sollen wir nicht wieder auf Land stoßen. Wir haben die Unbemannten Inseln bereits passiert. Es muss ein Schiff sein.«

Draken drehte sich wieder um und blinzelte. Er wünschte, er hätte sein Fernglas mitgenommen, doch es war zu kostbar, um das Risiko einzugehen, es an Bord eines Schiffes zu verlieren. »Akhanar?«

Joran trat näher heran. »Khel Szi?«

»Steuert auf diesen Rauch am Horizont zu. Ich will sehen, was das ist.«

Joran gab die Befehle. Die drei Matrosen an Deck machten sich daran, die Leinen zu straffen. Brimlud drehte das Steuerruder auf den neuen den Kurs; und die Segel blähten sich, als ein frischer Wind sie füllte. Draken blickte mürrisch, während ihre Geschwindigkeit zunahm.

»Ist ja fast so, als ob die Götter uns dorthin pusten wollten«, murmelte er.

Aarinnaie schüttelte den Kopf. »Nicht jede Sache ist ein Omen der Götter, Bruder.«

Er blickte sie an. »Glaubst du das wirklich, wo du mich doch kennst?«

Sie lachte, jedoch leise und grimmig. Ihre Augen waren auf den Rauch fixiert, der rasch zu dem sich blau färbenden Himmel hochquoll.

KAPITEL VIERZEHN

Als sie dem Schiff näher gekommen waren, hatte sich der Rauch zu einem gespensterhaften Lufthauch in der Meeresbrise verringert. Ein Handelsfrachter, der in Brînianisch die Aufschrift *Seeschwalbe* trug: Er hatte Wasser aufgenommen und schleppte sich tief durch die See. Die Asche seiner verbrannten Segel schwebte immer noch in der Luft. Geschwärzte Tuchstreifen hingen von den Schiffsbäumen herab. Trümmerstücke trieben auf den ruhigen Wellen. Trotz wiederholter Zurufe antwortete niemand.

Ghotzes Enkel Treol kletterte mühelos einen Mast hinauf – er hangelte sich Hand über Hand nach oben wie die Fingerkatzen in den Norvern Wildnissen von Monoea – und suchte das Meer ab in alle Richtungen.

»Kennt jemand von euch die *Seeschwalbe*?«, rief Draken laut. »Ihren Eigentümer? Ihren Akhanar?«

Die Matrosen versammelten sich an Deck, um sich das Wrack anzuschauen. Sie schüttelten die Köpfe und nuschelten Verneinungen. Mehr als nur einige von ihnen schlitzten mit einer Klinge ihre Unterarme auf und ließen Blut ins Wasser tropfen: eine brînianische Opfergabe an die Götter, während man darum betete, dass das eigene Schiff unversehrt blieb. Tyrolean warf Münzen in die See.

»Kein anderes Schiff in Sicht, Kapitän«, sagte Treol, als er vom niedrigsten Mast heruntersprang; seine nackten Füße dröhnten beim Aufprall auf dem Deck wie schwere Stiefel. Ungeschickt ließ er sich auf die Knie vor Draken nieder. »Auch kein Lebender. Leichen treiben umher, und Haie kreisen um das Schiff. Und da ist ein großer rotbrauner Fleck auf dem Achterdeck.«

»Ein Fleck?« Draken legte die Stirn in Falten und schaute den Mast hoch; er fragte sich, ob er nach oben gehen sollte, um es sich selbst anzusehen.

»Es ist ein brînianisches Schiff. Seht ihr's? Genau dort«, sagte Setia, als sie um das Vorschiff herumsegelten. Ihre kleinen Hände hielten die Seilreling fest umklammert. Das Banner von Brîn mit der sich windenden Schlange hing schlaff und zerrissen an der Bordwand herab.

»Ihr denkt also, die Monoeaner haben dies getan?« Tyroleans scharfen dunklen Augen entging nichts.

»Oder Piraten«, sagte Draken. Als sie an dem Schiff vorbeiglitten, tauchte eine Leiche zwischen den Trümmern auf. Sie trieb mit dem Gesicht nach unten dahin; die Arme und langen Haare schwankten im Meer wie Buchtgras. Die untere Hälfte des Körpers war verschwunden. Draken konnte die Menschenart nicht erkennen, doch das Haar war nicht gelockt.

»Hab niemals von einem Piraten gehört, der Gefallen daran findet, Beweise zu hinterlassen«, erwiderte Joran, dessen Blick kurz zu Draken huschte.

»Ihr müsst es ja wissen«, sagte Aarinnaie steif.

Joran straffte sich, doch er erwiderte nichts darauf.

»Aarinnaie, Joran ist kein Pirat«, ermahnte Draken sie. »Entschuldige dich.«

Sie schob sich eine Haarsträhne aus dem Gesicht. »Das werde ich nicht. Mein fürstlicher Bruder musste Eure Loyalität kaufen. Ihr habt nichts unternommen, als Ghotze versuchte, ihn umzubringen.«

Ihre Unterlippe zog eine Schnute, und ihre Augen wurden groß. Draken seufzte. Dies war wahrscheinlich das Letzte, was einige Leute in ihrem Leben gesehen hatten: diese trügerisch reizvolle, unschuldige Miene.

»*Genug*, Aarin«, sagte er.

Aarinnaie schoss ihm einen wütenden Blick zu, doch sie beruhigte sich.

»Soll ich die Szirin zu Eurer Kajüte bringen, Khel Szi?«, fragte Joran höflich, als ein weiterer Leichnam vorbeischwamm. »Ich fürchte, dies wird hässlich, ehe es erledigt ist. Vielleicht ist das nichts für das, äh, empfindlichere Zartgefühl einer Frau.«

Aarinnaie gab ein frustriertes Brummen von sich. Draken hielt ihrem Blick stand und schüttelte ganz leicht den Kopf. Kein Wunder, dass sie sich vom Hof fernhielt. Sie konnte nicht die kleinste Debatte hinter sich bringen, ohne um sich zu schlagen. Doch er mochte Joran, also bewahrte er seinen sanften Tonfall. »Meine Schwester besitzt nicht das übliche weiche Zartgefühl der Frauen, Akhanar. Es wird nicht nötig sein, danke. Außerdem schätze ich ihren Rat.«

Es ehrte ihn, dass Joran seine Überraschung gut verbarg und nichts weiter sagte. Drakens Achtung vor seinem neuen Schiffskapitän stieg abermals.

»Einige Monoeaner wissen, dass der Khel Szi hier langkommen muss«, gab Aarinnaie zu bedenken. »Diese Schiffskapitänin und ihre Mannschaft, die anderen Schiffe. Glaubst du, sie haben all diese Leute getötet?«

»Das ist möglich.« Seine Stimme war leise; kein Hauch steckte dahinter.

»Zu welchem Zweck?«, fragte Tyrolean.

Um ernsthaft einen Krieg zu beginnen? »Ich weiß es nicht. Doch ich gehe dort hinüber und finde es heraus. Joran, lasst das Ruderboot runter.«

Die *Seeschwalbe* hatte genug Wasser aufgenommen, dass sie stark krängte. Von seinem Ruderboot aus an Bord zu klettern machte das zu einer einfachen Angelegenheit: Die Seilreling war nur eine Armlänge von der Oberfläche des Meeres entfernt. Trotzdem kostete es ihn eine gehörige Anstrengung, sich soweit in die Höhe zu befördern, dass er mit seinem unversehrten Knie das Deck erreichte. Er hing halb über der Reling und starrte auf die schrägstehenden Planken. Die *Seeschwalbe* ähnelte jedem anderen Schiff, auf dem er jemals gewesen war, abgesehen davon, dass die Takelage leise in der Totenstille knarzte.

Er hörte Tropf- und Klettergeräusche auf seiner Schwerthandseite und blickte dorthin. »Aarin!«

Seine Schwester zog sich mit ernstem Gesicht zu ihm hoch. Sie trug bloß ein Unterhemd, das an ihrem schlanken Körper klebte. Er konnte ihre Rippen, die kleinen, hohen Brüste und die Schultermuskeln nicht übersehen, und wandte seine Augen ab.

»Bist du eigentlich dazu in der Lage, meinen Namen auszusprechen, ohne missbilligend zu klingen?«, fragte sie.

»Das war töricht – zu schwimmen. Es gibt Tiere in diesem Wasser, die dich verschlingen könnten.«

»Die sind mit den Toten beschäftigt. Außerdem brauchst du mich«, sagte sie. »Du schätzt meinen Rat. Schon vergessen, mein Bruder? Mein Fürst?«

»Sei verflucht, Mädchen.«

Draken ging vorsichtig das sich verschiebende, schräge Deck hoch ... Nun ja, er humpelte hoch. *Verdammtes Knie.* Er warf einen kurzen, finsteren Blick zu der großen Ausdehnung von blauem Himmel hoch, obgleich die Götter schliefen. Die heilende Magie, die es nicht schaffte, seine alten Verletzungen zu flicken, sollte ihm anscheinend eine Mahnung sein, dass er ein Werkzeug der Götter war: etwas, das geschärft aufbewahrt werden sollte, aber stets von ihrem Wohlwollen abhängig war. Über diese Gedanken hinaus sah er, dass Rauch von einem Feuertrog auf dem Schiffsheck hochstieg. Die Kohlen brannten herunter, und die Asche quoll beinahe über den Trog. Das Holz, das daneben aufgestapelt lag, war fast aufgebraucht. Jemand hatte ein großes Feuer entzündet, um mit dem Rauch auf sich aufmerksam zu machen. Eine Brise erfasste die Asche und wirbelte sie Staubteufeln gleich über den Wellen umher.

Er erklomm die wenigen Stufen zum Achterdeck und starrte auf das Siegel, das auf das Holz gemalt worden war. Die frische Meeresbrise konnte den Geruch von Blut nicht beseitigen. Das Siegel war eine Körperlänge breit. Der es umgebende Bereich war mit Handabdrücken verschmiert. Es gab eine große blutige Schleifspur, die zur Reling führte, als ob ein Körper dorthin geschleppt und ins Meer geworfen worden war. Draken kam der Gedanke, dass jemand seinen Handteller in heißes Blut gesteckt hatte, das aus einer frischen Wunde hervorgequollen war, um anschließend mit Absicht seine Finger über das Deck zu ziehen. Er hatte so viele

Schrecken im Krieg gesehen, dass ihm die Übelkeit angesichts von Blut und Zerstörung kaum mehr zusetzte. Aber das hier …

»Der Junge hat die Wahrheit erzählt. Dies ist das Zeichen des Hauses Khisson«, sagte Aarinnaie.

Draken bemühte sich sehr um Gleichmut, doch es misslang ihm; er biss die Zähne zusammen. Aarinnaie klammerte sich an einen Mast und starrte ihn mit dunklen Augen an.

»Es ist eine ekelhafte, beschissene Vergeudung«, sagte er leise knurrend. Er starrte seine Schwester zornig an. Die Attentäterin. Die Mörderin. Diejenige, die über den Tod von Akrasianern einst gespottet und die Joran wegen seiner Loyalität beschimpft hatte. »Siehst du jetzt, wie der Tod sich darstellt? Siehst du, wie hässlich, wie fahrlässig er ist? Das Blut fließt rot, ob man nun ein Freund oder ein Feind ist. Leichen stinken, gleichgültig, wer sie im Leben gewesen sein mögen. Ob sie Akrasianer oder Monoeaner oder Brînianer waren. Ob König oder Sklave. Am Ende vermodern wir alle.«

»Ich weiß«, sagte sie leise. »Ich weiß.«

Er drehte ihr den Rücken zu und humpelte den kleinen Treppenlauf zu den Kajüten hinunter, wobei er sich an der Wand abstützen musste, um das schräge Deck zu bewältigen. Seine Schwester folgte ihm nicht.

Der Kapitän, der das Zeichen des Schiffes auf seiner Tunika trug, lag ausgestreckt in seiner Kajüte. Er hatte gekämpft, war jedoch offensichtlich mit Leichtigkeit getötet worden. Man hatte ihn tot mit seinem Schwert in der Hand zurückgelassen. Kreuz und quer in Hals, Brust und Gesicht hatte er tiefe Schnittwunden davongetragen.

»Khel Szi?« Sanft, bescheiden klang ihre Stimme. »Es gibt etwas im Frachtraum, das du dir ansehen solltest.« Immer noch wütend über die Verschwendung von Leben, die es gebraucht hatte, um das blutige Siegel zu zeichnen, schritt Draken zurück; seine nackten Füße fielen hart und ungleichmäßig auf das schräge Deck. Aarinnaie stand neben der Luke; ihr Körper war steif unter ihrem nass anliegenden Unterhemd. Sie hielt die Luke so erbittert fest, dass Muskeln und Sehnen an ihren Handgelenken gegen die Messerscheiden drückten, die an den Armen festgeschnallt waren. Sie erwiderte Drakens Blick mit schmerzerfüllten, blinzelnden Augen.

Drüben auf der *Fluch* blieb Tyrolean an Deck; er stand immer noch an der Reling und schaute zu.

Der Gestank des Todes war hier noch stärker; er wehte in penetranten Schwaden nach oben. Draken stählte sich und ging ein paar Leitersprossen nach unten. Der Geruch wurde augenblicklich intensiver: ein qualvoller Cocktail aus Eingeweiden, Schweiß, Blut, schalem Meereswasser und verbranntem Fleisch. Wellen schlugen leise gegen den dem Untergang geweihten Schiffsrumpf, übertönt von dumpf klirrenden Ketten. Dazu gluckerte das Schiff, da es immer mehr Wasser aufnahm.

Seine Augen passten sich schneller dem dämmrigen Licht an als sein Verstand dem, was er da sah. Es dauerte, bis er tatsächlich begriff, wie viele Leichen sich hier im trüben Licht des Laderaums aus der Dunkelheit schälten. Körper. Überall. Dicht an dicht. Schlaff. Regungslos.

Vom Unheil gezeichnete Antlitze, die Gefühle von grimmiger Akzeptanz bis hin zu Entsetzen ausdrückten. Blaue Augen, die beinahe so weit aufgerissen waren wie die Gedärme und Hälse. Blondes Haar mit schwarzen Klecksen. Gebräunte Haut, die plötzlich bleich geworden war – ausgeblutet. Feine Woll- und Seidenstoffe, gesprenkelt von blutroten und braunen Flecken.

Die Leichen trieben nicht in dem besudelten Wasser dahin. Ketten hielten sie fest.

Jemand war zwischen ihnen umhergegangen und hatte alle ermordet.

Draken wechselte seine Position und sein Schatten mit ihm. Die Sonne erhellte ein Gesicht … eines, das er kannte. Sie war die Frau eines Soldaten der Schwarzen Garde gewesen, der unter ihm gedient hatte. Laryson – so lautete ihr gemeinsamer Name. Draken spähte umher und fand auch den Gardesoldaten. Dessen Kopf hing schlaff im Wasser, war beinahe vom Hals abgetrennt.

Es dauerte mehrere Herzschläge, bis er sich erinnerte, wieder zu atmen. Danach bedauerte er es, ein weiteres Mal die Lungen mit Todesgestank gefüllt zu haben. Er begann rasch die Leiter hochzusteigen, stolperte über sein schlimmes Knie; dann hielt er inne und kletterte wieder nach unten. Er hielt seinen Atem an, als er den Arm in brackiges, stiefelhohes Wasser streckte, um eine kalte, feuchte Hand zu ergreifen und anschließend eine andere. Keine Brandmale, die den seinen entsprachen. Die Leute hier waren keine Verbrecher gewesen. Und ihre Kleidung war von guter Qualität. Untergeordnete Lords – wenigstens. Militärangehörige. Vielleicht auch einige Landadlige.

Er hatte Unrat an den Armen, der bis zu seinen Ellbogen hochreichte. Besudeltes, öliges, stinkendes Meerwasser. Er kletterte wieder hoch, entdeckte das Regenfass und steckte seine gebrandmarkten Hände hinein, um sie zu reinigen.

Aarinnaie beobachtete ihn; eine Hand hatte sie über Nase und Mund gelegt. Das dämpfte jedoch nicht den Ansatz von Hysterie in ihrer Stimme. »Wurden sie alle verbannt? Sind das alles Verbrecher? Es sind so viele. Das ist doch nicht möglich, oder?«

Er schüttelte langsam den Kopf und zwang sich, die Galle unten zu halten, den Rücken zu strecken, die Bilderwelt aus seinen Gedanken zu vertreiben. Eine gesegnete, gewohnheitsmäßige Gefühllosigkeit zog in seinen Geist ein. Aber er würde niemals der Erinnerung an den Gestank entkommen. Diese Leichen würde er nicht mehr vergessen.

»Keine Verbrecher.« Als seine Schwester die Stirn runzelte, fügte er hinzu: »Militärangehörige. Soldaten der Schwarzen Garde. Adlige.«

Sie senkte die Hand, ballte sie zur Faust. »Dies ist ein brînianisches Schiff. Haben unsere Leute das getan?«

Draken wollte in die See eintauchen und so tief und so kraftvoll wegschwimmen, wie er konnte. »An Bord wird es wohl Brandöl geben. In der Kombüse. Oder auf dem Achterdeck zur Verteidigung. Irdene Krüge. Such es.«

Sie starrte ihn einen Augenblick länger an, bevor sie ging, um einen Krug zu holen und zu ihm zu bringen. Er schickte sie los, mehr zu besorgen. Zusammen verschütteten sie das beißende Öl auf dem Deck, bevor sie in ihr Ruderboot flüchteten.

Obgleich sie unvermeidlich sank, wollte Draken – benötigte

Draken es –, dass die *Seeschwalbe* brannte. Er musste sicherstellen, dass sämtliche Beweise des Grauens vernichtet wurden. In dem Augenblick, als er noch nicht einmal an den Grund dafür denken konnte, wusste er einfach instinktiv, dass es nicht anders ging. Er warf die Schultern vor und begann zu rudern.

Die Gischt durchnässte sie; ein feiner Wind setzte ein. Nachdem er sich auf der *Fluch* abgetrocknet und frische Kleidung angezogen hatte, trank er angewärmten Wein, den ihm der wohlmeinende Kombüsenmaat in die Hand drückte. Anschließend ging er in seine Kajüte, wo er seinen Bogen wiederfand. Zurück auf dem Achterdeck, zündete er einen Pfeil nach dem anderen im Feuerbecken an, während Brimlud sie vom Wrack wegsteuerte. Für eine kleine Weile war der vertraute Bogen in der Hand alles, was Draken bewusst wahrnahm. Ziehen, loslassen – das beruhigende Aufschlaggeräusch der Sehne an seinem Handgelenkschutz. Das Deck und die schlaffen Segel der *Seeschwalbe* fingen Feuer. Er schoss, bis sie außer Reichweite waren. Dann schaute er zu, wie das Wrack im Rauch und in der See verschwand, während sie fortsegelten. Osias, der in seinen weißen Umhang eingehüllt war, sah sich das Ganze ebenfalls an; der Wind zerrte an seinen Zöpfen. Er hatte in den vergangenen Tagen nicht viel geredet, als ob er schon von den Schrecknissen gewusst hätte, die auf diesem Gewässer dahintrieben, und von den Gräueln, die direkt vor ihnen lagen – in Monoea.

Auch Tyrolean gesellte sich zu Draken an die Reling. »Gute Schüsse, Eure Hoheit.«

Er gab darauf keine Antwort; doch er konnte die Erleichterung nicht bestreiten, die damit einherging, wieder einen Bogen in der Hand zu halten, insbesondere in Verbindung mit dem Gefühl der rollenden Wellen unter seinen Füßen. Es vermittelte ihm die beruhigende Empfindung, ein einzelner Stein zu sein, der mit Mörtel in eine Mauer eingefügt war – und eben nicht der Schlussstein, von dem alles abhing. *Genau so bin ich*, dachte er. Ein monoeanischer Halbblut-Sklave. Ein Bogenschütze. Nacht-Lord. Khel Szi. *Wenn ich dafür sterbe, dann sei es so.*

Tyrolean versuchte es erneut. »Eure Schwester ruht sich jetzt aus.«

Draken lenkte ein, ohne dass dies seine Statur schwächte. »Gut.«

Aarinnaie hatte sich rargemacht, nachdem sie an Deck hochgestiegen war und sich von Tyrolean in ihren Umhang hatte einhüllen lassen – offensichtlich erschüttert von dem Massaker, das sie bezeugt hatte. Draken hatte nicht das Zeug dazu, sie zu trösten. Sein Verstand haderte immer noch mit den möglichen Kosten. Sein Leben – auf jeden Fall. Und vielleicht das der anderen zusammen mit dem seinen.

Die Götter mögen sie beschützen. Vergesst mich. Beschützt meine Schwester. Meine Freunde. Diese Männer.

Diesmal musste er sich nicht bemühen, die Götter nicht zu verfluchen, während er betete. Er zog die scharfe Kante eines Pfeils über seinen Handrücken und ließ sein Blut ins Meer fallen. Eine Opfergabe an Korde. An Khellian. Eine unverstellte Bitte.

Als er fertig war, fragte Tyrolean: »Habt Ihr irgendetwas von Nutzen erfahren?«

Draken ächzte. Starrte ein paar Atemzüge länger vor sich hin. »Der Frachtraum war voller Monoeaner. Offiziere und Adlige. Tot – allesamt.«

»Piraten …?«

»Nein.«

Stille. »Wer würde dann so etwas tun?«

»Yramantha«, antwortete Draken.

Osias hatte sich selbst aus seinem Tagtraum wachgerüttelt und gesellte sich zu ihnen an die Reling. »Ich glaube, es muss so sein. Doch ich weiß nicht, warum.«

Tyrolean schüttelte den Kopf. »Ich weiß nicht, ob wir solch eine Schlussfolgerung ziehen dürfen. Es ist ein großer Ozean. Jeder könnte das getan haben …«

»Das Siegel ist das gleiche, das Yramantha getragen hat. Das gleiche wie das des Hauses Khisson. Sie wusste, dass ich hier entlangkomme. Sie zeigt ihre Zähne.«

Tyroleans Zaudern sagte Draken, dass die Nachricht zu dem gelassenen Hauptmann durchgedrungen war. »Wie viele?«

»Zweihundert. Vielleicht sogar dreihundert? Keine Brandmale. Ich hab's überprüft.« Drakens Hände klammerten sich fester um die Reling. Seine eigenen Brandmale hoben sich deutlich von seiner Haut ab; die Narben blass, marmoriert, hässlich. »Das waren keine Verbrecher, keine Sklaven oder Kriegsgefangene. Sie waren eine Botschaft von Yramantha an mich.«

KAPITEL FÜNFZEHN

»Komm jetzt, Bruder, halt still. Wir sind fast fertig.«

Draken versuchte, keine Miene zu verziehen, während Aarinnaie eine strenge, stilisierte Khelliansmaske in Weiß und Rot auf sein Gesicht malte. Sie fluchte und streckte die Hand mit dem feuchten Lappen darin in die Höhe, um den Abschnitt zu korrigieren, den sie durch seine Schuld verschmiert hatte.

Er trug eine schwarze Hose von der Art, die weit geschnitten und mit einer Schärpe versehen war. Meergeboren war mit einem bestickten Ledergürtel an seine Hüfte und den Oberschenkel geschnallt. Dicke, mondgeschmiedete Manschetten umhüllten seine Handgelenke anstatt der für ihn charakteristischen ledernen Armschienen. Und über all das hatte er den Umhang gelegt, den Elena ihm gegeben hatte: aus schwarzer Wolle und auf jeder Schulter mit zwei grünen Streifen verziert, die seinen akrasianischen Rang als Nacht-Lord bezeichneten. Ein richtiger brînianischer Szi würde nur dann Stiefel tragen, wenn er durch Schnee ging oder sich auf einer langen Reise befand, niemals aber in jemandes Haus oder bei Hofe. Daher war Draken trotz der Kälte barfüßig, und auch seine Brust blieb unbedeckt; die Grenze hatte er allerdings bei Ringen an den Zehen gezogen.

Aarinnaie streckte die Hand mit dem Zeichenstift und malte eine weitere schmale Rolle auf Drakens Wange. Sie blinzelte zu ihm auf, wobei ihre Zungenspitze aus einem der Mundwinkel hervorlugte, füllte eine Linie unterhalb des mondgeschmiedeten Kronreifs auf seiner Stirn aus und trat zurück.

»Da hast du's. Ganz streng und edel. Die Götter sollten zufrieden sein.«

»Würdest du wissen, dass ich es bin? Ich würde mir gerne ein bisschen Zeit verschaffen.«

Aarinnaie schüttelte den Kopf; ihre Stirn war in Falten gelegt, ihr Blick besorgt. »Ich weiß nicht. Ich glaube nicht.«

Er drehte sich um, als er spürte, wie das Schiff gegen eine der gewaltigen äußeren Hafenanlagen stieß, die am Grund der Schwesterbucht verankert waren. Ein kunstvoll verzierter Kahn wartete darauf, sie aufzunehmen und an Land zu bringen. Draken hatte ihn gesehen, als sie in den Hafen eingelaufen waren, was zeigte, dass Yramantha die Nachricht von ihrer Ankunft weitergegeben haben musste. Aber es hatte zwei qualvolle Tage des Nachrichtenaustauschs quer durch den Hafen gedauert, bis sie sich auf die Modalitäten für seine Präsentation vor König Aissyth und Königin Bolaire hatten einigen können. Irgendwann während des vergangenen Sohalia hatte er vergessen, wie lange Monoeaner brauchen, um solche Angelegenheiten zu ordnen. Er hatte gehofft, die Knoten in seinem Bauch würden sich lösen, sobald er sich darauf vorbereitete, an Land zu gehen, doch sie waren nur noch enger geworden. Er konnte seine Gedanken nicht daran hindern, bibbernd den holprigen, dunklen Weg zu seinem Tod entlangzugehen. *Bald*, sagte er zu sich selbst. Gewiss würde es bald sein.

Aarinnaies Gewand bedeckte sie vom Hals bis zur Ferse; der Stoff allerdings schmiegte sich an ihre Kurven. Vater hatte ihr ohne Zweifel alles erzählt, was sie über Monoea und die geziemende Hofsitte wissen sollte. Sobald sie einen Umhang anlegte, war sie mehr als nur dem Anlass gemäß gekleidet. Ihr dunkles Haar, das von den Zöpfen befreit und gründlich gewaschen war, hing in wunderbar geordneten Ringellocken herab. Anders als in Brîn, war es in Monoea nicht angemessen, das Haar einfach lose zu tragen. Draken war nicht wenig stolz auf sie. Verflucht sein sollten die Sieben, die ihn zu diesem Moment führten, und alle, die seine Schwester verletzt hatten. In ihrem kurzen Leben hatte sie genug Leid gesehen. Sie hing jetzt von ihm ab, und sie würde ihn womöglich hier verlieren. Zuzuschauen, wie ihm der Kopf von den Schultern getrennt wurde, konnte ihr Verderben sein. Vielleicht ließ sich König Aissyth dazu überreden, ihn ohne Zeugen hinzurichten.

Draken berührte sie am Arm. »Wenn es zu Gewalttätigkeiten kommt, bin ich sicher, dass König Aissyth dir nichts zuleide tut.«

»Er sollte mehr Angst vor mir haben als ich vor ihm.« Sie streckte den Rücken. »Wir müssen gehen.«

»Warte. Ich will dich um einen Gefallen bitten.«

Ihre Augen verengten sich.

»Falls sie mich töten, tu ihnen nichts zuleide. Ich bin hier, um den Krieg abzuwenden, Aarin, und nicht, um einen zu führen.«

»Das klingt wie ein Befehl, nicht nach einem Gefallen.«

»Was auch immer dich dazu bringt, dass du mir zustimmst.«

»Rache besänftigt den Herrn und Gott Khellian«, sagte sie, »Schutzherr unseres Hauses.«

»Krieg wäre ein armseliger Weg, mein Andenken zu ehren. Und ich brauche dich, damit du nach Hause fährst und es Elena erklärst. Lass sie mich hassen, wenn sie es will. Doch lass sie nicht wegen meines Todes einen Krieg beginnen. Ich bin es nicht wert.«

Sie biss sich auf die Lippe, studierte sein bemaltes Gesicht. »Wo hast du gelebt? Mit deiner Frau?«

»In Ashwyc-Stadt nahe dem Palast.«

»Also kennst du sie alle.«

»Und sie kennen mich.«

»Du denkst, sie werden dich hinrichten.«

Er war sich dessen sicher. »Ich weiß es nicht«, antwortete er behutsam.

»Du hast dieses Schiff. Die Männer stehen unter deinem Kommando. Du hättest überallhin fahren können. In irgendein Land. Nach Felspirn oder Dokklok oder den Filmun-Geraden. Überall wäre es sicherer gewesen. Stattdessen hast du die Wahl getroffen, hierherzukommen.«

Jene Orte waren weiter weg als das Ende der Welt – weit genug, um als Mythos zu gelten.

»Sie haben damit gedroht, Elena zu töten, wenn ich nicht kommen sollte.«

»Und Elena hätte dich getötet, wenn sie erfahren hätte, wer du bist.«

Sie weiß, wer ich bin, dachte Draken. *Nur nicht*, was *ich bin*. »Und vielleicht würde sie ebenfalls unser Kind töten. Oder jemand anders könnte es tun. Elena muss mein Blut nicht an ihren Händen haben. Das hier ist meine Chance, dass sie verschont wird.« *Dass sie gerettet wird.* Er konnte beinahe die geisterhafte Stimme von

Bruche hören, der ihn ermahnte. Er seufzte und fügte kleinlaut hinzu: »Sie warten auf uns.«

Aarinnaie blinzelte – eine Abfolge schneller Bewegungen. »Ich werde tun, worum du mich bittest, und auf Rache verzichten.«

Ihm schnürte sich die Kehle so stark zu, dass er nicht antworten konnte. Egoistischerweise war er froh, dass sie hier war. Ein viel kleinerer, edlerer Teil von ihm wünschte, sie wäre in Brîn und in Sicherheit. Steif stand sie vor ihm, aber dann drückte sie ihr Gesicht gegen seine nackte Brust, und ihre Finger glitten hoch, um die Kette um seinen Hals zu ergreifen. Er strich mit einer Hand über ihre Locken, küsste sie auf den Kopf und schob sie sanft zurück. »Leg deinen Umhang an, Szirin. Es ist Zeit.«

Er begleitete sie den kurzen Gang entlang zum Deck. Es war ein klarer, schöner Tag, die Luft über der Bucht frisch, jedoch überraschend kalt. Nachdem er so viele Mondwenden lang die angenehme Hitze des akrasianischen Tages auf seinem Rücken gespürt und danach die Feuchtigkeit von Brîn erlebt hatte, die sich zur Passatsaison hin erwämte, fiel ihm erst jetzt wieder ein, wie kalt Monoea immer war.

Die Schwesterbucht erstreckte sich um sie herum; wie üblich ging es hier geschäftig zu. Dutzende von Schiffen ankerten in den Tiefen neben den schwimmenden Plattformen der Hafenanlagen, und Ruderkähne fuhren ihre regelmäßigen Routen von den Außendocks zu den Anlegebezirken an der Küste. Als Marinebogenschütze hatte Draken in all den verschiedenen Hafen- und Handelsdisktrikten Zeit verbracht, insbesondere jedoch in Kaltufer, wo die Patrouillenschiffe der Flotte andockten. Er überflog die Schiffe dort und entdeckte das aus drei Seefahrzeugen bestehende Geschwader Yramanthas. Sie trieben dahin; nichts verriet, was sie ihrem eigenen Volk angetan hatten. *Ich bin hier*, dachte er. *Wie du mir befohlen hast.* Er fragte sich, ob er Yramantha sehen würde. Er fragte sich, ob er sich zurückhalten könnte, sie zu töten, falls er sie zu Gesicht bekommen sollte.

Von diesem nahen Aussichtspunkt im Hafen aus nahmen Aarinnaies weit aufgerissene Augen die Sieben Städte von Monoea in sich auf: der große Landstrich, der die Schwesterbucht umgab und der bis zum Überqellen mit Gebäuden, Straßen und Menschen gefüllt war. Über den großen, steilen Siebenfel-Klippen leuchteten die von goldenen Kuppeln gekrönten Türme des Ashwyc-Palastes in der Sonne, wenn auch ein wenig verschwommen durch den in der Luft liegenden Dunst. Über Anlegebezirke verfügte jede der Städte, mit Ausnahme von zweien: Ashwyc – der gewaltige Palast und seine Außenanlagen waren auf dem Rand der Siebenfel-Klippen errichtet worden – und Kordewyn. Letztere befand sich hinter Ashwyc und war die Stadt, wo alle bürokratischen Angelegenheiten des Königreiches geordnet wurden: die Aufrechterhaltung von Straßen und Nebenwegen, das Steuerwesen, die Vergabe von Handelslizenzen, die polizeiliche Überwachung des Staates. Trotz der Angst, die sich in seinen Gedärmen festgekrallt hatte, lächelte Draken über die Verwunderung seiner Schwester. Selten hatte er sein altes und sein neues Heimatland miteinander verglichen, da er seit seiner Verbannung nicht zu sehr der Vergangenheit nachhängen wollte: Aber verglichen mit den Sieben Städten war Brîn nur ein Dorf.

Der Kapitän des Kahns, ein Seemann von Rang in einer blutsteinfarbenen Uniform, verbeugte sich tief vor ihnen und hieß sie an Bord willkommen. Draken half Aarinnaie über die Lücke zwischen den Fahrzeugen und reichte sie an Tyrolean weiter, der recht glücklich zu sein schien, ihren Arm zu nehmen und sie in den komfortablen Aufenthaltsraum zu geleiten.

Halmar und drei Szi Nêre begleiteten ihn zunächst und hielten sich nahe bei ihm auf. Die Brînianer waren allesamt schwer bewaffnet und trugen Schwert-Harnischriemen, die quer über ihre nackten Oberkörper liefen. Kein einziges Mal zeigte einer von ihnen ein Schaudern – allein stolze Wachsamkeit. Tyrolean, Osias und Setia folgten ihnen; alle wurden mit blanker Neugier betrachtet. Doch sobald die Trommeln zu schlagen begannen, fanden die Ruder ihren Schlagrhythmus, und sie glitten über die Bucht.

Der Kapitän kümmerte sich darum, dass ein Lakai ihnen gewärmten Wein servierte, und ließ sie anschließend allein. »Es ist merkwürdig, dass er nicht bleibt«, meinte Aarinnaie, als sie die Hand nach ihrem Becher ausstreckte. Konnan nahm ihn ihr behutsam ab und trank einen kleinen Schluck daraus, bevor er ihn zurückgab.

»Er muss einen guten Ruf haben, um wichtige Diplomaten an die Küste bringen zu dürfen; trotzdem ist der Kapitän eines Kahns von zu niedriger Geburt, um Smalltalk mit Angehörigen von Fürsten- und Königshäusern zu machen«, erwiderte Draken. Außerdem konnte der Kapitän kein Brînianisch, und Draken hatte noch nicht entschieden, ob für seine Tarnung, so wie sie nun war, eine Sprachbarriere dienlich oder schädlich sein könnte.

Er setzte sich nicht, sondern schritt von Fenster zu Fenster. Deren Läden waren geöffnet und ließen es zu, dass man die Aussicht genoss, aber auch, dass die Kälte hereindrang. Aarinnaie trank und erhob sich, um sich neben ihm zu stellen. Er legte seine Arme um ihre Schultern, und sein schwerer Umhang hüllte sie ein.

»Kein Schnee. Es ist ein schöner Tag.« Die Luft allerdings war kalt.

»Schnee in der Passatsaison?«

»Manchmal.« Draken wies auf den Graustein-Palast oben auf der großen Klippe, den goldene Kuppeln krönten und der mit Bannern behängt war. »Der Königspalast. Eine Stadt für sich. Daneben, das ist die Stadt Kordewyn. Auf der anderen Seite des Palastes, wo es so viele offene Grünflächen zwischen den Mauern gibt, siehst du Wyndam. Dort sind die städtischen Anwesen von Landadligen – den ältesten, reichsten Familien. Das große Stadtgebiet unterhalb von Wyndam ist Newporte. Und auf der anderen Seite der Bucht sind Schattenklippe, Ostborough und Kaltufer.« *Wo Yramanthas Schiffe angelandet waren.*

»Weshalb so viele Städte?«

Er zuckte mit den Schultern. »Die Städte begannen zunächst als ummauerte Besitzungen, die von Warlords betrieben wurden.«

Sie drehte den Kopf herum und schaute auf die Dutzenden von Hafenanlagen entlang der Küste. »An welchem Kai werden wir anlegen?«

»Wir werden durch das Tor von Galbrayt in den großen Hafen mit den steinernen Pieren und Türmen fahren; genau dort unterhalb von Wyndam.«

»Wo die Landadligen leben«, sagte Aarinnaie.

»Alle Achtung! Manchmal wird dies auch das Tor der Landadligen genannt.«

»Galbrayt ist ein Held, ja?« Osias gesellte sich zu ihnen ans Fenster und kniff die Augen zusammen, während er hinausstarrte.

Draken nickte. Ein Schauder kribbelte allerdings über seinen Rücken, während er zuschaute, wie Osias die Sieben Städte prüfend betrachtete. Osias war an viele Geister gebunden gewesen, bevor Draken seine Fessel durchbrochen hatte. Draken fragte sich, ob sie sich immer noch in Osias' Nähe aufhielten oder ob sie geflohen waren. Er fragte sich außerdem, ob einer von ihnen Erinnerungen aus uralten Zeiten besaß; allerdings waren jene Geschehnisse vor Jahrhunderten und in einem anderen Land passiert.

»Einer der Prinzen wurde nach ihm benannt.« *Der jüngste.*

Mehr Einzelheiten von den Sieben Schwestern kristallisierten sich heraus, als sie näher herankamen: Häuserblock um Häuserblock mit schlammigen Straßen und spitz zulaufenden Gebäuden, offene Plätze für Märkte, sich schlängelnde Wege nahe der Hafenanlagen; Männer und Frauen, die in Docks, auf Kähnen und kleineren Frachtern arbeiteten; Fischer, die aufbrachen, um in der Bucht oder auf offener See mit dem Netz den Fang des Tages zu machen. Die grauen, gebogenen Felsenklippen waren mit kleinen Nischen übersät und erhoben sich wie strenge Antlitze über alldem. In der Zeit, die sie brauchten, um die Schwesterbucht zu durchqueren, waren Wolken hereingezogen: Sie erstickten, was vom blauen Himmel übriggeblieben war, und versprachen kalten, peitschenden Regen.

Drakens Magen zog sich auf eine unbehagliche Weise zusammen. Sein Knie tat in der ihm bekannten feuchten Kälte weh, obwohl es fest umwickelt worden war und er einen Gadye-Arzneitrank zu sich genommen hatte, um die schlimmsten Schmerzen abzuwehren. Sein Rücken war so steif wie ein Brett. Geistesabwesend fummelte er an dem Leder herum, das um sein Schwert gewickelt war, und spielte mit dem sich ständig lockernden Ende. Tyrolean sprach leise mit Aarinnaie und den Szi Nêre, wobei er auf interessante Dinge hinwies. Keiner von den Brînianern gab eine

Erwiderung, doch sie blickten erstaunt. Osias und Setia standen an Drakens Seite.

Der Kahn ruderte auf den Bogen zu, der sich oben zwischen den Zwillingstürmen des Tors von Galbrayt abzeichnete. Dutzende von Körpern schaukelten dort, übel zugerichtet von Wetter und den Vögeln. Der leichte Wind, der von der Schwesterbucht wegzog, drehte sie langsam herum und enthüllte strähniges Haar, verstümmelte und fehlende Gliedmaßen, weit aufgerissene Münder. Sie durchliefen das gesamte Spektrum von »frisch aufgehängt« bis »von Vögeln zerhackt«. Drakens Magen verkrampfte sich rund um den Wein, den er runtergeschluckt hatte, und drohte, ihn wieder auszuspucken. Tyrolean wurde ganz still.

»Ich habe gedacht, Monoea richtet seine Gefangenen nicht hin«, flüsterte Setia.

»Das tun sie auch nicht«, sagte Aarinnaie.

»Ich frage mich, ob das Rebellen sind, die vom König gefangen wurden, oder Königstreue, die sich nicht der Rebellion beugen wollten«, sagte Osias.

Draken schluckte schwer. Seine Stimme klang hohl, als er erklärte: »König Aissyth würde die Gesetze seines Geschlechts nicht brechen, nicht einmal wegen einer Rebellion. Das ist nicht sein Werk.« Die Leichen entschwanden ihrem Blick, und Leere breitete sich in seiner Brust aus.

Der Kapitän kam, um die Tür zu öffnen; er war ernst und still. Oder vielleicht sagte er auch etwas, und Draken entging es nur; jedes Geräusch schien zu verstummen, als er aus dem Kahn stieg. Das Land schwankte unter seinen Füßen, und seine Glieder fühlten sich schwer an. Er hielt inne, um sich zurechtzufinden. Jemand näherte sich ihnen und beugte den Kopf: Es war ein Prinz – Draken konnte das an dem in sich verdrehten goldenen Torques mit den eingesetzten Himmelssteinen um seinen Hals erkennen sowie an dem blonden Haar, das dem des Königs glich.

»Eure Hoheit. Ich bin Prinz Galbrait. Es ist mir eine Freude und Ehre zugleich, Euch zu dem Palast in Ashwyc zu geleiten, der Stadt Seiner Königlichen Majestät.« Er sprach in fehlerfreiem Brînianisch.

Es war vor langer Zeit gewesen, als Draken den jüngsten Sohn von Aissyth zuletzt gesehen hatte. Galbrait war zu einem Militärposten in den Norvern Wildnissen entsandt worden, so wie es üblicherweise mit jüngeren Kindern geschah, um sie zu stählen. Und gestählt hatte es ihn. Er war zu breitschultrigem Selbstvertrauen gereift. Das Schwert an seiner Hüfte war für den Gebrauch bestimmt und nicht dekorativ, der Lederwickel um das Heft voller schwarzer Schweißflecke. Sein Umhang war aus Pelz, doch die Kleidung und Rüstung darunter einfach und gut.

Tyrolean trat nach vorn, wie sie es besprochen hatten. »Khel Szi, Seine Hoheit, Fürst von Brîn und Nacht-Lord Ihrer Majestät, Königin Elena von Akrasia.« Er sprach in einem Mix aus Brînianisch und Akrasianisch, während er auf Draken zeigte.

Weil er einen Thron innehatte, gab es für Draken keine Notwendigkeit, sich zu verbeugen. Galbrait jedoch tat es. Er musterte Drakens vier Szi Nêre sowie Tyrolean in seinem schwarzen Harnisch und grünen Umhang; danach richtete er seine Aufmerksamkeit auf Osias und Setia. Galbrait wurde so starr, dass Draken glaubte, er würde gleich zurückschrecken. Bevor Draken sich zu viele Gedanken darüber machen konnte, huschte ein Lächeln über Galbraits Lippen. Kurz. Undeutbar. Diplomatisch.

Als er seinen Blick Aarinnaie zuwandte, wurde das Lächeln lebhafter. »Und Ihr seid?«

Aarinnaies Augen weiteten sich angesichts des leichten Bruchs im Protokoll.

»Khel Szis Schwester, Aarinnaie Szirin, Ihre Hoheit, Prinzessin von Brîn«, antwortete Tyrolean. »Und ich bin der Erste Hauptmann Tyrolean von der Akrasianischen Königlichen Garde, Eure Hoheit, Sondergesandter für Brîn. Ich diene dem Khel Szi auf Wunsch von Königin Elena.«

Falls Galbrait dachte, dass es merkwürdig war, dass ein hochrangiger Gardesoldat dem Fürsten von Brîn diente, dann verbarg er es gut. »Khel Szi, Szirin, Hauptmann …« Erneut huschte sein Blick über Osias, wahrscheinlich weil er nicht wusste, wie er ihn oder Setia anreden sollte. »Es ist mir eine sehr große Ehre, Euch zu begrüßen. Willkommen in Monoea.«

Begrüßen. Er sagte »begrüßen«. Nicht »kennenlernen«. Der Knoten im Innern von Drakens Rippen zog seine Bänder straff. Er schenkte Galbrait ein steifes Nicken und erwiderte auf Brînianisch: »Die Ehre ist ganz meinerseits.« Er blickte wieder auf den Mantiker, um ihn vorzustellen, doch Osias schüttelte ein klein wenig den Kopf.

Galbrait zeigte zu einer Kutsche und mehreren gesattelten Pferden, die von einem Trupp Königlicher Gardesoldaten flankiert wurden. Deren schweres Sattel- und Zaumzeug war Draken vertraut und rief ein Ziehen in seinem Innern hervor. »Es ist ein kalter Passat-Tag, Szirin, und ich habe gehört, dass es in Brîn milder ist als in unseren Sieben Städten. Für Euren Komfort habe ich die Kutsche mitgebracht.« Galbrait bot Aarinnaie seinen Arm an und half ihr in die Kutsche hinein. Es ehrte sie, dass sie nicht grinste.

Draken räusperte sich und sagte leise auf Brînianisch: »Setia, warum fährst du nicht mit Aarin?« Die Pferde waren alle zu riesig für ihren kleinen Körperbau, und ihr würde es nicht gefallen, wie ein Kind hochgehoben zu werden – nicht vor fremden Leuten. Konnan trat vor, um ihr seinen Arm anzubieten, als Prinz Galbrait dies nicht tat. Setias gefleckte Stirn legte sich in Falten, doch sie fügte sich kommentarlos.

Draken bestieg das Pferd, das man ihm brachte – ein sehr schöner Brauner aus dem Bestand des Königs. Er war verwirrt wegen des äußerst ungewöhnlichen Vorgangs. Weshalb waren den Damen keine Pferde gebracht worden? Er hatte niemals erlebt, dass sie so verhätschelt worden waren. Entsprach das der monoeanischen Wahrnehmung brînianischer Kultur? Es stimmte, dass Frauen kein Recht hatten zu erben; aber einige wenige Frauen von den Inseln kämpften an der Seite ihrer Männer, und viele arbeiteten gewiss genauso hart oder gar härter als Männer in denselben Berufen.

Konnan ließ sich zurückfallen, um hinter der Kutsche zu reiten. Halmar blieb bei Draken. Galbrait stieg auf und zeigte Draken an, dass sie beide nebeneinander an der Spitze des kleinen Aufzugs reiten sollten. Sie begannen mit dem steilen Anstieg auf der Straße, die sich quer durch die Siebenfel-Klippen nach Wyndam schnitt und dabei auf und ab führte.

»Wie war die Reise, Khel Szi?«, erkundigte sich Prinz Galbrait.

»Sie verlief recht gut, Eure Hoheit«, antwortete Draken, der voller Dankbarkeit beim Brînianischen blieb, da Galbrait es auch tat.

»Wir haben nicht damit gerechnet, dass Ihr Eure Schwester mitbringt«, sagte Galbrait. »Eine schöne Überraschung. Ich hoffe, wir können dafür sorgen, dass sie sich während ihrer Zeit hier wohlfühlt.«

Eine Chance, ein wenig Verbundenheit zwischen Akrasia und Brîn zu zeigen, war ihm direkt in den Schoß gefallen. Was bedeutete schon eine weitere Verdrehung der Wahrheit, wenn das ganze Leben eines Mannes eine Lüge war?

»Es war Königin Elenas Vorschlag«, antwortete Draken. »Aarinnaie hat Talente, die über das hinausgehen, was die meisten Menschen sich vorstellen können.«

Galbrait warf ihm einen Blick zu; die Augenbrauen hochgezogen. Dann klärte sich sein Gesichtsausdruck, und er lachte höflich. »Gut bemerkt, Khel Szi.« Er wechselte das Thema, indem er auf Anwesen hinwies, die Draken bereits gut kannte, und erzählte, wo die angemessenen Ländereien der Adligen in Monoea waren. Alles sah auf eine schonungslose Weise unverändert aus. Draken war nicht so lange fort gewesen.

Aber lange genug, um sich ein neues Leben aufzubauen. Er sehnte sich nach Elenas stiller Gegenwart und insbesondere danach, dass er in Wahrheit der Mensch wäre, für den sie ihn hielt. Dann erinnerte er sich, dass er wahrscheinlich überhaupt kein Mensch mehr sein würde, bevor die Sieben-Nacht vorbei war, und erstarrte. Galbrait hatte viel zu sehr mit seinem höflichen Vortrag über Wyndam zu tun, um es bemerken.

»Die Klippen werden Siebenfel genannt.«

Sie waren nahe genug herangekommen, um die Beerdigungsnischen gut zu sehen. Die nächste Klippe stieg hoch, die Straße schmiegte sich daran. Jede Nische hatte man mit etwas gefüllt: von Knochenbruchstücken über grinsende Schädel bis hin zu vollständigen Skeletten, die einfach hineingestopft worden waren. Wegen des Krieges hatte man diese Leichen dort abgelegt: Draken war es erspart geblieben, die Soldatentrupps zu beaufsichtigen, die Köpfe und Gliedmaßen der Leichen hatten abtrennen müssen, um sie den schauerlichen Belegen von Monoeas militärischer Stärke hinzuzufügen. Es gab Aberhunderte von ihnen, und Draken hatte das Gefühl, als würde er sie zum ersten Mal sehen.

»Ihr fragt gar nicht, was es mit den Schädeln auf sich hat«, stellte Galbrait leise fest. »Eigentlich tut dies jeder. Wisst Ihr über sie Bescheid? Wart Ihr während des Zehnjährigen Krieges hier?«

Ein gefährliches Gebiet. Aber nicht so gefährlich wie dasjenige, das zu betreten er bereit war. Ashwyc-Stadt rückte immer näher ins Blickfeld.

»Ich weiß von den Nischen«, antwortete Draken, der sich Galbraits sanftem Tonfall anpasste.

Der Prinz blickte Draken an und fragte sich wahrscheinlich, ob ihn der Anblick der Überreste seines eigenen Volkes erzürnte, die offen im Freien umherlagen. Und das tat es wirklich, wie Draken schlagartig bewusstwurde. Sie hatten nicht um Ruhm oder Reichtümer gekämpft, sondern nur gegen das akrasianische Joch.

Ein kalter Wind pfiff über die Klippen und drang durch Drakens Umhang; wenigstens hatte er einen warmen mitgebracht. Elenas Anhänger fühlte sich wie ein Stück Eis auf seiner Brust an. *Verflucht sollen die Brînianer und ihre unbesonnene Angewohnheit sein, ohne Hemd zu gehen.*

Draken blickte nach hinten, um zu sehen, was der Mantiker aus den Kriegstrophäen machte. Osias hob sein Kinn und suchte die Klippen mit stürmischen Augen ab. Als er unterhalb vorbeiritt, klapperten die Knochen leise in ihren Nischen. Ein Möwenschwarm schrie auf und schwang sich fort von der Klippenspitze in die Höhe. Halmar blieb so gelassen wie üblich, doch die monoeanischen Gardisten bewegten sich in ihren Sätteln, und ihre Aufmerksamkeit wanderte von ihrem Kommando zu den Klippen.

Stellten sie sich die Frage: *Warum berührt der Wind den silberfarbenen Mann kaum*? Würden sie die Neuankömmlinge vielleicht der Magie bezichtigen? Gewiss wirkte Osias irgendeinen unheimlichen nekromantischen Zauber. Drakens Hand wanderte zu Meergeborens Heft. Die Scheide lag warm an seinem Oberschenkel, und das Schwert erhitzte seine Handfläche. Es tat jedoch nichts, um seine steifen Muskeln aufzulockern.

Tyrolean blickte hoch und beugte sich dann herab, um zu Aarinnaie und Setia in der Kutsche zu sprechen. Draken verspürte einen plötzlichen Schmerz. Es war richtig und gut, dass Tyrolean sich in der Nähe Aarinnaies aufhielt. Doch er konnte sich nicht des Gefühls erwehren, dass sein Freund bereits dabei war, ihn loszulassen und sich der Aufgabe zuzuwenden, seine Schwester zu beschützen.

Streng erinnerte er sich selbst daran, dass jemand nach ihr schauen musste, und er vertraute niemandem mehr als Tyrolean. Es war sein eigener Fehler, dass sie Schutz brauchte. Der Magen krampfte sich ihm erneut zusammen. Es war zwar die Wahrheit, dass sie an Bord seines Schiffes geschlichen war und darauf bestanden hatte, an Land zu kommen. Doch er hätte ihr befehlen sollen, sich an Bord zu verstecken, bis das Unerfreuliche vorüber war. Noch eine weitere Frau in seinem Leben, bei deren Schutz er versagt hatte.

Galbrait hatte den Schritt seines Pferdes verlangsamt und warf seinem Gast einen neugierigen Blick zu. Jählings begriff Draken, dass er zu lange still geblieben war, als die Höflichkeit erlaubte, und versuchte, sich etwas auszudenken, das er sagen konnte. »Ihr seid zu jung, um an Kämpfen teilgenommen zu haben.«

»Ich war ein Kind«, sagte Galbrait. »Aber ich träumte davon, so wie wir alle es tun, bevor wir erkennen, dass Krieg nichts als Hässlichkeit und Leid bedeutet. Und ich erinnere mich an die Nacht der Kapitulation.«

Draken ebenfalls. Man hatte ihn dazu abgerufen, seinen königlichen Cousin zu begrüßen, und nicht so bald danach war ihm der Auftrag erteilt worden, den er mit der Schwarzen Garde ausführen sollte; die gesamte Königsfamilie hatte dabei zugeschaut. Galbrait war dort gewesen, ein Prinz im Kindesalter, dem er keine Beachtung geschenkt hatte. Und jetzt war Galbrait ein Krieger, mit dem man rechnen musste. Ein Mann, der so weise war, dass er wusste, was Krieg war und – noch wichtiger – was er nicht war. Draken wusste nicht, was er von seinem Cousin denken sollte. *Kennt er mich oder nicht?*

Er würde es schon bald wissen.

Galbrait fuhr mit dem Geschichtsunterricht fort. »… und einige der Knochen sind sehr alt. Kein Lebender erinnert sich, die Klippen je ohne sie gesehen zu haben. Eine Legende besagt, dass ein König vor langer Zeit eine Blut-Königin aus Felspirn heiratete. Sie gab den Auftrag, Nischen in die Klippen zu schlagen.«

Felspirn. Vielleicht hatte Aarinnaie recht damit. Vielleicht hätte er zu irgendeiner weit entfernten Insel fliehen sollen. »Seid Ihr einmal dort gewesen, Eure Hoheit?«

»Felspirn? Ich wünschte, dem wäre so!« Der Fürst lachte erneut. »Ich bin immer nur in den Norvern Wildnissen im Dienst gewesen. Erst vor zwei Sieben-Nächten wurde ich an den Hof zurückgerufen. Vater glaubt, es sei an der Zeit, dass ich heirate.« Er schürzte die Lippe.

Draken hatte das Gefühl, dass er den Mann beinahe mögen konnte. Ihm kam die plötzliche Einsicht, dass der König genau dies geplant hatte. Es klang ganz nach Aissyth: diesen jungen, sympathischen Sohn zu schicken, um den brînianischen Fürsten für sich zu gewinnen. Es war eigentümlich beruhigend.

»Seid Ihr verheiratet, Khel Szi?«, erkundigte sich Galbrait.

Draken hob Elenas Anhänger von seiner Brust und legte die Finger um das Schmuckstück. Die vertrauten Konturen von Elenas Gesicht unter seinen Fingern trösteten ihn. »Mein Leben ist durch Schwur meiner Königin anverlobt. Wir erwarten unser erstes Kind noch vor dem Frost.«

Die Augenbrauen von Prinz Galbrait gingen nach oben. Er war ein recht gutaussehender Mann, mit einem perfekten monoeanischen Königsprofil – wäre da nicht der schiefe Höcker auf seiner Nase gewesen, der darauf hinwies, dass er sie sich einmal gebrochen haben musste, sowie die helle Narbe, die durch das Grübchen in seinem Kinn verlief. »Das Heiraten muss dort etwas anderes sein. In Eurem Heimatland …« Er wurde rot. »Vergebt mir. Ich bin zu neugierig.«

»Überhaupt nicht. Königin Elena und ich können nicht heiraten. Es liegt an den kulturellen Unterschieden und der Politik.« Das war etwas, das zweifellos selbst ein Prinz verstehen konnte, der die meiste Zeit, während er erwachsen wurde, in den Norvern Wildnissen herumgehangen hatte. »Ich bin ihr Geliebter und ihr Untertan. Doch mein Herz gehört voll und ganz dem ihren, und ihr Herz meinem.« Zumindest so lange, bis sie herausfand, wer er wirklich war. Draken räusperte sich. Seine Aufmerksamkeit wurde von einem leisen Poltern abgelenkt, das von weiter oben in Wyndam kam. Er hob sein Kinn, um zu lauschen, aber das Geräusch blieb gleich, und er konnte es nicht identifzieren. Es musste wohl der Wind zwischen Gebäuden und Mauern sein.

Sobald sie den anfänglichen Anstieg auf dem sich ständig ändernden Weg durch die von vielen Einbuchtungen geprägten Klippen geschafft hatten und durch Tore gekommen waren, an denen junge Soldaten der Landadligen Wache hielten, wurde der Untergrund flacher. Draken hatte diesen Weg in seinem Leben schon Hunderte Male passiert. Oben auf der Klippe verbreiterte er sich zu einer ordentlichen Pflasterstraße. Zu beiden Seiten erhoben sich große Bäume und Steinmauern, welche die Anwesen der Landadligen schützten. Als sie die Pforten passierten, kam er nicht umhin, durch die Eingänge auf die ihm bekannten Häuser zu blicken.

»In letzter Zeit besuche ich hier überall Bälle«, erwähnte Galbrait. Zweifellos, um nach einer Frau zu suchen.

»Hat Seine Gnaden eine bestimmte Frau im Auge, die für Euch geeignet wäre?«

»Ein paar.« Ein weiterer mürrischer Gesichtsausdruck, der auch Galbraits Lippen einschloss, und dann hellte sich seine Miene auf. »Ah, der Tempelring. Dann sind wir fast da.«

Es lag Draken auf der Zungenspitze, zu sagen, dass er das wusste; doch sein Bewusstsein wurde von sonderbar ehrfurchtsvollen Erinnerungen überschwemmt, als sich die saubere steinerne Straße zu einem großen kreisförmigen Platz hin öffnete: Sohalia-Festlichkeiten und Szenerien aus dem alltäglichen Geschäftsleben auf dem Markt erstanden vor seinen Augen.

Neunundvierzig große Immerblühendbäume, die jeweils dreißig Schritt vom nächsten entfernt standen, hatte man um den äußeren Kreis herum gepflanzt; jeder einzelne ihrer Stämme war so breit, dass ein Mann ihn nicht mit beiden Armen umfassen konnte. Mit komplizierten Schnitzereien geschmückte Tore – die ein so hohes Alter aufwiesen, dass sie womöglich mithilfe von Magie entstanden waren, bevor man diese per Gesetz geächtet hatte – und hohe Steinmauern standen vor den Anwesen jener Landadligen, denen das große Glück zuteil wurde, am Tempelring zu wohnen. Von ihm führten schmalere Straßen fort, die alle mit gut instandgesetzten Grausteinen gepflastert waren. In den Schatten gestellt wurden sie jedoch von der King's Lane, der breiten Promenade, die nach Ashwyc-Stadt führte.

Heute war der große Gehweg merkwürdigerweise menschenleer. Draken erkannte, dass sie weiter unten auf der King's Lane eine Menschenmenge erwartete. Blinzelnd schaute er auf das blumenübersäte Kopfsteinpflaster. Hunderte von Adligen hatten sich versammelt, um ihren Aufzug zu begrüßen. Als ihre Gruppe den Tempelring umrundete und in Sicht kam, brandete eine Welle von Hochrufen über sie hinweg. Bei dem Gebrüll warf Drakens Pferd den Kopf hoch und schnaubte.

Galbrait grinste ihn an. »Ich hätte es Euch erzählt, aber es sollte eine Überraschung sein. Nicht meine Idee …« Er beugte recht förmlich den Kopf. »Ich heiße Euch abermals in Monoea willkommen, Khel Szi von Brîn. Willkommen in den Sieben Städten. Willkommen im Ashwyc-Palast. Wir erwarten Euch höchst begierig.«

Wir? Nicht der König? Kein Wunder, dass es zwei Tage gebraucht hatte, um das hier zu arrangieren.

Galbrait spornte sein Pferd zu einem tänzelnden Trab an, und unter den Adligen erhob sich ein neuer, höher klingender Jubel. Von Dutzenden kichernden Mädchen im heiratsfähigen Alter wurden noch mehr Gewächshausblumen vor dem Prinzen auf den Boden geworfen. Gewiss war er einer ihrer Lieblinge. Der Lärm verringerte sich nur ein wenig, als Draken sein Pferd auf die Promenade trieb. Noch mehr Blumen regneten herab und bedeckten den steinernen Weg vor ihm. Er hob sein Kinn an und korrigierte seine Haltung, sodass er kerzengerade im Sattel saß; die kalte Luft fegte über seine nackte Brust und das bemalte Gesicht.

Das Schwert summte an seinem Oberschenkel, als ob es aus seiner Scheide befreit werden wollte. Es jetzt zu ziehen wäre allerdings bestenfalls eine Beleidigung; schlimmer noch: es wäre ein Todeswunsch. Insbesondere wenn das verdammte Ding leuchtete wie eines der Sieben Augen.

Das letzte Mal, als er hier gewesen war, hatten sie ihn in Ketten – zitternd unter einem mondlosen Nachthimmel – nach unten zu einem Gefängnisschiff geschleppt. Er war innerlich zu tief in Trauer und Erschütterung versunken gewesen, um Angst zu empfinden. Heute, wo er empfangen wurde wie der Fürst, der er war, zogen sich seine Innereien zu einem Übelkeit erregenden Knoten zusammen. Die freudig-feierliche Begrüßung machte es nur noch schlimmer. Seine Szi Nêre setzten sich in Bewegung, um ihn zu flankieren; sie kamen nahe heran, als ob sie wüssten, dass er ihren Schutz brauchte. Aus dem Augenwinkel sah er Damen, die ihre Köpfe zusammensteckten, um miteinander zu reden; andere winkten ihm zu. Die Lords standen mehrheitlich eher still da, während sie ihn und seine Gesellschaft musterten. Er konnte sich nur vorstellen, was sie von diesem feindlichen Fürsten in ihrer Mitte dachten: mit unbedeckter Brust, von Narben bedeckt, mit Edelsteinen geschmückt und bemalt wie irgendein rüpelhafter Warlord.

Türme mit goldenen Spitzen flankierten die großen Tore von Ashwyc-Stadt; Steine und Hölzer waren mit Eisenbändern versehen, um Magie abzuwehren.

Osias trieb sein Pferd näher heran und hob sein Kinn, um auf die rostenden Eisenstreifen zu zeigen. »Aberglaube«, formte er lautlos mit den Lippen. Sein schwarzes Mond-Tattoo hob sich scharf von der silberfarbenen Haut und der grauen Luft ab.

Tyrolean hielt sich an Drakens anderer Seite, allerdings blieb er einen Schritt hinter ihm. Draken nickte; er war ein wenig erleichtert darüber, dass sich seine Freunde an seiner Seite befanden.

Die Tore waren weit geöffnet; und es zeigte sich eine Ehrengarde von vielleicht zweihundert Soldaten, die in Reih und Glied dastanden. Sie waren gesichtslos unter den Vollvisier-Helmen, jedes Schwert war gezogen. Draken erschreckte es nicht: Es war eine typische monoeanische Art der Begrüßung, die Waffen zur

Schau zu stellen – ein stummes Versprechen, Neuankömmlinge zu beschützen, und eben nicht, sie anzugreifen. Ihre Schwerter und Rüstungen schimmerten matt, sie reflektierten den sturmumwölkten Himmel.

Wie wird Aissyth es wohl tun?, fragte sich Draken. Ihm den Hals aufschlitzen lassen? Ihn enthaupten, sodass sein Kopf eine eigene Nische bekommen würde? Oder würde er Drakens Fleisch am Tor von Galbrayt verrotten lassen?

Die Hufe seines Pferdes stampften über die große Burggrabenbrücke entlang der äußeren Mauer – Draken hatte nie die Brücke hochgezogen gesehen und fragte sich, ob man dies überhaupt konnte – und dann ins Innere hinein. Es ging über eine weitere, schmalere Brücke, die den Fluss überspannte, der früher einmal an seinem eigenen Häuschen vorbeigeströmt war.

Zu beiden Seiten der Straße breitete sich winterfestes Gras aus, sodass die Umgebung hier wie eine gewaltige Parklandschaft aussah, die von Feldern mit heranwachsenden Nutzpflanzen, von Baumgruppen und Ansammlungen kleiner Häuser durchsetzt war. An der dem Wind zugewandten Seite endete das Land mit einer niedrigen Mauer auf der Klippe. Draken aber wandte sich landeinwärts und hielt instinktiv nach seinem alten Heim Ausschau: Er sah dorthin, wo es am Fluss lag, umgeben von einem Durcheinander von Blumen. Es war klein und an einem schlechten Ort errichtet gewesen, aber es hatte ihnen beiden gehört. Nicht jedem wurde einfach so Land bewilligt innerhalb der Stadtmauern des Ashwyc-Palastes. Es war das bedeutsamste Zeichen seines Cousins dafür gewesen, dass er Draken akzeptierte – das Äußerste, was er für ihn tun konnte, ohne einen Skandal auszulösen.

Draken suchte nach Vertrautem: dem einen Immerblühendbaum mit der abgebrochenen Spitze, dem anderen mit der alten Schaukel und den drei Spindelbäumen … Sein Herzschlag setzte aus. Das Kuhgatter war außer einigen Unkräutern leer. Ein paar Blumen führten ein kümmerliches Dasein am Rande des steinernen Fundaments. Nichts war hier von seinem Leben übriggeblieben – nichts außer einer ausgebrannten Hülle, einem Schornstein und geschwärzten Baumstämmen, die krumm in die Luft ragten.

KAPITEL SECHZEHN

Die aus behauenen Steinen errichteten Palastmauern, Türme und Zinnen waren auf der höchsten Klippe von Siebenfel erbaut worden. Die Gebäude und Befestigungsanlagen wuchsen aus den niedrigeren Klippen empor, als würden sie von unten hochgeschoben. Draken brauchte kein Fernglas, um zu wissen, dass Bogenschützen die Zinnen säumten. Sie hatten riesige Langbögen, deren Leistungsvermögen mehr als ausreichend war, um Pfeile zu verschießen, die ihn hier unten am Fuße der Klippe noch treffen würden.

Auch diese Klippenwand wurde von Nischen des Todes verunstaltetet, obgleich die Bewohner dieser Höhlungen in der nebligen Düsternis, die sich hoch oben dahinwälzte, von Schatten verborgen wurden. Draken bemerkte, dass seine Szi Nêre und Tyrolean sich ständig umschauten und die Szenerie in sich aufnahmen, und folgte ihrem Beispiel. Man erwartete ja nicht von ihm, dass er zuvor schon einmal hier gewesen war. Die großen steinernen Türme mit ihren goldenen Kuppeln oben auf den steilen Klippenwänden waren solch eine Meisterleistung erstaunlicher Kolossalarchitektur, dass nur wenige Neuankömmlinge dem Drang widerstehen konnten, voller Staunen diese Baukunst anzustarren. Es gab Stimmen, die behaupteten, es wäre das größte Schloss der Welt.

Draken lauschte aufmerksam, als Osias unterhalb der Klippe vorbeiritt – für den Fall, dass diese Knochen durch ein Klappern mit ihm kommunizierten. Aber der Wind war zu stürmisch geworden, um etwas zu hören. Die Klippenwand und Steinmauern waren so grau und Furcht einflößend wie die Soldaten, die sie bewachten. Sogar die goldenen Brüstungen wirkten trübe unter den Wolken, die sich aus dem Landesinneren heranwälzten.

Das Brausen des Wassers wurde lauter, als sie den Grund am Fuße der Ashwyc-Klippe passierten. Der Fluss nahm an einer höher gelegenen Stelle seinen Anfang, ein gutes Stück am Palast vorbei auf einem sich sanft neigenden Untergrund, und stürzte über die Klippe in ziemlich große Süßwasserteiche hinab. Draken streckte sich in seinem Sattel hoch, um nach vorn zu schauen, und schützte seine Augen vor dem Regen, indem er eine Hand an die Stirn legte. Aber er konnte den Fluss unterhalb des Wasserfalls nicht sehen – wegen der Bäume, die ihn umgaben –, und noch viel weniger die Brücke. Ein prasselnder Regen setzte ein, und jeder zog seine Kapuze nach oben. Gespräche wurden immer seltener.

Die Pferde schritten durch Dunst und Düsternis; vor ihnen schwebten Nebelschwaden wie Flüche über Sohalia-Feuer. Hufe hallten auf der Brücke wider, dann rollte die Kutsche beinahe geräuschlos hinüber. Sie begannen, den langen Weg nach oben zu reiten, der gut gepflastert und ummauert war, während er das einfache Ende der Klippe durchquerte, und dann ging es wieder auf fast ebenem Boden zurück.

Draken straffte sich abermals, als er den vertrauten offenen Rachen des Tores sah, durch das man in den eigentlichen Palast gelangte. Aus seinem Maul stachen Speere wie gezackte Zähne hervor; im Bedarfsfall konnte das Gitter mittels eines Systems von Rädern und Gewichten ausgelöst werden, das von irgendeinem König vor langer Zeit entwickelt worden war. Die in den Palast führende Zugbrücke bestand aus uralten geschwärzten Bodenfliesenplatten, die von zusätzlichem Eisen und Holz verstärkt wurden, das durch sein Alter steinhart geworden war. Die Oberseite war abgenutzt und glattgeschmirgelt von Generationen von Hufen und Stiefeln sowie dem rauen Wetter. Der Sturmbock eines Feindes würde Stein ebenso wie Eisen und Holz durchbrechen müssen; vorausgesetzt, der Gegner wäre in der Lage, eine andere Brücke über den Fluss mit seinem steilwandigen Bett zu errichten. Draken hatte erst ein einziges Mal gesehen, dass die Zugbrücke geschlossen war, und zwar während des Zehnjährigen Krieges.

Im Innern des Bergfrieds saß Draken ab, als ein Stallknecht die Zügel seines Pferdes nahm. Es war schmerzhaft, mit nackten Füßen in der kalten Luft auf dem Boden zu landen, die Szi Nêre schienen es jedoch nicht zu bemerken. Aarinnaie tauchte aus der Kutsche auf, hob ihre Röcke an und ließ sich von Galbrait beim

Aussteigen helfen. Einen Moment lang starrte sie nur nach oben auf die Mauern und das Schloss; ihre Hand ruhte dabei auf Galbraits Unterarm. Dann blinzelte sie, zog ihre Hand zurück und wandte Draken ihr Gesicht zu. Der Rest der monoeanischen Wachsoldaten ritt in Reih und Glied durch das Tor ein. Mit Ausnahme des Stampfens und Schnaubens der Pferde im Wind gab es wenige Geräusche. Galbrait hatte mit seinem höflichen Geplapper aufgehört und schritt fort, um mit den Wachen an den großen Türen zu sprechen.

Ein dumpfes Scheppern, als ob jemand mit einer beschädigten Glocke geläutet hätte, hallte von den Schlossmauern wider. Jeder Kopf wandte sich zum Tor. Drakens Hand fuhr zu seinem Schwert, und er drehte sich um; sein Blut kam in Wallung. Das Läuten verwandelte sich in ein rostiges, angestrengtes Klirren, als schwere Ketten dagegen aufbegehrten, in Bewegung gesetzt zu werden. Aarinnaie machte ein paar Bewegungen, als ob sie fliehen wollte. Draken fing sie ab. Die stählernen Speere des Tores krachten nach unten.

»Was soll das bedeuten?«, sagte Draken zu Galbrait. Er hielt Aarinnaies Arm fest umklammert.

Galbrait breitete die Hände auseinander. »Es gab ein wenig Gerede … Das ist für Eure Sicherheit. Und unsere. Brînianer sind in Monoea nicht beliebt; dies müsst Ihr wissen.«

Draken kniff die Augen zusammen. Versuchte, Luft zu holen. Zu denken. »Ihr dachtet nicht daran, uns zu warnen?«

»Wir befürchteten, dass Ihr nicht kommen würdet, wenn Ihr denkt, man werde Euch einsperren.« Galbrait trat näher heran. »Eure Hoheit, bitte glaubt mir. Ihr seid kein Gefangener hier. In Wirklichkeit ist das genaue Gegenteil der Fall.«

Drakens Nasenflügel weiteten sich, als er ausatmete. Zu seinen Lebzeiten war das Tor erst ein einziges Mal geschlossen worden, aber das konnte er nicht geltend machen. Sein Blick huschte nach oben. Das Wasser tropfte von seiner hochgezogenen Kapuze, doch es war eindeutig, dass keine der Flaggen gehisst war, die normalerweise anzeigten, wenn der Hof einberufen worden war. Vielleicht wegen des Regens?

»Also werden wir bei Hofe erwartet?«, fragte er.

»Nein. Vater wünscht, privat mit Euch zu sprechen. Bitte. Kommt herein.«

Privat ... bevor Hof gehalten würde? Oder stattdessen? Ihr Reisegepäck wurde bereits durch den Dienstbotenzugang hineingetragen, der ein gutes Stück entfernt vom offiziellen Eingang war. Draken, der sich bewusst war, dass die anderen zuschauten, führte Aarinnaie die prachtvollen Treppenstufen hoch und aus der Nässe heraus. Die anderen folgten dicht zusammengedrängt. Die Stufen waren aus großen Platten weißen Steins geschnitten, bei denen es sich angeblich um einen Teil der Mitgift der Felspirn-Prinzessin handelte. Sie neigten sich zur Mitte hin und wurden von grauem Schmutz verdunkelt, der auch durch noch so viel Scheuern nicht mehr abgewaschen werden konnte. Draken bewegte seine Hände, als er sie hochstieg. Mehr als nur einmal hatte er diese Stufen geschrubbt, bis seine Finger bluteten.

Im Innern wärmten Doppelfeuer an gegenüberliegenden Wänden die große Eingangshalle. Eine riesige Treppe führte zu einem Labyrinth von Korridoren und weiteren Treppen. Eine andere führte zu den prächtigen öffentlichen Hallen, den Ballsälen und dem Versammlungsraum für den Hof. Draken kannte sie alle und vieles mehr: wo die Unterkünfte der Diener lagen, in welche Richtung es zu den Küchen ging, wie lange es dauerte, eine Botschaft vom Arbeitszimmer des Königs zu den Privatgemächern der Königin zu bringen.

Schwerter, Messer und Schilde, bespannt mit den Farben von Feinden, hingen hoch oben an den großen Steinkaminen. Eine ähnliche »Ausstellung« füllte die Wand hinter Elenas Thron. Dort sorgte Magie dafür, dass von einer Klinge ewig Blut herabtropfte. Hier waren die Waffen einfache Gegenstände aus Metall und Holz, die Feinde in Händen gehalten hatten, als sie starben oder kapitulierten. Draken ließ seine Finger auf dem Heft von Meergeboren ruhen. Sein Schwert mochte schon sehr bald hier zwischen den anderen hängen, und Akrasia und Brîn würden wegen dieser Waffe gewiss Krieg führen. *Meine Klinge*, dachte er und schob den Unterkiefer vor. Menschen konnten sie wegnehmen, aber die Götter verliehen sie nur einmal in einer Generation. Andere wären Wärter, nicht ihre Besitzer.

Obwohl Diener warteten, überließ ihnen keiner der Ankömmlinge seinen Umhang; trotz der Feuer war die Luft feucht und kalt.

Galbrait zog Draken zur Seite. »Diese Gardisten werden die anderen zu Gästezimmern bringen, und ich werde Euch zu Vater führen.«

Aarinnaie warf ihm einen strengen Blick zu. »Es ist eine lange Reise gewesen, Eure Hoheit. Sicherlich wird es dem Khel Szi gestattet sein, sich einige Zeit auszuruhen.«

»Eine lange Reise bedeutet für meinen Vater, dass er eine lange Zeit warten musste, und er ist kein geduldiger Mann.« Ein schwaches entschuldigendes Lächeln flackerte auf und verschwand. »Auf monoeanischem Boden leben alle nach den Launen des Königs, es geht nicht um die Wünsche eines Fürsten oder Prinzen.«

Ob er damit primär seinen Gast oder sich selbst meinte, wusste Draken nicht. Er blickte in die Runde, um zu sehen, was Osias darüber dachte, dass sie getrennt werden sollten, doch er entdeckte sein silbernes Haupt nicht unter den anderen, die sich in der Halle zusammendrängten. War er etwa fortgewandert? Setia jedenfalls hielt sich in Aarinnaies Nähe auf.

»Ist schon in Ordnung, Aarin. Ich werde den König aufsuchen und bald zu dir zurückkehren.« Er schaute nicht zu Galbrait, um zu sehen, ob er sie durch Gesten zu beruhigen suchte. »Das ist immerhin der Grund, weshalb ich hier bin.« Er fiel ins Brînianische. »Halmar, die Szi Nêre bleiben bei der Szirin.«

Die Worte hingen schwer in der Luft. Wenn er nun in seinen Tod ging, würde er seine Szi Nêre nicht mit sich nehmen. Halmar blickte ihm in die Augen und senkte das Kinn, eine langsame Geste des Respekts und der Zustimmung.

Zufrieden wandte sich Draken dem Prinzen zu und schritt den seit Langem vertrauten Gang hinunter. Sie waren nahezu sicher unterwegs zum Wintergarten, einem Meisterstück aus verglasten Hornfenstern und luxuriösen Innengartenbereichen mit Pflanzen, die im Frost blühten – bis hin zu fremdartigen, hitzeliebenden, während der Passatsaison blühenden Farnen. Dem König hatte es gefallen, manchmal sein Fasten dort zu brechen; Draken hatte den Wintergarten jedoch immer mehr für einen Ort der Königin gehalten. Er roch die Erde und die Feuchtigkeit, lange bevor er die Türen sah, sowie darunterliegend einen beißenden Rauch. Ohne dass er es beabsichtigte, verlangsamten sich seine Schritte.

Galbrait erreichte die Türen vor ihm. »Direkt hier drinnen.«

Draken trat ein, und Galbrait schloss hinter ihnen die Tür. Der Prinz blieb davor stehen. Drakens Augen verengten sich. Galbrait blockierte die Tür. Er gab ihm mit einer Geste zu verstehen, dass er weitergehen sollte.

Draken betrat den befestigten Pfad, prüfte die Gärten, erwartete Schäden anzutreffen; aber nur ein Abschnitt war wirklich verschwunden und untergepflügt. Das Gestrüpp allerdings … Geschwärzte Pflanzenleichen ringelten sich am Boden unter den größeren Farnen und kleinen Bäumen des Wintergartens. Draken konnte jedoch mehr vom Himmel sehen, als es früher der Fall gewesen zu sein schien. Der Geruch verstopfte seine Lungen. Er hustete ein wenig und schaute hoch, sehnte sich nach sauberer Atemluft. Kondenswasser lief die Scheiben aus Horn herunter und tropfte von der Bleifassung der Fenster herab.

»Das hier hat schon einmal gebrannt. Du müsstest damals ein Kind gewesen sein. Vielleicht erinnerst du dich.«

Draken schaute nach vorn. König Aissyth stand vor ihm, mehrere Schritte entfernt, auf dem Pfad. Der König sah nicht viel anders aus als früher: blondes Haar, das größtenteils grau geworden war; ein Bart, der das fliehende Kinn verbarg, das keiner seiner Söhne geerbt hatte; dünne Lippen, die in Verbindung mit einem finsteren Blick geschürzt waren; Augen, in deren Winkeln immer schon etwas Wasser gestanden hatte. An seiner Hüfte trug er ein Schwert, so schlicht und zweckdienlich wie Meergeboren, und unter dem locker sitzenden Gewand schaute ein Kettenpanzer hervor.

»Du trägst ein Schwert in meiner Gegenwart?«, fragte Aissyth.

»Es ist kein einfaches Schwert, das man leichthin beiseitelegt, Euer Gnaden.« Manchmal wunderte er sich, dass die Götter ihn nicht dazu gezwungen hatten, das verdammte Ding andauernd bei sich zu behalten. Aber was Aissyth nicht wusste …

»Nein, ich vermute, das ist es nicht.« Der König musterte Draken von Kopf bis Fuß. »Alle Achtung! Ich hätte dich nicht wiedererkannt.«

»Doch Ihr habt gewusst, dass ich komme.« Er fühlte sich wie ein verdammter Narr, wie er so vor seinem König stand: mit nackter Brust, bemalt, und Elenas mondgeschmiedeter Anhänger hing frei sichtbar um seinen Hals.

»Yramantha zu verhören hat sich als sehr lehrreich erwiesen.«

»Sie sagte Euch, wer ich bin.« Yramantha – verhört. Eine merkwürdige Wortwahl. Sie musste tot sein.

»Und sie hat mir erzählt von deiner Verwicklung in die Verschwörung gegen mich.«

Draken hustete. Der verräucherte Geruch stach in seinen Augen. »Was für eine Verwicklung? Ich bin schon seit Langem nicht mehr hier; weit vor dem letzten Sohalia musste ich Monoea verlassen.«

»Die Rebellen beabsichtigen, dich und deine Magie« – sein wässriger Blick huschte hinab auf das Schwert an Drakens Hüfte – »auf meinen Thron zu setzen.«

Er starrte verblüfft. Schüttelte den Kopf. »Das ist lächerlich.«

»Nichtsdestotrotz waren ihre Aussagen vollkommen klar. Genau in dem Moment begannen die Puzzleteile, sich zusammenzufügen. Lesles Mord. Deine Komplizenschaft nach einem ganzen Leben, in dem du mir in Treue verbunden gewesen bist. Deine Abstammung … der einzige Grund, dass mein königlicher Cousin es *jemals* zulassen würde, dass ein Mann wie dein Vater Lesle anfasst. Dein Überleben in der Verbannung …«

»In der Bucht von Khein warf Yramantha mich von ihrem Schiff, mit nichts als Lumpen auf meinem Rücken«, erwiderte Draken. »Ich habe Lesle nicht umgebracht, und ich habe meinen Vater lange der Vergewaltigung verdächtigt. Euer Gnaden, ich habe nie um dieses Schwert oder die Magie gebet…«

»Lüg mich nicht an! Ich weiß, du begehrst meinen Thron.«

»Ich habe schon einen verdammten Thron, den ich nicht will! Warum in Khellians Namen sollte es mich nach Eurem verlangen?«

Donner polterte über ihren Köpfen und bebte durch die bloßen Hornfenster hinein. Das schien Aissyth Einhalt zu gebieten, aber nur einen Atemzug lang. »Die Magie, die du eingesetzt hast, um Lesle zu töten, hat dich verdorben. Du denkst, du kannst sie kontrollieren, doch sie kontrolliert *dich*. Sie verlangt nach Leben. Nach Macht. Und sie hat dies in dir gefunden. Sie macht dich zu einer lebenden, atmenden Ketzerei, und du musst sterben, bevor sie weiter Fuß fasst in Monoea.«

Die Endgültigkeit in diesen frevlerischen Worten erzeugte einen Kälteschauer in Draken, der ihm durch den ganzen Körper fuhr. Da war keine Möglichkeit, Aissyth aus seinem verwickelten Geflecht aus Argumenten herauszuführen. »Ihr habt mich hergeholt, um mich zu töten.«

Der König zog sein Schwert. »Hier ist es um einiges einfacher als in Brîn. Und dich in Notwehr zu töten muss die Beziehungen zwischen Akrasia und Monoea nicht ruinieren.«

Drakens Hand bewegte sich zu seinem Schwert, doch er zog es nicht. »Und was, wenn ich mich überhaupt nicht verteidige? Wenn es bei meinem Tod keinen Akt der Notwehr gibt – nur Mord? Eine Hinrichtung?«

Aissyth schritt voran. »Mein Sohn tritt als Zeuge auf. Er wird meine Behauptung bestätigen.«

Draken beging den Fehler, nach hinten zu Galbrait zu blicken. Der junge Mann stand gelassen an der Tür, sein Gesicht eine Maske des Urteils. In diesem Augenblick schwang der König sein Schwert und zog die Schneide über Drakens Brust. Er keuchte auf, als Feuer einen Pfad durch seine Haut entzündete.

Das war es also. Ein paar Momente des Schmerzes, und es konnte enden.

Aber Elena blitzte in seinen Gedanken auf. Regentropfen rannen wie Tränen ihre Wangen herab; sie schlang ihre Arme um ihn, und der gewölbte Bauch mit ihrem gemeinsamen Kind war unter seiner Hand. Ihre geflüsterte Bitte, bald zurückzukehren …

Im Nu war das Schwert in seiner Hand und blockte den nächsten Schlag des Königs ab. Die längere Klinge klirrte gegen Meergeboren und stauchte Drakens Arm. Er zuckte zusammen, als die Schnittwunde auf seiner Brust begann, sich zusammenzuziehen. Die große Steinplatte verlagerte sich unter dem Gewicht der beiden Männer. Draken stolperte zurück. Er hätte geglaubt, dass er sich das einbildete, wenn der König nicht aus ins Straucheln gekommen wäre. Hervorragend: wackliger Untergrund und dazu ein erfahrener Schwertkämpfer, der darauf versessen war, ihn zu töten.

Draken öffnete seinen Umhang, als er sein Gleichgewicht verlagerte, und trat zwei Schritte nach vorn, um der nächsten Attacke des Königs zu begegnen. Er hatte keine Rüstung, keine Möglichkeit, den Angriff abzublocken, außer mit seinem Schwert. Der König führte einen Schlag aus, und Draken fing ihn gerade noch mit der Parierstange ab; dann stieß er den Gegner zurück, so hart er konnte. Dies geschah recht ungelenk und nicht so kraftvoll, wie er es sich wünschte, weil der König seinen Schlag hoch ausgeführt hatte. Dennoch wurde dadurch Aissyths Arm hochgeschleudert, und der König taumelte nach hinten. Draken drängte erneut vor und machte es sich zunutze, dass die Körpermitte des Königs nun ungeschützt war.

Meergeboren schnitt durch die Gewänder und in die Haut hinein. Draken ließ dem Hieb einen weiteren folgen: eine Aktion, die allein dem Muskelgedächtnis und der antrainierten Gewohnheit entsprang. Blut schoss aus dem Hals des Königs. Er riss den Mund auf und sackte zusammen; die Gewänder um ihn herum warfen große Falten. Sein Schwert prallte im Dreck neben dem Pfad auf und brach einen Königsfarn.

Galbrait stieß einen lauten Schrei aus und stürmte los, doch ein blauer Gardesoldat, der sich im Blattwerk versteckt hatte, erreichte Draken zuerst. Draken, der sich, ohne zu denken, fortbewegte, schlug mit der Klinge hart auf die einzige schutzlose Stelle in der leichten Rüstung des Mannes. Dessen Kopf fiel herab, und Blut sprudelte, als die große Gestalt zusammensackte.

»Ein Leben gegen ein Leben.« Draken hauchte die Worte kaum, doch er spürte, wie die Luft ein wenig bebte. Es reichte aus. Er wandte Galbrait das Gesicht zu. Seine Brust hob und senkte sich, das Schwert hielt er in Fechtstellung, und seine Stimme war ein leises Brummen, als er sagte: »Da. Euer Vater lebt.«

Drei weitere Gardisten kamen aus dem Blattwerk zum Vorschein. Der König stöhnte. Galbrait neigte sich nach vorn, und der

Blick seiner geweiteten Augen wandte sich seinem Vater zu, der hinter Draken lag.

Draken konnte nicht mehr kämpfen; er war sich nicht sicher, ob er im Augenblick noch weiteres Töten zu ertragen vermochte, ganz zu schweigen von Magie. Er wirbelte herum, richtete den Blick auf die Gardesoldaten, hob Meergeboren hoch und warf es, so fest wie er nur konnte, über ihre Köpfe hinweg. Wenn er dieses Ding nie mehr wiedersah, wäre es immer noch zu früh. Poliert mit Blut zeichnete es sich als Silhouette gegen die goldenen Scheiben aus Horn ab, bevor es zwischen den höchsten Bäumen und im dichtesten Blattwerk verschwand.

Die Gardesoldaten waren ein Stück zurückgewichen, was ihre Wut zu schüren schien. Einer stürzte sich auf ihn, und sie rissen ihn zu Boden, alle droschen mit den Fäusten auf seinen Rücken und Kopf ein, bis Lichtflecken vor seinen Augen tanzten. Draken ächzte und versuchte, schlaff dazuliegen, als ob er das Bewusstsein verloren hätte, damit sie aufhören würden; aber ungeachtet dessen schienen sie aufzuhören. Rufe drangen durch den Nebel seiner Schmerzen. Er hob mühsam den Kopf.

Einer der Gardisten ging mit einem Sax in der Hand auf den König los. Draken dachte, wie unpassend das war: Königliche Gardesoldaten wurden für den Kampf mit dem Schwert ausgebildet und trugen keine gewöhnlichen Waffen. Galbrait stürzte nach vorn und griff den Mann von der Seite an. Sie fielen in das mit Asche bedeckte Blattwerk und wälzten sich im Schmutz herum. Ein anderer Gardist trat nach vorn und zerrte den Angreifer hoch, wobei er ihn aus dem Griff des Prinzen löste.

Draken blinzelte: eine gebogene Nase, vornehme, weibliche Lippen, dazu der passende Körperbau … Ihr Götter, es war ein Sohn aus dem Hause Rinwar, Seiner Majestät als Leibwächter zugeteilt. Ein kräftiger Schlag gegen die Schläfe sorgte dafür, dass Rinwar schlaff zu Boden ging. Nachdem Galbrait die Türen geöffnet und hinausgerufen hatte, strömten weitere Gardesoldaten in den Wintergarten hinein, um sich um den König zu kümmern und Rinwar wegzuschleppen. Es blieben genug übrig, um Draken eine gründliche Tracht Prügel zu verabreichen.

KAPITEL SIEBZEHN

Finsternis hüllte ihn ein, als sich die Tür zu seiner Zelle scheppernd schloss und Wachleute die Fackeln forttrugen. Draken schloss die Augen, atmete nur, wenn die Beschwerden von den Schnittverletzungen und Prellungen sich in ein schmerzvolles Stechen verwandelten und schließlich zu einem Prickeln abschwollen, während seine Wunden heilten. Der Boden schien unter ihm zu schwanken, in seinem Kopf drehte sich alles, sodass ihm übel wurde. Er lag auf seiner schlimmen Schulter und wälzte sich auf seinen Rücken, um die chronischen Schmerzen zu lindern, starrte dann in die Dunkelheit hoch. *Es ist kurz vor Einbruch der Nacht*, dachte er. Er fragte sich, ob irgendeines der Sieben Augen gerade emporstieg, um zu sehen, was mit ihrem den Göttern angelobten Auserwählten geschehen war.

Die Götter hatten ihm das Schwert gegeben. Sie hatten Elena ihn zum Khel Szi weihen lassen. Und dann hatten sie ihn hierher zurückgeschickt. Sie hatten sein Leben abermals zerrissen, gerade als er sich ein wenig in seinem neuen Dasein eingerichtet hatte, und jetzt ließen sie die Fetzen davon über die ganze Welt hinabrieseln. Und seine Schwester und die anderen waren in Gefahr … Aarinnaie musste inzwischen verzweifelt sein.

Oder jemanden töten.

Oder selbst schon tot sein.

Er stöhnte. Seine neu entdeckte Fähigkeit, sich selbst zu heilen, half in keiner Weise gegen die Frustration, die in seinem Kopf schmerzte, als hätte jemand dort einen Nagel eingeschlagen.

»Wenn wir uns begegnen, Khellian, werde ich dich herausfordern, und du kannst meine Seele für alle Zeiten zerstören.« Er warf einen zornigen Blick nach oben in die Düsternis über seinem Kopf. »Obwohl, man weiß ja nie. Ich könnte dich einfach zerstören.«

Ein ersticktes Lachen antwortete auf sein verdrießliches Brummen. »Was seid Ihr doch für ein lustiger kleiner Fliegenfisch.«

Draken drückte sich in eine sitzende Position hoch. Bei der Anstrengung geriet er ins Keuchen. »Yramantha. Wie schlimm haben sie Euch gefoltert?«

Ein Herzschlag. »Seid still. Sie werden Euch hören.«

»Niemand ist hier unten.« Er strengte sich an, um in der Finsternis zu sehen. »Niemand kommt, bevor es Zeit wird für die Fütterung.«

»Sie bringen nicht oft Essen herunter zu diesem verdammten Ort.«

Er versuchte zu berechnen, wie lange sie schon hier unten sein musste. Einige Nächte, nicht ganz sieben, schätzte er. »Befragungen gibt es häufiger. Der König setzt alte Gefangene ein, um seine neueren zu befragen. Ich bin sicher, Grym hat sich allein auf meinem Rücken die Befreiung von seinen Ketten verdient.« Erneut wechselte er die Lage seiner schmerzenden Schulter, als er sich der damaligen Folter erinnerte.

»Aufhören. Einfach … aufhören mit dem Reden«, stöhnte sie.

Draken fuhr sich mit der Hand über das Gesicht. Er hasste dies, hasste es, Yramantha eine Falle zu stellen. Doch er musste dafür sorgen, dass er von einigem Nutzen für den König war – musste beweisen, dass er nicht der Rebellion angehörte, sollte es irgendwelche Überlebenshoffnungen für ihn geben. »Während ich das letzte Mal hier unten war, gab es natürlich keine Verräter, um sie abzulenken. Sie werden wahrscheinlich viel mehr an Euch interessiert sein.«

Wasser tropfte. Generationen von Dampf liefen die kalten Steinmauern herab. Das unaufhörliche »Plink, Plink, Plink« trieb ihn in den Wahnsinn, während er geschlagen und gebrochen in seiner Zelle lag. Die Wände ablecken, um etwas zu trinken zu bekommen.

Er zog seine Knie hoch und legte seinen Unterarm auf ihnen ab. »Weshalb haben sie Euch verdächtigt? Weil Ihr nach Brîn gekommen seid?«

»Nein. Sie beschuldigen mich, die Prinzen ermordet zu haben. Jemand hat gelogen. Ich bin noch nicht einmal in Monoea gewesen.«

Draken runzelte die Stirn. Die Prinzen ermordet? »Waren die Prinzen in der *Seeschwalbe*?«

»Sollte man sie nicht inzwischen *Seetaucher* nennen?« Eine weitere Stimme – leise und weit entfernt – sickerte durch die Dunkelheit. »Sprecht nicht mit ihm. Er verfügt über Magie, mit der er Euch hereinlegen kann.«

Draken runzelte erneut die Stirn. »Rinwar? Seid Ihr das?«

»Ihr kennt mich?«

»Ich kenne Euren Vater. Warum habt Ihr versucht, König Aissyth zu töten?«

Ein raues Lachen. »Warum habt Ihr ihn gerettet?«

»Ich habe eine Königin und ein Land, die mich brauchen. Sein Tod ist ihnen nicht dienlich.«

»Und auch nicht Euer Tod, vermute ich«, ergänzte Yramantha.

»Ich glaube nicht, dass im Moment irgendjemandem mein Tod dienlich wäre.« Draken rutschte langsam nach vorn, damit er in der Dunkelheit nicht gegen die Gitterstäbe knallte. Seine Augen überanstrengten sich bei dem Versuch, etwas zu sehen. »Es gibt eine Chance, dass man mich zuerst befragen wird. Rinwar, wenn Ihr mir etwas erzählt, irgendetwas, kann ich Euch vielleicht einige Schmerzen ersparen. Besser, es kommt von mir als von Euch, oder?«

»Wieso wollt Ihr das tun?«, verlangte Rinwar zu wissen. Aber da war ein Zittern hinter seiner Wut rauszuhören.

Weil er zu schwer zu töten war. »Weil Ihr zu jung und töricht seid, um zu wissen, was ein echtes Verhör ist, was echter Schmerz ist.« Was echte Rebellion war. Draken beugte den Kopf und ließ die Muskeln sich dehnen. Der Schmerz zog sich bis zu den Schultern hinunter. Er holte tief Luft – und dann noch einmal. Aber sie wollten sich nicht lockern. Thom knetete häufig seinen Rücken und die schlimme Schulter für ihn, wenn sie vor lauter Anspannung bei der Arbeit mit Verzeichnissen wehtat. Draken sehnte sich jetzt nach Thoms kräftigen, tüchtigen Händen.

»Ich bin kein Kind. Ich weiß, was ich …«

»Nein. Ihr habt überhaupt keine Ahnung, ansonsten hättet Ihr niemals den König angegriffen. Von allen Dingen, die Euch heute passieren können, ist das Sterben das am allerwenigsten schwierige.«

»Der König sollte tot sein. Ihr solltet ihn töten.«

»Wieso ich?«

»Ich weiß es nicht. Es war keine Zeit da, es gab keine Besprechung. Vater war unerbittlich …« Rinwars Stimme verstummte.

»Klappe, Rinwar!«, zischte Yramantha. Draken hörte, wie Rinwar mehrmals langsam und behutsam Atem holte, und lächelte grimmig in die Dunkelheit hinein. Wer brauchte schon Magie bei einem feigen, jungen kleinen Lord? Jetzt ging er dem Burschen auf die Nerven – und Yramantha. »Wusste dein Vater, dass ich der Khel Szi bin?«

»Ein Emporkömmling auf dem Fürstenthron«, sagte Yramantha. »Der einen Bürgerkrieg für Akrasias Königin gewann. Das war's, was sie *glaubten*, wer Ihr seid.«

Nicht so weit von der Wahrheit entfernt. »Aber dann sah Lord Rinwar mich mit dem Prinzen nach Siebenfel einreiten.«

»Er ließ mich auf der Stelle kommen. Wir hatten keine Zeit, um zu planen, die Sache zu erörtern … Nicht, dass Vater überhaupt zuhören würde.«

Und hier saß nun der Bursche und wartete auf die Folter.

Yramantha schaubte leise, und Zorn flammte in Draken auf. »Ich habe Königin Elena gerettet. Dafür verlangte sie meine Loyalität. Außerdem verlangte mein Vater, dass ich seinen Thron übernehme.« *Ganz zu schweigen von den Göttern und ihrem verdammten Schwert.* »Ich weiß, was es bedeutet, wenn die eigenen Handlungen von den Launen anderer diktiert werden, Junge.«

Er hörte ein Schlurfen: Vielleicht rückte Rinwar näher an die Stäbe seiner Zelle heran. Dass man jedem seine eigene Zelle zubemessen hatte, überraschte Draken. Und zum ersten Mal wurde ihm bewusst, dass der Kerker – dieser Gang jedenfalls – merkwürdigerweise leer war. »Wo sind all die Gefangenen?«

Ein weiteres Rascheln von Kleidungsstücken: ein Schulterzucken möglicherweise. Nun sprach Yramantha. »Verbannt. In die Steinbrüche. Arbeiten an den Straßen des Königs.« Sie legte eine Pause ein. »Oder hingerichtet.«

Draken hob den Kopf. »Der *König* richtet Verbrecher hin?«

»Wir sollten nicht miteinander reden«, meinte Rinwar.

»Wir sind alle so gut wie tot«, erwiderte Draken. »Sprecht.«

Es gab eine weitere lange Pause, bevor erneut Rinwars raue Stimme aus der Finsternis kam. »Nur jene, die verdächtigt werden, die Prinzen ermordet zu haben.«

»Seid still!« Ein heftiges Zischen. Ketten klirrten gegen Stäbe in Yramanthas Zelle.

»Wer hat die Prinzen getötet? Und welche von ihnen überhaupt?«

»Prinz Tryvann wurde aufgehängt in seinen Gemächern gefunden. Ebenso seine Frau und ihre Kinder.«

Drakens Körpermitte höhlte sich aus. Ein Attentat im Innern des Palastes von Ashwyc? »Was ist mit Aissyth'Ae?«

»Verschwunden seit den letzten drei Sieben-Nächten.«

»Seine Familie? Seine Frau?«

»Alle tot im Palast auf dem Land. Doch Prinz Aissyth'Ae selbst ist einfach weg. Es wird erzählt, er müsse mit jemandem, dem er vertraut, fortgegangen sein.«

Oder er war weggerannt … Nein. So etwas zu tun passte nicht zu Aissyth'Ae. Er mochte nicht gerade der sympathischste Mann sein, doch war er niemals ein Feigling gewesen. Draken rieb sich den Kopf. Zwei Überfälle in Palästen. Kein Wunder, dass Aissyth unter einem solch extremen Verfolgungswahn litt. »Wer macht das? Wer außer Eurem Vater ist noch in diese Rebellion verwickelt?«

Yramantha stieß ein warnendes Knurren aus. Aber das wäre nicht nötig gewesen.

»Ich weiß es nicht, klar? Ich weiß nicht genug von all dem. Versteht Ihr? Es hätte nicht so sein sollen – all das Blut, und Kupsyr auf dem Boden ohne Kopf, und … *Ihr habt ihm den Kopf abgeschnitten!* Weshalb habt Ihr das getan? Kupsyr. Er hatte nur achtzehn Sohalias, und Ihr habt seinen … *Kopf* abgetrennt. Genauso gut hätte ich es sein können; es hätte sein können, dass …« Rinwars Schreie lösten sich in Heulen und Tränen auf.

Draken sank gegen die Stäbe und lauschte dem nassen Geschluchze. Ihr Götter, für so was war er nicht gemacht – Jungen zu befragen, deren schlimmste Skandale mit heiratsfähigen Mädchen auf Bällen passieren sollten. Aber selbst als er es zuließ, dass ihn Schuldgefühle überkamen, nahm er Folgendes zur Kenntnis: Kupsyr – der Name des Mannes, den er auf dem Turm des Seebergfrieds hingerichtet hatte. Und jetzt ein weiterer Sohn, dessen Leben durch Rebellion vergeudet worden war. Ein weiterer Landadliger, welcher der Liste jener hinzuzufügen war, die König Aissyth würde ausrotten müssen. Andererseits … Das Haus Kupsyr und das Haus Rinwar konnten sich nicht ausstehen. Hatte da wirklich der gemeinsame Hass auf den König ausgereicht, sie zusammenzubringen? Draken konnte das nicht ganz glauben.

»Rinwar, wisst Ihr etwas über meine frühere Arbeit für die Krone?«, fragte er leise. »Bevor ich angeklagt und verbannt wurde?«

Es dauerte einige Zeit, bis das Schniefen abebbte. »Nein.«

»Nein, *Eure Hoheit.*« Es war das erste Mal, dass er jemals gefordert – darauf beharrt – hatte, mit der korrekten Anrede angesprochen zu werden.

Eine durchdringende Pause. »Nein, Eure Hoheit.«

»Wie lautet Euer Name? Euer Vorname.«

»Soeben, Eure Hoheit.«

Draken ließ sich an den Stäben nieder und lehnte sich dagegen. Sie klapperten leicht. Schüttelfieber nistete sich ein. Es würde sich verschlimmern, bevor es vorüber war, wenn man ihn die Nacht hierließ. »Ich war ein Kommandant der Schwarzen Garde, verantwortlich dafür, Jagd auf Angehörige meines eigenen Volkes zu machen und sie zu beseitigen. Das ist eine hässliche Sache, Soeben, wie du an diesem Tag gelernt hast.«

Zu seiner Verwunderung blaffte ihn Rinwar daraufhin nicht an, sondern ließ nur den Atem ausströmen. Sie beide verstummten für eine geraume Zeit. Draken schob etwas Stroh zusammen, um den harten Untergrund zu polstern, und ignorierte die Kriechtiere, die er durch diese Aktion auseinandertrieb. Er hatte schon schlimmere Quartiere kennengelernt. Er kämpfte darum, wach zu bleiben, und lauschte der Stille, die nur unterbrochen wurde durch das Tröpfeln und ein gelegentliches Husten von Soeben oder Seufzen von Yramantha. Sein ganzer Körper tat weh, und sein Verstand strengte sich an, eine Lösung für sein Problem zu finden. Seit einer Sieben-Nacht war er dem Tode nicht so nahe gewesen wie jetzt, und recht unvermittelt registrierte er den starken Wunsch, nicht sterben zu wollen. Er konnte sich Bruches Gelächter angesichts dieser Ironie gut vorstellen.

Draken schreckte auf, als er raue Stimmen und das Klappern einer Gittertür vernahm. Fackellicht ließ ihn blinzeln, und ihm gefror das Blut, bis er begriff, dass es nicht seine Tür gewesen war, die sich geöffnet hatte. Wächter zerrten Soeben aus seiner Zelle. Der Junge stolperte und drehte den Kopf, um Draken anzuschauen, bevor sie ihn zu einem nicht weit entfernten offenen Bereich mit einem Tisch zerrten. Draken setzte sich auf, blieb jedoch still. Es würde im Augenblick nicht helfen, die Aufmerksamkeit auf sich zu lenken, und es würde wahrscheinlich wehtun. Allerdings fluchte er innerlich. Er hatte noch mehr Fragen an den Jungen gehabt, und die Wahrscheinlichkeit, dass sie jemals beantwortet würden, war gerade abgesunken in die Tiefen der Verzweiflung – Soebens Verzweiflung, die mit Sicherheit kam.

Ein Mann betrat den Raum, und Draken musste gegen den Drang ankämpfen, tiefer in die Dunkelheit seiner Zelle zu kriechen. Grym musste sich seine Freiheit verdient haben, denn er trug keine Fußschellen an den Knöcheln. Das einst zottelige Haar war geschnitten, glatt nach hinten zu einem ordentlichen Pferdeschwanz gebunden; sein Bart war verschwunden. Aber Draken würde die pockennarbigen Wangen, die schiefe Nase und die weichen, mitleidigen Augen überall wiedererkennen. Er hatte lange genug zu ihnen hochgestarrt, während Grym seine Fingernägel herausgerissen, seinen Fuß gebrochen, die Schulter ausgekugelt und die empfindliche Haut an den Innenseiten seiner Oberschenkel aufgeschlitzt hatte. Grym hatte Draken eine Herausforderung genannt, und das war er auch gewesen. Draken hatte ein extensives Training erhalten, um Folterungen auszuhalten; überdies war er unschuldig gewesen, sodass es nichts gab, was er hätte gestehen können. Aber Grym hatte nicht aufgehört, bis Draken schrie. Und am nächsten Tag hatte er es erneut getan und am darauffolgenden wieder – bis Draken aus dem hiesigen Verlies fortgeschafft und, nach der Verkündung seines Urteils, zum Kerker bei den Docks gebracht worden war.

Mit einer Fackel in der Hand lehnte Grym sich gegen die Gitterstäbe. Draken musste den Kopf einziehen: Das Licht der Flammen stach in seine Augen, nachdem sie so lange der Finsternis ausgesetzt waren, und der Ölgeruch war widerlich. »Du wieder.«

Draken brachte einen milden Tonfall auf. »Ja, ich.«

»Hey, wir bewahren dich für 'was Spezielles auf.« Er ruckte das Kinn zu den anderen, die bei ihm waren, und wandte sich dem Tisch zu, neben dem Soeben zitternd wartete.

Als Nächstes rissen sie dem Jungen die Kleider vom Leib und schoben ihn auf den Tisch. Zwei Männer hielten ihn fest, damit er auf dem Rücken liegen blieb, während ein dritter ihn festschnallte. Soeben wehrte sich ein wenig, jedoch nur halbherzig, so als wüsste er, dass dies ein aussichtsloser Kampf war. Grym schaute zu, die hellen Augen zusammengekniffen.

Als Soeben auf dem Tisch fixiert worden war, trat Grym vor und tätschelte die Brust des Unglücklichen.

Soeben stieß gegen die Riemen. »Ich bin ein Landadliger. Ich gehöre zur Aristokratie. Ihr könnt nicht …«

Grym brachte ihn zum Schweigen, indem er einen Finger behutsam auf seine Lippen legte. »Ich soll herausfinden, was Ihr über die Rebellion erzählt habt.«

Erzählt. Nicht, was er *wusste* … Wer hatte dieses Verhör angeordnet? Drakens Blick blieb auf Soeben und Grym geheftet.

»So ein hübscher Junge«, sagte Grym in leisem, zwingendem Tonfall. »Du wärest zum Helden geworden, wenn du es geschafft hättest, was?«

Soebens Gesicht bekam einen harten Ausdruck. Draken hätte es nicht bemerkt, würde er die Vorgänge nicht so scharf beobachten.

Grym sah es ebenfalls. »Ah, na also.«

Seine Hand wanderte hinab zu Soebens Fingern. Er bewegte sie kaum, doch der Junge kreischte auf. Sein schriller Schrei hallte von den steinernen Mauern und Gitterstäben wider. Grym zog seine Hand fort, und Draken sah einen Ringfinger, der in einem merkwürdigen Winkel emporragte. Mit einem Ruck riss der Folterknecht Soebens Haus-Siegel von dem gebrochenen Finger und steckte es in die Tasche. Der Junge keuchte und wandte den Kopf ab, um an Grym vorbei in Drakens Zelle hineinzuschauen.

Yramantha stieß einen Laut des Entsetzens aus, und er hörte, wie sie über den holprigen steinernen Boden und Schmutz nach hinten flitzte.

Draken nickte dem Jungen zu. Er wusste: Soeben war ein Rebell, er verdiente eine Bestrafung, vielleicht gar den Tod. Aber nichts wie das hier – nicht jemanden wie Grym, der wahrscheinlich zu den Sieben Augen betete, dass der Junge lange genug aushalten würde, um ihm richtigen Spaß zu bereiten. Nicht dass ihn das dann zum Aufhören bewegen würde. Draken hatte gesehen, wie Grym jemanden weit über den Punkt hinaus folterte, an dem das Opfer gebrochen war und gestand – über den Punkt hinaus, an dem der Gepeinigte noch die Fähigkeit zu sprechen besaß.

Grym trat in Aktion. Soeben ächzte, als Grym an der Hand des Burschen riss. *Knack!* Soeben kreischte, lange und durchdringend. Wenn er Anzeichen von Abschwächung zeigte, zerrte Grym an dem gebrochenen Glied, riss daran. Die Haut hielt stand. Grym griff nach seiner Klinge. Die gellenden Schreie setzten sich fort, unterbrochen nur von feuchtem Würgen. Die widerlichen Gerüche von Pisse und Erbrochenem durchdrangen die Luft. Dann fiel der Arm mit einem dumpfen Geräusch auf den Boden. Grym trat ihn in Richtung von Drakens Zelle weg, während einer seiner Schergen an den Tischt trat, um die Wunde mit einer rotglühenden Metallplanke auszubrennen. Soeben kreischte atemlos, bis das Gebrüll unvermittelt erstarb. Sie schlugen ihn mit Ohrfeigen wach und bespritzten ihn mit Wasser.

Draken spürte, wie sein Nacken heiß wurde und sein Rücken kribbelte. Es war der Schwertarm gewesen. Soeben würde nie wieder kämpfen. Draken schluckte seine Galle hinunter. Der Junge würde überhaupt nie wieder irgendwas tun – außer zu schreien.

Draken trat an die Vorderseite der Zelle, hinein ins Fackellicht. Sie konnten sein Gesicht sehen; sie konnten ihn trotz der verschmierten Farbe wiedererkennen. Er ließ sie alle unbeachtet –

außer Soeben, von dem er den Blick nicht losreißen konnte. Dem Burschen flossen die Tränen, blutiger Sabber sickerte aus dem Spalt zwischen seinen Lippen; doch er hatte die Zähne zusammengebissen. Soeben drehte den Kopf herum und blickte ihm in die Augen.

Draken ergriff die Gitterstäbe mit beiden Händen. *Ich werde Grym töten. Dies schwöre ich bei meinem Blut und meinem verdammten Schwert. Er wird einsam sterben – verzweifelt.* »Ich bin bei Euch.«

KAPITEL ACHTZEHN

»D*raken?*«

Die Stimme schnitt durch den albtraumhaften Nebel aus Blut. Er rührte sich, hob den Kopf von seinem dünnen, juckenden Bett aus Heu. Er war so benommen, dass sein Blick in dem Fackellicht verschwamm. Er streckte den Arm nach oben, um sich mit dem Rücken seiner unebenen, gebrandmarkten Hand über die Augen zu wischen. Blinzelnd drückte er sich in eine sitzende Position hoch. Auf der anderen Seite der Gitterstäbe wartete eine Gestalt in einem Umhang – silbern und geisterhaft. Dieses Leuchten war ganz unverkennbar. Ein Schatten wenige Schritte dahinter hielt eine Blendlaterne hoch. Sie warf ein fahles, surreales Licht.

»Osias«, sagte Draken.

»Ja, und noch jemand. Jemand, der dir helfen will.«

Die dunklere Gestalt öffnete die Blende, sodass mehr Licht ausgestrahlt wurde. Soeben lag festgeschnallt auf dem Tisch in seinem Blut und Unrat. Ein stinkender, regungsloser Schatten. Absolut tot. Das Licht brachte aber auch das bleiche, alte Gesicht und die beschatteten Augen einer ihm unbekannten Frau zum Vorschein.

»Draken«, hauchte sie.

Draken mühte sich auf die Füße. »Meine Dame?«

Denn das war sie offensichtlich. Feine Spitze guckte unter dem Saum ihres langen Umhangs hervor. Ein komplizierter Knoten bändigte gepflegte Locken oben auf ihrem Kopf, deren Blond teilweise ins Graue überging. Draken wünschte, er wäre besser gekleidet und würde nicht stinkend in dieser Zelle stehen mit abgebrochenen Strohhalmen, die in seinen Haaren steckten. »Ihr kennt mich?«

Sie nickte stumm. Etwas huschte über ihr Gesicht … Zorn? Entsetzen?

»Wer seid Ihr, wenn ich fragen darf?«, erkundigte sich Draken und trat einen Schritt nach vorn.

Sie wich langsam vor ihm zurück; ihre in Slippern steckenden Füße schoben sich nach hinten.

Er blieb stehen.

»Lady Sikyra«, stellte Osias sie vor.

Lady Sikyra schluckte und blickte nach hinten auf Soeben.

Draken schaute den regungslosen, übel zugerichteten Körper ebenfalls an und seufzte tief. »Ich wünschte, ich hätte etwas tun können. Sie schienen entschlossen zu sein, dafür zu sorgen, dass er starb.«

»Man erzählt sich, dass er versucht hat, den König zu töten.«

Draken neigte den Kopf in ihre Richtung und fragte sich, ob sie die Mutter oder eine Tante von Soeben war. »Ja«, antwortete er leise.

Lady Sikyra verstummte für einen Moment und musterte ihn. Er fühlte sich versucht, unter ihrem Blick herumzuzappeln, und unterdrückte es.

»Du erkennst mich nicht wieder?«, fragte sie.

»Nein, meine Dame. Sollte ich das?«

Sie senkte den Kopf. »Vergib mir, dass ich dich anstarre. Du siehst deinem Vater so ähnlich. Es ist ein kleiner Schock für mich.«

Drakens Herz setzte kurz aus und schlug dann langsam weiter; sein Körper erstarrte. Die kalte Luft begann ihn zu durchdringen. Er starrte die Frau an, und sie blickte unverwandt zurück. Er schluckte; seine Kehle schnürte sich zu. Osias streckte den Arm zwischen die Gitterstäbe und umfasste Drakens Handgelenk.

»Ihr seid meine Mutter.« Bei der Äußerung dieser Wörter bekam er kaum genügend Luft, dass sie gehört werden konnten.

Lady Sikyra schritt zur Tat und streckte die Hand aus, in der sie einen großen, runden Schlüssel hielt. Klirrend öffnete sich das Schloss, und sie zuckte zusammen, doch sie zog die Gittertür auf. »Los. Wir müssen uns beeilen, wenn du entkommen willst.«

Er bewegte sich nicht. »Ich kann nicht.«

»Ich kann dich nicht hier zurücklassen.«

Er schüttelte den Kopf. »Sie haben meine Schwester, meine Freunde, meine Leibwachen. Geiseln, wenn sie nicht bereits tot sind.«

»Aus dem Inneren einer Zelle kannst du ihnen nicht helfen«, entgegnete Osias.

»Ich kann nicht einfach wegrennen und sie zurücklassen. Das werde ich nicht tun.«

Doch sie stand wartend da. Die Augen weit aufgerissen. Blickte gequält. Er wollte die Hand ausstrecken und sie berühren, um sich zu bestätigen, dass sie real war. Stattdessen lenkte er ein und ging langsam nach vorn, sodass er sie nicht erschreckte. Sie schloss wieder die Blende an der Laterne und führte sie anschließend nicht die Treppe hoch, sondern weiter nach hinten: tiefer in die Dunkelheit, tiefer in den Kerker hinein. Er folgte leise; sein schlimmes Knie war steif und schmerzte in der Kälte, seine Schulter hatte sich verkrampft. Mit der Laterne wies sie nach vorn und deutete auf schmale, in den Stein gehauene Stufen, die plötzlich zwischen den Zellen auftauchten.

Er warf ihr einen Blick zu, doch er gehorchte. Ohne die abgeblendete Laterne wäre der Tunnel pechschwarz gewesen: feucht, stickig, kalt. Seine Mutter hinter ihm war so still, dass er zurückblickte, um sich zu vergewissern, dass sie noch da war. Sie glitt in ihren Slippern wie ein Gespenst dahin. Sein Verstand verwirrte sich mit Fragen; doch er begrub sie schließlich in dem scheußlichen Knoten in seiner Brust, wo sie schon sein ganzes Leben lang existiert hatten.

Vielleicht wollte er ja gar keine Antworten hören.

Der Tunnel führte nach oben, und auf einmal dehnte sich ein dünner grauer Lichtkegel vor ihnen aus. Regen prasselte hernieder, als sie den Palast verließen; die Türöffnung war alt und eingefallen, sodass Draken sich ducken musste. Einen Moment lang holte er Atem. Seeluft – frisch und feucht. Sie reinigte seine Lungen. Die Rückseiten von Gebäuden standen ihnen gegenüber. Seine Mutter schloss die dicke, mit Eisenbändern verstärkte Tür und wandte sich der nächsten zu, die ganz in der Nähe in eine große Steinmauer eingefügt war. Ein Schlüssel, das leise Klirren eines gut geölten Schlosses – und die Tür schwang auf. Sie gab den Blick frei auf einen engen Treppenaufgang, fast so dunkel wie der Tunnel, dem sie gerade entkommen waren. Osias geisterte hinter ihnen.

»War das Kordewyn?«, fragte Draken, während sie hochstiegen. Es war die nächstgelegene Stadt, sollten sie die des Palastes verlassen haben.

»Ja«, antwortete er.

Sie kamen oben auf der Treppe an und betraten eine ruhige, rückseitig gelegene Halle. Zwei niedrige Tische standen an der Wand zwischen den Türen. Drakens Mutter berührte seinen nackten Rücken, um ihn in die richtige Richtung zu lenken; seine Haut zitterte unter ihren Fingerspitzen. Sie führte ihn und Osias um eine Ecke und durch rot lackierte Türen in Räumlichkeiten, bei denen es sich um ihre eigenen Gemächer handeln musste.

Er hielt inne, fühlte sich schmutzig in dem sich offenbarenden Reichtum. In goldenen und braunen Farbtönen gewebte Vorhänge verhüllten die Fenster zum Schutz gegen die Kälte, Plüschteppiche erstreckten sich über die glatten Holzfußböden, die Wände waren bedeckt mit verblassten Fresken und kunstvollen Gobelins. Die Möbel waren mit weichen Stoffen bezogen. In der gegenüberliegenden Ecke – unter einem Fenster, vor dem man die Vorhänge weggezogen hatte, um das Sonnenlicht hineinzulassen – stand ein Webstuhl, in dem ein unvollendeter Wandteppich hing.

»Von einem Diener, dem ich vertraue, habe ich dir ein Bad vorbereiten und frische Kleidung aus deiner eigenen Garderobe bringen lassen. Direkt da durch. Wenn du fertig bist, kannst du etwas essen. Wir haben ein bisschen Zeit, bevor sie herausfinden werden, wohin du gegangen bist.«

Er spürte, wie seine Augenbrauen sich senkten, und er blickte sie an. Sie schaute auf ihn zurück mit geduldigem Ernst.

»Ja, dann. Ich danke Euch, meine Dame.«

Osias folgte ihm, ohne zu fragen. Dicke Behänge hüllten das Bett ein, und ein Feuer brannte hell im Schlafgemach seiner Mutter. Aber eine Badewanne gab es nicht. Er sah einen weiteren offenen Türdurchgang und ging zögerlich darauf zu … Ein Kämmerchen mit einer dampfenden Wanne und einem weiteren, kleinen Feuer. In dem Zimmer war es übermäßig heiß, was ihm nach der Kälte im Verlies aber nur willkommen war. Seine Mutter hatte Wort gehalten: Seine eigenen Sachen lagen auf einem Tisch gestapelt, obenauf Elenas Halsschmuck. Er ließ die Finger über die Kette wandern und fragte sich, wie seine Mutter das geschafft hatte. Doch er war zu schmutzig und verschwitzt, um die Halskette anzulegen.

Er zog sich aus, sank in die Wanne hinein und ließ die Wärme in seine Haut sickern. Er nahm einen festen Meeresschwamm in die Hand und begann sich zu schrubben. Dreck und Farbe führten dazu, dass sich die Qualität des Wassers rasch verschlechterte. »Du hast dies bewirkt.«

Osias wanderte umher und begutachtete Gegenstände; die Hände hatte er hinter dem Rücken verschränkt. »Du hast Hilfe gebraucht, und ich habe sie gefunden.«

»Woher hast du von ihr gewusst?«

Ein leichtes Lächeln. »Hast du geglaubt, deine Vergangenheit ist zu kompliziert für mich, um sie enträtseln zu können?«

»Bruche hat es dir erzählt.« Gedanken an den Schwerthand-Geist hatten ihn in letzter Zeit bedrückt.

»Ich habe immer noch meine Kräfte, ob es Korde nun gefällt oder nicht.«

Draken starrte ihn an. »Hat er es dir erzählt, bevor er von mir gegangen ist … oder erst kürzlich?«

»Er ist dir über das Meer gefolgt. Sehr entschlossen, dieser Bruche. Ich habe ihm gesagt, dass ich glaube, es sei Zeit für seine Ruhe, doch er weigert sich, mir zuzuhören.«

Draken ließ sich mit einem Seufzer in das Wasser zurücksinken. Er hatte es sich also nicht bloß eingebildet.

Als er wieder aus dem Zimmer kam, in die eigene weite Hose sowie langärmelige Tunika gekleidet und mit dem Anhänger um den Hals, stellte er fest, dass Sikyra ihren Umhang abgelegt hatte und vor dem Feuer kniete, um es zu schüren. Essen war serviert worden, Diener jedoch waren nicht in Sicht.

»Bitte. Nehmt Platz und esst. Mein Cousin hat sich Euch gegenüber bis jetzt nur wenig zuvorkommend gezeigt. Ich hoffe, das in Ordnung zu bringen.«

Osias fragte, ob er rauchen dürfe, und Sikyra nickte. Bald danach schwebte der sanft-süßliche Duft des Gadye-Rauchs durch das Zimmer. Der Mantiker blieb allerdings stehen und abseits der beiden anderen; er hörte nur zu.

Draken, der immer noch vorsichtig war, setzte sich hin. Das Essen war zum Glück warm und schmeckte köstlich. Er hatte ganz vergessen, wie sehr er das vertraute Körnerbrot, das Hammelfleisch von den Außenhügeln und die Schalentiere aus der Schwesterbucht vermisste.

»Du solltest das wissen. Die ganze Sache war eine List, um die Rebellen aus der Reserve zu locken. Mein Cousin hat es einfach zu weit getrieben.«

Einen Moment lang aß er nur, blieb ruhig und versuchte, nicht an Soeben zu denken, wie er tot auf dieser mit Blut und Siff verschmierten Platte lag. »Der König ist ein listiger Mann.«

»Er muss es sein. Sein Leben ist in Gefahr, sein ganzes Geschlecht ist bedroht – und mit ihm die Welt.«

Ammenmärchen, dachte Draken, wagte es jedoch nicht, das auszusprechen.

Sie saß ihm gegenüber. »Aber gib ihm nicht die Schuld. Ich war es, die auf den Gedanken gekommen ist, dich auf diese Weise einzusetzen.«

Er schaute zu ihr auf, kaute und schluckte, sagte nichts, als er nach seinem Kelch griff. Halmar würde Anfälle bekommen, wenn er wüsste, dass sein Khel Szi jetzt ohne Vorkoster etwas zu sich nahm. »Ihr wusstet, wer ich bin?«

»Dass der Fürst von Brîn mein Sohn ist? Ja.«

»Wie habt Ihr es erfahren?«

»Dein Vater machte kein Geheimnis daraus, wer er war – nicht mir gegenüber.«

Draken nahm es in sich auf und trank mehr von dem Wein. Dieses Häppchen an Information konnte alles Mögliche bedeuten. Es hatte keinen Zweck, irgendetwas Geringeres zu tun, als direkt in die Sache hineinzuspringen. Er war wieder in Monoea, wo ihm jemand jederzeit einen Dolch in den Rücken stoßen konnte; aber wenigstens heuchelten sie nicht vor, dass sie irgendetwas Geringeres taten. »Hat er etwa mit seinem königlichen Blut geprahlt, als er Euch vergewaltigte?«

Sie streckte die Hand über den Tisch und schlug ihn auf die Wange. So hart, dass sein Kopf zur Seite flog. So hart, dass seine Augen tränten.

»Ist es das, was du deiner Meinung nach bist? Das Ergebnis einer Vergewaltigung? Du solltest dich schämen.«

Er starrte sie fassungslos an. Es war einfacher gewesen, zu glauben, sie wäre vergewaltigt worden – dass sie ein Opfer gewesen war. Stattdessen hatte sie die strengen Sitten gebrochen ohne Rücksicht auf die Konsequenzen. Aus Lust also. Das war alles, worauf sein Leben gründete?

Er wartete, bis der brennende Schmerz und seine plötzliche Wut sich legten, bevor er eine Erwiderung gab. »Aissyths Vater verbannte Euch vom Hofe und ließ mich als Sklaven zurück. Was sollte ich da denken?«

Sie schüttelte den Kopf und lehnte sich auf ihrem Sitzplatz würdevoll zurück, die Hände gefaltet in ihrem Schoß wie schlafende Schlangen. »Du glaubst, unser König ist so grausam, dass er mir mein Kind nimmt und mich vom Hofe verbannt nach einer *Vergewaltigung*? Nein. Ich wurde bestraft; nicht, weil ich ein Opfer war, sondern dafür, weil ich einem Sklaven nachlief, damit er mein Liebhaber wurde, und es wagte, sein Kind zu gebären.«

Drakens Augenbrauen hoben sich. »Ihr wollt damit sagen, dass Ihr meinen Vater *liebtet*?«

»Ich will damit sagen, dass ich ihn haben wollte. Und als ich herausfand, dass ich schwanger war, wollte ich sein Kind haben.«

Ein Begreifen, das eigentümlich juckte, breitete sich in Draken aus. Er hatte keine Ahnung, was er sagen sollte, also griff er einfach wieder nach seinem Kelch und schüttete den Wein hinunter. Als er den Pokal senkte, war der Krug in der Hand seiner Mutter – bereit, ihm einzuschenken. Er hielt ihr seinen Kelch hin, als der jedoch gefüllt war, trank er nicht.

Sie stellte den Krug ab. Es klimperte, als Metall auf Stein traf. »Du hattest einen Bruder, wusstest du das?«

Hatte. Vergangenheitsform. Draken setzte den Kelch ab und legte seine Hand aufs Knie. »Ihr wart verheiratet?«

»Natürlich nicht. Wer hätte mich heiraten wollen, nachdem ich mich selbst mit einem brînianischen Sklaven verunreinigt hatte und einen Sohn mit gemischtem Blut gebar.«

Er konnte den Hof nicht tadeln angesichts der Tatsache, dass er seinen Vater kannte. Verunreinigt – wahrhaftig. »Die Priester in Akrasia behaupten, dass Gemischte beschmutzt sind. Das ist der Grund, weshalb sie dort versklavt werden.«

Sie schnaubte. »Priester und ihre Gesetze. Führe sie nicht mir gegenüber an.«

»Das geht nahe an Häresie«, warf Osias ein, dessen Tonfall jedoch mild blieb. Er hatte es irgendwie geschafft, sich unbemerkt bis zu Drakens Ellbogen hin zu bewegen. Es gab noch einen Stuhl, doch er blieb stehen.

»Was haben die Götter jemals für mich getan? Sie haben meine beiden Söhne gestohlen. Ich kann mit Religion nichts anfangen.«

»Ich bin der Letzte, der die Götter verteidigt«, sagte Draken. »Wie hieß mein Bruder?«

»Laethyn.« Ihre Stimme verlor den schneidenden Unterton. »Ein Schießunfall … so wurde mir jedenfalls erzählt. Es ist nicht einmal so lange her, dass er starb; noch nicht einmal ein Sohalia, bevor du fortgegangen bist.«

Der Name war geläufig. Ein Bruder. Er hatte einen Bruder gehabt – hier, unten bei Ashwyc –, und es war ihm niemals gesagt worden. »Als was hat er gearbeitet?«

»Königlicher Jäger. Der König hatte ihn gern, so wie er dich gern hat.«

Draken schnaubte. »Er hat eine komische Art, das zu zeigen.«

Sie ignorierte diese Bemerkung. »Nachdem Laethyn starb, ist mir bewusst geworden, dass es ein Fehler von mir war, stets Distanz zu halten. Plötzlich verstand ich, was ich alles mit dir versäumt hatte. Aber bevor ich den Mut aufbringen konnte, mich dir zu nähern, wurde Lesle ermordet, und du warst …« Sie schaute zu Boden und strich mit der Hand den Kleidungsstoff auf ihrem Oberschenkel glatt.

»Verbannt.«

»Fort«, flüsterte sie; ihre Schultern waren angespannt. »Ich hatte nichts für dich getan, und es war zu spät. Aissyth waren die

Hände gebunden, sobald bekannt wurde, wie Lesle starb. Wenn er dir erlaubt hätte, zu bleiben, dann hättest du, wie er wusste, vor nichts haltgemacht, um ihren Mord aufzuklären. Und wenn alles herausgekommen wäre, hätten die Dissidenten es gegen den König eingesetzt – dich der Nutzung von Magie beschuldigt, *ihn* beschuldigt, jemanden zu verteidigen, der Magie verwendet. Sie hätten dich benutzt, um gegen ihn vorzugehen. Er musste dich fortschicken, um dich zu beschützen.«

»Um sich selbst zu beschützen.«

»Um die Krone zu schützen«, behauptete sie mit fester Stimme.

Diese Erklärung ergab auf grausige Weise Sinn. Zu viel Sinn. Er brachte sich in Erinnerung, dass er sie, obwohl sie seine Mutter war, überhaupt nicht kannte. War dies die Wahrheit? »Hat König Aissyth Euch dazu gebracht? Mir das zu erzählen?«

»Nein. Er wird verärgert sein, dass du es weißt.«

»Warum?«

»Weil es preisgibt, wie viel du ihm bedeutest.«

Draken schnaubte. »Er hat mich in die Verbannung geschickt. Er hat noch vor Kurzem versucht, mich zu töten.«

»Ich habe es dir doch gesagt. Es war eine List, um die Rebellen aus der Reserve zu locken.«

»Brilliant. Sogar noch besser. Er *benutzte* mich.«

»Könige benutzen immer irgendwelche Leute.«

Seine Frau war tot. Elena wartete zu Hause mit seinem Kind. Männer waren bei dem Überfall auf den Seebergfried gestorben – gute Männer auf beiden Seiten. Er schüttelte den Kopf. »Ich weiß noch nicht einmal, wovon Ihr mich zu überzeugen versucht.«

Sie beugte sich vor. »Hilf Aissyth beim Kampf gegen die Bedrohung der Krone.«

Er tastete nach dem Halsschmuck der Königin um seinen Hals und ergriff die Kette. »Dies ist nicht länger mehr mein Königreich. Dies ist nicht mein Kampf.«

»Vielleicht nicht. Aber deine neue Heimat wird bedroht durch diese Landadel-Rebellen. Ashen nennen wir sie.«

»Ja, die sind mir bekannt. Einer von ihnen klärte mich darüber auf, woraus ihr Interesse an uns besteht. Aber die Monoeaner haben schon vor langer Zeit die Magie verworfen und sind hervorragend ohne sie ausgekommen.«

»Ja, aber diese Ashen – sie glauben, die Nutzung von Magie wäre der Wille der Götter. Und sie glauben, du seist den Göttern angeschworen. Sie würden dich zu einem Kaiser machen, wenn du sie ließest.«

»Unsinn.«

»Ist es nicht. Ich beobachte sie seit vielen Sohalias. Was glaubst du, warum Laethyn gestoben ist? Ein Jagdunfall – dass ich nicht lache. Er wurde ins Auge und in den Hals getroffen. Zwei Pfeile. Sie haben versucht, mich dazu zu bringen, dass ich aufhöre, sie für den König auszuforschen.«

»Kennt Ihr eine Schiffskapitänin namens Yramantha?«

»Ja. Dieselbe, die dich ins Exil beförderte, nicht wahr?« Bei seinem erstaunten Blick zuckte sie mit den Schultern. »Ich bin fast so unsichtbar wie die Diener. Die Leute um mich herum reden. Yramantha gehört zu den Ashen. Es ist merkwürdig. Für gewöhnlich lassen sie nur Männer in Aktion treten. Vielleicht dachten sie, Yramantha könnte dich besser überreden, da du sie kennst.«

Ein Frostschauer durchfuhr ihn, und kalter Schweiß juckte unter dem wollenen Hemd auf seinem Rücken. Sie hatten große Anstrengungen unternommen, um ihn nach Monoea zu bekommen. »Sie haben damit gedroht, Elena zu töten, wenn ich nicht kommen würde.«

»Sie haben die Entschlossenheit der Gläubigen und viele Schwerter auf ihrer Seite.«

»Was für eine Religion haben sie?«

»Mondmünster. Man kann viele von ihnen erkennen, weil sie begonnen haben, sich selbst mit Asche zu kennzeichnen. Und sie tragen ein Mondsiegel auf ihren Wappenröcken: drei gewundene Mondsicheln. Das zeigt, wie unverfroren sie geworden sind.«

»Ja, ich habe es gesehen.« Er wusste nicht viel über den Mondmünster-Glauben, außer, dass seine Anhänger Fatalisten waren. Er schaute zu Osias, dessen Rauch die Luft um ihn herum vernebelte.

Der Mantiker schüttelte bedächtig den Kopf. »Fatalisten, die ihre Glaubenslehre mehr verehren als die Götter.«

Draken runzelte die Stirn. »Es gibt Tempel in Akrasia, aber hier ist die Mondmünster-Religion illegal.«

Seine Mutter zuckte mit den Achseln. »Das gilt meines Wissens nach auch für das Töten von Prinzen und eine Rebellion gegen die Krone.«

Draken dachte an Blutlachen auf den Steinplatten im Innenhof des Seebergfrieds, an einen Krieg an seinen Küsten, an Tausende von Monoeanern, die in Brîn und Akrasia einfielen. An all die Mondlinge und Gadye, die wegen ihrer Magie gefangen und versklavt wurden. An adlige Akrasianer, die kämpften und starben. An seine eigenen wilden, furchtlosen Brînianer, wie sie massakriert wurden. Selbst die mächtigen Mantiker konnten nicht zehn- oder zwanzigtausend Ashen zurückschlagen, wenn diese es wagen sollten, die Tore von Eidola zu durchbrechen. Die Flüche würden abermals Akrasia überziehen und auf ihrem Weg jeden und alles zerstören.

»Und wenn ich mich weigere, zu kooperieren?«

»Sie haben bereits deine Königin bedroht, nicht wahr? Wie fundiert war diese Bedrohung?«

Es dauerte einen Moment, bevor er antworten konnte. »Sie hatten ihre Halskette und eine Haarlocke von ihr, um zu beweisen, dass sie sich ganz in ihrer Nähe bewegen können.«

Ihre Augenbrauen hoben sich. »Beeindruckend, obgleich ich bezweifle, dass es einem Ashen gelungen ist, so nahe an eine akrasianische Königin heranzukommen. Sie müssen bereits Verbündete in Akrasia haben.«

Er blickte zu Osias. »Wir hatten auch schon daran gedacht, doch wir waren nicht in der Lage, herauszufinden, wer das sein sollte. Aarinnaie hat einen Insel-Nêre enttarnt – einen Blut-Lord –, der eine Verschwörung gegen mich angezettelt hat. Er und die Ashen tragen das gleiche Siegel. Die Familie hegt einen Groll gegen Vater – irgendetwas Politisches. Und jetzt reiben sie sich an der Tatsache, dass ich den Thron geerbt habe, obwohl ich außerehelich geboren wurde.« Er legte sein Tafelmesser ab. »Aarinnaie. Die anderen. Wir müssen sie auf der Stelle herausbekommen.«

Nach kurzem Zögern streckte seine Mutter ihre Hand aus und

legte sie auf seine – die auf seinem Knie ruhte: blasse Haut auf dunkler, glatte auf rauer. Ihre Nägel waren gepflegt und elegant, ihre Finger weich. Er musste sich gegen den Drang wehren, seine Hand wegzuziehen; der Impuls bedeutete nicht, dass er die Berührung seiner Mutter verabscheute, sondern lag in der Furcht begründet, dass sie die seine nicht ausstehen könnte.

»Lady Sikyra«, sagte er; es war nicht ganz eine Frage.

Zaghaft lächelte sie ihn an, und einen schrecklichen Augenblick lang dachte er, sie würde ihn bitten, sie Mutter zu nennen.

Er zwang seine Hand, sich unter ihrer zu entspannen. »Ich weiß nicht, wie man gegen ein Monoea kämpfen könnte, das entschlossen ist, Akrasia zu erobern.«

»Wie hast du dir deinen Thron erkämpft?«

Ein wunder Punkt. Seinen Thron hatte er sich weder verdient noch erkämpft. »Er wurde mir gegeben: von meinem Vater und dann von meiner Königin.« *Und von den verdammten Göttern.*

»Und wie hast du das Herz deiner Königin gewonnen?«

Er öffnete seine Lippen. *Durch List und Lügen.* Zu guter Letzt schüttelte er den Kopf. »Ich hätte das nicht tun sollen.«

»Liebt dein Volk dich?«, wollte sie wissen.

»Gewiss«, antwortete Osias an seiner Stelle. »Die Leute lieben ihn.«

Ihr Blick wanderte über Drakens Gesicht, seine Locken, seine Schultern, hinab zu ihren miteinander verbundenen Händen. »Jetzt, da ich mit dir spreche, ist es mir klar geworden; wenn ich dich auf einer Straße oder am Hof sähe, würde ich dich nicht als meinen Sohn kennen. Und dennoch – dein Verhalten drängt mich dazu, dich zu lieben.«

Er schüttelte verwundert den Kopf. Sie kannten einander erst eine kurze Zeitspanne, weniger als das Abbrennen einer Kerze dauerte. Er wusste nicht, ob er ihr vertrauen konnte. Er wollte es nicht.

Und dennoch stieg etwas in ihm hoch. »Wie? Wie besiege ich sie?«

»Eine Sache nach der anderen«, antwortete sie leise, und ihre Finger drückten seine.

KAPITEL NEUNZEHN

Sikyra hielt Draken einen Schlüssel an einem Band hin, und zwar den für die Außentüren. »Benutze diesen, um zu entkommen. Erinnerst du dich an den Weg?«

Er nickte. »Und wie werdet Ihr flüchten, meine Dame?«

»Das hier ist mein Zuhause. Ich werde nirgendwo hingehen.« Sie zuckte leicht mit den Schultern und stand auf.

Er folgte ihrem Beispiel. Es war höchste Zeit zu gehen. »Sind meine Leute in den Gästekorridoren untergebracht?«

»In dem mit den blau lackierten Türen.«

Er nickte. Er kannte ihn. »Werdet Ihr mitkommen?«

»Nein, ich kann nirgendwo erscheinen, wo man mich sehen könnte. Der König schätzt meinen Rat, dies aber ganz privat. Ich bin immer noch vom Hof verbannt.«

»Verbannt … Dennoch lebt Ihr in dem Palast.« *Und schleicht in Tunnels und geheimen Treppenhäusern herum.*

Sie lächelte ihn traurig an. »Das ist die monoeanische Art, nicht wahr? Ein Leben lang allein für einige wenige Nächte der Freude?«

Sie nahm seinen Umhang auf und legte ihn ihm über die Schultern; dann strich sie den Stoff auf seinem Rücken glatt und richtete seine feuchten Locken. Eine eigentümliche, prickelnde Wärme folgte ihren Berührungen. Sein Nacken wurde ganz warm.

»Was wirst du jetzt machen?«, fragte sie. »Wirst du Aissyth helfen?«

»Ich kann nicht. Meine Loyalität gehört jetzt meiner Königin und Brîn.«

»Beende die Rebellion hier, und sie wird niemals eure Küsten erreichen.«

Er wollte es ihr abschlagen, und das selbst in dem Moment noch, da er dachte, er sollte sie bitten, mit ihm nach Brîn zu kommen, wenn dies hier erledigt war. Aber er hatte keine Ahnung, ob er den

Tag überleben würde, an dem er etwas davon in Angriff nähme. Und würde sie überhaupt weggehen wollen? Er wandte sich dem Gedanken zu, sie zu verlassen … abermals. Zuvor, als er sie nicht gekannt hatte, war sie nicht von Bedeutung für ihn gewesen. Jetzt hatte sich alles verändert.

Er konnte sehen, was für eine Schönheit sie einst war: die zarten Knochen unter ihrer faltigen Haut, die Form ihrer Augen, die Kurven ihrer Lippen, ihr seidiges blondes Haar. Er fragte sich wieder, was sie dachte, wenn sie ihn anschaute. Er war so anders als sie: sein Körperbau, seine Haut, sein Haar, seine Narben. Alles.

Er konnte ihr die Bitte nicht abschlagen. »Ich werde mein Bestes tun, meine Dame. Danke sehr.« Er senkte das Kinn vor ihr – schändlich kurz – und schritt hinaus.

Vor ihrer Unterkunft zog er sich die Kapuze über den Kopf und marschierte los, ohne daran zu denken, wohin er sich wenden sollte. In dieser Jahreszeit war es manchmal kalt in den Korridoren, denn es brannten keine wärmenden Feuer. Viele Leute, die sich zwischen den Räumen bewegten, trugen Umhänge, sodass er nicht auffallen würde. Gut, denn es war sicher das Beste, wenn er seine Schwester unbemerkt erreichte.

»Was wirst du tun?«, fragte Osias.

Draken schüttelte den Kopf. »Was wissen wir wirklich – mit Ausnahme von dem, was sie uns erzählt hat? Dass dies eine religiöse Revolution ist? Dass der König mich benutzt hat, um seinem Attentäter auf die Spur zu kommen?«

»Es hat funktioniert. Es ergibt einen Sinn.«

»Eine Rebellion ergibt keinen Sinn: nicht für die Landadligen. Keiner von denen ist hungrig; ihnen mangelt es an nichts.«

»Außer, vielleicht, an Religion. An Magie.«

Draken schaubte. »Und Rinwar schickt seinen Sohn, um den König zu ermorden? Wozu, wenn das seine Verstrickung in die Rebellion anzeigt?«

»Vielleicht gerade weil es seine Verstrickung anzeigt.«

Sie waren so in ihren Gedanken verloren, dass Draken sie auf einen Weg nahe der großen Halle geführt hatte. Jetzt erst wurde ihm bewusst, dass sie sich den dort postierten Wachen näherten.

Er zog eine Grimasse unter seiner Kapuze, senkte rasch das Kinn, um sein Gesicht tiefer im Schatten der Kopfbedeckung zu verstecken, und setzte dazu an, wieder zurückzugehen.

»Halt! Zeigt Euch!« Rasch dahinstapfende Füße schritten in seine Richtung.

Alle Bemühungen seiner Mutter waren für die Katz' gewesen. Der Gardesoldat würde ihn zurück in den Kerker geleiten, und der König würde ihn eher früher als später töten, damit er nicht wieder flüchten konnte. Mit einem Seufzer zog er die Kapuze zurück und blickte den Gardisten des Königs ins Gesicht.

»Es ist der Brînianer«, stellte einer der Wachsoldaten in schneidendem Ton fest.

Sie sprachen offensichtlich nicht von Osias. Draken schaute sich um. Der Mantiker war erneut in den Mauern verschwunden. *Das ist wirklich verdammt nützlich.* Vielleicht hätte er bei all seinen magischen Kräften auch lernen sollen, wie man so etwas machte.

Draken begann zurückzuweichen. Der Gardesoldat folgte ihm rasch. Der Mann eilte Draken hinterher, die Hand hielt er an seinem Schwertgriff. Zwei andere Wachsoldaten kamen ebenfalls heran. »Stehen bleiben. Wir haben den Palast nach Euch durchsucht.«

»Er ist es, ganz recht!«, rief eine andere Stimme durch die Halle.

Gefangen!

»Wirklich? Ich bin geehrt«, erwiderte Draken trocken. Er war gerade lange genug verschwunden gewesen, um ein Bad und ein Mahl zu nehmen. Sein letztes in beiden Fällen, wie er vermutete. Er erstarrte und machte sich darauf gefasst, dass sich wieder grobe Hände auf ihn legen würden. Bereitete sich darauf vor, sich zu wehren. Er dachte, dass er besser in Ruhe gehen sollte. Was er vorhatte, war im Grunde genommen nicht würdevoll. *Lass sie doch einfach tun, was sie eh tun werden …*

»Kommt. In diese Richtung, Eure Hoheit.«

Die Männer rückten um ihn herum zusammen, doch niemand fasste ihn an. Sie führten ihn auf den Gästekorridor zu, und zu seiner Überraschung öffnete einer von ihnen die blau lackierten Türen und trat zurück, um ihn einzulassen. Bedeutete dies, dass ihm die Freiheit zugestanden wurde, oder war es bloß ein hübscheres Gefängnis?

Als er hindurchschritt, stellte er fest, dass Halmar und die anderen Szi Nêre zu beiden Seiten der Tür standen. Sie nickten ihm zu, als ob alles in Ordnung wäre, als ob der Prinz nicht versucht hätte, ihn hinrichten zu lassen, als ob Draken nicht den größten Teil des Tages in einer nasskalten Zelle verbracht und dabei zugeschaut hätte, wie ein Junge zu Tode gefoltert wurde. Halmar schloss die Tür hinter ihm zu, nachdem er eingetreten war.

Es war ein eleganter, komfortabel eingerichteter Raum im monoeanischen Stil: mit dicken Wandbehängen, die zu beiden Seiten neben den Fenstern hingen, luxuriösen, gepolsterten Sesseln neben der Feuerstelle und einem ebenso bequem wie stabil eingerichteten Speisebereich. Anstelle von Fresken gab es an den Wänden Gobelins, auf denen monoeanische Helden dargestellt waren: Olyss, Cabe und die gemarterte Schlachtenjungfrau Aydra. Meergeboren lag auf dem Tisch in seiner ramponierten Scheide, direkt neben einer flachen Holzkiste mit schwarzen Scharnieren, möglicherweise ein Schriftrollenbehälter.

Prinz Galbrait stand am Fenster, seine Hände umgriffen den Sims. Aarinnaie stand ruhig an seiner Seite, ihre Arme hatte sie um ihre Körpermitte herumgelegt. Tyrolean, der sich in der Nähe der Feuerstelle aufhielt, hielt die seinen vor der Brust gekreuzt. Er trug noch all seine Schwerter. Setia hatte sich in einem Sessel zusammengerollt und starrte ins flackernde Feuer. Die Sonne sandte ihre letzten, schräg einfallenden Strahlen durch die winzigen verbleiten Scheiben aus funkelndem Glas; der Raum allerdings war kalt.

Tyroleans finsterer Gesichtsausdruck entspannte sich, jedoch nur ein kleines bisschen. »Eure Hoheit. Ihr seid zurück.«

»Wo ist Osias?«, fragte Setia.

»Machte sich rar, als die Gardisten mich fanden.«

Prinz Galbrait drehte sich um und schritt auf Draken zu. Er war unnatürlich blass, mit Ausnahme von zwei hellen Flecken auf den Wangen. Seine Schultern blieben steif und angespannt. Er bewegte sich wie ein Berufssoldat, der mit jemandem noch eine Rechnung offen hat.

Doch Aarinnaie drängte sich an ihm vorbei, um ihre Arme um Drakens Hals zu werfen. »Wo bist du gewesen? Bist du in Ordnung?« Sie schob ihn ein wenig von sich zurück, wobei ihre Hände auf seinen Schultern ruhten, und starrte hoch in sein Gesicht.

»Mir geht's ganz gut«, antwortete er.

Sie rümpfte die Nase. »Du riechst … gut. Das ist merkwürdig.«

Draken ignorierte dies, schob sie sanft zur Seite und schnallte sich seinen Schwertgürtel um die Taille. Einiges an Anspannung in seinem Körper klang ab, als die Scheide gegen seinen Oberschenkel schlug. Mit zusammengekniffenen Augen blickte er den jungen Prinzen an. »Wo ist Euer Vater, Prinz Galbrait? Ich muss auf der Stelle mit ihm sprechen.«

Galbrait schüttelte den Kopf, seine bleichen Lippen eine dünne Linie.

»Der König wird vermisst«, sagte Tyrolean.

Draken zog seine Augenbrauen hoch. »Wie bitte?«

»Die Königin ebenfalls«, fügte Aarinnaie hinzu.

»Ich bin einen halben Tag in einer Zelle, und Ihr *verliert* den König und die Königin?«

Galbrait schritt auf den Tisch zu, sein Körper war immer noch angespannt. Er öffnete den Verschluss des Schriftrollenbehälters und winkte Draken herbei. »Und wir haben das hier erhalten.«

Die abgetrennten Hände eines Mannes lagen auf einem Samtkissen. Ein Ring mit einem Himmelsstein, der in ineinander verflochtene Bänder aus Gold und Mondgeschmiedetem eingesetzt war, steckte auf einem der Zeigefinger. Der Ring des königlichen Erben. Die Handgelenke hatte man in geschmolzenes Metall getaucht, um ihnen einen Verschluss aufzusetzen, und die Haut war dick mit Wachs eingerieben, das von dem Ring abplatzte. Schwielen vom Schwertkampf verunstalteten die Haut zwischen Daumen und Zeigefinger.

Draken schluckte geräuschlos und zwang die Galle wieder nach unten. *Denk nach, Drae. Denk nach.*

Sauber, sogar die Schnitte. Durchgeführt auf einem Block, wahrscheinlich mit einem Schwert. Irgendein verdammter Schweinekerl von einem Rebellen hatte sich die Mühe gemacht, mit diesen Händen eine Erklärung abzugeben.

Der Tod – Draken hatte ihn gesehen. Und eimerweise Blut. Schreie gehört und das Gefühl gespürt, wie sein Schwert durch menschliches Fleisch schnitt. Er hatte erst vor Kurzem zugeschaut, wie Grym Soeben zu Tode gefoltert hatte. Doch diese formelle Präsentation von Grausamkeit löste weit mehr Übelkeit in ihm aus.

Draken zwang seine Stimme, ruhig zu klingen – so ruhig wie er nur konnte. Er hatte keine Ahnung, wie gut ihm das gelingen würde. »Das ist der Ring von Aissyth'Ae. Aber können wir sicher sein, dass dies hier auch seine Hände sind?«

Galbrait starrte auf die Hände hinab und nickte langsam. »Ich habe ihm diese Narbe zugefügt, genau da am vierten Finger. Bei einem Übungskampf …« Er fand seine Stimme wieder. »Bevor er wegging.«

Draken milderte seinen Ton. »Gab es eine Schriftrolle, die dem hier beigefügt war? Irgendeine Art von Botschaft?«

Galbrait ließ den Deckel der Kiste behutsam nach unten klappen. Er schüttelte den Kopf. Sein weißes Gesicht war noch bleicher geworden, wenn das überhaupt möglich war.

»Tyrolean, kümmert Euch um ein Getränk für Seine Hoheit, ja?«

Tyrolean ging zu einem niedrigen Tisch, wo Wein vorbereitet worden war. Er schenkte zwei Pokale ein und drückte den einen dem Prinzen in die Hand, den anderen gab er Draken.

»Wünscht Ihr Privatsphäre?«, fragte Draken.

Galbraits Blick huschte zu Aarinnaies Gesicht. »Sie können bleiben.«

Mit einem hörbaren Klimpern setzte Tyrolean den Krug ab, nachdem er sich selbst einen Kelch mit Wein gefüllt und ihn hinuntergeschluckt hatte, wobei er mit dem Rücken zum Raum stand.

Der Wein war so kalt wie der Raum, doch er wärmte Drakens Magen. »Gibt es noch andere Mitglieder des Königshauses hier in der Residenz, um deren Sicherheit man sich sorgen muss?«

Galbrait blinzelte. »Ähm. Es ist mir peinlich, doch Eure Mutter …«

»Meine Mutter, gewiss«, sagte Draken. »Doch ich habe so das Gefühl, dass sie auf sich selbst aufpassen kann.«

Aarinnaie blinzelte Draken an; ausnahmsweise war sie einmal sprachlos.

Galbrait nickte, doch seine Aufmerksamkeit war weiterhin auf seinen Pokal gerichtet. »Ich weiß, Vater vertraut ihr als Ratgeberin; doch ich kenne sie nicht. Bis zum Überfall an der Küste, auf das Dorf Quunin, hielt man sie von uns getrennt.«

Draken fragte sich, welche Meinung der Prinz hatte, was diesen Überfall anbelangte. Aber jetzt war nicht die Zeit, danach zu fragen. »Ich kenne sie auch nicht, Galbrait. Habt also keine Sorge, Ihr könntet mich beleidigen. Und ja, Aarin, meine Mutter ist hier, und wir sind uns begegnet. Wir werden uns später über sie unterhalten.« Er schritt näher auf den Prinzen zu. »Habt Ihr irgendeine Idee, wer Eure Eltern in seiner Gewalt hat? Wer dies geschickt hat?«

»Lord Rinwar kommt mir in den Sinn«, antwortete Galbrait. »Falls Aissyth'Ae in der Nähe festgehalten wird, in Wyndam oder unten in Newporte, könnte dies da verübt und die Kiste verschickt worden sein, nachdem heute Morgen der Attentatsversuch auf Vater geschah.« Sein Blick huschte abermals zu Draken hoch, und sein Gesicht legte sich in Falten.

»Ich kann die Grausamkeit dieser Tat nicht ertragen – einem Mann die Hände zu nehmen«, sagte Aarinnaie.

»Ich bezweifle, dass er sie jemals wieder benötigen wird«, meinte Draken. »Er ist bestimmt tot.«

Sie warf Galbrait einen besorgten Blick zu; offensichtlich hielt sie wenig von Drakens unverblümten Ton. »Das kannst du nicht wissen, Khel Szi.«

»Nein. Er hat recht.« Galbrait schluckte den Wein hinunter und stellte den Kelch ab. »Es ist ein alter Brauch, den es schon lange vor unserer Zeit gab. Sie werden seinen Kopf aufbewahren, um ihn überall zur Schau zu stellen. Sie würden auf keinen Fall auf den Beweis verzichten wollen, dass mein … dass der Kronprinz tot ist. Doch er muss es sein. Ich wünsche nur, ich wüsste, wer hinter dieser Sache steckt.«

Draken ging zu der Kiste zurück und schaute auf die Hände. Er stählte sich, bevor er sie berührte. Sie fühlten sich kalt und steif unter seinen Fingerspitzen an, doch er konnte nicht sagen, ob dies der Leichenstarre oder einfach der örtlichen Kälte geschuldet war. Das Wachs verhinderte, dass er irgendetwas von der Haut erkennen konnte, und machte es schwierig, den Zeitpunkt der Amputation festzulegen. Er klappte die Kiste zu und verriegelte sie.

»Ich habe das Gefühl, wir sollten davon ausgehen, dass es geplant war, die Zustellung dieser Sendung zeitlich mit meiner Ankunft zusammenfallen zu lassen«, mutmaßte Draken. »Ich würde wetten, die Pläne für die Entführung des Königs und der Königin sahen vor, dass dies ein wenig später erfolgen sollte.«

»Warum glaubt Ihr das?«, wollte Galbrait wissen.

»Weil es das größte Entsetzen hervorruft, sie aus ihren Räumlichkeiten herauszuholen: Es ist so, als ob Truppen deine Stellung einkreisen und dich einschließen. Jedesmal wenn du glaubst, dass du die Sache in den Griff bekommst, passiert etwas anderes. Das kleine Hinrichtungsprogramm Eures Vaters am heutigen Tag hat dem Plan vielleicht nur eine Delle verpasst.« Wenn dem so war, was würde dann als Nächstes geschehen?

»Es muss *alles* geplant gewesen sein«, erklärte Galbrait, der so klang, als wollte er aufgeben. »Die Tötung von Aissyth'Ae. Mutter und Vater …«

»Was bedeutet, dass das noch nicht alles war, was den Plan anbelangt«, fügte Aarinnaie gimmig hinzu.

Draken nickte. »Sie würden sich niemals all die Mühe machen, Eure Eltern zu entführen und den Prinzen zu töten, wenn der Thron nicht ihr Endziel wäre. Wenn sie also den König und die Königin bekommen haben, was wird dann wohl das Nächste sein, das sie zu tun beabsichtigen?«

Er hielt inne. Seine Mutter hatte gesagt, die Rebellen wollten *ihn* auf dem Thron sehen. Als ob mit dem einen fertigzuwerden, den er schon besaß, nicht Ärger genug wäre.

Alle verstummten. Das feuchte Holz im Feuer knackte, und eine kleine schwarze Rauchwolke stieg in dem Kamin hoch. Halmars Armbänder klimperten, als er die Position seiner Hand veränderte, damit sie bequemer auf seinem Schwertheft ruhte.

Schließlich brach Aarinnaie das Schweigen. »Jetzt, wo der König verschwunden ist – werden da die Rebellen nicht einfach hier einmarschieren und sich den Thron nehmen?«

Galbrait schnaubte. Es war zwar halbherzig, doch Draken war froh, es zu hören: Da war noch Leben in dem Burschen. »Ashwyc ist noch nie eingenommen worden. Es ist uneinnehmbar.«

»Es sei denn, sie haben bereits Leute im Innern des Palastes auf ihrer Seite.« Tyrolean blickte in Drakens Augen. »Wie es offensichtlich zu Hause der Fall ist. Ihr müsst einräumen, dass diese Sache bislang erschreckend gut durchgeführt worden ist.«

»Das müsste aber immer noch eine verdammt große Menge Kämpfer sein, um den Palast einzunehmen.« Draken stellte seinen Kelch ab – den Wein hatte er vergessen – und lehnte sich an den Tisch: mit dem Rücken zu dem Kasten, die Arme über der Brust verschränkt. »Aber wir müssen davon ausgehen, dass sie das vorhaben. Sie brauchen Ashwyc. Sie brauchen den richtigen Thron. Ansonsten hat es keinen Sinn, sich den König zu schnappen. Es kann gut sein, dass sie ihn für einen Tausch verwenden wollen.«

»Wir müssen dies bekämpfen, doch meine Brüder …« Der Kloß in Galbraits Kehle wetzte über seine Haut, als er schwer schluckte.

»Gewiss, Galbrait. Die Aufgabe fällt Euch zu.« Draken blickte zu Tyrolean. »Einer meiner Freunde sagte einmal zu mir, dass es ehrenhaft ist, im Hellen zu töten – nicht aus dem Dunkeln heraus. Ihr habt diese Möglichkeit, hier und jetzt. Nehmt den Thron ein. Ihr überlasst ihn dann später wieder dem König und keinem anderen.«

»Und sie werden kommen und versuchen, den Sohn zu töten. Es wird die Rebellen weiter aus der Reserve locken.« Tyrolean nickte. »Sehr klug, mein Fürst.«

Galbrait blieb einen Atemzug lang stumm. Zwei.

Draken schaute ihn fest an. »Euer Vater würde sterben, um den Thron für seinen Erben zu bewahren.«

»Ist es so wichtig, dass er in der Familie bleibt, oder geht es darum, dafür zu sorgen, dass er nicht in die Hände der rebellischen Landadligen fällt?«, fragte Aarinnaie.

»Beides«, antwortete Galbrait, ohne zu zögern – eine Geschichtslektion, die jedem Monoeaner eingetrichtert wurde. »Nur ein starker, von den Göttern unterstützter König wird die Landadligen und untergeordneten Lords davon abhalten, Monoea auseinanderzureißen.«

Draken nickte. Es schien so einfach zu sein, doch die Konkurrenz zwischen den Landadligen und untergeordneten Lords war so tief in der monoeanischen Kultur verwurzelt, dass sie das Land besser stützte, als der Friede es tat. Die gesamte Wirtschaft basierte darauf. Die Ungleichheit trieb Familien dazu, ihre Söhne und Töchter dem Heer und der Kriegsflotte zu geben oder sich durch den Handel einen Namen zu machen und zu Wohlstand zu gelangen. Sie trieb die Leute dazu, sich selbst zu verbessern. So wie es bei ihm selbst auf seinem Weg vom Sklavendasein zum Offizier der Schwarzen Garde geschehen war. Aber diese beständigen Spannungen erforderten einen König als Oberhaupt.

»Dann müsst Ihr als Regent auf dem Thron sitzen – an Stelle des Königs und des Kronprinzen«, sagte Draken. »Es ist die einzige Möglichkeit, um die Rebellen aus der Reserve zu locken und dies hier zu beenden.«

Galbrait machte große Augen. »Ich kann nicht.«

Die Götter haben diese Familie als königliche Herrscher erwählt und lassen es dann zu dieser Konstellation kommen? Nein. Das wäre sicherlich zu grausam. Aber noch während er sprach, fühlte Draken, dass er in ihre ausgeklügelten Pläne hineingezogen wurde. »Ihr müsst. Euer Vater ist fort. Der Kronprinz ist tot. Ihr seid der Einzige aus Eurem Geschlecht, der etwas tun kann.«

»Es gibt noch Euch«, hob Galbrait hervor.

»Ich bin ein Cousin zweiten Grades und unehelich – und wurde abgelehnt. Ich kann es nicht sein.« Er setzte sich und legte seinen Arm auf den Tisch: ganz der freundliche Onkel. »Galbrait. Wenn Ihr Euren Vater zurückhaben wollt, müsst Ihr die Rebellen zur Schlacht veranlassen. Der beste Ort dafür ist hier, wo Ihr ein gewisses Maß an Kontrolle ausübt. Ihr könnt sie hier in eine Falle locken und alle töten. Ihr habt die Chance, dies zu beenden.«

Galbrait schürzte seine Lippen und sah plötzlich wie ein verdrießliches Kind aus. »Aber wie? Sie werden nicht einfach hierherkommen, nur weil wir sie rufen.«

»Nein. Das werden sie nicht. Wir müssen eine List ersinnen.« Aber welche? Er konnte anscheinend nicht darauf zählen, dass Galbrait mit irgendetwas herauskam. Er war wirklich immer noch ein Junge – ohne richtigen Durchblick und nicht älter, als Soeben Rinwar gewesen war. Und es war nicht zu übersehen, wohin Idealismus und Halsstarrigkeit Soeben gebracht hatten. Ein Junge, der viel zu früh gestorben war, und …

Draken sah mit zusammengekniffenen Augen auf Tyrolean. »Einst gaben wir Gusten Va Khlars Leichnam seinem Vater, unserem Feind, und gewannen ihn dadurch zum Freund. Erinnert Ihr Euch, Hauptmann?«

»Ich erinnere mich. Ihr habt mit diesem Tod ein gutes Geschäft gemacht«, antwortete Tyrolean. Seine Miene war starr und hart.

»Die Götter kennen mich, und dennoch haben sie mich erwählt«, erinnerte Draken ihn.

Tyrolean breitete seine Hände aus. »Ich habe nichts darüber gesagt.«

»Das musstest du auch nicht.« Er wandte sich zu Galbrait. »Lasst Soeben Rinwar so herrichten, dass man ihn transportieren kann. Dann brauche ich eine Kutsche und Eure besten Pferde: etwas Angemessenes für den toten Sohn einer Landadelsfamilie.«

Galbrait schüttelte den Kopf. »Transportieren? Wohin transportieren?«

»Ich bringe Soeben Ranwir nach Hause«, antwortete Draken.

KAPITEL ZWANZIG

Draken musste sich versichern, dass Galbrait noch das Kommando über den Palast innehatte. Und die einzige Möglichkeit, dies zu tun, bestand darin, den Prinzen unter den Höflingen auftreten und ihn auf dem Thron Platz nehmen zu lassen. Einige bedeutende und als loyal geltende Landadlige wurden zusammengetrommelt, damit sie bezeugen konnten, dass er den Thron eingenommen hatte. Draken hielt sich trotz Galbraits Protesten im Hintergrund. Es gab genug Leute, die wussten, wer er war, und ihn in der Nähe des Regenten zu sehen würde bloß von Galbrait ablenken. Beachtenswerterweise hatte Rinwar sich nicht eingefunden, obgleich man ihn eingeladen hatte. Keiner der Anwesenden hatte Asche auf seiner Stirn.

Galbrait trug eine feine höfische Jacke, die locker um den Hals saß, damit sein Torques für alle offen sichtbar blieb. In Drakens Augen sah er sehr jung aus, wie er da auf dem Podium stand.

Und er war ehrlich, jedenfalls bis zu einem gewissen Grad. »Meine Brüder sind tot – ebenso ihre Gattinnen und Erben. Und mein Vater ist verschwunden. Entführt, wie zu befürchten ist …« Er schaute sie alle reihum an und ließ die Worte einsinken, ebenso wie den unausgesprochen bleibenden nächsten Gedanken, dass der König tot war. »Meine Mutter und Königin ist gänzlich indisponiert.« Besser, die Leute glauben zu lassen, dass sie vor Trauer darniederlag, als dass sie in diesem Moment auch schon von ihrem Kopf getrennt war. Es könnte die Edelleute beruhigen, die nicht darüber Bescheid wussten, und Rebellen aus der Reserve locken, die wussten, dass Galbrait log.

»Niemand außer mir ist übriggeblieben. Ich werde diese Probleme lösen, so gut ich es vermag. Fürchtet Euch nicht. Trotz der Rebellion und Angriffe ist Euer Prinz immer noch bei Euch.«

Sein Blick glitt zu Drakens Gesicht, und dann nahm er auf dem Thron seines Vaters Platz.

Die Landadligen rasselten mit den höfischen Schwertern in ihren Metallscheiden: ein landestypischer, freundlicher Ausdruck von Zustimmung. Doch es beugten sich auch sehr viele Köpfe, um in Ohren zu flüstern.

Tyrolean neigte ich zu Draken. »Das lief ja ziemlich gut. Vielleicht ist das ein Zeichen dafür, dass wir in dieser Sache recht haben.«

»Der Tag ist nicht zu Ende. Wir müssen noch Rinwar aufsuchen.«

»Auf keinen Fall, Aarinnaie.«

»Aber ich bin die beste Wahl, um mit dir zu kommen. Niemand wird mich verdächtigen.«

Draken schüttelte den Kopf. »Es ist zu gefährlich.«

»Nicht für mich.« Sie knurrte leise; die Nasenflügel geweitet, die Fäuste geballt. Setia, die direkt hinter ihr stand und den Umhang für sie hielt, wirkte ein wenig ängstlich. Und das sollte sie auch. Aarinnaies Verärgerung war mit Händen greifbar. Und Aarin hatte nicht ganz unrecht. Denn die Wahrheit war: Sie hatte einmal im Alleingang zwei gut bewaffnete Gardesoldaten getötet, eine Schlacht voller wütender Flüche überlebt, und zudem hatte sie Draken mehr als einmal das Leben gerettet. Sie konnte sich selbst recht gut verteidigen. Aber alles in Draken wollte sie beschützen, sie stets in Sicherheit wissen.

Er versuchte es abermals. »Wir können nicht beide gehen; möglicherweise wird Brîn dann ohne einen Erben zurückgelassen.«

Aarinnaie machte ein finsteres Gesicht. »Dann lass mich an deiner Stelle gehen. Du bist der Khel Szi von Brin; ich bedeute unseren Leuten nichts und diesen hier noch sehr viel weniger.«

Er hatte ihr dies nicht erzählen wollen, doch es ging nicht anders. »Ich, äh … habe Anweisungen hinterlassen, dass du meinen Platz auf dem Thron einnehmen sollst, falls mir irgendwas passiert.«

Das brachte sie zum Verstummen. Aber nur einen Augenblick lang. »Oh, Draken, das hast du nicht gemacht.«

»Doch. Und Elena hat zugestimmt. Du solltest schließlich noch nicht einmal hier sein, schon vergessen? Und ich sollte mittlerweile tot sein. Ich brauche jemanden mit Khellians Blut, der mir nachfolgt, oder Brîn fällt voll und ganz an Akrasia zurück. Und das würde einen Bürgerkrieg auslösen, wie du nur zu gut weißt.«

»Das werde ich nicht … Das kann ich nicht! Ich wäre nicht gut darin, und, und ich bin eine Frau … und … und ich will es nicht.«

»Es wird Zeit für dich, erwachsen zu werden und die Fassade des verzogenen Kindes fallen zu lassen. Du bist ebenso wie ich mit Elena verbündet. Sie würde dich akzeptieren und dafür sorgen, dass die Leute dir folgen. Brîn muss sowieso seine gegenüber Frauen unfairen Erbschaftregelungen überwinden lernen.« Er warf Galbrait einen stechenden Blick zu, den der Prinz zugegebenermaßen nicht verdiente.

Galbrait senkte den Kopf, seine Wangen wurden rot. Monoea gestattete beiden Geschlechtern, in gleicher Weise zu erben: Einige Männer glaubten allerdings, dass Frauen ein zu zartes Gemüt hätten und zu anfällig für Krankheiten wären, um die Familien von Landadligen anführen zu können. Der König etwa war solch ein Mann. Aissyth hatte allerdings auch drei Söhne und eine Schar von Enkelsöhnen; also waren seine Ansichten irrelevant für die nächsten beiden Generationen – ehedem.

»Bleib hier, beschütze den Prinzen.« Draken sah, dass Galbrait die Augenbrauen hochzog, ignorierte ihn jedoch. »Und zieh dir etwas Geeignetes an. In diesem Gewand kannst du nicht kämpfen.«

»Bitte, Szirin«, sagte Galbrait. »Ich könnte einen Freund oder eine Freundin an meiner Seite gebrauchen.«

Das hatte Erfolg. Aarin machte Galbrait geradezu schöne Augen und fügte sich Draken mit minimaler Höflichkeit. Die Gebärden waren so entgegengesetzt, dass Draken glaubte, eine davon müsse eine List sein. Doch er konnte nicht ergründen, welche von beiden es war oder warum sie dies tat. Sie verschwand in ihren Räumen, um die Kleidung zu wechseln; Setia folgte ihr auf dem Fuße. Da Osias immer noch nicht wieder aufgetaucht war, hatte sie nicht viel anderes zu tun, als zu ihrer vor langer Zeit ausgeübten Funktion als Kammerzofe zurückzukehren.

Als Halmar die Farbe auf dem Gesicht von Draken nachzog, fragte der ihn: »Wie lange, glaubt Ihr, wird sie wütend auf mich bleiben?«

»Die Szirin neigt mehr zur Rache, Khel Szi«, antwortete Halmar mit seiner polternden Stimme.

Konnon und Galbrait glucksten leise. Tyrolean tat dies jedoch nicht. Und er sagte auch nichts, als sie aufsaßen und hinter der goldenen Kutsche ritten, in der Soeben befördert wurde.

»Sie würde Euch verrückt machen, Ty«, sagte Draken. »Ich würde sie keinem Feind wünschen – und noch viel weniger meinem besten Freund.«

Tyrolean trug als Erwiderung nur eine undeutbare Miene zur Schau. »Es ist ein Risiko, den toten Jungen zurückzubringen. Rinwar ist ein Rebell, oder?«

»Ich kenne Monoea, Hauptmann«, entgegnete Draken, und er hoffte, dass dies stimmte. »Wenn wir Soeben seinem Vater vorenthielten, würde man es nicht als ein Druckmittel für Verhandlungen ansehen, sondern als Drohung. Oder schlimmer noch, als Beleidigung.«

»Ist es nicht eine Art Bestechungsgeschenk, den toten Burschen zum Vater zu bringen?«

Draken lächelte ihn grimmig an. »Monoeaner ziehen es vor, Bestechungsgeschenke ›Zeichen guten Willens‹ zu nennen. Was auch immer es ist: Ich muss mich den Rebellen gegenüber freundschaftlich zeigen, um sie aufzuhalten.«

»Ich verstehe«, sagte Tyrolean, obgleich sein Stirnrunzeln klar anzeigte, dass er es nicht begriff.

Das Anwesen der Rinwar in Wyndam war kein Ashwyc-Palast, doch es war riesengroß, egal, welchen Maßstab man anlegte. Das Gebäude war aus rechtwinkligen, behauenen Steinen errichtet und wies einige echte Glasfenster auf. Eisflocken erblühten neben anderen Pflanzen, die während der frühen Passatsaison ihre Blütenpracht zeigten. Draken war dankbar, dass die für die Jahreszeit ungewöhnliche Kälte ihren berauschenden Duft schwächte: Lesle hatte rund um ihr kleines Landhaus Kriechblumen angepflanzt gehabt, und das Letzte, was er im Moment wollte, war, an sie erinnert zu werden. Zwei Gebäudeflügel streckten sich in jede Richtung Hunderte von Schritten aus; Terrassen waren ihnen vorangesetzt, von Rasenflächen umgeben. Die geometrisch angelegten Gärten waren so extrem akkurat gestutzt, dass es Draken auf die Nerven ging.

Zu Ehren der Rückkehr des toten Sohnes dieses Hauses standen zwei Dekaden von Rinwar-Mietlingen in Reih und Glied vor der Villa. Die meisten waren älter: untergeordnete Lords ohne Vermögen, die nach ihrer Zeit beim Militär Söldner geworden waren. Draken korrigierte seine Miene, sodass sie angemessenes Bedauern ausdrückte, widerstand dem Drang, eine Hand an den Schwertgriff zu legen, und saß ab. Er wünschte, er trüge seine Rüstung, aber das hätte die falsche Botschaft übermittelt. Tyrolean hatte seinen Harnisch angelegt, doch er agierte als Leibwächter.

Auf dem Hof war es leise. Nur eine leichte, kalte Brise, die Drakens Umhang rascheln ließ, und das weit entfernte Geräusch des Ozeans waren zu hören – so vertraut, dass es ein Brennen in seiner Kehle hervorrief. Draken schob sich vor die anderen und stellte sich vor die Kutsche. Die Pferde schnaubten und stampften, dann beruhigten sie sich.

Lord Rinwar – es war der einzige Mann im passenden Alter, der gut genug gekleidet war, um Soebens Vater zu sein – trat aus der Gruppe vor, die sich dort versammelt hatte. Er trug das Schwert seines Hauses; es war so lang, dass es ein ledernes Wehrgehänge erforderte, das mit drei ineinander verflochtenen Monden bestickt war. Die Asche, die auf seine Stirn geschmiert war, bildete einen geschmacklosen Kontrast zu seiner prächtigen Kleidung. Eine Frau hatte Rinwars Arm gehalten; nun ließ sie ihn los und starrte auf die Kutsche. Auch die Frau war mit Asche gekennzeichnet; ihr Gesicht und insbesondere die Augen waren gerötet. Soebens Mutter. Draken verspürte ein stechendes Gefühl in seinen Eingeweiden, es war Übelkeit erregend und durchbohrend. Zum ersten Mal an diesem Tag huschte ein Bild Elenas vor sein inneres Auge: ihr angespanntes Gesicht und ihre gepresste Stimme, als sie voller Schmerz und in Angst gewesen war, ihr gemeinsames Kind zu verlieren.

Wenn du mich jemals geliebt hast, Khellian, dachte Draken, *dann erschlage mich jetzt und erspare meinem Herzen den Verlust meines Kindes.*

Er trat nach vorn, um die beiden zu grüßen. Rinwar hatte ebenfalls nur Augen für die Kutsche. Obwohl Draken sein Gegenüber aufmerksam beobachtete, erkannte er nichts als Trauer in dem abgehärmten Gesicht. Wenn er den Tod seines Sohnes erwartet hatte, dann war er ein so guter Schauspieler wie jede Newporter Straßenmaske. Rinwars Ländereien waren groß, doch unbedeutend, vollkommen anders als der ältere Mann, der hier stand. Draken war bereit, darauf zu wetten, dass Rinwar die Norvern Wildnisse und Stadt Wildefel nicht mehr aufgesucht hatte, seit er ein sehr junger Mann war. Er blinzelte Draken an; allem Anschein nach war er zu ergriffen vom Tod seines Sohnes, um seine Verwunderung über Drakens unkultiviertes Erscheinungsbild mit dem eingefärbten Gesicht zu verbergen. Natürlich hatte Rinwar, gemäß Soeben, Drakens Einzug in die Stadt gesehen.

»Ich bin Khel Szi von Brîn«, stellte sich Draken auf Brînianisch vor und wiederholte den Satz auf Monoeanisch. Er erwiderte den Blick des Mannes und sah ihm direkt in die Augen.

»Ich weiß, wer Ihr seid, Draken vae Khellian. Ihr entsinnt Euch bestimmt meiner ehrwürdigen Gattin, Lady Faizen.«

»Gewiss. Das hier ist der Erste Hauptmann Tyrolean von Akrasia, Sondergesandter für Brîn. Wir bringen Euren Sohn – unser tief empfundenes Beileid zu seinem Verlust – und eine Botschaft von Seiner Hoheit Galbrait, Prinz und Lord-Regent von Monoea.«

Die mit wenigen Wimpern versehenen Augenlider von Rinwar zuckten leicht. »Regent …? Was hat es damit auf sich?«

»Vielleicht sollte dies am besten in vertraulicher Umgebung besprochen werden, Hochwohlgeboren.«

»Ja … selbstverständlich. Ich bin nachlässig. Bitte, kommt herein. Meine Frau wird sich um Soeben kümmern.«

Draken wandte sich der Lady zu. Er verbeugte sich vor ihr gemäß dem akrasianischen Brauch, nahm ihre ausgestreckte, kalte Hand und berührte sie mit seiner Stirn. Etwas, das er normalerweise nur bei seiner Königin tat, doch diese Frau hatte gerade ihren Sohn verloren. »Meine Dame, darf ich Euch mein Beileid aussprechen? Euer Sohn war sehr tapfer.« Er hielt inne. »Es dürfte das Beste sein, wenn andere sich um ihn kümmern, bevor Ihr ihn in Ma'Vannis Umarmung entlasst.«

Sie schluckte. Tränen quollen in ihren Augen. »War sein Hinscheiden friedlich, Eure Hoheit?«

Für sein Vorhaben war es wesentlich, dass er stets bei der Wahrheit blieb; in seinem Innern verfluchte er sich allerdings selbst, bevor er sehr sanft antwortete: »Leider nicht, meine Dame. Er litt bis zuletzt. Doch er war niemals feige.«

Die Lippen der Lady öffneten sich zu einem erstickten Aufkeuchen, und ein paar Frauen kamen, um sie zur Kutsche zu führen. Rinwar, der bleich geworden war, drehte sich um und schritt voran in sein Herrenhaus. Er gewährte seinen Besuchern kaum die Zeit, sich umzuschauen: Draken bekam einen Eindruck von kalter Farbenschwelgerei in stürmischen Schattierungen von Blau und Weiß, bevor Rinwar sie in einen kleinen privaten Salon mit einem Schreibtisch brachte. Schwere marineblaue Vorhänge und graue Steinwände verdunkelten den Raum. Draken und Tyrolean tauschten Blicke. Erdgeschoss: Also könnten die Fenster ihnen ein Entkommen ermöglichen, wenn dies notwendig war.

»Etwas zu trinken?« Rinwar schenkte ein, ohne sich umzuschauen, ob er eine Antwort erhielt, und brachte für jeden der beiden einen Kelch aus feiner Glaswolle. Er selbst nahm keinen.

Draken und Tyrolean nahmen ihre Pokale entgegen, ohne sie an ihre Lippen zu heben.

»Ihr habt mein Beileid zum Verlust Eures Sohnes, Hochwohlgeboren«, sagte Draken.

Rinwar gab ein Schnauben von sich; dahinter steckte allerdings nicht die Gewichtung, die es für gewöhnlich haben mochte. »Allerdings. Er sollte den König hinrichten, wurde mir erzählt. Doch was ich nicht weiß, das ist – warum.«

Draken ignorierte die Lüge. »Soeben griff den König an, als der gegen mich kämpfte … Ich war gezwungen, den König mittels Magie wieder zum Leben zu erwecken. Soeben überlebte seine

Gefangennahme und wurde zur Befragung in den Kerker geschickt.«

»Magie?« Rinwar klang überrascht. Es hatten ihn also keine Berichte über das, was passiert war, erreicht. »Was habt Ihr getan?«

»Ich habe ihn gerettet. Das ist alles, was Ihr wissen müsst.«

Rinwars Blick huschte nach unten. Zu Meergeboren und der Stelle, wo es an Drakens Hüfte ruhte. »Wart Ihr bei Soeben, als er starb?«

Bildete Draken sich das nur ein, oder war die Trauer wirklich aus diesen schmalen Augen mit den dünnen Lidern verschwunden? »Ich schaute zu, wie der Sadist des Königs Euren Sohn zu Tode folterte. Es dauerte fast den ganzen Morgen.«

Rinwar zuckte zusammen.

Draken setzte ihm noch ein wenig mehr zu. »Bevor er starb, sprachen wir miteinander, Soeben und ich.«

»Was hat er dem Sadisten erzählt?«

Wie Draken gedacht hatte, war Rinwar besorgt wegen seiner Rebellion. »Weitaus weniger, als er mir erzählt hat.«

»Seid verdammt, Mann. Was hat er gesagt?«

»So viel, dass es vollkommen ausreicht, Euch zu belasten. Und das sollte Beweis genug sein, dass ich nicht versuche, Euch zu meinem Feind zu machen, Lord Rinwar. Tatsächlich bin ich selbst im Augenblick nicht allzu erfreut über den König.«

»Das kann ich mir gut vorstellen. Ich hörte, auch Ihr solltet hingerichtet werden.« Rinwar ging zu dem Tisch mit dem Wein zurück, schenkte sich selbst aus demselben Krug ein, trank seinen Kelch aus und goss ihn erneut voll.

Tyrolean entspannte sich sichtbar, trank etwas aus seinem Pokal und tauschte ihn heimlich gegen den von Draken aus, während Rinwar ihnen den Rücken zukehrte.

Draken schüttelte den Kopf darüber, dass Tyrolean für ihn vorkostete, und setzte den Kelch ab. »Hochwohlgeboren, da der König verschwunden ist, besteht meine einzige Möglichkeit darin, mich mit seinem jüngsten Sohn zu beschäftigen.«

»*Verschwunden?*«

»Bitte haltet mich nicht für einen Dummkopf. Ihr wisst, dass der König und die Königin verschwunden sind, und ich weiß, dass Ihr höchstwahrscheinlich etwas damit zu tun habt. Wie ich schon sagte: Ich bin der Heuchelei müde. Lasst uns als Gleichgestellte miteinander sprechen, obgleich ich mich selbst erniedrige, wenn ich mit einem Landadligen verhandle, wo ich doch ein Fürst bin.«

Er stellte die letzten Worte in den Raum, und sie hingen schwer in der Luft. Tyrolean gelang es, nicht den Mund vor Staunen aufzureißen angesichts Drakens ungewöhnlicher Überheblichkeit. Rinwar schaffte das nicht so gut. Es sprudelte nur so aus ihm heraus: »Was … *was* nur werft Ihr mir vor?«

»Ich sehe, von wem Soeben seine Hartnäckigkeit hatte«, erwiderte Draken. »Schade nur, dass es bloß sein Leiden verlängerte.«

Rinwar blickte finster, gab jedoch seinen Protest auf.

Das war merkwürdig. Draken schaute nicht zu Tyrolean hinüber. Wenn er es tat, würde er womöglich ins Stocken geraten. »Die Krone zerstören, der Königsfamilie den Garaus machen. Ich habe keinen Anspruch auf diesen Thron. Er interessiert mich nicht.«

Rinwar brummte. »Als ob Ihr nicht den Geschmack der Rache schätzt.«

»Er ist süß. Das gebe ich zu. Doch ich schaue auch auf Brîns Wohlergehen. Reißt dieses Land in Stücke, wenn Ihr es wünscht – nur rührt nicht meines an. Wenn Ihr darin mit mir übereinstimmt, werde ich Euch helfen.«

»Monoea ist Euer Land.«

»Der größte Teil meines Blutes ist brînianisch. Aissyth belegte dies, als er mich aus Monoea verbannte.«

Rinwar entspannte sich ein wenig. *Hier*, dachte Draken, *ist ein Mann, der nur dann angenehm ist, wenn er einen Gefallen schuldet.* »Es ist erfrischend, mit jemandem zu tun zu haben, der so direkt ist. Aissyth ist schon seit Langem schwach.«

Draken bemühte sich darum, seine Stimme sanft zu halten. »Die Geschichte kennt eine Menge schwacher Könige, und dennoch bringt es immer eine Wendung zum Schlechteren, wenn es gar keinen gibt.«

»In der Tat. Ich wundere mich, dass Aissyth unsere Geschichte nicht widerlegen kann.« Rinwar trank seinen Kelch aus und schenkte sich schon wieder nach. Er atmete schwer durch geweitete Nasenlöcher. Draken wartete ab. Offensichtlich gedachte Rinwar unverhohlen über den König zu lästern. »Was schlagt Ihr vor?«

Jetzt endlich kamen sie voran. »Ich kann Euch in den Palast hineinbringen.«

»Wie?«, verlangte Rinwar zu wissen.

»Haben wir ein Abkommen oder nicht? Meine Hilfe bei Eurer Rebellion im Austausch dafür, dass Ihr Brîn und Akrasia in Ruhe lasst.«

Rinwar blinzelte ihn an und dachte nach. Schließlich stieß er einen Seufzer aus. »Ja, wir haben ein Abkommen.«

»Schwört es bei Eurem Blut.« Draken zog sein Schwert und schnitt sich in die Innenseite seiner Hand: eine obeflächliche Wunde, die aber brannte.

»Das ist Magie.« Rinwar zeigte jedoch nicht die für Monoeaner typische Verachtung.

»Ja, gewiss.«

Rinwar tat, wozu er aufgefordert wurde: Er schnitt sich in den Handteller und ließ zu, dass sich ihr Blut miteinander vermischte. Die Schnittwunde schmerzte nur ein bisschen; doch Draken spürte, wie eine leichte Welle von Übelkeit ihm durch den Körper fuhr, als die Verletzung heilte, so als ob sich der Boden unter seinen Füßen schwach bewegte.

Rinwar runzelte die Stirn. »Wie komme ich hinein? Und wird es auch Platz für meine Soldaten geben?«

»Ja, obwohl es langsam vonstattengehen wird. Es gibt zwei Wege: Stufen von außen zu einigen Wohnungen der Residenz und einen kleinen Tunnel in den Kerker hinein.« Seine Mutter würde ihn umbringen, wenn sie das hier wüsste. Wirklich unvorsichtig vom König. »Doch der schwierige Teil wird sein, in die eigentliche Stadt hineinzukommen.«

Rinwar wurde ganz rot im Gesicht. »Ich dachte, Ihr wüsstet einen Weg in die Stadt hinein. Die Götter mögen Euch verfluchen!«

»Das haben sie bereits«, erwiderte Draken. »Es ist ein Problem, aber nicht unmöglich. Ich kenne einen Weg hinein; keine Sorge. Ich werde Eure Männer führen.«

Rinwar kniff die Augen zusammen. »Weshalb solltet Ihr dorthin zurückgehen?«

»Wie ich schon sagte, will ich Brîn von Euren Problemen hier befreien. Außerdem habe ich eine noch unerledigte Angelegenheit im Palast.«

»Was für eine?«

»Das brauche nur ich zu wissen, mein Herr.« Draken gedachte, seinen Schwur gegenüber Soeben zu halten. Außerdem würden sie jeden Mann brauchen, um den bevorstehenden Angriff auf Ashwyc abzuwehren.

Rinwar brummte böse. Er war offenkundig verärgert, aber nicht stark genug, um zu streiten. »Ich werde direkt nach meinem Hauptmann rufen lassen, und Ihr könnt dann die Einzelheiten erklären.«

Natürlich würde der hohe Herr aus dem Landadel nicht selbst kämpfen. Draken vermutete, er hätte daran denken sollen. Er würde Rinwar hier töten müssen, ohne dass dessen Männer davon erfuhren, und die Soldaten danach mit Tyrolean in ihren Tod im Innern von Ashwyc führen.

»Ist der König tot, mein Herr?« Tyrolean – seine Stimme war ruhig und gelassen. Eine einfache Frage, doch sie veranlasste Drakens Herz, dass es rasend schnell schlug.

Rinwar wartete einen langen Moment, bevor er einlenkte. »Ich nehme an, dass es dafür langsam Zeit wird.«

»Weshalb sollte man ihn leben lassen?«, fragte Draken.

»Es ist nichts Sentimentales, falls das der Grund Eurer Frage ist – obschon wir Cousins sind. Nein, sobald es erledigt ist, ist es erledigt. Der König wird von keinem weiteren Nutzen für mich sein.«

Die schmalen Türen öffneten sich krachend. Lady Faizen. »Er hat unseren Sohn ermordet! Töte ihn auf der Stelle, oder ich werde es tun!«

Zwei leuchtende Zornesflecken verunstalteten ihre bleichen Wangen. Sie hatte Blut auf ihrem Mieder und den Röcken und führte einen schwachen Todesgeruch mit sich. Verdammt, sie hatte den Sarg geöffnet und Soeben angefasst. Draken warf Tyrolean einen Blick zu. Die Lippen des Hautmanns strafften sich, und er kniff die Augen zusammen. Seine Hand bewegte sich nach oben, um über seine Brust zu reiben: ein Zeichen dafür, dass er bald nach seinen Schwertern greifen würde.

»Faiz…«, begann Rinwar, wurde jedoch sogleich von seiner Frau unterbrochen.

»Sie haben ihn gefoltert! Soeben ist tot, sein Körper verwüstet!« Sie wandte sich Draken zu. »Ihr seid dort gewesen.«

Sie wusst verdammt gut, dass er dort gewesen war. Er schaute sie nur an.

»Und Ihr habt *nichts* unternommen?« Ihre Stimme klang schrill.

»Seine Hoheit war zu dieser Zeit in einer Zelle eingesperrt«, erklärte Tyrolean.

»Ihr … Ihr solltet tot sein. Nicht Soeben! Und Ihr seid sogar noch freigekommen. Wie das? Der König wollte Euch hinricht…«

»Es war eine List«, brummte Draken. »Eine List, um die Rebellen aus der Reserve zu locken. Um Informationen zu gewinnen.« *Um zu sehen, ob ihr Ashen mich wegen meiner Magie wollt.*

»Rebellen … Aber Soeben hat doch gar nicht bei ihnen mitgemacht!«

Sie wusste also von der Verschwörung gegen die Krone. Der Todesstoß für Rinwars Unschuld. Drakens Gedanken rasten. Wie weit ging diese Verschwörung? Wie viele Häuser?

Trauernde Eltern oder nicht – er hatte nicht die Absicht, sie mit der Wahrheit von Soebens Verwirrung und Unschuld zu beschenken, seinem Gefühl für Verrat. Sie verdienten nichts davon. Er konnte nur beten, dass sie mit dem Gedanken starben, es wäre alles ihr Fehler gewesen. Im Augenblick war es das Beste, was er für den Jungen tun konnte.

»Er hat mit absoluter Sicherheit mitgemacht, dank seinem Herrn Vater. Ich hörte jedes Wort, das er sagte, als sie ihn folterten. Nicht dass er viel gesprochen hätte inmitten all des Gebrülls. Doch es reichte.«

Lord Rinwar schrie etwas Unartikuliertes und zog das Schwert an seinem Gürtel. Draken jedoch durchdrang ein Gefühl der Empörung. Soeben hätten Leiden und Tod erspart werden können, wenn sein eigener Vater nicht sein willfähriges Wesen und seine Jugend gegen ihn verwendet hätte.

Lady Faizen gab ein nicht menschliches Zischen von sich und stürzte mit einem Messer in der Hand auf Draken zu. Er wollte auf sie losgehen, sich mit seiner Faust verteidigen und dabei versuchen, das Messer zu ergreifen. Aber Tyrolean war schneller: Er packte sie um die Taille herum, presste mit einem seiner starken Arme ihre beiden an ihren Körper und zerrte sie fort. Sie schrie auf, als er an ihrer Hand mit dem Messer riss und es klirrend auf den Boden fiel.

»Drae, der Lord!«, rief Tyrolean.

Draken wirbelte herum, zog gleichzeitig seine Klinge und brachte seinen anderen Arm nach oben. Rinwars Schwert krachte gegen seine Armschiene. Draken gab ein schmerzerfülltes Knurren von sich, als der Aufprall seinen ganzen Arm erschütterte und ihm bis in die Schulter fuhr. Rinwar nutzte seinen plötzlichen Vorteil und riss seine Klinge hoch. Draken sprang gerade noch rechtzeitig zurück, doch die Klingenspitze erwischte ihn an der Wange und hinterließ eine brennende Schnittwunde, aus der Blut floss.

Angetrieben von Wut, rückte er näher an den Gegner heran und riskierte es, einen Schwerthieb zu erhalten, während er mit seiner Faust zuschlug. Er bekam Rinwar an dem dicken, verzierten Schnürband seines Hemdes zu packen und riss ihn näher zu sich. Damit befand der Lord sich in Reichweite seines kürzeren Schwerts, und die Klinge fand ihren Weg tief in Rinwars Seite hinein.

Rinwar keuchte auf und hustete: ein erstickter Schmerzenslaut. Er fiel gegen Draken, der den schweren Körper ergriff und ihn langsam auf den Steinfussboden gleiten ließ. Lady Faizen schrie, verstummte jedoch mit einem würgenden Laut.

»Eure Hoheit.« Tyrolean – gelassen. Beinahe friedlich.

Draken drehte sich um und schaute zu ihm. Der Hauptmann hatte die Spitze seines Dolchs unter Lady Faizens Kinn gesetzt.

»Wenn Ihr am heutigen Tag sterben wollt, meine Dame«, sagte Draken, »dann müsst Ihr unbedingt fortfahren zu schreien.«

Faizen schluckte, was dazu führte, dass sich ihre Haut noch stärker gegen die Klinge drückte. Sie schreckte zurück und stieß gegen Tyrolean, doch ihre Abwehrbemühungen schwanden.

»Das ist schon besser«, sagte Draken. »Haltet sie fest, Ty. Sie ist vielleicht von Nutzen. Wenn sie das nicht ist oder gegen Euch kämpft, tötet sie.«

Draken schob Rinwar von sich weg. Bei dieser Bewegung wurde das Schwert aus seinem Körper gezogen. Draken rappelte sich hoch, unterdrückte ein Zusammenzucken, da sein Knie protestierte, und schritt zur Tür, um den Zugang zu versperren.

»Ihr habt mich getötet«, keuchte Rinwar. Er drehte die Augen zu seiner Frau, die auf ihn herunterstarrte, entsetzt darüber, dass Tyrolean sie umklammert hielt und bedrohte.

»Noch nicht«, erwiderte Draken grimmig. Er ging zu dem Lord zurück und ließ sich auf ein Knie nieder. »Wo ist der König?«

Rinwars Lippen öffneten sich. Er hustete. Kein Blut. Noch nicht. Er hatte eine schwerwiegende Unterleibsverletzung erlitten … Es würde einige Zeit dauern – vielleicht sogar einige Nächte, wenn er richtig gepflegt wurde –, bis er starb. Draken hatte noch etwas Zeit.

»Sprecht«, forderte Draken ihn auf, »oder leidet. Das bedeutet mir wenig. Ich werde diese Feste durchkämmen, um ihn zu finden.«

»Nicht … nicht hier.« Rinwars Blick huschte von Drakens Augen fort. Er blinzelte; die Lider bewegten sich schnell.

»Ihr lügt.«

»Sag es ihm, bitte …« Lady Faizen schluckte. »Bitte lasst uns gehen.«

»Bringt sie zum Schweigen, Ty.«

Tyroleans freier Arm glitt hoch, legte sich unterhalb des Messers um den Hals der Frau herum und drückte zu. Sie versuchte, mit ihren Fingern den Arm wegzudrücken, und gab dumpfe Protestgeräusche von sich; doch ihre Bemühungen machten für seine straffen Muskeln kaum einen Unterschied. Im Raum breitete sich der scharfe Geruch von Urin aus, der ihre Röcke durchnässte. Sie trat ein paar Mal um sich, und dann fiel sie gegen ihn. Er hielt sie immer noch in seinen Armen; sein undurchschaubarer starrer Blick war auf Draken gerichtet.

Draken konnte diese Tat noch nicht einmal den Göttern anhängen. *Dies ist das Hässlichste, zu was ich ihn je gezwungen habe*, dachte er. *Ich habe ihn als Freund verloren.* Und trotzdem – auch Soebens Schreie verfolgten ihn immer noch in seinen Gedanken. Seine Eltern hatten ihn in einen entsetzlichen Tod geschickt. Und nicht der König. Nicht Draken.

»Ihr habt sie ermordet! Scheiß...« Ein Hustenanfall brach das Wort entzwei. Blut spritzte von seinen Lippen.

»Bloß ein verdammtes Zuschnüren ihrer Kehle«, meinte Draken. »Bislang. Lasst uns auf eine einfache Weise beginnen. Ist der König hier in Wyndam? Auf Eurem Grund und Boden?«

Rinwar starrte ergriffen auf seine Frau.

Draken hätte geschworen, dass bis zum heutigen Tag die beiden nichts füreinander übriggehabt hatten. Er hatte sie früher schon gesehen, und sie behandelten sich gegenseitig stets mit oberflächlicher Höflichkeit – und nichts mehr. Faizen hatte jedoch von der Rebellion gewusst. Sie beide hatten gemeinsame Kinder und trauerten nun zusammen um Soeben. Wie dem auch sei, Draken musste herausfinden, was er konnte, und zwar sehr schnell.

Blut sickerte durch Rinwars feines Leinenhemd und die gewebte höfische Jacke. Es war ein sauberer, schneller Stich gewesen, der zu inneren Blutungen geführt hatte, von denen außen recht wenig zu sehen war. Draken stieß mit seinem Stiefel gegen die Wunde. Nur ein wenig. Gerade so viel, dass die Aufmerksamkeit des Verwundeten wieder ihm gehörte. Rinwar stieß einen keuchenden Schrei aus, seine tränenden Augen hefteten sich auf die von Draken.

»Bleibt bei mir, Rinwar. Ist der König hier?«

Rinwars Kinn zuckte – eine nicht zu deutende Gebärde.

Draken drehte den Kopf und nickte Tyrolean zu. Faizen begann gerade, sich zu bewegen. Tyrolean ließ eine leichte Grimasse erkennen, doch er gehorchte. Sein Arm glitt erneut hoch um Lady Faizens Hals herum und drückte abermals zu. Sie erschlaffte in seinen Armen, doch sein Griff lockerte sich nicht.

»Nein! *Aufhören* ... aufhören. Er ist hier.« Noch mehr Blut quoll zwischen seinen Lippen empor; es wirkt scharlachrot im Vergleich zum dunklen Boden.

Tyroleans Arm lockerte sich.

»Wo genau?«, hakte Draken nach. Er packte sein Schwert, bewegte es jedoch nicht. Sein Herz hämmerte und dröhnte. Sie hatten zu viel Lärm gemacht. Sie hatten sich zu lange Zeit gelassen. Jeden Augenblick würden Rinwars Männer über sie kommen. Das Schwert wurde ganz heiß in seiner Hand. Es glühte schwach in der von Kerzenschein beleuchteten Düsternis; schwarze Linien flackerten unter der Oberfläche des Metalls.

Rinwar war stumm, doch sein Mund bewegte sich. Er versuchte, Drakens Handgelenk zu ergreifen. Schließlich flüsterte er: *»Unten … unten.«*

»Gibt es hier ein Verlies?«, fragte Tyrolean.

»Die meisten dieser alten Bauwerke haben welche.« Um die Feuerstelle herum waren die Wände schwarz von uraltem Ruß, und die Fenster hatten dicke Läden anstelle von Glas. Das Gebäude war gewiss älter als der Ashwyc-Palast. Wyndam hatte es bereits gegeben, als Monoea noch kein einheitliches Land war, sondern aus sich bekriegenden Stadtstaaten mit Lords bestand, die einander um der Macht willen entführten, folterten und töteten. Dieses Haus gehörte der ältesten Familie, also musste es auch damals schon existiert haben.

»Seid Ihr es also, der an der Spitze dieser Rebellion steht? Ihr, Rinwar? Endet es mit Euch?«

Rinwar stieß schnaufend Luft aus und zog Drakens Blick auf sich. Er stöhnte einmal mehr und wurde plötzlich schlaff. Seine Augen waren wild und weiß in ihrer Totenstarre.

Faizen ächzte. Ihr Mund bewegte sich, und ihre Augenlider zuckten. Sie schluckte und sagte mit schwacher Stimme: »Ihr habt ihn getötet. Dafür zumindest muss der König sterben. Wenn ich Glück habe, ist er bereits tot.«

»Das ist Verrat«, knurrte Draken böse.

»Ich sterbe lieber als Verräterin an dieser Krone als in ihrem Dienst.«

Tyrolean verstärkte seinen Griff und legte die Klinge erneut unter Faizens Kinn. Unerschütterlich und hart. »Euer Lord ist tot. Rettet Euch selbst, meine Dame.«

Draken blickte in ihre wilden Augen. »Für Eure Familie, wenn für sonst nichts.«

»Nichts ist mehr geblieben«, stieß Faizen heiser aus.

»Euer Sohn. Eure Tochter. Soebens Andenken …«

»Nichts ist mehr geblieben. Ihr habt sie alle gestohlen!« Ihre Zunge schnellte über die zitternde Unterlippe hinweg. Sie holte tief Luft und warf sich nach vorn.

Tyrolean achtete stets darauf, dass die Schneiden seiner Klinge so dünn waren wie die Kante einer der exqisiten Schriftrollen der Krone. Die tiefe Wunde, die diese Klinge in Faizens Hals hinterließ, war grausam und klaffte weit auf; alles geschah sehr schnell. Vielleicht rechnete sogar Faizen selbst nicht damit, dass es so rasch passieren würde; weit aufgerissene Lippen und geblähte Nasenflügel versuchten vergeblich Atem zu holen. Blut spritzte über die Vorderseite ihres Kleides und über Tyroleans Arm.

Tyrolean ließ sie sanft nach unten gleiten, den Rücken hielt er dabei in einem ungünstigen Winkel gebeugt. Sie fiel zu Boden, als ihr Herz zum letzten Mal Blut pumpte; eine Hand lag zur Faust geballt neben ihrem bleichen Gesicht.

Es dauerte mehrere Herzschläge, bevor sich Draken daran erinnerte, dass er atmen musste.

Tyrolean legte die Klinge neben ihr auf den Fußboden, erhob sich zu seiner vollen Größe und zog seine Armschiene aus. Der Ärmel war durchnässt von warmem Blut und hatte einen üblen Salzgeruch angenommen. Draken fragte sich, ob es jemals eine Nacht geben würde, in der er nicht mit diesem Gestank in den Nasenlöchern einschlief – mit dem Tod in den Lungen.

»Tyrolean.«

»Wir müssen den König finden. Wir müssen das beenden.« Mit seinem Messer schnitt Tyrolean den blutbesudelten Ärmel ab.

»Dies sollte eigentlich nur eine verdammte diplomatische Mission sein. Wir hatten ein Abkommen, Rinwar und ich. Ich hätte dies unterbinden können.« Ein Anflug von Verzweiflung färbte seine Stimme. Draken fragte sich, woher diese Hoffnungslosigkeit kam. Er fühlte sich innerlich leer.

»Es lässt sich nichts mehr ändern. Lasst uns den König finden und dann diesen Ort verlassen.« Tyroleans Worte klangen so leer, wie Draken sich fühlte. Trivial; eine Beschwichtigung. Nicht mehr als das.

»Ja. Machen wir das.« Ein Pochen an der Tür rüttelte seinen Körper durch, kribbelte auf seiner Haut, als wäre in seiner Nähe ein Blitz eingeschlagen.

Jemand rief: »Lord Rinwar! Mein Herr, öffnet die Tür!«

Tyrolean blickte ihm in die Augen. »Rinwars Männer sind hier, Draken. Werdet Ihr vorangehen – oder soll ich?«

Draken. Nicht Khel Szi. Nicht Hoheit. »Ich werde vorangehen. Dies ist mein Kampf«, erwiderte Draken. »Was glaubt Ihr, wie viele es sind?«

Die Türen wurden gegen ihren Riegelstab gedrückt. Irgendein kluger Kerl steckte eine Klinge in den Spalt dazwischen und schob sie hoch gegen die Metallverriegelung.

»Genug, um im Hellen zu töten.« Tyrolean riss seine Schwerter aus ihren Scheiden und wandte sich den Türen zu.

Er hatte recht. Sie würden noch so oft im Dunkeln töten müssen, dass es in Monoea für eine ganze Generation ausreichte. Der Riegel kippte mit einem schabenden Knarren um, und die Türen brachen auf.

KAPITEL EINUNDZWANZIG

Es war zwar keine ganze Armee, die sich in dem Gang draußen vor Rinwars Arbeitszimmer drängte, doch es waren immer noch zu viele, um sie in dem sich anschließenden Chaos zu zählen. Draken und Tyrolean sorgten beide instinktiv dafür, dass der Kampf sich im Türdurchgang abspielte. Eingepfercht von den Türen und angrenzenden Tischen entstand hier eine Engstelle, durch die jeweils nur zwei Gegner gleichzeitig angreifen konnten. Draken bildete die vordere Kampflinie, Tyrolean stand direkt hinter ihm und war ein wahrer Wirbelsturm von Klingen: Sie verteidigten sich stumm, und es war wenig zu hören außer dem Pfeifen von Stahl in der Luft und dem dumpfen Geräusch, wenn ein Treffer erzielt wurde. Draken kämpfte langsamer als sein Hauptmann, und er ächzte, als er Meergeboren in einen Gegner hineinstieß.

Magie pulsierte summend durch sein Blut: ein verlockender Zug, das Leben dem Tod abzuringen. Seine Lippen öffneten sich und wollten die Worte flüstern.

Das ist neu, dachte er verwundert.

Das damit einhergehende Zögern kostete ihn einen Schlag und verlangsamte seine Abwehrbewegung. Eine Klinge erwischte den Bizeps seines freien Arms, schnitt tief hinein und hielt erst am Knochen inne – mit seelenerschütternder Intensität anstelle von Schmerz. Sein Gegner schlüpfte beinahe durch die Türöffnung. Draken knurrte wütend und schlug zu; es fühlte sich fast so an, als ob das Schwert ihn lenkte oder als ob seine alte Schwerthand Bruche wieder den Arm für ihn führte. Vielleicht war es lediglich Muskelgedächtnis, doch der Hieb überwand den Abwehrversuch seines Angreifers und erwischte den Mann quer am Hals. Blut schoss aus seiner Halsschlagader, und er stürzte zu Boden, noch bevor seine Miene Verblüffung zum Ausdruck bringen konnte.

Der Nächste war so groß, dass er mit einem Zweihänder kämpfte. Dieses Schwert war zu gewaltig, um es in der räumlichen

Enge des Türdurchgangs und des Korridors schwingen zu können. Knurrend drängte sich der Kerl an Draken vorbei und ging auf Tyrolean los, weil er dort mehr Platz hatte. Draken ließ den Mann passieren – es ging nicht anders. Er konnte nur beten, dass Tyrolean ihm den Rücken freihielt.

Sein Arm brannte heiß an der Stelle, wo die Schnittwunde gerade heilte, und ein Schwindelgefühl ergriff ihn. Draken hatte keine Zeit, sich zu überlegen, weshalb das so war. Der folgende Mann zwang ihn sofort zum Gefecht, als Draken dem großen Schwertträger weichen musste. Dieser Kerl war drahtig und stark; jeder seiner Schläge zu präzise, um sich lange gegen ihn verteidigen zu können. Ein wachsender Druck – von seiner Erschöpfung, dem Wissen, dass er nicht gut genug war, dem Wissen, dass jeden Moment weitere Wachsoldaten kommen könnten – lastete auf Draken und zwang ihn dazu, außergewöhnliche Risiken einzugehen. Vage war er sich bewusst, dass er Schnittwunden einsteckte. Plötzlich ging er hart und schnell auf den drahtigen Kämpfer los, ließ ihn bis ins Innere seiner Deckung hinein und blockte die Schläge des Gegners mit seinem von Schienen geschützten Arm erst dort ab. Der Knochen schmerzte, weil er so viele rasche Hiebe einstecken musste.

Draken schubste den Kerl zurück, boxte ihm ins Gesicht, und stach ihm die Klinge in den Spalt unterhalb der Brustplatte. Sie standen zu nahe beieinander, als dass der Schwerthieb mit genügend großer Wucht erfolgen konnte. Er kam nicht weit und schlitzte eben nicht die Eingeweide auf. Draken boxte erneut mit seiner Armschiene. Der drahtige Wachsoldat taumelte nach hinten und fiel an die gegenüberliegende Wand im Korridor. Draken schnitt ihm die Kehle durch und wirbelte herum; da war schließlich noch der große Kerl, der an ihm vorbeigeschlüpft war.

Es waren zwei Ashen. Obwohl der eine nur so groß war, dass er Draken bis zum Kinn reichte, hielt er Tyrolean mithilfe seines massigen, riesigen Landsmannes gut beschäftigt. Der Hauptmann gab sein Bestes und wehrte sie mit beiden Schwertern gleichzeitig ab. Doch er schwankte. Draken hatte so etwas nie zuvor bei ihm gesehen. Dann erkannte er, dass Tyrolean aus einer Schnittverletzung, die quer übers Kinn verlief, und einer länglichen Brustwunde blutete. Jemand war an diesen raschen, wendigen Schlägen vorbeigekommen? Ein zweiter Schock an diesem Tag. Vielleicht auch der zehnte. Draken war nicht mehr fähig, zu zählen.

Tyrolean erwischte das Schwert des großen Mannes mit seinem kleineren und stieß den Kerl auf Draken zu. Der konnte kaum glauben, dass Tyroleans gehärtete Gadye-Metalllegierung gegen die schwerere Klinge des Zweihänders hielt. Ty ließ einen Treffer am Oberschenkel folgen: kein tödlicher Hieb, doch die Verletzung war immerhin so stark, dass der große Mann vor Schmerzen wütend knurrte und ins Wanken geriet.

Drakens Arm brannte stark, aber er beachtete es nicht und stieß mit seinem Schwert in Reichweite des riesigen Mannes vor – mehr, um dessen Aufmerksamkeit von Tyrolean abzulenken als eine echte Attacke. Es war alles, was er tun konnte, um Tyrolean bei den Angriffen des wendigeren, kleineren Ashen zu helfen.

Mit dem üblen Gestank von Blut und entleertem Darminhalt in seinen Lungen preschte Draken voran und ließ dem Stoß, mit dem er die Aufmerksamkeit des Gegners auf sich gezogen hatte, einen ernstgemeinten Hieb folgen. Meergeboren rasselte hart gegen das Schwert des großen Mannes und schlug es zur Seite. Daraufhin leuchtete die Klinge auf, und die Augen des Riesenkerls wurden groß. Aber der Koloss hatte nicht erst gestern mit dem Kämpfen begonnen: Das große Schwert kam mit entsetzlicher Kraft zu Draken zurück, wenn auch nicht allzu schnell. Er musste den Arm hochreißen, um den Schlag abzulenken – doch er verschätzte sich. Zu früh. Das große Schwert sprang über seinen Ellbogen, stach durch die lederne Brustplatte, zermalmte Rippen und fuhr tief durch Fleisch und Organe.

Draken hustete, strauchelte. Meergeboren loderte heiß auf, fiel ihm aber aus der Hand, als alle Kraft seinen Körper zu verlassen schien. Er wusste oder bemerkte es nicht, als er stürzte; er landete einfach *dort*. Sein Kopf verdrehte sich in einem merkwürdigen Winkel, als er gegen ein dickes Tischbein prallte, und schmerzte, als ob ein Fluch sich hineingeschlichen hätte und ihm mit seinen Krallen das Innere des Schädels auskratzte.

Aus dem Augenwinkel sah Draken etwas leuchten. Seine Hand krebste darauf zu und erwischte die Parierstange seines Schwertes. Seine Finger arbeiteten, bis der vertraute Ledergriff unter seiner Hand lag. Doch er war zu schwach, um ihn zu umfassen.

Der große Mann ließ sich auf ein Knie nieder und hob mit beiden Händen sein Schwert. Zielte damit nach unten. Auf Drakens Herz.

Ein Ruf ließ den Ashen zur Seite schauen. Es gab ein Dröhnen, als ein Mann fiel, dann wogte etwas abrupt im Innern von Draken, etwas erbebte heftig. Er hörte ein gigantisches Knacken, als ob ein Riese einen Berg in zwei Teile gespalten hätte. Jede Wunde, insbesondere die tiefe in seiner Seite, verzehrte ihn mit erstaunlichen Schmerzen. Weitere, kleinere Geräusche, ein Krachen und das Zerbrechen von Stein. Draken bemerkte gerade noch so, dass der Kopf des großen Mannes von seinen Schultern getrennt wurde, und dass Tyroleans gekreuzte Schwerter jetzt darüberstanden. Seine ganze Vorderseite bis hin zu seinen Ellbogen war voller Blut. Draken hörte verschwommen seinen Namen rufen, und die Welt versank ruckelnd in Finsternis …

»Draken.« Jemand krallte sich ihn, an seiner Schulter spürte er eine starke Hand.

Ein weißes Licht schien ihm grell in die Augen.

Draken stieß den Atem aus und hustete, aber nur, weil seine Kehle trocken war. Das Licht blendete ihn. Er blinzelte hinein, versuchte zu sprechen. Hustete nochmals.

Die starke Hand umschloss seinen Nacken und hob ihn an. Ein Becher wurde an seine Lippen gedrückt. Kühler Wein, vermischt mit flüssigem Korn; das Brennen von Alkohol auf seinen Lippen. Er hustete, schluckte jedoch. Bemerkte, wie seine Finger das vertraute, mit Leder umwickelte Heft von Meergeboren umschlossen. Sein Daumen bewegte sich über das lose Lederende, er ließ davon ab.

Das Licht verblasste. Er blinzelte. Osias beugte sich über ihn, hielt ihm den Becher an den Mund; es war seine starke Hand, die Drakens Nacken fest in ihrem Griff hielt. Ihre Gesichter waren sich sehr nahe; der Mond auf der Stirn des Mantikers sah wie ein schwarzes Loch aus, als ob sein Fleisch dort nicht existierte. Als wäre es ein Loch ins Nichts. Wie die PALISADE. Der Eindruck führte dazu, dass Draken übel wurde. Er ließ Osias aus seinem Blickfeld gleiten. Hinter ihm stand Tyrolean, dessen völlig von Blut bedeckte Brust sich schwer hob und senkte.

Plötzliche Klarheit, die dazu führte, dass sich in seinem Kopf alles drehte. Wie er Rinwar gefoltert hatte. Lady Faizen, die sich gegen Tyroleans Klinge warf. Der Kampf. Das Schwert, das in seine Seite hineinkrachte. Seine Finger tasteten nach den Rippen, doch Tyrolean zog ihn in eine sitzende Position hoch.

»Das ist ein sehr guter Wein«, sagte Draken.

»Gibt es etwas, das Ihr mir erzählen wollt, Eure Hoheit?«, fragte Tyrolean.

Draken schaute auf seine Brust hinab. Das trocknende Blut darauf verkrustete schon. Seine Schultern strafften sich. Die eine litt immer noch unter starken stechenden Schmerzen, so wie es seit Mondwenden der Fall war – seit sie in einem Kampf ausgekugelt worden war. Sein Tonfall war bissig, als er antwortete: »Die Götter halten es für angebracht, einen Todesstoß zu heilen, doch sie schaffen es nicht, meine schmerzende Schulter zu richten.«

Tyroleans Augenbrauen hoben sich. »Die Götter?«

Mit einer Drehung befreite sich Draken aus Osias' Griff, umfasste das Tischbein hinter sich und stemmte sich selbst hoch. Sein Knie protestierte heftig und widersetzte sich weiter, als er es geradebiegen wollte; das übliche Problem, das sich nach einem Dutzend Schritte lockern würde. »Bei Khellians Eiern, Ihr verliert ja einen ganzen Fluss Blut, Ty.«

»War schon schlimmer bei mir.« Dass er die Worte förmlich herausspuckte, verriet seine starken Schmerzen. »Wollt Ihr mir nicht erzählen, was bei Kordes verbittertem Herzen mit Euch geschehen ist, Draken? Ich dachte, Ihr wärt tot.«

Draken gab darauf keine Antwort. Er war zu sehr damit beschäftigt, sich erstaunt im Raum umzublicken. Gezackte Risse spalteten die Wände. Eine Säule, die zur Stütze der Kaminverkleidung diente, war auf den Boden gekracht. Läden hingen quer vor schiefen Fenstern. Ein eisiger Luftzug sickerte herein und säuberte den Raum ein wenig vom Gestank des Todes; doch eine Unterströmung von zerbrochenem Gestein und Staub ließ die Luft dicker wirken. Jeder Tisch sah aus, als ob jemand die Gegenstände darauf zu Boden gefegt hätte; auf einen Boden, auf dem Blut, Keramikscherben, Schriftrollen, Leichen und Waffen ebenso großzügig wie willkürlich verteilt waren.

Draken runzelte die Stirn. Etwas zwischen all dem fehlte. »Habt Ihr bemerkt, dass keiner von ihnen Aschemarkierungen trägt wie Rinwar und seine Frau?« Und wie sein Sohn.

»Ich war zu sehr damit beschäftigt, darauf zu achten, wie Eure tödlichen Wunden sich selbst wieder zusammenfügten«, erwiderte Tyrolean.

»Und auf das Erdbeben, als sie dies taten«, ergänzte Osias.

Draken starrte Osias an. Seine Heilung hatte ein Erdbeben verursacht?

Der Mantiker berührte mit der Spitze seines Stiefels einen Riss. »Siehst du? Direkt hier.«

Risse im Steinfußboden breiteten sich von der Stelle aus, wo Draken gestürzt war. Er blinzelte und trat einen Schritt zurück. Doch der Untergrund blieb ruhig.

»Wie lange wisst Ihr das schon?« Tyrolean beobachtete Draken; sein Gesicht war ausdruckslos und verriet nichts.

Draken griff nach dem Wein und goss ihn über sein Schwert, auf dem Schichten von Blut trockneten. Dann rieb er mit seinem ausrangierten Hemd über die Klinge, bis seine Hände zu zittern aufhörten. Die gewohnten Handgriffe der Schwertpflege beruhigten das Zittern, aber nicht seine Gedanken. Was bei den Sieben blutbefleckten Monden war mit ihm geschehen? Die selbsttätige Heilung geringfügiger Schnittwunden war eine Sache – doch er sollte tot sein … war so gut wie tot gewesen. Irgendeine wilde Magie war in seinem Innern am Werk. Er warf Meergeboren einen argwöhnischen Blick zu, während er es noch pflegte.

»Einige Sieben-Nächte inzwischen. Ich hatte keine Ahnung,

dass es so weit kommen würde – dass es einen Todesstoß zu heilen vermag.« Er hätte es Tyrolean, Elena, irgendjemandem erzählen sollen. »Ist es das Schwert, Osias?«

»Ja. Und nein. Akhen Khel und seine Magie sind in den Willen der Götter eingehüllt. Du bist wahrhaftig den Göttern angeschworen, Draken.«

Tyroleans Gesicht war ausdruckslos und verriet nicht, was er davon hielt. Er beschäftigte sich damit, seine Schwerter mit dem Umhang eines gefallenen Ashen zu reinigen. Es gab keine andere Möglichkeit, als gemeinsam zu fliehen. Draken war bereit, die ganze Stadt Brîn darauf zu verwetten, dass Tyrolean wünschte, die Dinge wären anders.

»Warum bist du hier, Osias? Und wie?«

»Ich hielt es für klug, Nachforschungen anzustellen, während ich durch einen Zauber getarnt war. Hör gut zu, denn wir haben nicht viel Zeit. Diese Villa ist voller Ashen oder zumindest von ihren Söldnern besetzt.«

»Was soll ich mir anhören?«, fragte Draken.

»Rinwar führt die Rebellion an.«

Vor Erleichterung ließ Draken seine Schultern nach unten sacken. »Ausgezeichnet! Dann haben wir ihr gerade die Tatzen abgeschnitten.«

»Nein. Nicht dieser Rinwar«, erwiderte Osias und zeigte auf den Toten. »Sein älterer Bruder. Ein Mondmünster-Priester.«

Tyrolean gab ein für ihn untypisches Stöhnen von sich. »Dann haben wir immerhin die richtige Familie.«

»Genau«, sagte Osias. »Nur nicht den richtigen Mann. Und eine weitere schlechte Neuigkeit: Gerüchten zufolge ist er nach Akrasia abgereist.«

»Akrasia …?« Draken warf seinen blutverschmierten Umhang ab, doch dessen Rascheln schaffte es nicht, das Echo von Stimmen zu überdecken, die von der Halle kamen. »Moment. Sind das Rufe?«

»Schnell, hier entlang.« Tyrolean führte sie in die entgegengesetzte Richtung durch einen langen Korridor. »Ich sah eine Treppe, als wir hereinkamen.«

»Diese großen, alten Gebäude haben mindestens ein halbes Dutzend Treppenfluchten: für Diener, Wachsoldaten und die Familie. Wir brauchen eine Hintertreppe.« *Und einen Bogen, um weitere Nahkämpfe abzuwenden.*

»Osias? Habt Ihr Euren Bogen dabei?«, erkundigte sich Tyrolean.

Der Mantiker holte seinen Langbogen aus der sich kräuselnden Luft hervor. »Gewiss. Doch ich habe den letzten meiner Pfeile benutzt, um ins Innere dieses Anwesens zu gelangen.«

Was würde er nicht dafür geben, wenn sie zufällig auf die Waffenkammer stießen – die sich möglicherweise überhaupt nicht in diesem Gebäude befand. Draken sehnte sich nach seiner eigenen Stadtfestung oder gar nach dem Palast von Ashwyc, den er besser kannte als dieses Anwesen: Hier war er erst einige wenige Male gewesen, und dann auch nur in den öffentlichen Bereichen für gesellschaftliche Anlässe oder als Begleiter des Königs, wenn es um Angelegenheiten der Schwarzen Garde ging.

»Die hier?« Tyrolean wies auf eine schmale Treppenflucht.

»Ja. Das muss hinkommen.« Obgleich er keine Ahnung hatte, wohin sie führte. Sie schritten im scharfen Tempo die Treppe hinunter; Draken ließ Tyrolean und Osias vorangehen, weil sein Knie immer noch steif war.

Die Stimmen rückten näher; sie waren bald oben auf der Treppe zu hören, als die drei in die Dunkelheit hinabstiegen. Draken steckte sein Schwert in die Scheide, um dessen Licht zu verbergen, und sie schritten nun vorsichtig nach unten, so leise wie sie nur konnten. Er bekam eine Gänsehaut im Nacken, während er nicht anders konnte, als sich andauernd vorzustellen, wie ein Pfeil seinen nackten Rücken durchbohrte.

»Dann schaun wir mal, wie ihr verdammt noch mal das wegzaubert«, murmelte er höchst gereizt zu den Göttern. Er war schon in so vielen Schlachten und kritischen Situationen gewesen, dass er meistens ruhig blieb. Doch ein neues Zittern in seinen Fingern jagte die Arme hoch und setzte sich in seiner Brust fest. Seine Hand umklammerte das Heft des Schwertes fester: ein Versuch, Kraft in seinen Körper hineinzuzwingen.

»Bleibt locker«, sagte Tyrolean leise.

»Ein Licht, Khel Szi«, schlug Osias vor.

Draken blickte zurück. Die Stimmen, die ganz oben von der Treppe herunterdrangen, waren leiser geworden, aber das bedeutete nicht, dass niemand ihnen folgte. Dennoch, sie würden in diesem stockfinsteren, nach Staub und Tod riechenden Treppenhaus nicht weit kommen. Erneut zog er sein Schwert. Der schwache Lichthof von Meergeboren, der von Osias' silbernem Haar reflektiert wurde, durchbrach die Dunkelheit und ließ weitere Stufen aus der Dunkelheit treten.

Nach zwei Richtungswechseln auf Treppenabsätzen, die keine besonderen Merkmale aufwiesen, erreichten sie den Boden der Flucht und legten eine Pause ein. Sie waren ein ziemliches Stück unter die Erdoberfläche gestiegen. Osias hob den Kopf und schnupperte. Die Luft war abgestanden und kalt. Fackelbeleuchtete Gänge liefen in vier Richtungen auseinander.

»Hier unten könnten wir leicht gefangen werden«, meinte Tyrolean.

Draken nickte grimmig. »Oder verloren gehen. Aber wir sind gekommen, um den König zu finden. Ich fürchte nur, dafür haben wir nicht viel Zeit. Die Rebellen werden bald wissen, dass Rinwar tot ist.«

Tyrolean nickte. Nachdem Draken einen Moment lang ihre Richtungswechsel auf der Treppenflucht nachgezählt und sie in einen Bezug zum Grundriss des Hauses darüber gebracht hatte, wies er mit dem Kopf zu dem Gang, von dem er glaubte, dass er ins Innere führte: Sicherlich würde man den König im tiefen unterirdischen Zentrum der Villa festhalten. Eine Zeit lang gingen sie leise durch den Korridor. Ihre gedämpften Schritte und Atemzüge waren die einzigen Geräusche. Auf Drakens Haut brach kalter Schweiß aus. Tyrolean musste es ebenfalls fühlen; seine Haut glänzte feucht und blass in dem dämmrigen Licht – geradezu gespensterhaft. Dieser Weg führte jedoch in eine Sackgasse. Frustriert trat Draken gegen herumliegendes Gerümpel, gegen Stoffreste und einen zerbrochenen Korb.

»Gehen wir also zurück«, sagte Osias.

Sie konnten nichts anderes tun, doch Draken verfluchte im Stillen die Zeitverschwendung. Sie drehten um und gingen zu der Stelle zurück, wo die Gänge sich kreuzten; dabei traten sie leise auf für den Fall, dass die Wachsoldaten auf sie warteten. Doch der Ort schien menschenleer zu sein.

Draken schüttelte den Kopf. »Vielleicht liegen wir ja falsch. Vielleicht kommt nie jemand hier runter.«

Doch Tyrolean sah sich um und zeigte in einen anderen unbekannten Korridor hinein. Draken und Osias folgten ihm.

»Es ist merkwürdig. Rinwar unternahm nur geringe Anstrengungen, seine Taten zu verbergen; und er hat sich auch nicht sehr energisch verteidigt«, meinte Tyrolean schließlich mit sehr leiser Stimme. »Die ganze Sache war gar zu einfach erledigt.«

Draken schnaubte. »Das meint auch nur Ihr! Ihr habt ja kein Schwert in Eure Gedärme bekommen.«

Tyrolean warf einen unergründlichen Blick über die Schulter. Draken musste sich unwillkürlich fragen, ob sein Freund vielleicht wünschte, dies Schwert hätte seine Arbeit erfolgreich erledigt.

»Ich glaube, Rinwar war neugierig auf das, was du zu sagen hattest«, mutmaßte Osias. »Es ist mein Eindruck, dass Monoeaner Außenstehende nicht sehr schnell sympathisch finden.«

»Sie finden ihre eigenen Leute nicht schnell sympathisch«, entgegnete Draken. »Dass ich mich für die Rebellion interessiert habe, sogar aus selbstsüchtigen Gründen, musste ihn neugierig machen. Er musste geglaubt haben, er könnte mich für eigene Zwecke nutzen.«

Er dachte wieder daran, dass seine Mutter ihm erzählt hatte, die Rebellen wollten ihn auf ihrem Thron sehen. Er schüttelte den Kopf. Ob Magie oder nicht, das ergab wenig Sinn. Dennoch verspürte er ein seltsames Verlangen, den anderen beiden dies mitzuteilen. Bevor er jedoch etwas sagen konnte, sprach Tyrolean.

»Ihr habt ihm seinen toten Sohn gebracht.«

Draken gab ein Brummen von sich. Eine Angewohnheit, die er gerne aufgeben würde: über tote Söhne zu verhandeln. »Ich schulde Euch eine Entschuldigung, Hauptmann. Vorhin habe ich Euch aufgefordert, eine hässliche Sache zu tun.«

»Es ist eine hässliche Welt«, antwortete Tyrolean. »Ihr müsst es gehasst haben, hier zu leben.«

»Vor nicht allzu langer Zeit dachte ich das Gleiche über Euch und Akra…«

Tyrolean, der plötzlich stehen geblieben war, hob die Hand an seine Lippen, um anzuzeigen, dass die anderen still sein sollten. Draken steckte sein Schwert in die Scheide, sodass sie in Dunkelheit gehüllt waren. Ein Klimpern voraus. In regelmäßigen Abständen.

»Wir kommen irgendwo an«, sagte Tyrolean leise. Es war nicht ganz ein Flüstern, ein Tonfall, der seine Worte in der Stille besser übermittelte, als es seine normale Stimme vermochte. Dann ein zweifaches gedämpftes Säuseln, als er seine Schwerter zog.

Draken hob sein Kinn an und schnüffelte. Tyrolean hatte recht. Die Luft schmeckte nach Schweiß und Angst. Ein leichter Luftzug streifte seine Wange.

»Der Kerker«, raunte Osias.

Draken konnte es nur hoffen.

Und er war neugierig, auch wenn es ihn störte, sich das selbst zuzugestehen. Landadlige hatten Leute, die ihnen gegenüber Rechenschaft schuldig waren, was bedeutete, dass sie sich Käfige hielten. Doch es war gegen das Gesetz des Königs, einen richtigen Kerker zu unterhalten – mit sadistischen Knechten und der nötigen Ausstattung zum Foltern. Hatte Rinwar dieses Gesetz beachtet?

Draken zog Meergeboren, damit sie wieder Licht hatten; dann schlichen sie weiter.

Ein Geräusch, ein leises Ächzen: Auch Draken und Osias zückten jetzt die Waffen, und ihre Nackenhaare sträubten sich. Draken schob sich nach vorn. Er würde nicht zulassen, dass Tyrolean bei dieser Sache die Führung übernahm. Draken hatte darin eingewilligt, den König zu finden, Galbrait zu unterstützen, seinem alten Land zu helfen und diesen Krieg von seinem neuen fernzuhalten. Wenn jetzt ein Kampf bevorstand, würde Draken sich als Erster in das Getümmel stürzen.

Der Gang wurde schmaler; die Wände hatte man mühselig aus

dem harten, kalten Hauptfelsgrund herausmeißeln müssen, auf dem Siebenfel ruhte. Es fühlte sich an, als würde das Gewicht des gewachsenen Gesteins auf ihm lasten, als ob das Ganze jederzeit einstürzen könnte. Ein paar Spalten durchstachen den Fels, aus denen Staub, kleine Gesteinsbrocken und Wasser drangen wie Blut aus einer Wunde.

Ein Klirren. Feuchtes Husten, beinahe ein Schluchzen.

Draken schritt rascher voran, die Arme in Kampfhaltung vorgereckt. Der Gang endete in einem T-Stück, und Draken hielt inne, bevor er die Kreuzungsstelle betrat. Er lauschte erneut. Tyrolean neigte den Kopf zu seinem Schwertarm, Draken nickte. Seite an Seite gingen sie um die Ecke.

Ein Wachposten stand dort, wo die Zellen anfingen. Er war bewaffnet und wachsam; in der Hand hielt er einen Sax. Sofort stürzte er nach vorn und riss die Hand mit der Klinge hoch, um zuzustechen. Draken sprang ihm entgegen, schlug mit dem Unterarm gegen die Brust des Gegners und stieß ihn zurück; während dessen Klinge nach unten fuhr und Draken an der Schulter verletzte. Er beachtete die Wunde nicht weiter, sondern schwang Meergeboren nach vorn und schlitzte den Bauch des Wachsoldaten auf. Der Kerl schrie vor Schmerz und stolperte rückwärts gegen die Gitterstäbe hinter ihm. Draken knurrte wütend und schritt näher heran, um die Sache zu Ende zu bringen; doch ein Zuruf ließ ihn innehalten.

»Lasst ihn! Hierher!« Tyrolean – mit atemloser Stimme.

Der Wächter würde nirgendwo mehr hingehen. Draken wirbelte herum und stürmte zu Tyrolean, der gegen zwei weitere Wachsoldaten kämpfte. Mit einem erzürnten Schrei tötete Draken einen von ihnen, und dies ohne den geringsten Anflug von Reue: Der Mann war gerade im Begriff gewesen, mit seinem Schwert den Hauptmann zu köpfen. Tyrolean gab seinem anderen Gegner den Gnadenstoß; dann starrten er und Draken einander schnaufend an. Aus der Richtung, aus der sie gekommen waren, echoten jetzt sogar noch mehr Rufe.

»Dies ist eine Todesfalle«, sagte Osias.

»Draken!« Ein zischendes, von Schmerzen geplagtes Flüstern.

»Euer Gnaden.« Draken schritt zu einer der Zellen, wobei er

sich zum ersten Mal den Ort hier richtig anschaute. Rinwar hatte anscheinend nicht widerstehen können, das Verlies mit Gerätschaften, die man für die Folter brauchte, auszustatten, doch die Instrumente waren altersgeschwärzt, und der Staub vieler Jahre lag auf ihnen.

Mit Ausnahme eines grob gezimmerten Tisches. Draken schluckte, und ihm wurde übel. Die Königin: Das Gewand hatte man ihr vom Körper gerissen, ihre Brust war blutverschmiert, ihr Mund geöffnet, der Blick starr.

Tyrolean beachtete die tote Königin nicht, sondern begann, die Wachsoldaten nach einem Schlüssel zu durchsuchen, um die Zelle des Königs aufzuschließen. Der Mann, den Draken verwundet hatte, schrie heiser auf, als der Hauptmann seine Kleidung durchstöberte. Tyrolean fand einen Schlüssel und warf ihn Draken zu. »Eure Hoheit? Soll ich ihn töten?«

»Ja! Er hat meine Frau gefoltert und vergewaltigt!« Das Weiße in Aissyths Augen glänzte in der Düsternis, seine Brust hob und senkte sich. Seine Haare und Kleidung waren zerzaust und blutverschmiert.

Tyrolean straffte sich und blickte zu Draken.

»Tut es.« Draken verschloss sich gegen den abgebrochenen Schrei, das nasse Geräusch von Tyroleans Klingen, die menschliches Fleisch zerstörten. Er schloss die Zelle des Königs auf und ließ ihn heraus. »Seid Ihr unverletzt, Euer Gnaden?«

Aissyth verzog das Gesicht, drängte sich an Draken vorbei und ging zu seiner Frau. Er legte einen Moment lang seine Hand auf ihre blutleere Wange, dann versuchte er, mit den Fetzen ihres Gewandes ihre Beine zu bedecken.

»Euer Gnaden«, sagte Draken so behutsam, wie er konnte.

»So viel Blut«, merkte König Aissyth an.

Von der Königin, von den toten Wachsoldaten. Auf seiner eigenen Brust. Draken bemerkte es kaum noch. »Euer Gnaden, wir müssen gehen.«

Der König versuchte weiterhin, seine Frau zu bedecken, ihre kalten Lippen zu küssen und ihr Haar nach hinten zu streichen.

Weitere Stimmen und Schritte. Draken nahm den Arm des Königs, beruhigte seine Bewegungen und zog an ihm. Aissyth schaute zu Draken hoch, sein Gesicht ein nackter Ausdruck unerträglichen Leides. Einen Moment lang fragte sich Draken, ob dem König irgendetwas anderes als nur seine tote Frau bewusst war, ob er er sich noch bewusst war, dass er sich im Kerker eines Feindes befand und Gefahr im Anmarsch war.

»Draken, meine Frau ist tot.«

»Und so wird es uns gleich allen passieren«, entgegnete Draken und zog am Arm des Königs. »Euer Gnaden. Wir müssen gehen.«

»Aber …«

»Wir werden zu ihr zurückkehren, sobald wir die Rebellion niedergeschlagen haben.«

Aissyth nickte und gestattete es Draken, ihn wegzuführen. Geräusche echoten von dort, wo sie hergekommen waren. Draken führte sie tiefer in den Kerker hinein, vorbei an weiteren Foltergeräten. Die Jammernde Frau. Der Große Mann. Die Fessel. Ein Brett mit Klingen, Zangen und anderen grausamen Geräten stand herum, und rissige Lederriemen hingen von der Decke. Ein paar der Instrumente fehlten, wie leere Haken anzeigten; sie waren bei der Leiche der Königin zurückgelassen worden, wo sie sie verstreut hatten herumliegen sehen.

Die vier schritten an all diesen Dingen und den leeren Zellen vorbei. Die Geräusche hinter ihnen wurden schwächer; sie verschwanden unter ihren eigenen schnaufenden Atemzügen und leisen Schritten. Selbst der König verstand es, sachte aufzutreten, obwohl er immer noch verwirrt aussah.

Nach ein paar Biegungen begriff Draken, dass sie hier unten letzten Endes vielleicht doch nicht in der Falle saßen. Er signalisierte den anderen, dass sie stehen bleiben sollten. Sie mussten sich neu sortieren, einen Plan schmieden. »Euer Gnaden, kennt Ihr den Weg nach draußen?«

Aissyth runzelte die Stirn. Einen langen Augenblick, währenddessen Draken den Atem anhielt, war er sich sicher, dass der König immer noch zu bestürzt war, um eine Antwort zu geben. Tyrolean warf ihm hinter Aissyths Rücken einen vielsagenden Blick zu.

»Ich bin erst einmal hier unten gewesen, doch ich bin mir sicher, dass es hier einige Hinterausgänge gibt. Es hängt damit zusammen, wie diese Kerker gebaut wurden – nämlich so, dass man Gefangene hinein- und herausbringen kann, ohne durch das Hauptgebäude gehen zu müssen.« Er zog Drakens Blick auf sich; ein kurzzeitiger Anflug von Gerissenheit überwältigte Trauer und Bestürzung. »Beim Palast ist es genauso, wie Ihr gesehen habt, als Euch Eure Mutter herausgeholfen hat.«

Draken ließ den Atem entweichen. »Wie Ihr sagt, Euer Gnaden.«

»Ich werde überprüfen, ob wir sie abgehängt haben.« Osias drehte sich um und schlich den Weg zurück, den sie gekommen waren. Innerhalb eines Atemzuges war er vollständig zwischen den Schatten und dem Felsgestein verschwunden.

Die anderen standen einen Moment lang still da. Draken fragte sich, ob sie jemals einen Ausweg aus diesem Gewirr von Gängen finden würden. Und er fragte sich, wer dieses Labyrinth hatte graben lassen und wie viele Menschen sich dabei zu Tode geschuftet hatten. Als Sklave im Palast hatte er ziemlich hart arbeiten müssen, und wahrscheinlich wäre er längst tot, wenn es mit ihm so weitergegangen wäre. Die meisten Sklaven lebten nicht sehr lange. Er dachte an seinen Vater, der manche Nacht zu erschöpft gewesen war, um wütend zu sein. Kein Wunder, dass er so altersschwach ausgesehen hatte, als sie sich zuletzt begegnet waren. Die Monoeaner mussten ihn hart und lange geschunden haben. Er zermalmte die Gewissensbisse, den der Gedanke bei ihm ausgelöst hatte, und schaute zum König.

»Während mein Vater als Sklave in Eurem Palast lebte – wusstet Ihr da, dass er ein Prinz war?«

Aissyth blinzelte und sah ihm nicht in die Augen. »Nicht zu jener Zeit. Später habe ich Gerüchte gehört, die auf den Handelswegen herbeigetragen wurden. Es schien mir … unglaubwürdig; wirklich. Zu unglaubwürdig. Ich beachtete sie nicht weiter.«

Eine Lüge, und überdies schlecht erzählt. Eine, die Draken davon abhielt, seinen harten Tonfall zu mäßigen. »Warum ist die Königin gefoltert worden?«

Der König zuckte zurück. Sein Gesicht wurde grau im gelb-roten Fackellicht.

Draken trat näher heran. »*Warum* ist sie gefoltert worden?« Sie hatten irgendwas vom König gewollt, dessen war sich Draken sicher. Informationen? Aber welche?

Aissyth zischte durch seine Zähne. »Anordnungen. Sie wollten, dass ich Anordnungen unterzeichne. Meine letzten als König, wie sie sagten.«

»Wer? Rinwar?«

Der König sagte nichts.

Die Ungeduld richtete sich wie ein Dämon in Drakens Innerem auf. Er packte sein Schwert, und es erhitzte sich in seiner Hand. Der König – jetzt verheimlichte er ihm etwas? Nach all dem hier … Nach allem, was er für ihn getan hatte? »Dies hier hat etwas mit mir zu tun.«

»Es hat alles mit Euch zu tun.« Aissyth holte tief Luft. Er schien Kraft gefunden zu haben, als er sie wieder ausströmen ließ. Eine Spur des alten, harten Königs enthüllte sich. »Es waren Anordnungen, Akrasia anzugreifen.«

Ein Herzschlag. Ein weiterer. »Habt Ihr sie unterzeichnet?«

Aissyth zuckte zusammen. »Sie war meine Frau. Und sie haben sie trotzdem getötet.«

Draken starrte ihn an; Bestürzung kämpfte gegen drängende Wut. Er schob dies alles beiseite, als leise, rasche Schritte des Weges kamen.

Osias. Er bewegte sich mit Höchstgeschwindigkeit, doch er atmete nicht schwer. »Sie kommen.«

»Wie viele?«

Er schüttelte den Kopf. »Ein Dutzend? Vielleicht auch mehr. Auf alle Fälle müssen wir weitergehen.«

Im Moment sorgte sich Draken nur darum, ob sie erneut kämpfen mussten. Aber in seinem Hinterstübchen kam ihm vage der Gedanke, dass irgendetwas keinen rechten Sinn ergab. Sie rannten den Korridor hinunter, nahmen eine Biegung und dann noch eine. Der modrige Gestank des Todes durchdrang die Luft und wurde mit jedem Schritt stärker. Das Fackellicht erlosch. Tyrolean stieß einen Fluch aus, was er selten tat. Draken wiederholte ihn und zog sein Schwert. Er entfesselte ein wenig von seinem sorgfältig unterdrückten Zorn, und das Schwert leuchtete auf.

Sein Licht brachte verstaubte Knochen zum Vorschein, die auf dem unebenen Steinboden verstreut waren, sowie mehrere Körper, die von Eisenfesseln herabhingen.

Eine Sackgasse.

KAPITEL ZWEIUNDZWANZIG

Draken fragte sich, ob er jemals dem Geräusch von Stiefeln entkommen würde, die ihn in der Dunkelheit verfolgten. Andererseits saßen sie so ziemlich in der Falle; daher war es wahrscheinlich. Nur nicht auf die Weise, die er vorgezogen hätte.

»Irgendwelche Ideen?« Er schaute vom bleichen Gesicht des Königs auf Tyroleans angespannte Kinnmuskulatur.

»Da, wo wir zuletzt abgebogen sind, war eine T-förmige Gangkreuzung. Eine Engstelle. Wenn wir uns da an ihnen vorbeikämpfen könnten …« Tyrolean zuckte die Achseln, doch Draken verstand, was er meinte. Bestenfalls war es unwahrscheinlich, dass sie dies schaffen würden. Selbst Osias blickte grimmig.

»Sie werden Bogenschützen dabeihaben. Wir können nicht hierbleiben«, fügte Aissyth hinzu.

»Dann drehen wir um und stellen uns ihnen: Wir gehen in die Offensive.« Draken schob sich vor die anderen und übernahm die Führung. Momentan wusste er nur, dass er den König beschützen musste. Wenn Aissyth fliehen konnte – es würde ein langer Weg bis zum Palast werden … Doch wenn die Flucht glückte, dann hätte er die Möglichkeit, in Monoea alles geradezubiegen. Wenn er frei wäre, würde Aissyth gewiss dem Angriff auf Brîn Einhalt gebieten. Verhindern, dass der Krieg neu ausbrach.

Eine Schwachstelle in seiner Logik machte ihm zu schaffen, doch er war zu beschäftigt, um ihr viel Beachtung zu schenken. Er hetzte den Korridor entlang, ohne zurückzuschauen; in dem unheimlichen weißen Licht seines Schwertes erweckten die schmutzigen Wände den Eindruck, nahe zusammenzurücken. *Das Licht der Götter*, dachte er, *rein und hell und klein im Vergleich zur Finsternis.* Es erinnerte ihn an Zozia, wenn sie allein am nächtlichen Himmel war.

Das Licht Meergeborens warf ruckelnde Schatten auf das Gestein; wie eine flackernde Kerze bewegte es sich, während Draken rannte. Er erhaschte den flüchtigen Anblick der Gestalt eines Mannes mit einem gehörnten Helm, die sich am Fels aufrichtete. *Khellian.* Dadurch geriet er ins Straucheln, blieb stehen, hob die leuchtende Klinge und schaute noch mal. Meergeborens Strahlen huschten über bloßes Gestein. Nichts. Eine Täuschung.

Er drängte weiter vorwärts: Schatten würden ihn nicht umbringen. Er beging den Fehler, unmittelbar in das Leuchten des Schwertes zu blicken, und war geblendet. Ohne im Lauf innezuhalten versuchte er, voraus etwas zu erkennen.

Die Schatten vor ihm lösten sich in reale Männer mit Schwertern auf.

Vielleicht lag es ja am Licht von Meergeboren – doch sie zögerten. Draken tötete zwei von ihnen, bevor sie eine Chance zum Angriff hatten. Ein winziges Kräuseln der Erleichterung durchdrang den Dunst der Schlacht, als ihm klar wurde, dass er den leichten monoeanischen Harnisch immer noch gut genug kannte, um ihn durchbohren zu können, ohne groß nachdenken zu müssen. Dann ging er völlig im Kampf auf und schwang die Waffe, bis seine Arme schmerzten.

Immer wieder kamen Männer heran. Sein Körper wurde müde, langsamer. Seine Gegner machten sich dies zunutze; sie schlugen auf ihn ein und fügten ihm Schnittwunden zu. Keine der Verletzungen war so schwer, dass sie ihn zu Fall brachte, doch es reichte, um seine Kräfte zu verschleißen. Er konnte nur durch das Licht seines Schwertes sehen. Es warf ein grausames, blutbeflecktes, blendendes Leuchten auf seine Kontrahenten, das ihre Gesichtszüge dämonisierte. Der Kampf war heiß, schmutzig, feucht. Mehr als einmal stolperte Draken über einen Körper und musste sich dann mit schmerzenden Knien wieder hochkämpfen. Schreie und andere laute Geräusche vermischten sich mit der Kakofonie des Blutes, das durch seine Adern toste. Seine Schulter schmerzte. Das schlimme Knie pochte. Allein wutentbrannter Wahnsinn trieb ihn an, der jedoch auch nachzulassen begann. Sein Körper konnte sich nicht länger so schnell bewegen, er vermochte die Waffe nicht mehr effektiv zu schwingen …

Plötzlich wusste er, dass der König gefallen war; es war, als ob sich ihm ein jenseitiges Bewusstsein seiner Umgebung aufdrängte. Meergeboren bohrte sich durch die Lederplatte eines leichten Harnischs, den der ihm gegenüberstehende Mann trug. Er knurrte und schob den Toten beiseite, seine Hand glitschig vom Blut.

Ein schriller Schrei durchbrach den Dunst.

»*Khel Szi!*«

»Draken.« Das war Osias.

Er blinzelte und hörte auf, sein Schwert zu schwingen. Das rot gefleckte Licht von Meergeboren brachte eine Menge Leichen zum Vorschein – was wie ein Dutzend wirkte, waren jedoch in Wahrheit acht – und eimerweise Blut. Er schluckte und zwang sich selbst zur Ruhe. Keine Reaktion. Noch nicht einmal im Innern. Insbesondere nicht im Innern.

Eine Gestalt wählte sich einen Weg über die am nächsten liegende Leiche und sprang ihn an: Arme schlossen sich fest um seinen Hals, ein schlanker, starker Körper presste sich gegen seinen. Ihr Gewicht brachte ihn beinahe aus dem Gleichgewicht. Er drehte den Kopf und sog ihren Duft ein, der ihm noch vertraut war trotz des Blutes. Oder vielleicht gerade wegen des Blutes.

»Aarinnaie«, flüsterte er. Müdigkeit und Erleichterung durchfluteten ihn.

»Ich dachte … Ich dachte, du …« Ein Schluchzen würgte ihre Worte ab.

»Ich weiß. Still jetzt.« Draken brachte es nicht übers Herz, sie für ihr Kommen zu schelten. Sanft schob er sie fort, auf Tyrolean zu, und hob sein Schwert hoch, um dessen trübes, von glitschigem Blut besudeltes Licht ausstrahlen zu lassen und den König in dem Haufen aus übereinandergestürzten Leichen ausfindig zu machen. Halmar erschien mit einer Blendlaterne; und Draken senkte seine Klinge, als das gelbe Öllicht Aissyth zum Vorschein brachte, der ausgestreckt auf dem Boden lag.

Draken kniete sich nieder und legte eine Hand auf Aissyths Schulter. Der König hatte eine klaffende Wunde erlitten, die quer über seine Brust verlief und tief genug war, um die Knochen hindurchschimmern zu lassen. Eine weitere Stichwunde musste einen Lungenflügel durchbohrt haben. Das Blut aus seinem Körper breitete sich zu einer langsam größer werdenden Lache aus. Roter Speichel befleckte seine Lippen. Sein Körper war noch warm, aber unter der Haut schlug kein Puls.

»Cousin«, wisperte Draken und beugte den Kopf nach unten.

Ein schrilles Aufkeuchen ließ ihn herumfahren. Lady Sikyra suchte sich rasch einen Weg über die Leichen und drängte sich zwischen Drakens Szi Nêre hindurch. Konnan trat vor sie.

»Lasst sie passieren, Konnan.«

Halmar bot ihr seine Hand an. Sikyra nahm sie, ohne ihn anzuschauen, und gestattete es, dass er sie zu Draken führte.

»Meine Dame«, sagte Draken, dessen Stimme rau war von dem Schock, den er soeben beim Anblick seiner Mutter erlitten hatte: in Hosen und mit einem blutverschmierten Sax in der Hand. »Weshalb seid Ihr hier?«

»Du musst gehen; Galbrait ist verletzt«, erwiderte sie. »Dort hinten den Gang entlang.«

»Nein!«, schrie Aarinnaie und begann zurückzurennen.

»Halmar, haltet sie auf!«, befahl Draken. »Ich werde gehen.« Sie konnten nicht damit rechnen, dass der Gang sicher war. Verdammte Aarinnaie. Sie sollte im Palast sein – in Sicherheit. Nein! Zu Hause. Überall, außer in diesem nasskalten Tunnel, wo ein ganzes Volk gestorben war.

Es war Tyrolean, der die Hand ausstreckte und Aarinnaie geschickt am Arm ergriff. Zu Drakens Überraschung widersetzte sie sich nicht. Draken schob sich an allen vorbei, während Halmar Konnan ein paar prägnante Anweisungen gab. Konnan trabte zurück durch den Gang, um Draken zu folgen, während der noch seine Mutter hinter sich stöhnen hörte.

»Oh, Aissyth. Nein. Nein, mein König.«

Draken zischte einen Fluch. Etwas Altes und Dunkles und Hässliches bäumte sich in seinem Innern auf. All dieses Blut und zerrissene Fleisch und all diese Intrigen würden nur zu mehr Krieg und noch mehr Tod führen. An einem einzigen Tag war die Linie der monoeanischen Könige ausgelöscht worden.

Galbrait lag ausgestreckt mit offenen Augen auf dem Boden, er stöhnte wortlos. Man hatte ihn in den Bauch gestochen. Setia kniete neben ihm; die eine Hand hielt eine Fackel, die andere drückte einen zusammengefalteten Umhang auf die Wunde. Doch es war offensichtlich, dass das nutzlos war.

Draken kniete sich neben dem jungen Mann hin. »Nur mit der Ruhe. Wir werden Euch hier herausbringen.« Doch er hatte keine Ahnung, wie – jedenfalls nicht lebendig. Das Blut strömte aus Galbrait wie der Erros, wenn er vom Regen der Neusaison angeschwollen war. Er hatte allerdings genauso gut ausgeteilt, wie er eingesteckt hatte; zwei Hauswachmänner lagen ausgestreckt in der Nähe.

Galbrait schluckte und hustete Blut. »Vater?«, keuchte er.

Nach einem Augenblick des Zögerns schüttelte Draken den Kopf.

Galbrait stöhnte wieder. Draken schloss die Augen und wünschte sich, er könnte all seine Sinne gegenüber der Grausamkeit ihrer Umgebung und ihrer Situation verschließen. Dieser junge, sterbende Mann war jetzt König. Noch ein paar Atemzüge, dann würde es keine Könige mehr geben. Er schauderte; er vermochte die alten Geschichten nicht abzuschütteln – die von dem Chaos handelten, das eintrat, sollten alle Könige sterben.

»Khel Szi, wir können nicht hierbleiben.«

»Weshalb ist er gekommen, Konnan?«

»Er hat darauf bestanden, Khel Szi, als Aarinnaie unbedingt gehen wollte. Ihr wart zu lange fort.«

Draken hob den Kopf und starrte den jungen Szi Nêre an, bis Konnan seine gefleckte Stirn in Falten legte. Doch es war nicht sein anklagender Tonfall, der Draken beschäftigte. *Ihr Götter, die Anordnungen, Akrasia anzugreifen.* Die Truppen waren wahrscheinlich längst auf ihrem Weg zu den Hafenanlagen von Kaltufer. Der König und der Kronprinz Aissyth'Ae waren tot, und Prinz Galbrait war jetzt ebenfalls für sie verloren. Es würde keine königlichen Anordnungen mehr geben, die den Angriff aufhielten …

Plötzlich hörte er Schritte und sah auf. Aarinnaie war Halmars Griff entkommen, der Comhanar folgte ihr allerdings direkt. Tyrolean, Osias und Sikyra kamen hinterher.

»Es gibt eine Möglichkeit, ihn zu retten«, sagte sie leise.

»Was? Aarin, nein.«

»Es ist ganz einfach, Khel Szi. Finde einen Wachsoldaten und töte ihn für Galbrait. Das sind doch sowieso alles Rebellen.«

»Das wissen wir nicht.« Er starrte seine Schwester wütend an.

Halmar senkte das Kinn und zog so Drakens Aufmerksamkeit auf sich. »Ich fürchte, es ist ein überflüssiger Streitpunkt. Sein Leben wird nicht mehr länger als ein Dutzend Atemzüge dauern, Khel Szi.«

»Keine … keine Magie!«, rief Galbrait aus und hustete. Es erstarb, als er bewusstlos wurde.

Draken konnte sein Schwert nicht in das Herz dieses jungen Mannes stoßen, auch wenn es bald zu schlagen aufhören würde. »Wie dem auch sei, es steht außer Frage. Wir haben keine Zeit. Wir müssen uns auf die Flucht konzentrieren. Es ist ziemlich unwahrscheinlich, dass wir noch rechtzeitig einen Wachsoldaten ergreifen; es gibt zu viele von ihnen, und sie werden nicht allein patrouillieren. Und der König hätte sogar im Falle Galbraits eine Rettung durch Magie nicht verziehen.«

»Du rettest nicht Galbrait«, entgegnete Aarinnaie. »Du rettest Monoea und Brîn. Denk nach. Als König wird er dir sein Leben schulden. Wir müssten Monoea nie wieder fürchten.«

»Aarin, es reicht!« Verdammt, seine Stimme war abermals rau. Er räusperte sich und zügelte seine Ungeduld. Immerhin wusste sie nichts von dem bevorstehenden Angriff. »Sie ließen Aissyth Anordnungen unterzeichnen, um Schiffe auszuschicken, die Akrasia angreifen sollen. Wir haben nur wenig Zeit sie aufzuhalten.«

»Dann hat Korde uns verdammt«, sagte Tyrolean. »Wenn die Schiffe abfahren, haben wir keine Chance, sie einzufangen – nicht bei den Passatwinden, die sie von achtern antreiben.«

»Auch können wir Brîn nicht warnen«, fügte Halmar hinzu.

Osias schüttelte den Kopf. »Wir müssen zu den Hafenanlagen gehen und versuchen, sie irgendwie aufzuhalten.«

Draken schaute auf Galbraits reglose Gestalt hinab, dessen Atem kaum noch ging und auf dessen aufgeschlitztem Körper Setias Hand ruhte, und dachte an Aissyth. Sein königlicher Cousin hatte die Sicherheit von Drakens Volk in seinen toten Händen gehalten. »Aissyth ist im Begriff gewesen, seine Anordnungen aufzuheben.«

Sikyra schob sich näher heran. »Galbrait, der rechtmäßige König, lebt noch. Er kann die Anordnungen stoppen. Töte mich für ihn.«

Aarinnaie schüttelte den Kopf. »Meine Dame, nein. Das ist doch gar nicht meine Absicht ge…«

Sikyra beachtete sie nicht. »Bitte, Draken. Lass mich dies für ihn tun. Für dich.«

Er starrte sie ungläubig an. »Für mich?«

»Für dein Volk. Für alle Menschen.«

Ihr Götter, fordert dies nicht von mir. Wortlos schüttelte er den Kopf.

»Du musst. Bitte!« Sie trat näher heran und schaute ihm ins Gesicht. Die Sorge und das Alter hatten Falten darin hinterlassen. »Lass mich dies für dich tun – wegen all dessen, das ich nicht getan habe.«

»Euer Tod ist keine geringe Sache«, erwiderte Draken.

»Ich bin gering, verglichen mit dem Kronprinzen, dem König, der Gesamtheit deines Volkes«, sagte Sikyra.

Die folgenden Worte entschlüpften ihm, bevor er sie aufhalten konnte. »Nicht für mich.«

Sie atmete scharf die Luft ein. Ihre Augen glitzerten im Fackellicht. Ein unsicheres Lächeln huschte über ihre Lippen. »Einst rettete Aissyth meinen Sohn, Draken. Diesen Gefallen zu erwidern ist das Wenigste, was ich tun kann.«

Draken blinzelte mehrmals, sog scharf die Luft ein. Erneut entschlüpften ihm Worte, ohne dass er sie zu sprechen beabsichtigte, als ob irgendein Gott – wer auch immer diesen grausamen Scherz zu verantworten hatte – Besitz von seiner Zunge ergriffen hätte. »Seid Ihr Euch dessen sicher?«

Sie streckte den Arm aus, berührte seine Wange. Ihre Hand war kalt und sanft. »Ich habe nichts mit größerer Wahrheit gewusst, seit ich deinen ersten Schrei hörte.«

Er ließ die Luft aus seiner Brust ausströmen und schaute auf den Prinzen hinab. Osias kniete neben ihm und fühlte nach dem Puls. »Wenn du das machen willst, musst du es rasch tun.«

Sikyra sprach abermals, diesmal so leise, dass vielleicht nur Draken sie hören konnte. »Lass mich dir dieses eine Mal helfen. Erwecke Galbrait zu neuem Leben. Hilf ihm, den Krieg zwischen Euren Nationen aufzuhalten.«

Eure Nationen. Sein Volk war keine Nation, nicht von Rechts wegen. Keine noch so große magische Anerkennung durch die Götter machte ihn zu etwas anderem als das, was er war: ein unehelicher Mischling und ehemaliger Sklave mit mehr Blut an den Händen als ein sadistischer monoeanischer Folterknecht.

Es herrschte eine Stille, die wie ein Sargtuch über dem engen Tunnel voller Blut lag. Das Einzige, was sie unterbrach, war der krächzende, schwache Atem des sterbenden Prinzen.

Er warf seiner Mutter einen Blick zu – vielleicht flehentlich, vielleicht ausdruckslos –, sofern seine Gefühle überhaupt ein Urteil zuließen. Sie hatte seine Arme ergriffen; ihre Hände, schlank und doch stark, umfassten seine Bizepse. Sanft befreite er sich von ihr, drehte sich um und stieß Meergeboren in Galbraits Brust, bevor er mehr Zeit hatte, darüber nachzudenken. Die Klinge flammte in seiner Hand auf, goss grausames Götterlicht über dreckige, angespannte Gesichter. Draken fragte sich, ob überhaupt irgendeiner von ihnen atmete. Ihm erschien es unmöglich, seine schmerzende Brust mit Luft zu füllen.

Er drehte sich wieder zu seiner Mutter um. Seine Augen brannten, kalter Schweiß prickelte auf seinem Rücken.

»Aissyth hat die Wahrheit gesagt. Du verdienst mehr. Du hast immer schon mehr verdient. Du bist ein guter Mann, Draken.«

Er starrte sie einfach nur an, vermochte nicht zu sprechen. Keine Täuschung war größer als diese; aber selbst *er* war nicht so ehrlos, dass er versuchte, einer Mutter im Augenblick ihres Todes die Illusionen über den Wert ihres Sohnes auszureden. Wenigstens das verdiente sie.

Sie streckte die Hand aus, richtete Elenas Anhänger gerade, der um seinen Hals hing, und schaute auf ihn. »Dies ist deine Königin?«

Seine Antwort wurde von keinem Lufthauch getragen. *»Ja.«*

»Deine Geliebte?«

Er schluckte. »Sie ist schwanger.«

Ein ängstliches Lächeln huschte über Sikyras Lippen. Sie straffte ihre Schultern. »Jetzt, mein Sohn.«

Sein Magen verdrehte sich schmerzhaft; alles in ihm schrie, dass er aufhören, dass er dies nicht tun solle. Draken ergriff ihre Schulter, um sie zu stützen, und blickte ihr in die Augen. Sie nickte ihm mit einer knappen Bewegung zu, hob den Arm und legte ihre Finger um sein Handgelenk. Wie konnte er auch nur daran denken, sie zu töten? Doch sein Arm bewegte sich bereits nach vorn. Es gab ein leises, nasses Geräusch, als die Schwertspitze das Fleisch seiner Mutter spaltete. Meergeboren glitt in ihre Brust, schien dort so gut zu passen, als ob seine Mutter dem Schwert als neue, saubere Scheide dienen wollte.

»Ein Leben gegen ein Leben …«

Ihre Lippen öffneten sich. Seine Hand, die auf ihrer Schulter lag, griff fester zu, als ihr Körper sich mit seinem Gewicht auf die Klinge zu lehnen begann. Sie blinzelte, der Fokus ihrer Augen glitt ab, und sie starrte in irgendeine unergründliche jenseitige Dunkelheit hinein. Jählings fiel sie gegen ihn.

Er schluckte die Galle wieder nach unten und schloss seine Augen. Irgendjemand … Halmar vielleicht … zog seine Mutter sanft fort. Meergeboren blieb in Drakens Hand zurück und leuchtete dank seiner Magie durch das Blut hindurch. Worte bewegten sich langsam über die Klinge, während es von der Magie erfüllt war, und verschwanden dann ebenso schnell, wie sie aufgetaucht waren. Elenas Anhänger lag kalt auf Drakens Brust; Meergeboren lastete schwer in seiner Hand. Er spürte den Geist seiner Mutter in seinen Armen, hörte das Echo ihrer Stimme in seinem Ohr.

Plötzlich vernahm Draken ein Husten und schaute auf. Halmar legte seine Mutter behutsam auf den Boden.

»Vater?« Galbrait – seine Stimme klang zerbrechlich, doch er bewegte sich. Atmete. Tyrolean kniete neben dem Prinzen und sprach etwas, so leise, dass Draken es nicht hören konnte.

Draken trat zurück und suchte vergeblich nach etwas, mit dem er sein Schwert vom Blut der Mutter reinigen konnte – als ob er es auf diese Weise von seiner Seele abzuwaschen vermochte.

Aarinnaie trat an seine Seite und umfasste sein Handgelenk. »Nur mit der Ruhe, Bruder«, flüsterte sie. »Du hast getan, was du musstest.«

Jeder beobachtete Galbrait, nur nicht Draken, der auf seine Mutter starrte, deren Körper schlaff auf dem Boden lag. Halmar setzte dazu an, einen Umhang über sie zu legen, doch Draken schüttelte den Kopf. Das war jetzt sinnlos. Die Hässlichkeit ihres Todes hatte sich fest in seinem inneren Auge eingebrannt.

Galbrait setzte sich mit Tyroleans Hilfe auf und schaute auf das Blutbad um sich herum. »Was ist passiert?«

»Ihr seid gestorben«, antwortete Aarinnaie. »Draken hat Euch zurückgebracht.«

Galbrait blinzelte sie an, dann heftete er seinen Blick mit zusammengekniffenen Augen auf Draken. Seine Hand wanderte über die Mitte seines Körpers, dahin, wo ihn das Messer getroffen hatte. »Was? Wie denn?«

Draken fuhr sich mit der Hand über die Stirn und die Haare. Sie waren klebrig von Schweiß und Schlimmerem. Er benötigte dringend ein weiteres Bad. »Dafür haben wir keine Zeit, Galbrait.« Er tat sein Bestes, seinen Tonfall zu mildern. »Eure Majestät. Euer Vater ist tot. Ihr seid der König.«

Er wartete darauf, dass die Nachricht und ihre gesamte Bedeutung ins Bewusstsein des neuen Herrschers einsickerte. Galbrait starrte ihn mit offenem Mund an. Keine Tränen, kein Laut des Kummers. Ob er seinen Vater geliebt hatte oder nicht, er wusste, dass dafür jetzt nicht die Zeit war. »Mutter?«

Draken schüttelte den Kopf. »Es tut mir leid.«

Galbrait begann, sich hochzurappeln. Tyrolean ergriff seinen Arm, um ihn zu stützen. »Nur mit der Ruhe. Ihr hattet einen Schock.«

Galbrait schüttelte die Hand des Hauptmanns von sich und ließ ein paar Momente verstreichen, bis er sicher war, nicht mehr zu schwanken. Er schluckte, als er Sikyra hinter Draken tot auf dem Boden liegen sah. »Eure Mutter ist ebenfalls gestorben.«

»Wir müssen gehen«, sagte Draken. »Hinunter zur Schwesterbucht.«

»Zur Bucht? Nein, ich muss zum Palast zurückgehen, um … um …« Wieder schwankte der Prinz ein wenig, und diesmal schüttelte er Tyroleans Arm nicht ab, der seinen von unten stützte. »Um die Befehlsgewalt zu übernehmen.«

»Zuerst zur Schwesterbucht«, widersprach Draken mit fester Stimme. »Euer Vater befahl die Abfahrt von Kriegsschiffen nach Akrasia. Ihr seid der Einzige, der sie jetzt noch aufhalten kann.«

»Er …« Galbrait schüttelte den Kopf. »Ich kann nicht. Ich muss zum Palast zurückkehren. Die Ashen werden dorthin gehen.«

»Noch ist es nie jemandem gelungen, eine Bresche in die Mauern von Ashwyc zuschlagen.« Obwohl Draken heute genau dieses zu arrangieren versucht hatte, fehlte ihm jetzt die Zeit für ein Streitgespräch mit dem Prinzen, der bei seiner Rückkehr von den Toten eine gewisse Starrköpfigkeit mitgebracht hatte. »Tyrolean, kümmert Euch bitte um den Prinzen, ja? Hier entlang.«

Er drehte sich um und schaute noch einmal auf seine Mutter hinab. Ihre Gesichtszüge prägte er sich ins Gedächtnis ein, schluckte schwer und marschierte mit gezogenem Schwert los. Galbraits Protesten schenkte er keine Beachtung.

KAPITEL DREIUNDZWANZIG

Die schiefen Gebäude von Newporte fingen die für die Jahreszeit ungewöhnliche Kälte zusammen mit den Gerüchen von Abfall und verfaultem Fisch sowie den abgestandenen Kochdüften ein. Dies war die ärmste Stadt in Siebenfel: Die schmalen Straßen waren zumeist nur für Fußgänger passierbar und jetzt verstopft von den zur Passatsaison üblichen Menschenmassen. Durch das ständige Frieren und Auftauen hatten sich die Steinplatten und Kopfsteinpflaster verformt, und es schien, als würde auf dem holprigen Untergrund die ganze Zeit jemand vor Draken ins Stolpern geraten. Ständig war sein Blick zwanghaft auf die Schwesterbucht gerichtet: Er suchte das in Nebel gehüllte Wasser nach der *Fluch* und nach Segel setzenden monoeanischen Kriegsschiffen ab. Aber er konnte durch die tief hängenden Dunstschleier wenig erkennen.

Galbrait war von keinem Nutzen. Sie hatten ihm das blutverschmierte Hemd ausgezogen und ihn in einen zweckdienlichen, ziemlich sauberen Umhang gehüllt, den sie einem der toten Wachsoldaten von Rinwar abgenommen hatten. Das Kleidungsstück verdeckte seinen Torques, konnte aber die offensichtliche Ungeduld nicht verbergen, die an das hochmütige Benehmen von Landadligen erinnerte. Er drängte sich zwischen die Leute und blieb Draken nahe genug auf den Fersen, um über sie zu stolpern. Der Rest ihrer kleinen Gesellschaft sah zerlumpt aus und war erschöpft vom Kampf – sogar Osias –, obwohl sie es geschafft hatten, die offensichtlichsten Blutflecke zu entfernen.

»Das ist Wahnsinn«, ereiferte sich Galbrait. »Es ist zu spät. Es muss einfach zu spät sein. Wir haben den halben Tag damit zugebracht, Kämpfe zu führen, und jetzt das hier.« Er biss die Zähne zusammen und schob sich zwischen zwei Frauen hindurch, die an sturrköpfigen Ziegen zerrten. »Wir werden es niemals rechtzeitig schaffen. Und warum sollten sie überhaupt auf mich hören? Der König ist tot, und es i…«

Draken hob seine Hand an den Mund. »Schsch.« Tyrolean schaute in alle Richtungen, um festzustellen, ob man sie gehört hatte; doch die Leute unterhielten sich alle murmelnd miteinander und waren ganz von ihren eigenen Angelegenheiten eingenommen.

Galbrait warf Draken einen Blick zu – beschämt und verletzt.

Draken lenkte ein und erklärte mit ruhiger Stimme: »Ihr seid unsere beste Hoffnung.«

»Aissyth'Ae …«

»Ist tot«, sagte Draken durch zusammengebissene Zähne.

Galbrait zuckte zusammen. »Das wissen wir nicht. Und wir wissen auch nicht, ob die Schlachtkommandanten der Landadligen meine Befehle eher akzeptieren werden als die von Vater.«

Ihr Götter, hatte er denn nichts von dem verstanden, was diese vergoldeten, gewachsten Hände ihm hatten sagen sollen? Aber hier draußen auf der Straße konnte Draken nicht näher darauf eingehen. Er verlor die Geduld. »Ja, das ist ein Argument. Ihr seid momentan sicherlich mehr Hindernis als Hilfe für mich.«

»Du kannst ihn jederzeit noch mal töten«, schlug Aarinnaie in einem süßlichen Ton vor.

Ihre Aufregung in den Tunneln schien sich an der frischen Luft aufgelöst zu haben. Vielleicht war es auch reines Draufgängertum. Was auch immer dahintersteckte, er wusste ihre ruhige Hand zu schätzen. Im Augenblick hätte er nicht mit einer weiteren hochherrschaftlichen Person, die in Panik geraten war, fertigwerden können.

Galbrait runzelte die Stirn, doch er brachte keine weiteren Einwände vor.

Tyrolean drängte sich näher heran. »Wir haben Verfolger.«

Draken nickte. Er hatte es seinen Szi Nêre überlassen, Ausschau zu halten. Als Halmar Konnon befohlen hatte, sich mehrere Schritte zurückfallen zu lassen und als Nachhut zu agieren, war Draken bereits der Gedanke gekommen, dass sie verfolgt wurden. »Halt dich dicht bei uns, Aarin.«

Sie rümpfte hochmütig die Nase, tat aber, worum er sie gebeten hatte. Konnan und Halmar bildeten die Nachhut, und Osias schritt voraus, um die Führung zu übernehmen; Setia blieb an seinen Fersen. Vielleicht würde der Mantiker die beste Route ja schneller finden.

»Ihr ebenfalls«, murmelte Draken zu Galbrait. »Ihr würdet eine hübsche Beute abgeben.«

Galbrait schnaubte, und seine Hand glitt zum Schwertgriff. »Ich würde gerne sehen, wie die das anstellen wollen.«

Draken richtete seine Aufmerksamkeit wieder darauf, lose Pflastersteine zu vermeiden. In Rinwars Haus einzudringen und massenweise Wachsoldaten zu töten, ganz zu schweigen davon, dass er gestorben und dann ins Leben zurückgebracht worden war – all das schien den Mut des jungen Prinzen in unangemessener Weise angefacht zu haben. Draken hoffte, dass für diesen Wagemut nicht später ein hoher Preis zu bezahlen war. Aber natürlich galt: Wo die Götter das Kommando führten, gingen die Kosten für erhöhtes Selbstvertrauen immer in die Höhe.

Und für die Magie ebenfalls. Die Erinnerung an seine Mutter, wie sie in seinen Armen starb, stach ihm ins Gewissen: seine Klinge, die durch ihr Fleisch glitt; ihre warme Hand an seiner Wange und ihr Körper, dessen Gewicht gegen den seinen sackte; ihr letzter Atemzug, wie er zwischen ihren Lippen wisperte. Ihm drehte sich der Magen um. So die Götter es wollten, hatte er bereits bezahlt, was immer er schuldig war.

Draken hielt Ausschau nach den hohen Lastenaufzügen und Masten, die kennzeichnend für den Hafen waren, und fluchte leise; in Newporte passierte es einem allzu leicht, dass man plötzlich in die umgekehrte Richtung ging. Er fragte sich, ob es auch nur eine einzige gerade Straße oder Gasse in der ganzen verdammten Stadt gab.

Genau da entlang … Er führte sie eine Gasse hinunter, und während sie hindurchgingen, überfielen sie üble Gerüche, die vom Essenkochen und Bierbrauen herrührten. Aarinnaie wickelte sich den Schal um das Gesicht. Auch gut. Er wollte nicht, dass man sie herausforderte; und das war nicht unwahrscheinlich: Sie war von fremdländischem Aussehen und schmächtig und starrte andererseits vor Waffen – das war genug, dass Köpfe sich nach ihr umdrehten. Draken sorgte sich, dass sie irgendjemanden verletzte.

Die Gasse war lang und verlief in die richtige Richtung. Er fragte sich, ob es besser wäre, solange sie konnten auf diesem Weg zu bleiben, oder wieder durch die überfüllten größeren Straßen zu gehen. Gasse, entschied er. Es war schneller, und sie konnten hier wahrscheinlich jeden schlagen, der sie angreifen würde.

»Achtung, was ist das?« Galbrait verlangsamte seinen Schritt.

Ein Wagen mit gebrochener Achse blockierte die Gasse. Etwa ein Dutzend Leute standen um ihn herum und benutzten ihn als Ausrede, eine Pause einzulegen und zu tratschen.

»Gehen wir zurück, Khel Szi?« Halmar warf einen Blick über seine Schulter. Ihre Verfolger, ein paar jüngere Schlägertypen aus dem Hafenviertel, hatten sich noch nicht in die Gasse gewagt.

»Nein. Weiter hindurch. Wir müssen das verdammte Ding fortbewegen.«

Das würde nicht einfach werden. Genau an dieser Stelle kreuzte sich die Gasse mit einer engen Straße, die zum größten Teil ebenfalls von dem Fuhrwerk blockiert wurde. Draken versuchte, sich zwischen die Wagenkante und eine Hausecke zu schieben, aber es war einfach alles zu eng hier. Die Menschen um das Fuhrwerk herum starrten ihn an und wurden leise. Einen Moment lang war er völlig überrascht. Newporte war an ausländische Händler gewöhnt, die in der Stadt aßen, tranken und hurten. Es passierte selten, mitten in der Stadt angestarrt zu werden. Dann aber erinnerte er sich: Sein Gesicht war frisch angemalt, und sein Umhang teilte sich so, dass seine nackte Brust und der kostbare mondgeschmiedete Anhänger zum Vorschein kamen. Er bezweifelte, dass er wie ein typischer Händler aussah. Selbst in dem am Raureif-Meer gelegenen Algir in Akrasia, wo während der Passatsaison viele reiche brînianische Kaufleute im Hafen vor Anker gingen, wäre er wohl nicht als solcher durchgegangen.

»Braucht Ihr Hilfe?«, fragte Galbrait freundlich die Umstehenden.

Die Leute sahen ihn mit leeren, verwirrten Blicken an.

Draken dachte darüber nach, was die Menschen gerade sahen:

offensichtlich kultivierte, herrschaftliche Gesichtszüge, ein recht breit gebauter Körper, was auf gutes Essen und Krafttraining zurückzuführen war, und Wangen, die der Ausdruck blühender Gesundheit waren. In den Habitus eines Edelmannes war Galbrait so mühelos hineingeschlüpft, wie er sich den gestohlenen Umhang über die Schultern geworfen hatte. Und er trug ihn gut. Draken fragte sich, ob er jemals auf eine Weise Adel ausstrahlen würde, wie Galbrait es gerade tat. Durch Drakens Adern mochte zwar königliches Blut fließen, doch es hatte nicht in sein Äußeres und in sein Benehmen Einzug gehalten. Dennoch, die Männer und Frauen neben dem Fuhrwerk mussten sich fragen, was ein Landadliger mit einer ausländischen Gesellschaft hier unten in Newporte wohl machte.

Draken reckte sein Kinn; er wartete nicht darauf, dass jemand auf Galbraits freundliches Angebot antwortete. Halmar und die anderen Szi Nêre bewegten sich nach vorn. Sie stemmten ihre muskulösen Körper, die zwar blutbefleckt waren, aber nicht schlimmer stanken als die der Einheimischen, gegen das Fuhrwerk und schoben.

Es bewegte sich nur eine Handbreit, bevor es sich an Pflastersteinen verhakte, die höher lagen als das übrige Kopfsteinpflaster.

»Wir werden den Wagen anheben müssen, Khel Szi«, meinte Halmar.

Draken überflog die Gesichter der Umstehenden. Die meisten waren von der Kälte gerötet. Die Nasen liefen, und einige der Leute hatten Husten. »Wer ist der Eigentümer dieses Wagens?«

Ein dickbäuchiger Mann mit schmalen Schultern, der sich mit dem Ärmel über die geäderte Nase rieb, bewegte sich nach vorn. »Is' meiner …« Sein verwirrter, wässriger Blick huschte über Draken, und der Mann entschied sich dafür, ein »mein Herr« hinzuzufügen.

Draken war an Begutachtungen dieser Art gewöhnt, da er ein Leben lang am Königshof der einzige Bewohner mit dunkler Haut gewesen war. Diesmal war seine Brust nackt und mit Blut befleckt, die Gesichtsfarbe wahrscheinlich schon wieder verschmiert. Er sprach schnell, bevor sich Tyrolean mit der Belehrung, dass man Draken mit dem Titel Fürst anzureden hatte, einmischen konnte.

»Wir werden Eure Hilfe brauchen«, sagte er zu den versammelten Leuten. »Das Fuhrwerk muss angehoben und zu der Gebäudelücke dort transportiert werden.« Mit seinen blutbefleckten Fingern dirigierte er die Leute, bis genügend Arbeitskräfte bereitstanden, um das Ding in Bewegung zu setzen. »Nicht du, Ty«, fügte er leise auf Brînianisch hinzu. »Pass auf die Szirin auf.«

Tyrolean nickte. Aarinnaies Kapuze und Schal verbargen den mürrischen Gesichtsausdruck, den sie gewiss darunter trug. Ein paar fragende Blicke gingen in ihre Richtung; zweifellos hielten die Einheimischen sie für eine widerspenstige Hure oder sonstjemanden, der Ärger gemacht hatte. Galbrait sah Draken mit einem undeutbaren Blick an, kletterte aber über den Wagen, um sich den Monoeanern anzuschließen.

Sie brachten sich in Position; niemand stellte ihr Tun infrage. Andere Leute räumten die Straße frei, sodass sie genug Platz für diese Arbeit hatten. Ächzend hoben sie gemeinsam den Wagen an und beförderten die schwerfällige Last vom Eingang zum nächsten Abschnitt der Gasse zurück. Es war mühsam, selbst die Räder der funktionierenden Achse wollten nicht richtig rollen. Nachdem es zunächst den Anschein hatte, dass es den ganzen verdammten Tag dauern würde, schafften sie es schließlich, den Wagen von der Gasse und größtenteils von der Straße wegzubekommen. Jemand holte eine Taschenflasche hervor. Sein Inhalt brannte scharf in der Kehle, doch jeder nahm einen Schluck. Hätte man abgelehnt, wäre es der Gipfel der Unhöflichkeit gewesen. Als Galbrait trank, öffnete sich sein Kragen, sodass über seiner Kehle der Torques mit den Himmelssteinen zum Vorschein kam.

Der Mann neben ihm trat zurück und blinzelte. »Eure Hoheit. Ich wusste ja nicht … Verzeiht, dass ich Euch nicht den gebührenden Respekt erwies.«

Draken unterdrückte einen Fluch.

»Ich bin für die Krone unterwegs. Eine Aufgabe, die es erfordert, dass ich dabei im Dunkeln bleibe. Ich kann doch darauf vertrauen, dass Ihr meine Anwesenheit geheim haltet?« Galbrait zwang sich zu einem weiteren Lächeln. Die Leute murmelten untereinander. Der Mann nickte, riss den Mund auf, dann ging er noch einen Schritt nach hinten, und sein Kinn klappte noch weiter auf.

Der Prinz reichte den Flachmann seinem Besitzer zurück und wandte sich zum Gehen. Draken nickte den Männern zu und schritt hinter ihm her. Die anderen beeilten sich, sie einzuholen. Aarinnaie blieb still, doch sie hielt sich stets dicht hinter Galbrait.

»Ich hätte dem Mann mit dem kaputten Fuhrwerk eine Münze gegeben, um es reparieren zu lassen, doch ich habe überraschenderweise meine Geldbörse vergessen.« Galbrait blickte zu Draken, der ihm flüchtig zunickte.

»Mit Geld werdet Ihr Euch nicht den Weg aus einer Schlacht heraus erkaufen«, sagte Draken.

»Nicht immer, nein«, erwiderte Galbrait.

»Glaubt Ihr, dass die Leute still bleiben werden?«, fragte Tyrolean leise Draken, als sie eine weitere Gasse erreichten.

Er schnaubte. »Nein. Wir müssen uns beeilen, bevor ihre Geschichten uns einholen.«

Sie waren immer noch so weit von Kaltufer entfernt. Wenn die Menschen von Galbraits Anwesenheit in Newporte erfuhren, war nicht vorauszusehen, was sie tun würden: von der Bedrängung durch eine bewundernde Volksmenge bis zum Entführungsversuch war alles denkbar. Bestenfalls würden sie ihr Vorankommen zu den Hafenanlagen verlangsamen. Draken ging mit großen Schritten weiter; er litt unter der schrecklichen Gewissheit, dass sie bereits zu spät waren.

So nahe am gegen die Kaimauern plätschernden Wasser wirbelten Nebelschleier um sie herum und veränderten sich wie Lebewesen, die Draken und seine Gefährten zu beobachten trachteten. Draken konnte kaum zehn Schritte weit vor sich sehen.

Die Nebelschwaden der Schwesterbucht verschleierten die schmutzigen Randgebiete von Newporte, erstickten mit ihren Meeresgerüchen ein wenig den Gestank nach Müll und Lebensmitteln und durchdrangen mit eisigem Atem Drakens nackte Haut. Er wünschte, er wäre in der Lage, sich eine Tunika oder einen Umhang aus Wolle zuzulegen, doch wie Galbrait hatte er keinerlei Münzen zu seiner Schlacht gegen die Rinwars mitgenommen.

Sie fanden eine Hafenmeisterin an einer der Anlegestellen für Fähren. Die Frau war so bleich wie die Schaumkronen der Wellen und hatte vom kalten, von der Bucht hereindrängenden Wind raue Stellen auf den Wangen. Sie erhob sich nicht von ihrer Bank im Innern der schützenden Bretterbude, als sie hereinkamen. Ein großer formloser Umhang war unter ihrem Kinn zusammengebunden. Sie hielt ihn fest zusammengeschlossen, doch das konnte ihr fiebriges Zittern nicht verbergen. Sie schniefte und blickte die Ankömmlinge finster an.

Auch Draken blickte finster. Die Frau sollte im Bett liegen. Er dachte an den ebenfalls schniefenden Fuhrwerkbesitzer und die anderen hustenden Einheimischen. War ganz Newporte krank?

»Die kälteste Passatsaison, an die ich mich erinnern kann. Jeder hat die Brustfäule.«

Die Frau nickte und zog ihren Umhang noch ein wenig fester um sich herum. Ein Krächzen, das einen Hustenanfall auslöste, dann die Frage: »Was ist Euer Anliegen?«

Er wartete darauf, dass ihr Husten nachließ. Seine Szi Nêre hinter ihm bewegten sich unruhig. Er seufzte, wünschte sich, er hätte Zeit für eine List. Zweifellos würden seine Gegenwart und Auskünfte über sein Tun ihr gutes Geld einbringen. Ganz zu schweigen von Informationen, die Galbraits Anwesenheit betrafen. »Ich habe gehört, dass Kriegsschiffe nach Akrasia segeln. Habt Ihr irgendwas davon in Kaltufer gesehen?«

»Kann nicht quer über die Schwesterbucht sehen«, erwiderte die Frau und schürzte ihre dicklichen, rissigen Lippen.

Draken kam der Gedanke, dass sie versuchen könnte, ein Bestechungsgeld zu ergattern; er war jedoch zu besorgt, um ihr zu schmeicheln. Vielleicht war ja nur ihr Sehvermögen schlecht. Er legte seine Hand auf seinen Schwertgriff und trat näher heran, falls sie wirklich nicht gut sehen konnte. »Dann habt Ihr auch kein Wort darüber gehört?«

Sie blinzelte zu ihm hoch und senkte anschließend ihren Blick. »Merkwürdige Sache. Früh am Morgen haben zweiundzwanzig Haussoldaten für eine Überfahrt nach Kaltufer bezahlt. Hab nicht danach gefragt, was sie vorhaben, doch sie waren ausgerüstet wie für eine längere Reise.«

Aarinnaie schob sich nach vorn. »Haussoldaten … Meint Ihr Söldner?«

Die Hafenmeisterin runzelte ihre Stirn. »Söldner sind in Siebenfel illegal.«

»Sie meint untergeordnete Lords. Welche Farben trugen sie?«

»Zwei von denen Braun und Weiß, die übrigen Gold und Grün. Ich weiß aber nicht, welche Farben zu welchen Häusern gehören. Die verdammten Landadligen sehen für mich alle gleich aus.« Ihr Blick sprang zu Galbrait, als ob sie ihn herausfordern wollte, etwas auf ihre Beleidigung zu entgegnen. Der jedoch räusperte sich bloß und blickte weiterhin auf die See, als ob er irgendetwas im Nebel erkennen könnte.

»Macht nichts«, sagte Draken grimmig, »ich weiß es.«

Gold und Grün waren die Farben von Rinwar; Braun ein Haus namens Lagun. Alt. Mächtig. Diese Familie hatte schon lange vor Lesles Tod Schuldenprobleme gehabt; also lag Aarinnaie nicht so falsch mit ihrer Behauptung. Söldner – in der Tat. Er fragte sich, was es Rinwar gekostet haben musste, sich zwei Haus-Dekaden zu sichern. Und jetzt war er zu tot, um davon zu profitieren. Natürlich gab es da noch diesen Priester, seinen Bruder.

»Machen wir uns nach Kaltufer auf, oder darf ich jetzt zurückgehen?« Galbraits Tonfall lag an der Grenze zwischen gereizt und wütend.

Draken schenkte ihm keine Beachtung. »Habt vielen Dank. Kann man die Fähre nutzen? Wir möchten zur anderen Seite der Bucht übersetzen.«

»Sie ist direkt dort drüben. Fünf Durchbohrte für jeden.« Ein unverschämt hoher Fahrpreis, auch wenn es sich dabei nur um Münzen aus Blutmetall handelte, in die man Löcher gebohrt hatte, um Gewicht und Wert zu verringern. Doch das spielte sowieso keine Rolle, denn sie hatten kein Geld dabei.

Draken blickte zu Galbrait. Der Prinz stieß einen Seufzer aus, schob sich nach vorn und zog an den Schnüren seines Umhangs, um seinen Torques mit den Himmelssteinen zu enthüllen. »Ich bin Prinz Galbrait, und ich muss Eure Fähre beschlagnahmen. Momentan habe ich kein Geld bei mir, doch man wird Euch gut entschädigen; das verspreche ich Euch.«

Zum ersten Mal zeigte die Hafenmeisterin eine schnelle Reaktion. Sie wollte sich auf die Knie werfen, doch Galbrait schüttelte den Kopf. Seine Worte waren so höflich, wie sein Tonfall kurz und knapp war. »Nein, ich bitte Euch, schont Euch, Herrin; und vergesst, dass Ihr mich überhaupt gesehen habt.«

Schiefe gelbe Zähne zupften an ihrer Unterlippe, doch sie nickte. »Ja, Hoheit. Die Fähre ist direkt dort drüben am Ende der Pier. Mein alter Lene wird sich darum kümmern, dass Ihr hinüberkommt. Sagt ihm, dass ich die Anweisung gegeben habe, auf der Stelle abzulegen.«

»Habt Dank, Herrin«, sagte Draken und senkte das Kinn.

Nach einem kurzen Gespräch mit dem grau melierten Fährmann Lene, der mit seinen wenigen Zähnen zuvorkommend lispelte, waren sie unterwegs. Drei abgehärtete Männer auf jeder Seite ruderten die Prahmfähre. Der Nebel hing unbewegt von Wind über dem Wasser, und die Luft über der Schwesterbucht war ein alles durchsickernder Dunst, der selbst das Innerste eines Menschen zu verlangsamen schien. Allmählich tauchte ein schwaches Leuchten, das den Nebel durchstach, hoch auf dem gegenüberliegenden Hang auf: der Signalturm von Kaltufer. Nachdem Draken das Licht gesehen hatte, suchte er Schutz im zugigen Unterschlupf des Prahms. Eingehüllt in seinem Umhang saß er still da und dachte nach.

»Eine armselige Unterkunft«, meinte Galbrait, der näher an ihn heranrückte. Er schien nicht zu wissen, worauf er seinen Blick richten sollte.

Die Fähre war wirklich nicht mit dem königlichen Schiff zu vergleichen, das sie durch das Tor von Galbrayt befördert hatte. Kalte Luft pfiff durch die Ritzen des verschlossenen, schmutzigen Raums. »Ich habe schon schlimmere erlebt«, ächzte Draken.

»In der letzten Zeit und auch, als Ihr die Gastfreundschaft meiner Familie genossen habt, nehme ich an?«

Draken runzelte die Stirn. Gedanken an seine Mutter waren nicht weit entfernt. »Es ist auch meine Familie. Wir sind Cousins, nicht wahr?«

Galbrait nickte nachdenklich. »Und wenn Rinwars Schiffe bereits aufgebrochen sind? Habt Ihr daran gedacht? Was dann?«

Außer an seine Mutter hatte er an wenig anderes gedacht. »Ich habe die Pflicht, zu versuchen, sie aufzuhalten; oder ich muss, falls diese Möglichkeit ausgeschlossen ist, meine Königin warnen, dass ein Angriff bevorsteht, und in ihrem Namen kämpfen.«

»Aber wenn die Landadligen bloß einige wenige Schiffe geschickt hab…«

»Das werden sie nicht gemacht haben.« Draken bemerkte, dass Tyrolean aufmerksam zuhörte, und blickte ihn an, damit klar war, dass die folgenden Worte auch an ihn gerichtet waren. »Sie werden diese ganzen Anstrengungen nicht zum Aussenden von einigen wenigen Schiffe unternommen haben.«

»Aber Ihr sagtet doch, dass beim letzten Mal nur drei in Brîn aufgetaucht seien.«

»Letztes Mal hat Euer Vater sich dagegen ausgesprochen, Akrasia anzugreifen. Diesmal ist die Situation anders. Die Landadligen haben die Kontrolle über die Krone gewonnen.«

Galbrait presste die Lippen aufeinander. »Ihr hattet uns angegriffen. Vater hat diese Schiffe für einen Vergeltungsschlag geschickt.«

»Wir haben Euch nicht angegriffen.«

»Es war ein brînianisches Schiff!«

»Gestohlen oder angeheuert von jemand anderem, und sicherlich nicht auf meinen oder Elenas Befehl.«

Galbrait runzelte die Stirn. Dagegen konnte er nicht argumentieren; er hatte keinerlei anderslautende Beweise. Das Problem war, dass auch Draken keine besaß. Müde schüttelte er den Kopf. Alles war genau so gekommen, wie derjenige, der das Schiff zum Angriff auf Monoea aussandte, es geplant hatte. Zweifel bemächtigten sich der Wahrheit wie eine Schlingpflanze, die ihr Opfer erstickt.

»Ein Cousin des monoeanischen Königshauses ist der Fürst von Brîn«, sagte Aarinnaie leise; ihre dunklen Augen waren auf die von Draken geheftet. »Wenn das Ziel darin besteht, eure königliche Familie auszulöschen, werden sie euch tot sehen wollen.« Sie richtete den Blick auf Galbrait. »Euch alle beide.«

»Und so wäre es auch in meinem Fall geschehen«, sagte Draken, »wenn Soeben nicht voreilig versucht hätte, durch den Angriff auf den König die Gunst seines Vaters zu gewinnen.«

Lene klopfte an und steckte den Kopf zur Tür hinein. »Wir sind fast da.«

Draken stand auf. »Seht Ihr irgendwelche Kriegsschiffe?« Ohne auf eine Antwort zu warten, schob er Lene zur Seite und ging an Deck, um selbst nachzuschauen. Er ließ die Schultern nach unten sacken. Die Docks waren ebenso leer wie die Anlegeplätze. Dieser »Leerstand« war an sich schon verdächtig; an jedem x-beliebigen Tag sollten hier Schiffe liegen.

Er sagte erst wieder etwas, nachem sie den Pier erreicht hatten. Sobald sie dort waren, stand er am Ende der Anlegestellen und starrte mühevoll hinaus auf die graue, neblige offene See. Er konnte noch nicht einmal jene dunklen Punkte ausmachen, die jeder Seemann als Schiffe zu identifizieren vermochte. Ein Junge, der im Hafen arbeitete, brachte schnell die Gewissheit.

»Wie viele Schiffe lagen hier?«, fragte ihn Draken.

»Zwanzig, schätze ich, mein Herr. Doch es hieß, dass noch mehr da seien.«

Zwanzig, dachte Draken. *Ich habe versagt. Darin versagt, Verhandlungen zu führen, darin versagt, einen alten König vor dem Tod zu bewahren, darin versagt, meine Mutter zu beschützen.* Jetzt war er drauf und dran zu versagen, wo es um Elena und auch um Akrasia ging. Er hätte Elena die Wahrheit über sich erzählen und zulassen sollen, dass man ihn als Lügner und Verräter an Akrasia hinrichtete. Zumindest hätte man dann einen anderen Diplomaten geschickt, und die Verhandlungen wären nicht durch seine Vergangenheit und seine Lügen in Verwirrung gebracht worden. Er hätte nicht mehr gelebt und somit auch nicht mehr von den Ashen manipuliert werden können.

Draken schaute erneut auf die See hinaus, dann trottete er wieder in Richtung der anderen den Pier hoch. Die Nebelschleier klärten sich gerade so weit auf, dass man sehen konnte, wie die Masten der *Fluch* aus ihnen herausragten. Sie war also immer noch da. Bis genau zu diesem Augenblick war ihm nicht bewusst gewesen, dass er den Verdacht gehegt hatte, seine Schiffsbesatzung aus Söldnern würde ihn im Sich lassen. Das war gut. Es kompensierte zwar nicht die schlechte Nachricht, doch es war gut.

»Was hat der Junge gesagt?«, fragte Galbrait.

Draken seufzte und musste unwillkürlich ein weiteres Mal auf die offene See hinausstarren. Nichts. Die Schiffe waren verschwunden, und er und die Seinen hatten sehr geringe Chancen, sie einzuholen. Und selbst wenn – was würde die *Fluch* schon nützen gegen eine Flotte aus zwanzig Schiffen? »Er hat gesagt, Monoea und Akrasia befinden sich im Krieg.«

KAPITEL VIERUNDZWANZIG

Was wirst du jetzt machen?«, wollte Aarinnaie von Draken wissen, während sie sich ein Tuch um den Kopf band. Gewundene Stifte hatten sich gelöst, und sie wischte sie sich von den Augen.

Er konnte hinter den Schiffen her segeln und versuchen, die Königin zu warnen. Aber wie würden sie an einer ganzen Flotte vorbeikommen, ohne angegriffen zu werden? Draken wandte sich zu Galbrait um. »Werdet Ihr dagegen angehen? Werdet Ihr ihnen Schiffe hinterherschicken, um sie zurückzuholen?«

Galbrait biss die Zähne zusammen. Seine Hand glitt nach oben und begann, an dem königlichen Torques um seinen Hals zu nesteln.

»Sie sind auch Eure Leute«, stellte Draken fest. »In der Armee von Akrasia dienen eine Menge Soldaten, und Brîns Flotte ist immer noch sehr gut. Ob sie nun gewinnen oder verlieren, es werden viele Menschen sterben. Menschen Eures wie meines Volks.«

Der Prinz schielte zu ihm hoch. »Wir wissen nicht einmal, ob sie mir gehorchen, mich als König anerkennen werden.«

»Dann müssen wir zum Palast gehen und es herausfinden. Halmar, Ihr und die Szi Nêre bringt Aarinnaie, Osias und Setia zur *Fluch* zurück.«

»Draken! Ich werde nicht auf diesem Boot hocken, warten und wie … wie … eine liebe kleine Szirin Handarbeiten machen, während mein Bruder in die Schlacht zieht!«, sprudelte es aus Aarinnaie heraus.

»Das ist keine Schlacht, Aarin. Ich begleite den Prinzen zurück ins Schloss, um ihm zu helfen, die nötigen Anweisungen zu erteilen, die diesen Angriff aufhalten. Du bist nicht der Abgesandte hier. Ich bin das.«

»Ich bin keine Närrin, Bruder. Was du da vorhast, ist nicht sicher.«

»Ich habe dir früher schon gesagt, dass jemand an meiner Stelle zurückkehren muss. Und wir schulden der Besatzung ihre Bezahlung. Du musst dich auch darum kümmern.« *Wenn mein Kopf in jener Wand der Toten enden sollte*, fügt er stumm hinzu.

Sie biss sich auf die Lippe und starrte in sein Gesicht hoch. Nur er kannte sie gut genug, um zu erkennen, dass es Zorn und nicht Besorgnis oder Frustration war.

Er blickte zu den anderen und nahm sie ein wenig zur Seite; seine Hand lag auf ihrer schmalen Schulter. Möglicherweise würden sie später keine Zeit haben, um miteinander zu sprechen. Galbraits Sorge, ob man seinen Befehlen gehorchen würde, erinnerte Draken daran, dass der einzige Weg, einen mächtigen Feind zu besiegen, darin bestand, dessen Stärke gegen ihn selbst zu wenden. Monoeas Vorteile lagen in Menschenführung und bedingungsloser Disziplin. Doch das Problem mit bedingungsloser Disziplin war, dass ein Soldat, der ausschließlich Befehlen folgte, *ohne* diese Befehle keine Grundlage für sein Handeln hatte.

Draken sprach nun langsam. »Falls ich nicht mit dir nach Brîn zurückkehre, dann mach den höchsten Landadligen der Feinde ausfindig und töte ihn sowie alle seine engen Ratgeber. Es gibt in ihren Reihen einen Priester namens Rinwar. Ihn zu beseitigen wird deine beste Möglichkeit sein, unsere Feinde zu vertreiben.«

Sie starrte ihn an und zeigte ein knappes Nicken. »Ich werde es tun«, versprach sie leise.

Er ließ sie los und wandte sich Halmar zu. »Comhanar, trotz ihres Charmes und ihrer Überredungskünste erwarte ich, dass die Szirin zur *Fluch* gebracht und sicher verwahrt wird, und zwar bis zu meiner Wiederkehr oder bis klar ist, dass ich nicht mehr zurückkomme. Werdet Ihr Euch darum kümmern, dass dies geschieht?«

Zu seiner Ehre lächelte Halmar nicht, und zu ihrer Ehre seufzte Aarinnaie nur geräuschvoll.

Osias allerdings lächelte. »Setia und ich werden froh über ihre Gesellschaft sein.«

Vielleicht war dies ja als Ermutigung gemeint, doch Osias hatte nicht angeboten, zum Palast mitzukommen. Es war schwer, nicht daran zu denken, dass Osias anscheinend glaubte, diese Mission sei dem Untergang geweiht.

Draken schaute sich nach den umrandeten Augen von Tyrolean um. »Hauptmann?«

»Mit Eurer Erlaubnis werde ich Euch begleiten, Eure Hoheit.«

Draken nickte. Er hatte bereits zu viel von seinem Freund verlangt, doch er konnte seine Erleichterung über Tyroleans knappe Erwiderung nicht leugnen. Mit einem strengen Ausdruck strich sein Blick über Halmar und Konnan hinweg, um ihre Kooperation beim Schutz von Aarinnaie sicherzustellen. Ihr knappes Nicken beruhigte ihn weiter. Aarinnaie sagte etwas, doch der Wind peitschte auf, sodass es nicht in seine Ohren drang. Es spielte jetzt eh keine Rolle. Das Einzige, was jetzt zählte, war, Galbrait in den Palast zurückzubringen. Er musste einen Kai und eine schnelle Passage durch … durch Schattenklippe finden. Seine Hand senkte sich zu dem Schlüssel, der an seinen Gürtel gebunden war. Der Durchgang seiner Mutter – das war der Weg. Obwohl er ganz und gar nicht wünschte, ihn noch einmal zu nehmen.

Sein Magen verkrampfte sich vor lauter Sorge über den drohenden Angriff auf Akrasia und wegen der unvergossenen Tränen über den Tod seiner Mutter, während er am nächsten Kai ein kleines Seefahrzeug sicherstellte. Als der Bootsführer die Bezahlung erwähnte, riss Galbrait am Kragen seines Umhangs, um seinen Torques zu enthüllen. Augenscheinlich hatte er die Geduld verloren, weiterhin den gemeinen Stadtbewohner zu spielen. Mit weit aufgerissenen Augen senkte der Bootsführer sein Knie vor dem Prinzen und begann, seine Ruderer zur Eile anzutreiben.

Galbrait warf Draken einen neugierigen Blick zu, als er das Ersuchen hörte, in Schattenklippe anzulegen. »Nicht das Tor von Galbrayt?«

Draken konnte es nicht erklären, nicht, wo so viele Ohren in der Nähe waren. Er konnte niemandem vertrauen, nicht einmal Galbrait. Er zog seine Kapuze hoch zum Schutz gegen die Kälte und verbarg sein Gesicht, wodurch jedes weitere Gespräch unterbunden wurde.

Der gespenstische Nebel wurde dichter, wenn das überhaupt

möglich war, während sie auf die Große Pier zuruderten. Es war Abend geworden, doch die Monde schafften es nicht, den grauen Dunst über der Schwesterbucht zu durchdringen – als ob Krieg das Einzige war, womit das Licht der Götter verschleiert werden könnte.

Sie saßen steif und still da, als hochschlagende Wellen das Ruderboot umherstießen und die Ruderer herausforderten. Die ständige Gischt vom Bug ließ die Bootsinsassen durchnässt und verfroren zurück. Draken schmiegte sich in seinen Umhang und starrte auf die anwachsende Pfütze aus Wasser, das durch den Bootskörper sickerte; seine Gedanken bewegten sich wilder als die Strömungen in der stürmischen Bucht. Zum ersten Mal gestattete er sich, an seine Mutter zu denken – wirklich an sie zu denken.

Er hatte sie weniger als einen Tag gekannt, und sie hatte nicht nur sein Leben gerettet, sondern ihr eigenes für das von Galbrait gegeben. Aber weshalb war sie gerade jetzt an ihn herangetreten, wo sie ihn sein ganzes Leben lang ignoriert hatte? War es wegen des Todes seines Bruders? Hatte sie geglaubt, Draken könne zu so etwas wie einem mittelmäßigen Ersatz für ihn werden? Das schmerzte ein wenig; aber er glaubte es auch nicht wirklich, selbst wenn sie nur ein kleines bisschen miteinander hatten sprechen können. Gewissheit war darüber jedoch nicht mehr zu gewinnen. Das alles warf die Frage auf: Wer war sie wirklich gewesen? Es gab so vieles, das er nicht wusste, und die Menschen, die es ihm erzählen könnten, starben in einem erstaunlichen Tempo.

»Eure Hoheit«, sagte Tyrolean.

Draken nickte automatisch. Sie näherten sich der Großen Pier von Schattenklippe. Die See war hier seit jeher am schwärzesten; sie wurde verdunkelt durch die großen Wassertiefen direkt an den Klippen aus grauem Felsgestein, nachdem die Stadt benannt worden war. Momentan reflektierte die See das Grau des wirbelnden Nebels, sodass sich Draken, wenn er nach unten guckte, dunstige Gesichter vorstellen konnte, die auf ihn zurückstarrten. Als sie in den Hafen von Schattenklippe hereinfuhren, durchschnitten schwimmende Anlegestellen Gischt und Wellen. Schiffe, die an Bug und Heck von Laternen erhellt wurden, zogen an ihnen vorbei.

Sobald sie aus dem Ruderboot waren, marschierte Draken rasch voran, der Prinz und Tyrolean eilten hinter ihm her. Der Bootsführer tratschte bereits mit seinen Kollegen auf der Großen Pier, und eine Reihe von Augen blickte den dreien hinterher. Schlimm genug, dass Galbraits Erscheinen in Schattenklippe die Gerüchteküche anheizen würde, doch wenn herauskam, dass die Landadligen ihren König in den Krieg getrieben hatten, würden Panik und Krawalle in den Straßen herrschen. Draken blickte zu Galbrait, dessen jugendliches Gesicht noch sanft war, und fragte sich, ob er so entschlossen und hart sein konnte wie sein Namenspatron, General Galbrayt. Er hatte das ungute Gefühl, dass sie davorstanden, es herauszufinden.

Der Nebel machte das Unterwegssein, selbst zu Fuß, schnell zu einer Gefahr. Tratschende Menschengruppen drängten sich auf den Stufen und bewegten sich auf den glitschigen Steinen langsam nach oben und unten. Einige standen einfach nur an einer Seite herum, als wollten sie warten, bis der Nebel sich verzogen hatte. Draken ärgerte sich über ihr langsames Vorankommen, obgleich er den Menschen hier keine Schuld vorwerfen konnte. Ganz wie diejenigen in Newporte, die um das beschädigte Fuhrwerk herumgestanden hatten, nahmen auch hier überarbeitete, zu allenfalls kargem Überleben verdammte Leute jede Gelegenheit wahr, um sich auszuruhen.

Tyrolean hielt sich dicht bei ihm, doch er hätte sich nicht beunruhigen müssen. Die Stadtbewohner blickten kaum in Drakens Richtung; sie stuften ihn als Fremden ein, der in der Stadt war, um Handel zu treiben. Das war nahe genug an der Wahrheit. Ihnen war nur nicht klar, dass seine Handelsgüter Leben und Tod waren.

Dieses Bild löste sich auf, als sie auf die Torwächter von Kordewyn trafen. Zuerst die Menschenschlange – und Draken hatte gedacht, auf den Stufen würde es langsam vorangehen. Er trat von einem Fuß auf den anderen und blickte ständig nach unten zurück in den Nebel, der die Stadt verbarg. »Die Götter mögen es verhüten, doch wir schaffen es nicht rechtzeitig.«

»Es ist Passatsaison«, erwiderte Galbrait. »Die Kaufleute haben die ganze Nacht geöffnet.«

Richtig. Draken hatte das vergessen.

Als Galbraits Stimme erklang, drehte sich jemand zu ihnen. Vielleicht wegen seines Dialekts oder wegen des gutaussehenden Gesichts, das an einer Seite eine Prellung davongetragen hatte. Draken beugte sich näher zu Galbrait. »Bei diesem Tempo werden wir niemals ankommen. Sagt ihnen, wer Ihr seid.«

Mit erhobenen Brauen blickte Galbrait Draken an. Der erwiderte den Blick wortlos. Der Prinz stieß zischend den Atem aus und löste die oberen Bänder seines Umhangs, sodass sein Torques zu sehen war. Laut rief er: »Macht Platz für Angelegenheiten der Krone! Macht Platz!«

Köpfe wandten sich ihnen zu; Proteste ertönten und erstarben, als die Leute erkannten, wer Galbrait war. Jedermann kannte die Torques, die von Angehörigen der königlichen Familie getragen wurden: Sie waren alle von einer Art, bestanden aus gewundenem, kostbarem Metall, und in ihre Enden waren Himmelssteine eingeschlossen. Draken starrte die Menschen, die direkt vor ihm waren, so lange an, bis sie wegsahen und zur Seite traten, so gut sie es vermochten; der ansteigende Pfad zum Tor wies nur eine Breite von kaum fünf Männern auf. Langsam konnten sie sich ihren Weg durch die Menge bahnen und erreichten das Tor. Die Nachricht war ihnen vorausgegangen, und die Wachen musterten Galbrait, allerdings höflich.

»Mögen die Götter mich bewahren, er hat es verdammt eilig«, sagte Draken. »Lasst uns passieren.«

Der Wachmann, dessen Bauch die Riemen seines Harnischs strapazierte, wandte sich Draken zu. »Und Ihr seid?«

»Khel Szi, Fürst von Brîn«, stellte Galbrait ihn vor. »Und das hier ist sein Hauptmann und Leibwächter. Lasst uns passieren, Soldat. Sehen wir etwa so aus, als wären wir außer Haus gegangen, um gemütlich über den Markt zu spazieren? Eure Verzögerung könnte uns alle weit mehr kosten als Eure Stellung hier.«

Galbraits Respekt einflößender Halsring brachte den Erfolg. Oder vielleicht lag es daran, dass sich sein Umhang geteilt hatte und das verkrustete Blut auf seiner Haut zum Vorschein gekommen war. Der Wachmann trat mit einer Verbeugung zurück. Doch es hatte für Leute an der Innenseite des Tores lange genug gedauert, um zu begreifen, dass sie es nicht nur mit ihrem eigenen Prinzen zu tun hatten, sondern auch mit einem ausländischen Fürsten. Und es würde nur einige Momente mehr dauern, bis sie erkannten, dass die beiden hohen Herren weitgehend ungeschützt waren, obschon Tyrolean eine Achtung gebietende Präsenz darstellte. Draken trieb Galbrait zur Eile an, führte ihn durch Straßen und Gassen auf Ashwyc zu.

»Wisst Ihr, wohin Ihr geht?«, fragte Tyrolean.

Nicht genau. »Gewiss. Hier entlang.«

Draken kannte Kordewyn nicht gut, denn es hatte früher nur wenige Gründe gegeben, durch die Kaufmannsstadt zu gehen, selbst als er sich dann sein Zuhause in Ashwyc aufgebaut hatte. Er hatte niemals viel Zeit in dieser biederen Stadtgemeinde verbracht, wo Geld das einzige Maß für den Wert eines Mannes zu sein schien. Ein Gedanke brachte ihn fast zum Lächeln: Va Khlar könnte diesen Kordewyn-Kaufleuten ein, zwei Dinge zeigen, wie man sein Geschäft führen sollte. Er unterdrückte das Lächeln sowie die dumpf in ihm auftauchende Neugier, ob er den Handelsherrn aus Reschan noch einmal sehen würde. Diese Nacht musste er sich seinen Weg mithilfe seines Instinkts suchen; der Nebel und die hereinbrechende Dunkelheit verbargen die grauen Klippen und Wände von Ashwyc. Nicht einmal ein kleiner Schimmer von Mondlicht fiel über die Häuser; allerdings brannten Öllampen, die matt gegen den elenden Dunst ankämpften.

Bei der zweiten Sackgasse, die nicht an der Klippe endete, knurrte Draken frustriert. »Es hat keinen Zweck. Wie soll ich das in diesem verdammten Nebel finden?«

»Was finden?«, hakte Galbrait nach. »Wohin wir gehen sollen?«

»Die Türen. Meine Mutter brachte mich durch zwei Türen in der Klippe: Eingänge zu Ashwyc.«

»Warum habt Ihr das nicht gleich gesagt? Sie sind hier entlang.« Galbrait führte sie wieder aus der Gasse heraus. »Doch sie werden verschlossen sein.«

Draken zeigte den Schlüssel, der an seinen Gürtel gebunden war.

Galbrait riss die Augen weit auf. Er trottete über das Kopfsteinpflaster und hielt sich dabei landeinwärts. »Hervorragend. Ich habe auch einen, aber nicht bei mir. Wer hat ihn Euch gegeben? Eure Mutter? Sie muss enger mit meinem Vater befreundet gewesen sein, als mir bewusst gewesen ist. Ich wür…«

»Draken«, unterbrach Tyrolean leise.

Draken schaute zu ihm zurück und erblickte einen menschenförmigen Schatten, der ihnen folgte. Er schwankte zurück, in den Nebel hinein, und verschwand. Aber jetzt, wo Draken wusste, wonach er lauschen musste, hörte er auch die Schritte von Stiefeln, und zwar mehr als ein Paar. Viel mehr. Er stöhnte unterdrückt. »Können wir nicht eine einzige verdammte Sache tun, ohne dass jemand versucht, uns zu belästigen?«

»Den ganzen Weg durch Newporte sind wir doch einfach nur gegangen«, hob Galbrait im Flüsterton hervor.

»Und so lange haben sie gebraucht, um uns einzuholen«, murmelte Tyrolean. Die drei gingen nun schneller. Die Stiefel hinter ihnen klangen rasch so, dass es zu viele für sie waren, um es mit ihnen aufnehmen zu können. Menschliche Formen tauchten aus dem Nebel auf und kehrten in ihn zurück; sie verbargen ihre wahre Anzahl und Identität, wenn auch nicht ihre Absichten.

»Vielleicht sind sie nicht hinter uns her«, flüsterte Galbrait trotzdem.

»Nein, die sind hinter uns her. Sie wissen anscheinend nur nicht, wie viele wir sind, sonst hätten sie uns inzwischen längst angegriffen«, erwiderte Tyrolean in einem leisen Ton.

»Oder sie wollen verfolgen, wohin wir gehen.« Draken zischte, damit Ruhe war. Wie viele Leute wussten eigentlich von diesen Türen, die in den Ashwyc-Palast hineinführten? Handelte es sich bei den Verfolgern um Rebellen auf der Suche nach einem Weg hinein?

Galbrait wurde langsamer, um ein Gebäude genauer zu betrachten. Er zog seine Nase kraus und schüttelte den Kopf, bevor er zur nächsten Kreuzung trabte. Tyrolean und Draken joggten hinter ihm her. Sie verloren ihn fast, als er um die Ecke flitzte. Die Fußschritte hinter ihnen wurden ebenfalls schneller.

Sie standen kurz davor, in einer Falle festzusitzen. Draken begann zu rennen, schob sich am Prinzen vorbei. Er lief beinahe gegen die graue Klippe, schritt an ihr entlang, fuhr mit seiner Hand am Gestein entlang und folgte der anscheinend leeren Wand, bis er die Türen fand. An der, die auf der Seite seiner Schwerthand war, fingerte er hektisch herum, spähte nach dem Schloss. Wo eines sein sollte, gab es bloß eine Eisenplatte. *Verdammt, verdammt …*

»Draken. Beeilung.« Tyroleans Schwerter zischten aus ihren Scheiden.

Draken schritt seitwärts zur anderen Tür. Tastete mit den Fingern über das Eisen und fand ein Schlüsselloch. Er gab keine Antwort; er war zu beschäftigt damit, den Schlüssel von der Schnur zu reißen und ins Schloss zu stecken.

Als der Schlüssel sich schließlich drehte, pfiff ein Messer an Drakens Ohr vorbei und prallte klappernd von der Tür ab – dann bohrte sich ein zweites in seine Schulter hinein. Es stieß ihn gegen die hölzerne Tür. Die Luft entwich zischend seiner Brust. »Verfluchte Sieben …« Ein Keuchen schnitt ihm das Wort ab, als Galbrait ihn zurückriss.

Draken hörte das Klicken des Schlosses, und die Tür schwang weit auf. Fackellicht erhellte schwach die Stufen, und Nebelschleier wirbelten mit den Männern hinein. Galbrait schnappte sich den Schlüssel, der ihm jedoch aus den Fingern rutschte und klimpernd auf die Pflastersteine fiel. Mehr stampfende Stiefel und ein Ruf.

»Geht! Geht!«, drängte Tyrolean, während er sie hindurchdrückte.

»Der Schlüssel!«, rief Draken, der sich im Türdurchgang umdrehte.

»Ich hab ihn.« Tyrolean trat ihn über den Boden, und der Schlüssel segelte durch die Türöffnung, prallte klimpernd gegen die Stufen. »Hinein!« Er stieß Draken an, der nach hinten gegen die Stufen strauchelte und hart auf den Hintern plumpste. Zwischen dieser Aktion und den Selbstheilungsbemühungen seines Fleisches, das sein Äußerstes tat, um rund um das Messer zu gesunden, kreischte Draken vor Schmerzen auf. Die Tür knallte genau in dem Moment zu, als er von dem vertrauten Gefühl des Schwindels überwältigt wurde. Die Welt wirbelte um ihn herum, schüttelte sich und überschüttete die drei mit Staub. Draken schluckte schwer, als sich ihm der Magen umdrehte.

Fäuste hämmerten gegen die Tür, und raue Stimmen schrien, doch es war zu spät. Jeder Instinkt in Draken drängte ihn dazu, die Stufen hochhasten und den Angreifern entkommen zu wollen, die ihnen so nahe waren. Aber das Messer in seiner Schulter hatte anscheinend eigene Ideen. Er krümmte sich nach vorn, versuchte zu atmen. Jede Bewegung schien die Klinge tiefer eindringen zu lassen.

»Ihr seid getroffen?«, fragte Tyrolean.

»Ja.« Ein gehauchtes Flüstern.

Tyrolean schnitt eine Grimasse, griff um Draken herum und zog die Klinge heraus. Dessen Haut verschloss sich rasch. Die Welt schüttelte sich abermals, und von den Steinmauern bröckelte der Mörtel. Draken stöhnte bei dem plötzlichen Ausbruch schneidenden Schmerzes und dem nachfolgenden Übelkeitsgefühl. Das hatte ihm gerade noch gefehlt, dass er zu allem Überfluss auch noch würgte.

»Immer mit der Ruhe«, sagte Tyrolean, dessen Hand auf Drakens unversehrter Schulter lag. »Wo sind wir?«

Der rieb sich mit der Hand über das Gesicht. Eine Fackel in der Nähe rauchte schwach und ließ Tyroleans bleiche Haut gelb erscheinen. »Diese Stufen führen zur Unterkunft meiner Mutter.«

»Jemand kommt!«, zischte Galbrait, der die Treppe zur Hälfte hochgestiegen war.

Tyrolean nahm drei Stufen auf einmal, um Galbrait am Arm zu packen und ihn wieder in den unteren Treppenschacht hinabzuziehen. Noch mehr Stiefelschritte. Der Takt ihres Marsches ließ sie zurückschrecken. Draken dachte, dass er dieses Geräusch wirklich zu hassen gelernt hatte. Er riss die Fackel an sich und drückte sie an der Mauer aus. Sie verlöschte blakend und ölig. Sie zogen sich rücklings unter die Stufen zurück und verhielten sich in der Dunkelheit des Treppenschachts so still wie möglich. Aber eine Fackel ganz oben erhellte eine Reihe marschierender Soldaten, die Saxe mit sich führten. Draken kniff die Augen zusammen. Die Soldaten trugen nicht das helle Blau des Königs, sondern irgendeine gedämpfte Farbe, die im Fackellicht nicht eindeutig zu erkennen war. Abgesehen davon konzentrierte sich Draken darauf, nicht zu atmen. Als sie fort waren, rieb sich Galbrait mit der Hand den Nacken und zischte. Er hatte wahrscheinlich dasselbe bemerkt.

Es war jetzt ganz still im Treppenhaus geworden. Drakens Stimme klang laut und schroff, als er Galbrait auf die Schulter tippte und vorschlug: »Gehen wir zur Unterkunft meiner Mutter. Ich glaube nicht, dass irgendjemand daran denken wird, dort hineinzugehen.«

Die Feuerstelle war kalt. Sie hatte ihre Tee-Utensilien draußen stehen gelassen. Seine Kleidungsstücke aus dem Kerker, seine brînianischen Sachen, waren trotz ihres schmutzigen Zustands sorgfältig zusammengefaltet und auf einem Beistelltisch abgelegt worden. Angesichts der Alltäglichkeit dieser Szene schnürte sich ihm die Kehle zu. Vielleicht war es ihre Absicht gewesen, eine Magd zu beauftragen, die Kleidungsstücke auszubessern und zu waschen.

Tyrolean nickte Draken zu und bewegte sich vorsichtig an ihm vorbei. Er schritt durch die Räume, überprüfte Dinge und gab den beiden anderen schließlich mit einem Nicken zu verstehen, dass sie hineingehen konnten. »Alles klar. Es ist leer.«

Galbrait räusperte sich, als er die Tür hinter ihnen schloss, und rieb sich mit den Händen über das Gesicht. »Wir haben beide heute unsere Mütter verloren.«

Die unverhüllte Trauer des Prinzen erinnerte Draken daran, dass er Sikyra niemals als Mutter gehabt hatte. Er verspürte Schmerz, dass er sie getötet hatte, doch eigentlich war sie nicht sein Verlust. Vielleicht gehörte der ganz seinem toten Bruder, den Draken niemals gekannt hatte, vielleicht auch der Königsfamilie, der sie eine Freundin gewesen war. Oder der Verlust gehörte niemandem. Draken wusste es nicht.

Er legte seine Hand auf die Schulter des Prinzen, rieb sie und ließ ihn wieder los. »Wir haben größere Probleme. Der Palast ist eingenommen worden. Jene Soldaten trugen die Farbe irgendeines Landadligen, nicht die des Königs.«

»Einer hatte auch das Asche-Zeichen aufgemalt.« Tyrolean

zeigte auf seine Stirn und schloss die Schublade, in die er gerade hineingesehen hatte. Er bewegte sich zur nächsten und dann zur übernächsten.

»Wir müssen den Palast verlassen, Galbrait«, sagte Draken.

»Was? Wir sind doch gerade erst hergekommen.«

»Es ist vorbei.«

Galbrait drehte sich mit geballten Fäusten zu ihm herum. »Ihr könnt das nicht ernst meinen?«

»Bleibt, wenn Ihr es wünscht. Ich bin nur aus einem einzigen Grund hier – um den Angriff auf mein Volk zu verhindern. Das ist jetzt nicht mehr möglich. Ashwyc ist eingenommen worden, Euer Land befindet sich im Krieg, und die Schiffe sind längst abgefahren.«

»Das ist sehr gut formuliert, Eure Hoheit«, stimmte Tyrolean ihm zu. Er stellte einen Stuhl weg, der vor einem Kleiderschrank stand, und öffnete ihn.

Galbraits Mund klappte zu. Er starrte Draken zornig an – einen Herzschlag lang, zwei. Draken beachtete ihn nicht und ging zu der kalten Badewanne, um sich zu waschen. Das Wasser war schmutzig, es war immer noch das seines vorhergehenden Bades und eiskalt.

»Galbrait, wenn Ihr mit uns kommt, dann reinigt Euch. Wir werden durch Kordewyn zurückgehen müssen, und ich vertraue nicht darauf, dass sie uns mit unserem schmutzigen Äußeren erneut passieren lassen. Danach werden wir uns darum kümmern, etwas zum Anziehen zu bekommen.« Das dürfte schwierig werden. Draken runzelte die Stirn, spritzt sich nochmals nass und griff nach einem Handtuch, um die schlimmsten Verunreinigungen durch Blut und Schweiß von sich abzurubbeln. Seine Haut kühlte ab. Er rieb das Tuch über sein Gesicht.

»Draken.«

Draken senkte das Handtuch und blickte mürrisch. »Ty, Ihr braucht das nicht zu tun. Das hier ist die Unterkunft einer Lady …«

Ein seltenes Grinsen von Tyrolean, als der ihm ein schwarzes Hemd entgegenhielt. »Wird dies genügen?«

Der Kleiderschrank war vollgestapelt mit zusammengefalteten

Kleidungs- und Wäschestücken: Seidenwaren, Leinen, Gewänder, Hemden, Hosen …

Draken neigte den Kopf und trat näher heran. Eine Welle von Erinnerungen durchfuhr ihn, und er geriet beinahe ins Schwanken. Er kannte das Hemd. Schwarz, aus Wolle und warm – perfekt, um durch neblige Wälder zu huschen und Brînianer zu jagen.

»Das sind ja *meine* Sachen!«

Ein paar Schritte, und er zog ein blaues Kleid heraus. Akkurate Falten öffneten sich, und der Leinenstoff fiel zu Boden, ohne zu zerknittern. Das Kleid strömte Blumendüfte aus. Die Luft war wie eine scharfe Klinge in seinen Lungen. »Dies gehörte meiner Frau.«

»Draken …«, versuchte Tyrolean ihn zu beschwichtigen.

»Ihr Name war Lesle«, sagte Draken, der den feinen Stoff in seinen Fäusten zerdrückte.

»Um hinauszugelangen, werden wir den Weg zurückgehen müssen, den wir gekommen sind«, erklärte Draken.

Stumm hatte er seine alten Sachen angezogen, versunken in Erinnerungen, die von den Düften hervorgerufen wurden: Lesle, die ihre Wange an seine drückte, nachdem er sich nach der Rasur mit Minzöl eingerieben hatte. Auch Tyrolean und Galbrait wechselten ihre Kleidung; alle trugen nun Drakens alte Klamotten und Umhänge. Die Sachen waren natürlich ein bisschen zu groß für Galbrait. Draken vermied es, seine Gefährten zu genau anzuschauen.

»Ich kann nicht einfach den Palast verlassen«, meinte Galbrait. »Das ist Kapitulation.«

»Das ist nicht Kapitulation; das ist Flucht«, entgegnete Tyrolean. »Galbrait, Ihr müsst mitkommen. Hier ist es nicht mehr länger sicher für Euch. Ich bringe Euch auf die *Fluch*, und dann werden wir klären, wohin man Euch von dort bringen kann.«

Galbrait hielt einen Moment lang stand. »Aber ich bin der König.«

»Gewiss, Ihr seid der König. Doch Monoea hat bereits einen toten König. Das Land braucht Euch lebendig. Möglicherweise können wir eine Fahrt die Küste hoch zu den Norvern Wildnissen arrangieren. Sicherlich habt Ihr dort noch ein paar Verbündete aus der Zeit Eures Kommandos.«

Galbraits Stirn legte sich in Falten, dann nickte der Prinz.

»Hervorragend. Also gehe ich jetzt voran.« Draken schob sich an ihm vorbei. Es war ein schneller Ausflug zur Tür. Ein Schwenk mit einer Fackel, und sie entdeckten den Schlüssel, der unter eine Stufe gerutscht war.

Doch es gab kein Schlüsselloch auf dieser Seite, nur eine Klinke, damit man die Tür hinter sich zuziehen konnte. Draken fluchte und dachte sogleich an die andere Tür mit der schwarzen Metallplatte. »Wer hat denn jemals von einer Tür gehört, die man nur von außen ab- und aufschließen kann?«

»Ich dachte, Ihr sagtet, Ihr hättet diese Tür zuvor schon benutzt?«, sagte Tyrolean. Er hatte seine Schwerter gezogen und kehrte den beiden anderen den Rücken zu, um den Treppenschacht im Auge zu behalten. Galbrait trat ängstlich von einem Fuß auf den anderen und blickte zwischen ihnen hin und her.

»Das habe ich auch. Meine Mutter hat sie allerdings beim letzten Mal geöffnet, und in all der Aufregung habe ich nicht daran gedacht, die Türen genau zu untersuchen.«

»Ihr habt den Kerkergang benutzt, um herauszukommen«, sagte Galbrait.

»Ja. Ihr kennt doch diese Türen. Und Ihr wusstet nicht, dass die hier nur von außen aufgeschlossen werden kann?«

Der Prinz schüttelte den Kopf. »Ich habe sie zuvor nur von Kordewyn aus gesehen. Und ich habe sie auch noch nie benutzt.«

»In Ordnung. Wir müssen also nach unten zum Kerker gehen und jene Tür dort nehmen. Ich weiß, dass sie sich öffnen lässt; ich hab's gesehen.«

»Und wenn wir in eine Kompanie von Rebellen hineinrennen?«, fragte Galbrait.

»Das dürfen wir dann eben einfach nicht tun, richtig? Also kommt.«

Der Korridor seiner Mutter war leer, ebenso wie die nach unten führenden Stufen. Sie hatte in einem größtenteils unbenutzten

Flügel des Palastes gewohnt; gewiss war sie bewusst in der Nähe jener Türen untergebracht worden, sodass sie kommen und gehen konnte, ohne von anderen beachtet zu werden. Draken wollte aufhören, über ihr Leben hier im Palast nachzudenken, wollte es unterbinden, sich fragen zu müssen, weshalb sie all die Sachen von ihm und Lesle aufbewahrt hatte, wollte nicht mehr über seinen toten Bruder grübeln oder darüber, wie eng Sikyra Drakens Leben verfolgt hatte. In Wahrheit aber ersetzte er seine Sorgen damit durch dumpfes Bedauern. Nun, es war besser, mit solchen Gedanken und Gefühlen durch feindliches Gebiet spazieren zu gehen.

Sogar die Zellen waren leer. Draken fragte sich, was die Ashen mit all den Königstreuen getan hatten. Vielleicht sofort getötet? Die drei sahen niemanden, während sie sich zwischen den Zellen und der entsetzlichen Folterausstattung vorwärtsbewegten, die immer noch mit frischen Spritzern von Soebens Blut befleckt war. Drakens Atem ging stoßweise. So viel Tod an einem einzigen Tag: Soeben und Prinz Aissyth'Ae, der König und die Königin, seine Mutter, die Rinwars.

Einst hatte sich Osias zu seiner langen Verbindung mit dem Tod geäußert. War ihm, Draken, etwa zugedacht, stets beobachten zu müssen, wie die Götter sich mit dem Leben jener amüsierten, die er liebte?

Stimmen vor ihnen, durch den Stein gedämpft, unterbrachen seine theologischen Überlegungen. Er hob eine Hand, doch die anderen waren schon stehen geblieben. Die Worte vermochte er nicht zu verstehen, doch es konnten nur Grym und die anderen Wächter sein. Die drei würden es nicht mehr schaffen, rechtzeitig zu den Stufen zurückzukehren. Die Gitterstäbe der Zellen würden sie nicht verbergen, und es wäre ziemlich einfach, sie darin festzusetzen. Und von den eben angestellten Überlegungen zum Tod einmal abgesehen, hatte Draken immer noch vor, Grym zu töten, selbst wenn er die Gelegenheit dazu als einen Akt der Selbstverteidigung gestalten musste. Er biss die Zähne zusammen und zog Meergeboren.

Der Bereich, in dem sie kämpfen konnten, war recht knapp in dem engen Raum zwischen den Zellen, der mit Folterbänken und anderen Ausstattungsgegenständen fast ausgefüllt war. Draken und Tyrolean mit ihren kürzeren Klingen würden klarkommen, doch Galbrait mit seinem Langschwert würde Schwierigkeiten haben.

Galbrait … Aber natürlich! Vielleicht würde Grym auf seinen Prinzen hören.

Der kam gerade geräuschvoll näher und unterhielt sich beiläufig, als ob er wusste, dass niemand hier unten war, der ihm und seinen Helfern begegnen konnte. Die Zellen waren ja in der Tat auch alle leer. Draken hatte noch einen Augenblick Zeit, um erneut darüber zu rätseln, bevor der Folterknecht stehen blieb und ihn anstarrte.

Drei Gardesoldaten in Blau folgten Grym. »Zur Seite, Sadist«, sagte einer von ihnen, »und lass uns zu dem Prinzen.«

Grym blickte sie über seine Schulter finster an. »Dieser Brînianer gehört mir. Er ist geflohen. Der König hat gesagt, dass jeder, der entflieht, mir gehör…«

»Was König Aissyth sagte, spielt keine Rolle mehr«, unterbrach ihn Draken. »Er ist tot. Tritt zur Seite für deinen neuen König.«

Der Gardesoldat schob Grym zur Seite und drängte sich an ihm vorbei. Sein Tonfall veränderte sich, wurde plötzlich konziliant, und er blickte zu Galbrait und senkte sein Kinn. »Eure Hoheit, wenn Ihr einfach mit mir kommen wollt, werden wir dieses Missverständnis wieder in Ordnung bringen.«

Missverständnis? Drakens Stirn legte sich in Falten. Er reckte Meergeboren in die Höhe. »Ihr werdet durch mich hindurchgehen müssen.«

»Und durch mich.« Tyrolean.

»Bringt mich nicht dazu, Euch niederzustrecken. Ihr seid nicht sein Leibwächter; das bin ich. Tretet zur Seite, Brînianer.«

Grym trat einen Schritt zurück, stieß gegen den Gardesoldaten hinter ihm und wurde beiseitegeschoben. Er stolperte gegen einen grässlichen, beschmutzten Tisch voller Zahnräder, die mit Eisenfesseln verbunden waren.

Meergeboren flammte in Drakens Hand auf und zog das Augenmerk des Gardisten auf sich. Draken machte einen Ausfall nach vorn und hatte dabei gerade noch Zeit genug, um sich zu fragen, ob er die Warnung verfluchen sollte, die das Schwert seinem

Widersacher gegeben hatte, oder ob es als Ablenkungsmanöver dienlich wäre. Beim ersten Gardesoldaten war es eine Ablenkung: Draken schlug zweimal zu, und der Mann lag sterbend zu seinen Füßen, würgte an dem Blut, das seiner Kehle entströmte.

Doch jetzt war Draken an der Reihe, sich ablenken zu lassen: Der Geruch des Blutes hier unten rief ein Echo von Soebens Schreien hervor. Der nächste Gardist des Königs sprang über den ersten und kam, das Schwert in hoher Deckung gereckt, auf Draken zu. Verspätet schlug Draken seine Waffe nach oben. Der Gardist blockte den Angriff mühelos ab und hieb seinerseits zu – aber nicht auf Draken, sondern auf Meergeboren.

Die Erschütterung des Schlages ruckte durch Drakens Arm und hallte durch seinen ganzen, erschöpften Körper nach. Seine Finger lösten ihren Griff um das Schwertheft: Meergeboren flog in einem steilen Bogen durch den Raum und schepperte gegen die Gitterstäbe einer Zelle. Da er den Foltertisch und Tyrolean in seinem Rücken hatte, gab es für Draken kein Zurückweichen vor der seelenerzitternden Pein der Klinge, die sein Fleisch aufschlitzte. Ein tiefer Zornesschrei von Tyrolean. Schwarze Tiefen, kälter als die offene See.

Und dann – überhaupt nichts.

KAPITEL FÜNFUNDZWANZIG

Draken öffnete seine Augen in einem winzig kleinen Zimmer ohne Fenster, den Arm an ein dickes Bettgestell gekettet. Tyrolean saß neben ihm, und seine Schwertscheiden waren leer; der eine Arm war an die gegenüberliegende Ecke des Betts gefesselt, der andere lag auf seinen erhobenen Knien, er hatte einen frischen Bluterguss an Kinn und Wange. Draken blickte an sich herab: Elenas Halskette war verschwunden. Er fragte sich, ob die Nacht angebrochen war, und hoffte, dass Aarinnaie fort und die *Fluch* davongesegelt war. Hier war es nicht sicher für sie.

»Warum haben sie uns nicht getötet?«, fragte er; seine Stimme klang heiser.

Tyrolean schüttelte den Kopf. »Sie müssen uns wohl noch für irgendwas brauchen.«

Für eine Weile saßen sie stumm da und lauschten. Keine Geräusche. »Seid Ihr jemals zuvor in dieser Weise gefangen und angekettet worden?«

»Nein«, antwortete Tyrolean. »Mein Leben war ziemlich gewöhnlich, bevor ich Euch kennenlernte.«

»Ich muss Euch um Verzeihung bitten, Ty. Ich hätte niemals gestatten sollen, dass Ihr mitkommt – und ganz sicherlich nicht, ohne dass Ihr die Wahrheit über mich wusstet.«

Tyrolean betrachtete ihn mehrere Momente lang, bevor er erwiderte: »Ist Euch der Gedanke gekommen, dass diese Dinge geschehen wegen dem, was Ihr *seid*, und eben nicht wegen dem, was Ihr wart?«

»Und wer bin ich genau? Ein Halbblut und Lügner mit mittelmäßigen Kampffertigkeiten und einem magischen Schwert.« Genau genommen nicht einmal mit Schwert. Und man hatte ihm auch Elenas Anhänger genommen.

»Ihr seid Fürst in Brîn und Elenas höchster Lord. Ihr habt auch die ausgeprägte Angewohnheit, Euch in ein unwahrscheinliches

Wohlwollen hineinzureden. Wenn sie Euch töten, wird Elena wahrscheinlich Monoea angreifen.«

»Die Lords der Ratsversammlung werden ihr das ausreden. Aarinna …«

»Konnte sich aus dem Attentatsversuch auf die Königin herausreden, aber niemand vermag Elena umzustimmen, wenn sie fest entschlossen ist. Und das wird sie sein, solltet Ihr nicht zu ihr zurückkehren.«

Draken stöhnte. Sein Kopf schmerzte. Man musste ihm einen Hieb gegen die Schläfe verpasst haben. »Ich hätte nicht zulassen sollen, dass sie mich erhebt.« Im Nachhinein wäre es die bessere Strategie gewesen, sich von seinem verdammten Vater töten zu lassen. Doch freilich – wie viele Male hatte er dem Tod ins Auge gesehen und war auf der anderen Seite herausgekommen? Er vermochte nicht zu begreifen, dass Elena Brînianer und Akrasianer aussenden sollte, damit sie für ihn in einem sinnlosen Krieg starben. Er schluckte und wartete, bis er darauf vertrauen konnte, dass seine Stimme annähernd normal klang. »Sie wird viel zu sehr damit beschäftigt sein, Akrasia vor den Galeonen zu schützen, die bereits unterwegs sind.«

Jemand pochte gegen die Tür, was sie beide auffahren ließ. Keine Stimme; nur das Pochen. Dann klapperte der Riegel, und die Tür schwang auf. Draken blinzelte, obwohl das Fackellicht hinter der Türöffnung nur dumpf flackerte. Als sich seine Augen auf das Licht einstellten, wurde ihm ganz flau im Magen. Gryms hagere, gebeugte Gestalt würde er überall wiedererkennen. Niemand sprach ein Wort, als zwei muskulöse Wachsoldaten mit Asche-Markierungen hereinschritten, Draken losketteten, ihn hochzerrten und nach draußen beförderten.

Sie hatten ihn zu Galbraits Privatunterkunft gebracht. Drakens Stirn legte sich in Falten. Bedeutete dies, dass Galbrait tot war? Höchstwahrscheinlich.

Ihre Waffen – Tyroleans und seine eigenen sowie Galbraits

Schwerter und Messer – lagen in einem ungeordneten, blutverschmierten Haufen auf einem Nebentisch. Alle komfortablen Sitzmöbel hatte man beiseitegeschoben, ein Esstisch war zu einer Folterbank umgewandelt worden. Bolzen, Seile und Blut verunstalteten die ehedem glänzende Oberfläche. In der Nähe brannte ein Feuerbecken; in den Kohlen steckten glühend heiße Werkzeuge. Grym trug den Nacht-Lord-Anhänger von Elena.

Die Ashen schleppten Draken auf den Tisch zu. Instinktiv wehrte er sich dagegen und hätte sich beinahe losgerissen. Doch die Ashen knurrten wütend und bohrten die Finger noch tiefer in seine angespannten Muskeln. Anstatt ihn auf den Tisch zu zerren, zwangen sie ihn davor auf die Knie. Erneut begann er, sich zu wehren, doch einer der Ashen schlug ihn mit seinem metallbeschlagenen Panzerhandschuh brutal gegen den Kopf. Die Welt um ihn herum kippte, als die Männer seine Handgelenke zu den Tischbeinen rissen, um sie daran zu fesseln. Sein Magen begann, sich unangenehm zu bewegen, und das dämmrige Licht verwandelte sich in einen Strudel aus tausend Farben.

Die Muskulatur an seiner schlimmen Schulter krampfte sich zusammen, als die Ashen ihn nach vorn in Richtung des Tischbeins zogen. Ein jäher, schneidender Schmerz fuhr durch das Gelenk. Draken warf sich in Richtung des ausgeübten Zugs, prallte vom Tisch ab und schnellte mit einem Ruck wieder nach hinten, womit er aus dem Griff der Ashen freikam. Zum Schutz gegen weitere stechende Schmerzen drückte er seinen schlimmen Arm vorsichtig an den Unterleib, während er mit der freien Hand einen Wächter zurückschlug. Trotz der Schmerzen war sein Körper ziemlich ausgeruht und im Besitz seiner ganzen Kraft. Taumelnd kam er auf die Beine und drehte sich nach hinten auf sein Schwert zu. Er gelangte irgendwie bis an den Tisch und wühlte im Waffenhaufen nach Meergeboren. Eine der Klingen schnitt ihm in den Finger, und er spürte einen brennenden Schmerz, während er schon wieder heilte.

Grym rief etwas, das Draken nicht verstand, und einer der Ashen fauchte eine Erwiderung. Seine Finger schlossen sich um das vertraute Leder von Meergeboren. Er schrie wütend auf, als

Hände ihn nach hinten zerrten. Draken bewegte den Arm in einem Bogen, wobei er das Schwert nur noch mit drei Fingern festhielt. Dessen flache Seite krachte auf den unbedeckten Kopf eines Wachsoldaten, sodass es Draken beinahe aus der Hand geflogen wäre. Aber der Gegner stürzte und blieb liegen.

Ein zweiter Ashen riss an Drakens anderem Arm; er stöhnte vor Schmerz, als seine Schulter dagegen protestierte. Er schwang das Schwert herum und erwischte den Ashen am Arm; wieder nur mit der flachen Seite. Da war ein winziger Moment des Zögerns, bevor der Ashen nach dem eigenen Schwert griff. Doch das genügte. Draken riss sich von ihm los; seine Arme sausten hoch, um den Angriff oben abzuwehren, und führten rasch das Schwert nach unten. Meergeboren traf die gepanzerte Schulter des Gegners, prallte seitlich ab und schnitt tief in den Hals hinein.

Der Ashen geriet ins Wanken. Funken stoben aus dem Feuerbecken hoch, als er hineinstürzte. Doch der Mann war zu sehr mit Sterben beschäftigt, als dass es ihn noch bekümmert hätte.

Ein Gefühl von Kraft und Gewissheit brandete in Draken auf. Er wirbelte herum und schritt auf Grym zu, der sich duckte und mit dem Messer vor seinem Körper herumfuchtelte. Draken klatschte mit der flachen Schwertseite dagegen. Es flog scheppernd weg. Grym schreckte zurück. Draken packte ihn an Elenas Halskette und zog ihn näher heran.

»Wo ist Prinz Galbrait? Ist er tot?«

»I-ich weiß nicht. Sie haben ihn mitgenommen …«

»Lügner!« Draken drückte seine Klinge unter Gryms Kinn. Der sadistische Folterknecht trat erneut zurück. Draken jedoch folgte ihm; das Wissen, unbedingt Antworten erhalten zu müssen, und die Gier nach Blut kämpften in ihm gegeneinander.

»Ich habe die Sache mit ihm beendet, und sie haben ihn mitgenommen.«

Draken kniff die Augen zusammen. »Was beendet?«

»Ihn an seine Pflicht zu erinnern.«

Pflicht? Mithilfe von Folter? Draken blinzelte, und Grym versuchte abermals, nach hinten auszuweichen. Doch er stieß gegen eine Bank, die man dorthin gestellt hatte, um Platz für den großen

Tisch zu schaffen. Er fiel hart auf den Rücken. Draken folgte ihm mit seinem Schwert, durchbohrte Knochen und Brustkorb. Seine Lungen füllten sich mit dem Geruch von Blut.

Als er Luft holte, musste er husten. Das Geräusch schien in dem stillen Raum widerzuhallen. Grym lag ausgestreckt auf der Bank: eine schwere Last, die das Ende von Drakens Schwert nach unten beugte. Er zog seine Klinge zurück, wobei ein saugendes Geräusch entstand, das in der überwältigenden Stille grotesk wirkte. Dann griff er nach unten, zog Elenas Halskette über den Kopf des toten Grym und legte sie sich um den Hals.

Der Gestank von Rauch würzte die Gerüche des Blutbads. Hatte er es wirklich geschafft, sie alle zu töten? Draken blinzelte erneut und drehte sich um. Rotglühendes Feuerholz und eiserne Schürhaken lagen auf dem Steinfußboden. Flammen leckten an Vorhängen; sie waren von dem umgestürzten Feuerbecken entzündet worden. Die Luft füllte sich rasch mit Rauch, der Draken den Atem nahm.

Er fluchte und schritt zur Dienstbotentür, fummelte an dem Riegel, riss ihn auf und eilte zu Tyrolean. Er brauchte keine Zeit zu vergeuden und nicht zurückzugehen, um nach Schlüsseln für die Eisenfesseln zu suchen; denn sie waren unter den Tisch gefallen. Er bückte sich danach und zuckte zusammen, da er seinen schlimmen Arm auf den Tisch gelegt hatte, um sich abzustützen.

Tyrolean beäugte das Gemetzel, nachdem Draken ihn losgekettet und in die behelfsmäßige Folterkammer geführt hatte. »Ihr habt Euch nicht gerade durch Reden aus dieser Lage herausmanövriert, Eure Hoheit.«

»Reden wird überschätzt.« Er ergriff Galbraits Schwert und warf sich den Gürtel über die Schulter.

»Und das Feuer?«

»Soll der Raum doch brennen. Ich weiß, wo Galbrait ist. Kommt.«

Die beiden marschierten los und hielten ihre Schwerter kampfbereit in den Händen. Draken fühlte sich nackt in dem breiten, zum Thronsaal führenden Korridor. Er wählte daraufhin einen Hintereingang, der ihn und Tyrolean in einen Nebenraum für

Dienstboten und zu einer kleinen, oft benutzten Treppe brachte, auf der man zu den Kinderzimmern gelangte. Als junger Sklave war er oft hier durch diese Räume gekommen, wenn er Botengänge zu erledigen hatte. Die weichen Betten und Spielzeug – tatsächlich Spielzeug für die jungen Mitglieder des Königshauses – hatte er damals ungläubig bestaunt. Jetzt hatte er das Gefühl, als ob die Geister der toten Prinzen hier verweilten, angezogen von Erinnerungen an Zeiten, die glücklicher und sicherer gewesen waren.

Die enge Wendeltreppe für Dienstboten führte sie aus den wichtigsten Wohnbereichen und zu einem kleinen Privatzimmer, das benutzt worden war, um Mahlzeiten und Veranstaltungen für die Prinzen in ihren persönlichen Unterkünften zu arrangieren. Draken hatte als junger Sklave so viel Zeit dort verbracht, dass sich der Raum seltsam anfühlte ohne die lärmende Geschäftigkeit von Küchenmädchen und Lakaien. Doch er war leer, und zwar bereits seit langer Zeit, wie Staub und gesprungene Fensterscheiben bezeugten. Draken runzelte die Stirn. Er konnte sich nicht erinnern, den Palast jemals so verwahrlost gesehen zu haben.

Tyroleans irritierte Stimme unterbrach seine Grübeleien. »Nicht hier.«

»Nein, verflucht. Ich dachte, er wäre hier.«

»Ich vermute, es besteht nicht die Möglichkeit, dass wir jetzt einfach fliehen?«

»Galbrait ist der König. Die Ashen haben vor, eine Puppe aus ihm zu machen. Ich kann ihn nicht diesem Schicksal überlassen.«

»Bei allem Respekt, Eure Hoheit – aber warum nicht? Ich bin hier, um Euch zu beschützen, und nicht, um fremde Prinzen in Bedrängnis zu retten.«

»Es ist der Wille der Götter, dass er herrschen sollte; seine Geschlechterfolge geht durch die Zeitalter zurück.«

»Ich entsinne mich, dass Ihr einst gegen genau dieses Qualifikationskriterium argumentiert habt, als es um Euch gegangen ist.«

Draken seufzte ungeduldig, von draußen näherten sich laute Schritte. »Wenn Galbrait stirbt, stirbt sein Geschlecht mit ihm; und das ist gegen den Willen der Götter. So glauben es jedenfalls die Monoeaner. Ich denke, dass selbst die Ashen es nicht wagen, sie zu kränken.«

»Nein. Ihr seid der Einzige, der dies tut.« Tyroleans Lippen zuckten; sie formten sich zu etwas, das einem Grinsen ähnelte. »Wie kommt es, dass Ihr glaubt, wir könnten Galbrait retten? Er wird unter beträchtlicher Bewachung stehen.«

Draken konnte Tyrolean kaum hören wegen der Schritte draußen vor der schweren Tür. Er hob die Hand an seine Lippen, damit der Hauptmann verstummte. Gedämpfte Stimmen und Stiefelscharren auf Stein waren draußen vor der Tür zu hören. Nachdem sie verschwunden waren, begegnete er Tyroleans Blick mit einem mürrischen Gesichtsausdruck und antwortete mit gesenkter Stimme: »Das bietet wahrlich Anlass zu Sorge.«

Vielleicht war der Prinz so verletzt von der Folter, dass man ihn nicht unter allzu schwere Bewachung stellen musste. Das würde es einfacher machen, zu ihm zu gelangen, doch umso schwieriger, ihn dann zu befreien. Einen bewusstlosen oder verletzten Schützling unbemerkt durch den Palast zu schleppen wäre, verdammt noch mal, unmöglich. Wie sollte er zu Galbrait gelangen, wenn Ashen die Korridore verstopften – ganz zu schweigen davon, zusammen mit ihm wieder herauszukommen? Vielleicht würde er ihn einfach aus dem verflixten Fenster ziehen müssen … Er hielt inne, um einen Moment nachzudenken. Natürlich!

»Wir haben keine Haken, also werde ich dies freihändig machen müssen.«

Tyrolean wölbte eine Braue, was dazu führte, dass seine umrandeten Augen nur noch eleganter und ausdrucksstärker wirkten, trotz des Schmutzes und der Blutspritzer auf seiner Wange. »Was habt Ihr vor, Eure Hoheit?«

»Den Durchgang für Bedienstete nutzen, um zur Unterkunft des Königs zu gelangen, und dann Galbrait dazu bringen, aus dem Fenster zu klettern.«

»Wird man Euch nicht entdecken?« Tyrolean schüttelte den Kopf. »Woher wisst Ihr überhaupt, wohin Ihr Euch wenden müsst?«

»Ich kenne jeden kleinen Fleck in diesem Palast, sogar noch besser als die Angehörigen der Königsfamilie. Ich war einst Sklave hier. Wahrhaftig, kein Ashen, weder Landadliger noch untergeordneter Lord, weiß über die Durchgänge so gut Bescheid wie ich.«

Tyrolean öffnete den Mund, um dagegen zu protestieren; doch Draken schüttelte den Kopf. »Ich will, dass Ihr Euch bereithaltet, falls ich gefangen werden sollte.«

Draußen herrschte finstere Nacht, und alles war immer noch in einen Nebel gehüllt, der zu dicht war, als dass die Augen ihn durchdringen konnten. Zumindest verfügten sie damit über eine ordentliche Tarnung. Draken zog seine Klinge und klopfte mit dem Schwertknauf gegen das Hornscheibenfenster, damit sich der Riss ausbreitete. Ein Stück Horn fiel nach unten in die borstigen, dornenreichen Büsche; der Abstand zu ihnen betrug ungefähr die Länge von anderthalb Mann.

Tyrolean ging zur Tür, um dort Wache zu stehen, während Draken an dem Fenster herumwerkelte. Die Risse breiteten sich bis zum Sims aus. Vorsichtig zog er die dünnen Stücke aus dem Fensterkitt und legte sie auf den Fußboden. Es dauerte eine kleine Weile, doch durch das Wegräumen der Hornteile entstand eine Öffnung, die für Tyrolean groß genug war, um hindurchzuklettern.

»Ihr steigt hinunter. Ich werde zur Unterkunft des Königs gehen. Wenn er nicht dort ist, werde ich auch herunterkommen.« Draken legte eine Pause ein und steckte Meergeboren in die Scheide. Es gab vieles, was er in diesem Moment sagen konnte – oder nichts. Er entschied sich für Letzteres. »Wartet nicht zu lange auf mich. Ihr könnt die *Fluch* bei Morgengrauen erreicht haben.«

Tyrolean hielt einen langen Moment seinem Blick stand und nickte ihm zu. »Jawohl, Eure Hoheit.«

Draken verspürte die gleiche Erleichterung, die er immer in der Gegenwart des Hauptmanns empfunden hatte; sie waren in erster Linie als Soldaten zusammen. Lügen bedeuteten nichts neben dem Blut, das sie zusammen vergossen hatten. Er schob sich durch die versteckte Tür in den Durchgang hinein, der zur Unterkunft des Königs führte, während Tyrolean nach unten zum Erdboden kletterte.

KAPITEL SECHSUNDZWANZIG

Wie der kleine Veranstaltungsraum war auch der Durchgang schmutzig, unbeleuchtet und staubig. Draken schüttelte den Kopf. Wann hatten die Diener aufgehört, ihn zu benutzen, um den König unauffällig zu bedienen? War das Wissen über die Durchgänge zusammen mit der Sklaverei verschwunden? Einen Augenblick lang hatte er die Befürchtung, dass die Tür versperrt sein könnte, die zu den Gemächern des Königs führte. Doch die verborgene Holzverkleidung glitt auf und blieb an einem Teppich hängen, der in Drakens Kindheit noch nicht dort gewesen war.

Darüber hinaus hatten sich die Gemächer des Königs nicht sehr verändert. Von den Fenstern – die Augen leuchteten schwach hindurch – fiel graues, dunstiges Licht in den Raum. Vorhänge in der Farbe getrockneten Bluts warfen Schatten auf das Hochbett. Mehrere Sessel umgaben eine kalte Feuerstelle mit einer Öffnung, die größer als Draken war. Ein Schreibtisch mit ein paar Schriftrollen und verstreut herumliegenden Goldmünzen nahm die Ecke ein, die Draken am nächsten war. Ein Waffenschrank war geöffnet und leer. Die Türen, die zur äußeren Kammer führten, standen ebenso offen wie der schmale Eingang zu einem Ankleidezimmer. Alles war leise und still.

Obwohl aufgrund der Schatten und Wände vieles seinem Blick verborgen blieb, hatte er nicht das Gefühl, dass er die Räumlichkeiten durchsuchen sollte. Sie schienen menschenleer. Atem entströmte seiner Brust, gab ihm Luft für einen geflüsterten Fluch. Er wandte sich zum Gehen und wollte Meergeboren gerade in die Scheide stecken, als er sich eines Besseren besann. Er strich das Gold auf dem Schreibtisch in seine Hand – genug, um etliche Familien eine Sieben-Nacht lang gut zu ernähren – und öffnete eine Schublade in der Hoffnung, mehr davon zu finden. Er entdeckte einen kleinen Beutel und steckte die Münzen hinein. Ein leise kratzendes Geräusch ließ ihn aufschauen. Meergeborens Klingenspitze hatte er erhoben, bevor er es bewusst wahrnahm.

Ein weiteres Kratzen, dann Stille. Ein Tier vielleicht; eine Felsenratte, die nach Krümeln schnüffelte. Doch er schritt trotzdem vorsichtig voran.

Eine zusammengekauerte Gestalt hockte in der Ecke hinter dem großen Bett; die Arme waren um die hochgezogenen Knie herumgelegt, das Kinn an die Brust gedrückt. Das schwache Mondlicht erhellte blonde Locken.

»Galbrait«, flüsterte Draken.

Der Prinz zwängte seinen langen Körper noch tiefer in die dunkle Ecke hinein, wenn dies überhaupt noch möglich war.

Draken band den Beutel mit den Münzen an seinen Gürtel und ließ sich auf sein unversehrtes Knie nieder. Nach einem Moment des Zögerns streckte er den Arm aus und legte seine Hand auf die Schulter des Prinzen. Galbrait zitterte unter der Berührung. Ihr Götter, was hatte man ihm angetan? »Galbrait. Ich bin es – Draken. Zeigt mir die Verletzungen.«

Der Prinz hob den Kopf. Ein Auge wies eine so starke Prellung auf, dass es komplett zugeschwollen war. Und die Wange auf der anderen Seite zeigte Schnitte, die so tief waren, dass weiterhin Blut aus ihnen sickerte, von dem eine ganze Menge mittlerweile entlang seines Haaransatzes festgetrocknet war. Er lockerte ein Stück weit die um seine Knie gelegten Arme, um Draken seine nackte Brust sehen zu lassen, wo sich ähnliche Schnittverletzungen offenbarten. Auch sie waren so tief, dass sie noch bluteten, gingen jedoch nur durch sein Fleisch und nicht bis auf die Knochen. Es war notwendig, dass die Wunden behandelt wurden: ein Salzbad, Alkohol, Verbände, und die Schnitte mussten vorher genäht werden. Die ganze Zeit blickte der Prinz Draken nicht in die Augen.

»Ich werde Euch hier herausholen«, versicherte Draken.

»Ich kann nicht … Ich muss bleiben.« Galbrait schüttelte den Kopf.

Draken ignorierte seine Worte. Die Stange an der Innenseite der Tür war entfernt worden; das raffinierte Schloss hatte man mit einem harten Schlag zertrümmert und unbrauchbar gemacht.

Er traute sich nicht, es zu überprüfen, aber er würde etliche Rare wetten, dass die Tür von außen sicher versperrt war. Er hörte leise Stimmen im Gang, wo sich jemand in Lederstiefeln bewegte. Wachen. Draken fluchte im Flüsterton, zog die inneren Türen zu, damit ihre Stimmen nicht im Gang gehört wurden, und kehrte zu Galbrait zurück. Als er sich ihm näherte, schauderte Galbrait zurück und ließ wieder den Kopf hängen. Verdammt, das kleinste Geräusch ließ ihn zusammenzucken.

»Schaut mich an.« Draken versuchte, seine Stimme zu stählen. »Was haben sie Euch erzählt?«

Galbraits unverletztes Auge blinzelte und wandte sich rasch von Drakens aufmerksamem Blick ab. Seine Stimme war matt, ausdruckslos; die Worte klangen wie auswendig gelernt. »Meine Brüder sind tot. Meine ganze Familie ist tot.«

»Ich bin nicht tot, Cousin. Ich bin hier, bei dir. Was wollen sie von Euch?«

Galbrait blinzelte und schaute zu ihm hoch. Seine Stimme wurde stärker, klang aber auch verzweifelter. »Nicht mich. Sie wollen, dass Ihr König seid.«

Draken spürte den Atem der Angst in seinem Nacken. »Ashwyc ist eingenommen worden, und wenn sich die Neuigkeiten verbreiten, wird es in Siebenfel zu Gewaltausbrüchen kommen. Ob Prinz oder König, Ihr könnt nicht hierbleiben. Ihr müsst mit mir kommen.«

Galbrait schluckte. Er zog die Schultern nach oben; es sah aus, als ob ihm diese Bewegung Schmerzen bereitete. Das Licht von Meergeboren verriet Würgemale oberhalb seines Torques. Grym hatte den Burschen fast erdrosselt. »Ich kann nicht. Versteht Ihr es denn nicht? Ich muss den Thron einnehmen, selbst … selbst …« Er hustete erstickt, sodass er seinen Satz nicht beenden konnte.

Draken suchte im Zimmer nach Wasser, Wein, irgendwas. Ein Tablett auf dem niedrigen Tisch neben der Feuerstelle. Vielleicht vom letzten Abend. Er schritt dorthin, schenkte kalten Roten Tee ein und kehrte damit zurück. Galbrait griff nicht danach. Draken hob die Hand des Prinzen an und drückte seine Finger um die Tasse. »Trinkt.«

Der Prinz hustete, als er versuchte, den Tee hinunterzuschlucken. Er würgte ein wenig. »Ich kann den Palast nicht verlassen.«

»Nur für eine kleine Wei…«

»Nein. Hier muss immer ein König sein. Ihr wisst das. Ihr könnt mich nicht fortbringen, oder es wird keine Könige mehr geben.« Sein Blick war wild, seine Stimme klang verzweifelt.

»Nur mit der Ruhe. Das ist bloß eine Legende. Ich nehme Euch mit, um Euch zu helfen, versteht Ihr? Gemeinsam werden wir dann nach Monoea zurückkehren«, sagte Draken, obgleich ihm Bruchstücke einer Idee in den Sinn kamen, die wenig mit dem monoeanischen Thron zu tun hatten. »Aber das können wir nicht, wenn wir in dieser Ecke hocken bleiben.«

Galbrait leckte sich die Unterlippe und zuckte zusammen. Sie war rissig, gefleckt von den Prellungen und vom Roten Tee verschmiert. Frisches Blut rann ihm übers Kinn.

»Seid Ihr ein Kind oder ein Mann, Galbrait? Ein verweichlichter Prinz oder ein König? Hier und jetzt entscheidet Ihr, was Ihr sein werdet.«

Draken zog den Daumen über den losen Teil des Leders, das um sein Schwertheft gewickelt war. Der metallene Knauf erwärmte sich in seiner Hand. Er konnte es nicht zulassen, dass Galbrait als Marionette auf dem Thron saß. Er konnte ihn nicht hierlassen. In der Stadt würden Gewalttätigkeiten ausbrechen, wenn er fort und mutmaßlich tot war, doch gerade das würde den Ashen, die in der Stadt geblieben waren, einiges zu tun geben.

Der Prinz drückte seine Schulter gegen die Wand, als würde er am liebsten in den Steinen verschwinden. Tränen entschlüpften dem gesunden Auge und glänzten im unerbittlichen Licht von Meergeboren auf seiner Wange. Er schöpfte zitternd Atem, der schwach in seiner Brust pfiff. Doch Galbrait wehrte sich nicht, als Draken ihn hochzog, damit er auf die Beine kam.

»Könnt Ihr immer noch an den Wänden klettern, so wie Ihr es getan habt, als Ihr jünger wart? Könnt Ihr aus der Stadt fliehen?«

Galbraits Lippen zuckten vor Schmerzen, als er wieder stand. »Es gibt da ein Tor … im Wald, im Innern eines Brunnenhauses.

Das führt zum Park von Kordewyn. Es ist ziemlich versteckt. Lässt sich nur von dieser Seite aus öffnen.«

Draken war nicht überrascht. Die Königsfamilie würde sich gewiss Fluchtmöglichkeiten aus der Palast-Stadt offenhalten. Da er bereits ein paar geheime Türen entdeckt hatte, würde er jederzeit darauf wetten, dass noch mindestens ein halbes Dutzend weiterer Durchgänge existierte. Draken schritt zu einem Kleiderschrank und warf Galbrait ein Hemd zu. »Kleidet Euch an. Es ist kalt.«

Draken zerbrach die lichtdurchlässigen Hornscheiben und befreite sie aus Bleifassungen, die sich ziemlich leicht beiseiteziehen ließen. Galbrait zog das Hemd seines Vaters an, schnallte sich seinen Schwertgürtel samt Klinge um, die Draken ihm gebracht hatte, und warf sich einen Umhang über die Schultern. Er schob sich langsam an der Mauer hinunter, wobei er sich mit den Fingerspitzen an den Steinen festhielt. Draken schwieg trotz des schmerzlich langsamen Tempos. Die Läden vor dem zerbrochenen Fenster hatte er geschlossen. Sollten sich die Scheißkerle doch fragen, wohin der Prinz verschwunden war, zumindest ein paar Atemzüge lang. Sie brauchten jeden Schritt Vorsprung, den sie bekommen konnten.

KAPITEL SIEBENUNDZWANZIG

Der Nebel begann sich aufzulösen, und die Sieben Augen konnten ihr kaltes Licht in die Gassen und Straßen von Kordewyn ergießen. In der Stadt ging es rege zu, doch es war recht leise. Zum Schutz gegen die feuchte Kälte hatten sich alle Passanten in Umhänge eingehüllt, während sie zu ihren Bestimmungsorten eilten.

Prachtvolle Handelshäuser mit geschlossenen Fenstern walteten über hohe Schatzkammern, in denen sich die Gold- und Geldhaufen türmten. Draken hatte einst von der Schatzkammer eines Händlers von Pelzen aus den Norvern Wildnissen gehört, die so brechend voll gewesen sein sollte, dass er seine untreue Frau und ihren Liebhaber lebendig darin begraben hatte, damit sie unter dem Gewicht von all dem Gold erstickten. Obwohl es reichlich Zeugen dafür gab, dass der Pelzhändler in trunkenem Zustand mit der Tat geprahlt hatte, war er so einflussreich gewesen, dass niemand es für nötig befand, die beiden auszugraben.

Die Stadttore waren geöffnet, aber weiterhin gut bewacht. Draken beobachtete die Wachleute aus der Entfernung und dachte an ihre Gefolgschaft von vorhin. Das Letzte, was er tun wollte, war, die Stadt darauf aufmerksam zu machen, dass der Prinz – der König – in der Nacht durch Kordewyn spazieren ging.

»Draken.« Es war das erste Wort, das Tyrolean sprach, seit sie ihn am Fuße der Palastmauer getroffen hatten. Anschließend waren sie zu dritt durch die Außenanlagen gehuscht und hatten sich durch den Wald zum Tor in dem Brunnenhaus gestohlen.

Er schaute Tyrolean an und nahm seine Hand von dem Schwertheft, um den Daumen in den Gürtel zu stecken. Ein starrer Gesichtsausdruck verbarg Tyroleans Sorgen, die sich mit denen von Draken deckten, nur schlecht. Galbrait sah aus wie ein gebrochener Mann. Er ließ die Schultern unter dem schönen Hemd und Umhang des Königs hängen; sein blondes Haar war immer noch verfilzt und blutverschmiert, das zerschlagene Gesicht auf den Boden gerichtet. Ein gelegentliches Zittern nahm seinen Körper immer wieder fest in den Griff; möglicherweise eine Folge des Schocks. An einem einzigen Tag hatte der Prinz seinen König, die Mutter, seine ganze Familie, seine Würde – durch die Folter – und seinen Thron verloren. Draken griff nach der Kapuze des Prinzen und zog sie hoch. Galbrait hob nicht einmal den Kopf.

Draken dachte darüber nach, was er sagen könnte, um ihn zu trösten, doch es kam nichts dabei heraus. Der Torques war unter dem Umhang versteckt, und die Prellungen verbargen Galbraits Identität recht gut: Selbst König Aissyth hätte ihn schwerlich wiedererkannt, wenn er noch am Leben gewesen wäre.

Der Gedanke führte dazu, dass Ungeduld und Zorn in Draken hochstiegen. Was in Khellians Namen sollte er mit dem monoeanischen Kronprinzen tun? Sollte er etwa hierbleiben und diese verdammte Revolution aufhalten? Wo er doch nur eines wollte: die Segel setzen und nach Akrasia aufbrechen, zu Elena, um dafür zu sorgen, dass allen Menschen dort der bevorstehende Krieg erspart blieb. Er warf einen verbitterten Blick gen Himmel; doch Khellian war nicht aufgetaucht und würde während der Passatsaison auch nicht zum Vorschein kommen, ehe Zozia nicht den Zenith passiert hatte. In jedem Fall gab der Kriegsgott Draken außer »Töten« sowieso keine andere Antwort.

Anschließend hatte er denselben beunruhigenden Gedanken wie zuvor, der nun ein Feuer nervösen Zweifels in seinem Bauch entzündete: etwas, das ihm das Gefühl gab, er würde sich in zwei Personen aufspalten. Es gab eine Möglichkeit. Er konnte Galbrait benutzen … Er brauchte den Prinzen immer noch, um Brîn und Akrasia zu retten.

»Geht es Euch gut, Eure Hoheit?«

Wahrscheinlich dachte Tyrolean, dass Draken drauf und dran war, auszurasten oder verrückt zu werden, oder dass noch Schlimmeres passieren mochte. Draken seufzte und bemühte sich, selbstbeherrscht zu wirken, da er es im Moment nicht schaffte, »fürstlich« zu erscheinen. Rasende Besorgnis fühlte sich so an, als würde sich ein Fluch durch das Adersystem des eigenen Körpers schlängeln. Wenn er nur einmal dieser Stimmung nachgab, war er von diesem Augenblick an anfällig dafür.

»Mir geht's gut«, antwortete er. »Kommt.«

Als sie den Wachmann erreichten, blickte er sie zunächst müde an und straffte sich dann mit einem Stirnrunzeln. »Ihr seid ein Brîni-aner.« Seine Augen verengten sich. »Und ein Akrasianer. Was für geschäftliche Angelegenheiten hattet Ihr in Kordewyn so spät in der Nacht, dass Ihr Euch jetzt durch das Tor schleicht?«

Mit einiger Mühe zügelte Draken sein Temperament und griff zu seinem Gürtel, anstatt die Hand zum Schwertheft an seiner Seite wandern zu lassen. Seine Finger stießen gegen den Beutel mit den Münzen, der zwischen seiner Hüfte und dem Leder steckte. Draken holte ihn hervor, wühlte darin herum und zog einen Goldkönig heraus. »Ich bin ziemlich in Eile, und meine geschäftlichen Angelegenheiten sind allein meine Sache.«

»Und wer ist das?« Mit einer heftigen, ruckartigen Bewegung seines Kinns wies der Wachmann auf Galbrait, der sich immer noch in seinen Umhang schmiegte.

»Mein Fremdenführer.«

Galbrait riskierte einen Blick nach oben, und der Wachmann schnaubte angesichts des zerschlagenen Gesichtes. »Der muss Euch ja ein ziemliches Unrecht angetan haben.«

»Eine schlimme Nacht in der Taverne.« Draken seufzte. »Wir versuchen gerade, nach Schattenklippe zurückzukehren.«

»Was ist das für eine Verzögerung?«, rief jemand von hinten. »Das Gerücht geht um, dass die Ashen den Palast eingenommen haben, und Ihr tauscht hier Gutenachtgeschichten aus?«

Gerüchte, was? Das ging aber schnell. Beinahe, als ob das Ganze wohldurchdacht gewesen wäre. Draken kniff die Augen zusammen, und er schaute Tyrolean an. Die Kinnmuskulatur des Hauptmanns zuckte. Wenn diese Gerüchte schon jenen sicheren Steinmauern entkommen waren, wie lange würde es dann dauern, bis Siebenfel explodierte? Bei Tagesanbruch – keinesfalls später.

»Dies zu Eurer Beherzigung: Seid still! Es wird so lange dauern, wie es eben dauert.« Der Wachmann blickte finster auf den Goldkönig in Drakens Hand hinab und murmelte: »Zwei.«

»*Zwei?*«

»Für jeden.«

Ein struppiger Wegelagerer in den Norvern Wildnissen würde von einer verweichlichten Landedelfrau, die ohne ihre Wache überrascht worden war, keinen so hohen »Reisepreis« fordern. »Vier insgesamt und keinen Silberprinzen mehr.« In Wahrheit hatte er kein Silbergeld bei sich, sondern lediglich Aissyths Gold. Wenn man sie allerdings noch viel länger aufhielt, würden sie es erst nach dem Untergang der Monde schaffen, die *Fluch* zu erreichen. Möglicherweise benötigten sie dann noch Geld, um die Überfahrt auf einem anderen Schiff zu bezahlen.

Der Wachmann entblößte seine Zähne zu einem feindseligen Grinsen, schloss die kräftige Faust um die Münzen und ließ sie durch, obschon Draken seine Augen auf dem Rücken spürte. Die Stufen, auf denen sie nach Schattenklippe hinunterschritten, waren zwar menschenleer, aber heimtückisch: Es war so kalt, dass der Dunst in der Luft eine dünne Eisschicht auf den Steinen ausgebildet hatte. Etliche Male rutschte Galbrait aus, und Tyrolean musste ihn jedesmal am Arm auffangen.

Das Tagwerk in den Stadtbezirken begann früh in der Passatsaison, und Schattenklippe war längst voller Geschäftsleute, als sie die Stufen hinabgestiegen waren. Die Gebäude waren alle niedrig und vollgestopft, Stände und Zelte überall dort, wo man sie aufstellen konnte. Sie begegneten mehreren Gruppen von Wachsoldaten; es handelte sich zumeist um Truppen der Stadt, die patrouillierten, um den Frieden während der Handelszeit zu bewahren, wenn so viel Geld im Umlauf war und alle Menschenarten sich dort aufhielten. Die drei sahen gut bewaffnete Brînianer mit nackter Brust, ein akrasianisches Halbblut mit umrandeten Augen, eine Gadye-Frau, die ihr dunkles Haar in Flechten nach hinten gebunden hatte, Kaufleute aus Felspirn, deren Gewänder vom Kopf bis zu den Füßen reichten, und Händler aus der Meerengenregion in ihren rot gefärbten Lederkleidungen. Niemand schenkte ihnen viel

Beachtung, ausgenommen die Brînianer, die sich wahrscheinlich fragten, warum Draken einheimische Kleidung trug. Und während sie sich ihren Weg durch das enge, von flachen Gebäuden umgebene Straßengewirr suchten, grummelte Tyrolean auf einmal: »Königliche Gardesoldaten hinter uns, glaube ich.«

»Folgen sie uns etwa?«, fragte Draken mit schneidender Stimme.

»Nein, Eure Hoheit. Ich denke nicht, dass sie uns bislang gesehen haben.«

Galbrait, der weiterhin mit hängendem Kopf vorwärtsgeschlurft war, jedoch Schritt gehalten hatte, hielt inne und schaute zurück. Draken packte ihn am Arm und schob ihn an ein paar Dokkaelfs vorbei – die durch ihre schlitzförmigen Pupillen auffielen –, um etwas Abstand zu bekommen. »Nein. Schaut nicht hin.«

»Aber sie können uns helfen. Die königlichen Gardisten sind doch königstreu.«

Draken schnaubte leise. »Es ist ja nicht so, als ob die Soldatentracht eintätowiert wäre. Das könnten ebenso gut Ashen in Verkleidung sein.«

Galbrait schaute weiterhin zurück; Tyrolean hielt sich in seiner Nähe und tat sein Bestes, um sich stets zwischen dem Prinzen und den Gardesoldaten zu halten. Draken konzentrierte sich darauf, sie zum Hafen zu führen. Schattenklippe kannte er so gut wie die eigene Hand.

»Wir schaffen es nicht. Die Sonne geht auf.« Galbrait redete in einem mürrischen Ton, und die Schnittwunden ließen ihn die Worte noch undeutlicher aussprechen als Halmars Lippenringe.

»Haltet den Mund, Galbrait«, knurrte Draken.

Abermals waren da zu viele Schiffe im Zentrum der Schwesterbucht vor Anker, um die *Fluch* zwischen ihnen ausfindig zu machen – auch nicht im Licht der aufgehenden Sonne, das soeben den wässrigen Horizont in Brand setzte. Draken fluchte leise und wurde ungeduldig.

»Nur mit der Ruhe; ohne Euch werden sie nicht wegfahren.«

Draken warf Tyrolean einen Blick zu. »Ich habe ihnen entsprechende Befehle gegeben.«

Tyrolean schüttelte den Kopf, als ob er bereits des Gespräches müde wurde. »Halmar geht vielleicht so weit, Euch alleine durch Siebenfel umherziehen zu lassen, aber er würde niemals seinen Khel Szi der Gnade Monoeas überlassen. Ganz zu schweigen davon, dass Aarinnaie Euch gegenüber viel zu leicht nachgab, um ihrem Wort zu trauen.«

»Da haben wir's«, sagte Draken. All dies konnte zu jeder Menge Probleme führen. Die *Fluch* war sicherlich bekannt. Ashen könnten das Schiff einkreisen.

»Wenn wir hier festsitzen, sollten wir sie um ihre Hilfe bitten.« Galbrait begann sich herumzudrehen und einen Arm emporzurecken, als ob er die Gardesoldaten grüßen wollte. Einer von ihnen blickte in ihre Richtung; Tyrolean allerdings zog den Arm des Prinzen mit einem Ruck nach unten, als wäre es der Hebelarm an einer gut geölten Verriegelung.

Galbrait schrie frustriert und ungehalten auf. Mehrere Leute, die sich auf den Kais oder am Ufer aufhielten, drehten sich herum; sie sahen, dass es sich um Ausländer handelte, und schauten wieder weg. Einer der Gardisten blickte jedoch in ihre Richtung.

Galbrait öffnete den Mund, um noch etwas zu sagen, aber Draken stieß ihn rücklings ein paar Schritte hinter eine Hafenbaracke und verpasste dem Prinzen einen Faustschlag in den Unterleib. Heftig ächzend beugte der sich nach vorn, und Draken riss sein Knie nach oben. Durch den Zusammenprall von Knie und Stirn fiel Galbrait auf den nassen hölzernen Kai wie ein Sack mit klumpigem Mörtel.

»Das war nicht sehr nett, Eure Hoheit.«

»Ich habe niemals vorgegeben, nett zu sein. Helft mir, ihn wieder hochzukriegen.«

»Er verhält sich fast so, als ob er geschnappt werden wollte.«

»Das ist mir nicht entgangen.« Sie zerrten ihn zwischen sich hoch. Galbrait schwang benommen den Kopf, doch er wehrte sich nicht. Aber er half auch nicht: Er war wie ein totes Gewicht mit hinter sich her schleifenden Füßen, trotz eines undeutlich genuschelten Protests.

Sie gingen, so schnell sie konnten. Draken musste seine Gefühle streng unter Kontrolle halten, um zu verhindern, dass er in einem

Anfall von besorgter Ungeduld den Prinzen einfach irgendwo ablud und die Pier hinunterrannte. Ständig sagte er sich selbst, dass sie ein Schiff nach Hause finden könnten, dass er ein Fürst mit den entsprechenden Mitteln war, dass er sich einen der ungehobelten Schiffskapitäne aussuchen konnte, die jeden Hafen bevölkerten. Aber es war schwierig, daran zu glauben, wenn man ängstlich versuchte, den geschlagenen, blutverschmierten Kronprinzen von Monoea in Sicherheit zu schleppen, während sich gleichzeitig eine Revolution um einen herum entfaltete.

Sie wurden von ein paar Damen beäugt, die sich flüsternd unterhielten, und Draken brachte eine halbwegs überzeugende Entschuldigung zustande, dass sein Freund in der Taverne zu viel getrunken hatte. Kichernd eilten sie weiter und verschwanden in der Menschenmenge, die hinter den dreien ihren Geschäften nachging. Draken erblickte ein kleines Wasserfahrzeug, das darauf wartete, gemietet zu werden, und zerrte den Prinzen über dessen Dollbord. Das Boot schwankte unter ihrem Gewicht, woraufhin er Galbrait ein wenig härter als notwendig auf den Boden fallen ließ. Der Prinz stöhnte auf und veränderte seine Position, doch den Kopf hob er nicht an.

»Betrunken?«, erkundigte sich der Führer des Ruderboots.

»Hat ein wenig Probleme mit den einheimischen Wachsoldaten bekommen. Bringt uns von hier fort, und es ist ein Goldkönig für Euch drin. Dorthin. Zu den vor Kaltufer vor Anker liegenden Schiffen.«

»Sofort, Meister!«

Draken starrte hinaus in die Richtung, wo die *Fluch* sein sollte. Ein Wald von Masten erhob sich vor seinen Augen, der sich in der abziehenden Düsternis veränderte, als das Ruderboot abstieß. Hinter ihnen überlagerten Nebel und Rauch den Himmel und trieben hinaus, um die Meeresluft zu verpesten. Draken fragte sich, ob es Elena gut ging. Er fragte sich, ob die *Fluch* noch da sein würde. Aber hauptsächlich fragte er sich, ob er es noch jemals erleben würde, Luft zu riechen, die frei von Krieg und Tod war.

»Wurde aber auch Zeit, verdammt noch mal!«, rief Aarinnaie, die zum Schutz gegen die Kälte in einen Umhang gehüllt war.

Halmars massige Gestalt lauerte hinter ihr; das Licht der aufgehenden Sonne glitzerte auf der flachen Seite seines Schwertes und dem mondgeschmiedeten Schmuck, der in seine Haut gepierct war.

Ein leichtes Lächeln brach durch Drakens Beklommenheit. Aarinnaie klang untypisch besorgt. Er gab dem Bootsführer zwei von Galbraits Goldkönigen, was den Mann dazu brachte, sich zu verbeugen und überhastet zu reden.

»Meister … mein Herr …«

»Ihr habt uns nicht gesehen. Wir waren niemals hier.«

Der Bootsführer blinzelte ihn an. »Natürlich, ich …«

»Geht!« Draken drehte sich von ihm fort und zerrte Galbrait hoch, sodass er aufrecht stand. Der Prinz stöhnte und glotzte ihn mit seinem unversehrten Auge an. Auf einer Seite seiner Stirn blühte der frische Bluterguss von Drakens Knie. »Ihr habt mich geschlagen.«

»Bringt mich nicht nochmal dazu«, erwiderte Draken. »Halmar, könnt Ihr uns helfen?«

Zwei Matrosen rückten die aus Holz und Tauen bestehende Kaitreppe herbei, während der Bootsführer seinen Ruderern befahl, abzulegen. Halmar schritt herunter; unter seinem Gewicht geriet der hölzernde Kai in Bewegung. Das trug ihm einen finsteren Blick von einem Seemann ein, der an einem Ende des Kais angelte. Der Krieger beförderte Galbrait über seine muskelbepackte Schulter, als ob er ein kleiner Junge wäre, und schritt wieder die Stufen hoch.

»Legt ihn auf die Koje in meine Kajüte«, wies Draken ihn an. »Aarinnaie, behalt ihn im Auge. Ich komme einen Moment später nach … Was?«

»Du trägst andere Kleidungsstücke«, bemerkte Aarinnaie. »Was ist passiert?«

»Wir sind in ein paar Schwierigkeiten geraten.«

Osias schaute mit zusammengekniffenen Augen zu; seine doppelköpfige Pfeife stieß dünne Rauchfahnen aus. Er sah zu blass aus, um so attraktiv wie üblich zu erscheinen; auch seine Gesichtszüge wirkten hart und faltig im gerade eben über den Horizont steigenden Sonnenlicht.

»Ich werde dir bald alles erzählen. Zuerst muss ich mit Akhanar Joran sprechen, damit wir so schnell wie möglich in See stechen können.«

Sie biss sich auf die Lippe, folgte aber Halmar in die Kajüte. Draken holte tief Luft; er hatte die Absicht, Joran zu finden, stattdessen aber lehnte er sich nach hinten gegen die Takelage. Tyrolean hielt sich in der Nähe auf und beobachtete Siebenfel.

»Eine interessante Stadt«, meinte Osias.

»Wenn sie diese Sache überlebt.« Draken runzelte die Stirn, doch er schaute nicht zurück. Den größten Teil seines Lebens hatte er in Siebenfel verbracht, doch der Ort hatte sich nie nach Heimat angefühlt. Selbst Lesle schien ihm jetzt wie ein Traum. Er rieb seine Finger aneinander und dachte an ihr Seidengewand. Es fiel ihm schwer, sich an ihren Duft, ihre Stimme zu erinnern – und wie sie sich angefühlt hatte. Alles war ersetzt worden von Erinnerungen aus jüngerer Zeit – Erinnerungen an Elena.

Die bald eine Schlacht würde kämpfen müssen, weil er hier so kläglich gescheitert war.

»Setia und ich werden uns um den jungen Prinzen kümmern, Draken.«

»Schön. Aber sei dir bewusst, dass er mehr als alles andere eine Geisel ist, auch wenn er es nicht weiß.«

»Nur mit der Ruhe. Wir fahren nach Hause.« Osias berührte seine Schulter und verschwand in Richtung Kajüte; dabei zog er Gadye-Rauch hinter sich her, der stark an Drakens Lungen zu zerren schien.

Er schloss seine Augen, spürte jedoch nichts anderes als das vertraute Schaukeln des Schiffsdecks, das endlose, leise Schlagen des Wassers gegen den Rumpf. »Vielleicht hat Aarin recht. Vielleicht sollte ich einfach fortsegeln. Wir könnten überall hinfahren.«

»Und zulassen, dass Akrasia ohne Vorwarnung einen Angriff erleidet?«

»Wir sind zu weit entfernt, um sie zu warnen.«

»Wir sind nicht zu weit entfernt, um zu helfen.«

Draken öffnete seine Augen, erhaschte einen Blick auf Tyrolean, der so gelassen war. Die dunklen Augen des Hauptmanns reflektierten das heller werdende Tageslicht. Es ließ Draken an Osias denken. »Wenn ich zurückkehre, wird sie womöglich die Wahrheit über mich erfahren.«

»Vielleicht wäre das das Beste«, sagte Tyrolean.

»Ich bin gestaltgewordene Häresie. Gerade Ihr wisst das«, erwiderte Draken. Tyrolean verbrachte mehr Zeit mit Beten als jeder andere, den Draken kannte.

Der zuckte aber nur mit den Schultern, allerdings recht steif, als ob sie ihn schmerzten. Zweifellos war dies der Fall. Sie hatten eine Menge Schwertkämpfe erlebt. »Vielleicht. Und trotzdem, die Götter haben Euch erwählt, ihr Schwert zu tragen. Wieder und immer wieder helfen sie Euch, damit Ihr weiterlebt, gleichgültig, wie viele Male Ihr zu sterben versucht.«

Draken brummte. »Ihr sagt das immer, wenn Ihr in einem Streitgespräch mir gegenüber nicht nachgeben wollt.«

»Oder Eurem Selbstmitleid.« Tyrolean klopfte Draken auf die Schulter – eine seltene Geste bei ihm. »Redet mit dem Akhanar, Eure Hoheit. Bringt uns nach Hause.«

KAPITEL ACHTUNDZWANZIG

Draken stand am Bug der *Fluch*, seine Hände ruhten auf der Reling. Joran wusste, wie seine Arbeit zu erledigen war. Sie hatten die Küste hinaufsegeln müssen, um den Passat aus der entgegengesetzten Richtung zu erwischen; und jetzt, eine Sieben-Nacht später, blies ein recht starker Wind sie auf Akrasia zu, der jedoch nicht stark genug war, um die monoeanische Flotte einzuholen. Die *Fluch* war schnell, aber nicht schnell genug, um zwanzig Galeonen einzuholen, die einen ganzen Tag und eine ganze Nacht Vorsprung hatten. Und Draken hatte sowieso keine Ahnung, was sie tun sollten, wenn sie die Flotte tatsächlich erwischten. Sie konnten nicht mehr ausrichten als eine Blutfliege, die gegen ein Löwenrudel stichelt.

Seine Finger umklammerten die Reling fester, während er daran dachte, wie Kriegsschiffe Akrasia umrundeten, Khein ausfindig machten oder vielleicht die Küste um Brîn herum hinuntersegelten. Er fragte sich, ob Elena sich immer noch dort aufhielt oder ob sie nach Auwaer gegangen war, wie er es von ihr erbeten hatte. Zwanzig Galeonen bedeuteten mindestens sechstausend Soldaten, und er hatte das ungute Gefühl, dass ihnen noch mehr folgen würden – und danach noch mehr.

»Akhanar Joran sagt, dass er vor Khein den Anker werfen wird, Khel Szi.« Aarinnaie stellte sich neben ihm hin und legte ihre schmalen Hände auf die Reling. Sie wirkten unpassend neben seinen; es bestand überhaupt kein Zusammenhang zwischen ihnen. Abermals wunderte er sich, wie ihre Hände so blutbefleckt sein konnten, wenn sie doch so zart aussahen.

»Ja«, antwortete Draken, »die meisten meiner Soldaten sind in Khein.«

»Deiner akrasianischen Soldaten.« In ihrer Stimme lag ein Anflug von Beleidigung.

»Sie übertreffen meine brînianischen Soldaten an Zahl bei Weitem; das weißt du doch.« Der Vertrag mit Akrasia hielt Brîn dazu an, ein stehendes Heer von rund dreitausend Mann zu unterhalten.

Sie schüttelte den Kopf. »Nach all dem bist du immer noch Elenas Kreatur.«

Draken wölbte die Brauen.

»Ich meine dies in der Hinsicht, dass du König sein solltest.«

Das klang dem zu ähnlich, was die Ashen von ihm wollten. »Ich habe die Gewalt über Elenas Armee«, sagte Draken. »Das genügt völlig.«

Aarinnaie machte ein finsteres Gesicht.

Er seufzte. »Elena ist eine gute Königin. Sie ist zum Herrschen erzogen worden, Aarin. Ich nicht.«

»Wann wirst du begreifen, dass du vielleicht nicht dazu erzogen, aber dazu geboren wurdest?«

Draken schüttelte bloß den Kopf; er wurde dieses Gesprächsthemas überdrüssig. Er eignete sich weitaus mehr für das Schlachtengetümmel als für das Zelt der Strategen. »Wie steht es um Galbrait? Irgendeine Veränderung?«

»Ich glaube, er würde hungers sterben auf jenem Bett, wenn Setia ihn nicht zum Essen überredete.«

Er löste sich von ihrem Seitenblick. »Ich habe gehört, dass du ebenfalls bei seiner Betreuung behilflich gewesen bist.«

Ein zierliches Schulterzucken. Der Tag war klar und warm, und ihre Schultern waren nackt. Fein definierte Muskeln spannten sich unter ihrer Haut, die dunkler geworden war von den Tagen, in denen sie unter dem strahlenden Licht der Sonne gesegelt waren. »Der Mantiker und Setia wissen besser als ich, wie man mit ihm umgehen sollte.« Sie warf ihre Locken, was die Aufmerksamkeit eines Matrosen auf sie lenkte. Er sah, dass Draken ihn beobachtete, und drehte sich weg. »Ich kann mit solcher Schwäche wenig anfangen«, fügte sie hinzu.

»Trauer ist keine Schwäche, Aarin. Weiß er, dass er eine Geisel ist?«

»Ich glaube nicht. Wir sind zu nett zu ihm. Aber er ist böse auf dich«, sagte Aarinnaie. »Er begreift wohl, dass du ihn an den Eiern hast.«

Draken schnaubte, um ein Grinsen zu verbergen. »Ich muss dich von diesem Schiff runterbringen. Die Matrosen haben einen schlechten Einfluss auf dich.«

Ihre Lippen verzogen sich zu einem Lächeln. »Wenn Monoea sich in einem Bürgerkrieg befindet, dann wird Galbrait nicht in der Lage sein, auf sich allein gestellt zu überleben.«

»Er wird es lernen müssen, wenn er leben und sich seinen Thron zurückholen soll«, erwiderte Draken. »Wenigstens ist er lebendig und sein eigener Herr – ist frei, seine eigenen Entscheidungen zu treffen.«

»In der Tat. Und was, wenn seine Entscheidung darin besteht, sogleich wieder kehrtzumachen und nach Monoea zu fahren, sobald wir anlegen?«

Er blickte sie eindringlich an. »Hat er das angedeutet?«

Erneut zuckte sie mit den Schultern, diesmal jedoch lockerer. Ihn zu übertrumpfen schien Aarinnaie zu entspannen. »Nicht mit so vielen Worten«, antwortete sie. »Ich weiß, du glaubst, dass er der Einzige ist, der den Angriff aufhalten kann.«

Er rieb sich mit den Fingern über das unrasierte Kinn. »Ich rette ihm doch auch das Leben.«

»Ich bitte dich. Ich werfe dir das nicht vor. Brîn ist auch meine Heimat.« Ein schlaues Lächeln. »Und ich hasse Elena weniger als früher. Immerhin ist sie mit meiner Nichte schwanger.«

Er blickte sie abermals eindringlich an. »Dessen bist du dir sicher, ja?«

»Thom hat so was erwähnt.«

Draken riss die Augen weit auf. Er fragte sich, ob sie ihn neckte oder ob der Gadye tatsächlich etwas gesagt hatte. Thom hatte vor allen anderen gewusst, dass Elena schwanger war. Er hatte das heilerische Talent der reinblütigen Gadye, und das, ein Stück in die Zukunft sehen zu können. Das machte ihn natürlich zu einem äußerst nützlichen Kammerherrn. Er gestattete sich genau einen Moment des Staunens: ein kleines Mädchen … eine Tochter. Dunkles Haar und Elenas Augen, mit einem rosigen Schimmer auf ihrer braunen Haut … winzig und hilflos …

»Draken? Was ist nun mit Galbrait?«

Seine Hand wanderte zum Heft von Meergeboren. »Ich weiß nicht, ob er sie aufhalten kann. Ich weiß nur, dass es seine Pflicht und Aufgabe ist, es zu versuchen. Um unser aller willen.« Wenn die Soldaten ein fremdes Land überfielen, würden sie doch ihrem Prinzen nicht den Gehorsam verweigern, wenn der mit einer Armee von Akrasianern im Rücken direkt vor ihnen stand, oder?

»Er ist nicht der Einzige, der eine Aufgabe braucht, Khel Szi.« Aarinnaie vollführte einen perfekten Hofknicks. »Ich hoffe, du benötigst auch deine Attentäterin bald. Meine Messer sind zu lange untätig gewesen.«

»Ich werde dich noch brauchen, Aarin. Erinnerst du dich, was ich dir zu einem früheren Zeitpunkt gesagt habe?«

»Finde den Priester und die Kommandanten und töte sie.«

Er nickte. »Ja, genau. Töte sie alle.«

Ihre schlanke Gestalt stieg die kurze Treppe vom Bug herunter: stets mit fließenden Bewegungen und von gefährlicher Anmut. Draken warf einen Blick zum Himmel. Und blinzelte. Khellian, der blass wie schmelzender Reif war, verweilte über dem Horizont, weit weg, in Richtung entfernt liegender Länder. Monoea, Felspirn, die Meerengenregion. Er lauschte. Beobachtete.

»Eine Tochter also?«, sagte er leise zum Gott. Ein weiteres weibliches Wesen, um ihm das Herz aus der Brust herauszureißen, wenn er es verlieren würde.

Nein. Um es zu beschützen. Um es zu lieben. Eine tiefe Stimme, die so leise klang, dass er sie kaum vernahm zwischen den Wellen.

Es prickelte auf seinem Rücken. Die Götter sprachen nicht – nicht so viele Wörter. Er hatte gelernt, das zu erkennen. Das konnte nur einer sein ... *»Bruche?«*

Halmar schaute ihn vom hinteren Bereich des Bugdecks aus an. »Khel Szi?«

»Nichts, Halmar.« Draken drehte sich wieder zum Meer hin, starrte hinaus und wünschte sich, Land zu sehen, Akrasia zu sehen. Oder wenigstens eine Flotte monoeanischer Schiffe. Er lauschte angestrengt, hörte jedoch keine weiteren Worte von den Wellen. Die Meeresbrise strich über Drakens Brust. Er spürte, wie er erstarrte. Der Kriegsgott behielt seinen Schwertträger mit Adleraugen im Blick.

Drakens dunkle Kajüte stank nach Schweiß, Fisch und Urin. Galbrait lag zusammengerollt in der unteren Koje, sein Gesicht und die Knie waren zur Wand gerichtet. Er bewegte sich nicht, als Draken eintrat und die Fensterläden aufstieß.

»Galbrait. Es ist ein schöner Tag. Hoch mit Euch.«

»Warum haben sie mich nicht getötet?«, fragte Galbrait leise.

»Was? Wer?« Draken drückte die Läden auf der anderen Seite auf. Sonnenlicht und frische Seegischt drangen in die Kajüte hinein und fegten den Gestank heraus.

Galbrait drehte den Kopf, doch den Blick richtete er nicht direkt auf Draken. »Warum haben die Ashen mich nicht getötet? Darüber denke ich immer wieder nach.«

»Man hatte es ihnen nicht befohlen.« Er seufzte. »Euresgleichen tut nichts ohne Befehle.«

Galbrait rieb sich mit der Hand übers Gesicht. Sein Kinn war stoppelig, das goldfarbene Haar strähnig und wirr. Draken gab sich der Vorstellung hin, ihn in den Ozean zu werfen, damit er darin ein Bad nähme. Doch er schenkte ihnen stattdessen zwei Becher mit warmem Bier ein.

»Sie sind nichts ohne ihren König.« Draken setzte sich auf die Bank, um zu trinken; der Seewind, der durch das unverschlossene Fenster hereinkam, fegte immer wieder gegen seinen Hinterkopf. »Um es ohne Umschweife zu sagen: Monoea ist im Grunde momentan führungslos. Genug Leute haben gesehen, wie ich Euch mitgenommen habe. Ihr habt sie praktisch gestoppt, wenn Ihr Euch erinnert.«

Galbrait senkte den Blick. »Ich hatte Angst. Es tut mir leid.«

»Entschuldigt Euch nicht. Ihr habt uns allen einen Gefallen getan. Die Gerüchte, dass Ihr am Leben seid, werden fortbestehen, egal, was für Märchen die Ashen erzählen mögen. Selbst wenn sie irgendeine Marionette aus den Reihen des Landadels auf den

Thron setzen, wird es immer Zweifel an ihm geben. Das gibt Euch die Gelegenheit, später dorthin zurückzugehen und als rechtmäßiger König die Führung zu übernehmen.«

»Tut nicht so, als ob Ihr Ehre besitzt oder als ob es bei dieser Sache um mich geht. Ihr wollt mich nur benutzen, um den Angriff auf Akrasia zu stoppen.«

Draken schnaubte. »Meine Ehre ist mit meiner Frau gestorben. Ich hebe lediglich die Vorteile hervor, die diese Situation Euch bietet.«

»Die gering sind – und mit zunehmender Zeit und Entfernung immer geringer werden«, entgegnete Galbrait.

»Stimmt. Aber Ihr seid lebendig und keine Marionette. Also, das ist doch etwas.« Draken lehnte sich nach hinten und neigte den Kopf gegen die Fensterbank, sodass er einen Blick auf den heiteren Himmel dahinter erhaschte.

Wer führt da eine Auseinandersetzung? Du befiehlst, und die anderen richten sich danach, Khel Szi.

Draken blieb vollkommen regungslos, mit Ausnahme eines Muskels unterhalb seines Auges, der ganz leicht zitterte. *Bruche?*

Natürlich. Ein Zögern, und die Stimme wurde leiser, tauchte kaum noch aus den Weller empor. *Komm rein … Ich möchte dich wiedersehen.*

Draken blinzelte. Rein? In die See? Es könnte eine Falle sein, verdammt noch mal. Doch es klang nach ihm, *fühlte* sich an wie Bruche. Drakens Schwerthand entspannte sich, als ob sie bereit wäre, dem Geist das Kommando über seine Muskeln zu überlassen, um zu kämpfen und zu töten. Es musste eine Täuschung sein oder ein Streich seines eigenen Gehirns.

Galbrait mühte sich hoch, beugte sich nach vorn und legte die Ellbogen auf seine Knie. Seine Stimme durchschnitt Drakens Fixierung auf den eigenen Schwerthand-Geist. »Dort gibt es nichts mehr für mich.«

Draken sah ihn blinzelnd an. »Im Augenblick nichts. Doch Eure Armee ist direkt vor Euch. Geht nach Akrasia und übernehmt den Befehl über sie. Lasst Eure Armee Euch zum König weihen. Dann könnt Ihr zurückkehren.«

Der Prinz starrte ihn an. »Wie denn? Sie haben doch schon einen Befehlshaber. Diesen Rinwar-Priester.«

Galbrait hatte keine Ahnung von Aarinnaie und ihren Messern. Draken gestattete sich ein kleines Lächeln. »Überlasst diese Kleinigkeit mir.«

»Das werde ich. Das werde ich tun.«

Es schien zu einfach, doch er war es leid, sich zu streiten und sich Sorgen zu machen. Draken stand auf. »Jetzt kommt. Ihr müsst Euch waschen, und Ihr braucht ein bisschen frische Luft. Ich erwarte Euch oben – und dass Ihr bei Tagesanbruch bei ein paar Aufgaben helft und die Nachmittage dann damit verbringt, Eure Fertigkeiten im Schwertkampf auf hohem Niveau zu halten. Und dies gilt für den Rest unserer Reise.«

Der Prinz folgte ihm hinaus aufs Deck. Er war gehorsam, sagte wenig und hielt den Blick nach unten gerichtet, während die Mannschaft ihn neugierig anstarrte. Draken kehrte wieder zum Bug zurück, während Wasser aus dem Meer hochgezogen wurde, damit der Prinz sich waschen konnte. Draken schaute zu, wie Galbrait sich auszog, sich das kalte Wasser über den Kopf goss und dann sein Haar sowie seinen Körper mit Seife aus scharfer Soda schrubbte und den Schaum wieder abspülte, während er zitternd auf dem Deck stand. Osias trat an Galbrait heran, und sie sprachen miteinander; Draken konnte jedoch nicht verstehen, was sie sagten. Setia kletterte in die Takelage hoch, als hätte sie ihr ganzes Leben auf Schiffen verbracht. Er lauschte nach Bruche, doch das Meer blieb stumm.

Tyrolean nickte Galbrait zu und kam die Stufen zum Bug hoch. »Ihr habt ihn dazu gebracht, aufzustehen, Eure Hoheit. Gut gemacht.«

»Er konnte schließlich nicht die gesamte Reise schlafend da drinnen verbringen. Wir haben einen Kampf vor uns, und wir alle brauchen Übung mit der Klinge; ich am allermeisten.« Galbrait würde ein beachtlicher Gegner für Trainingskämpfe sein. Draken vermied es allerdings, Tyrolean in die Augen zu schauen.

»Und wenn unsere Schwerter uns gegen die Monoeaner im Stich lassen?«, fragte Tyrolean in ruhigem Ton.

Drakens Hände umklammerten fest die Reling, doch er sagte nichts. Er hatte keine Antwort – jedenfalls keine, die Tyrolean für gut befinden würde.

KAPITEL NEUNUNDZWANZIG

Zwei Nächte später läuteten Glocken in Drakens müdem Geist und bereiteten seinem Schlaf ein brutales Ende. Er stöhnte. Immer noch war eine schemenhafte Elena bei ihm; ihr langes Haar fühlte sich weich unter seiner Hand an, und ihre Stimme erleichterte ihm das Herz. Sie wandte den Kopf, um zuzuhören; ihr Lächeln stockte jedoch, als Setias Stimme erklang …

»Khel Szi?«

Seine Augenlider zuckten, und er spähte nach oben. Setia beugte sich über ihn, die getüpfelte Stirn gerunzelt. »Eure Hoheit, da ist ein Schiff, das uns auf unserem Kurs verfolgt und den Abstand verringert. Osias bestätigt dies.«

Ächzend drehte sich Draken herum, vor Erschöpfung war ihm flau in der Magengrube. Elenas Anhänger prallte gegen seine nackte Brust; das Schmuckstück war ganz warm von seinem Griff.

Tyroleans Silhouette versperrte den Türdurchgang; seine beiden Schwerter ragten über den Schultern in die Höhe wie Khellians Hörner. Im schwankenden Laternenlicht erschien er wie ein unheimliches Wesen aus einer anderen Welt. Doch seine Stimme klang fest und real. »Wir glauben, es ist ein monoeanisches Schiff.«

Die Alarmglocke läutete immer noch, sodass Draken kaum denken konnte. »Stoppt die verfluchte Glocke«, knurrte er. »Inzwischen hat man sie auf dem ganzen Weg bis zu den Drachenstern-Inseln gehört.«

Ihr Götter, er verspürte ein Drücken im Kopf, obwohl er nur einen Becher Bier getrunken hatte, bevor er der Müdigkeit erlegen war. Sein Körper fühlte sich zerschlagen und erschöpft an; die Gelenke schmerzten heftig. In der Hitze des Nachmittags hatten Galbrait und Tyrolean ihn im Kampf mit dem Schwert unterrichtet, und jeder seiner Muskeln protestierte laut brüllend gegen die Auswirkungen dieser Übungen. Draken griff nach Meergeboren –

und zuckte zusammen. Während des Schlafs hatte sich sein Körper dort verspannt, wo er alte Verletzungen davongetragen hatte. Sein Knie allerdings protestierte ausnahmsweise ein bisschen weniger: Er durfte damit rechnen, dass es nachgeben würde, wenn er es am wenigsten erwartete.

»Eine Galeone?«, erkundigte er sich mit heiserer Stimme.

»Nicht ganz so groß, aber größer als die *Fluch*. Es ist noch nicht nahe genug, um seine Farben erkennen zu können.«

»Wie ist das Licht draußen?« Er schob sich an Tyrolean vorbei und zog den Gürtel um seine Hose fest; auf Stiefel und Hemd verzichtete er. Schlagartig erschien ihm die brînianische Küstenkleidung sinnvoll. Wenn er zu irgendeinem Zeitpunkt gezwungen sein sollte, ins Wasser zu springen, wären Stiefel an den Füßen das Letzte, was er sich wünschte. Doch freilich – wenn er tatsächlich gezwungen würde, ins Wasser zu springen, wären Stiefel noch das Geringste seiner Probleme.

Tyrolean gab ihm keine Antwort mehr, weil Draken schon über das Deck schritt und selbst den Himmel und das Licht in Augenschein nahm. Nur drei Monde bislang, die niedrig über dem Horizont standen, und zwar dort, wo Khellian tags zuvor verweilt hatte. Bald würde sich der Himmel aufhellen und alle Monde offenbaren. Draken drehte sich herum und starrte in die Dunkelheit hinter dem Heck. Das Schiff, das sie verfolgte, wirkte gespenstisch in der Nacht; nur ein ganz schwaches Schimmern des Mondlichts hob das Seefahrzeug vor dem Hintergrund hervor. Langsam gewöhnten sich Drakens Augen an die Lichtverhältnisse: Die Masten und die Takelage des Schiffes bildeten gezackte, stufenförmige Spitzen, und die Segel bauschten sich. Gewiss war die *Fluch* das Ziel ihrer Verfolger. Schlagartig empfand Draken sein eigenes Schiff als sehr klein. Er blickte zurück auf das eigentümliche Licht der Monde, das gespensterhaft auf den sanften Wellen leuchtete. *Khellian hat es nicht geschafft, zum letzten Kampf seines Auserwählten zu erscheinen*, stellte Draken trocken fest. Aber Korde wartete am Himmel, um zu sehen, ob er diese Nacht Tote zu seinen hohen Berggipfeln befördern konnte.

In dem Versuch, richtig wach zu werden, rieb Draken sich mit der Hand über Brust und Nacken. Die kalte Nachtluft würde den Rest erledigen müssen.

»Das ist unheimlich. Wie ein Omen.« Er konnte das leichte Zittern in Aarinnaies Stimme wahrnehmen, während sie sich gegen seinen Arm drückte.

»Aarin, du solltest nach unten gehen.«

»Du brauchst mich. Du brauchst jede Hand, wenn die da angreifen.«

»Sie hat recht.« Galbrait war im Mondschatten eines Mastes verborgen gewesen und bewegte sich nun langsam nach vorn. »Und es wird niemandem helfen, sich zu verstecken, sollten sie uns entern.«

Draken hatte es aufgegeben, sich wegen der Nachhut der monoeanischen Flotte zu sorgen, nachdem er so viele Nächte keinerlei Anzeichen von ihr gesehen hatte. Deswegen verfluchte er sich jetzt selbst, verdammte sich nach Eidola. Er hatte angenommen, dass die Monoeaner glaubten, sie wären zu mächtig, um angegriffen zu werden. Aber … »Die Gefahr eines Angriffs von hinten gehen sie nicht ein. So was haben sie noch nie riskiert.«

Das war eine der Strategien, weswegen die monoeanische Kriegsflotte so gut war. Weswegen sie so verdammt schwer zu schlagen war.

»Sie müssen außerhalb unserer Blickachse gesegelt sein und wieder kehrtgemacht haben«, sagte Joran. Seine Stirn legte sich in Falten. Dies bedeutete, dass es sich um ein sehr schnelles Segelschiff handelte – gewiss schneller als die *Fluch*.

»Ja, und sie wussten, dass sie uns davonsegeln können, bevor sie die Schwesterbucht verließen. Sie hatten genügend Zeit, unser Schiff zu inspizieren«, erklärte Draken. Er fluchte in zwei Sprachen, während er auf das Seefahrzeug starrte. Dann drehte er sich um und musste feststellen, dass die gesamte Mannschaft die Augen auf ihn gerichtet hatte: Als ob er jemals ein Schiff in einer Schlacht befehligt hätte! Er holte tief Luft und durchsuchte sein Gehirn nach allem, was er darüber wusste. »Sie werden die Verfolgung aufnehmen, versuchen, uns mürbe zu machen. Es wird letztendlich so kommen, dass wir einem Kampf nicht werden ausweichen können. Ich denke, wir sollten uns ihnen schon hier und jetzt stellen.«

Galbrait blickte finster drein. Seine Finger zuckten, wanderten jedoch nicht zum Heft seines Schwertes.

»Es kann recht gut möglich sein, dass sie uns in dem Bemühen angreifen, Galbrait zu ›retten‹ – falls sie denn wissen, dass er hier an Bord ist«, hob Aarinnaie hervor, die ihrer Verachtung für die Monoeaner schon durch den Tonfall Ausdruck verlieh.

Draken fragte sich, ob sie sich in Galbrait verguckt hatte. Er war vorher in romantische Empfindungen für sie verstrickt gewesen und hatte jetzt mit Sicherheit keine Zeit für so was.

»Das ist ein Gedanke wert«, meinte Tyrolean.

Draken legte die Stirn in Falten und schaute zurück auf das sie verfolgende Schiff. Bei den verfluchten Sieben Augen, es schien sogar noch größer zu sein, als er zunächst gedacht hatte! Die Nacht war ruhig, doch es gab ein schwaches Glühen an Deck. Das waren Feuer, die für Brandpfeile und Schleuderkugeln bereitstanden.

»Schürt die Feuer, spannt die Ballisten, stellt die Onager auf!«, befahl er.

Kapitän Joran nickte und gab die Anweisungen weiter. »Und die Harpaxe, Khel Szi?«

Draken schüttelte langsam den Kopf. Schiffe konnten einander in beide Richtungen entern, aber sie würden zahlenmäßig unterlegen sein. »Bringt sie in Position, aber feuert sie nicht ab, bevor ich nicht den Befehl dazu gegeben habe, egal, wie nahe der Gegner herankommt. Wir können vielleicht Harpaxe einsetzen, um ihren Schiffsrumpf zu beschädigen.«

»Aye, Khel Szi.«

Seine Seemänner hatten bereits die eingeölten Abdeckplanen entfernt und so verstaut, dass sie nicht im Weg waren. Feuer loderten jetzt auch bei ihnen auf den Decks an Bug und hinter dem Steuer, und Matrosen bliesen mithilfe von Blasebälgen Luft in die Metalltröge, um die Kohlenstücke durch Schüren heiß zu halten. Die Ballisten knarrten, als Männer an ihnen kurbelten und die Abschussvorrichtungen unter volle Spannung setzten. Onager wurden mit Schleuderkugeln geladen. Andere Matrosen begannen,

Eimer mit Meerwasser hochzuziehen, um die Decks feuchthalten zu können. Schützen bespannten ihre Bögen und schnallten schwere Köcher an der Reling fest. Mit nicht geringem Stolz bemerkte Draken, dass ihre Bögen trotz der salzigen Luft steif waren: Jeder brînianische Schütze, der sein Bier wert war, hatte einen Bogen aus Ocscherholz, das aus den feuchten Mondling-Wäldern von Khein stammte und für raue, dunstige Umweltbedingungen bestens geeignet war. Und dennoch, sie waren so wenige …

»Wird all das sie nicht erst recht zum Angriff verleiten?«, fragte Galbrait und wies mit einer Bewegung des Kinns zu den Feuertrögen, die für das monoeanische Schiff gewiss sichtbar waren.

»Sie spüren uns bestimmt nicht auf, um mit uns ein Bier zu trinken«, erwiderte Draken. »Aber jetzt bleibt in Deckung. Ich kann es nicht brauchen, dass Ihr von einem Pfeil beseitigt werdet.«

»Ich kann schießen«, entgegnete Galbrait mit geschürzter Lippe.

»Dessen bin ich mir bewusst.«

Halmar trat an Draken heran. »Ihr solltet Euch jetzt bewaffnen, Khel Szi. Ich werde Euren Harnisch holen.«

Draken blickte finster auf das sich nähernde Schiff. Die Luft war ziemlich ruhig, geradezu windstill für diese See. Dennoch machte der Monoeaner gute Fahrt, schnitt förmlich durch die Wellen.

»Ich habe nicht den Wunsch, in meiner Rüstung zu ertrinken.« Darüber hinaus würde sie es den Monoeanern leicht machen, ihn zwischen seinen Crew-Mitgliedern, die alle mit unbedeckter Brust herumliefen, ausfindig zu machen, insbesondere wenn einer der Feinde ein Fernglas besaß. Und mit drei Monden – *keine vier, die Götter sollen verdammt sein!* –, die aufstiegen und mit jedem Atemzug mehr kaltes weißes Licht ausstrahlten, war es naheliegend, dass sie eines benutzten.

Er hatte sein eigenes Fernglas in Brîn zurückgelassen: Es war zu kostbar, um es auf seinem Weg in den Tod mitzunehmen. Ein weniger gutes hatte allerdings zu seiner Ausstattung gehört, als er Kommandant der Bogenschützenreihen gewesen war. Vielleicht wurde es ja im Kleiderschrank seiner Mutter aufbewahrt … Vielleicht war darin sogar sein Bogen verstaut worden, irgendwo weit hinten drin. Draken vermisste ihn mehr als das Fernglas. Die

Erkenntnis bestürzte ihn. Dies war seine erste Seeschlacht ohne einen Bogen in seiner Hand.

»Konnan.«

Der Szi Nêre trat näher heran. Seine dunkle, getüpfelte Stirn war nicht verfinstert, sein Blick fest. Für einen ehemaligen Sklaven, den sein einstiger Herr missbraucht hatte, war er so stabil wie ein Anker, der sich in einer Meeresbodenspalte verhakt hatte. »Khel Szi?«

»Sucht mir einen Bogen, ja?«

Halmar hob seine gepiercte Augenbraue, Konnan jedoch neigte einfach den Kopf. »Jawohl, Khel Szi.« Er verschwand nach unten. Draken würde jede Wette eingehen, dass es noch ein, zwei oder drei freie Bögen gab; während seines Handgemenges mit Ghotze waren schließlich ein paar Seeleute getötet worden.

Matrosen ächzten, als die erste der Harpaxen in ihrer Abschussposition fixiert wurde. Die Länge der dicken, mit Eisenbändern verstärkten hölzernen Bolzen übertraf die Größe eines Mannes. Sie würden dem Feind bei dem Bemühen, einen Durchbruch zu erreichen, wertvolle Augenblicke und Menschenkraft kosten – und Draken hatte nicht die Absicht, den Monoeanern diese Augenblicke zu geben.

Jeder Moment des Atemholens zählte – so unterlegen, wie sie waren. Doch er war sich immer noch nicht sicher, dass die Harpaxe erforderlich waren. Es gab fünfundzwanzig von ihnen auf diesem Schiff. Der feindliche Schoner musste mindestens hundert oder hundertzwanzig Harpaxe mit sich führen. Ihre einzige Chance, das andere Schiff zu versenken, bestand darin, es in einem Artillerieduell auf Entfernung zu zerstören, nicht mit den Harpaxen, die dazu gedacht waren, zwei Schiffe beim Entern auf Gedeih und Verderb mit den dicken Bolzen aneinanderzuklammern.

»Sollen wir feuern, Khel Szi?« Joran war neben ihm, ohne dass Draken es bemerkt hatte.

Es war verlockend. Eingeölte Schleuderkugeln lagen in Lederschlingen. Matrosen, sogar der Kombüsenjunge, hielten glimmende Stummel bereit; die Bogenschützen hatten sich gedehnt, ihre Arme und Schultern aufgewärmt. Doch das feindliche Schiff war immer noch so weit entfernt, dass die Chancen sehr gering waren, jemanden an Deck oder die Segel zu treffen.

»Wir halten uns noch zurück«, antwortete Draken.

»Vernünftig«, sagte Tyrolean. »Dies könnte eine langwierige Schlacht werden.«

»Oder eine ziemlich kurze«, erwiderte Draken ruhig und schritt zu Brimlud, um ein paar Worte mit ihm zu wechseln. »Sie sind größer als wir. Möglicherweise müssen wir wenden und sie rammen, um sie zu erledigen.«

»Das würde uns erledigen. Selbst mit dem metallumhüllten Kiel würde ich es lieber nicht drauf ankommen lassen.«

Er blickte Brimlud in die Augen und antwortete langsam: »Falls es dazu kommt, ist es Eure Pflicht, sicherzustellen, dass unser sinkendes Schiff diese von den Sieben verdammten Ashen mit uns in die Tiefe zieht.«

Brimlud blinzelte ihn an; die Augen verschwanden beinahe zwischen den Falten. »Ich verstehe, Khel Szi. Ich werde mein Bestes geben.«

»Guter Mann.« Draken gab Brimlud einen anerkennenden Schlag auf die Schulter. Er war stolz darauf, wie wendig die *Fluch* war, und er hoffte, dass dieser Stolz nicht unangebracht war. Er hoffte wirklich, dass sie diese Beweglichkeit nicht würden benutzen müssen, um sie letztendlich selbst zu versenken.

Konnan kehrte mit einem Bogen und zwei großen, schweren Köchern zurück. Letztere waren für Seeleute bestimmt, die ihre Position hielten, und nicht für jemanden, der überall auf dem Deck herumrannte oder in die Takelage kletterte. Draken nahm eine rasche Schätzung vor. Vierzig Pfeile. Zehn Köcher pro Mann. Insgesamt fünf-, vielleicht sechstausend Pfeile. »Ich werde mich auf dem Achterdeck postieren; legt mir die Pfeile dorthin. Akhanar?«

Joran drehte sich herum und straffte die Schultern. »Khel Szi.«

»Die besten Bogenschützen dieser Mannschaft – wer sind sie?«

»Tolon und Hoka sind die besten. Der Mantiker.« Jorans Blick huschte hoch zu Drakens Gesicht. »Und Ihr.«

Draken runzelte die Stirn, bestritt Letzteres jedoch nicht. »Woher wisst Ihr das?«

»Ich bin in Siebenfel an Land gegangen und habe Nachforschungen angestellt, Khel Szi.« Sein Blick war unerschütterlich und unmissverständlich.

»Und Ihr verlangt nicht nach mehr Geld?«

»Ihr seid der Khel Szi. Ihr werdet die Angelegenheit zwischen uns in Ordnung bringen. Oder es wird nach dieser Nacht eh keine Rolle mehr spielen.«

Ah! Der Akhanar legte seine Maske ab. Das sorgte für eine merkwürdige Erleichterung.

»Na gut.« Draken hob die Stimme, sodass alle ihn hören konnten. »Möglicherweise haben unsere Gegner nicht weniger als einhundert Seelen an Bord. Wir können gegen dieses Schiff keine richtige Schlacht führen, und wir können es mit Sicherheit nicht entern. Mit der schweren Artillerie müssen wir auf die Segel zielen, damit es langsamer wird.« Er warf einen weiteren Blick auf die Monde. »Joran. Lasst den Feind uns weiterhin jagen.«

Befehle erschallten. Das Schiff krängte, als es härter an den Wind ging. Die Segel flatterten für einen Moment, als sie justiert wurden, dann bauschten sie sich mit dem Wind, von der gleichen Luftströmung erfasst, die auch die feindlichen Segel füllte.

Tyrolean blickte mürrisch. »Ihr sagtet etwas darüber, dass wir sie rammen sollen?«

Draken sog scharf den Atem ein und unterdrückte das beinahe unüberwindbare Verlangen, Tyrolean zu fragen, an wie vielen Seeschlachten er teilgenommen hatte. »Sie sind uns überlegen: sowohl was ihre Waffen anbelangt als auch hinsichtlich der Größe ihrer Mannschaft. Ihr Schiff ist ebenfalls besser als unseres, und deshalb sind auch ihre Möglichkeiten größer. Falls wir keine andere Wahl haben, können wir es rammen, uns mit den Harpaxen daran festhalten und es so weit kampfunfähig machen, dass wir es mit uns in die Tiefe ziehen. Wir werden dann das Beste getan haben, was wir für Akrasia und Brîn tun können, was – bei Korde – aber bei Weitem nicht genug ist.« Er hielt inne und fügte leiser hinzu: »Wir werden voraussichtlich versenkt, Ty. Doch bei den Göttern – die anderen auch.«

Mit geöffneten Lippen sog nun auch Tyrolean scharf den Atem

ein. Doch der kurzzeitige Schock verstrich, und er streckte den Rücken durch. »Ich werde ebenfalls einen Bogen holen.«

»Tyrolean, einen Moment noch.«

Der Hauptmann drehte sich wieder um, seine umrandeten Augen hatten sich verengt.

»Es gibt auch Vorteile auf unserer Seite. Ein günstiger Wind, um die Geschwindigkeit des feindlichen Schiffes zu verringern. Brimlud am Steuer.« Ein humorloses Lächeln huschte über Drakens Lippen. »Und mich.«

Tyrolean starrte ihn an. Nickte kurz. »Gewiss, Eure Hoheit.«

Drakens Angstgefühlen wurde durch Tyroleans Nicken ein wenig Zuversicht beigemischt. Er mochte ja ein armseliger Schlachtenlenker sein, doch er war alles, was diese Männer hatten. »Aarinnaie und Galbrait – haltet euch zurück. Lasst euch vom Feind gefangen nehmen, falls es dazu kommt. Ihr seid lebendig mehr wert als sonst irgendeiner von uns.«

Aarinnaie öffnete den Mund, um dagegen zu protestieren, doch Draken schüttelte energisch den Kopf und erhob seine Stimme, sodass alle Seeleute ihn hören konnten. »Nehmt eure Positionen ein! Haltet euch geduckt, bis ich den Befehl zum Feuern gebe. Und dann lasst Khellians Zorn auf unsere Feinde regnen!«

Das Achterdeck bot wenig Schutz, und der meiste Platz wurde von den Ballisten eingenommen. Jetzt, wo diese Wurfmaschinen gespannt waren, blieben die Männer geduckt.

»Tolon und Hoka – zu mir!« Die Bogenschützen starrten von den Stufen des Quarterdecks zu ihm hoch. »Ihr beide steigt hinauf. Ich werde vom Deck aus beobachten. Spart euch eure Pfeile auf, bis die Ashen nahe genug sind, um sie wirklich treffen zu können. Und wenn sie nahe genug sind – denn das werden sie sein, gebt euch da keiner Täuschung hin –, brauchen wir euch beide, um deren Kommandanten der Bogenschützenreihen und die Artilleriespezialisten abzuschießen. Kümmert euch zuerst um die großen Geschütze. Jeder in Rot ist ein Offizier. Wenn ihr ein Funkeln seht, dann zielt darauf. Das wird ein Fernglas in den Händen ihres Akhanars oder eines Kommandanten der Bogenschützenreihen sein.«

Beide nickten knapp und eilten zu den Masten.

»Ich werde hier sein. Bei dir.« Osias stieg auf das Deck hoch. Das Mondlicht glänzte auf seiner silbernen Haut und dem silbernen Haar.

»Osias …«

»Ich habe meinen Bogen mitgebracht.« Der Mantiker holte ihn unter seinem Umhang hervor, der eigentlich nicht groß genug war, um den Langbogen unter sich zu verbergen. Doch Osias schien dies immer irgendwie zu schaffen. »Und ich kann dich besser mit einer magischen Tarnung umgeben, wenn ich neben dir stehe.«

Ein wenig Zaubertarnung könnte Draken Zeit verschaffen. Doch der Einsatz von Magie ließ ihn über etwas nachdenken. »Setia?«

»Hier, Khel Szi.« Mit einem Eimer in der Hand stieg sie den kurzen Treppenlauf hoch.

»Kannst du den SCHWEBEZUSTAND hier draußen einsetzen?«

Sie drehte den Kopf, um auf die Wellen und dann auf das feindliche Schiff zu schauen. »Ich glaube nicht. Es gibt keine Magie für mich, auf die ich in der See zurückgreifen kann. Der Meeresboden ist zu weit unter uns, und da sind keine lebenden Pflanzen innerhalb meiner Reichweite. Es tut mir leid.«

»Ist schon in Ordnung. Wir werden uns behelfen.« Die Idee, Magie zu benutzen, machte ihm noch zu schaffen – erwies sich dann jedoch als ein flüchtiger Gedanke, der von dem sich nähernden Schiff rasch verscheucht wurde.

»Ich werde den Beschuss auf mich lenken«, sagte er zu dem Matrosen, der die Harpaxe neben ihm bediente. »Leg dich nieder aufs Deck, bis du gerufen wirst. Wenn ich getroffen werde, hol den Pfeil so schnell wie möglich aus mir heraus. Wenn ich getötet werde, fällt alles weitere dir zu. Deine Aufgabe wird es sein, die Harpaxe einzusetzen, um die Schiffe zusammenzuführen, den Rumpf des Feindes zu zerstören und ihn mit uns nach unten zu bringen.«

Er beobachtete das Gesicht des Mannes, als der diese Worte in sich aufnahm. Bevor der Matrose eine Erwiderung geben konnte, prügelten Kettenkugeln auf das Meer hinter ihnen ein. Draken fluchte und hob eine Hand in Richtung von Joran, um die Erlaubnis zum Feuern zu geben. Plappernd gaben Matrosen Befehle weiter. Feuer flammten auf, Onager knarzten, der salzig-metallische Geruch von Geöltem flammte auf; Schleuderkugeln zuckten über den Himmel.

Draken drehte einen Pfeil, nahm ihn in Augenschein und legte ihn an; er bekam ein Gespür für den Bogen, bemerkte die steifen Cobaltfedern. Der Bogen fühlte sich vertraut an; das Schwert hingegen stellte immer noch ein merkwürdiges Gewicht dar. Konnan hatte zwei Köcher zurückgelassen, die an der Balliste lehnten. Achtzig Pfeile. Er hatte keine Ahnung, wie lange seine Schulter halten würde, um den Bogen zu spannen – und auch nicht, ob er all seine Pfeile einsetzen würde, bevor man ihn traf. Er war aus der Übung und seine Deckung schlecht.

Ein Matrose entzündete die Bolzen auf den Ballisten und huschte dann geduckt aus dem Weg, bevor die großen Pfeilschleudern sich drehten und ihre Projektile abschossen. Flammen stiegen vom Schiff in die Luft und rasten deutlich sichtbar auf den Feind zu.

Doch sie trafen nicht. Draken verzog das Gesicht. Sie mussten es besser als bei diesem ersten Mal machen. Er nickte den Seeleuten zu. »Noch mal.«

Mehr Flammenpfeile von der *Fluch* zogen über den Himmel. Eine von ihnen prallte gegen eine Großschot auf dem Monoeaner. Flammen züngelten an ihr hoch und schienen greller als das Licht der Monde durch die Nacht zu Draken herüber; doch sie gingen wieder aus. Der Feind antwortete mit weiteren Kettenkugeln. Eine davon zerriss ein Himmelssegel. Seine Fetzen flatterten nutzlos im Wind. Wenigstens gab es keine Flammen …

Eine der feindlichen Schleuderkugeln fiel krachend auf das Deck, hüpfte über den Schiffsrand und stürzte zischend ins Meer. Eine weitere prallte gegen den Mast, plumpste aufs Deck hinunter und verkeilte sich dort zwischen einem Feuertrog und dem Besanmast. Funken flogen auf und stoben auseinander. Setia eilte mit einem Eimer Wasser herbei und kippte ihn über der lodernden Kugel aus; dann sprang sie zurück, als das Wasser zischte und zu ihr zurückspritzte.

Draken reckte das Kinn vor, als er sein überlastetes Knie schmerzhaft spürte, und blinzelte in die Dunkelheit hinein: Er mühte sich darum, dass seine Sicht klar wurde, während die Monde weiter aufstiegen. Der sich nähernde Schoner rückte drohend ins Blickfeld, obwohl er sich extrem langsam zu bewegen schien. Joran hielt ihre eigene Geschwindigkeit für einen letzten Stoß. Der scharfe Geruch seines eigenen, mit panischer Angst gewürzten Schweißes stieg auf, als Draken die Bogensehne an seine Wange zog. Seine Schulter schmerzte, aber er biss die Zähne zusammen und beachtete es nicht.

Zwischen den Stimmen der Mannschaft, dem Flattern der Segel hoch oben, den sich ständig bewegenden Wellen, dem fast stummen Zischen von Pfeilen hörte er das weit entfernte Knarren einer Winde. *Verflucht!* Ballisten auf dem anderen Schiff. Und Onager. Eine flammende Kugel schwirrte durch die Luft. Übers Ziel hinausgeschossen: Sie verschwand zischend im Meer.

Draken blinzelte. Sah das Aufflackern, als die Feinde eine weitere Kugel anzündeten. Ein menschenförmiger Schatten, der von dem aufflammenden Geschoss hervorgehoben wurde, wich von ihr zurück. Draken zog die Sehne zurück und nahm das Ziel in Augenschein, doch aufgrund der Bewegung beider Schiffe und der Entfernung würde es ein unmöglicher Schuss sein. Dennoch ließ er sein Projektil fliegen, und es gesellte sich zu der Schar anderer Pfeile, die an ihren Zielen vorbeipfiffen. Eine weitere Salve – und so fort. Winden wurden gekurbelt und schnappten los, wenn man sie freiließ. Pfeile übersäten das Meer, den Schiffsrumpf und das Achterdeck. Draken blickte auf Brimlud zurück. Auf dem niedrigeren Oberdeck war der Mann größtenteils geschützt, doch Draken wünschte, er hätte mehr Deckung. Er wünschte auch, dass seine verdammte brînianische Crew nicht so tollkühn und eitel wäre, keine Rüstung zu tragen.

Die Götter ließen sie im Stich – die Ashen kamen ihnen immer näher. Draken kämpfte gegen das aufsteigende Adrenalin an, versuchte, ruhig zu bleiben, während er nach mehr Schatten rund um die winkligen Konturen der feindlichen Artillerie Ausschau hielt. Er konnte weitere sich bewegende Leute wahrnehmen sowie die Artillerie auf der Mondseite. Das Glühen in ihren Feuertrögen verwandelte sich in Flammen, als die Kriegsmaschinen gespannt wurden. Draken ließ seinen aufmerksamen Blick wandern. Verdammt. Er musste blutsteinfarbene Uniformen finden. Wenn die Zeit dafür kommen würde, könnte er sie durch einzelne Schüsse recht zuverlässig töten.

Ein unteres Toppsegel auf der *Fluch* zerriss, wurde von einer Flamme erwischt und flackerte auf. Beißender Rauch verstopfte Drakens Lungen. Mehrere Seeleute husteten. Draken schnappte sich einen feuchten, schmutzigen Fetzen und band ihn vor sein Gesicht. Der Lappen roch nach Salz und Dreck und Fisch, aber er verringerte die Auswirkungen des Rauchs in seinen Lungen. Jemand schrie, und ein anderer Seemann gab darauf eine Antwort. Das war vielleicht Hoka. Von dem Kampfgeschehen an der Mastspitze konnte er zum Wassereimer hinunterklettern, den man am Schiffsbaum hochgewunden hatte. Rings um beide Schiffe fielen Schleuderkugeln spritzend ins Meer.

In der Zwischenzeit schoss Draken weitere Pfeile ab, spannte den Bogen mit immer größerer Effektivität angesichts des sich zurückmeldenden Muskelgedächtnisses. Hinter ihm schrie jemand auf und prallte hart auf das Deck. Grimmig bemühte er sich weiterhin, aus der Distanz Körper wahrzunehmen und auf sie zu schießen. Er wusste jedoch nicht, ob er etwas traf. Sowohl das feindliche Schiff als auch die *Fluch* bewegten sich unvorhersehbar in den Wellen, wodurch die meisten Schüsse ruiniert wurden. Doch zusammen mit Osias, Tolon, Hoka und den anderen war er offenbar treffsicher genug, um die Monoeaner ständig in Deckung zu zwingen.

Ein weißes Licht breitete sich über der Mondseite des Feindschiffes aus: Es brachte Menschen und Artillerie zum Vorschein, die sich vor den leuchtenden Feuertrögen auf einmal deutlich abhoben. Ein bisschen näher – und es würde einfacher sein, diese Leute abzuschießen.

Noch mehr Brandpfeile rasten in die Segel der *Fluch* und polterten auf das Deck hinunter, während die monoeanischen Bogenschützen versuchten, Drakens Männer niederzustrecken und das Schiff zu erbeuten. Setia, der Kombüsenjunge und ein weiterer Matrose rannten umher und löschten Funken. Zwei andere betätigten Schläuche und gaben dabei ein raues Ächzen von sich. Zwischen dem *Zapp-Zapp-Zapp* von Drakens Bogen und dem pfeifenden metallischen Klappern von Kettenkugeln, die auf Segel, Reling und Holz einschlugen, war auf einmal etwas anderes zu hören: ein weiterer Schrei, dann ein Moment tödlichen Schweigens, das polternde Geräusch eines aufschlagenden Körpers, das gurgelnd von den unteren Decks zu kommen schien, und ein Platschen. *Verdammt!*

Der Krach an Bord des Schiffes verstärkte sich zu einem Getöse: Noch mehr Pfeile fielen in hohen Bögen auf die *Fluch*, ergossen sich in Strömen wie harter, tödlicher Regen. Ein Pfeil schnitt Draken in den Arm, und das Deck unter seinen Füßen zitterte, während die Wunde heilte. Mit einem Ächzen konzentrierte er sich neu und richtete seine Aufmerksamkeit wieder auf das Ziel. Erhaschte einen Blick auf etwas Blutrotes, das auf dem Deck gegenüber von Mondlicht bestrahlt wurde. Die Welt verlangsamte sich, die Zeit kroch im Schneckentempo. Die *Fluch* und das feindliche Schiff erklommen beide zur selben Zeit eine Welle. Draken zog die Sehne an seine Wange, atmete einen Schluck Luft ein, der nach Schweiß schmeckte, und ließ los. Der Offizier in Rot stürzte.

Draken blinzelte – ihm wurde bewusst, dass er das andere Schiff viel zu gut sehen konnte. Ketten- und Schleuderkugeln sowie Schäfte rasten in die *Fluch* hinein. Er konnte die lodernde Hitze spüren und riechen, die von ihren Segeln kam. Die Feinde rückten jetzt näher heran – zu nahe. Sie würden die *Fluch* rammen. Nein. Das war zu früh. »*Brimlud! Wenden!*«, brüllte er.

Der Steuermann war schon dabei. Die *Fluch* krängte so stark, dass Draken die Harpaxen-Leine ergreifen musste, damit er nicht über das Deck rutschte. Seine Augen waren dabei stets auf das Feindesschiff geheftet. Dessen Name prangte in großer Schrift auf der Seite: *Königsblut*.

»Bemannt die Harpaxen!« Nur für alle Fälle.

Pfeile flogen von Osias' Bogen, und sein langes Haar wehte nach hinten wie eine Fahne.

Draken legete einen Pfeil an, richtete sich auf und hob seinen Bogen – ohne Rücksicht auf die eigene Sicherheit, völlig ohne Deckung. Über einer Balliste auf dem anderen Schiff lugte ein Kopf hervor: Es spritzte schwarz auf, als Drakens Pfeil ihn durchschlug. Jemand auf dem feindlichen Schiff schrie. Die Schiffe fuhren nun nahe genug beieinander, dass man sich gegenseitig etwas zurufen konnte. Ein Schauer von Pfeilen flogen von Rumpf, Reling und den Decks der *Königsblut* herüber.

Drakens Männer hatten gut gekämpft. Er packte die Leine der nächsten Balliste und wartete auf das schrammende Geräusch, das entstand, wenn Schiffsrumpf auf Schiffsrumpf traf – und darauf, dass der Rumpf der *Fluch* unwiderruflich in das andere Schiff hineinkrachte. In dem Moment, wo er dies spürte, würde er den Befehl geben, die großen Bolzen der Harpaxen in die *Königsblut* zu schießen.

Brimlud allerdings ließ die *Fluch* eine so scharfe Wende ausführen, dass sie bebte und protestierend knirschte. Draken fluchte, schnappte sich Pfeile aus dem Köcher und schickte einen weiteren monoeanischen Bogenschützen mit einem letzten Schrei in den Tod. Zwei andere nahmen seinen Platz ein, als der tote Schütze rücklings in einen Feuertrog knallte. Funken und Kienspäne stoben in einer Funkenexplosion nach oben, zogen Drakens Blick auf sich und blendeten ihn vorübergehend für das Kampfgeschehen.

Guter Schuss! Aber nur ein Schwert ist eine richtige Waffe.

Schon wieder Bruche? Draken schüttelte den Kopf. Die Welt fühlte sich an, als ob sie ins Schwanken geraten wäre.

Galbrait beendete abrupt Drakens momentanen Fluchtreflex, als er mit entsetzter, zittriger Stimme schrie: »Der König ist an Bord. Hört zu schießen auf!«

Draken wandte sich um. Ein Fluch kam ihm nicht mehr über die Lippen. Dazu war keine Zeit mehr.

Etwas erstickte Galbraits Worte wie ein Beil, mit dem man Anmachholz schlug: Aarinnaie hatte sich auf ihn gestürzt und ihn nach unten auf die Planken des Decks gezerrt. Doch schon wälzte er sich herum und befreite sich von ihr, sprang wieder auf die Beine. Draken bemerkte, dass sie sich beinahe wieder von der *Königsblut* gelöst hatten. Und die *Fluch* war immer noch intakt. Draken hörte das Knarren einer sich spannenden großen Harpax, den dumpfen Aufprall eines großen Bolzens. Die *Fluch* erzitterte. Draken schrie seinen Männern zu, sie sollten damit aufhören; ihr Schiffsrumpf war nirgendwo durchbrochen worden, und dies würde mit Sicherheit nur zu einer Enterung führen.

Der törichte Prinz rief weiterhin zum anderen Schiff hinüber: »Haltet ein! Der König ist …!« Aber da prallte ein Pfeil von einem Schiffsbaum ab und änderte seine Richtung, direkt auf den Kopf von Galbrait zu: Er setzte ihm eine karmesinrote Maske aus Blut auf und erstickte seine letzten Worte.

KAPITEL DREISSIG

Drakens Lungen mochten vergessen, Luft einzusaugen, doch seine Hände vergaßen nicht, einen Pfeil anzulegen. Das Muskelgedächtnis fühlte sich wie ein uralter Mechanismus an.

Die beiden Schiffe bewegten sich ruckweise und drehten sich auf dem Wasser, beide krängten und stemmten sich gegen die Bolzen, die sie miteinander verbanden. Ein Bogenschütze auf der *Königsblut*, der hoch oben in der Takelage kämpfte, stürzte kreischend auf das Deck der *Fluch*, rutschte dann durch die Reling und ging an die See verloren. Zwei andere Bogenschützen an der Bordwand des Feindschiffes starben Augenblicke später, durchbohrt von Pfeilen. Die Schiffe wollten sich trennen, die See und der Wind zerrten sie voneinander weg. Ein dumpfer Schlag stauchte Drakens Knie zusammen. Dann noch einer. Holz knirschte und ächzte, als es zersplitterte. Harpaxen-Bolzen von der verdammten *Königsblut*. Draken krabbelte zur Seite und klammerte sich an ein Kabel, das eine Balliste an Ort und Stelle hielt; dort blieb er fluchend auf den Planken liegen. Matrosen auf beiden Schiffen waren zu sehr damit beschäftigt, sich auf den wild hin und her drehenden Seefahrzeugen festzuklammern, um weiterhin zu feuern.

Die Schiffe waren nun sechs Schritte voneinander entfernt, ihre Drehbewegungen wurden allmählich langsamer, und die *Königsblut* holte ihren Fang ein. Draken fand sein Gleichgewicht wieder, doch als er die Bogensehne abermals zurückzog, ergriffen Hände seinen Arm. Sie waren klein, aber stark. Er drehte den Kopf, sein Bogen blieb gespannt.

Aarinnaie zuckte zusammen. »Sie sind im Begriff, uns zu entern.«

»Galbrait?« Er bemühte sich, an ihr vorbeizuschauen. Eine blutige Schmierspur auf dem Deck war das Einzige, was von dem Prinzen zurückgeblieben war.

»Am Leben. Eine Kopfverletzung. Hat eine Menge Blut verloren.«

Ihr Blick glitt an ihm vorbei, und sie ließ langsam den Atem ausströmen. Ihm wurde bewusst, dass er sie deutlich hören konnte. Der Einsatz von Schleuderkugeln hatte aufgehört, die Bogenschützen hatten ihr Werk eingestellt. Seine Augen folgten der Richtung ihres Blickes. Pfeile umgaben ihn wie ein kleiner Wald. Blinzelnd schaute er zu Osias hoch. »Zaubertarnung ist nicht bloß eine Art Tarnkleidung, was?«

Osias erwiderte in einem für ihn untypischen ausdruckslosen Tonfall: »Es ist nutzlos, Geheimnisse um dich herum zu bewahren.«

Taue und Holz knarrten, und schwere Ketten klirrten. Die *Fluch* zuckte unter Drakens Stiefeln.

»Sie legen Brücken«, sagte Aarinnaie.

Draken richtete sich auf. Die beiden Schiffe waren durch zwei Harpaxen-Bolzen auf recht labile Weise miteinander verbunden, der die Rümpfe in einem seltsamen Winkel zueinander hielt. Dutzende von Männern, die mit Asche gekennzeichnet waren, versammelten sich gerade auf der nahen Seite der *Königsblut* und bereiteten sich darauf vor, die *Fluch* zu entern. Ihr Kapitän hatte ihnen offensichtlich befohlen, das Schießen einzustellen. Es ging alles sehr geordnet vonstatten und weckte in Draken fast den Wunsch, am Erfolg dieser sauber durchgeführten Aktion mitarbeiten zu wollen.

Einer seiner Soldaten war in der Takelung, die das nunmehr brennende größte Toppsegel durchschnitt, während ein anderer hinter dem Hauptmast Schutz suchte und einen Eimer Wasser nach oben kurbelte. Blutend stand Tyrolean auf dem Deck; ein Pfeil hatte ihm eine Schnittwunde am Arm zugefügt. Umgeben von Blutspritzern, lagen zwei Seeleute ausgestreckt auf dem Deck. Einer von ihnen war Hoka. Unten im Frachtraum gingen die Schreie von irgendjemandem in ein Stöhnen über und erstickten schließlich.

»Halmar, legt Galbrait in Ketten und bringt ihn auf die andere Seite des Schiffs. Rasch. Werft ihn auf meinen Befehl über Bord.«

Halmar hielt nicht inne, um zu nicken, sondern schritt einfach zu Galbrait und hob ihn hoch. Der Prinz lag schlaff in seinen muskulösen Armen, noch bewusstlos von dem Treffer gegen seinen Kopf. Halmar trug ihn fort zur anderen Seite des Schiffes, wo er, verdeckt durch den großen Mast, hoffentlich von der *Königsblut* aus nicht gesehen werden konnte. Kettenklirren teilte Draken mit, dass seinem Befehl nachgekommen wurde.

Ein Mann in blutroter Uniform, die durch die Rüstung unhandlich wirkte, schritt mit dem Helm unter seinem Arm zur Reling der *Königsblut.* Draken blinzelte ihn an. Sein Gegenüber war ein richtiger Ashen, mit der Markierung auf der Stirn und den sich ineinander windenden Monden, die in den Stoff über seiner Brust eingestickt waren. Und er kannte den Mann. Durchforstete sein Gedächtnis nach dem Namen. Chaessar.

»Wer ist Euer Kapitän?«, fragte Chaessar.

Joran begann nach vorn zu treten, doch Draken schritt über die Pfeile hinweg, sprang die Stufen zum Quarterdeck hinab und ging runter zum Hauptdeck. »Ich führe das Kommando über dieses Schiff.«

Auf der *Königsblut* knarrten mehrere Bögen, als Schützen das neue Ziel ins Visier nahmen.

»Wartet.« Chaessars sorgfältig prüfender Blick glitt über Draken. »Und Ihr seid?«

»Brînianische Kaufleute.« Ein Test, um festzustellen, ob Chaessar es wirklich nicht wusste.

»Ihr seid unrechtmäßig eingedrungen.«

»Was für ein völliger Unsinn! Auf offener See kann man doch gar nicht irgendwo unrechtmäßig eindringen!« Aarinnaies Körper war angespannt; sie hatte eine geduckte Haltung eingenommen, und ihre Finger umklammerten Messer. Chaessar war innerhalb ihrer Wurfweite, doch ein Dutzend Pfeile würden sie töten, noch bevor er aufs Deck aufschlüge. Drakens freie Hand legte sich um ihr Handgelenk.

»Die See wird vom Mondmünster-Tempel von Monoea beansprucht«, entgegnete Chaessar. »Die Götter besitzen alles und werden wieder erhalten, was ihnen gestohlen worden ist.«

Draken runzelte die Stirn über diesen ziemlich dreisten Unsinn, ließ sich aber auf kein Streitgespräch ein. »Ich möchte eine Vereinbarung mit Euch aushandeln, mein Herr. Wir hegen keine bösen Absichten gegen Euch und haben nur gekämpft, um uns zu verteidigen.«

»Weshalb sollte ich mit Euch unterhandeln? Wir haben Euch ganz und gar besiegt. Ihr seid mein Gefangener; es ist meine Entscheidung, Euch zu behalten oder ins Meer zu werfen. Zielt tiefer, legt neue Bolzen ein! Schneidet sie los und versenkt dieses Schiff.«

Auf der *Fluch* spannten sich Bögen. Draken hielt die Hand hoch, um seine Leute vom Schießen abzuhalten. Er seufzte, bückte sich und legte seinen Bogen nieder. Sein Rücken und die Schultern schmerzten; völlig verspannt nach der großen Anstrengung. Er zog Meergeboren. Es leuchtete schwach – gerade stark genug, um anzuzeigen, dass dieses Schimmern mehr als die bloße Reflexion der Monde war. Chaessar starrte es eindringlich an, und alle Leute auf den beiden Schiffen verstummten.

»Das mag ja recht gut sein«, erwiderte Draken, »doch ich bin von den Göttern auserwählt. Die Hand gegen mich und die Meinen zu erheben, bedeutet, die Sieben Augen herauszufordern. Sie schauen jetzt zu, Chaessar. Und die Wahrheit ist, dass sie Ungehorsam in keiner Weise tolerieren.« Er selbst hatte dies auf die harte Tour gelernt.

Chaessar starrte ihn unverwandt an. Oder das Schwert. Draken vermochte das nicht zu erkennen. Etwas huschte über das Gesicht des Mannes: ein leichtes, grausames Lächeln, das einem kurzen Moment der Fassungslosigkeit auf dem Fuße folgte. »Ihr seid Fürst in Brîn.«

»Ich bin vieles, Chaessar. Was ich definitiv nicht bin – Euer Gefangener.«

»Trotzdem. Bringt ihn und Prinz Galbrait herbei!«

»Ich weiß nicht, welchen Nutzen Galbrait haben wird«, sagte Draken. »Er wird bald sterben – dank Eurer Bögen.«

»Seine Leiche wird genügen.«

Das warf Draken einen Schritt zurück. Möglicherweise hätte er dies vorhersehen sollen. Er tat so, als würde er nachdenken. »Ich werde ihn bereitwillig hinüber zu Eurem Schiff bringen, wenn Ihr meinen Bedingungen zustimmt.«

Chaessar schüttelte den Kopf. »Oder ich nehme ihn mir einfach.«

»Halmar, werft Galbrait über Bord.«

»Nein!«, warf Chaessar mit einem finsteren Gesicht schnell ein.

Draken achtete sehr sorgfältig darauf, dass er nicht lächelte. »Wartet, Halmar.«

»Ich vermute, die von Euch angesprochenen *Bedingungen* schließen ein, dass ich Euer Schiff fahren lasse.«

Draken nickte. »Gewiss. Im Austausch gegen mich und den Prinzen.«

»Eure Leute werden uns nur wieder verfolgen und beschäftigen.«

»Sie haben die strikte Anweisung, im Falle einer Vereinbarung einen anderen Kurs als den Euren zu nehmen«, log Draken.

Chaessars Lippen verzogen sich nach unten zu der Karikatur eines finsteren Gesichts. Dies also war der springende Punkt. Sich auf die Götter zu berufen hatte funktioniert, doch Draken machte sich keine Illusionen darüber, wie lange es währen würde. Ein paar gut platzierte Pfeile würden Chaessars Problem ohne großes Aufheben lösen. Die Frage, die Draken sich stellte, lautete: Weshalb hatte er von dieser Option noch keinen Gebrauch gemacht? Vielleicht dachte er wirklich, dass Draken sein rechtmäßiger König war. Darüber war er dann allerdings alles andere als erfreut. Möglicherweise war er ja dagegen, dass Draken König sein sollte, konnte aber seinen Vorgesetzten nicht widersprechen.

Chaessar nickte. »Bringt den Prinzen. Ihr habt Eure Vereinbarung.« Draken blinzelte verwundert, als sich der Ashen-Kapitän umdrehte, um Befehle zu erteilen, ohne auf eine Antwort zu warten.

»Das ist seltsam«, murmelte Aarinnaie.

»Er lügt«, sagte Tyrolean.

»Nein. Er will mich lebendig haben. Dieser Priester, Rinwar, will mich lebendig haben«, erklärte Draken grimmig, als er sich den Seinen zuwandte. Längst nicht alle Ashen waren in diesen Wunsch eingeweiht, so viel stand fest. Er spürte jeden einzelnen der monoeanischen Pfeile, die auf seinen Rücken gerichtet waren. »Halmar, bringt Galbrait. Ich werde ihn hinübertragen.«

Halmar nickte knapp. »Jawohl, Khel Szi.«

»Ihr habt gesagt, Ihr würdet ihn beschützen«, warf Tyrolean ein.

»Ich habe gesagt, ich würde Euch alle beschützen. Galbrait und ich sind das Einzige, was wir beim Verhandeln einsetzen können.«

Tyrolean nickte, doch seine Augen verengten sich und huschten zu Drakens Schwert. »Ihr habt einen Plan.«

»Beschützt Aarinnaie für mich.«

Tyrolean schüttelte den Kopf. »Es gibt keine Chance, dass Ihr gegen ihn gewinnen könnt. Allein nach dem Aussehen der Klinge des Kapitäns zu urteilen …« Er schaute Draken fest an und erklärte ohne jede Arroganz: »Lasst mich an Eurer Stelle stehen.«

»Hör auf ihn, Draken; du kannst das nicht machen«, mahnte Aarinnaie.

Draken seufzte und blickte auf Osias.

Der Mantiker kniff seine Augen zusammen, musterte Draken und nickte. »Das muss er allein machen.« Der sanfte Ausdruck von Endgültigkeit in seinem Tonfall brachte alle zum Verstummen.

Eine Seite von Galbraits Kopf war blutverkrustet. Draken kniete sich neben ihm nieder, als Halmar die Ketten löste. Er untersuchte die Verletzung. Immer noch tropfte Blut; das hier musste dringend genäht werden. Galbrait war bleich wie der Tod und bewusstlos. Setia stand in seiner Nähe, mit einem blutigen Lappen in den Händen. Sie hatte es nur geschafft, das gerinnende Blut ein wenig zu verwischen.

Er wusste, dass seine Schwester glaubte, ihre ganze Welt liefe auf das hier hinaus – auf diese Männer auf diesem Schiff. Doch er konnte Brîn nicht im Stich lassen. Er konnte Elena nicht im Stich lassen. Er musste für sie auf die einzige Art und Weise kämpfen, die er kannte. Einst hatte er sie getötet. Ihr Sterben hatte sie alle gerettet. Jetzt war er an der Reihe.

»Alles Gute, Szirin … meine Attentäterin.« Er beugte sich hinab, um sie auf die Wange zu küssen und ihr ins Ohr zu murmeln: »Vergiss nicht, was ich dir über den Priester gesagt habe.«

Aarinnaie blinzelte und schluckte. Nickte.

»Gut.« Er strich ihr eine vereinzelte Locke von der Wange und drehte sich weg; seine Kehle war wie zugeschnürt.

Einst hatte Draken als junger Bogenschütze miterlebt, wie sein damaliges Schiff von Piraten geentert worden war. Er war sich völlig sicher gewesen, dass sie alle sterben würden. Doch sein Kapitän hatte ein Schwert versteckt gehabt, hatte auf die beste Gelegenheit gewartet, es zu benutzen, und den Piratenkapitän getötet. Es war eine ziemlich enge Angelegenheit gewesen.

Das hier würde noch enger werden.

Ein wenig Herumscharren, einige Ächzlaute und ein paar dumpfe Aufschläge, dann war die Brücke angelegt und rastete an der Reling der *Fluch* ein. Auf Drakens Nicken hin machten sich Joran und sein Maat daran, die Brücke auf der *Fluch* abzusichern. Draken trug den schlaffen Körper des Prinzen hinüber und wusste dabei: In dem Moment, wo seine Füße auf das Deck der *Königsblut* trafen, war ihr Leben verwirkt. Er konnte nur hoffen, seine Schwester, seine Freunde und seine Mannschaft zu retten.

Chaessar schaute zu, wie er an Bord kam. Draken fühlte sich schlagartig nackt mit seiner unbedeckten Brust und den unbemalten Füßen. Er wünschte sich, er hätte wenigstens die grausige Fratze, die Aarinnaie ihm für die Begegnung mit Aissyth gemalt hatte.

»Euer Prinz, Kapitän«, sagte er und kniete nieder, um Galbrait aufs Deck zu legen. Dessen Blut floss jetzt langsamer. Der Verletzte ruhte schlaff und bewusstlos auf dem Deck.

»Mein König.« Chaessars Augen verengten sich. Sein Blick huschte von Elenas Schmuckanhänger zu Drakens Gesicht hoch. »Ihr Götter, ich habe es nicht geglaubt, als ich davon hörte. Ihr seid der uneheliche Cousin des Königs.«

»Ich erhebe keinerlei Ansprüche gegenüber dem König und er auch nicht mir gegenüber. Ich bin Khel Szi von Brîn.« Draken zog Meergeboren, sprang nach vorn und ging auf Chaessar los. Ihm gelang ein Schlag, aber seine Füße waren falsch positioniert; augenblicklich bemerkte er seinen Fehler. Chaessar riss blitzschnell sein Schwert aus der Scheide und blockte Drakens nächsten Angriffsversuch ab. Die Ashen jubelten.

»Genug! Hört auf!« Als Chaessar seine Waffe hochschwang, kam ihre Klinge Drakens Arm gefährlich nahe; es fühlte sich an, als würde sie die Haare dort abscheren. »Bringt mich nicht dazu, Euch zu verletzen.«

»Ich werde Euch dazu bringen, mich zu töten.« Ihr Götter, er trug nicht einmal eine Armschiene. Nun, kleine Wunden würden heilen. Er hatte solche Schmerzen schon so oft ertragen. »Oder bei dem Versuch zu sterben.« Bevor er sich seine Chance entgehen ließ – und seinen Stand und seine Courage verlor –, schlug er mit Meergeboren erneut nach Chaessar.

Chaessar blockte den Hieb mit einer eigenartigen Drehung seines Armes ab, und während er Drakens Schwert mit seiner Armschiene aus dem Weg stieß, schlug er zu. Blut spritzte heiß und rasch über Drakens Brust. Der scharfe, starke Schmerz ließ ihn ächzen, und um seine Wunde herum fühlte es sich an, als würde er dort überall Nadelstiche erhalten. Das Blut würde die Heilung der Verletzung verbergen. Draken fletschte die Zähne und schwenkte sein Schwert herum – allerdings ungeschickt, weil das prickelnde Gefühl der sich schließenden Wunde ihn ablenkte.

Ein schwaches Beben ging durch das Schiff und ließ das Holz leise ächzen. Es war, als ob die Götter selbst das Gefährt leicht erschüttert hätten. Draken sprang abermals nach vorn und versuchte es nun mit einem niedrig geführten Schlag. Chaessar blockte erneut ab. Die Schwerter klirrten. Das mondgeschmiedete Metall von Meergeboren schnitt in Chaessars Stahl hinein. Draken nutzte dessen kurzzeitige Verwunderung, um unter der Deckung hindurchzugleiten. Meergeboren hüpfte über Chaessars Bauch, schnitt durch Stoff und Fleisch.

Der Monoeaner zischte; es klang mehr nach Verärgerung als nach einem Ausdruck echten Schmerzes. Die karmesinrote Uniform verbarg das Blut; Draken allerdings bezweifelte, dass es viel davon gab. Doch die Verletzung erfüllte ihren Zweck. Chaessar vergaß, dass er Draken lebendig haben wollte. Draken vermochte nur seinen ersten Schlag abzuwehren; der zweite traf ihn quer über die nackte Brust, schnitt tief hinein und durchtrennte Sehnen und Muskeln. Die Schnittwunde in Drakens Brust brannte in wildem Schmerz, als das Blut in Kontakt mit der Meeresluft kam. Die unerwartete Pein ließ Draken zurücktaumeln. Chaessar setzte ihm nach, und Draken schob den Schmerz beiseite, um am Arm seines Gegners einen Treffer zu erzielen. Das genügte nicht, um den Kapitän aufzuhalten, aber es genügte, um Draken ebenbürtig erscheinen zu lassen. Es genügte, um Chaessar die Arbeit machen zu lassen.

Hinter Chaessars Rücken war Khellian schließlich doch aufgegangen, um zu sehen, was der ganze Wirbel sollte. Sein kaltes weißes Licht wurde von Meergeborens Klinge eingefangen und leuchtete in Drakens Augen auf. Der Monoeaner machte sich das Zögern seines Gegners zunutze und bedrängte ihn hart. Ihre Schwerter verhakten sich ineinander, und Chaessar stieß ihn zurück. Draken war zwar einen halben Kopf größer als sein Gegner, aber geschwächt durch die Wunden und starken Schmerzen. Zudem war sein Schwert kürzer.

Der Stoß erfolgte aus dem grellen Licht heraus, das seine Augen blendete, und überraschte ihn. Sein Bein mit der alten Verletzung gab nach. Als das Schiff erneut unter ihren Füßen rumpelte, rastete sein Kniegelenk ein. Die Bewegung ließ Draken fein säuberlich aufs Deck stürzen. Er landete auf seiner schwachen Schulter, und ein leiser Schrei entschlüpfte seinem Mund, als er sich auf den Rücken wälzte. Das Gelenk war aus seiner Pfanne gerutscht und dann wieder hineingeglitten; es war bei Weitem nicht das erste Mal, aber jedes Mal höllisch schmerzhaft. Das Schiff rumpelte abermals. Ein lautes Krachen durchdrang das besorgte Gemurmel der Crew. Draken hörte eine weibliche Stimme rufen: Das war Aarinnaie, keine Ashen.

Chaessar, der über Draken auftauchte und sich in stillem, scharfem Kontrast vom Hintergrund abzeichnete, verstellte Khellians Licht. Seine Schwertspitze stach in die Haut über Drakens Herz ein. »Bindet ihn, und bringt ihn nach unten.«

Draken brummte böse und stieß seinen Oberkörper, so fest wie er konnte, nach oben gegen die Klingenspitze. Kaltes Metall schnitt durch sein Fleisch, glitt zwischen Knochen und durchschnitt sie. Er beschwor seinen nachlassenden Willen und stieß sich noch fester in die Höhe; er keuchte qualvoll auf, als sein Herz versuchte, um den unerbittlichen Stahl herum zu pumpen. Das Abebben seines Blutflusses tat unglaublich weh, jede Ader schien wie von einer heißen Flamme entzündet. Es übertraf jede Schnittwunde und auch den starken Schmerz in seiner ausgekugelten Schulter. Draken sog die Luft ein, doch die Mühsal des Atemholens erwies sich als zu groß, um es ein weiteres Mal zu versuchen. Chaessar fluchte und riss mit einem Ruck seine Klinge zurück. Draken nahm verschwommen eine Kakofonie aus Stimmen und Stiefelgescharre wahr.

Die göttlichen Augen blickten finster auf ihn herab. Draken verspürte ein plötzliches Aufwallen entsetzlicher Angst – nicht vor Chaessar oder den Ashen oder gar vor dem Tod. Sondern infolge der Einsicht, dass er von seinem Weg abgekommen war. Weil er wieder einmal den Willen der Götter gegen sie benutzte.

Das Kribbeln verstärkte sich; die Empfindungen von Nadelstichen im Innern seiner Haut liefen auf seiner Brust zusammen und versengten die Wunde, die sich von innen nach außen schloss: Organe, Muskeln und Haut fügten sich wieder zusammen und machten Drakens geplantes Opfer zunichte. Es fühlte sich an, als ob jemand im Innern der Wunde mit Klingen und einem heißen Schürhaken arbeiten würde. Sein ganzer Körper wölbte sich, sein Kopf wurde hart nach hinten gegen das hölzerne Deck geschleudert.

Schreie und Rufe durchdrangen sein Bewusstsein. Ein schrilles Krachen erschütterte das Schiff, die Galeone unter seinem Rücken neigte sich gefährlich. Wasser spritzte auf; es klang wie die Flut, die gegen die Küste anbrandete. Drakens Körper bewegte sich, geriet ins Rutschen. Das Kribbeln verschärfte sich und wurde zu einem Brennen. Matt fragte er sich, was das Krachen zu bedeuten haben mochte. Und wie es sein konnte, dass die *Königsblut* just in dem Moment auseinanderzubrechen schien, als er glaubte, sterben zu müssen.

Seine freie Hand scharrte kraftlos über das Deck, er stöhnte und griff auf den letzten Rest seiner knappen Luftreserven zurück. In der anderen Hand hielt er Meergeboren fest umklammert. Kein unnützes Grübeln mehr. Dies war es, was er wollte, was er brauchte. Doch er rutschte weiter, und zwar mit dem Kopf voran. Plötzlich blieb seine deformierte, ausgekugelte Schulter an der Reling hängen. Vor lauter Schreck und neuerlicher Pein ließ er das Heft von Meergeboren los, denn die Erschütterung des strapazierten Schultergelenks übertraf den Schmerz des Heilungsprozesses.

Abermals bebte und krachte das Schiff. Eine Woge trug es auf einem Übelkeit erregenden Ritt – es ging hoch und wieder nach unten. Mehr Schreie erschollen. Erneut rutschte Draken, erneut zerrte das Seil an seiner Schulter und bewirkte, dass sich ein plötzlicher Aufschrei in seiner Kehle löste, während der Schmerz in seiner Brust schon wieder verblasste. Und dann fiel er hinab, überschlug sich in der Luft und stürzte ins Meer.

Mit der Flanke zuerst prallte er auf die Wasseroberfläche. Er wurde herumgerissen und die Schulter ruckte wieder an Ort und Stelle. Erneut versuchte er zu schreien, doch Mund und Lungen füllten sich mit Wasser. Unter den Wellen trudelte das Schwert in die Tiefe. Draken war nicht in der Lage, sich zu bewegen, war zu erschöpft vom Heilungsprozess; und so ließ er es zu, dass auch er vom Meer immer weiter nach unten gezogen wurde. Eine wohltuende eisige Taubheit begann sich seiner zu bemächtigen. Er glaubte, immer noch das Leuchten der göttlichen Augen sehen zu können, die durch die Wellen flüssig und beweglich erschienen.

Etwas stieß ihn an … Ein Fisch? Ein Mensch? Er wusste es nicht. Er öffnete wieder die Augen, war jedoch von Dunkelheit umgeben. Das Einzige, was er fühlte, war das langsame Ziehen der See, das er überall auf seiner Haut spürte.

Stille. Frieden.

Nicht schon wieder.

Drakens Augen strengten sich an, ohne dass er es wollte. *Bruche? Bei Kordes Eiern, noch nie ist mir ein anderer Mensch begegnet, der dringender sterben wollte als du. Einfach zum Kotzen. Und dennoch halten es die Götter für angebracht, dass du am Leben bleibst.*

Kälte drang in seinen Körper ein, die eisiger als das Meer war. Bruche schimpfte weiter: *Inzwischen solltest du wissen, dass die Götter sich deinen Willen zu eigen machen. Ich würde ein wenig Frie-*

den bekommen, wenn du dein Bemühen aufgäbst, dich dem zu widersetzen.

Sein Körper begann sich zu bewegen, ohne von Drakens Bewusstsein dazu angewiesen zu werden; Arme und Beine wühlten sich durch das Wasser. Davon abgesehen, fühlte er sich paralysiert und erschöpft. Sein Kopf drehte sich, seine Augen drehten sich. In der Nähe sah er einen Mann im Meer schweben: ein Anblick, der durch den Mondschein hervorgehoben wurde. Das Licht schimmerte auf hellem blonden Haar, verblasste dann aber, als der Mann weiter nach unten trieb. Jenseits davon war ein großer, dunkler, sinkender Schatten. Drakens Körper schwamm tiefer, auf das blonde Leuchten zu.

Du hast deine Arbeit gut gemacht, aber du hast sie noch nicht beendet. Die Götter möchten, dass du ihn rettest.

Wen?

Galbrait, du verdammter Narr. Bruches Stimme klang streng, war aber nicht gefühllos. Drakens Körper schwamm weiterhin auf den dahintreibenden Mann zu. Bruche … Bruche war es, der ihn schwimmen ließ. Draken blinzelte; das Wasser stach ihm in die Augen. Er konnte mehr von sich fühlen, als sich Bruche in seinen Knochen und Muskeln einnistete – es war so vertraut wie das eigene Bett und die eigene Bettdecke.

Seine Lungen begannen zu brennen. *Und du?*, fragte Draken, um sich abzulenken. *Weshalb bist du bei diesem Ausflug dabei?*

Der Wille der Götter ist ebenso der meine.

Draken schwamm schneller, schloss sich Bruches Bemühungen an, übertraf sie gar. Streckte die Hand aus, ergriff Galbraits schlaffen, kalten Arm. Der Prinz reagierte nicht. Er war verletzt und danach in den Ozean geschleudert worden – bestimmt war er tot, oder? Trotzdem begann Draken, ihn nach oben zu ziehen.

Das war echt clever. Das mit dem Schwert und der Heilung der Wunde. Schön, zu sehen, dass du es immer noch draufhast.

Schwimm einfach, Bruche. Seine Brust nutzte den letzten Rest Luft; mehr konnte Draken nicht tun, um zu verhindern, dass er den Mund öffnete und Wasser einsaugte. Sein frisch geheiltes Herz schien sich in der Brust zu verdrehen.

Ein paar Herzschläge später tauchten sie auf, und Draken schnappte gierig nach Luft. Er zog Galbrait nach oben in eine sichere Umarmung, sodass er den Kopf des Mannes über Wasser halten konnte, wenngleich der Prinz regungslos und schlaff blieb. Draken hustete Wasser aus, bis es in seiner Kehle brannte. Zu guter Letzt gelang es ihm, sich wieder in den Griff zu bekommen, er schaute wild um sich.

Wrackteile und Überlebende waren auf den Wellen verstreut. Männer und Frauen riefen, kletterten auf dahintreibende Holzstücke. Die eine Hälfte der *Königsblut* hatte sich zur Seite geneigt und versank gerade; die Ränder von Segeln, der höchste Mast und die Reling waren immer noch über den Wellen, jedoch nicht mehr lange. Die andere Hälfte war … verschwunden. Die *Fluch* hatte sich irgendwie von den Harpaxen befreit und bewegte sich langsam fort, obwohl ihre Segel zerfetzt und schlaff herabhingen. Die brînianischen Seeleute standen an der Reling, starrten hinaus über die Trümmer und riefen hinab zu den Überlebenden. Draken glitt auf einer Woge dahin und fragte sich, ob Galbrait wirklich noch leben mochte und ob seine Männer höhnische Bemerkungen schrien oder Hilfe anboten.

Er fing an, ungeschickt in ihre Richtung zu schwimmen. Mit einem Arm kam er nur langsam voran, obgleich Bruche dafür sorgte, dass seine Beine rhythmisch austraten. Die monoeanischen Überlebenden waren zu sehr damit beschäftigt, sich weiterhin um ihr eigenes Überleben zu bemühen, als dass sie auf die beiden achteten. Selbst in Anbetracht der hellen Zozia und des mächtigen Khellian, deren Licht die Szenerie erleuchtete, war sich Draken sicher, dass vor dem Hintergrund der schwarzen See sein dunkles Haar und seine dunkle Haut kaum sichtbar waren.

Draken legte eine Pause ein, um sich auszuruhen, und erspähte Aarinnaie: Er nahm sie nur aufgrund der Silhouette ihrer gewaltigen Locken wahr, die um ihren Kopf herumwirbelten. Sie rief seinen Namen: Ihre Stimme durchdrang schrill und hektisch das zeternde Geschrei der verzweifelten Monoeaner.

»Ich bin hier.« Seine Stimme war zu leise, war rau vom Wasserschlucken und von der Erschöpfung. Er hustete erneut, schmeckt

Galle mit einer Spur Salz und räusperte sich. »Aarinnaie! Ich bin hier.«

Sie drehte den Kopf in seine Richtung, ihre Augen überflogen das Meer. Sie setzte dazu an, auf die Reling zu klettern und zu springen, doch irgendjemand zog sie zurück. Ihre Protestschreie gellten durch die Nacht und ließen kurzzeitig den Lärm der Überlebenden im Wasser verstummen. Die silberne Gestalt von Osias erschien und wies mit der Hand. Halmar drängte sich zur Reling durch und hechtete dann in einem perfekten Bogen darüber hinweg; er teilte die von Holzstücken übersäten Wellen, und kaum ein Spritzer durchbrach die Wasseroberfläche.

Einige Augenblicke später tauchte Halmar in der Nähe von Draken auf, hielt nach ihm Ausschau und schwamm auf ihn zu.

»Nehmte den Prinzen.« Draken schob den schlaffen Körper zu Halmar. »Bringt ihn an Bord.«

»Ich bin gekommen, um Euch abzuholen, Khel Szi«, erwiderte Halmar, obgleich er einen seiner starken Arme um Galbraits Brust gleiten ließ. Der Kopf des Prinzen hing schlaff zur Seite, seine Augen hatten sich nach hinten verdreht.

»Ich kann schwimmen.«

Halmar nickte und machte kehrt, um zurückzuschwimmen.

Ohne irgendwelche Gedanken und ohne Worte erfüllte Bruches Anwesenheit erneut Drakens Körper. Er atmete ganz viel Luft ein und tauchte tief. Sämtliche Geräusche waren wie abgeschnitten – außer Bruches Stimme.

Es ist auf irgendeinem Trümmerstück des Schiffes und sinkt langsam. Ich habe das Leuchten gesehen, das verdammte Ding gespürt. Bruche klang seltsam ehrerbietig.

Draken hatte kaum zu hoffen gewagt. Er schwamm nach unten. Angeschoben von der Kraft des Geistes durchschnitt er das Wasser; tauchte tiefer und tiefer, bis er sich dem Schatten der Schiffshälfte des Monoeaners näherte, die so spurlos versunken war. Mit brennenden Lungen starrte er angestrengt in die von Monden erhellte Finsternis unter Wasser. Er blinzelte. Da! Ein schwaches Leuchten drang von unten zu ihm hoch. Kurz erhellte es einen dahintreibenden Körper.

Er stieß sich noch fester weiter, und seine Lungen schrien, als er etwas Luft entweichen ließ. Als Seemann war ihm das Schwimmen im Ozean nicht fremd, doch er hatte sich noch nie in eine solche Tiefe begeben. Seine Schwimmbewegungen verlangsamten sich, sein Verstand wurde träge und schwerfällig. Hier unter den Wellen bewegten sich Gedanken mit der Strömung sanfter durch das Wasser. Kehrten zurück zu seinen Tagen als Seefahrer, zurück zur Kriegsflotte … Er hatte einen Freund gehabt, einen Zweiten Maat namens Waen. Sie hatten als junge Männer gemeinsam gezockt und gehurt – vor der Zeit mit Lesle. Damals wurde Draken bewusst, dass eine Uniform Frauen anlockte, wenn auch nicht unbedingt die tugendhaftesten und edelsten …

Draken!

Er blinzelte, als sich seine Hand nach dem blassen Licht ausstreckte. Sein Daumen fand das lose Leder am vertrauten Heft, und er entspannte sich, als Bruche die Kontrolle übernahm.

KAPITEL EINUNDDREISSIG

Er lag auf dem Deck und spuckte hustend Meerwasser aus; sein ganzes Gewicht auf seine versehrte Schulter konzentriert. Und sie schmerzte. Seine Lungen und die Kehle brannten. Seine Finger ließen das vertraute Leder, mit dem das Heft umhüllt war, nicht los.

Lass es ruhig angehen, Kumpel.

Er vermochte nicht an eine Antwort zu denken, vermochte nicht über die Vorstellung hinaus zu denken, dass Bruche noch bei ihm war. Er war klatschnass, und ihn fror.

Der Geist zog sich von Drakens Bewusstsein zurück und gewährte ihm ein wenig Raum. Draken ließ sich wieder flach auf den Rücken rollen und blinzelte zu einer durchnässten, langen Tunika hoch, die an einem schmalen Bein haftete. Seine Hand packte Meergeboren, als ein Hustenanfall seinen Körper peinigte. Eine geraume Zeit musste er ununterbrochen husten.

»Lass es ruhig angehen. Du hattest eine schwere Zeit, aber jetzt bist du so ziemlich in Sicherheit.« Das war Osias, der sich nun bückte und ihm eine Hand auf die Brust legte. Es war das einzige Warme, was Draken in diesem Moment fühlte.

Die Wirklichkeit schlich in seine Gedankenwelt zurück. Er lag in einer kalten Pfütze auf dem noch kälteren Deck der *Fluch*, und die ebenfalls frostige Nachtluft sickerte in seine nasse Haut hinein. Er zitterte und versuchte, sich nach oben zu drücken. Tyrolean ergriff seinen Arm und half ihm, sich aufzusetzen.

»Wie hast du das gemacht?«, wollte Aarinnaie wissen. »Du warst bewusstlos. Halb ertrunken. Wie ist es dir gelungen, dein Schwert nicht loszulassen?«

»Ich kann nicht glauben, dass Ihr es gefunden habt«, sagte Tyrolean.

Draken konnte nur den Kopf schütteln und hustend fragen. »Galbrait … lebendig?«

Ein Herzschlag. »Ja«, antwortete Tyrolean. »Halmar hat ihn zusammengenäht. Hat erklärt, das kalte Wasser hätte den Blutfluss verlangsamt. Und das Wasser haben sie irgendwie aus seinen Lungen bekommen. Doch er ist immer noch bewusstlos.«

Und wird vielleicht nicht mehr in Ordnung kommen. Wappne dich, mein Freund. Du weißt, was das Ertrinken bewirken kann.

Das wusste er wirklich. Er hatte einmal einen Matrosen erlebt, der ertrunken und zu den Lebenden zurückgebracht worden war. Der Mann konnte nicht sprechen und nicht mehr selbst essen, war so hilflos wie ein Baby. Was würde er mit Galbrait tun, falls es dazu kommen sollte?

Wirf ihn zu Ma'Vanni. Es ist ein besseres, friedlicheres Dasein als das Leben eines Trottels.

Der Geist übernahm das Kommando über Drakens Arm und steckte die Klinge in die durchnässte Scheide, die immer noch an sein Bein geschnallt war. Draken atmete vorsichtig ein und hauchte die Luft von der Kehle aus langsam aus. Kein Husten. Er begann sich auf seine Beine zu hieven; Aarinnaie nahm den einen Arm und Tyrolean den anderen. Er schüttelte sie von sich und schritt humpelnd auf die Reling zu, um einen Blick aufs Meer zu werfen. Einmal wäre er beinahe gestolpert, doch er ergriff rechtzeitig die Reling. Osias gesellte sich dort zu ihm; er strahlte stumm.

»Halmar ist unglaublich wütend«, bemerkte Aarinnaie. »Er hat behauptet, du hättest bei der Übergabe von Galbrait gesagt, dass du ihm folgen würdest.«

»Ich musste das von den Göttern verdammte Schwert holen. Wie viele Monoeaner sind übriggeblieben?«

»Weniger als die Hälfte«, antwortete Tyrolean.

Ein heftiges Zittern durchlief Drakens Körper. »Ihr habt einfach zugesehen, wie sie ertranken?«

»Sie haben uns angegriffen«, entgegnete Aarinnaie ungehalten.

Das war in der Tat wahr. »Ruf Befehle aus. Man soll Seile über die Schiffsseite werfen. Lass so viele an Bord ziehen, wie ihr könnt.«

»Wir können nicht allen Nahrung geben, und noch weniger können wir sie alle unter Kontrolle halten. Sie werden das Schiff übernehmen und ...«

Draken warf Aarinnaie einen kategorischen Blick zu.

»Ich tu's schon ... ähm. Hol dir einen Umhang«, erklärte Aarinnaie mit einer plötzlichen Fügsamkeit, der Draken nicht traute, und wandte sich ab.

»Gewiss, Eure Hoheit«, sagte Tyrolean; ein schwacher Ausdruck von Belustigung zuckte um seine Mundwinkel. Dann wandte er sich Joran zu.

Draken starrte auf zwei Männer hinab, die sich an ein behelfsmäßiges Floß aus dem Rumpf des Schiffes klammerten. Ihre Körper waren im Wasser, sie blickten zur *Fluch* hoch, sagten jedoch nichts. Die Rufe hatten aufgehört. Die Monoeaner hatten aufgegeben.

Und du bist im Begriff, zu ihrem Retter zu werden, ließ Bruche sich vernehmen. *Ganz toll.*

Ich bin es leid zu kämpfen. Und Galbrait braucht seine Leute um sich herum.

Also wirst du sie auf ihn schwören lassen?

Das ist meine Idee. Aber du weißt ja, was man über noch so wohlbedachte Pläne sagt. Das erste der Seile fiel über die Reling.

Siebenundvierzig. Es war eine Zahl, die Draken nicht so schnell vergessen würde. Die geretteten Monoeaner saßen in geordneten Reihen auf dem Deck. Ein paar hartnäckig rebellische Burschen waren in Ketten, aber die meisten wurden durch einige wenige Pfeile gebändigt, die auf sie gerichtet waren. Die Drohung, wieder über Bord geworfen zu werden, half auch, sie ruhigzustellen. Besonders da inzwischen Haie eingetroffen waren, die das Wasser rund um das Schiff in ein blutiges Chaos verwandelten. Da die meisten der im Wasser zurückgelassenen Seeleute nur noch dahintreibende Leichen waren, gab es nur wenige Schreie. Allerdings erhob sich rund um das Schiff der Geruch von Salzwasser und Blut, Draken wollte nicht auf die größeren Monster warten, die Haie zu ihrer Beute machten.

Er gab Joran den Befehl, Segel zu setzen. Sie mussten sich wieder fortbewegen, obwohl es einige vorsichtige Manöver erfordern würde, um durch die großen Trümmerstücke zu kommen: Von denen besaßen einige eine solche Größe und gezackte Kanten, dass sie ein Loch in den Rumpf der *Fluch* schlagen könnten, wenn man auf sie traf. Allerdings wurde das Schiff sowieso durch seinen Mangel an Segeln behindert. Sie würden in klare Gewässer kommen und Reparaturen durchführen müssen.

Die Ashen beobachteten ihn vorsichtig, als der Heiler ihm den Arm an die Brust band, um seine lädierte Schulter ruhigzustellen. Es bewirkte, dass Draken nicht mehr das Gefühl hatte, im Gleichgewicht zu sein. Und nicht nur das hatte diese Auswirkung, sondern auch die Tatsache, dass er sich daran gewöhnen musste, wieder Bruche in sich zu haben.

Die Brînianer hatten zusammen mit den Soldaten auch ein halbes Dutzend runder Tonnen aus dem Meer gezogen. Es war eine alte, von Aberglauben inspirierte Angewohnheit, ein paar Fässer halb voll zu lassen, damit sie nach einem Schiffbruch an der Oberfläche trieben. Trotzdem würde auch das nicht ausreichend Wasser für jeden an Bord zur Verfügung stellen.

Während Joran die Befehle gab, bahnte sich Tyrolean einen Weg durch die Monoeaner, die sich auf dem kleinen Deck drängten, und duckte sich unter Leinen hindurch, als die Mannschaft die verbliebenen Segel setzte. »Galbrait ist wach, Eure Hoheit.«

Draken stieß einen Seufzer aus. Der dumpfe Schmerz in seiner Schulter verstärkte sich.

Ach, nun, es wird schon nicht so schlimm sein. Der Bursche himmelt dich an.

Draken unterdrückte ein Schnauben und nickte Tyrolean zu. Er warf einen Blick über die zumeist blonden Köpfe der Ashen … *Gefangene? Soldaten?*, fragte Bruche. Draken wusste es nicht, und er wusste noch weniger, was er mit ihnen machen sollte. »Kümmert Euch darum, dass sie Wasser und ein wenig zu essen bekommen.«

»Das wird zwangsläufig dazu führen, dass uns allen die Vorräte ausgehen werden, Khel Szi«, gab Joran zu bedenken.

»Wir sind nicht so weit von der Zoziaküste weg, und wir können bei Khein recht gut Nahrung und Wasser zu uns nehmen«, erwiderte Draken. »Drittel-Rationen bis dahin. Glaubt *Ihr*, das Wasser wird ausreichen?«

»Gerade noch so«, antwortete Joran, der gleichzeitig mit einem Kopfschütteln die Frage verneinte.

Ah. Es hat keinen Sinn, die Crew in Panik zu versetzen. Cleverer Bursche.

»Seht zu, dass es ausreicht.«

»Und wenn es nicht reicht, Khel Szi?«

»Wir werfen niemanden über Bord – wenn es das ist, wonach Ihr fragt.«

Joran warf einen besorgten Blick zu dem sich aufhellenden Himmel, der sich allem Anschein nach schon bald in ein glänzendes Blau verwandeln würde. Ein beständiger Wind blies der *Fluch* entgegen. Ein guter Tag zum Segeln. Doch die Mannschaft der *Fluch* zeigte verdrießliche Mienen, die noch mürrischer wurden, wann immer die Männer auf die Ashen schauten.

Die Feinde zu verschonen – damit ist es nicht getan. Brînianer trauen dem Braten nicht.

»Also, bittet Agria um Regen und einen steifen Wind, der uns nach Akrasia bringt«, fügte Draken hinzu. »Wir werden das hier so schnell wie möglich hinter uns bringen.«

Er drehte sich zum Heck um und schob sich durch die Gefangenen, um zu seiner Kajüte zu gelangen. Ashen bogen sich weg, um ihm Platz zu machen, und ihre Blicke folgten ihm.

Mehr als ein Gesicht rötete sich unter der aufgehenden Sonne, obwohl der Wind ausreichend kühl war. Die Segel warfen ein wenig Schatten, doch für einige der Gefangenen würde man Platz im Schiffsrumpf schaffen müssen. Ansonsten würde einer nach dem anderen von der Sonne krank werden, insbesondere bei den mageren Wasserrationen.

Die Kajüte roch nach Blut und Salz. Tyrolean blieb an der Türöffnung stehen, als Draken hindurchging. Aarinnaie lehnte ihre Hüfte an den Tisch und verschränkte die Arme vor der Brust.

Galbrait öffnete die Augen.

»Eure Hoheit?«

Er bemühte sich nicht, sich irgendwie zu bewegen, sondern

lag einfach regungslos da. Seine Stimme war belegt und schwach, klang aber recht gleichmäßig. »Offensichtlich verdanke ich Euch mein Leben.«

»Ich habe Euch lediglich aus dem Meer gezogen«, sagte Draken. »Euer Leben verdankt Ihr den Heilern und den Göttern.«

Die Mundwinkel verzogen sich leicht zuckend zu einem humorlosen Lächeln. »Sie hätten ihre Chance bei mir nicht gehabt, wäre ich nicht von Euch herausgezogen worden.«

Draken pflichtete ihm mit einem Nicken bei, machte sich aber so seine Gedanken. Immerhin hatten die Götter ihm Bruche zurückgegeben. »Aarin, würdest du bitte nach den Vorräten schauen und Tyrolean dazu mitnehmen? Ich vertraue unserer Crew nicht unbedingt, dass sie eine faire Abschätzung des Proviants vornimmt.«

Sie warf einen weiteren Blick auf Galbrait, ging jedoch gehorsam fort. Draken wartete, bis sie die Tür hinter sich und Tyrolean geschlossen hatte, dann ließ er sich langsam auf die Bank am Tisch sinken. Seinem Knie hatte der Tauchgang im Meer nicht gerade gutgetan, und wegen des an den Oberkörper gebundenen Arms waren sein Rücken sowie die Brust steif geworden.

»Wir haben beinahe fünfzig von Euren Leuten aus der See gefischt«, berichtete er.

Galbrait veränderte seine Position auf dem Bett und zuckte zusammen, als er versuchte, sich aufzusetzen. Zitternd lehnte er sich gegen ein Kissen, das schon von seinem Blut besudelt war. Im Meer hatten sich seine Haare überall verknotet, und aufgrund der Verletzung war seine Haut ganz blass. »Sie werden mich nicht wollen.«

»Ihr müsst es wenigstens versuchen«, erwiderte Draken. »Sprecht zu ihnen, wenn der Wind und der Wassermangel sie ein bisschen erschöpft hat, wenn ihr Schock erst nachgelassen hat. Dann werden sie begreifen, dass sie Euch brauchen.«

»Monoea will mich nicht.«

Draken unterdrückte ein Seufzen angesichts dieser melodramatischen Äußerung und rief sich in Erinnerung, dass Galbrait kaum zwanzig Sohalias gesehen hatte. Draken schaffte es jedoch nicht, sich selbst die Frage zu beantworten, wen Galbrait mit seinen Rufen, dass ein König an Bord sei, bezeichnen wollte. Hatte er da von sich gesprochen oder Draken gemeint?

»Ihr dürft die Ansicht der Rebellen nicht als die Eure übernehmen«, erklärte Draken. »Eure Barmherzigkeit wird dazu führen, dass diese Männer Euch verpflichtet sind. Ihre Zahl mag groß genug sein, um den Rest der Armee zu Euren Gunsten umzustimmen.«

»Zu *Euren* Gunsten, meint Ihr.«

Damit hat er nicht unrecht.

Draken schob den Geist in seinem Bewusstsein nach hinten. »Ich habe niemals einen Hehl daraus gemacht, dass es meine erste Sorge ist, den Krieg von Akrasia fernzuhalten. Das dient Monoea ebenfalls.«

Galbraits Augenbrauen zogen sich zusammen, während er darüber nachdachte. »Ich werde mich mit ihnen treffen«, sagte er schließlich.

»Sobald Ihr wieder gut laufen könnt«, merkte Draken an. »Sie müssen Euch in starker Verfassung sehen.«

Ein weiteres Zögern, dann ein widerwilliges Nicken.

Bruche stieß einen Seufzer aus, der Drakens Lippen erreichte. *Das ist wohl das Beste, was du erhoffen konntest.*

Eine Sieben-Nacht später hatten sie alle Reparaturen durchgeführt, die sie auf See durchführen konnten, und dabei ihren Kurs in holpriger Form weiterverfolgt. Alles Beten, den Rest der Flotte doch noch einzuholen, hatten sie inzwischen aufgegeben. Einige wenige Monoeaner hatten sich aus eigenem Antrieb nützlich gemacht: Sie holten Leinen ein, zogen Segel hoch und flickten Taue. Es gab keine Sonnenschutzsalbe an Bord eines brînianischen Schiffes. Und so hatten binnen Kurzem mehrere Ashen so starken Sonnenbrand, dass es erforderlich war, ihnen unten im Schiff Schutz zu gewähren und ihnen auch weitaus mehr als ihren eigentlichen Anteil am Wasser zu geben. Die Übrigen taten ihr Bestes, nicht im Wege zu sein, halfen aber nur, wenn man es ihnen befahl, und unterhielten sich sonst miteinander. Und beobachteten die Brînianer mit zusammengekniffenen Augen. Zweifellos hielten sie sich alle für Kriegsgefangene, und Draken tat nichts, um sie von dieser Sichtweise abzubringen. Er sprach zu keinem von ihnen, doch ihm entging nicht, dass sein Name regelmäßig in ihren Gesprächen auftauchte. Einige wenige hatten ihn als unehelichen Mischlingscousin von Aissyth eingestuft und machten aus ihrer Verachtung kein Geheimnis.

Draken seinerseits übernahm seine Wachdienste und verbrachte den Rest der Zeit in der hinteren Kabine, wo er sich mit Tyrolean und Bruche murmelnd über Landkarten von Akrasia beugte: Sie versuchten auszutüfteln, wo die Monoeaner landen und welche Stadt sie zuerst angreifen würden – und wie man sie am besten aufhalten sollte. Auch hatte er befohlen, den Gefangenen weniger Wasser als am ersten Tag zu geben. Bruche hielt es für das Beste, dass sie schwach und halb krank blieben, und Draken stimmte dem zu.

Galbraits sich bessernder Zustand verringerte Drakens Besorgnisse ein wenig; schon am nächsten Morgen kam er mit geradem Rücken aus seiner Kajüte zum Vorschein. Eine Reihe von Nähten verunstaltete seinen Kopf; und drum herum befanden sich Prellungen – wie Schlamm, der vom Grunde eines klaren Flusses aufgewühlt wird. Sein Torques mit den Himmelssteinen funkelte in der Morgensonne. Er hatte sich das Haar gewaschen und den Körper sauber geschrubbt. Trotz des Fehlens angemessener Kleidung sah er jeden Zoll wie ein Prinz aus.

Oder wie ein König.

Draken hielt sich zurück, während Galbrait stumm darauf wartete, die Aufmerksamkeit der Ashen zu erhalten. Sie bemerkten ihn – in kleinen Gruppen zunächst – und schoben sich langsam in seine Richtung. Zwei beugten den Kopf vor dem Prinzen, hörten damit jedoch auf, als sie sahen, dass niemand sonst dies tat.

»Ihr wisst, wer ich bin. Ihr wisst möglicherweise auch, dass ich der Letzte aus meinem Geschlecht bin. In unserem Land herrscht Revolution, und man hat alle anderen Mitglieder der königlichen Familie umgebracht, hat versucht, auch mich umzubringen.« Galbrait hielt inne. »Ihr seid zu einem unbefugten Angriff unterwegs gewesen. Weiß jemand von euch, woher eure Befehle kamen?« Ein sprödes Schweigen, nur unterbrochen vom Hüsteln einiger Zuhörer. Es senkten sich mehrere Köpfe: nicht aus Respekt, sondern um dem Blick des Prinzen auszuweichen.

Glaubst du, sie wissen es?, fragte Draken Bruche.

Ich glaube, dass sie es nicht erzählen werden, erwiderte der Geist.

»Es spielt keine Rolle. Das Blut von Königen rinnt durch meine Adern, und obwohl ich keinen von euch wollte, seid ihr nun hier.«

»Genau das ist der Grund, weshalb es eine Rebellion gibt – diese Arroganz!«, rief jemand hinten aus der Gruppe. »Die Eures Vaters genau wie diese hier jetzt.«

»Mein ehrwürdiger Vater ist tot«, sagte Galbrait, »und es war ein Rebellenschwert, das ihm den Tod brachte.«

»Tam hat recht!«, rief ein anderer. »Arroganz!«

»*Ruhe.*« Es war ein leiser Ruf, dennoch war er in der gesamten Menge und trotz der Geräusche des Takelwerks und der Wellen zu vernehmen. Draken besaß viel Übung darin, auf hoher See gehört zu werden. Köpfe wandten sich mit einem Ruck in seine Richtung.

»Was auch immer der Grund sein mag, die Rebellion ist geschehen«, sagte Draken. »Kniet nieder.«

Bis auf den letzten Mann starrten sie ihn ungläubig an.

»Kniet nieder, oder ich werfe euch eigenhändig über Bord. Einst habt ihr alle seinem Vater, meinem Cousin, einen Eid geschworen. Er ist jetzt tot, und Galbrait ist sein Erbe. *Kniet nieder.*«

Sie starrten noch etwas mehr, und dann fielen diejenigen, die anfänglich vor Galbrait das Kinn gesenkt hatten, auf ihre Knie. Murmelnd und mit roten Gesichtern folgten die Übrigen langsam dem Beispiel. Galbrait wartete und starrte sie stumm an, bis sie wegsahen. Zum Schluss schaute er Draken an. Bruche stöhnte. Der Bursche sah aus, als ob er keine Ahnung hatte, was er als Nächstes tun oder sagen sollte. Dann aber begann er wieder zu sprechen.

»Ich besitze euch aufgrund meines Blutes und meines Geburtsrechtes. Schwört ihr außerdem freiwillig, mir zu Diensten zu sein?«

Es gab ein zustimmendes Gemurmel. Draken musterte die Gesichter, um sicherzustellen, dass sie alle zumindest so taten, als verpflichteten sie sich Galbrait durch ihren Eid. Drakens Finger zuckten, während er darauf wartete, dass sich einer weigerte, um dann ein Exempel an ihm zu statuieren. Aber alle willigten ein.

»Unsere Leute haben Krieg zu den Küsten von Akrasia gebracht. Im Zuge dieses Bestrebens haben sie den Fürsten von Brîn angegriffen, ihn beinahe getötet – und auch mich. Ungeachtet dieser Vorfälle hat mein Cousin mich zweimal vor Rebellenschwertern und vor Ma'Vannis Umarmung bewahrt.« Galbrait drehte sich zu Draken um und kniete nieder, wobei er sich langsam und steif bewegte. »Ich verpflichte mich durch Eid dem Fürsten Draken, der mir ein neues Leben geschenkt hat. Ich bin kein König und auch kein Prinz. Ich bin es nicht mehr. Ich bin ein Soldat, wenn er mich haben will.«

Stille. Die Ashen starrten ihn entsetzt an. Dann erhob sich ein ängstliches, bestürztes Rumoren aus ihrer Mitte.

Draken starrte auf den hellen Schopf vor ihm hinunter. Infolge dieser Neuigkeit schienen selbst die Wellen still zu werden. Sein Körper straffte sich. Er wollte das nicht – ein weiterer Sklave für die Launen der Götter. *Ein verdammter und verfluchter Trottel.*

Draken, benutze ihn. Er hat sich dir gerade durch einen Schwur verpflichtet. Du kannst ihn benutzen, um diesen Krieg in Akrasia zu beenden.

Wie denn? Er hat gerade jeglichen Anspruch auf den Thron aufgegeben.

Er kann sich von seinem eigenen Blut nicht weiter distanzieren, als du es konntest. Ich habe so eine Ahnung: Wenn es so weit ist, wird seine Loyalität sehr kostbar sein.

Die Götter mochten ihn verfluchen, doch Bruche hatte wahrscheinlich recht.

Draken legte Meergeboren auf Galbraits Schulter und hasste sich selbst, als er die folgenden Worte sagte: »Erhebe dich, und sei willkommen in meinem Dienst, Galbrait vom Hause Khel.«

KAPITEL ZWEIUNDDREISSIG

Es war eine raue Angelegenheit, in der Bucht von Khein vor Anker zu gehen; fast nichts erinnerte an das helle, glänzende Wasser und den friedlichen Himmel, die geherrscht hatten, als er damals hier an Land und in die Verbannung gegangen war. Draken blickte zum grauen Himmel hoch, und ein paar Tröpfchen schlichen an der Kapuze seines geölten Umhangs vorbei. Mit dem Handrücken rieb er sich die Nase. »Es hat auch geregnet, als ich fortgefahren bin. Wenn ich es nicht besser wüsste, würde ich sagen, dass meine Anwesenheit hier den Göttern missfällt.«

Oder dass ich den Monoeanern einen Streich gespielt habe. Das war wahrscheinlich nicht, was sie sich gedacht hatten, als sie mir die Fähigkeit der Selbstheilung verliehen.

»Nicht jedes Wettergeschehen hängt von deinen Entscheidungen ab, Khel Szi.« Osias schüttelte den Kopf. »Das war Korde, der über mich verärgert ist.«

Wenigstens waren die Monde nicht blutrot. »Ich bin derjenige gewesen, der deine Fessel durchtrennte, schon vergessen?«

Osias kicherte leise. »Ich weiß, dass du dich über das Wohlwollen der Götter ärgerst, Draken. Aber es ist weitaus schlimmer, außerhalb ihrer Gunst zu stehen, als sie zu genießen.«

»Erzähl das Bruche, der seine ›wohlverdiente Ruhe‹ nicht bekommt, wie er es auszudrücken beliebt.«

Sie ist *wohlverdient. Was ich nicht verdient habe, ist, dass ich sie nicht bekomme.*

Osias sah ihn leicht grinsend an, als ob er die Worte der Schwerthand hätte hören können. Je näher sie Akrasia gekommen waren, desto mehr hatte er sich entspannt: Und es machte nichts, dass sie immer noch ein ganzes Land von Eidola entfernt waren. Andererseits, vielleicht würde er ja nicht dorthin zurückgehen.

»Ist es wirklich notwendig, dass wir heute Nacht an Land gehen?« Aarinnaie kauerte sich unter ihren eigenen Umhang.

»Sie sind am Verhungern. Wir müssen jeden vom Schiff runter und an Land bekommen. Es wird genug Vorräte für alle in Khein geben.« Draken blickte zurück zu den monoeanischen Soldaten, die in geordneten Reihen im herabprasselnden Regen saßen. Dies war der dritte Tag mit Niederschlägen. Die Monoeaner, die von ihrem Sturz ins Meer, von der brutalen Sonne sowie den Tagen ohne ausreichendes Essen geschwächt waren, wurden bereits krank. Er wünschte sich Thom herbei, der diesen Menschen bloß mit einem Blinzeln seines einen Auges helfen könnte.

»Wer wird sie bewachen, während wir unterwegs sind?«, fragte Galbrait. »Was, wenn sie das Schiff übernehmen und wegfahren? Wir sollten sie mitnehmen.«

Draken betrachtete den jungen Prinzen. Was hatte er während all dieser Jahre in den Norvern Wildnissen eigentlich gemacht? Sicherlich hatte er nicht gelernt, sich um seine Leute zu kümmern. Erkannte er denn nicht, wie schlecht es ihnen ging?

»Die meisten von ihnen sind zu schwach, um hinüber zur Reling zu gehen und zu pinkeln«, sagte er trocken. »Ich denke, Joran und das Schiff sind ausreichend sicher vor einer Meuterei.«

»Wir haben größere Sorgen, Eure Hoheit«, warf Tyrolean ein. »Khein ist eine wohlbekannte Festung. Wenn die Ashen-Flotte auf dieser Route gekommen ist – und es ist wahrscheinlich, dass sie dies getan oder zumindest einige Soldaten hier an Land gesetzt haben –, könnte Khein unter Belagerung stehen.«

»Oder Schlimmeres erlitten haben«, fügte Aarinnaie hinzu, als ob es erforderlich wäre, dass dies ausgesprochen wurde.

Osias starrte hinaus auf die dunkle Küste. Der Wald ragte aus dem Boden wie ein lebendiger Schatten; Blätter und Äste schwankten in Regen und Wind. »Diese Waldgebiete sind womöglich voller Ashen. Wir würden sie erst in dem Moment sehen, da sie über uns herfallen.«

Oder die Mondlinge über uns kommen, nicht?, merkte Bruche an.

Und ihr SCHWEBEZUSTAND, ergänzte Draken.

Selbst sie würden es nicht wagen, ihn gegen dich zu verwenden.

Draken war sich dessen nicht so sicher. Er hatte Parne nicht vergessen, auch nicht die Berichte über Tiere, die entlang der Grenze getötet worden waren. Die Lage hier konnte sich während seiner Abwesenheit sehr verschlechtert haben.

Dieser Gedanke ließ den kleinen Ausflug vom Schiff zur Küste in keiner Weise leichter werden. Draken und Tyrolean kämpften mit ihren Boootsrudern gegen die See an, bis Drakens Schultern schmerzten. Bruche musste das versehrte Gelenk mit seiner Kälte gefühllos machen, damit Draken durchhielt. Übelkeit erregende Wellengänge ließen das schmale Ruderboot stampfen und rollen. Ein jeder war angespannt und nass, als Tyrolean aus dem Boot sprang und es an Land schleppte. Sie versammelten sich unter dem dichten Baumkronendach, um sich zu besprechen.

»Ich kann für uns die Straße finden, doch Draken hat recht. Wir brauchen ihn, um in die Tore der Festung zu gelangen.« Osias sah sich überall um, schritt einen Kreis um die kleine Gruppe ab und reckte dabei den Kopf, um zu lauschen. Regen prasselte auf den Ozean herunter. Der Mantiker leuchtete in der Dunkelheit, sein silbernes Haar war glatt und glänzend.

Setia hatte die Arme um den Oberkörper geschlungen und hielt ihren Umhang dicht an sich gepresst; ihre Nasenlöcher weiteten sich, als sie in der Luft schnupperte. Alles, was Draken roch, war Feuchtigkeit, doch er empfand eine Beklemmung, von der er glaubte, sie in Monoea hinter sich gelassen zu haben. »Lasst mich raten. Ihr wittert Mondlinge.«

Osias, der noch immer die Umgebung im Auge hatte, nickte. »Sie beobachten bloß. Einstweilen.«

Kurze Zeit später, als das dichte, feuchte Blattwerk an Drakens Umhang haftete, wünschte er sich, sie hätten Pferde. Während sie durch den Wald marschierten, ließ der Regen nach, und ein wenig Mondlicht brach durch die Wolkendecke, das ihre angespannten, schmutzigen Gesichter zum Vorschein brachte. Hin und wieder kippte hoch oben ein großes Blatt eine Ladung Wasser über einem ahnungslosen Kopf aus. Mit einem wütenden Knurren zog Draken schließlich Meergeboren und fing an, das Blattwerk abzuhacken.

Inzwischen fiel nur noch ein leichter Nieselregen, der in seinem Fahrwasser eine neblige Feuchtigkeit in der Luft hinterließ. Draken schwitzte heftig, machte jedoch weiter. Die körperliche

Anstrengung, sich seinen Weg durch den Wald zu schlagen, hielt ihn davon ab, zur Hauptstraße nach Auwaer zu sausen und Elena aufzuspüren. Denn verdammt noch mal, man sollte eines nach dem anderen erledigen.

Ooh, bist du aber gereizt.

Fühlst du den Regen überhaupt, Bruche?

Nein. Aber ich schmecke auch nicht deinen Wein, und ich fühle auch die sanften Schenkel deiner Königin nicht.

Draken dachte darüber nach. *Und dennoch weißt du, wenn ich verletzt bin.*

Ja, wenn es mehr als ein paar Atemzüge andauert. Dein Gleichgewicht verändert sich. Und dann sind da diese Schreie …

Sehr lustig.

Ich bin nich…

Ein Hauch von irgendetwas trieb vorbei. *Schsch! Was ist das?*

Draken hörte damit auf, das Blattwerk wegzuhacken, um zu lauschen. Alle anderen hielten ebenfalls inne. Da war eine Veränderung in der Atmosphäre des Waldes. Draken strengte sich an, um sie mit all seinen Sinnen in sich aufzunehmen. »Rieche ich da Rauch?«, flüsterte er.

Setia hob den Kopf, um in der Luft zu schnuppern; ihre Nasenlöcher blähten sich. »Ja, da hängt Qualm in der Nässe.«

Aarinnaie schaute sich um, die Augen weit geöffnet. »Es ist zu ruhig.«

»Man hört keine Tiere«, stellte Galbrait fest.

Das also hat er in den Norvern Wildnissen gemacht. Mit Tieren kommuniziert.

Draken ignorierte Bruche. Zweifellos war Galbrait auf seinem Posten in den Norvern Wildnissen zu einem anständigen Fährtensucher geworden.

»Es gab zuvor auch keine. Das ist eine der Möglichkeiten, um zu erfahren, dass Mondlinge in der Nähe sind.«

Der SCHWEBEZUSTAND produzierte keine Geräusche. Vielleicht trugen Mondlinge ihn mit sich, wohin auch immer sie gingen. Ein faszinierender Gedanke, er beantwortete allerdings nicht die unmittelbare Frage, was bei allen Unbehagen auslöste.

Draken hatte ein ganzes Menschenleben in einer Welt voller Gefahren gelebt, und das hatte ihn gelehrt, dass diese Instinkte selten falschlagen; er war umgeben von Leuten, die darin bewandert waren, Bedrohungen aufzuspüren und zu eliminieren.

Er schaute zu Osias und legte den Kopf schräg.

Geräuschlos bewegte sich Osias zu einer Seite und verschwand im Wald. Setia ging in die andere Richtung.

Galbrait wippte auf seinen Fersen hin und her. Mit leiser Stimme bot er an: »Ich kann die Umgebung auskundschaften, Eure Hoheit. Zehn Jahre habe ich damit zugebracht, in den Wäldern Fährten zu lesen.«

Es war eine lange Sieben-Nacht gewesen. Galbrait hatte Trübsal geblasen und sich verunsichert gezeigt. Die meiste Zeit hatte er geruht. Die frische Narbe an seinem Kopf stellte sich als scharf gezeichnete rote Linie dar, die von schwarzen Fäden unterbrochen wurde. Dass er sich jetzt so gut fühlte, dieses Angebot zu machen … »Geht. Doch verweilt nirgendwo, und lasst Euch auf keinerlei Auseinandersetzungen ein.«

»Ja, Eure Hoheit.« Er schlich sich in eine dritte Richtung weg, genauso flink und lautlos wie Setia.

»Mich hast du nicht gehen lassen«, sagte Aarinnaie, die ihre Arme verschränkt hatte.

»Ihm gelingt es, Ausschau zu halten, ohne irgendwas oder irgendjemanden zu töten, auf den er stößt«, entgegnete Draken.

Eine Zeitlang gingen sie weiter, bis Galbrait zu ihnen zurückkehrte. Er schüttelte den Kopf. »Keine Menschen. Aber es gibt eine Straße, glaube ich.« Als er mit der Hand in die Richtung zeigte, warf sich ein Körper durchs Gebüsch. Er sackte zwischen Draken und Galbrait auf dem Boden zusammen, aus mehreren klaffenden Wunden blutend. Alle außer Aarinnaie und Draken gaben Schreckenslaute von sich. Die umrandeten, blutunterlaufenen Augen des Mannes blickten starr. Blutiger Speichel besudelte seine Lippen.

Draken zog sein Schwert und suchte den Wald um sich herum ab. Nichts. Galbrait starrte auf den toten Mann hinab, mit offen stehendem Mund. Tyrolean, Halmar und Konnan umkreisten sie;

ihre Klingen waren gezogen, die Augen nach außen auf den Wald gerichtet.

Ein Akrasianer, der nicht gut gestorben ist. Schade. In Bruches Stimme war nicht ein Hauch von Mitgefühl.

Eine so blöde Sache wie einen guten Tod gibt es nicht. Draken erschreckte sich im nächsten Moment, als Osias wieder auftauchte. Der Mantiker nickte Tyrolean zu und blickte finster auf den Toten. Das Mond-Tattoo verzog sich, als sich seine Stirn in Falten legte. »Vor kurzer Zeit gestorben.«

»Vor sehr kurzer Zeit.« Und sie hatten genug Geräusche verursacht, dass der Mörder des Mannes wissen musste, dass sie hier waren. Draken blickte Osias an. Er war seinem ersten Fluch hier in diesem Waldgebiet begegnet. Der Fluch hatte versucht, ihn zu zwingen, sich selbst umzubringen. Was, wenn diese arme Sau das Gleiche erlebt hatte – nur mit dem Unterschied, dass der Fluch bei ihm erfolgreich gewesen war?

Osias blickte Draken in die Augen und schüttelte den Kopf. »Er hat sich das nicht selbst angetan«, erklärte er. »Und es war auch kein Fluch, der ihn dazu gebracht hat.«

Setia kniete sich neben den Toten. »Er ist noch warm.«

Draken trat näher heran, um den toten Mann unter dem hellen Mondlicht zu mustern, das durch die breiten, triefenden Blätter schimmerte. Abfließendes Wasser spritzte auf das Gesicht des Mannes. Draken zupfte am Halsausschnitt, zog das blutbefleckte Hemd des Toten hoch und überprüfte dessen Gürtel. Schließlich schüttelte Draken den Kopf. Er kannte den Toten nicht. Falls er einer Kohorte in Khein angehörte, dann trug er zumindest kein Rangabzeichen. »Ein Zivilist.«

»Womöglich hat ein Mondling ihn umgebracht«, flüsterte Aarinnaie.

»Nein, das glaube ich nicht.« Mondlinge hatten den SCHWEBEZUSTAND. Da war es nicht nötig, Zeit mit anderen Schlägen als den tödlichen zu verschwenden. Draken hob eine schlaffe Hand an. Es gab Schnittwunden, die an der Rückseite des Unterarms verliefen. »Verletzungen, die bei Verteidigungsaktionen entstanden sind. Der Mann hat mit jemandem gekämpft.«

Gewiss, aber wie groß sind die Chancen, dass er genau in der Mitte unserer Gruppe zusammenbricht? Das ist eine Botschaft.

Aber was konnte solch eine Botschaft bedeuten? Draken musterte den Mann erneut. Wühlte wieder in seinen Taschen herum, seinem Wams … Er fand eine flache Lederhülle und zog sie heraus. Dabei musste er ein bisschen zerren, und sie zerriss an einer Ecke. Sie war in das Wams des Mannes hineingenäht und dann abgesteppt worden, damit sie an ihrem Platz blieb.

»Das ist ein Päckchen für Botschaften«, stellte Tyrolean fest.

»Ich dachte, der tote Mann *ist* die Botschaft.« Draken drehte die Hülle in seinen Händen herum.

»Ein Feind hätte uns bereits die Kehlen aufgeschlitzt«, meinte Aarinnaie.

»Doch ein Freund würde einfach mit uns reden, nicht wahr?« Er öffnete das Lederpäckchen, was einiges an Arbeit verlangte, da es nach einem komplizierten Muster gefaltet war. Es gelang ihm nicht, ohne dabei ein perforiertes Lederstück zu zerreißen.

»Es ist so gefaltet, dass man weiß, wenn jemand es sich angesehen hat. Es kann nicht geöffnet werden, ohne es dabei zu zerreißen«, erklärte Tyrolean, der mit den Schultern zuckte, als Draken zu ihm aufschaute. »Ja, gut. Ich habe es entworfen.«

Draken entschlüpfte ein leichtes Schmunzeln, als er das Pergament herauszog. Der Text war in Akrasianisch, doch die wenigen Wörter, die er kannte, waren für das Verstehen nicht hilfreich. Er überreichte die Botschaft Tyrolean, der die Stirn runzelte, als er sie las.

»Der Text ist in einem Code verfasst. Er enthält Nachricht über eine Belagerung von Khein.« Tyrolean blickte auf. »Eure Festung wird angegriffen, Eure Hoheit. Ihr habt mehr als hundert Servii verloren.«

Draken ließ langsam den Atem entweichen. Einhundert – das war nicht so niederschmetternd in Anbetracht der Tausenden, von denen die Festung gehalten wurde. Gleichwohl war es demoralisierend.

»Wohin sollte die Botschaft gehen?«, fragte Galbrait.

Draken schaute ihn überrascht an.

Siehst du, Draken? Es gibt schon noch Hoffnung für den Burschen.

»Nach Auwaer, vermute ich«, antwortete Tyrolean.

»Eine lange Wanderung wäre das gewesen«, hob Draken hervor. »Seine Stiefel und die anderen Kleidungsstücke sind fürs Gehen bestimmt, nicht fürs Reiten. Außerdem sind die Königin und ihr Erster Marschall vielleicht immer noch in Brîn.«

»Wir sind vor einigen Sieben-Nächten aufgebrochen. Eine ausreichend lange Zeitspanne für sie, um ihren Aufenthaltsort zu wechseln.«

Der Gedanke durchfuhr ihn wie ein brutaler Schlag: Wenn sie das Baby verloren hatte, würde ihr das Reisen nicht schaden.

Immer mit der Ruhe. Du weißt nichts von der ganzen Angelegenheit – und auch nicht, ob sie nicht immer noch in der Stadtfestung ist. Das Baby könnte längst geboren und wohlauf sein. Es bringt nichts, einfach herumzuraten.

Bruche hatte recht. *Ich hatte dich vermisst, aber nicht, weil du die Stimme der Vernunft bist.*

Ich habe so meine gescheiten Momente.

»Also schön. Zuerst sollten wir besser nachschauen, wie es um die Belagerung der Festung steht. Wir müssen immer noch die Monoeaner mit Nahrung und Wasser versorgen.« Vielleicht war die Ortschaft noch intakt … Wohl kaum, wenn sie von den Ashen überrannt worden war.

»Es sind Soldaten, die wahrscheinlich zu ihren Herren zurückkehren werden, sobald sie sehen, wer die Oberhand hat«, gab Galbrait zu bedenken. Er rieb sich mit der Hand übers Gesicht.

»Ihr seid ihr Befehlshaber. Sie werden Euch folgen, wenn Ihr ihnen die Order erteilt.« Draken sprach mit einer Zuversicht, die er selbst nicht verspürte. Er richtete sich auf und gab Aarinnaie und Tyrolean bekannt, dass er zusammen mit Galbrait so nahe wie möglich an die Festung heranzuschleichen gedachte, um in Erfahrung zu bringen, wie es um die Belagerung stand. Osias bot an, Setia zu suchen und sie auf einem raschen Erkundungsgang zu begleiten, um nach Mondlingen Ausschau zu halten. Am Ruderboot würden sie sich wieder treffen können.

»Galbrait, Ihr kommt mit mir«, sagte Draken.

»Wohin gehen wir?«, wollte Galbrait wissen.

»Wir schauen nach, wie weit sich die Belagerung erstreckt, und zählen die Feinde. Still jetzt.«

Draken schritt voran und führte sie beide in die Gegend, wo seinem Kenntnisstand nach die Festung sein sollte. Er hatte sie noch nie mit seinen eigenen Augen gesehen: Das letzte Mal, als er hier entlanggekommen war – kurz nach seiner Ankunft in Akrasia –, hatten ihn zwei Gardesoldaten dazu gebracht, einen anderen Weg einzuschlagen; und seitdem war er nicht mehr in dieses Gebiet zurückgekehrt. Doch er hatte Landkarten studiert, und es blieb ihm eh nichts anderes übrig, als voranzugehen. Zu Galbraits Beruhigung sollte es besser so wirken, als ob er wüsste, was er hier machte. Sie marschierten die Straße entlang, hielten sich jedoch unter den Bäumen; dabei bewegten sie sich beinahe lautlos – dank welcher Götter auch immer, die ihnen ihre Gunst schenkten. Sie trafen auf einen Kundschafter der Ashen, der vor ihnen ging, und der Mann bemerkte sie nicht. Drakens grauer Harnisch klimperte leise und ließ ihn in dem vom Lichtschein der Monde gesprenkelten Wald wie ein Gespenst erscheinen. Er hob seine Hand, und Galbrait war klug genug, um sofort vollkommen still zu sein.

Es ist nur einer. Töte ihn. Kälte begann, sich in Drakens Schwertarm auszubreiten.

Warte! Sie werden stutzig, wenn er nicht zurückkommt.

Möglicherweise nicht, wo sie so viele sind. Und vielleicht ist das der Bursche, der unseren Boten getötet hat.

Das glaube ich nicht. Dieser Ashen hier war bloß ein Kundschafter. *Und irgendjemand wird ihn sicherlich vermissen.* Wenn sie beide sich verstohlen genug bewegten, würden sie ihm außerdem folgen können.

Draken ließ den Kundschafter ein gutes Stück vorausgehen. Galbrait schaute Draken groß an, der dies jedoch ignorierte. Nach kurzer Zeit blickte er zurück. Galbrait schlich wie ein Geist durch das nasse Waldgebiet; er war darin beinahe genauso gut wie Aarinnaie. Die Feuchtigkeit dämpfte die Geräusche, die bei ihren Bewegungen entstanden, aber vielleicht hatten ja die Norvern Wildnisse Galbrait sogar noch besser geschult, als Draken glaubte.

Der Ashen führte sie beinahe genau in die Richtung, die Draken eingeschlagen hatte; sie kamen dadurch der Festung allerdings näher, als er es beabsichtigt hatte. Er vernahm das Grummeln von Stimmen, doch es klang leise und entspannt: Das waren nicht die Geräusche, die Menschen in einer offenen Feldschlacht machten. Drakens Haltung lockerte sich ein wenig; er hatte nicht gewusst, was er vorfinden würde.

Ich habe den Eindruck, dass die Ashen lieber bei Tageslicht kämpfen, meldete sich Bruche zu Wort.

Vielleicht. Als Draken auf hoher See für die Monoeaner gekämpft hatte, war dies meistens zu Verteidigungszwecken geschehen, was bedeutete, dass sich Schlachten ereigneten, wenn sie von Feinden initiiert wurden. Die sich versteckt haltende Schwarze Garde hatte nachts gearbeitet, doch die meisten ihrer Operationen waren verdeckt und die Trupps klein gewesen.

Der Regen hatte jetzt vollkommen aufgehört. Der Wald rund um die Festungsmauern war in einem großen Umkreis gerodet worden, sodass sich ihnen der Blick auf ein gutes Stück des Nachthimmels über ihren Köpfen eröffnete. Die Wolken waren hellgrau und wiesen weiße Kreise auf, wo das Mondlicht sie zu durchdringen versuchte. Der Kundschafter ging mit großen Schritten weiter, seine Verfolger bemerkte er weiterhin nicht. Draken jedoch duckte sich in den Schatten und spürte, dass Galbrait sich neben ihm hinkniete. Hier musste man weniger leise sein, denn die Soldaten waren miteinander beschäftigt.

Die Mauern der Festung waren unordentlich und gezackt, als ob sie hastig auf den Rücken von Sklaven errichtet worden wären, die es nur kümmerte, dass sie ihre nächste Auspeitschung vermieden. Praktisch, wenn man an ihnen hochklettern wollte! Allerdings sprachen wehrhafte Zinnen und große Töpfe an schwenkbaren Hebebäumen für ein gewisses Maß an Verteidigungsfähigkeit. Er hatte Informationen über die Festung erhalten, aber das war in der vorangegangenen Jahreszeit – und alles, was mit seinem Leben als Fürst zusammenhing, war zu jener Zeit neu und überwältigend gewesen. Das Einzige, woran er sich in diesem Zusammenhang erinnerte, war ein Mangel an finanziellen Mitteln. Khein war nicht die wichtigste Festung im Königreich. Jedenfalls damals noch nicht.

Zelte füllten die freie Fläche zu Füßen der Mauern. Es schienen Hunderte, die in einem breiten, bogenförmigen Streifen um die Festung herum errichtet worden waren und auf deren hinteren Seite aus dem Blick verschwanden. Überall inmitten der Zelte brannten Feuer. Drakens Magen rumorte heftig. Er konnte sich nicht mehr erinnern, wie viel Zeit vergangen war, seitdem er zuletzt eine richtige Mahlzeit bekommen hatte.

Konzentrier dich!

Draken machte ein finsteres Gesicht wegen Bruches Ermahnung, doch er tat, wozu er aufgefordert wurde.

Die Ashen hatten sich gewiss in ihr Leben als Belagerer eingewöhnt. Um einige Feuer hatten sich Soldaten in Gruppen zusammengefunden, reinigten Rüstungen und Waffen oder kochten Mahlzeiten und aßen. Sie unterhielten sich und lachten. Andere Feuer brannten schwach und waren unbeaufsichtigt. Viele der Zeltklappen waren geschlossen. Die Lässigkeit der Belagerer verwunderte ihn. Doch noch irgendetwas anderes schien hier ebenfalls zu fehlen. Draken konnte nur nicht den Finger drauflegen.

Er starrte hinaus auf ein Feuer, das ein paar Zelte weiter entfernt war. Die Soldaten saßen dort sehr still und nach vorn gebeugt. Drakens Augen verengten sich.

Das ist aber ein trostloser Haufen.

Doch warum? Die näher sitzende Gruppe kicherte gerade über irgendeinen Witz, und andere Soldaten plauderten miteinander, während sie ihr Essen in sich hinein schaufelten. Draken hatte zwar noch nie eine Belagerung miterlebt, doch er hatte Geschichten darüber gehört. Man musste schrecklich lange warten. Alles in allem war es eine friedlichere Form von Schlacht, und sie passte überhaupt nicht zu dem, was er über monoeanische Militärstrategien wusste – die üblicherweise zu Taktiken tendierten, bei denen man irgendwo hineinstürmte und auf den Feind einschlug, bis eine Seite tot war.

Es gab recht ordentliche, nur ein wenig ungenaue Landkarten von Akrasia im Kartenraum des königlichen Palastes von Ashwyc.

Selbst Draken hatte bei seiner Landung hier im Exil gewusst, dass Khein zwar ein großer militärischer Stützpunkt war, jedoch mit Sicherheit nicht der größte. Die größten Ansammlungen von Soldaten gab es in und um die bedeutenden Städte herum: Auwaer, Reschan, Brîn, Septonshir in der Seen-Region sowie die am kalten Raureif-Meer gelegenen Handelsstädte Algir und Rheinschutz. Die Besatzung von Khein stellte Drakens persönliche Streitkraft dar; die Soldaten standen unter dem direkten Kommando des Nacht-Lords. Mit ihren fünftausend Mann war diese Streitmacht zwar recht beachtlich, aber schwerlich die größte. Die ungefähr zwanzigtausend Soldaten bei Auwaer konnten die monoeanische Truppe auslöschen, die, wie er großzügig geschätzt hatte, siebentausend Mann stark war – unter der Voraussetzung, dass die Informationen zutrafen, die er bei seinen geretteten Ashen eingeholt hatte. Diese Schätzung erfasste nicht die unbekannte Zahl von Soldaten, die vor dem Angriff auf den Seebergfried eingetroffen waren, und auch nicht irgendwelche Truppen, die danach gekommen sein mochten. Draken hatte ein ungutes Gefühl, da die Flotte aus zwanzig Schiffen von der Schwesterbucht aus mit solcher Effizienz gesegelt war, dass sich ihm der Eindruck aufdrängte, sie könnte anderen Einheiten auf dem Fuße gefolgt sein.

Er und Galbrait blickten starr auf das Gelände vor ihnen und beobachteten es eine lange Zeit. Draken betrachtete genau die Mauern seiner Festung und schaute den dunklen Schatten der Servii zu, die auf den Zinnen erschienen. Hin und wieder funkelte Mondlicht auf den leuchtenden Spitzen von Speeren und Pfeilen. Immer noch hatte er das Gefühl, dass etwas an dieser Szenerie völlig falsch war – dass er etwas übersehen hatte. Schließlich gab er Galbrait ein Zeichen, sie sollten sich zurückziehen. Sie verschmolzen wieder mit dem Wald.

»Wenn sie sich bei der Landung ruhig verhalten hätten und schnell durch den Mondlingwald direkt nach Auwaer marschiert wären, hätten sie inzwischen dort sein können, ohne dass es von irgendjemandem in Khein bemerkt worden wäre«, sagte Draken.

Mit einem kurzen Rucken des Kopfes warf Galbrait einen Blick zurück auf den Weg, den sie gekommen waren. »Wie viele Soldaten sind in dieser Festung?«

Einen Moment lang starrte Draken den Prinzen an und versuchte abzuschätzen, was er ihm mitteilen sollte. Er brachte sich selbst in Erinnerung, dass Galbrait ihm einen Eid geschworen hatte. So grimmig, wie der Bursche geworden war, schien er zuverlässig zu sein. »Fünftausend. Sie machen regelmäßige Patrouillengänge. Wenn man jedoch vorsichtig planen würde …«

»Also … wenn die Ashen hier unbemerkt vorbeikommen konnten, dann ist das da wirklich eine Verschwendung von Soldaten.«

»Richtig. Und selbst wenn bei einem solchen Vorgehen unseres Feindes die Soldaten in Khein von der Sache erfahren hätten – so wären sie doch in ihren Handlungsmöglichkeiten gefesselt gewesen, denn sie sind an mich gebunden, und ich hielt mich außerhalb des Landes auf.«

Galbrait runzelte die Stirn. »Wieso das?«

»Diese Soldaten unterstehen mir direkt. Nur auf meinen Befehl hin dürfen sie sich in Bewegung setzen. Sie sind zuallererst durch Eid an mich gebunden, ihren Nacht-Lord, und zwar vor allen anderen. Sie hätten eine Botschaft schicken können, doch ohne meinen Befehl wäre es ihnen nicht erlaubt gewesen, an irgendwelchen Kämpfen mitzuwirken.«

Ich wette, dass die Ashen das nicht wissen.

Wenn Galbraits Gesichtsausdruck irgendwelche Rückschlüsse zuließ, dann hatte die alte Geisterhand recht.

»Es ist eine Möglichkeit, um Machtverhältnisse auszubalancieren«, erklärte Draken. »Sollten zum Beispiel Rebellen das Kommando über die Armee übernehmen, so gibt es immer noch fünftausend Servii außerhalb ihrer Befehlsgewalt. Keine gewaltige Streitkraft, doch groß genug, um die Königin zu beschützen und in Sicherheit zu bringen, falls es nötig wird.«

»Ist genau das nicht vor einiger Zeit passiert? Wir hörten Gerüchte über einen Bürgerkrieg in diesen Landen. Das sprach sich sogar bis zu den Norvern Wildnissen herum.«

Draken schaute zur Seite. Das war keine Zeit gewesen, auf die er gerne zurückkam. »Ja, Khein half dabei, alles wieder zusammenzufügen und weitere Kämpfe einzudämmen. Das ist alles.«

Er schenkte dem neugierigen Blick von Galbrait keine Beachtung. Der Bursche konnte sich immer noch bei Königin Elena nach allem erkundigen, was Draken bekümmerte. Er jedenfalls wollte einfach nicht wieder auf diese Geschehnisse eingehen. So wie es war, kehrte er in seinen Träumen schon viel zu oft zu ihnen zurück. »Nichts davon beantwortet unsere Fragen. Warum sind die Ashen hier? Ganz zu schweigen von der Frage, wieso sie mit so vielen … Soldaten …«

Er starrte in die von Mondscheinsprenkeln unterbrochene Dunkelheit des Waldes; seine Stimme verstummte, als er scharf nachdachte. Der Anblick dieses einen Feuers mit den nach vorn gebeugten Soldaten nagte weiterhin an ihm. Er hatte diese Leute nicht gut genug sehen können, die Entfernung war zu groß gewesen. Doch was stimmte nicht mit ihnen? Waren sie wegen irgendwelchem Fehlverhalten heruntergeputzt worden? Nach seinen Erfahrungen wurde jeglicher Ungehorsam hart und unverzüglich bestraft. Es wurde bestimmt nicht zugelassen, dass sich monoeanische Soldaten in den Schmollwinkel zurückzogen.

Bruche stimmte ihm zu. *Sie waren ziemlich still. Es war schwierig, aus einer solchen Entfernung etwas zu sehen, aber keiner von ihnen hat sich bewegt, oder?*

»*Nein. Was allerdings merkwürdig wäre; doch ich glaube* … Ihm schwirrte der Kopf angesichts der Implikationen seiner Gedanken, die sich an dieser einen Tatsache festkrallten. Das ganze Lager war viel zu ruhig gewesen für so viele Zelte und Soldaten. *Sie sind nicht real.* »Habt Ihr die Feinde gezählt, Galbrait?«

»Die ich sehen konnte, Eure Hoheit, ab…«

»Und was schätzt Ihr – wie viele haben wir gesehen?«

Galbraits blinzelte rasch mit den Augen. »Dreihundert nach meiner Schätzung. Aber mit den Zelten und den Feuern könn…«

»Genau. All diese zugeknöpften Zelte und all die unabeaufsichtigten Feuer.« Diese reglose Gruppe. Diese Leute waren nicht in grimmiger Laune und auch nicht getadelt worden. Sie waren *unecht.*

Galbraits Augen wurden groß. Seine Hand griff nach dem Torques an seiner Kehle, als wäre er eine Schlinge. »Ihr glaubt, es ist eine List.«

»Dreihundert Soldaten, was meines Erachtens eine hohe Schätzung ist, und man hat sie so arrangiert, dass sie aussehen, als wären viel mehr da. Ich vermute, dass die Ashen Khein mit hundert oder noch weniger Soldaten belagern.«

»Um die Belagerten davon abzuhalten, die Hauptarmee anzugreifen.«

»Ja. Und um mich zu behindern.«

»Aber woher sollten die Ashen das wissen? Ich wusste nicht, dass Khein Eure Festung ist. Und ich bin immerhin ein Prinz.«

Draken blaffte nicht zurück, dass auch er ein verdammter Abkömmling von Königen sei – und auch nicht, dass es vieles gab, was Galbrait nicht wusste. Es erforderte jedoch große Willenskraft.

Mach dir nicht die Mühe mit einem Versuch, mich zu beeindrucken. Inzwischen möchte ich ihn schon seit einer Sieben-Nacht schlagen.

Draken knurrte und starrte argwöhnisch auf die Bäume und Schatten um sie herum. »Die Mondlinge, unsere Freunde, müssen es ihnen erzählt haben.«

Galbrait schüttelte den Kopf. »Was? Wieso? Ich dachte, Mondlinge hassen Menschen.«

»Mondlinge *sind* Menschen.«

»Andere Menschen, meine ich.«

»Ich habe das ungute Gefühl, dass sie bereits ein freundschaftliches Verhältnis zu den Ashen haben. Zuvor habe ich nicht daran gedacht; doch als ich mich weigerte, mich im Interesse der versklavten Mondlinge an Königin Elena zu wenden, drohten sie mir mit genau diesen Folgen. Mit Gemetzel und Bürgerkrieg.«

Galbraits Gesichtszüge strafften sich. »Was jetzt?«

»Es gibt nichts, was zwischen den Ashen und meinen Servii im Innern von Khein steht – außer uns. Bald schon kann es sein, dass wir die Einzigen sind, die zwischen ihnen und der Königin stehen. Wenn das geschieht, fällt Akrasia.«

»Ist es nicht das, was … die monoeanischen Rebellen wollen? Akrasia erobern.«

»Sie haben keine Ahnung, was Akrasia ist, welche Gefahren hier lauern. Sie mögen versuchen, Akrasia zu erobern, doch sie werden es niemals halten.« Es wurde jetzt zusehends heller. »Wir retten mein Volk, und wir retten Euer Volk. Kommt.«

»Zurück zum Schiff?«

Er wollte einen Weg in die Festung hinein finden: *in seine* Festung. Er wollte seine Servii warnen – ihnen sagen, dass sie hinausmarschieren und sich die Füße auf den Ashen vor ihrem Tor abtreten konnten – und sie um sich versammeln für den richtigen Kampf. Das Letzte, was er wollte, war, den ganzen Weg zurück zum Schiff zu gehen.

»Es wird sehr hart sein, ins Innere der Festung zu gelangen.« Bruche verzog Drakens Lippen zu einem wilden Grinsen. »Dafür werden wir einen Geist brauchen. Dann lasst uns einen fangen, ja?«

KAPITEL DREIUNDDREISSIG

Stattdessen fand der Geist sie. Aarinnaie und Tyrolean holten sie ein, bevor sie das Ruderboot erreichten.

»Ashen an der Küste«, berichtete Tyrolean. »Sie sind ziemlich neugierig auf Euer Schiff.«

Draken war froh, dass er den Befehl gegeben hatte, die Banner zu streichen und den Namen des Schiffes mit einer Plane abzudecken. »Sie werden nicht lange brauchen, um herauszufinden, dass es meines ist.«

»Wenn sie ein Schiff in die Bucht bringen, stecken wir in der Falle«, sagte Aarinnaie.

»Dann müssen wir uns beeilen.« Er erzählte, was sie über die Belagerung herausgefunden hatten. »Wir müssen sofort in die Festung hinein.«

»Eure Servii werden mit Sicherheit irgendwann die Wahrheit erkennen«, meinte Tyrolean.

»Wir haben nicht die Zeit, draußen auf sie zu warten.« Draken schaute Aarinnaie an. »Kannst du dort hineingelangen?«

Sie blickte finster. »Ohne einen Pfeil ins Auge zu bekommen? Ich sehe nicht, wie. Die Servii werden mich für eine Spionin halten oder irgendeinen Blödsinn vermuten.«

Da hat sie nicht unrecht. Die Stimmung der Leute im Innern der Festung wird bestimmt angespannt sein. Und trotz deiner größten Anstrengungen haben Brînianer und Akrasianer immer noch nicht viel füreinander übrig.

»Sie haben dich doch früher schon einmal gesehen, Aarin.«

»O ja, als ich aufgetakelt war wie ein Gemischt-Akrasianerin. Wer da drinnen würde mich jetzt wiedererkennen?« Sie warf sich den dicken Zopf über die Schulter, schürzte die Lippen und zeigte dabei einen finsteren Blick. Ihre Haut war während der Tage auf hoher See wahrhaftig dunkler geworden und hatte einen satten tiefbraunen Farbton angenommen.

Draken blickte Aarinnaie in die Augen. »Dann muss ich gehen.«

Das gefällt mir nicht.

Draken schüttelte den Kopf. *Hast du in der Weise auch meinen Großvater ermutigt, als die Umsetzung seiner Pläne bereits im vollen Gange war?*

Bruches tiefes Kichern breitete sich in Drakens Brust aus. Er musste die Zähne fest zusammenbeißen, damit er es davon abhalten konnte, seinem Mund zu entschlüpfen; er versteckte sich zu nahe am Belagerungsring der Ashen, als dass er sich Geräusche erlauben durfte. Die ungleichmäßigen Mauern türmten sich direkt hinter dem Miniatur-Gebirgszug aus Zelten auf: ein Schatten, der sich vor der schwarzen Nacht während der götterlosen Zeit vor der Morgendämmerung abzeichnete. Die Feuer brannten allerdings wie helle, kleine Monde auf der Erde. Die Festung hatte die Dienstanweisung, sich selbst zu verteidigen. Draken war sich jedoch sicher, dass seine Leute die Wahrheit über die Zahl der sie belagernden Ashen nicht kannten; sie hätten sie ansonsten inzwischen längst vernichtet und sich jetzt, in Erwartung seiner Inspektion und Befehle, in geordneten Reihen vor ihm aufgestellt.

Er holte tief Luft, bog die Finger und bemühte sich, seinen Körper locker zu halten. Er hatte sich einen Bogen über den Rücken geworfen für den Fall, dass er ihn brauchte, und sein Schwert führte er auch mit sich. Der richtige Zeitpunkt war noch nicht gekommen. Zumindest glaubte er das.

Es sieht bloß so aus, als wäre das Warten der härteste Teil bei dieser Sache. Aber diese Mauer hochzuklettern wird viel härter sein.

Für Aarinnaie wäre es einfach, die gezackten Mauern zu erklimmen. Für ihn und seine ständig schmerzende Schulter sowie das schlimme Knie würde es kein geringes Kunststück werden. *Du bist heute Nacht voller hilfreicher Weisheiten, Bruche. Mach nur weiter so, und ich kriege es möglicherweise hin, erneut zu sterben.*

Ein Aufstöhnen. *Das reicht jetzt aber.*

Draken hielt die Augen weiterhin auf die Mauer gerichtet. Sie verengten sich. War es jetzt soweit? Ein helles Grau – »Dunst« war das einzige Wort, an das er denken konnte – glitt über die Schwärze. Sogar noch bevor seine Sinne einen Hauch einfingen, rümpfte er die Nase in Antwort auf einen stechenden Geruch. Mantische Magie roch oft nach toten Dingen und neu bewohnten Gräbern. Aber vielleicht war dies auch nur eine simple magische Tarnung …

Nein, der silberne Dunst nahm vage die Gestalt einer Person an und färbte sich schwarz. Für ein paar Atemzüge musste Draken gegen ein Gefühl panischer Angst ankämpfen. Was, wenn es nicht funktionierte? Was, wenn dieser Fluch, der an Osias' Willen gebunden war, sich befreite?

Sein Körper atmete lang und tief. Bruche tat es erneut – für ihn. Keine Worte, bloß beruhigende Luft, die seine Lungen füllte. Er nickte, lockerte seine Schultern und öffnete die Fäuste.

Halte dich bereit.

Das war offensichtlich. Das dümmliche Geschwätz zeigte jedoch, wie nervös Bruche war. Es half freilich kaum, Drakens Nerven zu beruhigen. Er tat sein Bestes, um sich nicht wieder zu verspannen. Doch seine Hand wanderte zu dem Messer in einem seiner Handgelenkschoner, einer Klinge, die sich vielleicht schon bald in menschliches Fleisch bohren würde.

Ein Aufblitzen nahe am Waldesrand. Und ein Ruf.

Laut geschriene Antworten aus dem Innern des Lagers und die Geräusche von Stiefeln, die sich über den Boden bewegten.

Etwas anderes an seiner Schwerthand flammte auf. Weitere Rufe. Feuchter, schwerer Rauch überzog seine Atemwege und verdeckte den Geruch des Todes. Dank des Regens mussten sie sich nicht sorgen, dass der gesamte Mondlingwald hochging. Aber die Mondlinge, die hier wohnten, würden gleichwohl nicht sehr erfreut sein. Drakens Kehle verlangte kreischend danach, zu husten, als er Rauch einatmete; er schluckte und stählte sich dagegen, hielt sich noch zurück. Es war noch nicht an der Zeit, sich in Bewegung zu setzen. Selbst in Anbetracht so weniger Monoeaner und des Schutzes der götterlosen Dunkelheit – Bewegungen konnten nur zu leicht entdeckt werden. Er wusste, dass er warten musste, doch die Mauer lockte ihn … beinahe wie eine Stimme. Er richtete sich auf, schritt aber nicht vor. Auf den Fußballen wippte er auf und ab; sein Blick schwenkte hin und her zwischen den Ashen, die ihm am nächsten waren, und dem Ablenkungsmanöver seiner Freunde auf seiner Schwerthandseite.

Dahinschwebende Fackeln kamen zwischen den Bäumen zum Vorschein und bewegten sich rasch auf und nieder, als ob sie von realen lebendigen Wesen getragen würden.

Eine nette Idee. Bruche schnaubte. *Flüche brauchen kein Licht, um zu sehen.*

Aber die Ashen.

Mehrere Ashen – Draken hörte sie, sah sie jedoch nicht – sausten auf das Ablenkungsmanöver zu. Er fragte sich, ob sie einen seiner Freunde einholen würden. Sie hatten ziemlich wenig Zeit gehabt, um einen Plan zu schmieden. Doch wenn jemand genug Zaubertarnung zustande bringen konnte, um einen paranoiden Trupp von Monoeanern zum Narren zu halten, dann war es Osias. Draken hoffte nur, dass Setia ihren Teil schaffte, oder diese Sache würde niemals funktionieren.

Er starrte auf die Mauern. Der Fluch wuchs, und Gliedmaßen bewegten sich bändergleich über das Gestein, bis er wie eine schemenhafte Spinne aussah.

Und dann hielt die Welt ihren Atem an.

Während er zuvor so sehr darauf erpicht war, mit der Sache weiterzumachen, hielt er jetzt inne. »Was, wenn es nicht bloß Setia ist, die das hier handhaben kann? Was, wenn die Mondlinge darin verwickelt sind?«

Seine Stimme klang hohl und ausdruckslos im SCHWEBEZUSTAND.

Dann sind deine Freunde tot, und alles ist verloren. Aber bevor das hier geschehen ist, hat es dich kaum innehalten lassen, was?

Bevor er in seiner eigenen Welt eingeschlossen worden war. Selbst Monoea fühlte sich im Vergleich zu diesem echolosen, leblosen Ort relativ sicher an. Der SCHWEBEZUSTAND war so still wie eine unterirdische Tempel-Krypta. Es herrschte eine irritierende Empfindungslosigkeit in dieser grauen Anderswelt: Keine Luft streifte über seine Haut, es gab kein leises Geraschel und keine Stimmen, kein Geruch von den Feuern – während er sich zudem ausgesprochen angreifbar fühlte.

Er trat aus seinem Versteck und lief auf die Festungsmauer zu, und zwar ziemlich flink in dem trüben Nichts, das den Untergrund zu seinen Knien umnebelte. Doch er musste seine Beine bewusst dazu zwingen, ein schnelles Tempo beizubehalten. Sein Herz dröhnte – das einzige Geräusch, das die brüllende Stille durchschnitt. Es war, wie am Rande einer Klippe zu stehen: Je mehr er versuchte, nicht darüber nachzudenken, dass er fallen könnte, desto weniger vermochte sein Verstand sich dagegen zu wehren, sich über die Gefahr Gedanken zu machen.

Er erreichte die Mauer und legte seine Hände oben an das Gestein. Für einen ganz kurzen Moment hielt er inne, bevor er zu klettern begann. Die Steine fühlten sich uneben unter seinen Fingern an, wie er es erwartet hatte, wiesen jedoch die gleiche Temperatur wie seine Haut auf und waren weder kalt noch warm. Bruche schwebte in seinem Bewusstsein und Körper: ein ruhiges Kältegefühl, darauf vorbereitet, ihm notfalls zu helfen.

Draken zögerte erneut, als er den Fluch erreichte. Dieser haftete zwei Körperlängen hoch am Gestein; wie der Rest der lebenden Welt war er gefangen zwischen Augenblicken oder zwischen Welten, was auch immer der SCHWEBEZUSTAND sein mochte. Draken war sich nicht sicher gewesen, ob der SCHWEBEZUSTAND überhaupt eine Auswirkung auf die Toten hatte, und er hegte Zweifel, dass dies lange genug anhalten würde. Aber er konnte nicht warten, bis seine Furcht vorbei war; denn Setia hatte kaum Erfahrungen, und sie besaß zu wenig von dem richtigen magischen Blut, um den SCHWEBEZUSTAND über längere Zeit aufrechtzuerhalten. Sie hatte lediglich den eingeschränkten Instinkt eines Gemischt-Mondlings, um mit der Sache fortzufahren, so gut sie eben konnte. Vielleicht wurde ihre Magie durch die Osias' verstärkt; Draken hatte keine Ahnung. Auf jeden Fall musste er sich beeilen. Er fing zu klettern an.

Die Temperatur veränderte sich, als er in den trüben Fluch hineinkam, der an der Steinmauer haftete; und die Überreste von Grabesgestank und schwachem Dunst klatschten an seine Haut. *Davor* konnte ihn der SCHWEBEZUSTAND nicht schützen. Er warf erst die eine und dann die andere Hand an der Mauer hoch; und seine Muskeln strengten sich bei jedem Strecken an, denn er war eifrig bemüht, dem toten Wesen zu entkommen. Überall in seiner Schulter verspürte er stechende Schmerzen, und seine Brust hob und senkte sich vor lauter Anstrengung. Er hatte zu lange nur karge Schiffsrationen gegessen, hatte sich zu lange ausgeruht …

Sein Stiefel verfehlte einen schmalen Steinvorsprung und rutschte nach unten daran vorbei. Seine Finger klammerten sich an ihren Haltegriffen fest, und die Zehen krümmten sich in den Stiefeln. Sein schlimmes Knie knallte gegen das Gestein, und Draken keuchte auf. Er war drauf und dran, sich an Bruche zu wenden und darüber zu meckern, dass die Magie der Götter bei der Heilung seiner alten Verletzungen versagte – was nicht hilfreich wäre, aber ein wenig Befriedigung verschaffen würde –, als sich der Todesgestank in seinen Lungen verstärkte.

Seine Arme spannten sich an, und er zog sich hoch, sodass er den Halt für seinen Fuß wieder erwischte. Eine schmerzhafte Kälte, die nicht völlig anders als Bruche war, riss an den Knochen in seinem Bein. Er schnitt eine Grimasse, als ihm der Gedanke, einfach loszulassen, durch den Kopf schoss. Es schien so einfach zu sein … und es war sinnvoll. Weshalb versuchte er es überhaupt? Es war wahrscheinlicher, dass seine eigenen Servii ihn von der Mauer herabschießen würden, als dass sie ihn hinüberklettern ließen.

Bruche sorgte dafür, dass sich seine Finger am Gestein festklammerten und sein Körper regungslos blieb. *Ganz ruhig, mein Freund. Es ist bloß der Fluch. Du weißt, wie man sich gegen solche Wesen zur Wehr setzt.*

Ein schwaches Rumoren – sich bewegende Körper und leise Stimmen – stieg vom Erdboden auf. Der Fluch band sich fest um Drakens Bein. Der versuchte, sich hochzuziehen, sein Bein mit Tritten zu befreien, doch er konnte dies nicht machen, ohne zu riskieren, rücklings die Mauer hinunterzufallen … *Verdammt!* Eine Beklommenheit, Angst kroch in ihn hinein, die noch heimtückischer war dieses Mal. Ihm wurde bang ums Herz, als ob eine Schlinge sich darumlegte. Draken keuchte, doch Eis füllte seine Lungen. *Lass einfach los.* Die Stimme klang wie Bruche. Merkwürdig. Warum sollte er das sagen – gerade als er Drakens Finger zwang, sich an den Steinen festzuklammern?

Von unten stieg ein Aufschrei in die Höhe, und ein Pfeil prallte funkensprühend gegen das Gestein neben Drakens Arm – dann ein anderer über ihm. Ein bisschen Mörtel bröckelte auf seinen Kopf hinab.

»KLETTER HOCH!« Diesmal klangen die Worte sehr viel kraftvoller und nicht wie die Bruches. Osias … Verflucht, er hatte es wieder getan! Drakens Körper begann, nach oben zu klettern. Die STIMME polterte erneut durch ihn hindurch, drängte ihn ohne Worte zum Weitermachen. Er bewegte sich schneller, verteufelte seine strapazierten Muskeln und Verletzungen. Der Fluch strengte sich an, ihn festzuhalten, und zerrte an seinem Bein. Bruche trat fest aus und verstärkte Drakens Haltegriffe an der Mauer. Draken verzog das Gesicht zu einer Grimasse; es tat verdammt weh. Der Fluch ließ ihn los, glitt von seinem Herzen, seinen Lungen und Gliedmaßen. Draken konnte wieder atmen.

Osias' magische STIMME hatte Bruche gezwungen, sich zu bewegen, und vielleicht die Pfeile umgelenkt, doch sie hatte auch seine Deckung auffliegen lassen. Alle Mondlinge, Flüche und Akrasianer, die sich im Umkreis eines Morgenspaziergangs aufhielten, wussten jetzt, dass ein Mantiker in ihrer Mitte war. Selbst die Ashen hatten sie gehört. Die Leute in der Festung würden es ebenfalls wissen und vor dem Fluch gewarnt sein. Sie glaubten vielleicht einfach, dass der Mann, der gerade ihre Mauer hochkletterte, von dem Fluch besessen war. Draken wurde schneller, rieb sich bei jedem Haltegriff die Finger wund, und seine verheilenden Schrammen riefen winzige Risse in dem Gestein hervor.

Er blickte zwischen seinen Stiefeln nach unten und sah mehrere Ashen, die hinter ihm her zu klettern versuchten. Der erste von ihnen erreichte den schattenhaften Fluch, stockte, und innerhalb der Zeitspanne eines Atemzugs fiel er rücklings wieder hinunter. Ein klügerer Ashen begann, ein gutes Stück auf der Seite hochzuklettern, aber der Fluch fuhr seine Gliedmaßen aus und fing auch ihn ein. Einige Atemzüge lang war der Ashen im Innern des schattenhaften Fluchs zum Teil verborgen, kam dann aber zum Vorschein und fuchtelte mit Beinen und Armen vergeblich in der Luft, während der Erdboden ihn wieder zu sich hinabzog.

Bruche sagte etwas, doch Draken schenkte ihm keine Aufmerksamkeit, da er in einem Anflug morbider Faszination nach unten starrte.

Ein weiterer Pfeil traf ihn fast, glitt aber von Meergeborens Scheide ab, die Draken auf seinem Rücken trug. Sie prallte gegen seine Rüstung und ermahnte ihn, mit dem Klettern fortzufahren. Ein genauerer Schuss konnte das dicke, gekochte Leder, das die Form seines Rückens angenommen hatte, sehr wohl durchdringen.

Wo ist Osias' Zauber-Tarnung? Die zielen immer besser, verdammt noch mal. Rauch wehte zu seinen Lungen hoch, und Rufe drangen an seine Ohren. Er wagte einen Blick über die Schulter. Ein Zelt stand in Flammen. Er spähte in die Dunkelheit hinein und suchte nach sich verstohlen bewegenden Schatten inmitten des Camps der Belagerer. Galbrait, Aarinnaie und Tyrolean sollten zwischen den Zelten umherschleichen und so viel Chaos wie möglich hervorrufen. Aber da war nichts außer Dunkelheit, die von einigen wenigen kleinen Feuerpunkten unterbrochen wurde. Und die verdammten Monde waren alle zu Bett gegangen.

Draken hörte einen Ruf von oben und das Sirren eines zum Zerreißen gespannten Seils. Osias und Aarinnaie hatten seinen Aufstiegsweg sorgfältig ausgewählt, damit er den Töpfen mit Ölschlick auswich und nicht ein leichtes Ziel für Pfeile wurde. Er musste jetzt nahe genug an seine Servii herankommen, um sie wissen zu lassen, dass er hier war, um zu helfen.

Barsche Stimmen drangen zu Draken durch:

»Hab hier einen Kletterer.«

»Gib mir noch einen Moment. Ich seh ihn.« Das Knarren eines Bogens.

»Verdammt noch mal, ich bin ein Freund!«, rief Draken nach oben; seine Stimme war heiser aufgrund von Bruches Einflußnahme auf seine Bewegungen und wegen der anstrengenden Kletterei.

Er schaffte es zwei weitere Steine hoch. Pfeile schwirrten gegen die Wand um ihn herum, und einer von ihnen durchschlug seine Armschiene. Er gab ein leises, wütendes Brummen von sich. Osias sollte ihm eine ausreichende Zaubertarnung geben, um die Geschosse davon abzuhalten, ihn zu treffen. Vielleicht hatte er sich ja inzwischen zu weit von dem Mantiker entfernt. Er konnte sich mit der Hand des getroffenen Arms nicht mehr festhalten, er baumelte nach unten gegen Drakens Seite; glücklicherweise hatten seine Zehen und der andere Arm einen sicheren Halt, auch wenn der schmerzte, als wäre das Handgelenk von einem Schüreisen durchbohrt worden. Ein gewaltiger Andrang von Hitze schoss durch Bruches Kälte hindurch; und größere Risse im Gestein ließen Stücke aus grauem Fels die Mauer hinabstürzen, während die Verletzung heilte. Doch etwas stimmte nicht …

Er blickte nach unten, und ihm drehte sich der Magen um. Der gefiederte Schaft steckte immer noch in seinem Arm. Diesmal war das Körpergewebe um den Pfeil herum wieder zusammengewachsen. Draken fluchte, während unter ihm ein weiterer Monoeaner von der Mauer herabfiel. Seine Schreie dauerten an, bis er auf dem Boden aufschlug.

Von oben erklang eine verblüffte Stimme. »Es ist ein Brînianer, Sir.«

»Getroffen von einem Pfeil. Ist möglicherweise doch keiner von denen.«

Draken verfluchte atemlos ihre Dummheit. Seit wann waren sich Monoeaner und Brînianer jemals freundschaftlich auf irgendeinem Schlachtfeld begegnet? Seine Lungen mühten sich ab, Luft zu bekommen, als er die Mauerkrone erreichte. Falls die Servii sich entschieden, ihn wieder nach unten zu schubsen, bezweifelte er, dass es ihm gelingen könnte, sich an das Gestein festzukrallen. Doch es streckten sich tatsächlich Hände vor, die ihn über die Seite des Wehrgangs zogen. Er ächzte auf – das Äußerste, wozu er im Moment in der Lage war –, als sie beim Zugreifen an dem Pfeil rissen, der in seinem frisch verheilten Handgelenk steckte. Sie warfen ihn auf den Boden des Wehrgangs; und vier schmutzige, stinkende akrasianische Servii, die keinerlei Rangabzeichen trugen, duckten sich um ihn herum, während ein Schwarm von Pfeilen über ihre Köpfe hinwegsegelte. Sein Schwert war ein unbequemer Klumpen, der in seinen Rücken drückte, und die Spitze eines der ihren erzeugte einen noch viel unbequemeren Druck an seiner Kehle.

»Warum bist du hier, Pirat?«, spie einer von ihnen, ein Mann mit einer ziemlich undeutlichen Aussprache.

Draken bewegte seinen unversehrten Arm, und die Klinge – sie gehörte einem weiblichen Servii – drückte fester zu. Er gab unwillkürlich die Antwort: »Ich bin kein Pirat.« Doch er zwang sich zu einem konzilianten Tonfall, als er hinzufügte: »Ich zeige dir einfach etwas, mein Freund.« Langsam streckte er die Hand hoch und zog an der Kette um seinen Hals. Der Anhänger Elenas war unter seiner Rüstung eingezwängt. Ein anderer weiblicher Servii streckte den Arm aus und zerrte fester an der Kette. Draken fluchte innerlich und hoffte, dass die Frau den Anhänger nicht zerbrach. Doch er sagte nichts, als der Schmuck hervorkam.

Sie starrte erstaunt, dann knallte der Talisman hinab auf seine gepanzerte Brust, als ob sie sich daran verbrannt hätte. »Eure Hoheit!« Hände streckten sich vor, um Draken zu helfen, eine sitzende Position einzunehmen. Er schüttelte sie ab und bewegte sich vorsichtig nach hinten, um sich an die Mauer zu lehnen. Seine Schulter und das Knie taten weh, und der Pfeil schmerzte in dem neu gebildeten Gewebe. Mit der anderen Hand packte er das Geschoss und brach es mit Daumen und zwei Fingern ab; vor Schmerz zuckte er zusammen. Und dann fluchte er laut, als er anfing, die Armschiene zu entfernen. »Bei den sieben verfluchten Göttern!«

»Nur mit der Ruhe, Eure Hoheit. Ich bin eine Sanitäterin«, sagte eine der Frauen unter den Servii. Ihre Hände waren sanft, als sie seine Hände beiseiteschob und die Schnürbänder löste. Die Pfeilspitze darunter stieß durch die bleichere Haut an der Innenseite seines Handgelenks. Blut floss dort heraus, obwohl die Haut sich sauber um den Pfeil herum geschlossen hatte. Die Frau schaute blinzelnd auf die Wunde hinunter.

»Drück den Pfeil hindurch«, wies Draken sie an.

Ihr Blick huschte zu seinen Augen.

»Mach schon.« Er biss die Zähne zusammen.

Sie schob das abgebrochene Ende nach vorn, so zügig sie es vermochte. Aber trotzdem entschlüpfte seinem Mund ein leiser Schrei, als der Pfeil das Loch in seiner Haut vergrößerte, sodass eine breite Schnittwunde entstand. Mit einem Blutschwall glitt der restliche Schaft durch das Handgelenk. Draken versuchte, trotz der Schmerzen zu atmen, doch ihm drehte sich der Kopf. Das Gestein unter ihm polterte, als das Gewebe in seinem Arm zusammenwuchs.

Er schlug die Lider wieder auf und blickte in drei Paare weit aufgerissener, umrandeter Augen von Servii. »Ja, ich kann mich selbst heilen. Aber das ist nicht der Grund, weshalb ich hier bin. Bringt mich nach unten zu eurem Comhanar.«

Erst danach wurde ihm bewusst, dass er die brînianische Sprache benutzte, aber die Frau, die ihm die Klinge an die Kehle gedrückt hatte, musste ihn verstanden haben, denn sie erhob sich und bot ihm die Hand an, um ihm aufzuhelfen. Sie war groß und stärker, als sie aufgrund ihrer ziemlich schmalen Figur wirkte; ihre Augen wurden von breiten, eleganten Bögen umrandet. »Hier entlang, Eure Hoheit.«

Über eine breite Treppe mit einem verrosteten Geländer folgte er ihr nach unten. Frisch ausgehobene Gruben für Leichen rauchten im Burghof. Er hielt inne. »Was hat das zu bedeuten? Tote von einem Gefecht während der Belagerung?« Wie lange dauerte diese Belagerung überhaupt schon?

»Kundschafter«, antwortete sie kurz und knapp, ebenfalls auf Brînianisch. »Die Comhanar kann das besser erzählen als ich.«

Neben dem widerlich süßen Rauch stieg Draken der Gestank von Abfällen und menschlichen Fäkalien in die Nase, während sie zur inneren Mauer schritten. Eine mit Metallbändern verstärkte Holztür stand offen in einem Bogentor, durch das man in die innere Festung gelangte; somit schien man Sicherheitsvorkehrungen selbst bei einer Belagerung nicht allzu förmlich zu handhaben. Jedoch waren offensichtlich Losungswörter notwendig, um tiefer ins Innere zu gelangen, und Drakens Servii-Führerin kannte sie nicht.

Eine merkwürdige Sache: Losungswörter an einem inneren Tor, das noch nicht einmal zugesperrt war.

Um sich dagegen zu schützen, dass Flüche sich Einlass verschaffen.

Das musste es sein, denn Flüche waren über viele lange Jahre eine Bedrohung im Mondlingwald gewesen. Jetzt gab es eine Rücksprache mit dem Wächter an der Pforte, der Draken streng anstarrte.

Draken, der von einem Fuß zum anderen trat, dachte an seine Freunde und seine Schwester, die da draußen ein paar Hundert wütenden Monoeanern ausgeliefert waren. Hier im Innern der Mauern konnte er nichts hören. Er blickte zum Himmel, der sich mit der gerade einsetzenden Morgendämmerung aufzuhellen begann. Keiner der Monde war geblieben; es war, als würden sie das alte Spiel »Blind-Sehen« spielen: Dabei täuschte ein Kind vor, ein anderes nicht zu sehen, und tat die haarsträubendsten Sachen, bis es die Täuschung nicht länger aufrechterhalten konnte.

Der Wächter schob sich an der Servii vorbei, die Draken nach unten gebracht hatte. »Das Zeichen der Königin. Darf ich es sehen?«

Höflich, aber nicht im Geringsten unterwürfig. Die anderen Wachleute schauten von hinten genau zu, die Hände auf ihren Waffen. Draken schob seine bange Ungeduld beiseite und nahm den Schmuckanhänger ab. Es gefiel Draken nicht, ihn irgendeinem Wächter auszuhändigen, dessen Wappenrock noch nicht einmal ein einziger Streifen als Rangabzeichen zierte. Doch der wachhabende Servii blickte ihm unverwandt in die Augen.

Nach kurzem Zögern streckte Draken ihm Elenas Talisman entgegen. »Wie lange dauert diese Belagerung schon?«

»Zwei Sieben-Nächte.«

Draken zog die Augenbrauen hoch. *Zwei?* Das bedeutete, dass die Belagerer eingetroffen waren, lange bevor er Monoea verlassen hatte. Das bestätigte seine Vermutung, dass während seiner Abwesenheit weitere Soldaten hier angekommen sein mussten, doch wie viele – das wusste er damit immer noch nicht. Er hatte ein halbes Dutzend weiterer Fragen, die ihm auf der Zunge lagen und die er am liebsten sofort gestellt hätte; aber in dem Fall würde er sie der Kommandantin nur ein weiteres Mal stellen müssen. Vielleicht sollte er einfach sein Schwert ziehen, doch dieser Soldatenhaufen war dafür zu nervös. Immerhin hatten sie ihn nicht entwaffnet; also sollte er diese Entscheidung anerkennen, indem er seine Klinge nicht zückte. Außerdem kannte er Meergeboren: Es würde bloß sein gewöhnliches »einschneidendes« Schwert-Programm ausführen, und zwar genau dann, wenn er seine magischen Fähigkeiten benötigte.

Der Wächter hielt den Anhänger hoch. Dieser drehte sich, fing das Fackellicht ein, und das Bildnis der Königin sowie die enthauptete Schlange auf der Rückseite waren nur noch verschwommen sichtbar. Ohne den Schmuckanhänger fühlte sich Draken leichter, jedoch nicht auf eine gute Art und Weise. Der Anhänger und seine kostbare, dicke Kette wurden weitergegeben und verschwanden in der dunkleren inneren Festung.

Nachdem er etliche Momente lang gewartet hatte, ohne dass seine Halskette zurückgekehrt war, konnte sich Draken nicht mehr länger zurückhalten. »Weißt du, ich bin wirklich ziemlich in Eile. Ich habe Leute da draußen.«

»Es gibt eine Menge Leute da draußen«, erwiderte der wachhabende Servii.

Nicht annähernd so viele, wie du womöglich glaubst. Aber das war etwas, was er mit der Comhanar besprechen sollte.

Augenscheinlich reichte der Talisman als Ausweis dafür, dass sich Draken tatsächlich ins Innere der Festung begeben durfte, und die Comhanar kam persönlich nach unten, um ihn zu empfangen. Sie trug eine Rüstung; unter ihren umrandeten Augen waren dunkle Ringe, und von ihrem Mund breiteten sich strenge Falten aus. Ihr schwarzes Haar hatte eine graue Tönung. Sie hielt den Anhänger in einer Hand und starrte zu Draken hoch, der wenigstens einen Kopf größer als sie war. Dann ließ sie sich auf ein Knie nieder. »Eure Hoheit. Es ist eine Ehre. Und eine Überraschung.«

»Erhebt Euch. Euer Name ist meinem Gedächtnis entfallen.« Er sollte dies wissen, doch er hatte lange Tage und Nächte auf dem Meer und mit Kämpfen zugebracht.

Sie stand auf und zeigte sich dabei als recht wendig – trotz der grauen Strähnen in ihrem schwarzen Haar. »Kommandantin Geffen Bodlean, Eure Hoheit.«

»Woher wisst Ihr, dass ich es bin, Kommandantin?«

»Ich sah Euch einst bei Hofe, bevor wir wussten, wer Ihr seid, und ehe ich Kommandantin von Khein wurde.« Ein schwaches Lächeln huschte über ihr Gesicht, und er fragte sich, ob ihre Abkommandierung hierher eine Degradierung gewesen sein mochte.

Wir sind paranoid, was?

Bloß realistisch.

Einige in Akrasia hielten ihn für eine Art Erlöser, der von den Göttern geschickt worden war. Aber er wusste, dass er auch viele Feinde hatte – und auch, dass er unter den grassierenden Vorurteilen leiden musste, die zwischen den Menschenarten herrschten. Es war selten, dass ein Akrasianer bereitwillig eine Position unter einem Brînianer akzeptierte, sei er nun Fürst oder nicht. Und es war ebenso selten, dass ein Akrasianer eine Position unter einem Kommandanten akzeptierte, der einer anderen Menschenart angehörte.

»Ihr seht ein wenig anders aus als Euer Vater, aber nicht so sehr, dass ich einen Fürsten von Brîn nicht wiedererkennen würde. Wie kann ich Euch behilflich sein, Fürst Draken?«

»Ich bin in Wirklichkeit hier, um Euch zu helfen. Gibt es hier irgendwo einen ruhigen Ort, wo wir reden können?«

Sie nickte kurz und hielt ihm den Anhänger entgegen. »Und wo Ihr einen Happen zu essen bekommt. Ihr seht aus, als könntet Ihr das jetzt gebrauchen.« Sie führte ihn durch den Torbogen und dann durch einen Innenhof von so beträchtlicher Ausdehnung, dass Pferde hier hätten weiden können. Es gab ein paar Hügel, deren schlammige Erde sie kaum zusammenhielt, ausgedehnte Pfützen, aber nur wenig Gras. Am Eingang zum Hauptgebäude stand ein Monolith aus unebenem Felsgestein, über dessen wahre Größe die hohen Außenmauern hinwegtäuschten. Draken bückte sich, um aus reiner Gewohnheit seine Stiefel auszuziehen.

Die Kommandantin blieb stehen und schüttelte den Kopf. »Das ist nicht nötig.«

Schlammspuren zogen sich bereits durch die Eingangshalle und den Korridor. Er richtete sich wieder auf und folgte ihr. »Hat es viel geregnet?«

»Tagelang, verdammt noch mal. Doch ich darf mich nicht beklagen. Angesichts der Belagerung können wir das Wasser gut gebrauchen. Wir sind da.«

Ein Feuer brannte im Kaminboden eines klösterlich kleinen Zimmers. Eine blakende Fackel steckte in einer Halterung an der Wand. In der Mitte befand sich ein geräumiger Tisch, der von einer wahllosen Ansammlung von Stühlen umgeben wurde, ein paar behelfsmäßige Möbelstücke standen an der gegenüberliegenden, fensterlosen Wand. Landkarten bedeckten die Oberfläche des einen Tischendes, und auf dem anderen lag offenbar das private Waffenarsenal der Kommandantin: ein blankes Schwert und zwei Messer, ein schöner Langbogen nach Art der Mantiker und ein schwerer Köcher mit Pfeilen. Mehrere schmutzige Stiefel hatten noch vor Kurzem unter dem Tisch Platz gefunden.

Draken runzelte die Stirn. »Ihr habt vor der Begegnung mit mir Eure Waffen abgelegt?«

Sie verbeugte sich leicht, bevor sie zum Anrichtetisch hinüberging. »Das ist nur angemessen. Etwas zu trinken? Wir haben Wein. Nicht sehr guten, aber immerhin. Hier, bitte.«

»Danke schön.« Er nahm den Becher und trank einen kleinen Schluck. Sie hatte recht. Der Wein schmeckte streng und sauer auf der Zunge, als ob er schlecht geworden war. Aber Draken war durstig, also trank er.

Außerdem ist es deine Festung. Und es ist dein Wein.

In der Tat. Er schaute sich erneut in dem schäbigen Raum um. »Ich glaube, ich habe Euch hier zu lange vernachlässigt.«

Sie zuckte mit den Schultern. Diese Geste erkannte er allerdings kaum unter ihrem vollständigen Harnisch, der aus gegossenen Metallplatten bestand, die auf Leder befestigt waren. Einst musste es eine hübsche Rüstung gewesen sein, jetzt aber wurden im Schein des Feuers jede Delle und jeder Kratzer im matt gewordenen Metall hervorgehoben. Viel Zeit war verstrichen, seitdem dieser »Anzug« das letzte Mal Öl oder Farbe gesehen hatte. »Seit dem Tode des letzten Nacht-Lords sind zehn Sohalias vergangen, und Khein hat immer nur eine Nebenrolle gespielt.«

»Im Moment spielt Ihr eine solche allerdings nicht.« Dann also direkt zur Sache. »Habt Ihr bemerkt, dass es außerhalb dieser Mauern weitaus weniger Ashen gibt, als sie Euch glauben machen wollen?«

Sie runzelte die Stirn. Es dauerte einige Atemzüge, bevor sie eine Antwort gab, während deren Draken seinen Kelch mit dem grässlichen Wein austrank.

»Wir wissen, dass dort draußen zu viele Zelte für die Anzahl von Soldaten stehen, die wir zu sehen bekommen. Vor einer Sieben-Nacht haben wir einen Kundschafter ausgesandt, aber es ist keine Nachricht von ihm oder aus Auwaer zurückgekommen.«

»Ja. Der Kundschafter. Wir haben ihn tot aufgefunden; er starb durch mehrere Messerverletzungen. Erst kürzlich. Allem Anschein nach ist er nicht sehr weit gekommen in der Zeit.«

Geffen fluchte ausführlicher als ein Pirat von den Drachenstern-Inseln. »Tann war der Bruder meines Vize-Seneschalls. Sagt einstweilen nichts darüber, wenn ich Euch bitten darf, Eure Hoheit.«

»Selbstverständlich. Ich weiß nicht, wer ihn getötet hat, aber …« Sollte er ihr alles erzählen? Dass er die Mondlinge verärgert hatte? Von seiner Reise nach Monoea, der Schlacht mit der *Königsblut* und den Gefangenen? Über die Pläne der Monoeaner, ihn auf ihren Thron zu setzen? Geffen wartete, und ihre Stirn runzelte sich als Antwort auf sein Schweigen. *Nein. Sicher nicht alles.* »Jemand hat ihn direkt vor uns abgeladen. Wir glauben … Mein Freund, der ehrwürdige Mantiker Osias, ist der Ansicht, dass die Ashen sich möglicherweise mithilfe von Magie weggezaubert haben. Ich denke allerdings, dies könnten nur Mondlinge bewerkstelligt haben. Seid Ihr mit irgendwelchen von ihnen befreundet?«

Sie runzelte erneut die Stirn. »Nicht im Speziellen. Warum?«

»Ich habe Gründe zu glauben, dass die Mondlinge an mir und meinen … Freunden interessiert sind. Jedoch nicht in der Weise, dass sie uns helfen wollen, wenn Ihr versteht, was ich meine.« Er vertraute nicht darauf, dass niemand ihr Gespräch belauschen konnte, so abgeschlossen das Zimmer auch wirken mochte. Vielleicht lag es daran, dass der Palast in Siebenfel über so viele Geheimgänge und verborgene Türen verfügte.

»Kann ich irgendetwas tun, um Euch in der Hinsicht zu helfen, Eure Hoheit?«

»Das könnt Ihr nicht – außer, indem Ihr überlebt. Nein. Eure Aufgabe ist es, diese Belagerung zu beenden und mich nach Auwaer zu begleiten. Wir können allerdings nicht alle Ashen draußen töten. Wir brauchen Gefangene, um sie zu verhören.« Unvermittelt fühlte er sich erschöpft. Er war eine lange Nacht auf den Beinen gewesen und hatte an der Mauer eine harte Klettertour erlebt. Und so zog er einen Stuhl unter dem Tisch hervor und ließ sich darauf nieder, wobei er davon ausging, dass er in seiner eigenen Festung nicht um Erlaubnis fragen musste. »Wir schätzen, dass es bloß zweihundert sind, die Euch belagern …«

»Zweihundert?«

Draken nickte mit grimmigem Gesicht. »Ja. Sie haben es geschickt angestellt. Ich vermute, sie haben die Belagerung mit mehr Soldaten begonnen, die sich allmählich davongestohlen haben. Wie ich vermute, sind sie fortgegangen, um Auwaer anzugreifen. Aber das kann ich nicht mit Sicherheit wissen, solange wir keine Gefangenen verhört haben. Wisst Ihr, wo die Königin momentan ist?«

»Unmittelbar vor dem Beginn der Belagerung erhielten wir die Nachricht, sie wäre nach Auwaer umgezogen. Ich hielt dies für … seltsam.« Sie sprach dies in einem offenen Tonfall, und trotz ihres Zögerns blickte sie Draken stets in die Augen. Ein Urteil über die Aktionen ihrer Vorgesetzten zu fällen könnte für sie gefährlich sein, wie er wusste. *Sie gefällt mir ziemlich gut*, meinte Bruche. Draken stimmte ihm lautlos zu, während Geffen fortfuhr: »Es ging das Gerücht um, dass sie die Absicht hatte, die Schwangerschaft in Brîn auszutragen.«

»Ausnahmsweise einmal sagen die Gerüchte die Wahrheit. Dann gibt es also keine Nachricht über das Kind.« Er tat sein Bestes, um bei diesem Wort nicht ins Stottern zu geraten; aber etwas in ihrem Verhalten führte dazu, dass sich ihm die Nackenhaare sträubten, als ob sie schlechte Neuigkeiten zu übermitteln hatte.

Doch sie schüttelte den Kopf. »Keine Nachricht, Eure Hoheit.«

Er blickte hinab auf den Tisch. Oben auf den Landkarten lag eine Skizze der Festung. »Hier. Und hier.« Er wies mit dem Finger auf zwei Stellen. »Dies sind die wichtigsten Versammlungspunkte der Ashen. Die restlichen Zelte und Feuer dienen als Blendwerk. Möglicherweise gibt es noch ein paar Soldaten, die sie aufrechterhalten, doch eigentlich tendieren sie dazu, eng zusammenzuhocken, wie die Leute es eben tun. Ich glaube, die Art ihrer Führung ist recht lasch.«

Sie schritt zum Tisch hinüber, stützte beide Hände darauf und betrachtete die Stellen, auf die Draken zeigte. »Das ergibt einen Sinn. Wenn diese Belagerung nur eine Verlegenheitslösung ist, dann dürften sie ihre besten Leute der Hauptarmee mitgegeben haben. Wie viele Schiffe? Wie viele Soldaten?«

»Uns kam eine Geschichte zu Ohren, in der von zwanzig Schiffen die Rede ist. Vielleicht dreihundert Soldaten auf jeder Galeone. Das würde allerdings bedeuten, dass die Schiffe total überfüllt sind, es sei denn, dass die Monoeaner größere gebaut haben, seitdem …« *Draken, sieh dich vor!* »Seitdem ich sie zuletzt beobachten konnte.« In seinem Nacken flackerten Hitzegefühle auf. Er widerstand dem Drang, sich dort zu reiben. Wie lange würde er das Geheimnis seines monoeanischen Erbes bewahren können? War es das überhaupt wert? Ihm war es gelungen, aus Monoea zu fliehen; er hatte sich für Brîn und Akrasia entschieden, und er hatte es gründlich satt, sich so zu fühlen, als ob ständig ein Pfeil auf seinen Rücken gerichtet wäre.

»Wir haben ihre Nachhut außer Gefecht gesetzt. Und fünfzig monoeanische Seelen gefangen. Die sitzen immer noch auf dem Deck meines Schiffes und verhungern langsam. Und ich habe Prinz Galbrait in meine Hände bekommen.«

Geffen schob sich eine Haarsträhne aus dem Gesicht. »Die Namen der monoeanischen Königsfamilie sind mir nicht geläufig. Ist er ein Sohn des Königs?«

»Der jüngste. Der König und die Königin sind inzwischen tot. Wir glauben, dass die anderen Prinzen ebenfalls tot sind.«

Sie riss die Augen weit auf. »Also habt Ihr den neuen monoeanischen König als Geisel genommen?«

»Nein. Er ist mir gegenüber loyal.« Er schaute hinab auf die Karte. »Das ist eine lange Geschichte. Ich schlage vor, wir versammeln unsere Leute und schlagen so schnell wie möglich zu. Ich will meine Freunde nicht länger der Gefahr aussetzen. Meine Schwester ist ebenfalls da draußen.«

»Noch eine lange Geschichte?«

Er nickte müde. »Das könnte man sagen.«

KAPITEL VIERUNDDREISSIG

Die Nachricht von Drakens Anwesenheit verbreitete sich mit einer beeindruckenden Schnelligkeit in der ganzen Festung. Er war gerade damit fertig geworden, rasch einen Happen zu essen und sich Gesicht und Hände zu schrubben, da hatten sich bereits mehr als die Hälfte seiner Servii und alle Offiziere bewaffnet und standen in ordentlichen Reihen in der schlammigen Vorburg, wo sie auf seine Befehle warteten. Das kalte Grau der Morgendämmerung warf Schatten auf ihre schmutzigen Gesichter, und als Draken zwischen ihnen einherging, roch er ihren Mangel an Hygiene, was merkwürdig war bei Akrasianern, die für gewöhnlich penibel auf ihre Sauberkeit achteten. Zweifellos lag der Grund darin, dass sie für eine langwierige Belagerung Wasser sparen wollten.

Obwohl er sich nicht darum gekümmert hatte, waren die Soldaten gut bewaffnet und gepanzert. Mehr als nur ein paar von ihnen waren grau an Schopf, Schläfen und Augenbrauen, aber das störte ihn nicht. Es dauerte Jahre, bis man im Umgang mit dem Schwert erfahren war, und wahrscheinlich würde er sich dahingehend auf diese Servii verlassen können.

Dies extra herauszustellen wäre so, als würden Flammen das Feuer als heiß bezeichnen, nicht wahr, alter Mann?

Draken schüttelte nur den Kopf.

In von den Schwertkämpfern getrennten Reihen standen Langbogenschützen, bei denen es sich ausnahmslos um groß gewachsene Männer handelte mit schweren Köchern auf den Rücken. Auf Drakens entsprechende Frage händigte ihm einer von ihnen einen Langbogen zur Inspektion aus. Er zog die Sehne aus, wobei er die Belastung für seine Schulter ignorierte, und befand das Zuggewicht für hinreichend.

»Ein Auge aus einer Entfernung von zweihundert, Eure Hoheit, und ein Herz aus einer Entfernung von vierhundert«, sagte ihm der Schütze mit nicht geringem Stolz. »Genau das, was es heißt, ein echter Kheinianer zu sein.«

Draken war beeindruckt. Er nickte kurz und gab den Bogen seinem Eigentümer zurück.

Geffen und er hatten einen grundlegenden Angriffsplan ausgearbeitet, dessen wichtigstes Element darin bestand, die höherrangigen Soldaten, die es in den Reihen des Gegners gab, zu identifizieren und sicherzustellen, dass sie lebendig gefangen wurden. Was die restlichen Soldaten anbelangte, gab Draken seinen Leuten freie Hand. Die Vorstellung von einem Blutbad gefiel ihm nicht, doch bei einem Verhältnis von eintausend gegen zweihundert würde der Kampf auf eine vollständige, verheerende Niederlage hinauslaufen. Er konnte allerdings nicht abstreiten, dass seinen Soldaten nach zwei Sieben-Nächten der Belagerung ein Lohn gebührte. »Ihr seid Akrasianer, und ihr seid meiner Verantwortung unterstellt. Gewährt jedem Monoeaner einen sauberen, ehrenvollen Tod. Keine Vergewaltigungen. Keine Folter. Sämtliche Nahrungsmittel und alle anderen Vorräte gehören der Festung. Private Waffen und Gegenstände zum persönlichen Gebrauch stehen zur freien Verfügung.«

Ein paar Gesichter falteten sich zu einem mürrischen Ausdruck, aber niemand äußerte sich so, dass Draken es hören konnte. Er beachtete sie nicht weiter. Natürlich wollten sie Rache nach der Belagerung, aber er glaubte nicht, dass ihre Situation so schlimm gewesen war. Zwei Sieben-Nächte bei knapper Ration und wenig Wasser waren nicht zu vergleichen mit dem, was seine Schiffskameraden auf dem Meer durchgemacht hatten. »Und da ist noch etwas. Ich habe Freunde da draußen: einen Mantiker und seine Gefährtin, einen monoeanischen Prinzen, den akrasianischen Abgesandten und Ersten Hauptmann Tyrolean sowie meine Schwester, Aarinnaie Szirin. Sie haben das Ablenkungsmanöver durchgeführt, damit ich die Mauer erklettern konnte. Seht zu, dass sie aufgefunden werden und es in der Festung angenehm haben.«

»Ich werde einen Offizier und einige Servii damit beauftragen, dass sie sich um ihren Schutz und ihre Bedürfnisse kümmern«, sagte Geffen. »Sollen wir jetzt hochgehen und von der Mauer aus das Geschehen beobachten, Eure Hoheit?«

Tatsächlich wäre er lieber mittendrin im dichtesten Gewühl. Aus einer gewissen Distanz zuzuschauen, wie seine neuen Soldaten seine alten Landsleute niedermetzelten, war eine Vorstellung, bei der ihm schlecht wurde. Und Männer in eine Schlacht zu schicken, an der er nicht aktiv teilnahm, war noch weitaus schlimmer. Aber er nickte zustimmend, um seine eigenen Soldaten nicht zu schockieren. Er hatte ein ungutes Gefühl, dass er später noch ihr Vertrauen benötigen würde. Er blickte zum Himmel empor. Es war wahrscheinlich am besten, wenn sie sich rasch in Bewegung setzten, bevor der Regen alles schwieriger machte.

»Rückt aus!« Er winkte mit einem Arm, so wie er es einst bei Tyrolean gesehen hatte, als er diese Geste gegenüber Soldaten im Feld machte, und folgte Geffen zu den Zinnen. Draken konnte nicht anders, als sich über die Mauer zu lehnen und nach dem Fluch Ausschau zu halten. Kein bedrohlicher Schatten, den er sehen konnte. Geffen murmelte eine Warnung, und er wandte sich wieder dem Feld vor den Mauern zu. Allerdings schoss niemand aus dem Lager auf ihn. Vielleicht waren die Soldaten dort an bemannte Zinnen gewöhnt; und da er die Kapuze seines Umhangs hochgezogen hatte und sie sein Gesicht vor dem harten Morgenlicht abschattete, war es nicht leicht ersichtlich, welcher Menschenart er angehörte.

Unten im Camp der Belagerer schien jegliche Ordnung verloren zu gehen. Einige wenige Feuer brannten an seinem Rand, zwischen dem Wald und den Zelten. Doch die meisten Kochfeuer waren ausgegangen. Von hier oben ließen das dichte Meer von Zelten und die Aktivitäten am frühen Morgen die Zahl der Leute viel größer erscheinen, als sie in Wirklichkeit war. Der Boden um die Festung herum war vom nächtlichen Regen aufgewühlt und ganz schlammig geworden. Einige Ashen rutschten aus, als sie zwischen den Zelten einherschritten.

In Drakens Nähe stellten sich Schützen auf dem Wehrgang über den Toren auf. An jeden Langbogen wurden zwei Pfeile für die erste Salve angelegt. Das war klug. Denn obwohl nur wenige Geschosse auch einen Feind töten würden, so war dies eine rasche und nicht allzu teure Methode, um aus der Ferne Verwirrung zu stiften.

Geffen beobachtete noch die Monoeaner. »Genau so sehen sie jeden Morgen aus.«

Draken seufzte. »Gewiss, Comhanar. Doch es sind weitaus weniger Soldaten, als es scheint.«

Sie blickte ihn an, und er wiederholte seine Äußerung in Akrasianisch.

Das erste Gefecht würde an den Toren stattfinden. *Und es ist auch das heikelste. Immer schwierig, in einer Engstelle zu kämpfen, egal, wie groß die Überzahl auf deiner Seite auch sein mag.* Draken stimmte Bruches Einschätzung mit einem Nicken zu. Die Tore wurden von gut einem Drittel der Ashen schwer bewacht.

Die erste dichte Salve von Pfeilen regnete von den Wehrgängen herab. Auf das Wort des Feldkommandeurs – zu leise, als dass es die Belagerer draußen erreichen konnte, während sie sich geduckt in Deckung begaben – schwangen die Tore auf. Es dauerte einen Atemzug, bis die Monoeaner reagieren konnten, und zu dem Zeitpunkt fiel ein zweiter Hagelsturm von Pfeilen herab. Die ersten Servii stürzten mit gezogenen Schwertern nach draußen. Draken ertappte sich dabei, dass er in eine distanzierte Analyse verfiel. Wie würden sich die Ashen und ihre Saxe gegen die Langschwerter gut ausgebildeter Servii halten? Er bezweifelte, dass die Belagerer Zeit genug haben würden, eine ordentlich geschlossene Schlachtreihe zu bilden, obwohl dies ihre beste Möglichkeit war, um gegen Fußsoldaten zu bestehen.

Unglücklicherweise schienen die Ashen in höchster Alarmbereitschaft zu sein. Offensichtlich waren sie immer noch nervös von Osias' Ablenkungsmanöver. Die geschlossene Schlachtreihe kam innerhalb von einigen Atemzügen zustande – Schilde erhoben sich über die Toten und Verletzten –; die Soldaten schafften dies in einer rasanten Bewegung, die von oben auf eine absurde Weise beeindruckend war. Drakens Finger bogen sich um den rauen Stein der Schießscharte, durch die er spähte, und seine Schultern strafften sich.

Die Tore knallten nach außen hin auf; irgendein Mechanismus, vielleicht auch Magie, bewegte sie so schnell, dass es einige törichte Ashen in der Nähe umwarf. Ein schmaler Strom von Servii folgte den Türflügeln nach draußen. Ein letzter Hagelsturm von Pfeilen ging auf die von Schilden geschützte Schlachtreihe nieder, dann stellten die Schützen auf Kommando das Feuer ein. *Nun werden wir ihre Fertigkeiten zu sehen bekommen*, meinte Bruche. Draken ließ eine kurze Schlacht über sich ergehen, wobei der Geist darüber entschied, in welche Richtung sie schauten. Doch dann brachte Draken genug Willenskraft auf, um seinen Blick auf den Waldrand zu lenken, wo er seine Freunde vermutete.

Das Tageslicht, das schwach und wässrig vom Regen war, musste noch in die Dunkelheit unter dem dichten Baumkronendach dringen. Draken stellte fest, dass er von hier oben recht gut die Wipfel des Waldes sehen konnte. Doch darunter war alles ruhig. Kein Schatten seiner Freunde tauchte auf, kein silberner Osias und keine sich rasch bewegende Setia, auch keine geisterhafte Aarinnaie.

Sie werden kommen, wenn es sicher ist, Khel Szi.

Aber Draken konnte die Besorgnis des alten Kriegers spüren. Er vermutete, dass Tyrolean es schaffen könnte, Aarinnaie für eine kleine Weile zurückzuhalten, doch sie würde darum kämpfen, sich an der Schlacht zu beteiligen. Sie würde unter der gleichen Unruhe leiden wie er selbst, der er am Rande des Geschehens stand. Es musste in der verdammten Familie liegen; doch bei ihr war mehr Zeit vergangen, seit sie das letzte Mal Blut vergossen hatte, und die Leidenschaft zu töten war weitaus tiefer in ihr verankert.

Die Schlacht war vorüber, als der Morgen sich in einen richtigen Tag verwandelte; seine Bogenschützen auf den Wehrgängen hatten jedoch weiterhin Pfeile angelegt, die zwischen den Zinnen und durch die Schießscharten in der Mauer nach draußen gerichtet waren. Draken und Geffen stiegen die nebelglatten Stufen von den Wehrgängen zum Erdboden hinunter und bewegten sich dabei langsam, auf ihre Schritte achtend. Anschließend gingen sie durch die Tore. Im Innern der Festung bildete die Feuchtigkeit, die zwischen den düsteren Steinwänden gefangen war, auf jeder Oberfläche Tropfen aus und ließ die rotbraunen Pferde, die im Hof der Hauptburg unbekümmert grasten, glänzend und schwarz erscheinen.

Vor den Festungsmauern waren nur ein paar leise Stimmen zu hören, die die beklemmende Stille des Camps unterbrachen: zumeist Servii, die sich um die wenigen lebenden Ashen kümmerten.

Es war immer noch unheimlich, zwischen so vielen Zelten umherzugehen. Draken konnte knapp über ihre Spitzen hinwegsehen und erblickte die Helme seiner Servii, während sie dem Geschäft nachgingen, dafür zu sorgen, dass die Belagerer nicht die geringste Gefahr mehr darstellten. Ein paar ächzende Laute und feuchte, dumpfe Schläge drangen durch die spitz nach oben laufenden Schichten von gewachstem Zelttuch. Davon abgesehen war es sehr still.

»Khel Szi.« Halmar schritt zwischen den Zelten auf ihn zu.

Draken war wirklich erleichtert, den großen Szi Nêre zu sehen. Es wäre ihm genehm gewesen, wenn sie sich zur Begrüßung gegenseitig an den Armen ergriffen hätten, doch Halmar würde ihn nicht berühren, außer wenn es dringend erforderlich wäre. »Wo sind die anderen?«

»Versammelt am Festungstor, Khel Szi. Mit Ausnahme der Szirin.«

Draken unterdrückte ein Seufzen. Warum konnte Aarinnaie nicht ein einziges Mal einer Anweisung folgen?

»Sie hat sich in die Schlacht begeben und ist in das Lager eingedrungen. Sie hat einem Bogenschützen nachgestellt, der auf Euch gezielt hat.«

Das klang nach ihr. »Sie wird aufkreuzen, wenn sie mit der Sache ganz fertig ist, Halmar. Ihr wisst, wie sie ist. Und in der Zwischenzeit … Ich habe hier Offiziere, die befragt werden müssen.«

Halmar beugte den Kopf und folgte Draken durch das Lager, dessen Boden schlammig und aufgewühlt war. Sie gelangten zu zwei Ashen, die auf den Knien lagen. Die Hände waren hinter ihren Rücken mit Seilen festgebunden, die man auch um ihre Fußknöchel geschlungen hatte.

Draken betrachtete sie genauer: zwei Männer, die trotz ihrer harten Gesichtszüge ziemlich jung waren. Er kannte sie nicht und fragte sich, ob sie wohl wussten, wer er war. Den Kettchen nach zu urteilen, die von ihren Schultern herabhingen, war ihr Rang so hoch, dass sie eine gewisse Vorstellung von der Gesamtstrategie haben konnten.

Das spielt keine Rolle.

Bruche hatte recht. »In der letzten Zeit sind zu oft Monoeaner mit blankgezogenen Waffen an meine Küsten gekommen, ich musste euch besiegen und werde euch jetzt verhören. Ich werde dessen müde, und meine Zeit ist knapp. Also, zur Sache. Das hier ist eure Rolle bei irgendeinem Ashen-Plan: die Belagerung meiner Festung aufrechtzuerhalten, bis …?« Er wölbte eine Augenbraue. »Bis wann genau?«

»Wir haben das zwei Sieben-Nächte lang gemacht«, erwiderte einer von ihnen. Er trug ein rotes Tuch um den Hals, ein Andenken an seine Frau oder Mutter. Oder vielleicht war dies irgendein informelles Status-Kennzeichen unter den gelandeten monoeanischen Streitkräften, das Draken nur nicht kannte. Er schritt zu dem Mann, ließ den blutroten Stoff durch seine Finger gleiten, raffte dann einen Teil davon zusammen und zog das Tuch nach oben, sodass der Ashen sich recken musste, damit ihm nicht die Kehle zugeschnürt wurde.

»Ich weiß verdammt noch mal, wie lange ihr hier seid«, knurrte Draken. »Ich will wissen, wie lange ihr bleiben sollt. Und wohin der Rest der Armee unterwegs ist.«

Der Mann in seinem Griff gab Würge- und Erstickungsgeräusche von sich.

Der andere Offizier starrte mit seltsam grünen Augen auf das sich rötende Gesicht seines monoeanischen Kameraden. »Lasst ihn los. Es gibt keinen Rest der Ar…«

Tyroleans Stiefel donnerte gegen seinen Rücken, und der Ashen fiel mit dem Gesicht voran in den Schlamm, da er den Sturz nicht mit den Händen abfangen konnte. Er begann sich umzudrehen. Doch Tyrolean, der mit dem Stiefel gegen seinen Rücken drückte, zwang den Mann nach unten und hielt ihn fest. Der Ashen drehte den Kopf, Dreck und Flüche ausspuckend.

Draken ließ das Halstuch nicht los. »Von der Schwesterbucht aus bin ich zwanzig Kriegsschiffen nach Akrasia gefolgt, ihr seid länger hier als diese Monoeaner. Natürlich gibt es eine Armee. Und ihr werdet mir erzählen, wohin sie unterwegs ist.« Er riss an dem Halstuch und ließ es dann los. Der Mann fiel nach vorn und schnappte nach Luft. »Bringt sie in die Festung. Trennt sie voneinander. Wir finden schon heraus, wer weiterleben wird.«

Kurze Zeit später trat Draken fluchend und blutverschmiert aus der zweiten Zelle. Keiner von beiden würde den Plan der Ashen enthüllen, und keiner von beiden hatte einen schönen Tod.

Du hast genug Folterungen in Gryms Zellen gesehen, um zu wissen, dass sie selten zu Ergebnissen führten.

Du bist nicht auf die Idee gekommen, darauf hinzuweisen, bevor ich in all das hineingeraten bin?

Du hättest nicht zugehört. Und es war deine einzige Option. Sie sind keine Ashen – keine wahren Gläubigen. Ich denke, sie wären sonst mehr … zugänglich für deine Wünsche gewesen. Immerhin bist du praktisch ein Halbgott.

Draken antwortete darauf mit einem Schnauben, dann runzelte er die Stirn. *Glaubst du, dass sie Söldner sind?*

Nein. Ich glaube, dass sie in die großartigen Pläne der Ashen einfach nicht eingeweiht waren und man sie außerdem gut ausgebildet hat, der Folter standzuhalten.

Draken seufzte und rieb sich den Nacken. Er war verärgert, erschöpft und stank nach Blut. Wieder einmal.

Tyrolean trat von einem Fuß auf den anderen, seine Finger packten die Griffe der Messer, die an seinen Gürtel geschnürt waren. Draken wurde sich bewusst, dass er während seines innerlich geführten Gesprächs mit Bruche auf eine sonderbare Weise stumm gewesen sein musste, und zwar länger, als es der Sitte entsprach oder man es von ihm gewohnt war. »Ja, Tyrolean?«

»Sie müssen nach Auwaer marschiert sein, Eure Hoheit.«

»Ja, das müssen sie wohl, aber …«

Galbrait trat auf ihn zu, seltsamerweise allein. Draken blickte ihn mürrisch an. »Wo sind Osias und Setia?«

»Auf Spurensuche.« Er sprach in einem kurzen Tonfall und war außer Atem. »Ich bin gerade zurückgekommen, um Euch zu holen. Aarinnaie ist fort. Gefangen.«

Drakens Herzschlag verlangsamte sich extrem. »Die Mondlinge?«

»Nein. Monoeaner. Ein paar haben sich während des Angriffs aus dem Camp davongemacht. Setia hat sie gesehen und ist ihnen hinterhergerannt. Es ist absolut seltsam: Ich glaube, dass sie und Osias irgendwie … miteinander reden können.« Er tippte sich an den Kopf. »Osias ließ Setia gehen, marschierte jedoch hinter ihr her, als sie nicht sofort wieder zurückkam.«

»Wisst Ihr, wo diese Monoeaner sind?«, fragte Tyrolean.

»Sie fliehen. Wahrscheinlich versuchen sie, einen Ort zu finden, wo sie sich gut verkriechen können.«

»Verdammte Aarinnaie! Von den Sieben verdammte Monoeaner!« Mit Daumen und Zeigefinger rieb sich Draken die Augen und versuchte darüber nachzudenken, was er als Nächstes tun sollte. Möglicherweise musste die Sache vorsichtig gehandhabt werden; er wusste einfach nicht genug darüber.

»Sie werden ihr nicht wehtun. Sie ist eine nützliche Geisel.« Geffen musterte ihn genau. »Ihr seid nicht wie Euer Vater, der bereit war, das Leben einer Ehefrau, Tochter oder Schwester für einen politischen Nutzen wegzuwerfen.«

Die letzte Bemerkung entfachte seine Neugier, doch er schob sie einstweilen beiseite. »Aarin stellt für die Mondlinge sogar eine noch bessere Geisel dar als für die Ashen. Und jetzt trampelten Monoeaner mit ihr quer durch den Mondlingwald.«

Galbrait schüttelte den Kopf. »Meine Leute sind nicht wehrlos, Eure Hoheit.«

Geffen warf Galbrait einen Blick zu und erklärte mit monotoner Stimme: »Selbst bei einer Konfrontation mit den Mondlingen werden die Ashen ihre Geisel nicht so einfach aufgeben – sie ist ihre einzige Chance, das eigene Leben zu erkaufen.

»Sie könnten sehr gut wehrlos gegenüber Mondlingen sein. Es

gibt vieles, was Ihr nicht wisst, Comhanar.« Draken seufzte und beschrieb kurz, was der SCHWEBEZUSTAND war und wie er in jüngster Zeit eingesetzt wurde.

Geffen starrte an allen anderen vorbei und dachte nach. »Warum haben die Mondlinge ihn dann noch nicht benutzt?«

»Vielleicht haben sie abgewartet, um zu sehen, wie die Belagerung zu Ende geht«, mutmaßte Halmar.

Oder aus einem anderen Grund, mischte sich Bruche ein. Draken hatte das unangenehme Empfinden, dass seine Schwerthand gerade seine Erinnerungen durchsuchte. Es fühlte sich an, als würden Schriftrollen in seinem Bewusstsein rascheln. *Jener Grenzwächter, der den Überfall erwähnte – fand der Angriff auf der brînianischen oder akrasianischen Seite statt?*

Ich weiß es nicht. Ich hätte es ihn auf einer Landkarte präzise anzeigen lassen sollen. Warum?

Wir müssen diese Überfälle auf einer Karte eintragen, um Gewissheit zu haben. Bis jetzt allerdings scheint es so zu sein, dass keiner dieser Angriffe im Mondlingwald passiert ist.

Man musste dazu sagen, dass es nicht so viele Menschenarten gab, die in den Waldgebieten außerhalb von Khein lebten. Ein paar Landgüter, das Dorf, die Festung. Die Mondlinge hatten keinen Grundbesitz, sondern zogen es stattdessen vor, durch die Gegend zu streichen.

Draken löste sich aus der gedanklichen Konversation mit Bruche und meinte zu Geffen »Ich bin mir im Übrigen nicht einmal sicher, weshalb man das Gebiet hier Mondlingwald nennt.«

Geffen warf ihm einen Blick zu, der ihm zu verstehen gab, dass er das eigentlich wissen *sollte.* »Dies war das letzte größere Areal, das ihnen übrigblieb, als die Gadye die Macht übernahmen. Auch später hat es keiner jemals wirklich geschafft, diese Waldgebiete ganz in seinen Besitz zu nehmen.«

Mit Ausnahme dieser verdammten Festung. Bruche drehte Drakens Kopf und blickte an den beeindruckenden Steinmauern nach oben.

»Ja, es gibt diese Festung«, fuhr Geffen fort. »Doch auch nachdem sie errichtet worden war, hat das Dorf niemals richtig geblüht.

Die meisten Läden sind geschlossen worden, und die Besitzer von Landgütern haben es nur geschafft, sich eine Generation lang oder so zu halten. Der Wald holt sich seinen Besitz wieder zurück, wie man hier sagt.«

Draken schüttelte den Kopf. Es mochte ja irgendeinen »Leckerbissen« an nützlicher Information geben, der sich quasi direkt vor seiner Haustür befand, aber er hatte nicht die Zeit, ihn aufzuspüren. »Wie dem auch sei, wir müssen meine Schwester finden, und zwar bald.«

Da kam plötzlich ein schnaufender Servii, die Stiefel und Beine voller Blutspritzer, auf Draken und die Comhanar zugelaufen. »Einfach hier entlang, Hauptmann«, wandte er sich an jemandem hinter ihm, und schon kamen Tyrolean und Galbrait in Sicht. Der Monoeaner trug ein längliches Stück Stoff um seinen Hals, das den Torques verbergen sollte.

Draken schob sich an Geffen vorbei, um sie zu begrüßen. »Könnt ihr mir erklären, wie es dazu kam, dass Aarin gefangen genommen wurde?«

Tyrolean überflog mit einem raschen Blick ihre kleine Gesellschaft. Seine Rüstung war grau vor Schmutz, und an seinen Stiefeln hafteten Schlammklumpen. »Sie hat sich von uns getrennt. Beharrte darauf, auf Erkundung zu gehen, Eure Hoheit.«

»Das weiß ich schon«, unterbrach Draken den Hauptmann ungehalten.

»Sie war besorgt, sobald Ihr in der Festung verschwunden wart«, versuchte Galbrait beizusteuern. Er hatte ein bleiches Gesicht, seine Knie und Hände waren schmutzig. Die verfilzten Haare hatte er zurückgebunden, sodass sie ihm nicht ins Gesicht fielen. »Sie konnte einfach nicht still dasitzen. Und als sie dann diesen Bogenschützen sah, der auf Euch anlegte, war sie nicht mehr zu halten.«

Draken fragte nicht, ob Tyrolean versucht hatte, ihr dies auszureden, oder ob jemand gesehen hatte, wie sie in die Schlacht eingriff. Ihre Fähigkeiten im Töten von Menschen wollte er vorläufig lieber geheim halten. Zu guter Letzt schaute er den Servii an, der das Kinn senkte.

»Ihr übernehmt das Kommando, Tyrolean. Ich muss meine Schwester finden.«

Geffen holte tief Luft, als ob sie sich darauf vorbereitete, etwas zu sagen, das Draken nicht gefallen würde. »Eure Hoheit …«

Ja, definitiv kam da etwas, das ihm nicht gefallen würde.

»Die Servii von Khein kennen diesen Wald«, fuhr sie fort, »sie kennen alle Orte, wo sich diese Ashen verstecken könnten. Die Monoeaner können nicht weit gekommen sein. Lasst mich ein paar Hundert Mann ausschicken, um die Waldgebiete abzuklappern, während Ihr nach Auwaer aufbrecht.«

Draken erstarrte, sein Gesichtsausdruck verhärtete sich.

Du versuchst immer noch, jede Frau zu retten, die aus deinem Blickfeld hinauswandert, was?

Halt die Klappe, Bruche!

Geffens Augenmerk richtete sich plötzlich nach unten auf seine Brustregion: Draken hielt dies zuerst für eine Geste der Demut, bemerkte jedoch bald, dass Geffen den Talisman in Augenschein nahm, der vor seinem Harnisch hing.

»Bei allem Respekt, Eure Hoheit, aber Eure erste Pflicht ist es, Verantwortung für das Wohl der Königin zu tragen.« Tyrolean, der ruhig und entschieden sprach, hatte keinerlei Bedenken, sich freimütig zu äußern. »Wir müssen uns beeilen, nach Auwaer zu kommen.«

Auf eines konnte man vertrauen: Tyrolean würde es niemals passieren, dass er den Wald vor lauter Bäumen nicht sah. Doch im Moment vermochte Draken nur an Aarinnaie zu denken. »Auch im Falle einer Belagerung wird Auwaer sich halten können. Ich suche jetzt meine Schwester.«

Am übernächsten Morgen hielt Draken sein Temperament im Zaum, selbst als die anderen damit anfingen, unaufhörlich auf ihn einzureden, dass sie die Suche nach Aarinnaie einstellen sollten. Doch leicht fiel es ihm nicht, die Beherrschung zu wahren.

»Ist es Euch in den Sinn gekommen, dass sie selbst auf sich aufpassen kann?«, fragte Tyrolean. »Vielleicht ist sie gerade für Euch als Spionin tätig.«

Draken hatte kaum Zweifel daran. Er trieb sein Pferd an, weiterzugehen.

»Oder sie ist vielleicht schon in Auwaer, weil sie geglaubt hat, dass Ihr dort seid.«

Oder sie hat sich vielleicht aus reiner Bosheit töten lassen.

»Wir haben bislang nicht einmal Osias gefunden.« Er konnte recht gut die frustrierten, finsteren Blicke spüren, die auf seinen Rücken gerichtet waren. »Außerdem kann ich sie hier draußen nicht sich selbst überlassen. Der Wald würde sich möglicherweise nie mehr von ihr erholen.«

Alle ignorierten seinen lahmen Witz, und Galbrait drängte sein Pferd näher heran. »Eure Hoheit, würden die Ashen nicht schon hervorgetreten sein, wenn sie Eure Schwester als Geisel benutzen wollten? Vielleicht hat der Hauptmann recht. Vielleicht ist es jetzt Zeit, nach Auwaer und der Königin zu sehen.«

In Anbetracht von zwei Männern, die in die Szirin verliebt sind, ist es doch seltsam, dass beide wollen, dass du ihr den Rücken kehrst.

Bruche und Draken hatten seit zwei Tagen und Nächten immer wieder die gleiche interne Diskussion geführt. Als Nächstes würde das Argument kommen, dass womöglich etwas an dem dran war, was die anderen sagten. Draken weigerte sich diesmal, auf den Wagen aufzuspringen. »Ich brauche Aarin. Ihren Scharfsinn. Ihren Rat.« Ihre stummen Messer.

Ein Rascheln voraus. Er verlangsamte den Schritt seines Pferdes und hielt kurz seine Hand hoch. Der Kettenpanzer an seinem Arm klirrte leise. Er glaubte, eine geduckte Gestalt zwischen den Bäumen huschen zu sehen. Ein Fluch …? *Nein. Der würde auf dich losgehen, bevor du ihn zu Gesicht bekommen hast.*

Ein weiteres Flimmern, näher jetzt. Und dann löste sich etwas Kleines von den Bäumen und stellte sich vor Draken hin. Ein grimmig wirkender Mondling, dessen wilde Augen hin und her huschten; doch der Körper war still wie ein Schatten.

Draken blickte starr, während der Rhythmus seines Herzens heftig ins Taumeln geriet.

Der Mondling verbeugte sich; dann richtete er sich wieder auf und hob sein Kinn an. »Khel Szi.«

Tyrolean zog eine Klinge, und einer der Bögen seiner kheinianischen Begleiter knarrte. Draken hielt abermals seine Hand hoch. »Haltet ein.« Wenn man sie umzingelt hatte – was wahrscheinlich war –, würde ein erster Angriff nur als Ausrede dienen, sie niederzumetzeln.

Etliche Atemzüge lang bewegte sich niemand. Der Mondling sah recht jung aus: kein Silber in seinen dunklen Locken, keine Falten um die dunklen, runden Augen. Der im männlichen Stil geschnittene Rock endete direkt unterhalb der Knie, was nötig war, wollte man sich einen Weg durch das Unterholz des Waldes bahnen. Seine Brust war nackt. Jeder Sprenkel auf seiner Haut war geätzt und mit Narben bedeckt, die Siegel darstellten: die Sieben in ihren verschiedenen Phasen und Tempelrunen. Jemand hatte viel Zeit darauf verwandt, mit einer sehr scharfen Klinge die Haut des jungen Mannes aufzuschneiden. Draken runzelte die Stirn. Er hatte so etwas zuvor noch nie gesehen.

Die hellen Bänder am Speer des Mondlings hingen sauber und schlaff am Holz herab. *Noch kein Blut dran.*

Nein. Und das wird auch nicht passieren. Die narbigen Siegel bedeuten, dass er ein Priester ist. Auf den Frieden vereidigt.

»Nun?«, sprach Draken ihn an und hob sein Kinn. »Ich nehme an, Ihr seid hier, um entweder Freundschaft zu schließen oder Vereinbarungen zu treffen. Was davon trifft zu?«

»Keines von beiden. Ich bin Lowild vom Ocscher-Clan.« Ein erstes Zucken, sehr leicht nur, aber Draken hielt genau danach Ausschau. »Ich komme, um Euch zu helfen. Tatsächlich habe ich das bereits getan. Doch ich habe vor, damit fortzufahren.«

Draken kniff die Augen zusammen. »Warum?«

»Um den Krieg zwischen unseren Völkern zu unterbinden.«

»Ist das nicht eigentlich Verrat?« Tyrolean drängte sein Pferd einen Schritt nach vorn. »Zumindest an Eurer eigenen Art?«

Ich bin mir nicht sicher, ob ein Priester Verrat begehen kann.

Lowild hob sein Kinn. »Ist es Verrat, wenn man Frieden sucht für die eigene Art und das eigene Königreich?«

Draken kaute dies in Gedanken durch. Bruche blieb still, außer dass er seine Hand zu der Klinge am Gürtel gleiten ließ. »Das kommt darauf an. Was ist der richtige Weg, um Frieden zu stiften? Und wer entscheidet darüber?«

»In diesem Fall Ihr, Khel Szi.« Eine weitere Verbeugung, die diesmal nicht so tief ausfiel; und doch eine Geste unverkennbaren Respekts. »Ich habe Geschichten von Eurer eigenen Suche nach Frieden gehört.«

»Das war vor langer Zeit.« Jedenfalls kam es ihm jetzt so vor. Draken befreite seine Hand mit einem Ruck vom Heft der Klinge und schwang sich von seinem Pferd. »Und meine Zeit ist zu knapp, um um die Dinge herumzureden, die Ihr zu sagen habt.«

»Ihr sucht nach Eurer Schwester.«

Der ist ja bemerkenswert gut informiert.

»Unter anderem.«

»Bitte geht ein Stück mit mir.«

Ohne auf eine Antwort zu warten, drehte sich Lowild um und begann fortzuschreiten, wobei er seinen Speer als Stock benutzte. Er bewegte sich langsam, sein Kopf war nach unten gebeugt, als ob er in Gedanken wäre. Draken schloss zu ihm auf. Als sie außerhalb der unmittelbaren Hörweite von Drakens Truppe gekommen waren – mit Ausnahme von Halmar, der ihnen still und verschwiegen folgte –, offenbarte Lowild: »Ich habe Euch den Kundschafter gegeben.«

»Den Kundschafter …?« Bei den Sieben – worüber sprach er gerade?

Drae, er meint den Toten.

»Ich habe mich schon gefragt, ob es ein Mondling war, der ihn so fein säuberlich abgeliefert hat«, sagte Draken, der Bruches Schnauben ignorierte. »Aber warum? Als Toter war er von keinem großen Nutzen für uns.«

»Kurze Zeit vor Eurer Ankunft war er nicht tot.«

»Das sehe ich ein. Das Blut war noch frisch.«

»Was bedeutet, dass einer der Euren ihn getötet hat.«

Draken sah ihn scharf an. »Das ist eine ernste Anschuldigung …«

»Sie ist wahr, Khel Szi. Einer der Euren hat ihn umgebracht. Er oder sie muss es getan haben. Ich weiß nur nicht, wer.« Lowild zögerte, dann verhielt er in seinem Schritt und schaute zu Draken hoch. Der unterdrückte das Verlangen, sich auf ein Knie niederzulassen, sodass sie auf Augenhöhe wären. Tatsächlich war er sich nicht sicher, ob sie selbst dann auf Augenhöhe sein würden. Lowild war einer der kleinsten Mondlinge, die er je gesehen hatte.

»Wie könnt Ihr Euch sicher sein, dass es einer von uns war, wenn Ihr nicht wisst, wer den Mann tötete?«

»Es war kein Mondling-Speer, der ihm solche Schnittwunden zugefügt hat.«

Draken nickte. Das hatte er bereits selbst festgestellt.

»Und niemand anderes streift durch diese Wälder, außer Euren Leuten und den Fremden. Sie tragen diese langen Messer …«

»Saxe.«

Lowild wiederholte das Wort, als würde er es auf seiner Zunge schmecken. Sein Akzent fackelte nicht lange und verstümmelte es sofort. »Sie würden keine Wunden wie jene verursachen.«

»Nein. Es war eindeutig ein Dolch, der sie herbeigeführt hat.«

Die Mondlinge kennen ihren Wald. Sie wissen alles, was darin vor sich geht. Sie sprechen mit den verdammten Bäumen, soweit ich weiß. Wenn er also sagt, dass kein anderer im Wald war, um jenen Mann zu töten, dann bin ich geneigt, ihm zu glauben.

Und das reichte Draken. Unglücklicherweise. »Danke, dass Ihr es mir erzählt habt.«

Plötzlich fühlte sich seine Rüstung sehr schwer an, und der Umhang zerrte an seinen Schultern. Draken blickte zurück zu den anderen. Halmar stand ein paar Schritte hinter ihm, noch weiter hinten Tyrolean, der ihn nicht aus den Augen gelassen hatte. Genau wie Konnan. Galbrait redete leise mit Setia und Osias. Und Aarinnaie … blieb verschwunden.

»Wie es scheint, sind Verräter im Überfluss vorhanden, Khel Szi«, sagte Lowild.

»Weshalb erzählt Ihr mir dies?«

»Ich habe es Euch schon gesagt. Um Euch vom Krieg abzuhalten.«

»Euer Volk könnte einen Krieg gegen uns gewinnen.« Er zögerte, und dann ging er ein Risiko ein. »Der SCHWEBEZUSTAND ist eine furchterregende Waffe. Ich bin gewarnt worden, dass sie gegen mich eingesetzt wird.«

Lowilds getüpfelte Stirn legte sich in Falten. »Warum?«

»Um mich zu zwingen, die Mondlingsklaven zu befreien.«

Ein leises Schnauben. »Ideologie ist ein grausamerer Sklavenhalter als jeder Akrasianer. Doch einige aus meinem Volk sehen das anders. Sie sehen nur die Unterstützung gegen Feinde und eine Ehrfurcht vor einer Magie, welche die Akrasianer nicht besitzen.«

Hmm. Seltsam weise für jemanden, der noch so jung ist.

Das war eine gedankliche Ablenkung, die Draken im Moment nicht brauchte. Er versuchte immer noch, herauszufinden, ob er Lowild vertrauen konnte oder ob er dies überhaupt wollte. Er zerrte sein dahinschlenderndes doppeltes Bewusstsein zurück zum gegenwärtigen Gespräch. »Ihr meint die Ashen.«

Ein ernstes Nicken.

»Lowild. Seid Ihr allein bei diesem … Unterfangen, mir zu helfen?«

Lowild ging weiter, als ob er die Frage nicht gehört hätte. »Eine andere Sache.«

Draken seufzte. Es gab noch etwas?

»Ich weiß, wo Eure Schwester ist. Kommt. Ich werde Euch zu ihr bringen.«

KAPITEL FÜNFUNDDREISSIG

Sie folgten einem Trampelpfad, den Draken eher als Wildwechsel bezeichnet hätte. Der Boden stieg hier im Wald recht steil an: Der Weg führte sie auf einen Hügel, dessen Kuppe von einem Ring fast kahler Erde gekrönt wurde, der einige wenige große Bäume umschloss. Für Draken sah dies wie ein Hügelgrab in den Norvern Wildnissen aus. Die unzähligen Völker von Akrasia hatten jedoch einen Brauch gemeinsam, und das war die Seebestattung. Überall im Land gab es Totenwege, und gegen eine Gebühr karrten Leichenhändler – der Beruf wurde von Gemischten ausgeübt – die Verstorbenen einer Familie zu Küstentempeln, die eigens für diesen Zweck erbaut worden waren. Es war eine Arbeit, der Gemischte nachgehen konnten, um der Sklaverei zu entgehen; allerdings erhielten sie nicht mehr als einen Hungerlohn für die Beförderung der Toten.

Hör auf, über den Tod nachzudenken. Ihr geht's gut. Sie ist Aarinnaie, die von einem Mantiker ausgebildete Attentäterin der Krone.

Bruche hatte nicht ganz unrecht.

Außerdem ist sie den Ashen mit ihrem unaufhörlichen Gerede wahrscheinlich dermaßen auf die Nerven gegangen, dass die schreiend davongelaufen sind.

Amüsier dich nicht zu sehr, erwiderte Draken grimmig. *Wenn ihr etwas passiert, wird dieser Krieg schnell eskalieren.*

Draken. Der alte Krieger nahm einen herablassenden Tonfall an. *Der Krieg ist bereits eskaliert. Tausende von Ashen versuchen, durch dich zu den Göttern zu gelangen. Du musst die Sieben beschützen.*

Draken schnaubte. Er musste die Götter beschützen? Was war denn damit, dass sie *ihn* beschützten? *Ich glaube, die Götter können recht gut auf sich selbst achtgeben.*

Sie hielten an und blickten den Hügel hoch, zu dem Lowild sie geführt hatte. Er war breit und hatte die Höhe von zwei übereinandergestellten Pferden. Oben gab es eine ansehnliche, mit Mörtel verbundene Anhäufung von Steinen. Moos hatte ihr eine mattgrüne Färbung verliehen, die in sich wellenden, zerfaserten Streifen über die gerundete Konstruktion verlief. Vielleicht war dies eine Zwischenstation auf einem Totenpfad oder ein altes Wachhäuschen. An einem Eingang, der von dicken Holzblöcken umrahmt war, standen zwei Monoeaner mit Pfeilen an den Bogensehnen Wache. Die Steinkonstruktion war zu hoch, um einen Blick ins Innere zu gewähren, aber dort drinnen flackerte ein schwaches Licht. Stimmen drangen nicht heraus, eine dünne Rauchfahne schlängelte jedoch in die Luft hoch.

Halmar und Konnan begannen sich vor Draken zu drängen. Er seufzte und schob sich vor sie. »Wer hat hier das Sagen? Ich möchte mit demjenigen über meine fürstliche Schwester reden, Szirin von Brîn.«

Er sprach in einem deutlichen, festen Ton und hoffte dabei, dass Aarinnaie ihn hören würde und seine Anwesenheit ihre Ängste zerstreute. Falls sie überhaupt so etwas verspürte.

Einer der Wächter versteifte sich und blickte hinter sich. Niemand aus Drakens unmittelbarer Umgebung bewegte sich, doch immer mehr Servii aus Khein kreisten den Hügel ein; Hufe und Stiefel raschelten im Gestrüpp wie ein leiser, gespenstischer Wind.

Ein Ashen trat geduckt aus der Türöffnung. Beinahe stieß er sich die Schulter am niedrigen Oberbalken, als er sich aufrichtete. Schmutz und Schlimmeres befleckte seine mattgraue Rüstung, aus der er wahrscheinlich seit Tagen nicht mehr herausgekommen war. Sein übler Geruch durchdrang die Luft und überwand die Entfernung.

»Und Ihr seid?«, fragte Draken. Wenn der Ashen nicht wusste, wer er war, dann könnte das hier recht schnell und schlimm enden.

»Hauptmann Brace, Eure Hoheit.« Er verbeugte sich, dann drehte er den Kopf, um die kheinianischen Servii zu beäugen, die seinen kleinen Hügel umgaben.

Die Scheinheiligkeit seines höflichen Gebarens ging Draken auf die Nerven. Mit Mühe gelang es ihm, mit gleichmäßiger Stimme zu sprechen. »Aarinnaie. Geht es ihr gut?«

»Gut genug.«

Draken ließ langsam den Atem seiner Brust entströmen, in der sich ein beklemmendes Gefühl festgesetzt hatte. Für ihn gab es keinen Grund, Brace nicht zu glauben. Es war ziemlich leicht feststellbar, ob der Mann die Wahrheit sagte, und das Leben dieser Leute war ohne das von Aarinnaie verwirkt – umzingelt, ohne eine Chance, zu fliehen. »Offensichtlich will ich sie zurück. Was wollt Ihr zum Austausch dafür?«

»Euch natürlich.«

Draken rollte nicht mit den Augen, doch er streckte den Hals und straffte die Schultern. »Das wird nicht geschehen. Ich werde nicht Eure Schachfigur in Eurem Krieg gegen die Götter sein.«

»Unser Krieg ist einer *für* die Götter.«

»Oh, Ihr hattet eine nette Unterhaltung mit ihnen, was? Und sie haben die Ashen als ihre Armee angenommen?«

Brace hob das Kinn. »Die Schriftrollen besagen, d...«

»Vergesst die verdammten Schriftrollen! Die Schriftrollen besagen nicht, dass man meine Schwester ergreifen soll, oder?«

»Die Schriftrollen besagen, dass der den Göttern Angelobte gefügig gemacht werden muss.«

»Selbst wenn das wahr sein sollte und ich der Angelobte wäre – die Sieben und ich haben eine gemeinsame Geschichte von Meinungsverschiedenheiten. Wie dem auch sei, wir haben Euch umzingelt, sind Euch zahlenmäßig überlegen – um Dutzende. Wenn Ihr sie herausbringt, werde ich Euch unversehrt Eurer Armee aushändigen.« Was wenig bedeutete, da er die Absicht hatte, besagte Armee zu vernichten.

»Möge der Wille der Sieben Augen der Wille von allen werden.«

Draken seufzte. »Wie sollen wir miteinander verhandeln, wenn Ihr in jedem zweiten Satz eine Redensart von Euch gebt?«

Wichtiger noch, wie sollst du dich dagegen wehren, ihn allein aus lauter Verärgerung zu töten, Draken? Bruche ließ seine Hand zum Schwertgriff wandern.

»*Verhandelt das hier.*« Den Worten folgte ein leises weibliches Knurren, als Aarinnaie aus der Steinkonstruktion zum Vorschein kam und von hinten auf Hauptmann Brace zulief. Nicht einen Atemzug später spritzte Blut aus seiner Kehle. Brace starrte Draken an und gab würgende Laute von sich, bevor er rasch zu einem der Ashen-Wachleute mit Bögen herumgedreht wurde. Ein auf Aarinnaie gezielter Pfeil bohrte sich tief in Braces Körper. Hinter Draken surrten Bogensehnen, und die zwei Ashen-Schützen fielen zu Boden; einer von beiden kreischte laut. Aarinnaie schob den nun toten Brace von sich weg und brachte den schreienden Mann mit einem Aufblitzen ihrer Klinge zum Verstummen.

Die kheinianischen Soldaten saßen schweigend auf ihren Pferden. Draken konnte ihre Erschütterung in der Luft förmlich schmecken.

»Schick niemals eine Armee, um die Arbeit einer Prinzessin zu machen«, sagte Draken. »Gibt es einen Grund, weshalb du sie gerade jetzt tötest und fliehst, Szirin?«

»Zum ersten Mal haben sie mich allein gelassen und mir so eine Chance gegeben, mich von meinen Fesseln zu befreien. Sie benutzten einen Rigger-Stek-Knoten.«

Draken schnaubte. Jeder anständige Seemann konnte diesen Knoten lösen, indem er ein paar Mal daran zerrte. »Nur diese drei?«

Aarinnaie nickte und begann, von der Hügelkuppe zu steigen. Sie war schmutzig, ihre Kleidung zerrissen und befleckt; Blätter und Grashalme steckten in ihren vielen Zöpfen. Er rümpfte die Nase, als sie näher herankam: Die Gerüche nach Abfall, menschlicher Ausscheidung und Rauch umgaben sie wie ein unsichtbarer Nebel und waren stark genug, um bei einem Pelzhändler aus Reschan ein Würgen auszulösen. Doch sie war auch einer der schönsten Anblicke, die Draken jemals gesehen hatte. Er bot ihr seine Hand an.

Aarinnaie ergriff sie, stieg auf eine Wurzel und schwang ein Bein über den Rumpf seines Pferdes. Ihre Arme schlangen sich um seine Taille – fester, als es nötig war, um sicher zu sitzen. Ihre Wange ruhte einen Moment lang an seiner gepanzerten Schulter, bevor sie den Griff lockerte. Draken befahl ein paar seiner Soldaten, die Toten zu entfernen und das Feuer in der Steinhütte zu löschen, bevor er sein Pferd wendete, um zur Festung zurückzukehren. An irgendeinem Punkt während des kurzen Kampfes war Lowild verschwunden. Verdammte Mondlinge. Doch er hatte ihnen geholfen, Aarinnaie zu finden, also konnte sich Draken nicht allzu sehr beklagen.

»Bist du okay?«, fragte er leise.

»Sie haben mir nichts zuleide getan, Drae.«

»Irgendwas in Erfahrung gebracht – abgesehen von ihrer Philosophie?«

»Ja. Es ist so, wie wir gedacht haben. Sie belagern Auwaer. Sie scheinen überzeugt zu sein, dass Elena dort ist.«

Leise fluchte er und drängte sein Pferd ein wenig nach vorn. Er starrte direkt zwischen die Ohren des Tieres. »Und das Kind?«

Erneut ließ sie ihr Gesicht an seiner Schulter ruhen. »Nein. Möglicherweise sind sie nicht darin eingeweiht worden. Oder es kümmert sie nicht.«

Oder das Kind war tot.

Du verwechselst erneut Zynismus mit Intelligenz.

Draken achtete nicht auf die Worte seiner Schwerthand. »Wir müssen nach Auwaer gehen.«

»Darf ich zuerst ein Bad nehmen?«

Er schnaubte. »Oder tu's nicht, und ich behalte dich als Waffe. Mit deinem Gestank könntest du die ganze Ashen-Armee vernichten.«

Galbrait ritt zu ihnen. Er wartete damit, sie anzusprechen, bis Draken ihn mit einem Nicken dazu aufforderte. Seine Augen waren weit aufgerissen, während sie auf Aarinnaie ruhten, seine Wangen bleich. »Das habt Ihr sehr gut gemacht, Aarinnaie. Ich bin froh, Euch unversehrt zu sehen.«

Einen langen Moment begegnete sie ihm mit Schweigen. »Es tut mir leid für Eure Landsleute. Doch es war nicht zu ändern.«

»Es tut mir ebenfalls leid.« Galbrait ließ sich zurückfallen und ritt neben Tyrolean.

Das Gebiet vor der Festungsmauer von Khein war größtenteils geräumt worden: Zelte hatte man zusammengefaltet und aufeinandergestapelt, um sie in die Festung zu schaffen; Nahrungsmittel – keine großen Mengen – und von keinem beanspruchte Waffen lagen in unordentlichen, spitz zulaufenden Haufen. Servii hatten sich in gleichmäßigen Abständen aufgestellt und bildeten eine Kette, um Gegenstände in die Festung zu befördern. Andere hielten Feuer in Gang, um die Toten zu verbrennen. Draken hatte vorgeschlagen, sie zum Meer zu karren, das ja nicht so weit weg war. Geffen hatte jedoch eingewandt: Da sie ihre eigenen Toten seit dem Beginn der Belagerung hatten verbrennen müssen, war es nur fair, auch die Ashen dem Feuer zu übergeben. Draken gab nach, obwohl er sich insgeheim fragte, ob er damit gerade mehrere Hundert Flüche freigelassen hatte. Osias war immer noch nicht verfügbar, um diesbezüglich Rat zu erteilen.

Aarinnaie stieß zischend den Atem aus, als sie die Feuer und das Fehlen von Gefangenen bemerkte. »Du hast sie alle töten lassen.«

Draken war über ihre Reaktion verwundert. »Du denkst, ich bin nicht imstande, zu töten?«

»Nein, Bruder. Ich habe nur gedacht, du würdest keinen Gefallen daran finden.«

»Ich finde auch wenig Gefallen an den Göttern. Einiges ist eben unumgänglich.«

Draken brachte sie zur inneren Burg und wartete, bis Galbrait und Tyrolean von ihren Pferden abgestiegen und zu ihm vorgetreten waren. »Aarin hat erfahren, dass die Ashen davon ausgehen, Elena sei in Auwaer, und dass dort definitiv eine Belagerung durchgeführt wird.«

»Ihr glaubt nicht, das könnte eine Falle sein?«, erwiderte Tyrolean, dessen Blick Aarinnaie folgte, während sie zwischen den irritierten Wachen durch das Tor stapfte, die Stufen hochging und in der Festung verschwand. »Die Leute könnten sie mit falschen Informationen gefüttert haben.«

»Und sterben für das Vergnügen?« Draken brach zu dem Tor auf, durch das auch Aarinnaie gegangen war, nahm jedoch die Treppe, die nach oben zum Kartenraum führte. Er öffnete die Tür zu der fensterlosen Kammer, ging hinein und warf sich auf einen der Stühle am Tisch.

»Einige Mondmünster-Gläubige meinen, Märtyrertum sei eine gute Art, den unvermeidlichen Tod zu umarmen«, sagte Tyrolean, der ihm zusammen mit Galbrait gefolgt war. »Ich habe dies während eines Gadye-Aufstands in Reschan gesehen.«

»Jeder Tod ist unvermeidlich«, erklärte Draken. »Märtyrertum macht ihn kostbar.«

Galbrait starrte ihn an. Draken ignorierte ihn und beugte sich vor, zog eine Karte träge zu sich hin, beäugte sie und schob sie dann wieder fort. »Dann pfeift auf die Strategie oder Taktik, wenn es um Leute geht, die für ihre Sache sterben werden.«

»Das können wir ihnen allen geben.« Tyrolean setzte sich neben ihn und legte den Arm auf den Tisch. Schmutz befleckte seine Hände, die er für gewöhnlich penibel sauber hielt, und seine eng anliegende Lederhose war voller Haare, weil er in den vergangenen Tagen so viel Zeit auf einem Pferd verbracht hatte.

»So wie wir es mit Aarinnaies Angreifern getan haben. So wie wir es hier in Khein getan haben.« So wie er die zwei Offiziere erwürgt hatte, als sie nicht reden wollten. Draken spielte mit der Kante einer anderen Kartenrolle, zwirbelte sie und glättete sie dann wieder mit den Fingerspitzen. Im Moment waren seine Finger relativ sauber. Die Götter wussten, dass es herzlich wenig bedeutete.

»Was, wenn sie recht haben?«, warf Galbrait ein. »Was, wenn Ihr der Abgesandte der Götter seid?«

»Was für ein Unsinn! Das spielt keine Rolle. Die Ashen sind in unserem Land – ein Invasionsheer. Meine Königin wird belagert. Wir werden sie befreien. Wenn Ihr Eure Loyalität zu mir aufkündigen wollt, dann ist jetzt die Zeit dafür, Galbrait.«

Galbraits Lippen teilten sich, als ob er abermals das Wort ergreifen würde, doch er hielt inne und schloss den Mund wieder. Draken betrachtete ihn, bis er das Kinn senkte und murmelte: »Eure Hoheit.«

Draken starrte ihn weiterhin an, bis Bruche raunte: *Ich bin mir nicht sicher, ob mir gefällt, was du gerade denkst.*

Draken wandte seinen Blick ab und richtete ihn auf die Karte von Auwaer, die keinerlei Bedeutung für seine Strategie hatte. *Wir können ihn benutzen. Du weißt, dass wir es können. Er muss dafür nicht sterben.*

Du hast ihn bereits einmal benutzt. Du würdest es wieder tun?, fragte Bruche.

Ein ganzes Land für das Leben eines einzelnen Prinzen? Das ist kein Vergleich.

Ach Draken. Er ist nicht derjenige, den sie als König wollen.

Aber Galbrait war derjenige, den sie bekommen würden.

»Wir müssen einen Plan schmieden, um diese Ashen von unseren Küsten zu verjagen und die Königin zu beschützen.«

Der erste Punkt auf ihrer Tagesordnung war, die Ashen von der *Fluch* zu versammeln und ihnen Nahrung zu geben. Draken schickte sofort Soldaten, um diese Aufgabe zu erledigen. Er veranschlagte, ihnen allen zwei Tage Ruhe zu geben, während dafür gesorgt wurde, die kheinianischen Servii gut mit Waffen auszurüsten und auf das Kommende vorzubereiten. Es war nur ein kurzer Marsch nach Auwaer, aber Draken wollte, dass seine Soldaten kampfbereit waren.

»Wir benötigen auch Kundschafter«, sagte er zu Geffen, während er sich auf die Hände gestützt über den Kartentisch beugte. »Drei von Euren besten. Gebt ihnen gute Pferde und Waffen. Diesmal möchte ich nicht, dass sie überfallen werden. Ich denke, sie können diese Route hier nehmen. Das sollte weit genug entfernt vom Trampelpfad sein, um sie davor zu bewahren, gefangen zu werden.« Für ihn hatte das ziemlich gut funktioniert, als er das erste Mal in Akrasia eingetroffen war – für einen Verbannten mit nichts als Lumpen am Leib.

»Natürlich, mein Herr.« Geffen hatte es sich angewöhnt, ihn »Herr« zu nennen. Draken hatte nichts dagegen; es war eine Anrede, die mehr zu Soldaten passte. »Hoheit« ließ ihn an irgendeinen Geck in raschelnder Satinkleidung denken, der ein hübsches Schwert ohne Einkerbungen trug.

»Eure Hoheit, der ehrwürdige Mantiker ist hier, um Euch zu treffen.« Der Bote beugte ein Knie vor ihm.

»Das wird aber auch Zeit.« Die Worte kamen fast sprudelnd aus seinem Mund. »Führ ihn hinein.«

Osias glitt durch die Tür, silbern wie ein Mond, der am gerade erst dunkel gewordenen Himmel leuchtete. In dem fensterlosen Raum war es dämmrig und ein wenig rauchig von den Fackeln und dem Feuer.

Draken straffte sich. Etwas an Osias ging ihm heute auf die Nerven. Geradezu hässlich erschien der Mantiker ihm für einen Moment, als ob jemand einen Kieselstein in den Teich seiner Schönheit geworfen hätte. Wie konnte er so einen ruhig-heiteren Eindruck machen, wo Draken Monoeaner getötet hatte, sich wegen Elena quälte, auf der Suche nach seiner Schwester durch die Wälder gerannt war … Und jetzt sprang er mitten hinein in die Planung für einen größeren Angriff. »Habt Dank für die Ehre Eurer Anwesenheit, ehrwürdiger Mantiker.«

Osias behielt sein abgeklärtes Lächeln bei, doch Setia hinter ihm zuckte zusammen. »Wir sind nach Auwaer gegangen.«

Geffen blickte vom Mantiker zu Draken. »Ich werde mich um die Kundschafter kümmern. Entschuldigung.« Leise schlüpfte sie hinaus.

Das war nicht notwendig; sie würde die Armee nach Auwaer führen und müsste die Beschaffenheit des Geländes eigentlich kennen. Doch Osias' Verhalten drückte eher Vorsicht als Gelassenheit aus, und Setias Blick huschte im Zimmer umher, als ob sie sich in einer Zelle ohne Fluchtmöglichkeit wähnte.

Draken schnürte es die Kehle zu. *Nur mit der Ruhe, Kumpel.* »Und?«

Osias kam näher zu ihm heran. »Die Lage dort ist nicht so gut. Darf ich?« Er zeigte auf einen Stuhl. Draken nickte, und sie nahmen beide Platz. Setia schritt zu einer Anrichte und schenkte für sie Wein in drei Becher ein. Osias trank das meiste von seinem, bevor er wieder zu sprechen begann. »Wir hatten recht. Der Großteil des Heeres ist nach Auwaer marschiert. Einige Tausend Mann. Die Stadt ist umzingelt, doch die PALISADE hält stand.«

»Und Elena?«

»Ein Mondling namens Lowild war dort.« Es war nicht ganz eine Frage.

»Ja, wir haben ihn getroffen«, informierte Draken den Mantiker. »Er hat mir erzählt, dass man glaubt, sie sei in der Stadt.«

»Lowild ist schnell unterwegs.« Dies reichte beinahe als Beweis, dass der Mondling-Priester den SCHWEBEZUSTAND benutzte, zumindest zum Reisen. Draken sank tiefer in seinen Stuhl und rieb sich mit der Hand über das Gesicht. »Die Stadt wird sich nicht lange halten. Es gibt nur diesen Nebenfluss des Erros, der sie mit Wasser versorgt. Es ist nicht so schwierig, den zu stauen.«

»Die Ashen haben bereits einen recht erfolgreichen Versuch dazu unternommen.« Setia griff erneut nach dem Weinkrug.

Draken streckte ihr seinen Becher hin, Osias jedoch winkte sie fort und sagte: »Lowild und ich haben den Staudamm zerstört, doch es wird nicht mehr als ein oder zwei Tage dauern, um ihn wieder zu errichten.«

Draken kniff die Augen zusammen. »Ich bin ein wenig kampfesscheu, was Mondling-Magie anbelangt, Osias. Vertraust du Lowild?«

Ein kleines Lächeln. »Hab keine Angst vor ihm.«

Das war keine Antwort. Typisch!

»Wir haben ihn dort zurückgelassen, damit er während unserer Abwesenheit die Lage beobachtet«, berichtete Setia, deren gesprenkelte Stirn sich runzelte.

Draken zwang sich dazu, ein wenig zu entspannen. Er nickte ihr zu. »Ich fürchte nicht so sehr, dass die PALISADE fallen wird. Vielmehr erwarte ich sogar, dass sie recht gut standhält. Es ist das Wasser. Die Menschen da drinnen können nicht lange ausharren, selbst mit den Zisternen der Stadt und denen, die es bei einigen zu Hause gibt. Das reicht bestenfalls für eine Sieben-Nacht.«

»Es ist schlimmer als all das«, erklärte Osias. Er blickte zu Setia. Ihre Brust hob sich kaum beim Einatmen, wie bei einem Tier, das auf Beute wartete.

»Magie, wie ich vermute«, sagte Draken trocken.

»Ma'Vanni beherrscht die unterseeische Welt, wie du sehr wohl weißt. Aber Korde regiert die Binnengewässer.«

»Also hast du Kordes Hilfe benutzt, als du den Erros hast anschwellen lassen, während ich mit Truls gekämpft und ihn getötet habe.«

»Hilfe ist ein … zu direkter Ausdruck. Es war mehr so, dass ich seinen Willen gebeugt habe, wie es mir gestattet ist. Wir Mantiker haben eine gewisse Kontrolle über Binnengewässer durch unser Band mit Korde.«

Draken senkte den Blick zum Arm des Mantikers. »Und jetzt ist dieses Band zerbrochen.«

Osias seufzte. »Sein Wille ist nicht mehr der meine. Doch seine Kraft durchdringt immer noch all meine mir zur Hand gehenden Geister, so wie bei Bruche. Durch sie war ich dazu fähig, den Nebenfluss anschwellen zu lassen, um den Damm zu zerstören. Aber es sind nicht die Leute, die Wasser benötigen, was mir Sorge bereitet. Dieser Nebenfluss muss die PALISADE erreichen, Eure Hoheit, oder die Stadt wird fallen. Süßwasser nährt die Magie, welche die PALISADE aufrechterhält.«

Draken ließ das auf sich einwirken. »*Tausende* von Ashen, sagst du?«

»Wir haben das gewusst, Draken.«

»Mehr als fünftausend?«, bohrte er nach.

»Mehr als zwanzigtausend.«

Draken starrte vor sich hin. Dann mussten vor seiner Ankunft Dutzende von Schiffen Monoea verlassen haben. Wie war es gekommen, dass der König davon nichts gewusst hatte? Und noch seltsammer … »Wie ernähren sie so viele Menschen?«

»Erinnerst du dich an die Berichte über die Schlachtung ganzer Herden entlang der alten Grenze? Wie es scheint, sind die Kadaver nicht verdorben. Deine Theorie ist richtig gewesen, glaube ich. Die Mondlinge töteten das Vieh. Die Bauern, die versuchten, ihre Lebensgrundlage zu retten, haben von den Tierkörpern so viel wie nur möglich zu Fleisch verarbeitet. Und innerhalb kürzester Zeit sind Käufer erschienen.«

»Was für Käufer?«

»Unsere eigenen Leute. Menschen aller Arten. Zu unterschiedlich, um irgendeinen zentralen Lieferanten näher bestimmen zu können.«

»Und manchmal wurde das Fleisch einfach gestohlen«, ergänzte Setia.

Draken lehnte sich auf seinen Ellbogen, der auf der Armlehne des Stuhls lag. »Sie haben unseren Einfallsreichtum gegen uns selbst gerichtet.«

»Ja, mit einer Menge Hilfe von unseren eigenen Völkern. Was merkwürdig ist. Ich bezweifle, dass selbst der niedrigste Händler aus Reschan Geld von einem Monoeaner nehmen würde – nicht, wenn wir das Opfer einer Invasion sind.«

Draken sackte auf dem Stuhl nach hinten. Der Weg nach Auwaer war ein Tagesmarsch für die Truppen Kheins. Doch die Zahl seiner Servii war mickrig angesichts der Größe des Gegners: fünftausend gegen gut dreißigtausend. Auch war die Straße durch den Wald schmal und mit stacheligem Unterholz zugewachsen. Er hatte das ungute Gefühl, dass sie auf den Widerstand von Mondlingen stoßen würden; offensichtlich halfen sie den Monoeanern ja schon längst.

»Du musst verhandeln und dich mit ihnen einigen«, sagte Osias, als ob Draken ihn laut gefragt hätte.

Er hob den Blick zum Gesicht des Mantikers. Dessen Schönheit war zurück und leuchtete geradezu im schwachen Fackellicht. Draußen hatte der Himmel seine Helligkeit und Bläue verloren; der Wind blies ordentlich. Seine Servii bereiteten sich auf den Marsch und auf den Kampf vor. Für ihn. Für die Königin.

»Ich habe nur eine Sache, die sie wollen«, erwiderte Draken.

Und du hast keine Ahnung, ob du genug bist, um sie zu befrieden.

»Ja, gewiss.« Der Mantiker sprach mit leiser Stimme. »Aber du wirst es tun müssen.«

KAPITEL SECHSUNDDREISSIG

Sobald Draken entschieden hatte, den Ashen zu geben, was sie wollten, akzeptierte er die Situation. Er machte sich keine Illusionen, dass die Sache für Akrasia so gut laufen würde. Seine einzige Hoffnung bestand darin, als ihr neuer König genug Macht an sich zu reißen, um Elena zu beschützen. Ein Handel im Gegenzug dafür, dass ihr Prinz und etliche ihrer Leute zurückgegeben wurden, oder im Austausch für den Willen der Götter. Er nahm nur zwei Kohorten von Servii mit, als er zurück zur *Fluch* und zu den Monoeanern aufbrach, die er dort gelassen hatte. Kommandantin Geffen führte die übrigen Soldaten zu den Tempelruinen in der Nähe von Auwaer, ein gutes Stück außerhalb der Reichweite der Belagerer. Am folgenden Tag hielt Draken geradezu zwanghaft seine Hand an Meergeborens Heft und zog es mehrmals aus der Scheide. Doch das Schwert war still.

Ist schwer, diese Stille nicht als Zeichen der Missbilligung zu betrachten.

Es war einer dieser Augenblicke, in denen Draken wünschte, er hätte das Schwert auf dem Grund des verdammten Ozeans gelassen. Und vielleicht sich selbst auch.

Du hast dich nicht selbst wieder nach oben gebracht; ich bin das gewesen. Ich dachte, du wärst dankbar dafür.

Er ignorierte Bruche und zog es stattdessen vor, sich auf die hypnotische Art und Weise zu konzentrieren, wie die Ohren seines Pferdes Teile des vorbeigleitenden Waldes einrahmten. Allmählich dünnten sich die bedrückenden Waldgebiete aus und machten Platz für breite Bäume, die mit ihren starken Wurzeln den ständigen Ansturm von Meereswinden ertragen konnten. Zugleich wich der dornige Unterwuchs kümmerlichen Strandgräsern. Sie tauchten aus dem Wald auf und kamen auf felsigem Sand heraus; die Pferde mussten ihren Weg sorgfältig wählen. Draken hob seine Augen – fort von der beschränkten Sicht zwischen den Ohren seines Pferdes und hindurch zu der ausladenden Bucht und dem Ozean.

Die *Fluch* war gestrandet. Sie lag irreparabel auf ihrer Schwertseite. *Alles Narren, diese verfluchten Monoeaner.*

Draken zog an den Zügeln; sein Körper verfiel in Regungslosigkeit, und ihm war kalt. Sein Pferd scharrte mit dem Huf über einen Felsen.

Die Ebbe plätscherte am Heck der *Fluch*, der Rumpf lag frei. Eine Vielzahl unterschiedlicher stacheliger, saugender Geschöpfe klammerte sich an das glänzende Salzmoos, das die Planken bedeckte. Einige von ihnen waren heruntergefallen und versuchten vergeblich, über die Steine einen Weg zurück zum Meer finden; andere starben dort, wo sie hingen. Als das Schiff gestrandet und auf die Seite gekippt war, hatte das den innovativen tiefliegenden Teil des Kiels zerbrochen, der den leichten Segelschoner für ein Schiff von seiner Größe und seinem Gewicht außerordentlich stabil gehalten hatte. Schartige, splittrige Stücke des Kiels ragten zwischen Felsen empor.

Draken schwang sich vom Pferd und schritt auf die unten liegende Reling zu. Der Rumpf war mit einer Axt bearbeitet worden, Leinen hingen in einem willkürlich von den Winden zusammengeworfenen Gewirr herab, die Segel waren wie die Bäuche alter Könige aus Friedenszeiten abgesackt. Trotz der sanften Wellen des Niedrigwassers, trotz des leichten Windes, der an den schlaffen Segeln zerrte, und trotz des Klopfens verknoteter Seile gegen Deck und Masten hing eine Grabesstille über dem Wrack.

Sei nicht so rührselig. Das ist nur, weil du es gewohnt bist, so viele Menschen an Bord der Fluch *zu sehen.*

Und weil sie hier am Strand gestorben war – der Wind flüsterte durch ihre Planken wie rasselnder Atem in kranken Lungen.

Ein breiter Streifen des Decks war blutverschmiert. Draken unterdrückte ein Zucken. Es erinnerte ihn stark an das Sklavenschiff. Er fühlte, wie die Geisterhand durch sein Gedächtnis raschelte. *Schau noch mal hin. Ich wette, es ist die gleiche Handschrift.*

Er packte ein Seil und begann hochzuklettern. Seine Szi Nêre protestierten vom Strand aus, während sie näher herankamen.

»Eure Hoheit? Vielleicht ist es am besten, auf dem Boden zu bleiben.«

Draken beachtete Tyrolean nicht, als er auf die schiefe, zerbrochene Reling stieg, den Rumpof erklomm und sich schließlich auf das steil geneigte Deck hochbugsierte. Die Zeichen von Monden waren auf das Deck geschmiert worden wie auf der *Seeschwalbe*. Draken kletterte daran vorbei, ergriff Winde und Taue und zog sich auf dem Bauch liegend noch weiter, um in den Laderaum zu spähen. Insekten surrten herum, und der Gestank des Todes war stärker hier an der Luke. Ein paar Leichen lagen ausgestreckt da; wie hässliche, widerliche Puppen umhergeschleudert, als das Schiff auf den Strand gelaufen war. Leere Augenhöhlen starrten in die Ferne. Joran war nicht sehr lange Akhanar gewesen, der Kopf war ihm fast abgetrennt worden. Blut hatte sich in der Ecke bei einem der Wassertröge angesammelt, wo er ausgestreckt lag.

Draken hatte genug gesehen. Er kletterte wieder nach unten; Gefühle der Übelkeit breiteten sich in seinem Bauch aus. »Die Monoeaner haben die Crew ermordet und sind geflohen. Wenn sie die Karte in der Kapitänskajüte in die Finger bekommen haben, ist es einfach für sie, Auwaer zu finden.«

»Sie sind schwach und durstig.«

Draken schüttelte den Kopf. »Die Mannschaft ist seit einigen Nächten tot.« Insekten hatten die weiche Gesichtshaut und die Augen schon fast weggefressen. »Ich nehme an, dass die Monoeaner genug Nahrung und Wasser zu sich genommen haben, um zu reisen.«

Aber wo waren die Servii, die er geschickt hatte und die über sie wachen sollten?

»Dann ist es wohl das Beste, wenn wir ihnen nachgehen«, sagte Tyrolean.

Galbrait schüttelte den Kopf. »Es sind weniger als fünfzig. Nichts im Vergleich zu Euren fünftausend.«

Aarinnaie schnaubte. »Sie wissen zu viel. Und sie haben Euch und Draken gegenüber einen Eid abgelegt und sind dann doch desertiert. Das macht sie zu Verrätern, oder nicht?«

Osias und Setia schritten voraus und verschwanden zwischen

den Bäumen, um die geflohenen Ashen zu verfolgen. Noch im Verlaufe des Morgens kehrte Setia zurück und vermeldete, dass sie die Spur gefunden hatten. Sie führte Draken und seinen Trupp ein wenig von ihrem eingeschlagenen Weg nach Auwaer fort und trieb sie zur Eile an. Den flinken Pferden gelang es, die Distanz zu den Ashen zügig zu verringern; dennoch trafen sie sie erst, als es gerade begann, dunkel zu werden. Die Fliehenden torkelten in einer völlig zerfaserten Linie einen Totenpfad entlang, mit hängenden Schultern und ungleichmäßigem Gang wie Meeresfüßler, denen drei Beine abhanden gekommen waren. Die meisten kamen stolpernd zum Stehen, als sie bemerkten, dass sie gefangen waren.

Nur einer rannte weg. Draken riss einen Pfeil aus seinem Köcher, und das Geschoss pfiff durch den Wald. Obwohl er durch die Blätter eines tief hängenden Astes schoss, erwischte es den Flüchtigen im Rücken. Er fiel und bewegte sich nicht mehr.

Einer der Ashen drehte sich zu Draken um und schob sich durch das Blattwerk. »Warum habt Ihr ihn getötet? Er hat nichts Falsches getan.«

Draken starrte zu ihm hinab und danach die Reihe von erschöpften Männern rauf und runter. Und plötzlich fiel ihm etwas auf. Vielleicht waren es die nackten Oberkörper und geschorenen Haare, die sich ihm so in einer Reihe zeigten. Es waren alles Männer. »Ihr habt nicht daran gedacht, meine Mannschaft auszuziehen, um ein paar von den euren besser zu kleiden und zu bewaffnen, bevor ihr sie umgebracht habt?«

Mürrisches Schweigen.

Osias ritt näher heran und sagte langsam: »Ich habe sie gezählt, Khel Szi. Es sind vierundvierzig.«

»Verdammter Blödsinn, das sind drei zu wenig.«

»Vielleicht sind die drei gestorben, als sie die Crew überwältigten«, mutmaßte Galbrait.

»Vielleicht sind sie vorausgelaufen – gut gekleidet und bewaffnet.« Draken sprach so laut, dass die Reihe zerlumpter Männer ihn hören konnte. Er betrachtete sie genau. Ein paar traten von einem Fuß auf den anderen. Die meisten Augen waren gesenkt. Einer, mehr Jüngling als Mann, starrte ihm jedoch ununterbrochen in die Augen.

Der Erste, der sterben muss. Bruches Stimme war ein grimmiges Flüstern in Drakens Brusthöhle. Seine Atmung fühlte sich flach an. Er blickte zu seinen Servii zurück. Legte die Hand an den Schwertgriff und ruckte mit dem Kinn.

Einige der Ashen erwachten zuckend zum Leben. Sie stoben auseinander und verstreuten sich zwischen den Bäumen, als Drakens Servii mit blanken Schwertern und Bögen über sie herfielen. Viele warfen sich auf die Knie und flehten um Gnade, die ihnen die Szi Nêre in Form eines raschen Todes gewährten. Diejenigen, die sich verteidigten, fanden ihre Gliedmaßen abgehackt, bevor ihnen die Kehlen durchgeschnitten wurden. Drakens Augen brannten, als ob Blinzeln oder Tränen den Geruch des Todes oder die Schreie der Sterbenden ausschließen könnten. Aber er richtete weiterhin seinen Blick auf die Sterbenden, außer als er zu Galbrait schaute und feststellte, dass der das Geschehen beobachtete. Tränen rollten seine Wangen hinunter. Der Bursche musste abgehärtet werden.

Aarinnaie schnupperte und ritt ein kurzes Stück fort, wahrscheinlich verärgert darüber, dass Draken ihr nicht erlaubt hatte, am Töten teilzunehmen. Aber das hier war eine hässliche Pflicht, in der keine Ehre lag und die keine Raffinesse kannte. Ein simples Morden – das Niedermetzeln dieser Soldaten, die sie verraten hatten und jetzt zwischen Draken und seiner Königin standen. Attentäterin oder nicht, das hier waren keine Taten, die Aarinnaies Hände nach Drakens Willen beflecken würden.

Er ließ sein Pferd rückwärts zu ihr gehen, wobei er immer noch die Toten beobachtete.

»Ich kämpfe besser als diese Servii«, behauptete Aarinnaie; ihre Stimme war angespannt.

»Das ist wahr.«

Ihre Augen verengten sich. »Ich kämpfe besser als *du.*«

Autsch. Ein wenig unterhalb der Gürtellinie, nicht?

Das hat mehr mit ihrem Verlangen nach Blut zu tun als mit meinen Fähigkeiten.

Ein tiefes Kichern polterte in Drakens Brust. *Oder mit einem Mangel davon.*

»Das findest du witzig, was?« Aarinnaie hob eine Hand an ihre Wange, um eine Locke fortzustreichen. Ihre Finger zitterten. »Schön. Ich seh dich dann in Auwaer. Vielleicht werde ich dort von größerem Nutzen sein!« Sie wendete ihr Pferd und begann ins Unterholz und tiefer in den Wald hineinzureiten.

Sei verflucht, Bruche! »Aarin!« Er jagte hinter ihr her und fing sie mit seinem größeren Pferd ab. Er streckte die Hand aus und ergriff ihre Zügel. »Das war Bruche. Er entschuldigt sich sehr für seinen Mangel an Respekt.«

Bruche schnaubte.

»Keine Ausraster, Szirin, nicht ausgerechnet jetzt. Wir können uns das schlecht leisten.«

Sie knurrte wütend. »Das ist kein Ausraster. Ich bin kein Kind. Hör auf, mich wie eines zu behandeln.«

»Du bist kaum alt genug, um zu heiraten, Szirin, und ich bin doppelt so alt wie du. Du glaubst, dass ich mich nicht erinnere, wie es war, weniger als zwanzig Sohalias erlebt zu haben?« Er ließ sie nicht los.

»Ich bin alt genug, um zu töten.«

»Gewiss. Und dennoch bist du auch Szirin.«

»Ein Titel. Er bedeutet nichts.«

»Er bedeutet alles für mich. Ich verlasse mich gänzlich auf dich.«

Sie blinzelte. »Stimmt nicht. Du hast Elena. Tyrolean. Den Mantiker … Selbst Setia ist wertvoller für dich als ich.«

War das ein Eifersuchtsanfall? Er hatte keine Ahnung davon und keine Zeit, sich damit zu beschäftigen. »Wie würde es für meine Servii ausschauen, wenn sie dich heute diese Leute töten sähen? Für unsere Nêre, die geschworen haben, ihr eigenes Blut vor dem unseren zu vergießen. Diese Monoeaner sind deine Klingen nicht wert. Sie sind Gestrüpp auf unserem Pfad, und wir müssen uns durch sie hindurchhacken, um auf unserem Weg zu bleiben. Die Akrasianer glauben bereits, dass du und ich ungehobelte Heiden sind. Aber du bist eine Prinzessin. Es wird Zeit, dass du dich demgemäß verhältst. Es wird Zeit, dass du unserem Haus und dem Elenas zur Ehre gereichst.«

Aarinnaie zerrte an den Zügeln. Das Pferd schnaubte und warf den Kopf herum. Draken ließ widerwillig los. »Lauf nicht weg. Du sagst, du bist kein Kind; also benimm dich nicht wie eines. Das hier ist sicherlich kein Spiel für Kinder. Meine Königin und der Erbe des akrasianischen Thrones sind in Gefahr.«

Sie schaute auf ihre Hände hinab, die sich fest um die Zügel klammerten.

Bei seinen nächsten Worten bemühte er sich um einen entspannteren Tonfall und senkte die Stimme, sodass selbst ein Mantiker in der Nähe ihn nicht würde hören können – seine Schwester vermochte recht gut von den Lippen zu lesen. »Vor einem Tag hattest du Blut. Deine Entführer. Sie waren angemessene Tötungsziele.«

»Angemessene Tötungsziele sättigen mich nicht«, flüsterte sie.

Seine Brust schnürte sich zusammen. Er streckte erneut die Hand aus, diesmal berührte er sie an der Schulter. »Ich weiß. Wir werden einen Ausweg aus dieser Geschichte finden, Aarin. Ich werde dir helfen. Komm jetzt mit mir zurück; wir sollten unsere Aufmerksamkeit auf Auwaer richten. Ohne Zweifel wird es dort genug Ziele geben, die selbst dich zufriedenstellen werden.«

Sie wartete einen Moment, dann nickte sie, blickte ihm jedoch nicht in die Augen.

Er ritt zu den anderen zurück und ließ ihr etwas Zeit, um sich wieder zu fassen.

»Geht es ihr gut?«, fragte Tyrolean.

»Ja, sie ist in Ordnung.«

Aber Draken fragte sich im Stillen, ob das auch stimmte. Aarinnaie hatte unter dem Mantiker-König eine lange Ausbidlung in Mord und Totschlag durchlitten und war in einem solch frühen Alter mit dem Sterben so eng vertraut gemacht worden wie Korde selbst. Und jetzt sahen sie, wie extrem hoch der Preis für solcherart Können war. Wie lange würden sie in der Lage sein, dies vor Galbrait zu verbergen? Vor Tyrolean? Vor dem ganzen verdammten Königreich? Wie lange würde Aarinnaie überhaupt leben können mit ihrem tief verankerten Tötungstrieb? Er hatte keinerlei Schuldgefühle oder Bedauern bei ihr entdecken können, nur Gleichgültigkeit gegenüber den Opfern. Sobald sie tot waren, existierten sie nicht mehr für Aarinnaie. Sie war seine Schwester, und er liebte sie. Doch sie litt unter einem Hunger, den zu stillen er sich kaum leisten konnte.

Außer, wenn du im Krieg bist und die Notwendigkeit groß ist, Menschen zu töten.

Osias betrachtete ihn. Der Körper des Mantikers bewegte sich nicht, nur die Farbe seiner Augen verwirbelte zu purpurrot.

Nicht so, dachte Draken, *nicht meine kleine Schwester.* Und er erwiderte: *Verflucht sei Truls, der Aarinnaie mit Kordes Getriebenheit infiziert hat. Und verflucht seien die Götter, weil sie keine Gnade für sie übrighaben.*

KAPITEL SIEBENUNDDREISSIG

Aarinnaie blieb mürrisch und still, während sie weiterritten. Ihre Augen schweiften ständig über den Wald, und ihre Hand verließ das Heft ihres Schwertes nicht. Setia ritt neben ihr, ebenso wie Konnan, der Aarinnaie zweifellos grollte. Osias streifte vor den anderen umher, nahe genug, dass gelegentlich etwas Silbernes zwischen den Bäumen aufblitzen sehen konnten.

Galbrait war mittlerweile so schmutzig wie die ungewaschenen Servii, und der Dreck verdunkelte sein Äußeres. Auf seiner Stirn hatte sich zwischen den Augen eine beständige Falte gebildet. Er trug einen oft ausgebesserten, robusten Kettenpanzer, über dem eine ramponierte lederne Brustplatte angebracht war. Dazu hatte er einen Schurz sowie nachlässig konstruierte, mit Metall verstärkte Bein- und Armschützer aus Khein an. Die ärmliche Rüstung kontrastierte mit dem goldenen Torques, der an seinem Hals glänzte, direkt am Kragen seines Kettenhemds.

Tyrolean ritt neben Draken. »Sieht so aus, als ob der Prinz sich gut eingelebt hat.«

»Ich wünschte, er würde mehr Zeit damit zubringen, den Wald zu beobachten anstatt Aarin.«

»Er braucht Aufgaben. Ihr solltet ihn mit regelmäßigen Arbeiten betrauen.«

»Unsere Situation ist ein bisschen zu hektisch für die Erstellung von Dienstplänen gewesen, falls Ihr es nicht bemerkt habt.«

Tyrolean fuhr fort, als ob Draken nichts gesagt hätte. »Er könnte vielleicht Euer persönlicher Assistent sein. Ihn in der Nähe zu behalten würde Euch die Gelegenheit geben, ihn zu unterrichten. Er würde einiges über Kriegstaktiken lernen – und darüber, wie man sich der Loyalität anderer versichert, wie man eine Armee führt, was einen guten König ausmacht.«

Draken schnaubte. »Als ob ich irgendetwas von all diesen Dingen wüsste.«

»Ihr wisst, wie man sich auf das Können anderer stützt. Das ist eine weitaus wertvollere Fähigkeit als all diese anderen zusammen.«

Draken senkte seine Stimme. »Er wird wahrscheinlich nicht die Chance bekommen, König zu sein.«

»Und trotzdem ist er es. Aufgrund des Adels seiner Geburt.«

»Ja, und das könnte genauso gut sein Tod sein.« Selbst wenn er sich in einen der Ashen verwandeln würde, war es zweifelhaft, dass die Galbrait am Leben ließen. Draken hatte noch nicht entschieden, was er deswegen tun sollte. Ihn fortschicken? Und doch … Galbraits »Adel der Geburt« hielt ihn davon ab. Wenn es den Tod des Prinzen brauchte, um die Sicherheit von Akrasia und Elena zu gewährleisten, dann sollte es eben so sein.

»Erzählt mir von den Tempelruinen, Ty. Seid Ihr schon mal dort gewesen?«, erkundigte sich Draken.

Der Hauptmann nickte. »Sie liegen in der Nähe des Erros. Laut Legende wird jeder, der im Innern der Säulen sein Haupt zum Schlafen niederlegt, niemals wieder aufwachen. Tatsächlich gibt es dort ständig Nebel, und Moos und Feuchtigkeit kriechen in jede Spalte.«

Draken hob seine Augenbrauen. »Und das ist der Ort, den Geffen ausgesucht hat, um sich zu mit uns zu treffen?«

»Kheinianer sind ein pragmatisch denkender Haufen«, meinte Tyrolean. »Ich könnte mir denken, dass die meisten von ihnen die Existenz der Götter überhaupt anzweifeln.«

Draken schnaubte, als er dies hörte. »Klingt wie ein Ort, für den sich die Ashen interessieren würden.«

Osias, der zu ihnen zurückgekommen war, zeigte ein Grinsen, bei dem sich seine Lippen halb zu einer Grimasse, halb zu einem Lächeln verzogen. »Die Tempelruinen sind sehr gut zu verteidigen, Khel Szi.«

Draken ertappte sich dabei, dass der eigene Gesichtsausdruck sich dem von Osias anpasste. »Schön. Dann melde ihnen unsere Ankunft, wenn du so gut sein willst.«

Osias gab Setia ein Zeichen, und sie ritten zusammen fort.

Geben wir jetzt einem ehemaligen König Befehle, was? Ohne auch nur »Bitte« oder »Danke« zu sagen.

Draken verstand Bruche absichtlich falsch. *Ich muss einen Blick auf diese Belagerung werfen, bevor wir uns in den Ruinen niederlassen. Ich muss wissen, welchem Gegner wir gegenüberstehen.*

Er versammelte seine Soldaten nahe um sich zusammen und erhob seine Stimme. »Wartet hier! Ich werde mit Tyrolean …« – Aarinnaie starrte ihn streng an – »… und mit meiner Schwester die Belagerung *beobachten*.« Er betonte dieses Wort für Aarinnaie. »Ihr wartet hier auf den ehrwürdigen Mantiker, und wir werden vor Anbruch des Tageslichtes in den Tempelruinen wieder zusammenkommen.«

Den Burschen nehmen wir nicht mit?

Tatsächlich schaute Galbrait ihn eindringlich mit hochgezogenen Augenbrauen an. Draken dachte einen Augenblick lang darüber nach. Jeder Instinkt riet ihm, den Prinzen mit den Servii und Szi Nêre fortzuschicken, die ihn finster anblickten, weil sie bei einer persönlichen Mission ihres Herrn nicht mit einbezogen wurden. Galbrait war einfach zu wertvoll, um ihn bei einer Operation wie dieser zu riskieren. Es war eine Sache, sich so nahe an die Belagerung heranzuwagen, eine ganz andere jedoch, einen Prinzen mitzunehmen, nach dem die Ashen suchten. Doch aus irgendeinem Gefühl – falsche Hoffnung oder eine andere Form von Selbsttäuschung vielleicht – kam ihm der Gedanke, dass dies auch eine Chance für Galbrait sein würde, etwas zu lernen: darüber, wozu sein Volk fähig war, über Auwaer und die PALISADE, deren besondere Eigenart sich besser mit eigenen Augen sehen als erklären ließ, und darüber, dass keine Entscheidung eines Anführers einfach oder »nur« richtig war.

Er nickte Galbrait zu. »Ihr kommt auch mit.«

Draken und die anderen drei legten ihre Rüstungen ab, um jedes Geräusch beim Schleichen zu vermeiden. Seine Szi Nêre bissen ihre Zähne daraufhin noch fester zusammen. Jeder der vier trug nur noch die Polsterung, die sich für gewöhnlich unter dem Harnisch befand, darüber eine Tunika, eine enge Kniehose und Stiefel. Sie packten ihre Rüstungen auf den Sätteln zusammen, drückten Servii die Leinen in die Hände und schnallten ihre Schwerter um.

»Fühlt sich ziemlich merkwürdig an. Wie bei einem Training«, sagte Draken zu Tyrolean.

»Ich bin überrascht, dass du dich daran erinnerst«, merkte Aarinnaie mit süßlicher Stimme an. »Das muss für dich doch schon lange zurückliegen.«

Bruche lachte schallend, Galbrait sah sie rasch blinzelnd an, und Tyrolean gab sich keine Mühe, sein Grinsen zu verbergen.

»Nicht so lange, wie du vielleicht glaubst.« Drakens Gurt knarrte, als er Meergeboren an seiner Seite festschnallte. Er band sich einen dicht mit Pfeilen bestückten Köcher auf den Rücken; dazu trug er einen hübschen, bestens ausgewogenen Bogen aus dem Waffenarsenal der Festung Khein. »Und es ist immer noch Zeit, dich mit Halmar fortzuschicken. Also bring mich nicht in Versuchung.«

Sie rollte mit den Augen, verstummte aber.

Nachdem sie ein paar Botschaften hinterlassen hatten, die Geffen übermittelt werden sollten, machten sie sich nach Auwaer auf. Tyrolean übernahm die Führung, sein Schritt war gleichmäßig und zuversichtlich.

Galbrait eilte herbei und fragte: »Kennt Ihr ganz Akrasia?«

Tyrolean erzählte ihm leise von seiner Karriere, während sie marschierten. Galbrait schien recht beeindruckt zu sein.

»Müssen wir mit dem Gequatsche weitermachen?«, fragte Draken schließlich, obwohl die beiden mit ziemlich leiser Stimme sprachen. Der schroffe Ton brachte sie zum Verstummen.

Du hast eine miese Laune.

Draken blickte mürrisch. Was gab es, worüber man glücklich sein konnte? Seine Königin war eingeschlossen, und selbst die Götter sahen in ihr abermals eine Opfergabe und nicht einen Schlüssel. Er wunderte sich, dass sie ihm nicht gesagt hatten, er solle Auwaer sich selbst überlassen. Der Mondling-Priester hatte einen Verratsverdacht gestreut, den Draken nicht abzuschütteln vermochte: Seine Schwester hatte Kordes Sucht nach dem Töten und dem Tod geerbt, und seine einzige Möglichkeit, irgendeinen Teil dieser komplexen Lage zu retten, bestand darin, Tausenden von religiösen Fanatikern zu gestatten, ihn in einen Marionettenkönig zu verwandeln.

»Wir kommen näher. Lass mich vorausgehen und mich umsehen«, forderte Aarinnaie.

Draken dachte darüber nach und gab mit einem Nicken nach. »Aber töte niemanden.«

»Ich habe nicht die Absicht, so nahe heranzugehen … nicht so nahe.« Ihre Zähne blitzten auf, es war mehr eine Grimasse als ein Grinsen. Und dann rannte sie voraus, bevor Draken in knurrendem Ton etwas erwidern konnte. Sie war so flink und leise, dass sie Blätter und Gestrüpp kaum zum Rascheln brachte.

Tyrolean starrte ihr hinterher. »Vielleicht ist sie zum Teil ein Mondling.«

»Weitergehen. Ich will diesen Nebenfluss und die ganze Belagerungssituation vor dem dritten Mond sehen.«

Beim ersten Mond fragte sich Draken, ob Aarinnaie einfach für immer fortgelaufen war. Es gab keinerlei Anzeichen von ihr, nicht einmal einen Stiefelabdruck oder einen geknickten Zweig. Die Männer mussten langsamer voranrücken, um sich so lautlos wie nur möglich zu bewegen. Das leise Grollen zahlreicher Stimmen und ein *Knack, knack, knack!*, als ob irgendwas auf etwas anderes einschlagen würde, wehten von vorn auf sie zu. Dies ließ Draken noch vorsichtiger werden, und selbst Bruche sorgte dafür, dass seine Schwerthand stets wie betäubt war – bereit zum Kampf.

Aus der Ferne und deutlich über dem Boden flackerte der Schein eines Feuers durch die Bäume. Die drei bewegten sich noch langsamer, was zum Verrücktwerden, aber auch notwendig war, um ihre Anwesenheit zu verbergen.

Vor ihnen bewegte sich ein Schatten durch den Feuerschein. Draken reckte die geschlossene Faust hoch, damit die beiden hinter ihm stoppten. Sie erstarrten in ihren Bewegungen.

Ein Wachposten: Er machte große Schritte und hielt es nicht für nötig, seine Anwesenheit zu verbergen. Draken erinnerte sich daran, wie es das erste Mal gewesen war, als er Auwaer gesehen hatte. Eine Kohorte von Gardesoldaten hatte ihm aufgelauert. Er fragte sich, ob dies eine reguläre Patrouille außerhalb der PALISADE war oder ob alle tot waren.

Seine Begleiter und er gingen weiter, bis er die umherhuschenden Männer und den sich schlängelnden kleinen Fluss erkennen konnte, der schwerlich groß genug schien, um eine ganze Stadt mit Wasser zu versorgen, egal, wie viele Zisternen es sonst noch geben mochte. Galbrait neben ihm sog scharf die Luft ein, und Draken legte ihm zur Beruhigung die Hand auf den Arm. Der Prinz hatte die PALISADE gesehen.

Die Wand aus schwarzer Magie – sie erschien als eine Leere, als ob die Welt ins Nichts hinabfallen würde – zerrte Draken zu sich heran. Er widerstand der merkwürdigen Sogwirkung und verspürte gleichzeitig, wie sie sein Blut in Wallung brachte. Die Magie war in ihm, strömte durch ihn hindurch. Es war nicht allein das Schwert. Auf einer gewissen Ebene war ihm bewusstgeworden, dass die Magie sich selbst in ihn hineingeschlichen haben musste – und zwar bis ins Mark hinein –, wenn er dazu fähig war, selbst die schwerwiegendsten Verletzungen bei sich zu heilen. Aber zu fühlen, dass dieses großartige Werk mantischer Magie eine Anziehungskraft auf die Magie in seinem eigenen Innern ausübte, als wäre es eine Art Spannseil – das war eine ganz andere Sache.

»Im Innern *davon* ist eine *Stadt*?«, hauchte Galbrait und durchbrach damit den unmittelbaren Zugriff der Magie auf Draken. Geräusche stürmten auf sie ein: Plätschern, Stimmen, Arbeiten am Damm …

»Ja.« Jetzt, wo die drei so nahe waren, erkannte Draken, dass trotz der Wachen die meisten Ashen damit beschäftigt waren, den Nebenflusses aufzustauen; und da es sich um eine geräuschvolle Tätigkeit handelte, brauchten sie selbst nicht ganz so vorsichtig sein, wie er geglaubt hatte. »Es ist ein Werk mantischer Magie und ähnelt der Mauer, die in Eidola die Flüche einsperrt. Es würde einen Menschen verrückt machen, wenn er sie ohne Erlaubnis durchquert. Diese Art von Magie ist die mächtigste: die Art, die das Bewusstsein durcheinanderbringt und zerstört.«

Der Boden neigte sich sanft nach unten zum Fluss. Die meisten Bäume standen relativ weit auseinander und waren klein, als ob man den Wald in der Nähe des Flusses entweder durch Magie oder Feuer oder Äxte ausgedünnt hätte. Die Arbeiter trugen keine Waffen, soweit Draken dies sehen konnte. Zelte waren rund um die Schwärze nicht zu entdecken. Da waren einfach nur Leute, die Bäume fällten, diese, ohne sie weiter zu bearbeiten, zum Wasser schleppten und dort eingruben: Auf diese Weise errichteten sie einen Damm, um den Fluss zu stauen. Der steigende Wasserpegel zerstörte bereits die schmalen Uferbereiche, da der halbfertige Damm den Wasserabfluss schon stark behinderte. Das Gewässer musste sich in der Tat tief in das kleine Tal hineingeschnitten haben und verriet, wie viel Wasser wirklich aus dem Erros nach Auwaer strömte. Es war mehr, als Draken sich vorgestellt hatte.

Osias hat recht. Ein Tag, vielleicht zwei, bis sie es schaffen, das Wasser endgültig abzusperren.

Und dann hatte Auwaer allenfalls eine Sieben-Nacht, aber nur wenn die Zisternen gefüllt waren. Die PALISADE könnte sich bestimmt noch halten, aber die Leute im Innern waren in Gefahr. Wie lange würde es dauern, bis sie zu fliehen versuchten?

Die drei schlichen durch den Wald, während die Monde am Himmel emporstiegen und die Armee, die Auwaer und die Königin umzingelten, in ihrem Schimmer badeten. Da war eine kleine Stadt aus Zelten, eingezwängt in Areale, die vom Wald befreit waren. Die geölten Zelttücher gaben durch Laternen ein eigenes ätherisches Leuchten ab. Hier wurde keinerlei List eingesetzt, um die vermeintliche Anzahl der Soldaten hochzutreiben. An jedem Feuer hielten sich mindestens drei Soldaten auf, von denen einige in ihren Umhängen auf dem Boden lagen. Die leisen Geräusche von Stimmen und all die kleinen Geräusche eines betriebsamen Lagers drangen zu den Boebachtern herüber. Die Gerüche von kochendem Essen, geöltem Leder und Stoff sowie von nicht tief vergrabenen Abfällen verliehen den Ashen-Soldaten genau die richtige Atmosphäre einer Belagerung. Und immer weiter und weiter erstreckten sich die Zelte im Wald. Draken hatte keine Zweifel, dass Osias' Zählung stimmte.

Die drei zogen sich in eine sichere Entfernung zurück, um sich auszuruhen und etwas zu trinken. Wenig später gesellte sich zu

Drakens großer Erleichterung seine Schwester zu ihnen, der es tatsächlich gelungen war, ihre Spur aufzunehmen.

Nach einer Weile senkte Draken den Kopf und schaute auf seine Hände. Schmutzig. Vernarbt. Seine Finger bogen sich leicht in Richtung der Daumen, weil sie ein Leben lang Schiffsleinen gezogen hatten. Trotz der Schießhandschuhe war die Haut dick und vernarbt von der Bogensehne. Die Hände eines Seemanns und eines Bogenschützen. Ein Mann, der mit seinen Händen arbeitete und tötete – und eben nicht durch königlichen oder fürstlichen Erlass.

»Ich bin es immer gewohnt gewesen, selbst an Schlachten teilzunehmen und mich dabei durchzukämpfen. Bis ich hierher nach Akrasia gekommen bin.«

»Du hast auch hier eine Menge Kämpfe geführt, Khel Szi«, meinte Aarinnaie.

»Vielleicht wird das diesmal nicht so sein.« Er sah sie an und zeigte ein humorloses Lächeln bei dem Gedanken, ein ganzes Leben damit zuzubringen, die Politik, die Speichellecker und Heuchler im Gleichgewicht zu halten, und das alles unter dem Deckmantel der Häresie.

Bruches Heiterkeit polterte in Drakens Brust. *Häresie? Und ich habe hier schon gedacht, du würdest die Götter hassen.*

Das tue ich auch. Sie sind den Ashen immer noch ziemlich überlegen.

»Da gibt es etwas, woran ich gedacht habe, während du vor dich hin gebrütet hast, Bruder: Wir sollten unseren natürlichen Lebensraum einiges an Arbeit für uns tun lassen.«

Er hob den Kopf, und sein Blick fiel auf ihr schalkhaftes Grinsen.

Sie fügte hinzu: »Sie haben sich hier ziemlich weit ausgebreitet, diese dreißigtausend Häretiker, nicht wahr?«

»Ich höre dir zu.«

»Selbst bei einem großen Heer von Soldaten stirbt ein Mann nach dem anderen.«

Er schnaubte. »Das klingt wie etwas, das Truls sagen würde.«

Sie senkte die Augen, was ihn wünschen ließ, er hätte dies nicht ausgesprochen. Der Mantiker-König Truls hatte sie ausgebildet. Dies war etwas, worüber sie niemals redete.

»Guerilla-Angriffe und Hinterhalte. Ist es so weit mit uns gekommen?« Tyrolean schüttelte den Kopf.

»Es ist ehrenhaft, im Hellen zu töten, Hauptmann. Doch es ist weitaus gesünder, aus dem Dunkeln heraus zuzuschlagen.« Draken erhob sich. »Kommt. Wir müssen eine weitere Belagerung zerstören.«

KAPITEL ACHTUNDDREISSIG

Das Sonnenlicht schien grell und heiß auf verdreckte, angespannte Gesichter und schmutzige Tuniken. Draken hatte im kalten Erros gebadet und wieder eine weite Hose angezogen; sein Schwert trug er an der Hüfte, Brust und Füße waren nackt, wie es bei seinem Volk Sitte war. Seine Servii starrten ihn an, doch jetzt in der brînianischen Gewandung fühlte er sich deutlich behaglicher. Außerdem war es, verdammt noch mal, viel zu heiß für Tuniken, gesteppte Harnischpolsterungen und Lederkniehosen sowie Stiefel. Elenas Schmuckanhänger und Kette klebten immer noch am Schweiß auf Drakens Hals und Brust.

Geffen strich über ihr Kinn, während sie die Karte mit den Belagerungscamps auf der Steinplatte studierte, die als unebener Beratungstisch diente. Der Tisch war in Wirklichkeit ein umgestürzter Altar, und in der Nähe lagen die Überbleibsel von Khellian: das Gesicht so verwittert, dass der Ausdruck gerechten Zorns abgeschliffen war. Die Hörner waren bis auf kleine Reststücke abgebrochen. Die Enden ruhten wie amputierte Finger im weichen Moos und in der Bodenbedeckung aus winzigem Laub, die sich über die Ruinen gelegt hatte. Draken stupste einen von ihnen mit seinem nackten Fuß an, während Geffen sich sammelte.

»Getrennt in Kohorten könnte es machbar sein. Die Sache ist die, dass ihre Kommunikation verhindert werden muss. Das Hauptlager mit Priester Rinwar ist hier, glauben wir.« Ihr Finger hinterließ einen Schmutzfleck auf der Karte. »Dieses und die Feldlager zu beiden Seiten schalten wir am Anfang aus. Dadurch bleiben die feindlichen Soldaten ohne ihr primäres Kommando zurück.«

»Weder wissen wir, wie sie organisiert sind, noch, ob sie nicht weitere Kommandanten in anderen Feldlagern untergebracht haben.« Sie würden nicht so dumm sein, alle ranghohen, mit Ketten dekorierten Lords in nur einem Camp einzuquartieren, oder?

Geffen schaute zu Draken hoch. »Ihr habt recht. Das wissen wir nicht. Doch wir müssen hier ein paar Annahmen treffen. Ich möchte lieber nicht an den Folgen unserer Unschlüssigkeit sterben.«

»Ich möchte lieber überhaupt nicht sterben.« Tyrolean stieß sich von einer zerbrochenen Säule ab, gegen die er sich gelehnt hatte, und schritt ein paar Stufen zum umgestürzten Altar hoch. Auch er hatte das eiskalte Wasser des Erros tapfer ertragen, um zu baden. Sein Haar war zu einem Pferdeschwanz ordentlich nach hinten gebunden, und er trug über seiner Rüstung eine ansehnliche grüne Gardistenuniform. Schweiß schimmerte auf seiner blassen Haut. Beim Klang seiner Stimme wurde die kleine Gruppe ruhig. Selbst Aarinnaie, die sich gerade ihre Nägel mit einem Dolch säuberte, schaute auf.

»Ich habe getötet, Eure Hoheit«, fuhr Tyrolean fort. »Ich habe den Krieg gesehen. Weit mehr, als ich es jemals geglaubt hätte. Dies wisst Ihr. Ich habe stets das getan, was mir befohlen wurde. Und ich werde heute Nacht den Befehlen folgen, wenn Ihr darauf beharrt. Aber ich kann dies nicht stillschweigend billigen. Nur unter dem Licht der Sieben Augen anzugreifen, das uns leiten soll, ist ein Sakrileg.«

Draken kreuzte die Arme über der Brust, als sich die Blicke aller auf ihn richteten. Er senkte den Kopf, in Gedanken versunken. »Ich weiß, Ty.« Er hatte darüber nachgedacht, ihn an dieser Operation nicht teilnehmen zu lassen, weil er ihn gut genug kannte, um vorab zu wissen, dass er sie missbilligte. »Mir gefällt dies keineswegs besser als Euch.«

»Ich glaube nicht. Auch wenn die Ashen dies schlecht angehen, so haben sie doch recht, was Euch anbelangt.«

»Dass ich *König* sein sollte? Ihr wisst, ich möchte es nicht.«

Osias hatte der Besprechung beigewohnt, ohne ein Wort zu sagen. Er zog es allerdings vor, ständig um den Tempel herumzuschreiten; dabei betrachtete er ihn so genau, als würde er sich sogar die Muster im Moos ins Gedächtnis einprägen wollen. Jetzt trat auch er nach vorn. »Aber die Götter haben dich auserwählt, Draken.«

»Ich habe sie aber nicht auserwählt. Ich habe nicht ihr verfluchtes Schwert, ihre Magie und auch nicht den brînianischen Thron auserwählt. Ich habe allerdings Elena auserwählt. Ich will sie, sie und unser … Kind befreit sehen.«

Niemand reagierte auf die Zäsur in seinem letzten Satz. Niemand blinzelte. Doch Tyroleans Gesicht versteinerte, und Draken wusste, dass er ihn verloren hatte, dieses Mal womöglich für immer. Geffen wartete darauf, Befehle entgegenzunehmen, und täuschte vor, die grob entworfene Karte aufmerksam zu betrachten. Aarinnaie beschäftigte sich wieder mit ihren Nägeln und schnitt sich dabei in einen Finger. Blut tropfte auf das Moos, und ihre Lippen bewegten sich zu einem lautlosen Fluch. Galbrait stand mit ineinandergefalteten Händen und leuchtendem Torques da, als würde er im vergoldeten Palast auf die Rede seines königlichen Vaters warten. Draken hatte diese Körperhaltung früher schon bemerkt und dachte daran, wie tief sie gefallen waren – vom Hofe in Siebenfel zu einem Kriegshof zwischen Moosen und Tempelruinen. Sein Blick fiel auf Osias, der gesprochen und sich danach zurückgezogen hatte.

»Ihr habt ihr zu Eurer Zeit einen Eid geschworen, Tyrolean«, sagte Draken leise.

Die perfekt geformten Lippen von Tyrolean verzerrten sich – eine seltene, kurzzeitige Asymmetrie seiner Gesichtszüge. »Ich konnte sie einst nicht retten.«

»Kein noch so hohes Maß an Ehre konnte sie vor mir retten. Und sie muss abermals gerettet werden, Hauptmann. Ihre Angreifer sind nicht ehrenvoller, als ich es damals war.«

Seine umrandeten Augen mieden die von Draken. Doch er beugte den Kopf zu einem Nicken.

Draken zwang sich, seine Aufmerksamkeit auf Galbrait zu richten. »Ihr bleibt hier.«

»Aber Eure Hoheit …«

Draken führte ihn ein wenig von den anderen fort, legte ihm die Hand auf die Schulter und mäßigte seinen Tonfall. Der junge Prinz verdiente zumindest so viel. »Ich möchte nicht, dass Ihr Eure Landsleute tötet, Galbrait.«

»Es sind auch Eure Landsleute«, erwiderte Galbrait mürrisch.

»Nicht mehr.«

Kriegsnacht: So nannten es die alten Seeleute, wenn Khellian allein und als Vollmond am Firmament stand. Heute Nacht schwebte der Schlachtengott bleich, in seiner vollen Größe und schwer wie Elenas schwangerer Bauch am Himmel, und sein Leuchten hob jede Farbe besser hervor als das Tageslicht.

Die Luft war immer noch heiß und schwül, sie rann förmlich Drakens nackten Rücken hinab. Er starrte zum göttlichen Auge hoch und vollführte das Horn-Zeichen an seiner Brust, seinen Lippen und seiner Stirn. Doch er wiederholte bloß die Bewegungen, die Tyrolean ihnen bei den Gebeten vor dem Angriff vorgeführt hatte. Seine Gedanken waren bei seiner Königin. Hatte sie das Kind schon zur Welt gebracht? Gab es ein kleines Baby mit einem dichten Lockenschopf, das durch Elenas fein geschwungene Lippen Atem schöpfte? Er presste die Kiefer zusammen. Er hatte momentan keine Möglichkeit, dies zu erfahren, und er musste sich durch dreißigtausend Ashen kämpfen, um es herauszufinden.

Draken hatte immer noch nicht entschieden, ob er den Priester Rinwar töten oder ihn am Leben lassen sollte, während er auf das Feldlager zuschlich. Jener Mann könnte ein wertvoller Gefangener sein; und falls die Sache schiefging, würde man ihn benötigen, um die Ashen davon zu überzeugen, Draken als ihren König zu akzeptieren.

Kleinere Zelte und Wächter umgaben ein prachtvolles, mit Fransen besetztes Zelt, an dem sich Quasten befanden, um die Ränge von hohen Offizieren und Beratern anzuzeigen, die darin untergebracht waren.

Wie praktisch – das macht es einfach, sie zu finden, meinte Bruche.

Zu einfach. Draken misstraute dieser Sache.

Du möchtest gerne ein wenig Blut von deinem eigenen sehen, was?

Es wäre besser für uns, wenn er tot ist. Aber ich bin noch hin- und hergerissen. Vielleicht können wir etwas von ihm erfahren.

Bruche gab knurrend kund, dass er dem nicht zustimmte. *Ich glaube, wir wissen alles, was wir wissen müssen.*

Rinwar zu befragen war Drakens Begründung gewesen, um die Einwände der anderen abzuweisen, dass er und Aarinnaie an dem Angriff teilnahmen. Außerdem musste seine Schwester dringend Blut vergießen, und Draken war sich nicht sicher, was sie anstellen würde, wenn sie die Möglichkeit dazu nicht bekommen sollte. Ihr Leiden schien mit jedem Tag schlimmer zu werden.

Er schlug sich den Gedanken aus dem Kopf. Aarinnaie war bereit, der Finsternis zu folgen, die sie zwang, Menschen zu töten. Dies würden sie heute Nacht gut gebrauchen können. Später war Zeit, sich über andere Nächte Sorgen zu machen.

Der Wald rund um die PALISADE war still – war es immer gewesen. Bei der Errichtung des Feldlagers hatte man sich allerdings für einen Kompromiss zwischen Sicht und Sicherheit entschieden, denn der Platz war ein gutes Stück von der Schwärze entfernt. Die Magie stieß normale Leute von sich, indem sie albtraumhafte Vorstellungen und entsetzliche Angst in ihre Seelen einsickern ließ. Draken wusste wahrlich nicht, wie die Ashen es geschafft hatten, sich die Sieben-Nacht lang, die sie hier verbrachten, in solcher Nähe zur PALISADE aufzuhalten.

Vor einigen Schritten – dort, wo Draken mit seinen Servii und Aarinnaie im Wald versteckt gewesen war – hatten die Servii neben ihm ein Vogelsignal gepfiffen. Draken hoffte, dass die Ashen diese Art der Kommunikation nicht kannten.

Er nickte, ohne nach hinten auf die Servii zu schauen. Ein ganz leichtes Rascheln von Stoff und das leise Klingeln einer Kettenpanzerung, die sich am Arm der Frau bewegte, als sie ihre Finger zu den Lippen hob.

Tief-tief-leise. Tief-tief-leise. Tief-tief-leise.

Um die beiden herum standen Servii wie Gespenster auf; sie bewegten sich flink und still in Wellen von jeweils einhundert Soldaten. Zuerst schalteten sie die patrouillierenden Wachen aus, von denen die meisten es jedoch schafften, den Mund aufzureißen und einen Alarmruf von sich zu geben. Einige Ashen stürzten durch Zeltklappen nach draußen, die meisten waren jedoch nicht schnell genug. Servii schlugen sich mit einem Hieb einen Weg durch das geölte Zelttuch und töteten mit dem zweiten. Draken stürmte mit der zweiten Welle voran; jegliche Täuschung und Stille waren nun überflüssig. Gutturale Laute entrangen sich seiner Kehle, während er auf das Zelt mit den Fransen zurannte. Servii waren bereits dort und zerrten einen Mann an den Armen heraus. Er blutete an einigen Stellen, war aber lebendig genug, um lauthals zu protestieren.

Draken schob sich zwischen Servii, die mit dem Töten beschäftigt waren. Seine Schwester tauchte aus einem anderen Zelt auf; sie war voller Blutspritzer, die durch Khellians helles Licht in einem grellen Karmesinrot leuchteten. Sie hatte die Lippen zurückgezogen, sodass ihre Zähne sichtbar waren, und hielt ein Messer in jeder Hand. Draken riss sich von ihrem Anblick los, als sie in einem weiteren Zelt verschwand, sagte sich selbst, dass er ihr gerade Zeit verschaffte …

»Ihr seid also Rinwar.«

Der Ashen-Priester hob mühsam das ergraute Haupt, um Draken anzuschauen. Es handelte sich eindeutig um Rinwar: die gleichen fleischigen Wangen und Lippen wie beim Rest seiner Familie. Seine schmale Brust hob und senkte sich. Er war nackt und erst kürzlich … stark beschäftigt gewesen, wenn der Zustand seines Geschlechts irgendwelche Rückschlüsse zuließ. Hinter ihm im Zelt wurde diese Hypothese bestätigt, als das Kreischen einer Frau von einem klatschenden Schlaggeräusch abgeschnitten wurde. Der Geruch von Blut stieg in Ekel erregender Weise auf. Draken setzte eine ausdruckslose Miene auf, um keine Reaktion auf diesen schamlosen Totschlag zu zeigen.

Rinwar fiel auf die Knie. Jeglicher Kampfgeist erlosch in ihm. »Eure Majestät. Ihr seid gekommen.«

Dieses Mal konnte Draken die Muskeln seiner zusammengepressten Kiefer nicht davon abhalten, dass sie zuckten. Die PALISADE zerrte an ihm, sodass die Welt für ihn zu kippen schien. Bruche atmete Kälte durch seinen Körper und unterstützte seine Muskeln. *Nur mit der Ruhe, Kamerad.*

Draken räusperte sich. »Ich nehme an, Ihr tragt die Verantwortung für diese Belagerung …«

Ein schriller, vertrauter Schlachtruf brachte Draken dazu, dass er sich umdrehte. Ein Schwarm von Monoeanern, die ihre Schwerter schwangen, stürmte auf die Lichtung. Der erste seiner Servii, eine Frau, stürzte zu Boden, und ihr Kopf rollte geräuschlos zur Seite. Überall um ihn herum brach im Lager das Chaos aus. Servii brüllten Anweisungen und Warnungen. Schwerter klirrten. Frisches Blut spritzte auf Zeltspitzen. Die in Wellen erschallenden Kriegsschreie der Ashen stiegen aus dem Wald empor.

Eis durchzog Drakens Muskeln, und er fing an, sich dagegen zu wehren; aber dann begriff er, was das bedeutete: Bruche. Sein Gewicht hatte sich verändert. Die Schwerthand hatte seine Klinge gezogen, ohne dass es Draken bewusst gewesen war.

Er tötete einen Ashen, der auf ihn zurannte, und drehte sich dann zu Rinwar um, der schlagartig zum Leben erwacht war und sich von den bei ihm gebliebenen Servii, die ihn am Arm festhielten, befreit hatte. Rinwar schnappte sich das Schwert eines der Servii und schwang es gegen ihn. Der jedoch duckte sich und wirbelte um seinen Gegner herum: eine akrobatische Meisterleistung, die Draken kaum zu begreifen vermochte. Der Servii kam hinter Rinwar zum Stehen und packte ihn um Brust und Arme herum. Mit einem wütenden Brummen und vorgestrecktem Schwert bewegte sich Draken nach vorn. Er hatte genug. Er hätte den Landadligen, der zugleich Priester der Ashen war, sofort töten sollen, als der ihm vor Augen trat. Ohne einen Anführer würde die Bewegung vielleicht in sich zusammenfallen.

Da stach die Spitze einer Klinge seitlich gegen Drakens Kehle. »Hört sofort auf!«

Trotz der Gefahr bewegte sich Draken weiter, Bruche jedoch gehorchte. Drakens abgekühlte Beine kamen stolpernd zum Stehen, sein Schwertarm wurde schwer und senkte sich. Auch ums Herz wurde ihm schwer. »Galbrait.«

»Werft das Schwert auf den Boden.«

Sich von Meergeboren trennen? Doch der kalte Stahl von Galbraits Klinge drückte immer noch gegen seine Kehle. Draken seufzte und ließ das Schwert fallen. Es blieb im Boden stecken.

»Die restlichen Waffen«, knurrte Galbrait.

Draken zog die Dolche aus dem Gürtel und von seinen Handgelenken und warf auch sie fort. »Ich wurde vor einem Verräter gewarnt«, spie er, und die Klinge schnitt in seinen Hals hinein. »Und hier ist er – Ihr, der sich durch einen Schwur an mich gebunden hat.«

»Ich bin durch einen Schwur an Euch gebunden. Und gerade jetzt rette ich Euch das Leben.«

Tyrolean wurde herangeführt; die Arme waren hinter seinem Rücken gefesselt, und eines seiner eigenen Schwerter hielt man ihm an die Kehle. Ein Schauer überlief Draken, als er ihn erblickte.

»Aarin?«, stieß er aus.

Tyrolean schüttelte den Kopf, bevor er in eine andere Richtung weggeschoben wurde. Die Ashen betrachteten ihn offensichtlich als Geisel, wohingegen sie die restlichen Servii systematisch töteten. Die Luft war voller Flüche und Schreie, die von Klingen abgeschnitten wurden. Schließlich endete das verfluchte Kriegsgeschrei. Draken konnte nur hoffen, dass ihr Feldlager in den Tempelruinen bis jetzt noch nicht entdeckt worden war. Er hatte bei diesem Angriff fünfhundert Servii eingesetzt. Mit etwas Glück waren einige geflohen und konnten den Rest seiner Soldaten warnen, bevor Galbrait die Ashen darauf aufmerksam machte, wo die anderen Servii sich aufhielten.

Draken senkte den Blick auf die von Stiefeln zerstampfte Erde. Die Geräusche um ihn herum verblassten, während er sich in eine stille Entschlossenheit zurückzog.

Jemand trat hinter ihn und drückte ihn auf die Knie. Draken ließ sich mit einem wütenden Brummen fallen. Sein schlimmes Knie war steif und schmerzte, als ob von dort ein Dolch nach oben in seinen Oberschenkel stoßen würde. Einer der Ashen schnallte ihm die Armschienen ab und band ihm die Hände mit einem kratzigen Seil auf den Rücken. Die Fessel saß zu stramm, sodass sie sich in die Haut bohrte.

Der Priester Rinwar schritt nach vorn und riss Meergeboren aus der Erde, dann drehte er sich um und ging in sein mit Quasten verziertes Zelt. Galbrait nahm die Klinge von Drakens Hals.

Zwei Ashen beförderten ihn auf die Füße und schubsten ihn in die Richtung, in die der Priester gegangen war.

In dem prunkvollen Zelt war Blut vergossen worden, doch die Leiche hatte man entfernt. Rinwars Frau, wie Draken vermutete, war verschwunden, als ob sie niemals da gewesen wäre. Ein Diener rollte gerade einen blutverschmierten Teppich auf und beförderte ihn nach draußen.

Rinwar spritzte sich aus einer dünnwandigen, schönen Schüssel Wasser ins Gesicht – *Wie seltsam, dass die Schüssel die Schlacht unverletzt überstanden hat, wo der Frau dies nicht gelungen ist*, merkte Bruche dazu an. Anschließend ließ sich der Priester in einen Sessel fallen, der mit goldenen Monden in ihren verschiedenen Phasen verziert war. Rinwar schaute nicht auf Draken und auch nicht zu Galbrait, der den Gefangenen festhielt. Mit einem Ellbogen stützte er sich auf die Armlehne, legte das Kinn in die Hand und begann zu grübeln.

Drakens Kinn juckte an der Stelle, wo sich ein Muskel verkrampfte. »Wenn Ihr auf einen Angriff wartet, dann werdet Ihr eine lange Zeit warten müssen. Ich bin als Geisel nicht so wertvoll, wie Ihr möglicherweise glaubt. Jedenfalls nicht wertvoll für irgendwen, der sich außerhalb von Auwaer befindet.«

Brillant. Als Nächstes solltest du ihn bitten, dich zu töten.

Rinwar wedelte ungeduldig mit einer Hand und signalisierte einem Diener, ihm etwas zu trinken zu bringen. »Mich interessiert eine fantastische Geschichte, die meine Männer mir erzählt haben. Nicht nur, dass Ihr an Bord ihres Schiffes nach einem schlecht durchgeführten Angriff auf den Kapitän getötet wurdet – sondern auch, dass dieses Schiff danach auseinanderbrach. Sie haben mir zudem berichtet, dass die Risse genau von der Stelle ausgingen, wo Eure Leiche auf dem Deck lag. Und man versicherte mir glaubhaft, dass Ihr wirklich tot wart, wie ich wiederholen möchte. Und das Schiff zerbrach, und mit ihm versanken Ihr und die anderen an Bord auf den Grund des Meeres.«

Draken knurrte leise. »Mit Ausnahme der fünfzig Monoeaner, die ich rettete.«

»Wobei aber Euer Schicksal der faszinierendste Teil der Geschichte ist, nicht wahr? Ihr habt den sicheren Tod erlitten – sowohl durch eine verheerende Stichverletzung als auch durch Ertrinken –, und dennoch lebt Ihr. Ihr habt jene Leute gerettet, das will ich Euch zugestehen. Und jetzt seid Ihr hier.«

»Worauf wollt Ihr hinaus?«

»Die Götter haben mir den Weg gezeigt.« Rinwar trank seinen Wein, stellte den Becher ab und erhob sich. »Genau wie jetzt wieder.«

Ein weiteres Knurren. »Was für einen Weg?«

Rinwar nickte Galbrait zu, woraufhin dessen Hände, die Draken an den Armen hielten, noch stärker zugriffen. Draken versuchte, dagegen anzukämpfen und sich zu befreien, doch die langen Finger des Prinzen waren zu kräftig.

Rinwar nahm Meergeboren zur Hand und hielt es mal in der einen, mal in der anderen Weise, um die Klinge genau zu betrachten. Sie war solide und gut, wenn auch von schlichtem Aussehen. Das Schwert hatte niemals in irgendeiner Form vorgetäuscht, schön zu sein. Draken wehrte sich jetzt noch heftiger.

»Ich hatte geglaubt, Ihr solltet König werden. Doch jetzt, wo ich ein ganzes Königreich der Magie habe, frage ich mich, von welchem Nutzen Ihr mir seid.«

Rinwar trat näher heran. Er hob Meergeboren an und drückte die Spitze gegen Drakens Brust. Ein stechender Schmerz. »Natürlich kann ich mir eine Sache vorstellen, die Ihr für mich tun könnt.«

Draken wurde still und biss die Zähne zusammen. Er würde sich diesem verrückten religiösen Fanatiker nicht beugen. »Reden wir über die Konditionen für eine Vereinbarung?«

»So was in der Art.«

»Was soll ich für Euch tun, Rinwar?«

»Ihr tut es doch schon«, antwortete Galbrait.

Der Ausdruck des adligen Priesters änderte sich nicht, als er mit seinem Körper gegen das Schwert drückte. Der stechende Schmerz schwand merkwürdigerweise – verblasste, als Meergeboren sich in Drakens Brust senkte.

Eine entsetzlich vertraute, heftige Qual setzte dann aber tief in ihm ein, als sein Herz sich abmühte, Blut um das fremdartige Metall herumzupumpen. Ein feuchter Husten zwängte sich in Drakens Kehle nach oben. Rinwar presste das Schwert noch tiefer hinein. Dann ließ er es los, ließ es an Ort und Stelle zurück. Blut lief aus Drakens Brust die ragende Klinge entlang. Die Welt reduzierte sich für ihn auf diese kleinen Tropfen. Er keuchte, versuchte zu sprechen, als sein Körper zusammensackte. Bruche rief etwas, aber seine Worte waren unverständliche Echos.

KAPITEL NEUNUNDDREISSIG

Zerrissenes Fleisch wuchs zusammen; Sehnen und Muskeln und Knochen versuchten, sich in ein schlagendes Herz, in atmende Lungen umzuformen.

Draken blinzelte. Sein trockener Mund tat sich auf. Grausam hart zupackende Hände hielten ihn an den Armen. Seine Fersen schleiften hinter ihm her, schrammten über Erde, Stöcke und Laub. Etwas Verschwommenes strich hoch oben vorbei: die Schwärze eines Nachthimmels, durch die Mondlichtstrahlen schienen. Sie funkelten auf dem Schwert, das immer noch aus seiner Brust ragte, wie ihm ein flüchtiger Blick durch die Wimpern verriet.

Draken. Die Stimme der Schwerthand war ungewöhnlich sanft.

»Was?« Er zwang das Wort zwischen aufgesprungenen Lippen heraus; es war mehr ein Husten als ein Sprechen. Hauptsächlich tat er es, um festzustellen, ob er dies konnte.

Nur mit der Ruhe, mein Freund. Ich werde dich zu Ma'Vanni bringen.

Freund. Ah! Es gab keine Titel im Tod. Also, das war eine Erleichterung.

Wer auch immer ihn zog, verstärkte heftig ächzend seinen Griff. Eine Hand tauchte auf, um an dem Schwert in seiner Brust zu zerren; dies genügte, um das heilende Fleisch erneut auseinanderzureißen. Keuchend stieß Draken einen gutturalen Schrei aus, der abgeschnitten wurde, als die Schwärze um ihn herum sich verstärkte. Doch es war nicht jene Erleichterung, welche die Besinnungslosigkeit schenkt, sondern die PALISADE, die ihn mit größerer Sicherheit zog als seine beiden Träger, deren Schritte ins Stocken gerieten, je näher sie kamen. Sein Kopf sank zurück. Das Nichts verschluckte die Aussicht nach vorn, der Erdboden erstarb darin, wie Sand vom Meer verschluckt wird.

Es schwankte vor ihm und bewegte sich auf ihn zu. Seine Augen starrten, und sein Gehirn streckte sich, bis es schmerzte. Er spreizte die Finger, als ob er so ein Stück von der Schwärze fangen und sich selbst ins Innere hineinziehen könnte.

Der Erdboden ruckte auf ihn zu, er stürzte. Nein, seine Träger ließen ihn fallen. Stiefel bewegten sich von ihm weg, stampften auf den Boden. Er stöhnte und drehte den Kopf, um zu sehen. Die PALISADE wankte erneut vor seinen Augen, verschlang immer mehr Boden. Wuchs sie etwa? Nein, sie streckte sich nach ihm aus. Er stöhnte erneut und drehte sich mühselig auf die Seite. Sein Arm streckte sich, um den Boden zu berühren, und stieß gegen das Schwert in seiner Brust. Er keuchte auf, hustete und erlag beinahe der Besinnungslosigkeit, die an den Grenzen seiner Pein lauerte. Der Arm setzte seinen Weg fort; Finger gruben im Dreck nach Halt. Er schaffte es, sich selbst nach vorn zu ziehen. Ein wenig mehr …

Draken – nicht!

Draken hatte das Gefühl, dass Bruche ihn nicht von der PALISADE in Ma'Vannis wässrige Umarmung ziehen konnte. Keine noch so große Menge an ätherischer Kälte und Macht konnte den Drang in Draken aufhalten, im Innern dieser lautlosen Schwaden aus Dunkelheit Zuflucht zu suchen. Krallen aus reiner Magie hakten sich in Knochen und Muskeln fest, stärkten den Arm, der seinen erschlafften Körper vorwärtszerrte.

Die PALISADE dehnte sich, um ihn zu umschlingen; sie strich über seinen Arm, wie jener Schatten des Fluchs an der Festungsmauer von Khein es getan hatte. Die Haken in seinen Knochen zogen sich fest, und voller Erleichterung wurde er plötzlich schlaff, als er in die PALISADEN-Spalte des unablässigen Vergessens stürzte.

Der Schmerz entließ ihn jedoch nicht aus seinem Griff, obwohl Draken sich vage bewusst war, dass sich für seine Haut die Dunkelheit wie ein warmes Bad anfühlte. Doch dies war nicht von Dauer. Ein Schimmern aus weiter Ferne spaltete die PALISADE. Es kam näher: eine Flamme oder ein kleiner Streifen Mondlicht. Draken starrte, er strengte die Augen an, bis sie in ihren Höhlen schmerzten. Dann war das Licht noch näher, und die helle Flamme nahm eine flimmernde Form an.

Ein brînianischer Szi Nêre mit Locken, die so dicht wie Gestrüpp waren und ihm über die Schultern fielen; Ketten und billige Schmuckstücke zierten ihn. Eine Kette, die seinen Rang anzeigte, hing ähnlich wie bei Halmar diagonal über seiner nackten Brust; sie lag direkt auf der Haut und verschwand auf Ellbogenhöhe unter einem seiner muskulösen Arme. Blutrote Schlangen-Tattoos wanden sich auf seinen Armen. Er sah vertraut aus … Vielleicht hatte Draken irgendwo ein Gemälde von ihm gesehen, ein Wandbild womöglich. Auf der hohen Stirn und den flachen Wangen des Mannes zeigten sich Sorgenfalten.

Alles, was Draken zu tun vermochte, war, mit offenem Mund zu dem Szi Nêre hochzustarren, als der zu sprechen begann. »Draken. Ich bringe dich jetzt hier raus.«

»Bruche?« Da war keine Luft hinter dem Wort, nur ein Ächzen aus der Kehle.

Bruche kniete neben ihm, legte die Hand auf seine Schulter und ergriff Meergeboren.

»Verzeihung, Khel Szi. Das wird wehtun.« Er zeigte Draken ein wildes Grinsen. Doch seine weit auseinanderstehenden Augen versenkten sich in die Drakens, er hielt dessen Aufmerksamkeit auf sich gerichtet – so fest, wie seine Hand Drakens Schulter umklammerte. Und er zog. Meergeboren leuchtete, als es herausglitt. Bruche drückte das Heft in Drakens Hand, schloss dessen Finger fest um den Griff.

Draken schrie, als Herz und Lungen heilten. Die PALISADE drehte sich, wenn Bruches Bewegungen als Indiz hierfür genommen werden konnten, denn er wirbelte um Draken herum, in ihn hinein …

Ein lautes Knacken zersplitterte die Dunkelheit. Die Kälte sickerte aus dem Boden in Drakens Muskeln hinein. Die Erde verschob sich und polterte unter ihm. Steine drängten hoch und drückten sich gegen seinen Rücken und Kopf. Ahken Khel war das Einzige, was sich stabil anfühlte, Draken hielt es fest, während sich über ihm der Himmel ausdehnte.

Hoch mit dir, Fürst.

Draken ächzte und setzte sich auf. Da, wo Meergeboren in ihn hineinversenkt worden war, verspürte er ein Ziehen in der Brust, ansonsten heilte er wie gewöhnlich. Mondlichtstrahlen stachen ihm in die Augen, und er blinzelte. Dann bemerkte er es: Die magische Mauer war zerborsten und zerfiel in unförmige Blöcke aus Leere. Die grauen Steingebäude hinter den zerbrochenen, schiefen Türmen der PALISADE bebten und knackten. Steine stürzten auf die mit weißem Kies bedeckten Straßen, zermalmten ihn, sodass sich Staub erhob, der unter Khellians Licht wie die Geister der Toten schimmerte. Schreiende Akrasianer stürzten aus ihren Häusern; die meisten führten Waffen mit sich.

Draken drehte den Kopf, blickte zum Wald zurück und bemerkte, dass von dem Boden unter seinem eigenen Körper schmale, tiefe Risse ausgingen. Hinter der ruhigen Lichtung, auf der er sich befand, zitterten Bäume und stürzten um; sie schrien in irgendeiner geheimen Sprache der Zerstörung. Glatte Erde explodierte in staubigen Klumpen, als Wurzeln den Untergrund aufrissen. Einige Ashen wurden heftig durch die Luft geschleudert, andere lagen irgendwo eingeschlossen oder waren gestürzt, hatten sich in Zelten und Ästen verheddert, kämpften darum, sich von den eigenen umherzappelnden Leuten zu befreien. Wieder andere hetzten durch die Trümmer, kletterten das zerbrochene Nichts der PALISADE hoch und gingen mit einem Sprung zum Angriff über. Kriegsgeschrei hallte durch die Luft. Akrasianer stellten sich den Ashen entgegen.

Risse gingen von Drakens ausgestreckten Beinen aus. Er seufzte und rappelte sich auf die Füße. Starrte die Leute an, die in Richtung der Zerstörung rannten statt davon fort. Alles Narren: Es war das perfekte Bild sinnloser Tapferkeit.

Und einige von ihnen müssen sterben.

»Diesmal nicht im Hellen«, murmelte Draken. Nicht im hellen Licht, das sich Tyrolean vorstellte, wenn er das Sprichwort erwähnte. Noch nicht einmal in dem hellen Licht der verdammten Monde. Khellian leuchtete zwar immer noch stoisch, aber selbst er glitt herab und auf die Bäume zu.

Das erinnerte Draken an etwas. Er hatte noch einiges zu tun. Personen zu finden. Er rannte stramm los – er war überrascht, dass er überhaupt rennen konnte.

Er rannte in Richtung der Bastion.

KAPITEL VIERZIG

Nein. Du musst die Stadt verteidigen. Deine Soldaten brauchen dich. Und du hast geschworen, Elena stets zu beschützen. Das wird einfacher sein, wenn die Akrasianer und deine Truppen es schaffen, die Ashen zurückzuschlagen.

Wer ist hier der Fürst? Du oder ich? Aber Drakens Stiefel kamen auf der weißen, steinernen Straße rutschend zum Stehen und wirbelten dabei bleichen Staub auf. Alle um ihn herum – Gardesoldaten und Servii, Adlige und Nichtadlige – eilten zur Schlacht: einige mit Gartengeräten als Waffen oder mit Stangen, die nichts weiter als Besenstiele waren. Ein Schmied und sein Lehrjunge schwangen unfertige Schwerter. Draken erkannte einen Lehrling wieder, den er während seines Aufenthalts hier in der Stadt kennengelernt hatte. Der Junge war also inzwischen von seinen Pflichten im Innern der Bastion befreit worden. Eine vielversprechende Zukunft für den Burschen – falls er diese Nacht überlebte.

Ich könnte mir denken, dass sie damit einen gehörigen Schaden anrichten, tat Bruche kund.

Draken machte kehrt, packte sein Schwert – er war bereit, damit jederzeit zuzuschlagen – und verkürzte mit hastigen Schritten die Distanz zu den Überbleibseln der PALISADE. Er sagte sich, dass Elena auch noch ein bisschen länger warten könne. Sie war einstweilen sicher in der Bastion: mit deren Mauern, den Erringen im Burggraben und den sie beschützenden Gardesoldaten.

Er schob seinen Willen vor seine Schwerthand – das Töten hatte Bruche verärgert – und rannte weiter durch die Trümmer. Seine Hand drängte unwillkürlich auf ein zerklüftetes Teilstück der PALISADE zu, doch Bruche riss sie zurück. *Bei den Sieben, das könnte dich süchtig machen.*

Wie bei Aarinnaie.

Hoffen wir, dass sie ihre Sucht genießt, was? Bruche kicherte, jedoch ohne Humor.

Ashen schlugen und stachen sich ihren Weg in die Stadt hinein. Das Kriegsgeschrei wurde lauter: ein grell klingendes Lied des Tötens, das von verschiedenen Stellen herüberschallte, an denen Kämpfe ausgebrochen waren.

Draken fragte sich, wo in Khellians Namen die Hunderte von Gardesoldaten sich aufhielten, die in der Stadt stationiert waren. Die erste Verteidigungslinie bestand zumeist aus Zivilisten.

Sie verteidigen vielleicht das Wasser. Oder sind in der Bastion.

Das konnten sie nur hoffen.

Draken suchte in dem allgemeinen Durcheinander nach einem bekannten Gesicht oder Harnisch; nach irgendwas Vertrautem. Nichts. Er fluchte und kämpfte sich seinen Weg frei: gegen einen Ashen, der zu jung war, um solch ein bösartiges Grinsen in seinem blutbespritzten Gesicht zu tragen – und der viel zu jung war, als dass seine Gesichtszüge plötzlich im Tod erschlaffen sollten. Er konnte nicht viel älter als Galbrait sein, und sein leichter Harnisch war Meergeboren in keiner Hinsicht gewachsen. Mit offenem Mund starrte er Draken an, als er mit dessen Schwert im Leib starb.

Draken ließ den jungen Kerl sanft nach unten gleiten – seine Hand unter dem Arm des Burschen – und trat über ihn hinweg. Er roch das Blut kaum noch, doch sein Schwert war damit förmlich eingeschmiert und der Schwertarm davon besudelt. Ihm drehte sich der Magen um, doch er schob sich weiter voran, drückte sich an zwei übereifrigen Akrasianern vorbei, die ihr Leben riskierten, indem sie einzelne Stücke der PALISADE genau betrachteten, anstatt zu kämpfen. Sie hatten die rundlichen Bäuche und die farbenprächtige Kleidung wohlhabender Geschäftsleute.

Draken erblickte vor sich sechs kämpfende Akrasianer: Sie hatten wahrscheinlich zu Reavans alter Ehrenwache angehört, denn alle waren Frauen und trugen die hübschen schwarzen Lederrüstungen und grünen Umhänge der höherrangigen Gardesoldatinnen. Sie waren ihren augenblicklichen Gegnern zahlenmäßig unterlegen, auf deren Seite vier Leute mehr standen. Draken eilte den Akrasianerinnen zu Hilfe.

Doch es kamen mehr und mehr Feinde heran. Draken konnte

keinen richtigen Rhythmus in seinen Schwertschlägen finden und musste erneut Bruche die Kontrolle übergeben. Er glitt in Kampfestrance, um Bruche das machen zu lassen, was er tun musste. Die Balance seiner Bewegungen verbesserte sich, seine Schläge wurden ruhiger und effizienter. Aus der Distanz bemerkte Draken, dass die Kriegsschreie erstorben waren, zumindest die in seiner Nähe. Alle Geräusche klangen ein wenig hohl. Schließlich töteten sie den letzten der Ashen in der unmittelbaren Umgebung. Bruche trieb danach alle Gardesoldatinnen in den Schutz der Bäume.

Eine von ihnen wirbelte zu Draken herum, die Lippen zu einem Zähnefletschen verzogen. »Wir hatten das im Griff. Ihr solltet …« Ihr Blick fiel auf Elenas Anhänger und verharrte darauf. Ein schnelles Blinzeln, dann senkte sie das Kinn. »Nacht-Lord.«

»Eure Hoheit«, wurde sie von einer anderen korrigiert, die sich auf ihr Schwert stützte, um wieder zu Atem zu kommen.

»›Mein Herr‹ ist völlig ausreichend«, gab Draken zu verstehen, der wusste, dass sie ihn irgendwie anreden mussten und nach der richtigen Bezeichnung suchten. »Wer ist Euer Kommandant?«

Erneutes Blinzeln. »Tot, mein Herr«, antwortete die Erste.

Draken runzelte die Stirn. »Wie? Haben die Monoeaner ihn getötet? Wie viele noch?«

»Etliche sind tot, aber nicht wegen des Angriffs. In Auwaer grassiert eine Krankheit.«

»Das Wasser«, ergänzte die Zweite. »Sie haben das Wasser vergiftet. Sogar die Erringe sind gestorben.«

»Und wie kommt es, dass Ihr am Leben seid?«

Einige traten von einem Fuß auf den anderen, als ob sie sich schuldig fühlten, weil sie überlebt hatten. »Wir haben es nach dem Tod der anderen bemerkt und trinken seitdem nur Wein und ein bisschen Wasser aus den Zisternen. Doch jetzt sind sie fast leer.«

Draken ließ den Atem aus der zugeschnürten Brust entweichen. Er hatte gewusst, dass Auwaer wahrscheinlich nicht unversehrt aus der Belagerung hervorgehen würde, aber das …

Er schaute durch die Bäume zurück auf den Ring der zerfallenen PALISADE. Ashen waren in der Stadt verschwunden, und sie hatten eine Spur aus Toten hinterlassen. Einer der reichen Geschäftsinhaber war ausgeweidet worden und blutete auf dem weißen Kies aus. Der andere war verschwunden. Wahrscheinlich weggelaufen. Kluger Mann. »Wie viele Gardisten sind in der Stadt?«

»Fünfhundert, mehr oder weniger. Vielleicht fünftausend in der näheren Umgebung. Sie werden inzwischen am Flussufer die Stadt betreten haben.«

Was, ihr Götter, brauchte so viel Zeit? »Die Gardesoldaten und Servii außerhalb der Stadtmauer haben die Ashen nicht angegriffen? Und Ihr aus dem Innern der Stadt auch nicht. Weshalb?«

»Befehle, mein Herr. Aus der Bastion höchstselbst. Wir sollten warten. Den rechten Zeitpunkt abpassen. Dann kam die Krankheit und schließlich brach die PALISADE …« Sie schluckte und starrte auf die zerbrochenen Stücke, scheinbare Lücken in einer Welt, wo selbst Khellians verblassendes Licht nicht eindringen konnte.

»Wir waren bereit für den Kampf«, sagte die Zweite. »Das waren ohne Zweifel alle Akrasianer. Aber die Königin …« Sie verstummte.

Ist wohl nicht so, dass Auwaer durchgeschlafen hat, als du die PALISADE *auseinandergenommen hast.*

Draken schnaubte. *Die Leute vor dem drohenden Angriff zu warnen war der einzige Nutzen meines ›Fast-Sterbens‹. Abermals.*

»Meine Soldaten aus Khein sind bei den Tempelruinen. Habt Ihr irgendwelche Monoeaner gesehen, die in jene Richtung gegangen sind?« Der verdammte Galbrait wusste das alles. Es würde eine sehr einfache Form von Verrat für ihn sein, die Ashen dorthin zu führen. Einfacher vielleicht als das, was er Draken angetan hatte.

Köpfe um ihn herum wurden verneinend geschüttelt. Das leuchtete ein. In den vergangenen Stunden hatten sie im Innern der Stadt festgesessen und waren danach vom Kampf in Anspruch genommen worden. »In Ordnung. Ich muss dorthin gehen.«

»Ihr könnt nicht allein gehen. Wo sind Eure Wachen?«

Er seufzte. »Ich wurde gefangen genommen und … Das ist eine lange Geschichte.« Er blickte zur Stadt zurück. Wo er hinschauen konnte, war alles leer, doch er glaubte, schemenhaft Rauch zu sehen, der in der Nacht in die Höhe stieg. Er schnupperte. Definitiv

Rauch. »Ich habe keine Zeit, sie zu erzählen.« Er drehte sich um, ging fort.

»Eure Hoheit! Wir sollten Euch begleiten!«

»Nein. Kehrt in die Stadt zurück. Zur Bastion. Beschützt die Königin. Ich werde zu ihr zurückkommen, wenn ich dazu imstande bin.«

»A…«

»Das ist ein Befehl, Gardistin.« Er rannte zwischen den Bäumen in die Nacht hinaus.

Die Lage bei den Tempelruinen war ruhig, wenn auch angespannt. Draken nahm einen Becher Wein von Geffen entgegen und trank.

Sie starrte ihn an. »Was ist passiert, mein Herr?«

Er schöpfte Atem, tat dies noch ein paar Mal, sodass er sprechen konnte, ohne allzu sehr zu keuchen. Dann reichte er ihr den Becher zurück, um ihn nochmals füllen zu lassen. »Galbrait hat mich verraten. Er ist ein Ashen, ist es die ganze Zeit gewesen.«

Sie starrte ihn an, hatte den Becher in ihrer Hand vergessen. »Was hat er getan?«

Innerhalb von wenigen Sieben-Nächten würde es überall in Akrasia bekannt sein: der Fürst, der nicht getötet werden konnte. »Er und der Priester töteten mich. Genauer gesagt, sie versuchten es. Ich verfüge über ein wenig, äh, Heilungsmagie. Sie hat leider die Tendenz, Gegenstände zu erschüttern, und zwar im buchstäblichen Sinne. Sie erstachen mich mit meinem eigenen Schwert und warfen mich in die PALISADE hinein. Das daraus folgende Erdbeben zerbrach die Mauer.«

Ihre Augenbrauen wanderten noch weiter nach oben, falls dies überhaupt möglich war. »Das seid *Ihr* gewesen?«

»Ihr habt davon gehört, was?« Er stand auf, um sich nun selbst Wein von dem weiblichen Pagen zu holen. Sie sah wie ein Mondling-Halbblut aus. Das Mädchen schreckte zurück und wurde glühend rot. Ihre bleichen Sprenkel wurden durch die gerötete Haut noch stärker hervorgehoben.

»Ich hatte Kundschafter in den Bäumen«, antwortete Geffen. »Sie kehrten zurück und meldeten, dass die PALISADE zusammengebrochen ist. Ich glaubte das nicht und schickte neue Kundschafter aus, um dies zu bestätigen. Sie sind nicht zurückgekommen.«

Wahrscheinlich waren sie längst tot. Er nahm seinen Becher zurück und schenkte sich ein. »Wir müssen uns sammeln. Und müssen jetzt angreifen. Die gesamte Stadt ist ein Schlachtfeld.«

Schau dich nur an. Du bist ein echter Blut-Lord geworden. Bleibst gelassen unter Beschuss und all das.

Es hat keinen Sinn, davonzustürmen, ohne dass all meine Pfeile angelegt sind.

Geffen sprach zu ihrer Dienerin und schickte sie zu den Pferde-Marschällen und Kompaniehauptmännern. Das Mädchen flitzte zu der Ansammlung von schäbigen Offizierszelten, die aneinander gedrängt zwischen zerbrochenen Säulen standen. Es war typisch für die Kavallerie, dass die Pferde geräumiger und sauberer untergebracht waren als ihre Reiter; man hatte die Tiere zwischen den Bäumen angepflockt, wo Stallknechte ihnen zu Diensten waren.

Drakens Kommandantin zeigte ihm eine präzise Karte von Auwaer, während sie darauf warteten, dass die Pferde-Marschälle und Hauptmänner sich versammelten. Die Stadt war ein schiefes Siebeneck, das ein Zentrum mit einem Markt und Spielhäusern sowie Parks umgab. Die schwarze Bastion erhob sich von dem blassgrauen Gestein wie ein blockartiger Schatten. Sie war auf einem Hügel errichtet worden.

»Was wisst Ihr über die Bastion?«

Geffen zuckte mit den Schultern. »Ich bin einige wenige Male am Hofe gewesen.«

»Irgendeine Ahnung, ob es Fluchttunnel unter dem Hügel und dem Burggraben gibt?«

»Mir wurde nicht der große Rundgang angeboten. Ich habe niemals in der eigentlichen Bastion gedient.«

»Warum nicht?«

»Ich glaube, ich war zu alt, um dem König zu behagen. Und ich war definitiv zu verheiratet.«

Bei dieser Andeutung hob er die Augenbrauen. »Seid Ihr das immer noch?«

»Er ist ein Floßfahrer auf dem oberen Erros.« Sie hielt inne. »Im Grasland.«

»Ich weiß, wo der obere Erros ist«, sagte er.

»Er ist zudem ein Gadye«, fügte sie hinzu. »Wir bekamen einen besonderen Dispens von Priestern in Reschan.«

Draken achtete sorgfältig darauf, kein Schnauben von sich zu geben, auch wenn Priester aus Reschan wahrscheinlich die geringsten Aussichten hatten, über spezielle Kontakte zu den Göttern zu verfügen, was die Anerkennung von Mischehen anbelangte.

Pferde-Marschälle und andere Hauptleute versammelten sich jetzt um ihn und Geffen. Sie drängten sich auf dem kleinen Raum, einige kletterten die zerbrochenen Säulen und Brocken aus emporgehobener Erde hoch, um Draken zu sehen und zu hören. Er hob die Stimme und berichtete von der PALISADE. Es gab keine Notwendigkeit, ins Detail zu gehen; Gerüchte und Geschichtenerzähler würden diesen Aspekt später sicher abdecken. »Zeit ist von entscheidender Bedeutung. Haltet nach Tyrolean Ausschau. Ich glaube, Galbrait könnte ihn als seine persönliche Versicherung nahe bei sich haben. Galbrait wird die Stadt nicht kennen und auch nicht wissen, wo man sich verstecken soll. Tyrolean hingegen schon; er wird wahrscheinlich alles tun, was er kann, dass er leicht zu finden ist. Ich werde denjenigen, der mir Galbrait bringt, mit zweihundert Raren belohnen – eintausend, wenn er ihn mir lebendig übergibt.«

»Die Prinzessin? Ist sie gefunden worden?«, fragte jemand.

»Aarinnaie ist während des Kampfes verschwunden. Haltet ein Auge nach ihr offen, aber gebt Euch keine besondere Mühe, sie zu suchen. Sie kommt auch allein klar.« Eine gewaltige Untertreibung. Er konnte keine Belohnung für ihre Rettung aussetzen, denn sie würde sich wahrscheinlich dagegen wehren. Es war das Beste, wenn nur wenige wussten, wozu sie wirklich fähig war.

»Und der ehrwürdige Mantiker?«, fragte Geffen.

Draken rieb sich das Kinn. Er spürte Dreckkörnchen, die sich in den Stoppeln verfangen hatten. Seine Arme und die Schützer hatten einen unnatürlich gräulichen Farbton angenommen: Staub von den Trümmern, die seine Heilung mit sich gebracht hatte. »Ich muss davon ausgehen, dass Osias und Setia ebenfalls selbst auf sich aufpassen können. Kommandantin, teilt die Truppen ein und gebt ihnen Anweisungen, wie Ihr es für angebracht haltet.«

Er begann, sich einen Weg durch die Hauptmänner und Marschälle zu bahnen. Sie teilten sich und bildeten einen gezackten Pfad, durch den er entschlüpfen konnte. Die meisten beäugten ihn stumm. Einige wenige salutierten oder senkten die Köpfe.

»Wo wird Eure Position sein, mein Herr?«, rief Geffen.

»Mein Platz ist bei der Königin.«

»Ihr braucht Wachen.«

Seine Wachen waren gefangen oder tot. »Ich bin schneller unterwegs, wenn ich auf mich allein gestellt bin.«

»Mein Herr …«

Er drehte sich um. »Ich würde gerne eines Tages einen Kommandanten finden, der meine Entscheidungen nicht infrage stellt. Glaubt Ihr, es existiert möglicherweise einer in diesem von den Göttern verlassenen Land?«

Zu ihrer Ehre gab Geffen darauf eine formelle Erwiderung. »Ich wünsche Euch alles Gute, mein Herr, und mögen Euch die Götter behüten an der Seite der Königin.«

Bruche kicherte. *Das war jetzt ziemlich ungeschickt.*

Draken hob das Kinn und fixierte Geffen und die hartgesottenen Offiziere mit einem langen, starren Blick. »Wenn ihr den letzten dieser Ashen verjagt und getötet habt, dann kommt zur Bastion. Dort findet ihr mich.«

KAPITEL EINUNDVIERZIG

Die Monde waren hinter den Horizont geflüchtet, und Auwaer kauerte sich in der Dunkelheit zusammen. Gestalten huschten gebeugt vorbei, um so kleinere Ziele abzugeben. Nur die Feuer störten sie: Fackeln, die schwankten, während sie getragen wurden, und bei mehr als nur ein paar Steingebäuden schlugen hellllodernde Flammen aus den Fenstern, die Opfer von Brandstiftung. Schmiedefeuer brannten unbewacht.

Feuer brannte ebenfalls in Drakens verletztem Knie, in seiner sich hebenden Brust und in der schlimmen Schulter. Kriegsgeschrei hallte von nah und fern wider, schwoll an, bewegte sich plätschernd durch die Gassen. Es ließ die Luft erzittern.

Ein paar Leute bedrohten Draken, während er in schiefer Haltung mit gezogenem Schwert durch die Straßen lief, ohne Hemd und ohne Harnisch. Er bedauerte seinen vorangegangenen Abstecher zu den Tempelruinen und seine dortige Rast zutiefst. Immerhin kam er noch voran auf seinen erschöpften Füßen.

›Du kannst rasten, wenn du tot bist‹, lautet ein alter Spruch. Ich bin hier, um dir zu sagen, dass du nicht all die Sprichwörter glauben sollst, die du hörst. Bruche klang gereizt, und das sollte er auch sein. Draken hielt ihn zurück, so gut er nur konnte. Die Schwerthand war nervös, nahm sich vor den Schlachtfeldern in Acht, die sich zwischen Gebäuden ausbreiteten. Draken hatte das Gefühl, dass sich Bruche in eine Kampfeswut hineinsteigern würde, wenn er ihn losließ und ihm die Möglichkeit gab, sich ins Gefecht zu stürzen.

Nur mit der Ruhe, entgegnete Draken, der gleichermaßen gereizt war. Jedes Geräusch führte dazu, dass Bruche zusammenfuhr oder seinen Kopf drehte, wodurch Draken dann das Gleichgewicht verlor.

Bei seinem ersten Besuch der Stadt hatte Draken fast eine ganze Sieben-Nacht damit zugebracht, sie Straße für Straße und Gasse für Gasse zu durchlaufen, um ihre weltabgeschiedenen Bewohner zu einem Attentat zu befragen, das auf Königin Elena verübt worden war. Er hatte sie danach als voreingenommen, hochmütig und verweichlicht eingeschätzt. Doch welche kollektiven Mängel auch immer das Wesen dieser Menschen beeinträchtigen mochten – in dieser Nacht bewiesen sie, dass die letztgenannte Schwäche nicht dazugehörte. Es schien, dass die ganze Stadt ausgerückt war, um sich selbst zu verteidigen.

Die Straßen waren glitschig von frischem und gerinnendem Blut. Überall lagen Leichen ausgestreckt am Boden. Der Gestank des Todes verpestete jeden Atemzug und klebte an den Lungen. Draken kam an so vielen Toten in den Straßen vorbei, dass es ihn an das Massaker von Parne erinnerte. Die meisten von ihnen waren Akrasianer; ihre umrandeten Augen starrten voller Entsetzen in die Luft. Der Gedanke ließ ihn innehalten. Er duckte sich in eine Gasse und presste den Rücken gegen eine Tür, die in eine dicke Steinmauer eingelassen war. Was, wenn Mondlinge hier am Werk waren? Was, wenn sie den SCHWEBEZUSTAND einsetzten, um die Bastion zu zerstören?

Dann hättest du verdammt noch mal am besten schon losgehen sollen, um sie aufzuhalten.

Er schüttelte sich und brach wieder auf. Rauch und Staub und der Gestank des Blutes machten das Atmen schwer. Draken musste sich einen Weg um mehrere Ansammlungen von kämpfenden Menschen suchen. Er schaute eine Straße hinab und sah eine große Gruppe von Ashen, die sich von Haus zu Haus bewegten und sich in Türeingängen aufteilten, um Wohnungen zu durchsuchen. Ein paar von ihnen zerrten eine Familie hinaus auf die Straße: eine Szene, die vom Fackellicht hervorgehoben wurde. Einer der Ashen rief etwas. Draken war sich nicht sicher, ob sie ihn sahen, doch er flitzte weiter; mit schwerem Herzen, da er außerstande war, zu helfen. Er musste darauf vertrauen, dass seine Servii in die Stadt eindrangen und seine Anweisungen befolgten.

Das übergeordnete Wohl aller und all das, sagte Bruche.

Draken widerstand der Versuchung, etwas Abfälliges über das Wohl aller zu sagen. Bruche kicherte trotzdem.

Als er sich der weißen Straße näherte, die zu den Toren der Bastion führte, war er gezwungen, sein Tempo zu verlangsamen. Tote lagen verstreut auf dem Kies, einige der Körper waren klein. Galle brannte in Drakens Kehle, die letzten Spuren von Bruches Spott erstarben. Eine große Zahl in Schrecken versetzter Akrasianer versuchte, den Einlass in den Palast zu erzwingen. Sie wurden von Gardesoldaten, die auf höherem Untergrund standen, mit einem Schildwall zurückgehalten. Schützen säumten die Zinnen. Bislang waren die Bögen nur gespannt, Pfeile flogen noch nicht. Vielleicht auf Befehl von Elena. Aber die Menschenmenge blockierte genau den Weg, auf dem Draken ins Innere gelangen wollte.

Die Bastion bestand aus zwei viereckigen Gebäudekomplexen, in deren Mitte jeweils ein Innenhof lag – elegant in seiner Schlichtheit. Undurchdringlich wirkende schwarze Mauern ragten über den Leuten empor, die sich vor den Festungstoren versammelt hatten.

Wenn Draken ein Seil mit einem Wurfanker hätte, würde er darauf vertrauen, dass die Erringe tot waren, wie die Gardistin behauptet hatte, durch den Burggraben schwimmen und zu einem Fenster hochklettern – und das schlimme Knie sollte verdammt sein. Doch ein gemeiner Metallzaun umgab den Festungsgraben, und Draken hatte nichts dabei außer diesem verfluchten Schwert. Er starrte es zornig an und senkte es, während er auf die Menge zuging. Die meisten Leute waren Alte, Mütter und Kinder.

Behutsam schob er sich vorwärts, wobei er seine Körpergröße und -breite einsetzte, um sich zwischen den Menschen zu bewegen. Von ihm ging ebenfalls der typische Gestank einer Schlacht aus: Schweiß, Blut, Metall. Ein kleiner Junge schaute zu ihm hoch. Seine Augen wurden rund wie Sohalia-Monde, und seine Lippen formten das Wort »Pirat«, als er zu den Knien eines Erwachsenen zurückwich, der vielleicht sein Großvater war.

Der Mann drehte sich mit einem finsteren Gesichtsausdruck herum. »Verdammt, pass doch auf, wohin …« Sein Blick huschte über Draken und blieb an der Kette sowie dem Anhänger um seinen Hals hängen. Sie klebten in dem getrockneten Blut, das aus der frisch verheilten Wunde stammte.

»Mein Herr«, sagte er mit weit aufgerissenen Augen.

»Ich muss in die Bastion. Ich habe eine Nachricht für die Königin.« Das war recht nahe an der Wahrheit.

»Also, Brînianer, wer seid Ihr?«, fragte ein anderer Mann. »Die lassen hier keinen Einzigen von uns rein. Wie kommt Ihr auf die Idee, dass die einen von Eurer Sorte durchlassen werden?«

Bruche schickte eine kalte Warnung durch Drakens Schwertarm. *Fürsten haben Feinde.* Sogar in Brîn gab es viele, die ihn hassten, die ihm am liebsten rasch eine Klinge zwischen die Rippen schieben würden, anstatt ihm Ehre und Respekt zu erweisen. Nicht, dass er sich nicht mehr selbst heilen könnte, aber das würde jede Menge anderer Probleme schaffen.

Nein, er durfte nicht sagen, wer er war. Die Leute könnten ihm die Schuld für diesen Angriff geben – und dafür, dass er nicht hier gewesen war. Sie könnten Elena die Schuld geben und ihre Wut an ihm auslassen. Er begann, sich langsam zurückzubewegen.

Jemand rief durch die verdunkelte Straße, und dann erhoben sich die Kriegsschreie der Ashen. Die Menge drückte von hinten gegen Draken, und das zuvor leise Summen von Stimmen wurde schriller. Er drehte sich um, sodass er über die Köpfe der Leute nach hinten sehen konnte. Das Licht von Fackeln glitzerte auf den roten Mondsicheln, mit denen die Wappenröcke der Ashen verziert waren. Draken reckte das Kinn vor. Ein paar wohlplatzierte Pfeile würden dafür sorgen, dass sich die Monde mit Blutflecken vermischten. Unter Anstrengungen versuchte er, sich weiter nach hinten zu schieben, auf die Feinde zu. Doch dafür war kein Platz. Die Menschen bildeten einen lebendigen Wall. Sie steckten in der Falle, eingekeilt zwischen Feinden, den steilen Mauern der Bastion und dem Burggraben.

Das unverwechselbare Rauschen zahlreicher Pfeile über ihren Köpfen übertönte das Stimmengewirr, dann schlugen die Geschosse mit voller Wucht in die Reihen der Ashen-Soldaten. Schlachtrufe gingen unvermittelt in Schreie über, als die Pfeile ihre Ziele fanden. Schwere akrasianische Langbögen, die für einen Angriff aus dem Stand konzipiert waren, schossen dicke Schäfte ab, die es mit Lederharnischen und sogar Panzerungen in Ketten- und Fischschuppenform aufnehmen konnten.

Aber die Ashen kamen trotzdem näher und drängten die Menschenmenge vor dem Bastionstor zusammen.

Diese Akrasianer waren nicht bewaffnet, waren keine Kämpfer. Der Einzige in dieser Menschenmasse, der ein Schwert trug, war Draken.

»Macht Platz!«, rief er und drückte noch fester. Es zerriss ihm das Herz, sich in eine Richtung zu wenden, die ihn von Elena wegführte. Und er wusste, ohne es mit Bruche besprechen zu müssen, dass er nur eine geringe bis gar keine Chance gegen die immer noch dort stehenden Ashen hatte. Doch eine merkwürdige Wildheit hatte ihn überkommen.

Dann war er frei und traf auf den ersten Ashen. Mit zwei Hieben war der Gegner niedergestreckt: Meergeboren schnitt durch die Lücke zwischen hochgeschlossenem Kettenhemd und Helm. Blut ergoss sich über die Brust des Mannes, sodass die Verzierung aus ineinander verschlungenen Mondsicheln auf seinem Wappenrock nicht mehr deutlich zu erkennen war.

Draken zögerte nicht, sondern trat sogleich mit zwei schnellen Schritten auf den nächsten zu. Sein Schwert klirrte gegen den metallbesetzten Armschutz, doch der Sax des Mannes war Meergeboren in einem offenen Gefecht nicht gewachsen. Zwei weitere Ashen rannten auf ihn zu; einen von ihnen erledigte ein Pfeil. Und dann regneten weitere Pfeile um sie herum nieder. Auf der *Fluch* war Draken durch Osias' Zauber-Tarnung vor Geschossen dieser Art geschützt gewesen. Er hatte keine Ahnung, ob dies jetzt ebenfalls geschah. Um Ausschau zu halten, hatte er keine Zeit. Zwei Ashen gingen auf ihn los. Während der eine seinen Schwertarm beschäftigte, schoss der andere zur Linken auf ihn zu, um zuzustechen. Der Sax blieb in Drakens Arm stecken. Ein heftiger Schmerz durchfuhr ihn. Doch Bruche führte dem Arm im gleichen Moment Kälte zu und betäubte ihn; gleichzeitig wehrte die Schwerthand den anderen Ashen ab.

Der Erdboden unter Drakens Füßen polterte, und er musste sich darauf konzentrieren, aufrecht stehen zu bleiben, während Bruche den Angreifer niederstreckte, sein Schwert dann weit schwang und mit dem folgenden Schlag den Soldaten, der ihn gestochen hatte, am Helm traf. Es war kein tödlicher Schwerthieb, doch durch die Wucht des Aufpralls stürzte der Mann zu Boden, wo er, wahrscheinlich bewusstlos, liegen blieb.

Bruche ergriff Meergeboren mit der Hand des verletzten Arms, riss den Sax aus der Wunde und eilte auf die Ashen zu, die dem Pfeilhagel weiterhin standhielten. Draken hatte keine Zeit, sie zu zählen, er war völlig gefangen in der Raserei des Gefechtes; sein Bewusstsein wurde beiseitegeschoben, als Bruche die totale Kontrolle über ihn übernahm und weiterkämpfte. Nur verschwommen wurde er sich der Wunden gewahr, dem Auftreten von Schmerzen in mehreren Körperteilen und dem Druck in seiner Brust, wo die Lungen verzweifelt nach Luft rangen. Ashen umzingelten ihn. Er hörte Fetzen von Kriegsgeschrei.

Und dann umgab ein Dröhnen die Kämpfenden – brutal und hart. Der Boden bebte, und Kies spritzte umher, als Schlachtrosse sie umkreisten. Im Lichtschein einer herabgefallenen Fackel blitzte etwas auf, und der Mann, gegen den Draken gerade kämpfte, stürzte in einer Blutfontäne zu Boden. Dann waren alle Ashen gefallen.

Bruche zog sich ein wenig zurück. Mit jedem Atemzug konnte Draken Blut schmecken. Er schwankte, als sich sein Gleichgewicht veränderte, und starrte mit offenem Mund zu dem Pferd hoch. Der Reiter senkte den Kopf. Die Rüstung schien merkwürdig locker an der Person zu sitzen, die, wie Draken bemerkte, eine schmächtigere Gestalt als die meisten aufwies und nun den Helm abnahm.

Geflochtene Zöpfe fielen aus der Kopfbedeckung. »Wie es scheint, rette ich dir ständig den Arsch, mein Bruder.« Quer über Aarinnaies Wange verlief eine Schnittwunde, die wahrscheinlich eine Narbe hinterlassen würde. »Wir haben überall nach dir geschaut. Ich könnte Geffen dafür töten, dass sie dich ganz allein hat weggehen lassen. Du bist wahrlich ein verdammter Narr.«

Bruche zog sich in vollem Umfang zurück, woraufhin es Draken schwindelte. Der Boden unter seinen Füßen bebte, und seinem Verstand gelang es nur langsam, daraus schlau zu werden. Zuerst glaubte er, dies stamme von den stampfenden Pferdehufen, dann aber bemerkte er, dass sein Körper momentan mehrere Schnittverletzungen und einige Stichwunden heilte. Er stützte sich an dem Pferd ab, das wegen der polternden Vibrationen aus dem Boden seine Mähne hin und her warf und auf die Hinterhand zu steigen drohte. Leute schrien vor Angst und kauerten sich zusammen. Einige strömten von der Bastionsbrücke weg. Doch nichts Lebensbedrohliches passierte, der Erdboden brach nicht auf.

Er sollte Fragen stellen und mühte sich darum, sich auf eine zu konzentrieren.

Wo ist Geffen? Wie steht es um die Kämpfe?, schlug seine Schwerthand vor.

Draken wiederholte Bruches Fragen mit lauter Stimme.

»Ich bin hier, mein Herr.« Geffen trieb ihr Pferd nach vorn, ihre Stimme klang gedämpft unter dem Helm. »Ich glaube, der passende Ausdruck lautet ›Säuberung‹. Die Stadt hat die Ashen allem Anschein nach zurückgeschlagen. Die meisten sind geflohen, einige wenige gefangen und sehr viele sind tot.«

»Elena«, sagte er heiser und drehte sich wieder der Bastion zu.

Die Menge aus Akrasianern, die im Schatten der hohen schwarzen Mauer stand, gaffte in ihre Richtung. Hoch oben säumten Bogenschützen immer noch die Zinnen. Die frühe Morgensonne beleuchtete die grausame Reihe ausgezogener Pfeile.

»Ich weiß ja nicht, aber die dort oben wirken ziemlich nervös. Vielleicht solltest du besser aus ihrer Reichweite verschwinden«, schlug Aarinnaie vor.

Rufe, dann wurden die großen Torflügel langsam aufgestoßen. »Macht Platz! Macht Platz für Draken, Nacht-Lord und Fürst von Brîn.« Strenge Stimmen – laut und weiblich.

Die Akrasianer schlurften voran, strömten wieder Richtung Straße. Gardisten ließen die Torflügel aufschwingen, versammelten sich dann schnell zu zwei Reihen und schritten hinaus. Sie säumten die Brücke, stellten sich zwischen die Leute und bildeten einen Gang für Draken. Mehrere von ihnen gehörten der Kompanie von Gardesoldatinnen an, denen er am Rande der Stadt begegnet war. Sie brachen das Protokoll und senkten vor ihm das Kinn, als er mit seinem blutigen Schwert in der Hand zwischen ihnen hindurchmarschierte. Dabei stank er nach Schweiß, und an seinem ganzen Körper klebte Blut. Er musste pinkeln, und er brauchte ein heißes Bad. Es dauerte einige Zeit, um humpelnd die Strecke zurückzulegen. Sein Knie war wahrscheinlich wieder angeschwollen.

Im Innern der Bastionsmauern ließen die Geräusche der Stadt sogleich nach. Die durch seine Heilung hervorgerufenen Schäden, von denen die Stadt und die PALISADE betroffen worden waren, hatten sich also auf die Magie hier nicht ausgewirkt. Es war allerdings auch ruhig in der Bastion. Zu ruhig.

Der Springbrunnen war stillgelegt worden, wahrscheinlich wegen des Wassermangels. Wie betrunken schwenkte Draken den Kopf hin und her, starrte zu den schwarzen Mauern, den beschatteten Balkonen und Laufgängen – und hielte inne, als er eine kleine Gruppe von Gardesoldaten und Höflingen erblickte. Er blinzelte, als er in ihre Richtung hinkte. »Tyrolean.«

Ein geisterhaftes Lächeln. Sein Freund schritt mit ausgestreckter Hand vorwärts. Zur Begrüßung ergriffen sie einander an den Unterarmen; dann schlang Tyrolean einen Arm um Drakens Hals und zog ihn in einer Umarmung an sich. »Eure Hoheit. Wie gut, Euch lebendig zu sehen.«

Durch die Bewegung geriet Draken wegen seines schlimmen Knies ins Stolpern. Tyrolean legte ihm den Arm um seine Schultern, um ihn wieder ins Gleichgewicht zu bringen.

»Ich dachte, Galbrait hätte Euch in der Gewalt. Wie seid Ihr in die Bastion gekommen?«

»Ich habe einen Wurfanker und ein Seil gestohlen und bin damit die Mauer hochgeklettert.«

»Dann habt Ihr etwas von Aarinnaie gelernt.«

»Ja.« Er schob Draken ein Stück weit von sich fort, hielt ihn aber an der Schulter weiterhin fest. Die umrandeten Augen hoben sich, um in die seines Gegenübers zu blicken. Bruche im Innern von Draken straffte sich. »Galbrait hat mich freigelassen, damit ich Euch eine Botschaft überbringe.«

»Und die lautet?«

»Er wird nach Monoea zurückkehren, allerdings nicht, um den Thron zu besteigen. Er sagte, ich solle Euch ausrichten: ›Es gibt keine Könige mehr, und die Götter werden uns büßen lassen.‹

Er meinte zudem, dies würde von einiger Bedeutung für Euch sein.«

Draken stieß zischend den Atem aus.

»Geht es Euch gut, Eure Hoheit?«

»Das ist bloß aus einer monoeanischen Legende. Es ist schwierig, die alten Geschichten abzuschütteln. Wo ist Elena?«

Schweigen.

»Nun?«

»Sie und Eure Tochter …« – Tyroleans Hand klammerte sich fester um Drakens Schulter – »sind fortgegangen, um sich in den Bergen bei den Mondlingen zu verstecken. Ilumat hat sie mit sich genommen.«

Tyroleans andere Hand drückte eine kleine Schriftrolle in die von Draken. Das Siegel war zerbrochen.

KAPITEL ZWEIUNDVIERZIG

Zwei Tage lang machten die Heiler einen großen Wirbel um Draken. Am dritten Morgen sah man ihn dann auf einer bequemen Couch in Elenas Unterkunft, auf der er es sich so gut es ging bequem gemacht hatte; das Ärgernis erregende Bein lag auf einem Kissen. Sie hatten den Wickel um das Knie abgenommen, und die Schwellung war zurückgegangen. Doch die Heiler hatten darauf bestanden, dass es noch hochgelagert werden musste, insbesondere, da er beabsichtigte, morgen in die Berge zu reiten. Rechthaberische Typen, Elenas Heiler. Es juckte ihn, endlich aufzubrechen, aber es gab noch Angelegenheiten in der Stadt, die erledigt werden mussten, und außer Draken war niemand da, um sich darum zu kümmern. Er klopfte mit Elenas Schriftrolle, auf der ihre Pläne für die höheren Offiziere skizziert waren, auf sein Knie.

Das Zimmer war warm und gemütlich. Schnüre mit bunten Perlen warfen punktierte Schatten auf die Gesichter von Aarinnaie und Tyrolean. Osias allerdings sah aus, als ob in den vorangegangenen Tagen das Leuchten von ihm abgefallen wäre. Setia blieb dicht bei ihm und beobachtete die anderen ruhelos. Draken glaubte, ein wenig nachvollziehen zu können, wie sie sich fühlte. Er verspürte einen verwirrenden hohlen Raum in seiner Brust, und seine Nerven summten vor Untätigkeit. Er fragte sich, wie es Elena erging. Ob ihr jetzt wohl der Fehler bewusst war, den sie begangen hatte, oder ob die Mondlinge sie unter dem Vorwand festhielten, sie zu beschützen?

Und … eine Tochter. Er hatte eine Tochter. Obwohl … vielleicht schon nicht mehr. Sie könnte tot sein. *Ist eine Kleinigkeit, einen Säugling zu töten …* Bruche ließ tief in Drakens Kehle ein warnendes Geräusch erklingen. Draken versuchte seine Gedanken von diesen schauerlichen Spekulationen abzuwenden und auf die anstehenden Themen zu richten.

Aarinnaie trug eine schlichte Kombination: eine weite Tunika über einer Hose im brînianischen Stil; dazu war sie barfüßig. Der Stoff war schwarz, und die langen Ärmel verbargen zweifellos Wurfmesser. Draken befühlte eines seiner eigenen, nahm es jedoch nicht aus der Scheide. Bruche hatte darauf bestanden, zu der Angewohnheit zurückzukehren, jederzeit Armschienen mit Messern zu tragen. *Selbst beliebte Fürsten haben Feinde.*

In der Tat. Lektion gelernt.

Aarin warf sich die langen, geflochtenen Zöpfe über die Schulter. Jemand hatte sie wieder in Ordnung gebracht, hatte den Großteil der losen Strähnen erneut hochgebunden. Die Sklavinnen warfen ihr seltsame Blicke zu, als sie den Wein servierten. Sie mussten hinter dem im Zimmer umhertigernden Tyrolean her laufen, um ihn dazu zu bringen, einen Becher anzunehmen.

»Die Stadt wird man so einigermaßen wiederaufbauen, auch wenn die Schäden größer sind, als ich ursprünglich gedacht habe«, sagte Aarinnaie. »Einige der Gebäude sind ausgebrannt und die noch stehenden Steinwände instabil. Es gab schon Einstürze. Außerdem haben sich Räuberbanden aus den oberen Wäldern hier eingeschlichen. Der Markt ist voller Gemischt-Hausierer.«

Osias beugte sich vor, die Ellbogen auf die Knie gestützt. Nicht seine übliche Körperhaltung. In den vergangenen zwei Tagen waren er und Setia durch die Stadt gelaufen und hatten mit Priestern und Einwohnern gesprochen. »Obendrein gibt es Betrüger, die sich als Priester verkleiden und versuchen, ›Spenden‹ für Opfer zu erbetteln, manchmal auch zu stehlen.«

»Sie sind allerdings nicht sehr erfolgreich«, fügte Setia hinzu.

Draken trank den Wein in kleinen Schlucken. Er war kalt und fruchtig, glitt die Kehle hinunter und rief ein saures Gefühl im Magen hervor. »Im Augenblick ist keiner allzu sehr an Religion interessiert. Wurde jemand getötet?«

Er meinte damit nicht Leute, die durch einstürzende Gebäude starben.

Aarinnaie zuckte mit den Schultern. »Nicht heute.«

Der Tag war noch jung. »Ty? Was gibt's Neues?«

Der Hauptmann hatte sich immer noch nicht hingesetzt, sondern wanderte weiter im Zimmer umher: Die »Hörner« seiner

Schwerter waren auf den Rücken geschnallt, die Handgelenke und der Gürtel mit Messern gespickt; eine Hand ruhte auf dem Heft eines weiteren Breitschwertes nach Art von Meergeboren. Er trug den gestreiften grünen Wappenrock, einen Panzer in Fischschuppenform und den Umhang eines Gardeoffiziers. Es gab nur wenig Schmuck an ihm zu entdecken, er fasste nichts an und nahm die meiste Zeit über den Steinfußboden in Augenschein. Draken vermochte nicht festzustellen, ob der Hauptmann dem Gespräch zuhörte oder in seinen eigenen Gedanken verloren war. Doch er reagierte sofort, als Draken seinen Namen aussprach.

»Unser Lord-Marschall ist tot, Eure Hoheit.« Diesmal gab es bei ihm kein Zögern, sein Blick wich dem Drakens nicht aus. Auch wenn er vor zwei Tagen nicht gewusst hatte, wie man schlechte Neuigkeiten angemessen übermittelte – seitdem hatte er es gelernt. Durch sehr viel Praxis.

Draken glättete seine Miene und zeigte einen ausdruckslosen Blick. »Was ist passiert?«

»Sie und ihre Begleitung waren offensichtlich von Brîn aus unterwegs und wurden angegriffen, und zwar auf dieser Seite von Reschan.«

Ja, es stimmte; sie hatte sich in Brîn aufgehalten, als Draken nach Monoea aufgebrochen war. Er konnte nicht begreifen, dass sie dortgeblieben war – und auch nicht, dass Elena Brîn verlassen hatte und ohne sie abgereist war. Einerseits hatte er in Erfahrung gebracht, dass Elena geheime Maßnahmen traf, um ihre Bewegungen ganz Akrasia zu verbergen. Andererseits vermochte er nicht zu begreifen, dass sie tatsächlich größtenteils allein nach Himmelsoase in den Bergen gereist war.

»Die Angreifer töteten jeden in ihrer Begleitung, der über ein Rangabzeichen verfügte, ließen die meisten Servii aber davonziehen, um zu berichten, was passiert war. Heute Morgen kamen sie in die Stadt gehumpelt und schickten Boten zur Bastion. Zu der Begleitung gehörten die meisten der höheren Offiziere, außer den Stadtbaronen, und einige wenige dritte und vierte Ränge.«

Selbst Aarinnaie bewegte sich nicht und sagte auch nichts, da sie erkannte, was für ein Schlag dies war.

»Ich vermute, es war zu viel verlangt, zu hoffen, dass die Ashen ihre Waffen tatsächlich niederlegen.«

»Es waren keine Ashen, die das getan haben«, behauptete Aarinnaie.

Draken blickte sie an.

Sie stieß zischend den Atem aus. »Khissons.«

»Die Rebellengruppe, die du nach Brîn zurückverfolgt hast?« Draken fluchte, dann räusperte er sich. »Irgendwelche Anzeichen von den Heerführern der Ashen? Von jenem Priester – Rinwar? Oder von Galbrait?«

Alle in der Runde schüttelten den Kopf. Diese Personen waren in der Chaos-Nacht von Auwaer verschwunden. Draken wusste, dass er ihnen abermals begegnen würde. Er rieb sich das Kinn und beäugte Tyrolean.

»Augenscheinlich benötigen wir einen neuen Lord-Marschall. Ich denke, es ist an der Zeit, dass Ihr an der Reihe seid, nicht wahr, Tyrolean?«

Tyrolean öffnete den Mund, wahrscheinlich, um zu protestieren. Draken schaute ihn nur an. Zum Schluss blinzelte Tyrolean und beugte den Kopf. »Wie Ihr sagt, Eure Hoheit. Ich rechne allerdings immer noch damit, dass ich mit Euch reisen werde.«

»Wie Ihr sagt.« Draken gab die Worte mit einem trockenen Lächeln wieder. Es war tatsächlich angemessen: Er könnte recht gut in den Krieg reiten.

Aarinnaie seufzte. »Ich kann dir das nicht ausreden?«

»Genauso wenig, wie ich es dir ausreden kann, mit mir zu kommen.«

Während sie eine Sieben-Nacht lang scharf ritten, beobachtete Draken, wie Bäume an ihnen vorbeizogen, deren Stämme und Blätter immer dicker wurden – und die sich mehr und mehr auf eine Straße ausdehnten, die sich zunächst zu einem unbefestigten Weg und schließlich zu einem Pfad verengte. Der Untergrund war eben; die einzige Erleichterung einer harten Ochsentour. Eine komplette Kohorte aus zehn Servii marschierte nun voraus und drängte mit kräftigen Hieben das Blattwerk zurück, um den Pferden den Durchgang zu ermöglichen. Hinzu kamen drei weitere Kohorten Gardesoldaten mit vollständigen Dienstgraden, dazu Draken, Aarinnaie, Osias, Setia und Tyrolean sowie Halmar. Ihr Trupp bestand aus fast einhundert Männern und Frauen.

»Laut Landkarte würde es schneller gehen, wenn wir uns zum Grasland durchschlagen und dann entlang der Waldgebiete reiten, als uns hier zwischen den Bäumen aufzuhalten«, hatte Draken vor ihrer Abreise gesagt.

Doch Osias hatte den Kopf geschüttelt. »Zu gefährlich. Wir würden dreimal so viele Servii benötigen. Räuberbanden und Pferdeherren sind furchtlos und wehrhaft, besonders jetzt, wo das Land im Aufruhr ist. Und anscheinend sind einige Ashen in diese Richtung geflohen und haben die falschen Leute ermordet.«

Draken hatte verboten, dass sie von Wagen begleitet wurden, und zwar auf den Rat von Tyrolean hin, der in der Region des Himmelsmark-Sees geboren worden war. Der frisch ernannte Lord-Marschall hatte ihm erzählt, es sei unmöglich, in der Gegend richtige Straßen instand zu halten. Da sie nicht viele Vorräte mit sich führten, mussten sie jeden dritten Tag anhalten und Hasen sowie anderes Kleingetier jagen, um sich Nahrung zu besorgen. Während das ramponierte Knie Drakens die Zeit genoss, die er nicht zu Pferd verbrachte, und sein Körper sich nach der Rast sehnte, betrat sein Bewusstsein gefährliche Orte, sobald er nichts zu tun hatte. Am neunten Tag, als die Erde sich zu den Tälern zu senken begann, in denen sich der Himmelsmark-See und sein Fluss befanden, war Draken fast verrückt vor Ungeduld.

Am Rande eines Tales ging der Wald schlagartig in freies Gelände über. Der Pfad wurde breiter, verlief serpentinenförmig über einen Hügel und führte zum Himmelsmark-See hinab. Das Gewässer breitete sich glitzernd vor ihnen in der Mittagssonne aus. Kleine Gebäude umgaben es, und Stege erstreckten sich in das ruhige Wasser. Auf der Oberfläche des Sees waren Fischerboote verstreut, wodurch die perfekte Widerspiegelung von Bergen und Wolken in den azurblauen Tiefen ein bisschen getrübt wurde.

Draken brauchte kein Fernglas, um zum Agriagebirge hinüberzublicken, einer Ansammlung von sanft geschwungenen Gipfeln, die allmählich immer höher zum Himmel emporstiegen. Er konnte recht gut jeden einzelnen sehen: harte Kanten, die von Bäumen abgemildert wurden. Diese Berge riefen keine Angstgefühle in ihm hervor wie die in Nebel gehüllte felsige Gebirgswelt von Eidola. Stattdessen wurde hier seine Besorgnis durch milde Brisen, frische Düfte von Wald und Wasser sowie das sanfte Plätschern des Sees an den Ufern beruhigt.

Bruche legte seine Hand an den Griff von Meergeboren. Eine leicht summende Vibration schwang in seinem Arm hoch. *Hier ist Magie. Die Luft ist voll davon.*

Draken drehte den Kopf erst in die eine und dann in die andere Richtung. Der vergleichsweise schmale See war so lang, dass er zu beiden Seiten jeweils hinter einer Biegung aus Drakens Sicht verschwand. Wie würden sie ihn jemals überqueren können? »Ist das hier die Mitte des Sees?«

»Nein, Hoheit«, antwortete Tyrolean. »Wir sind am oberen Ende, ziemlich nahe der Stelle, wo das Wasser sich in den Fluss Himmelsmark ergießt.« Dann fügte er hinzu: »Weniger als einen halben Tag von Himmelsoase entfernt.«

Draken nickte und beobachtete, wie Halmar und drei Gardesoldaten begannen, als Erste den Pfad hinunterzusteigen; dann trieben sie die anderen an, ihnen zu folgen. Drakens Knie schmerzte, und seine Oberschenkel waren wundgescheuert, weil sie erst zu lange aus dem Sattel und dann urplötzlich zu lange im Sattel gewesen waren. Bei all den Verwundungen und Heilungsprozessen, die sein Körper zuletzt im Verlauf mehrerer Sieben-Nächte durchgemacht hatte, wunderte er sich ein ums andere Mal, warum seine alten Verletzungen blieben.

Die Götter erinnern dich daran, dass du alt wirst, mein Freund.

Draken schnaubte. *Zu alt für diese Aufgabe, das steht fest.*

Die Aufgabe, die Krone und das Herrscherhaus zu retten, das zufälligerweise auch deine Familie ist, fällt dir allein zu. Das Alter ist dabei das geringste Hindernis.

Ja, gewiss, dies scheint der Lauf der Dinge zu sein. Zu viele Pflichten fielen allem Anschein nach ausschließlich ihm zu. Diese war jedoch eine, über die er sich nicht ärgern konnte. Seine Familie – bis zu diesem Moment hatte er es nicht zugelassen, in seinen Gedanken diesen Ausdruck für Elena und das Kind zu verwenden – wurde von Leuten gefangen gehalten, die sie zu ihrem eigenen Nutzen ergriffen hatten. Der alte Groll erwachte wieder in ihm. Er hatte Oklai gesagt, dass er beabsichtigte, ihr Volk zu befreien. Er beabsichtigte dies in der Tat, er wollte alle Sklaven befreien. Aber sie musste doch wissen, dass dies Zeit brauchen würde. Er dachte an Tausende von Gemischt-Sklaven, die aus ihren Heimen hinausgetrieben oder Entlohnung fordern würden. Die Wirtschaft und das Sozialgefüge von Akrasia würden zusammenbrechen. Obgleich es an der Sklaverei Elemente gab, die er äußerst missbilligte, so konnte er doch nicht abstreiten, dass das, was ihr folgen würde, möglicherweise noch viel schlimmer wäre.

Tyrolean hatte recht. Die Serpentinenwege hinunter ins Tal bestanden aus komprimierter Erde und waren für Pferdehufe leicht und rasch zu begehen. Setia hatte mit ihrem stämmigen Pony den Weg voraus erkundet und wartete auf die anderen am Ufer des Sees, wo sie auf das Wasser und die Berge dahinter starrte. Osias, der ihr gefolgt war, stand neben ihr und rauchte seine Pfeife, während er sein Pferd grasen und trinken ließ. Auf Höhe des Sees verbreiterte sich der Pfad, sodass hier drei Wagen nebeneinander Platz finden würden. Ihr Trupp war nun in der Lage, in die Marschordnung von Kohorten überzugehen, anstatt sich in dem Gänsemarsch fortzubewegen, den sie im Wald hatten einhalten müssen, obwohl dies die Truppe verwundbar für Angriffe machte. Am See angekommen ließ jeder sein Pferd trinken, bevor es weiterging. Die Servii fielen zurück, Stimmen erhoben sich zu fröhlichem, lockerem Geplauder.

Draken runzelte die Stirn. *Ein ziemlich entspannter Haufen, was? Die Magie lindert ihre Sorgen.*

Ich frage mich, ob dies nicht eine gezielte Form der Verteidigung vonseiten der Mondlinge ist. Er hielt sein Pferd an und hob eine Hand. Langsam machten die anderen auch Halt, um ihm zuzuhören. Es dauerte mehrere Atemzüge, bis die Servii aufgeschlossen hatten.

»Wir sind im Begriff, den Erringsbau zu betreten. Ihr alle wisst, weswegen ich hier bin. Ihr alle habt geschworen, zu sterben, bevor ihr es zulasst, dass die Königin und die Prinzessin gefangen bleiben.« Er starrte die Männer und Frauen der Reihe nach an. Umrandete und nicht umrandete Augen begegneten seinem Blick. Er zog sein Schwert. Die Klinge blitzte – ob aufgrund von Magie oder infolge des Sonnenlichts, wusste Draken nicht. Einige wenige Hände suchten nach Waffen, und Rücken streckten sich gerade. Als er sein Pferd vorwärtstrieb, formierten sie sich zu ordentlichen Reihen. Die Servii eilten hinterher, um mit den Pferden Schritt zu halten.

Ein Kundschafter, der vor ihnen umhergestreift war, kehrte unmittelbar danach zurück, um mitzuteilen, dass er oben in den Wäldern voraus Mondlinge gesehen hatte. Eine vollständige Kriegsgesellschaft wartete mit Speeren auf sie.

Draken nickt grimmig. Nichts Geringeres hatte er erwartet.

Draken schob sich zur Frontlinie der Servii und seiner Szi Nêre, wobei er die finsteren Blicke von Tyrolean und Halmar ignorierte. »Ich bin gekommen, um die Königin zu sehen.«

Die Mondlinge starrten zurück, dann trat einer von ihnen nach vorn; seine geschlitzten Röcke kräuselten sich um seine Knie. Seine Speerbänder waren einst farbenprächtig gewesen, inzwischen jedoch zu matten Grün- und Blautönen sowie zu einem sehr seltenen Rot verblasst. Das scharfe Ende des vom Schweiß dunkel gewordenen Holzschaftes hatte sich im oberen Drittel schwarz verfärbt, die Hinterlassenschaft alten, geronnenen Blutes.

»Ich bin angewiesen worden, Euch zu begleiten, Khel Szi.« Sein Blick ließ Drakens Gesicht nicht los. »Seit einigen Tagen wissen wir von Eurer Ankunft. Ihr werdet allein eintreten; Eure Waffen dürft Ihr allerdings behalten. Es ist ein kurzer Weg bis zu ihrem Aufenthaltsort. Königin Oklai wird Euch begrüßen und zu ihr bringen.«

Es war das Beste, was er sich erhoffen konnte. Draken schwang sich aus dem Sattel, hielt dabei jedoch das Gesicht dem Pferd zugewandt, damit sein Zucken, wenn das schlimme Knie sein Körpergewicht halten musste, nicht sichtbar für die Mondlinge sein würde.

»Drae.« Aarinnaie stieg ab, schritt nach vorn und fasste ihn am Ärmel.

Es gab nichts mehr zu sagen. Er beugte sich hinab und küsste ihre Stirn, dann zog er seinen Arm fort. Er blickte zu Setia und Osias. Beide nickten ihm leicht zu. Danach drehte er sich um und ging zu den Mondlingen; seine Soldaten und Freunde hinter ihm waren still.

Sie mussten den Fluss über eine Brücke überqueren. Die andere Seite war baumbestanden, aber nicht so dicht wie der Mondlingwald. Der Pfad war trocken; er bestand aus fester Erde und Holzblöcken, die als Stufen dienten, um den Hang leichter begehbar zu machen. Trotzdem hatte Draken bisweilen stark stechende Schmerzen im Knie, das zu versagen drohte. Einmal griff er nach einem Schössling. Das Bäumchen hielt sein Gewicht aus, bis er seine Balance wiedergefunden hatte, dann brach es unter seinem Griff.

Nach und nach tauchten Blockhäuser mit komplizierten Reetdächern inmitten der Bäume auf. Er hielt inne, um eines genauer zu betrachten. Auf dem Dach war eine Kriegsszene abgebildet, ausgeklügelt und schrecklich zugleich; echte Speere hatte man darin eingeflochten, um die Tötung von großen Menschen durch kleinere Mondlinge darzustellen. Das Reet war an einigen Stellen rot gefärbt worden, um Blut zu versinnbildlichen. Ein anderes Dach erwies sich als eine Huldigung an die Götter und zeigte einen Sohalia-Nachthimmel: Ausgebleichte goldene Monde hingen inmitten einer blau gefärbten Kuppel.

Oklai traf Draken auf dem Pfad. Sie musterte ihn mit starrem Gesichtsausdruck und führte ihn zu einem offenen Pavillon. Im Inneren waren Erfrischungen und Wein auf einem glänzenden Holztisch ausgebreitet, der so niedrig war, dass Draken sich hinknien musste, um auch nur irgendwas davon bequem zu erreichen. Sie vollführte eine Geste. »Ihr müsst durstig sein.«

»Ich habe Wasser aus dem See getrunken. Wo ist die Königin?«

»Beim Baby.«

Er ließ langsam den Atem aus seiner Brust strömen. Das bedeutete nicht, dass seine Tochter noch lebte. »Bringt mich zu Elena.«

»Warum sollte ich Euch diesen Gefallen gewähren?«

»Weil ich in gutem Glauben komme und meine Soldaten zurückgelassen habe. Weil ich Akrasias Feinde vertrieben habe und sie bis zu den Küsten jagen werde. Weil ich wenigstens eintausend Menschen von Eurem Volk festhalte und selbst jetzt meine Servii Akrasia und Brîn durchstreifen, um auf meinen Befehl hin dafür zu sorgen, dass jeder einzelne Mondling sicher an Ort und Stelle verbleibt, bis unsere Königin frei ist und unsere Völker abermals Verbündete sind.« Er setzte ein grausames Lächeln auf. »Wie Ihr von mir gefordert habt: Sie sind keine Sklaven mehr.«

»Ein kleiner Unterschied – vom Sklaven zum Gefangenen«, zischte Oklai. Ihre Wachen bewegten sich. Finger hielten Speere fester gepackt.

Seine Augen verengten sich. »So wie die Königin eine Gefangene ist. Bringt mich zu ihr.«

»Ihr habt die Absicht, sie mit nach Hause zu nehmen?«

»Ich habe die Absicht, nachzusehen, wie es ihr und dem Kind geht; und danach werden Ihr und ich entscheiden, was zu tun ist.«

Bruche blieb stumm, war eingesperrt und nicht mehr als ein Gedanke, der in Drakens Bewusstsein sickerte. Ihnen war der Verdacht gekommen, dass die Mondlinge imstande sein könnten, ihre Kommunikation zu hören oder seinen Willen zu spüren. Draken konnte die Anwesenheit der alten Geisterhand stets fühlen, und gerade jetzt war Bruches Wille fest in sich zusammengerollt. Falls … wenn … er allerdings hervorbrach, dann würde derjenige, der sich in Drakens Nähe aufhielt, in großer Gefahr schweben.

»Und welche Versicherung gebt Ihr mir im Austausch für diesen Besuch?«

»Ich habe sie schon gegeben. Wir haben nicht angegriffen.« Noch nicht. Er beherrschte sich, obwohl er mehr als alles andere sein Schwert ziehen und das hochmütige Lächeln aus ihrem Gesicht schneiden wollte.

Seine Worte reichten dafür aber schon vollkommen aus. Das Lächeln verflüchtigte sich wie Rauch von einer flackernden Kerze. »Hier entlang.«

Sie drehte sich um und führte ihn einen Pfad entlang, der sich zwischen Bäumen entlangschlängelte. Ihre Wachen umkreisten sie und hielten dabei ihre Speere fest umklammert, blieben aber dem Pfad fern. Draken tat sein Bestes, um sie nicht zu beachten.

Es gab einen weiteren Pavillon, der allerdings an zwei Seiten durch Wände aus ineinander geflochtenen Zweigen eingeschlossen war und von einem Reetdach beschattet wurde. Die Luft war warm und voller ruhiger Waldgeräusche. Blätter raschelten. Vögel sangen. Nicht weit entfernt im Wald lachte jemand leise. Und dann, viel näher, ein sanft hauchender, gurrender Laut.

Das Herz in Drakens Brust schlug wild und unrhythmisch.

Die Mondlinge blieben stehen. Oklai zeigte auf das Gebäude. »Ihr dürft Euch Zeit nehmen. Wenn Ihr gegen uns kämpft, werdet Ihr sterben. Dies sind meine Bedingungen.«

»Ich habe nicht die Absicht, gegen Euch zu kämpfen – nur, meine Familie nach Hause zu bringen.«

»Dafür werden weitere Gespräche notwendig sein. Und die Befreiung meines Volkes. Dazu umfangreiche Entschädigungen.«

In der Tat würden weitere Gespräche notwendig sein, da die Mondlinge Verräter waren. »Warum gestattet Ihr mir dann überhaupt, herzukommen?«

»Die beiden zu sehen bringt Euch vielleicht dazu, mit uns zu verhandeln.«

Bruche rollte sich noch fester zusammen. Draken schritt vorwärts. Seine Augen brauchten einen Moment, um sich an die Lichtverhältnisse anzupassen. Aber er erkannte Elenas Aufkeuchen nur allzu gut wieder.

Ihre Gestalt nahm feste Konturen an: Sie stand in einer Ecke und drückte das Kind in ihren Armen zärtlich an sich. Ihre Figur war schmal, wieder gertenschlank; das Gewand fiel über die leichte Schwellung in ihrer Körpermitte und gab preis, wo das Kind vor kurzer Zeit noch gewesen war.

»Draken.« Immer noch atemlos.

Er schritt nach vorn, umfasste sie sanft und zog beide an seine Brust. Dies tat er mit großer Vorsicht, um das Baby nicht zu erdrücken. Sie legte den Kopf an seinen Arm, und der Säugling gab erneut einen gurrenden Laut von sich. Draken atmete tief durch seine zugeschnürte Kehle ein.

»Geht es dir gut?«

»Ich habe mich wieder erholt. Es war keine schwere Geburt.«

Geburt … »Das Kind.«

»Deine Tochter, Draken.«

Er schob Elena behutsam zurück, um das Baby anzuschauen. Schwarze Haarbüschel drängten aus der Decke, unter der eine winzige Hand hervorlugte, während sich blaue Augen auf Draken hefteten. Die Kleine öffnete die Lippen und gab abermals diesen Laut von sich, den er eben gehört hatte. Dies vesetzte ihm einen tieferen Stich ins Herz, als jedes Schwert es vermochte.

»Unserer Tochter geht es gut. Sie ist ganz schön stark.« Elenas Augen schwammen in Tränen, doch sie vergoss sie nicht. Draken legte die Hand auf ihre Schulter; seine Finger glitten hoch und legten sich in ihren Nacken. Sie zitterte unter seiner Berührung.

Mit einem Ruck nahm er den Blick von den Augen des Babys und schaute in die ihren. Er drückte ihr einen Kuss auf die Lippen, auf die Stirn.

»Ich habe nicht geglaubt, dass du hier bist«, sagte Elena. »Ich hielt es für einen Trick. Oklai hat erklärt, sie würde nicht erlauben, dass wir weggehen.«

»Wir … Und ich?«

»Sie hat gesagt, du darfst kommen und gehen, wie du möchtest. Doch ich nicht. Auch das Baby nicht. Bitte, du musst einen Weg finden.«

»Du hast Angst, dass sie dich töten werden.«

»Nein. Es geht um unsere Tochter. Sie nehmen sie mir weg und bringen sie nur, wenn sie gefüttert werden muss. Es tut mir so leid. Du hast versucht, mich zu warnen. Du hast versucht, mir zu erklären, dass die Mondlinge gegen uns sind. Aber als die Monoeaner angriffen, wusste ich nicht, was ich tun sollte. Ich hätte nicht weglaufen sollen … Aber sie ist doch noch so klein. Nicht einmal zwei Sieben-Nächte alt. Ich konnte weder eine Amme noch sonst jemanden finden, dem ich so vertraue, dass ich sie ihm mitgegeben hätte, um sie fortzubringen. Als Oklai mir ihren Schutz anbot, dachte ich … dachte ich …« Die Worte versagten ihr. »Ich habe unser Volk im Stich gelassen.«

»Nein. Auwaer ist befreit. Es hing nicht alles von dir ab, Elena. Das war nie der Fall. Du hast mich dir niemals genügend helfen lassen.« Seine Finger legten sich fester um ihre Schulter.

»Ich bin die Königin.«

Für ein solches Gespräch hatten sie jetzt keine Zeit. »Ich lasse dich nicht hier zurück.«

»Du musst.« Sie blickte hinter ihn, dann neigte sie den Kopf, um auf ihr Kind zu blicken. »Nimm sie auf den Arm.«

Drakens Hand löste sich von Elenas Schulter, und er nahm seine Tochter. Sie legte sich federleicht an seine Brust. Ihre Augen, die ihn noch vor einem Augenblick so aufmerksam angestarrt hatten, schlossen sich. Sie seufzte und schürzte die Lippen.

»Jetzt bring sie fort«, wisperte Elena.

Draken blinzelte sie an. »Du hast gesagt, dass die Mondlinge das nicht zulassen würden.«

»Sie werden sich bald über Schlimmeres Sorgen machen müssen als um eine winzig kleine Prinzessin.« Ihr Gesicht zeigte schlagartig die harten Züge einer Königin mit einer verhassten Verpflichtung. »Jetzt geh zurück. Nimm sie mit.«

Er gehorchte, ohne nachzudenken. Bruche hatte sich in ihm ausgebreitet, nicht hart und leidenschaftlich, wie er erwartet hatte, sondern immer noch zurückhaltend. Aber er war da. Und er war gefährlich.

Elena hob eine zierliche Hand zwischen ihnen dreien und drückte den Zeigefinger an den Daumen. Eine kleine Flamme flackerte dort. Draken schaute blinzelnd auf den Funken mantischen Feuers. »Elena …«

Sie drehte sich um und berührte mit der Hand die geflochtene Wand. Es dauerte nur einen Augenblick, bis auch dort ein Feuer entstand. Dann warf sie mit der Hand Flammen hinauf zum Dach. Sie sah nicht zu Draken, sondern schaute nur zu, wie das Reetdach und die Wand in Brand gerieten. Noch mehr Feuer entzündeten sich an ihren Fingerspitzen. »Geh. Lauf!«

Er starrte sie an. Sie hatte Kerzen auf diese Weise angezündet, einmal im Spaß sogar Osias' Pfeife. Er hatte gedacht, dies wäre das Ausmaß an Magie, das ihr von Truls vererbt worden war, als sein Tod sie ins Leben zurückbrachte.

Ihre Stimme klang angespannt, als sie sagte: »Ich spreche keine Bitte aus, Nacht-Lord.«

Bruche rief einen einzigen Namen aus: *Osias*. Er bemühte sich, Draken zu veranlassen, nach hinten zu treten.

Draken aber starrte weiterhin und widersetzte sich Bruches Drängen. »Nein! Elena. Komm!«

Hinter ihm schrien Mondlinge auf. Elena warf weitere Feuer an die Wand und zur gegenüberliegenden, offenen Seite, auf der die Mondlinge erschienen. Warnende Rufe verwandelten sich in Schmerzensschreie. Eine Mondling-Frau schlug die Arme über ihrem lodernden Kopf zusammen, stolperte fort und in den Wald hinein. Glühende Holzstücke trieben vom Dach hinab auf den festgestampften Boden. Beißender Rauch verstopfte Drakens Kehle. Elena schrie Draken an – etwas Unartikuliertes – und schleuderte noch mehr Flammen, diesmal gegen die andere Wand. Das Reetdach prasselte vor lauter Hitze.

Draken erkannte schließlich, was Elena tat. Er wollte ihr erneut zurufen, doch sie hatte ihm Befehle gegeben. Und das Baby würde hier nicht mehr lange am Leben bleiben. Die Kleine öffnete die Augen und stieß keuchend einen winzigen Schrei aus. Draken sah, dass ein glühendes Holzstück auf ihre Stirn gefallen war. Er strich es mit dem Daumen fort, zog sein Schwert und drehte sich, um einem Angriff entgegenzutreten. Die Mondlinge hinter ihm kreischten, während das Feuer hoch oben auf die Bäume übersprang. Ein Speer flog in seine Richtung, und Draken schlug ihn mit dem Schwert fort. Mit wilden Augen stürzten Mondlinge auf ihn zu. Er fluchte und streckte zwei von ihnen nieder. Andere rannten an ihm vorbei, um zu Elena zu gelangen. Der Pavillon war jedoch inzwischen von dichtem Rauch eingehüllt, der Draken die Sicht versperrte. Er konnte nicht sehen, ob Elena immer noch da drinnen war – inmitten all des Feuers und der Hitze. Glutheiße Luft waberte auf ihn zu, die ihm den Atem nahm, Flammen knisterten über seinem Kopf. Er hustete und ging einen einzelnen Schritt zurück; das Baby drückte er fest an sich. Die Kleine schrie gedämpft an seiner Brust.

Mit größerem Nachdruck: *OSIAS*.

Ja, sie kommen.

Draken drehte den Kopf, als er Osias' Stimme vernahm, aber der Mantiker war nicht da. Stattdessen war da ein Geist … die Augen waren schwarze Löcher im Nichts, der Mund klaffte weit auf, aus einem endlos tiefen Rachen roch es wie die Erde von Gräbern und wie verbranntes Fleisch. Das Wesen sauste zwischen den Bäumen auf die Mondlinge zu. Einer schleuderte einen Speer, der jedoch durch den Geist hindurchflog und in die Bäume fiel. Der Mondling gab einen heiseren, entsetzten Schrei von sich und sprintete so schnell weg wie eine Maus, die dem Falken zu entkommen sucht. Rundherum tauchten nun Geister wie Dunstgebilde zwischen den Bäumen auf. Sie waren lautlos und flatterten mit ausgestreckten Armen auf die Mondlinge zu. Dadurch schufen sie einen ringförmigen freien Raum um die Flammen und den Pavillon.

Ihr Götter, sind das Flüche?

»Draken, lauf! Rette unsere Tochter!« Elena schritt aus dem Pavillon heraus und schleuderte Feuer auf einen Baum. Es breitete sich rasch auf einen anderen aus. Sie warf Draken einen flüchtigen Blick zu und rannte fort, tiefer in den Wald hinein. Sie hielt nur ganz kurz inne, als sie durch einen Geist hindurchlief.

Drakens Körper zog ihn weiter zu dem Pfad und zu den Stufen aus Holzblöcken. Seine Stiefel hämmerten einen Marsch in den Boden: *Der Pfad ist kurz. Der Pfad ist kurz …* In null Komma nichts könnte er bei seinen Soldaten sein, bei denen er und das Baby geschützt wären.

Plötzlich standen die Flammen still. Das Feuer hielt ein. Erstarrte. Die Welt wurde tot und stumm. Draken verlangsamte das Tempo. Seine Tochter wimmerte. Nein … *Nein*. Elena hätte es wissen sollen. Hätte sie nur von dem SCHWEBEZUSTAND gewusst … Wenn er ihr bloß, verdammt noch mal, davon erzählt hätte. Jetzt waren ihre Bemühungen umsonst gewesen.

Ich glaube, dies ist euer SCHWEBEZUSTAND. *Nicht der von den Mondlingen. Aber du weißt, dass Setia ihn nicht lange aufrechterhalten kann. Bleib nicht stehen, Draken. Nutze die Zeitspanne, die du hast, wie kurz sie auch sein mag.*

Er holte tief Luft. »Elena.« Das Wort klang ausdruckslos in der leeren Luft.

Sie ist verloren. Vielleicht auch nicht. Ich weiß es nicht. Du musst weitergehen, Draken. Sie hat dir diese Chance eröffnet. Sie hat ihr *diese Chance eröffnet! Sie ist deine Königin, und sie hat es dir befohlen.*

Draken schaute zurück. Die stillstehenden Flammen hoben sich wie große Hexenlichter von den dunklen Bäumen ab. Den kleinen Pavillon konnte er schon nicht mehr sehen. Ein Gebäude in der Nähe verharrte inmitten seines Zusammenbruchs. Nicht zurückzugehen – das war alles, was er machen konnte. Mithilfe des SCHWEBEZUSTANDS hatte er Elena einst gerettet. Doch er konnte sie nicht sehen. Nirgendwo konnte er Elena sehen.

Ihre Tochter wimmerte und krümmte sich; es wirkte laut vor dem Hintergrund des SCHWEBEZUSTANDS. Die Flammen züngelten und standen sogleich wieder still. Und Draken rannte.

KAPITEL DREIUNDVIERZIG

Vier Sieben-Nächte später hielt Draken seine Tochter in den Armen, während er auf dem Wehrgang der Bastion stand und in die Morgendämmerung hinausstarrte, die sich über der zerstörten Stadt ausbreitete – so wie es inzwischen jeden Morgen seine Gewohnheit war. Obgleich die Stadt mit Menschen vollgestopft war, fühlte sie sich für ihn leblos an.

Aarinnaie stützte die Ellbogen auf einen der flachen Steine. Ein anmaßender Servii winkte von der Straße aus zu ihr hoch. Abfälle flatterten über die Wege wie seine sich bewegende Hand.

Sie zeigte ihm ein schiefes Grinsen und winkte zurück.

Auwaer war nicht mehr länger die makellose Hauptstadt, die sie einst gewesen war, und würde es nie wieder sein. Sie war schmutziger. Definitiv überfüllter. Elena würde es schockieren.

»Ein Leben lang allein sein für ein paar Nächte des Vergnügens«, murmelte Draken. »Das ist die monoeanische Lebensweise.«

Aber du bist kein Monoeaner mehr.

Ich weiß nicht, was ich bin oder was ich nicht bin. Er blickte auf seine Tochter hinab. »Nach Brîn sollte ich dich bringen.«

»Denkst du nicht auch, dass das Baby zuerst einen Namen braucht, bevor es beginnt, durch das Königreich zu reisen?«

»Nicht ohne Elena.«

Sie hatten diese Diskussion früher schon geführt. Diesmal lenkte Aarinnaie ein. »Elena wird kommen, wann es ihr gefällt. In der Zwischenzeit braucht deine Tochter einen Namen. Sie ist eine Prinzessin.«

»Und Szirin.«

»Richtig. Eine Szirin ohne einen Namen.«

Draken musterte das Gesicht der Kleinen, ihre runden Wangen. Sie krähte leise zu ihm hoch, schürzte die winzigen Lippen. *Versuchst du etwa, mich zu küssen, mein Schatz?* »Sie ähnelt ziemlich meiner Mutter.«

Aarinnaie seufzte geräuschvoll. »Und *ihr* Name war?«

Ein Herzschlag. »Sikyra.«

Aarinnaie schwieg. Unten pries ein Straßenhändler und Kesselflicker seine Waren an. Die Räder seines Wagens quietschten; das Baby drehte den Kopf dem Geräusch zu, lauschte so konzentriert, dass sein Gesicht sich in Falten legte. Draken begutachtete die Linien um ihre Augen herum: Sie verdunkelten sich bereits, eine Abfolge von winzigen Tattoos, die sie umranden sollten. Ja, seine Tochter hatte große Augen. Und rundliche Wangen. Ihre Handgelenke sahen aus, als ob jemand Schnüre drumgebunden hätte.

»Der Name passt recht gut zu ihr.« Aarinnaie nahm ihm die Kleine ab und wiegte sie in den Armen. Das Baby gluckste. Aarinnaie konnte es immer zum Kichern bringen, häufiger sogar als die Amme. »Kyra als Kurzname.«

»Ja, einverstanden. Kyra als Kurzname.«

»Du solltest nach unten gehen, Tyrolean wartet«, sagte Aarinnaie. »Er ist immer noch fest entschlossen, aus dir einen Schwertkämpfer zu machen.«

Ich weiß nicht, warum, wo ich dich doch wiederhabe.

Ein leises Kichern von Bruche. *Vielleicht weiß er, wie sehr es mich amüsiert.*

Draken presste die Hände gegen das kalte Gestein der Zinnen und starrte wieder in Richtung des Agriagebirges, das er nicht sehen konnte.

»Khel Szi?« Aarinnaie sprach in albernem Tonfall, und Kyra gluckste erneut.

Er nickte. »Ich gehe schon, ich gehe schon.« Er berührte sie am Arm und streichelte das Baby über den Kopf, dann schritt er auf die Treppe des Wachturms zu.

Elena war am Leben. Sie musste es sein. Sie würde zu ihm kommen – so sicher wie der Krieg.

Aber nicht heute.

Heute hatte seine Tochter einen Namen erhalten, und sie lachte.

Die Geschichte geht weiter in:

B.C. Dornbusch:
»Im Netz des Verrats«
März 2017

DANKSAGUNGEN

Dieses Buch hat eine weite Reise hinter sich gebracht, was recht passend ist, weil auch Draken darin so viel reist. Es gab eine Zeit, da fürchtete ich, dass es, wie Draken, verloren war. Aber aufgrund einer Menge fleißiger Leute aus der Buchbranche fand *Das Schwert des Lebens* wieder seinen Weg.

Ich danke meinen Lektoren Jason Katzman, Jeremy Lassen, Cory Allyn und dem ganzen Team von Night Shade: Ihr macht meine Bücher besser und sorgt dafür, dass ich auch Spaß an den Teilen des Schreibens habe, die mir am wenigsten gefallen. Eure Sorgfalt und euer Engagement sind so offenkundig in diesem Werk. Es ist ein Vergnügen, mit euch zusammenzuarbeiten. Ebenfalls danke ich John Stanko, der Draken und seine Geschichte wieder auf einem tollen Cover eingefangen hat, und William McAusland, dem Gleiches mit den Karten gelungen ist, welche die ersten Seiten zieren.

Ein Dankeschön auch an meine Agentin Sara Megibow, die sich erstaunliche Mühe gegeben hat, dieses Buch durchzusehen. Ich könnte mir keine bessere Unterstützung wünschen.

Mom, Al, Jo, Emily, Jennifer, Natalie, Mara, Madisyyn, Jordan, Julie, Kelly, Kevin, Karen, LaRoux, Sandi, Jim, Jimmy, Tiffany, Hunter, Kolby, KK und Tiff – seht ihr dieses große Buch? Das ist der Grund, weshalb ich nicht dazu komme, euch oft genug aufzusuchen.

Liebe Leser, ihr seid für mich die wichtigsten Menschen überhaupt. Ich mag es unheimlich, mit euch online und auf Veranstaltungen abzuhängen. Hoffentlich lerne ich in den kommenden Jahren noch viele von euch kennen, denen ich bislang noch nicht begegnet bin.

Ich danke allen, von denen ich einige spezielle Hilfen erhalten habe: von Marcus Harris und Marc MacYoung über Rüstungen, Versorgung und Ernährung fiktiver Krieger; von David

Hughes über das Schreiben und etliches von den »Writers in the Storm«-Leuten über Geschichte und Logistik. Ein Dankeschön auch an all meine zahlreichen anderen Freunde – an die im Internet und an die im wirklichen Leben, an die Fachexperten und an die Muggels –; ihr wisst schon, zu welchen ihr gehört. Ich bin so glücklich, dass ich euch habe.

Carlin, ich liebe dich. Den Rest kennst du ja schon.

Alex, o ja, Draken wird auch in diesem Buch so einige Male durchgeprügelt. Danke jedenfalls dafür, dass du mein Lieblingsleser bist.

Gracie, dies ist für dich. Danke dafür, dass du diesen fantastischen Drachen gezeichnet hast, um ihn in mein (dein) Buch aufzunehmen.